御製

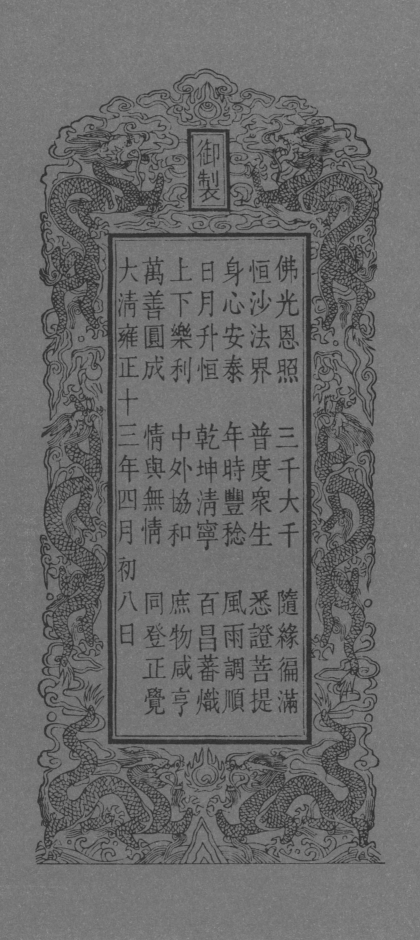

佛光恩照　三千大千　隨緣徧滿
恒沙法界　普度衆生　悉證菩提
身心安泰　年時豐稔　風雨調順
日月升恒　乾坤清寧　百昌蕃熾
上下樂利　中外協和　庶物咸亨
萬善圓成　情與無情　同登正覺

大清雍正十三年四月初八日

清刻龍藏佛說法變相圖

曼殊室利菩薩呪藏中一字呪王經

唐三藏法師義淨奉 制譯

爾時釋迦牟尼佛在淨居天上於天衆中加趺正念普觀大衆而告之曰汝諸天子當至心聽曼殊室利童子微妙之行所謂壇場神呪作法所須療病護身第一祕密最上呪心一切如來所共宣說咸皆稱歎是大呪王若有善男子善女人能誦此呪者則爲受持一切神呪汝諸天衆此大呪王無能違者假使曼殊室利童子菩薩摩訶薩此呪亦能隨心自在引攝將來令使現前爲作衆事況復諸餘菩薩世出世間所有神呪一切障礙悉皆除遣有大勇猛有大威力神驗第一諸呪中上一字中尊此之一字悉能成就一切事業悉能圓滿所有善法常在一切世出世間呪

術之上不可毀壞是一切佛心悉能滿足所有求願汝諸天衆咸皆一心聽此不可思議具大威力最上神呪即說呪曰

[illegible][illegible]　唵叱洛呬燄（此有四字總成一字是故梵漢二體俱存）

汝等天衆此是一切秘密中勝一字呪王一切有情無敢違者一切鬼神不敢親近一切諸佛爲吉祥事一切呪中最能成立隨意所爲一切世間作大尊勝於求財者有大自在能令富盛諸瞋恚中此令慈善於諸含識悲愍爲性有違逆者皆悉順從要而言之凡有所爲悉皆成就縱不作法入壇場等直爾誦持手觸彼時即便隨意呪衣著時人皆愛樂見者歡喜若呪齒木用揩齒時齒疼即差若患眼時取先陀婆鹽研之爲末呪七遍已少置眼中其痛便止若患耳者取象馬糞聚上地菌并苣藤油先陀婆鹽各取少許呪之七遍一處研使碎絞取汁煖之滴耳孔中其痛便止若有女人將產之時被胎所惱腹中結痛不能疾出取阿吒留灑根或牛膝根取無蟲水磨擣令碎呪之七遍塗在齊下即能易出若人被射箭鏃入身不能出者可取陳酥呪一百八遍令彼飲之其鏃便出若患宿食不消腹中結痛上變下瀉霍亂畏死者可取烏鹽或先陀婆鹽或諸雜鹽類呪之七遍研碎煖水令服便差或復苦痢不能斷者取橋柚根及榠樝根磨擣呪之七遍和水服之即差若有石女無產生法欲求男女者應取阿說健陀根以酥熟煎擣之令碎和黃牛乳呪二十五遍待彼女人身淨之時令飲其藥妻莫犯他男夫莫犯他女未久之間即便有娠

或復女人斷緒無子經三五年或復多年或被他禁呪或由禰禱或因諸病或他所惱或遭毒藥遇此惡緣遂無子息者應取少許孔雀尾安陳酥中煎之數沸研令相得投少石蜜量如棗許呪二十七遍服之令盡於後七日中日日常以石蜜和乳每呪七遍飲之女身清淨諸病皆差即便有娠若有女人月水不息應以阿藍部根或以藍根一握擣之和乳熟煎呪一百八遍服之即差若患頭痛者應以烏羽呪之七遍拂拂病處即便永差若人患瘧或一日二日三日四日發者或常熱病或暫時熱病應以乳粥和酥呪一百八遍食之即差若人被他禰魅蟲毒所中應作返縁心呪自已面一百八遍觀彼病人所患便差若人被邪鬼羯吒布單那等諸鬼所著或小兒諸病但是一切非人所爲共相惱者應呪自手一百八遍摩病人頭即衆病皆差若人被蛇蠍所螫或狂狗所傷以氣急吹瘡上呪之七七遍即差若有人患癩病瘦病者應洗浴潔淨於閑靜處常誦此呪悉皆除愈凡誦呪之人常須遠離惡人不淨臭穢之處不近酒肉五辛一心受持無不驗者若有一日常誦一遍能護自身若誦二遍能護同伴若誦三遍能護一家若誦四遍能護一村若誦五遍能護一城若誦百遍能護一國若誦千遍能護四天下以要言之略述如是療病護身隨時利益若更有餘所爲之事皆隨意作無不成就爾時諸天大衆聞佛説此一字呪王經已歡喜奉行

若復有人志求解脱希大利益現望果證者當可至心依呪藏中作大呪法廣説如

經

曼殊室利菩薩咒藏中一字咒王經

十二佛名神咒校量功德除障滅罪經

隋天竺三藏法師闍那崛多初譯

我闍那崛多　敬禮常住體　徧滿於法界

毗盧遮那佛

如是我聞一時婆伽婆住王舍城耆闍崛山中與大比丘衆千二百五十人俱復有菩薩大衆一萬二千人俱阿逸多菩薩爲首爾時世尊告彌勒菩薩言彌勒東方去此佛剎有十不可說諸佛剎億百千微塵等過諸佛剎有一佛土名曰解脫主世界彼世界内有一佛名曰虛空功德清淨微塵等目端正功德相光明華波頭摩瑠璃光寶體香最上香供養訖種種莊嚴頂髻無量無邊日月光明願力莊嚴變化莊嚴法界出生無障礙王如來阿羅訶三藐三佛陀見在隨心欲行逍遥在處說法若善男子善女人犯四重五逆誹謗三寶及犯四波羅夷是人罪重假使如閻浮履地變爲微塵一一微塵成於一劫是人有若干劫罪稱是一佛名號禮一拜者悉得滅除況復晝夜受持讀誦憶念不忘者是人功德不可思議而彼佛世界中有菩薩名無比無障礙王如來授彼菩薩記當得成佛號毫相日月光明焰寶蓮華堅如金剛身毗盧遮那無障礙眼圓滿十方放光照一切佛剎相王如來阿羅訶三藐三佛陀善逝世間解無上士調御丈夫天人師佛世尊彼東方復有佛名曰一切莊嚴無垢光如來阿羅訶三藐三佛陀亦應當稱彼佛名亦修恭敬亦須稱其名號亦須心念彼佛名號南方有佛名曰辯才瓔珞思念如來阿羅訶三藐三佛陀亦

應當稱彼佛名亦修恭敬亦須稱其名號亦須心念彼佛名號西方有佛名曰無垢月相王名稱如來阿羅訶三藐三佛陀亦應當稱彼佛名亦修恭敬亦須稱其名號亦須心念彼佛名號北方有佛名曰華莊嚴作光明如來阿羅訶三藐三佛陀亦應當稱彼佛名亦修恭敬亦須稱其名號亦須心念彼佛名號東南方有佛名曰作燈明如來阿羅訶三藐三佛陀亦應當稱彼佛名亦修恭敬亦須稱其名號亦須心念彼佛名號西南方有佛名曰寶上相名稱如來阿羅訶三藐三佛陀亦應當稱彼佛名亦修恭敬亦須稱其名號亦須心念彼佛名號西北方有佛名曰無畏觀如來阿羅訶三藐三佛陀亦應當稱彼佛名亦修恭敬亦須稱其名號亦須心念彼佛名號東北方有佛名曰無畏無怯毛孔不竪名稱如來阿羅訶三藐三佛陀亦應當稱彼佛名亦修恭敬亦須稱其名號亦須心念彼佛名號下方有佛名曰師子奮迅根如來阿羅訶三藐三佛陀亦應當稱彼佛名亦修恭敬亦須稱其名號亦須心念彼佛名號上方有佛名曰金光威王相似如來阿羅訶三藐三佛陀亦應當稱彼佛名亦修恭敬亦須稱其名號亦須心念彼佛名號爾時佛告彌勒若有正信善男子正信善女人稱此十二諸佛名號之時經於十日當修懺悔一切諸罪一切衆生所有功德皆隨喜勸請一切諸佛久住於世以諸善根迴向法界是時即得滅一切諸罪得淨一切業障即得具足成就莊嚴一切佛土成就具足無畏復得具足莊嚴身

相復得具足善薩眷屬圍繞復得具足無量陀羅尼復得具足無量三昧復得具足如意佛刹莊嚴亦得具足無量善知識速得成就如上所説不增不減在於煩惱中行阿耨多羅三藐三菩提而得端正可喜果報亦得財寶充足常生大姓豪族種姓之家身相具足亦得善和眷屬圍繞爾時世尊重宣此義而説偈言

若有善男子　若善女人等　受持此佛名
生生世世中　得他人愛敬　光明威力大
生處爲人尊　於後得成佛

佛復告彌勒若有善男子善女人若當受持此佛名者亦須誦此陀羅尼呪

多經他一阿佡二摩企三三漫多目企四燥帝育羯帝五尼陸帝六尼陸帝鉢脾七三摩佘衹八質多毗拔帝九阿企十摩企十一摩陀禰十二毗拔帝十三三漫多求禰十四薩底耶羅彌十五育王帝十六鉢育帝十七醯利彌利摩私隸十八阿南迷十九遮迷二十頞質智二十一末質智二十二步支二十三阿羅醯二十四婆休眵二十五遮愈伽羅醯二十六醯摩婆帝二十七殊帝摩帝二十八達摩眞帝二十九周多朋枳三十阿毗差脾三十一阿羅陀婆叉彌三十二娑揵陀毗拔帝三十三那摩薩婆三十四佛陀菩提薩多脾毗耶三十五悉田姤漫帶波池三十六佛陀提瑟帝多三十七

爾時世尊説是呪已重説偈言

受持此呪者　得値六十億　現在十方佛
常憶念是人　一切受生處　常遇善知識
心欲所須者　一切皆吉祥　誦此陀羅尼
常生諸佛前　微妙蓮華上　化生不受胎

正念正行意　增長智慧等　一聞悉總持
所聞不忘失　受持此呪者　獲得如是福
誦此佛名者　彼人所生處　遠離諸惡道
速得生善處　得陀羅尼定　最妙最勝處
受持不忘失　乃至於菩提　皆由諸佛名
及以陀羅尼　若人施七寶　滿千萬億剎
受持此佛名　福報過於彼　行於菩提行
恒常識宿命　遠離諸衆難　即得自在處
常生有佛剎　值佛聞正法　得於信行心
得是信心已　常即供養佛　值佛聞法已
心生大歡喜　得見諸佛已　持妙供養具
供養於諸佛　受持佛名者　千萬諸億劫
捨離生死罪　速成於佛道　若人能至心
七日誦佛名　得於清淨眼　能見無量佛
能持此佛名　即得無量福　是人所生處

天人常恭敬　若人持佛名　千萬億劫中
不被他毀辱　一切世界中　名聞悉流布
若人持佛名　千萬億劫中　天人常供養
無有毀之者　速得成佛道　若人持佛名
不生怯弱心　智慧無諂曲　常在諸佛前
若人持佛名　彼人所生處　天龍諸夜叉
乾闥緊那羅　修羅迦樓羅　及摩睺羅伽
人與非人等　常供養是人　若人持佛名
世世所生處　常生富貴家　丈夫相具足
無有慳妬心　猛健好布施　身體諸毛孔
常出諸妙香　口中諸齒間　復出氛氳香
天赤栴檀香　及諸餘香氣　千萬億劫中
常香無斷絶　世世所生處　其聲如梵天
亦如迦陵頻　命命等諸鳥　持法王名者
其福亦如是　若人持佛名　七寶華中生

其華千億葉　威光相具足　若人持佛名
父母諸眷屬　和顏無諍訟　永不生別離
若有諸女人　受持此經者　捨離女人形
轉生智男身　得男子身已　即成於菩提
轉無上法輪　隨意入涅槃　若人持佛名
刀杖不能害　水火不焚漂　縣官不能殺
若人持佛名　衆魔及波旬　行住坐卧處
不能得其便　若人持佛名　世世所生處
身通遊虛空　能至無邊刹　面覲於諸佛
能聞甚深義　彼等無量佛　即知其心意
爲說微妙法　授彼菩提記　得聞授記已
心生大歡喜　即於諸佛教　決定無有疑
彼諸佛世尊　所說甚深法　其人聞法已
受持永不失　於後得成就　六度及諸地
無畏諸力等　衆相及諸好　佛刹及衆生
任意隨所取　生於彼刹中　速能成正覺
轉無上法輪　隨意入涅槃　若有善男子
及善女人等　受持此經者　如上說功德
若持此經者　謹慎莫放逸　聞如前福業
若滿於一劫　若減於一劫　常須勤讀誦
不生懈怠心　我教有如是　此等諸佛者
常住功德藏　虛空雲中王　常住於彼處
若人聞佛名　一劫減一劫　聞已生敬心
彼是最健人　亦是大智慧　亦是人中最
亦是健丈夫　於世大名聞　是故我今言
彌勒當聽我　有大智慧人　巧解方便者
常勤不放逸　恒近善知識　得聞此經典
後趣菩提道

佛說此經已彌勒菩薩摩訶薩及諸菩薩衆大比丘衆天龍夜叉乾闥婆阿修羅迦樓羅

緊那羅摩睺羅伽人非人等聞佛所說歡喜奉行

十二佛名神咒校量功德除障滅罪經

佛說稱讚如來功德神咒經

唐三藏法師義淨奉　制譯

如是我聞一時薄伽梵在王舍城鷲峯山頂與大苾芻衆千二百五十人俱菩薩摩訶薩萬二千人俱皆是賢劫大菩薩衆爾時世尊於此衆中告慈氏菩薩摩訶薩曰今現在十方諸佛如來勝妙吉祥名號若有善男子善女人於此如來名號憶念受持一心恭敬所有業障報障破戒重罪悉皆除滅勝妙善根眞實功德勸請隨喜迴向發願一切功德永不退轉菩提之心我今欲說汝應諦聽

南無東方無垢光如來　南無東南方衆辦莊嚴如來　南無南方無垢月幢旗王如來　南無西南方光焰莊嚴如來　南無西方寶勝如來　南無西北方俱摩羅光如來　南無北方無畏無垢稱如來　南無東北方離怖畏悚懼有大名稱如來　南無上方師子奮迅意如來　南無下方金華光如來

爾時世尊復告慈氏菩薩東方去此過十不可說百千億數微塵佛土有佛世界名妙眞珠彼國有佛號曰虛空功德目淨無垢光德相蓮華焰瑠璃色寶體香上妙供供養以衆妙彩而爲嚴飾頂上肉髻妙相無邊日月光明願力莊嚴變化莊嚴廣大莊嚴法界高勝無染寶王正徧知如來授一無比菩薩記彼佛滅度次當成佛號曰毫相殊勝猶如初日燈光月焰波頭摩華身色如金滿虛空界光明廣大無礙莊嚴圓光十方普照一切無不明了幢相旗王正徧知如來佛言慈氏當知若有善男子善女人能於此諸佛名受持禮

拜專心恭敬於十日中自說罪咎復以勸請隨喜迴向發願勝妙善根所有業障報障破戒重罪悉皆消滅雖處生死未免流轉而不退失求菩提心所生之處族姓尊貴遠離貧窮邊地下賤六根圓滿衆人愛敬端正無比常值善友不遇惡人諸有願求悉皆隨意財寶榮位無不遂心命終之後生諸佛國先作如是禮懺事已至心讀誦此陀羅尼即說咒曰

呾姪他　惡契莫契　三曼多目契　騷鞞欲帝　陀泥三摩瑜祇　質多鞞跛多　惡契目契　薩多陀泥　毗吠帝　三曼多窶泥去聲薩多曷羅謎　目帝鉢喇目底　呬囇窶麗　牟薩麗　阿三謎　談謎　阿至麗末至麗　菩提曷囉膩　薄呼揣　摩愈羯喇呬　辛底謗計　醯摩伐底　樹底伐底達摩震帝　阿躃歆箪　曷囉敵歆箪　塞建陀　毗薄帝　莎訶

爾時世尊復說頌曰

六十億大仙　皆受持此咒　彼常念不散
見在十方住　於所在生中　常值善知識
所有希望者　應念皆隨意　現前見諸佛
而在蓮華座　常持此咒者　具相而化生
念定皆安隱　智慧日增明　所聞能受持
諸句義不忘　若持諸佛名　是世歸依處
不墮於惡趣　常生善道中　此人由佛力
常得殊勝處　乃至證菩提　妙行常修習
佛土多千億　黄金滿持施　若人持佛名
福聚多於彼　斯人合供養　隨其所在生
恒生富貴家　勇健施無悋　一切諸香氣

天赤栴檀香　經多百億劫　常從其口生
若人舍宅中　寫佛名供養　眷屬常安隱
無諸惱亂事　若人常誦持　長壽并無病
恒逢於善友　臨終不亂心　如來功德聚
福量難思議　智人應誦持　當勤莫放逸
爾時薄伽梵爲慈氏菩薩并諸大衆說是經已慈氏菩薩等及諸苾芻人天大衆聞佛所說皆大歡喜頂受奉行

佛說稱讃如來功德神呪經

音釋

鏃作木切箭鏑也　筋舉欣切骨絡也　療力弔切治也　菌渠隕切地菌也　苣藤苣其呂切藤詩證切苣藤胡麻也　榠櫨榠莫經切櫨側加切榠櫨梨屬　娠失人切孕也　蜇陟列切螫也　寠其矩切　掣昌列切　箪通眉切　欹丘奇切

五經同卷

清刻龍藏佛說法變相圖

五經同卷

華積陀羅尼神呪經

師子奮迅菩薩所問經

佛說華聚陀羅尼呪經

六字呪王經

六字神呪王經

華積陀羅尼神呪經

吳月支優婆塞支謙譯

如是我聞一時佛在阿耨達池龍王宮中與大比丘五百人俱及菩薩摩訶薩具足一千悉得一切陀羅尼餘一生在住十住地次當

作佛如王太子俱於十方皆成佛道具大莊嚴不疑如來一切功德天龍八部一時俱會爾時師子威菩薩從座而起右膝著地合掌向佛而白佛言世尊若善男子善女人於如來所而修供養功德多不佛告師子威勿作是語若善男子善女人於如來所而修供養功德甚多何以故如來無量戒定慧解脱解脱知見之所成就若善男子善女人於如來所若存若亡而修供養師子威當知是人終必於三乘中隨其因緣而得解脱復次師子威若復有人見佛世尊心生歡喜尊重讚歎以諸供養施於如來又復有人於如來滅後若見舍利心生歡喜是二功德等無有異復次師子威若在家菩薩以諸珍寶積如須彌供養聲聞及辟支佛不如出家菩薩發菩提心以一金錢供養如來復次師子威若復有人於千萬歲親近世尊備修供養若復有人如來滅後發菩提心以一香華入僧伽藍舉足下足作如是言南無世尊以此深解殷重信心供養如來舍利寶塔不以求報不以疑惑未得解脱中間若千萬億劫不墮惡道師子威諦聽有陀羅尼名曰華積我今當說爲諸天人多所饒益若善男子能於華積陀羅尼呪受持讀誦親近依行功德勝彼是人世世得一聞持不墮諸惡嶮棘道中離諸艱難常見妙寶常見諸佛諸根常具不生下賤甲隷人家常得不離菩薩弘心常得種種無量慧辯爲無量十方諸佛如來之所知見乃說呪曰

怛經他一　杜羅禰二　杜羅禰三　柁羅尼四　柁

羅尼(五)侔尼(六)波羅婆(負荷切)沙婆彌(七)悉褫(八)旃褫嬺(九)那侔紙(十)嫗訶(熙荷切)囉(俚迤切十一)魯伽婆底(十二)佛陀婆底(十三)底囉(上同十四)脛底柯羅知(脛迤切下五知同音十五)羅竪波伽知(上同十六)知(同上)杜婆底(十七)吡捨羅佛地(十八)達摩婆徙(十九)惡叉邪葛俾(二十)葛波吡伽知(上同二十一)阿媚多葛波休多参彌(二十二)闍波底(二十三)嫗哆(微邪切)沙摩喜知(上同二十四)知(同上)蜀伽羅婆底(二十五)陟沙拏佛朕(切)持(引)地邪佛地瓆訶(同上二十六)師子威當知若善男子能於此華積神咒若讀若誦是人當於三月四月九月從八日至十五日一心憶念如來相好夜中三誦華積神咒日中亦三至月圓時當以華香燈燭於形像前而修供養并誦華積陀羅尼咒其人是夜夢見如來相好具足坐蓮華座爲衆說法亦得華積陀羅尼咒於現世中常得强記智慧深信從今身乃至涅槃常一聞持一切聞見一切經教一切學解一切技藝通達無礙於一切三昧深得清淨解四聖諦無上法輪說是經已師子威等天龍八部一切大衆歡喜奉行

華積陀羅尼神咒經

師子奮迅菩薩所問經

失譯人名今附東晉錄

如是我聞一時佛在阿耨大池邊龍王宮中與大比丘僧五百人俱大菩薩衆滿足千人皆得陀羅尼住於十地應紹尊位一生當得阿耨多羅三藐三菩提於諸法界通達無礙以大莊嚴而自莊嚴於佛智德心無疑滯爾時有一菩薩名師子奮迅來在會坐即從座起整衣服偏袒右肩右膝著地合掌向佛白佛言世尊若有衆生以敬信心供養佛者得幾許福佛告師子奮迅菩薩言善男子莫作是言所以者何若供養佛論其福聚無量無邊何以故如來成就無量戒身定身慧身解脫身解脫知見身故師子奮迅若有衆生見一切智淨信心供養恭敬尊重讚歎施諸所安衣服飲食卧具醫藥安身所須以如是等現在供養若復有人於佛滅後供養舍利如芥子許是二人福正等無異復次師子奮迅若有在家菩薩以如須彌山等七寶聚供養聲聞緣覺乘人復有出家修道之人因菩提心持一小錢以用布施此福勝前百分千分百千萬億分阿僧祇分不可稱計算數譬喻所不能及復次師子奮迅若有衆生百千歲中以一切樂具現在供養於佛世尊若復有一人於佛滅後若以一華供養如來若掃灑佛塔若塗治塔地燒香然燈旛蓋妓樂以供養佛作如是言南無佛陀於無量阿僧祇劫備修苦行集諸功德成等正覺利益成就無量衆生若能如是起眞實心供養佛者是人於後若一劫若百劫若千萬劫不墮惡道復

次師子奮迅有陀羅尼名曰華聚我今爲欲利益安樂饒益多衆生故憐愍世間利安天人故今當説之師子奮迅若有受持此華聚陀羅尼者是人常得宿命智通後終不墮三惡道中生無難處不離三寶終不生於下賤之家不離念佛所往受生諸根不缺生生不失菩提之心生得種種甚深辯才常見十方阿僧祇佛爾時世尊即説此陀羅尼

多姪咃　屠邏濘　陀羅尼　牟濘　波邏
娑散濘　悉題獸題攤　那牟支　涅呵攤
盧伽波提　佛㖒波提㖒攤　迦邏吻郁迦
吒邏殊波竭泜　泜殊波㖒肥舍　邏佛提
旦摩娑嘶呵叉蛇兮　波伐泜　阿滅律多
兮　波休多題泜殊伐㖒　呪㖒蛇　三摩
頞泜　泜殊伽邏伐㖒㖒拏佛提　因提利
蛇佛提　莎訶

師子奮迅若有聞是華聚陀羅尼名以淨信心憶念誦持欲修行者應用二月三月八月行之從月八日修念佛心乃至十五日晝三時夜三時一心念佛以香華燈明供養三寶至十五日見一切佛乘蓮華座而爲説法得陀羅尼憶念堅固意志明了從是以後乃至菩提一切所聞憶持不忘一切經書工巧技術一切三昧心得清淨除見四諦何以故此法無漏所攝故説是法時師子奮迅菩薩及諸菩薩比丘天龍夜叉乾闥婆阿修羅世人非人聞佛所説歡喜奉行

師子奮迅菩薩所問經

佛説華聚陀羅尼呪經

失譯人名今附東晉錄

如是我聞一時佛在阿耨達多龍王宮中與諸比丘五百人俱菩薩摩訶薩滿足一千盡是一生補處皆得陀羅尼位階十地猶如王子不久當得紹繼王位此諸菩薩亦復如是有大功德而自莊嚴不久當得灌頂之位得成作佛此諸菩薩各從他方諸佛世界而來集會於諸佛所心無疑滯時會衆中有一菩薩名曰師子奮迅從座而起偏袒右肩右膝著地合掌向佛而白佛言世尊若有善男子善女人盡其形壽一切樂具供養如來得福多不佛告師子奮迅菩薩莫作是説心生疑惑供養如來得福甚多何以故如來有無量戒德無量禪定三昧無量智慧無量解脱無量解脱知見并諸聲聞緣覺辟支佛及一切賢聖其福甚多不可限量爾時師子奮迅菩薩聞佛所説心生信解倍加恭敬供養尊重讚歎即以衣服房舍卧具病瘦湯藥如是種種一切樂具皆悉供養令無所乏若有善男子善女人於如來滅度之後取佛舍利如芥子許供養禮拜比前功德其福正等若復有人持以七寶如須彌山等於一劫中布施聲聞辟支佛得福多不不也世尊佛言若有出家在家之人能持一錢以用布施初發菩提心人得福德比前功德百分千分百千萬分不及其一乃至算數譬喻所不能及如是如是如佛所説若復有人於如來滅度之後行於曠路見於如來塔廟若善男子善女人能以一華若一燈燭若一團泥用塗像前以用

供養若有善男子善女人持一銅錢施於佛像爲補治故若以一掬水用灑佛塔地除去不淨乾華燭燼若燒香供養舉足一步詣於塔寺若一稱南無佛欲使此人墮三惡道百千萬劫終無是處佛告師子奮迅菩薩有陀羅尼名曰華聚多所饒益諸天世人有能受持讀誦通利如法修行所得福德倍過於上復有善男子供養聲聞緣覺辟支佛菩薩百千萬倍不及其一乃至算數譬喻所不能知是人命終終不至於八難之處卑賤之家在所生處六情完具自識宿命常值三寶見佛聞法終不忘失菩提之心能得甚深無量辯才乘六神通遊至十方諸佛世界諮受妙法教化衆生爾時世尊即説呪曰

多狄他　度羅尼　陀羅尼　陀羅尼　磨禰波　步婆散尼　悉題　旃題　涅目脂涅呵棃　慮伽盋帝　佛陀盋帝　帝棃烏迦羅[口*知]　佉伽羅[口*知]　囉殊波伽帝　帝闍和帝　毗舍羅佛題　曇摩波嘶　阿叉夜羯卑羯波和帝　阿彌多羯卑　休多舍尼　帝闍[口*知]帝　泥勺婆摩一唏啼　帝闍伽呵[口*知]帝　因題夜佛題　咥拏佛提莎訶

佛言有善男子善女人欲行此陀羅尼者若二月三月若八月中從白月八日至十五日淨目澡浴著新淨衣當於靜處坐佛形像懸繒旛蓋華香供養禮拜懺悔晝夜六時誦此陀羅尼若坐若行莫令心亂滿七日已當得見佛若不見者復更二七三七日專心誦此陀羅尼必得見佛坐蓮華上而爲説法是時即得自識宿命念力堅固得陀羅尼無礙辯

才若求多聞若求禪定若求智慧若求辯才若求醫方若求呪術若求工巧若求文藝如是種種隨心所願悉皆得之乃至成佛終不忘失除其四諦爾時師子奮迅菩薩諸天人民及阿修羅諸比丘衆聞佛所說歡喜奉行

佛説華聚陀羅尼呪經

六字呪王經

失譯人名今附東晉録

如是我聞一時佛在舍衛國祇陀林中爾時有一外道旃陀羅女厭惑尊者阿難即時如來見阿難恍惚爲說六字呪王經先佛所說我今亦說即說呪曰

安陀隸　般陀隸　迦羅知　翅由隸　帝闍婆帝　頻頭婆帝　陀頭隸　陀帝隸　陀究摩帝　脩摩帝　安陀邏　般陀邏　般陀邏　檀陀羅　提兜羅　阿那延陀　慢陀婆帝　阿那阿那夜　摩頭摩婆帝　迦羅吒　翅由羅　浮登伽彌　帝闍婆帝　頻頭摩帝阿羅婆伽婆帝　毗吒毗提膩至吒毗提膩悉波呵

若有爲某甲作惡呪詛若作已若當作若天若龍若夜叉若羅刹若餓鬼若鳩槃茶若富單那若毗舍闍若阿婆摩羅若吉遮若佉歐若毗陀羅若半毗陀羅若半毗陀羅女若沙門若婆羅門若刹利若毗舍若首陀若摩登伽女若旃陀羅若旃陀羅女若奴若婢若男若女若外道出家男女如是等種種悉能呪詛厭蠱我今以此六字呪王經若上向作上向滅之若下向作下向滅之若地上作地上滅之若壁著作壁著滅之若柱邊作柱邊滅之若城內作城內滅之若城門中作城門中滅之若宮內作宮內中滅之若宮門中作宮門中滅之若道中作道中滅之若四徼道中作四徼道中滅之若婆羅門作悉皆滅之若水中作水中滅之若水邊作水邊滅之若河邊作河邊滅之若家中作家中滅之若樹邊

作樹邊滅之若樹根下作樹根下滅之若火中作火中滅之若火爐中作火爐中滅之若井竈邊作井竈邊滅之若碓磨邊作碓磨邊滅之若塚邊作塚邊滅之若牀敷間作牀敷間滅之若衣被服飾中作悉皆滅之若夜作夜滅之若晝作晝滅之若晝夜常作悉皆滅之此呪能斷絶帝釋呪道能斷絶梵天呪道能斷絶四天王呪道及與一切所有邪鬼呪道方術悉皆能斷若有爲某甲作厭蠱呪詛及與毒藥悉皆滅之若佉歐陀若毗陀羅若吉遮若富多那所爲悉皆滅之衆惡都盡衆善補處願此呪常吉以此眞實章句使某甲晝安夜安晝夜常安得壽百歲得見百秋何以故世間最上無過於佛人天所敬衆鬼敬奉若有行惡呪道若作已若當作若中間作若成就若未成就悉皆滅之及一切衆毒能害人者此六字呪王經皆消滅之即説呪曰

佉智　佉注　佉毗智　緎壽　緎壽　多智　婆智

若某甲作惡呪詛若作已若當作若天若龍若夜叉若羅刹及與一切能作惡呪詛悉皆滅之若佉歐陀羅若富多那所爲悉皆滅之衆惡都盡衆善補處願此呪常吉以此眞實章句使某甲晝安夜安晝夜常安得壽百歲得見百秋何以故世間上法無過佛法人天恭敬衆鬼奉受離欲無著即説呪曰

佉智　佉注　佉毗智　緎壽　緎壽　多智　婆智

何以故僧是世間最上福田人天所敬衆鬼守護即説呪曰

佉智　佉注　佉毗智　緘壽　緘壽　多
智　婆智　興帝　阿禰帝　阿周帝
若有爲其甲作惡呪詛若和合毒藥皆悉滅
之即說呪曰
摩休婆　烏摩帝　烏摩陀　蓰陀禰　佉
歐陀　婆提蓰陀禰　頻頭摩提　至帝至
多　婆提蓰陀禰　阿渒梅陀渒　呵呵遮
利　呵呵那彌　呵呵浮摩提　呵呵浮陀
尼劬沙　呵呵尼呵陀佉歐　陀尼毗沙
佉歐陀　伊禰彌禰　陀陀弊
若有人讀持此六字大呪王經假使呪枯樹
可得還生枝葉何況人身使其甲得壽百歲
得見百秋諸佛所說阿難所傳若人讀誦通
利悉皆自護衆惡不著身若呪他者能除彼
患誦者斷五辛至心鮮潔然後乃能行之

南無觀世音菩薩摩訶薩禮彼大士然後說
此神呪願此呪常吉觀世音觀照我身覲照
我身憐愍我故即說呪曰
烏呵尼　須呵尼　阿陀尼呵陀　毗尼
躭毗尼　安陀隸　般陀隸　斯毘提　般
陀羅　婆斯尼　薩陸豆率　吒波羅豆率
吒質躭　闍婆夜　躭呵夜　須呵夜　尼
婆羅夜　耶婆其羅提　那其遮提　盧婁
至吒般　陀死盧婁盧　漏至吒般陀死
悉波呵　知醯利知利　牧利　摩登耆
旃陀利羅叉　羅叉羅耶　悉波呵
此呪護一切尼鮮淨無垢解脫光明觀照縛
一切賊迷荒一切惡護身縛賊虎狼師子狂
象及犲悉皆被縛我其甲及共行同伴一切
呪力所向之處願當平吉南無觀世音菩薩

願此呪大吉用此呪法當用之日不食五辛淨洗浴不得行婬不得飲酒噉肉以白氎綖手捉誦呪七遍一遍一結若有官事被言若鬬諍若呪詛及一切惡悉皆能滅之呪訖此綖繫著其人衣帶事過主自解之

南無過去未來現在三世諸佛南無文殊師利普賢彌勒一切諸菩薩歸依如是等菩薩摩訶薩衆然後說此大神陀羅尼即說呪曰

醯豆摩帝　耶舍婆帝　婆羅沙天婆帝　烏受婆帝　鬱多羅尼　阿叉夜婆帝　阿㲋擅帝目闍婆羅婆目帝波羅婆只豆　悉波帝　迦羅尼　伽帝波毗耶舍首羅婆隷陀提㲋提　散陀波提　鬱多羅尼舍陀目佉舍陀波　羅毗舍　擅陀迦棃舍婆薩那婆伽帝　究舍羅婆娑阿㲋散帝　毗散帝知帝阿知帝　湯阿帝　阿湯那伽帝阿婆婆帝呵舍波羅禰　婆羅禰目隷牟羅牟羅婆陀禰　舍尼波羅陸　須利婆帝殊帝波羅陸　須毗摩隷　菴摩隷

此呪除一切闇冥如來所持諸天敬愛衆神擁護梵天所解帝釋敬事護世守護決了衆聖諸仙受持和合衆性解脫諸縛一切諸天及人斷諸煩惱降諸魔怨伏諸外道摧伏衆論及諸憍慢過諸法師不捨大衆悅諸學法守護法藏利益三寶慈哀一切衆生之類莊嚴衆義有如是利是名無盡藏陀羅尼非護能護若有讀誦者得三十二無疑畏難用此呪法晨起澡手漱口燒香禮拜三遍讀所行之處言語談說一切向處未常不勝衆人貴敬見者歡喜怨家降伏有如是利益一心受

持

六字咒王經

六字神呪王經

開元拾遺失譯人名附梁錄

如是我聞一時佛在舍衛國祇陀林中爾時有一外道旃陀羅女專行衆惡符書厭禱或事山神樹神樹下鬼神日月五星南斗北辰一切魍魎雜魔邪魅厭惑尊者阿難陀及諸善人如是等恒河沙數即時如來因見阿難陀恍惚及憐愍一切三世有情故爲說此六字神呪王經先佛所說我今亦說即說呪曰

安陀隸　鉢陀隸　迦羅胝翅由隸　帝闍婆帝　頻頭婆帝　陀頭隸　陀究帝隸陀究摩帝　脩摩帝　安陀羅槃陀羅　檀陀羅提兜羅　陀那延陀　曼陀婆帝　阿那阿那夜　摩豆摩婆帝　迦羅吒翅由羅浮蹬伽彌　帝闍婆帝　頻頭摩帝　阿羅婆伽帝　毗啅毗提膩　質吒毗提膩　質吒毗提膩　莎婆呵

若有爲某甲作惡呪詛若作巳若當作若天若魔若龍若藥叉若羅剎若餓鬼若鳩槃茶若富單那若毗舍闍若阿波摩羅若優波摩羅若吉遮若佉傴陀若毗陀羅若半毗陀羅若沙門若婆羅門若剎利若毗舍若首陀若摩蹬伽若摩蹬伽女若旃陀羅若旃陀羅女若奴若婢若男若女若外道尼乾陀若外道出家男女如是等種種若能呪詛厭蠱我今以此六字神呪王經若天上作天上滅之若天下作天下滅之若上向作上向滅之若下向作下向滅之若壁上作壁上滅之若著壁作著壁滅之若雲漢中作雲漢中滅之若虛空中作虛空中滅之若地上作地上滅之若

地下作地下滅之若八表外作八表外滅之若六合内作六合内滅之若隨風飄中作隨風飄中滅之若四海大水中邊作四海大水中邊滅之若江河淮濟中邊作江河淮濟中邊滅之若陂塘中邊作陂塘中邊滅之若雜水中邊作雜水中邊滅之若山川溪谷堆阜坑中邊作山川溪谷堆阜坑中邊滅之若五嶽中邊作五嶽中邊滅之若大澤林藪中邊作大澤林藪中邊滅之若大樹小草中邊作大樹小草中邊滅之若草木根莖中邊作草木根莖中邊滅之若大小道徑中邊作大小道徑中邊滅之若大小四交道中邊作大小四交道中邊滅之若城堡坊村外門中邊作城堡坊村外門中邊滅之若城堡坊村内作城堡坊村内滅之若宮外内門邊作宮外内門邊滅之若宮門中作宮門中滅之若於塚墓中邊作塚墓中邊滅之若家舍宅垣牆中邊作悉皆滅之若屋宕作屋宕滅之若柱邊作柱邊滅之若柱礎邊下作柱礎邊下滅之若糞土中邊作糞土中邊滅之若井竈碓磨中邊作井竈碓磨中邊滅之若火爐中邊作火爐中邊滅之若厠溷中邊作厠溷中邊滅之若車乘具中邊作車乘具中邊滅之若鞍馬服飾中邊作鞍馬服飾中邊滅之若牀鋪衣被氈褥靴帽雜器中邊作牀鋪衣被氈褥靴帽雜器中邊滅之若於一切飲食中邊作一切飲食中邊滅之若側近人作者及於一切處行住坐卧如是皆悉滅之若晝作晝滅之若夜作夜滅之若晝夜常作晝夜滅之此呪能斷絕帝釋呪道能斷絕梵天呪道能斷

絶四天王呪道及與一切所有邪鬼呪道方
術悉皆能斷若有爲某甲作惡厭蠱呪詛及
與毒藥悉皆滅之若佉傴陀若毗陀羅若吉
遮若富單那所爲悉皆滅之衆惡都盡衆善
補處願此呪常吉以此眞實章句使其甲晝
安夜安晝夜常安得壽百歲得見百秋何以
故世間最上無過於佛天尊所尚衆神奉仰
若有行惡呪道若作已若當作若中間作若
成就若未成就悉皆滅之及與一切衆毒能
害人者此六字神呪王經所在之處若讀若
誦受持憶念者所有惡業重障皆消滅之即
說呪曰

佉胝佉住佉毗胝　緎壽　緎壽　多胝
婆胝　莎婆訶

若有爲某甲作惡呪詛若作已若當作若天
若龍若藥叉若羅刹及與一切能作惡呪詛
者悉皆滅之若佉傴陀若毗陀羅若富單那
所爲悉皆滅之衆惡都盡衆善補處願此呪
常吉以此眞實章句使其甲晝安夜安晝夜
常安得壽百歲得見百秋何以故世間最上
無過於法天人所敬衆魔奉受離欲無著即
說呪曰

佉胝佉住佉毗胝　緎壽　緎壽　多胝
婆胝　莎婆訶

何以故世間最上無過於僧良善福田賢聖
所敬衆善擁護即說呪曰

佉胝佉住佉毗胝　緎壽　緎壽　多胝婆
胝兠帝　阿禰帝　阿周帝　莎婆訶

若有爲某甲作惡呪詛若和合毒藥若眞若
僞所作非法若前身若今身行業衆惡一切

重罪悉皆滅之即說呪曰

摩休婆烏摩帝　烏摩陀徙陀禰　佉傴陀婆提徙陀禰　頻頭摩提　質帝質多提婆徙陀禰　阿鞞　旃阿鞞　莎婆訶

若有人能誦持是六字神呪王經假令呪枯樹可得還生枝葉何況人身使其甲得壽百歲得見百秋諸佛所說阿難所傳若人讀誦通利悉皆自護衆惡遠身恒與善俱若呪他者能除彼人衆苦惡患讀者斷五辛至心鮮潔然後乃得行之諸難凶禍無有遺餘無不吉利即說呪曰

呵呵遮唎　呵呵那彌　呵呵浮陀摩提

呵呵尼呵陀　尼劬沙　呵呵尼呵陀　佉傴陀　尼毗沙　佉傴陀　伊禰彌禰　陀弊　陀陀弊　莎婆訶

敬禮三寶敬禮聖智海遍照莊嚴王如來敬禮一切如來應正等覺敬禮聖阿縛盧枳低濕伐羅摩訶薩埵如是歸命已然後說是神呪願此呪常吉敬禮聖阿縛盧枳低濕伐羅觀照我身（此一句如是三稱）憐愍我故即說呪曰

烏呵尼暮阿尼阿陀尼阿陀毗阿陀闍毗尼躭毗尼安陀隸　鉢陀隸　死畀提　安陀羅婆死尼　薩陸豆率吒　婆羅豆率吒

質擔闍婆夜　躭婆夜摩訶夜耶婆貿羅提那貿遮提　盧樓質吒那陀死　盧樓盧漏質吒鉢陀死　莎婆訶

此呪能護一切厄難鮮淨無垢解脫光明觀照縛一切賊行惡者無復迷荒念善者濟度衆難一切惡魔現世護我身師子狂象虎狼犲犬獀猴及諸惡獸欲害人者悉令被縛我

令爲某甲及共行同伴一切呪力所向之處行住坐卧願悉平吉即說呪曰

知醯唎 知唎 牧唎 摩蹬者 旃陀唎

叉羅叉羅羅耶 莎婆訶

敬禮三寶必願此呪令大吉善用此呪法當用之日洗浴鮮潔淨除垢穢身心恬怕不得行婬不食五辛飲酒噉肉舌不惡語當以白縷手捉其綖誦呪七遍一遍一結作索成已若有官事被言或逢鬬諍更相呪詛讒謗誺枉及一切衆惡以此呪結著其人衣帶中如上諸難悉皆滅之事過之後請佛法僧燒衆名香設齋請福深修悲敬報佛慈恩主自解結發大願云我與一切四生永絕八難所願從心即說呪曰

醯豆摩帝耶舍婆帝 婆羅沙天婆帝 烏受婆帝 鬱多羅尼 阿叉夜婆帝 阿㲋羶帝目企婆羅婆目帝 婆羅婆枳豆莎訶

敬禮過去未來現在一切常住三寶敬禮聖智海遍照莊嚴王如來敬禮一切如來應正等覺敬禮聖阿縛盧枳低濕伐羅消伏毒害救苦大悲者敬禮曼殊室利菩薩三曼多跋達羅菩薩慈氏菩薩棄陰蓋菩薩寂根菩薩慧尚菩薩常不離世菩薩首楞嚴三昧虛空藏寶幢孔雀王陀羅尼六字章句藥王藥上堅意不汙行等菩薩摩訶薩各稱其號歸依如是一切得道聖衆然後說此大陀羅尼神呪即說呪曰

迦囉尼摩帝 毗輸多尼 伽帝 婆囉毗耶舍首羅婆隸 陀提㲋提散陀婆提 舍陀目佉 鬱多羅尼 舍陀婆囉毗舍毗羶

陀　迦唎耆　婆薩那　婆伽帝　鳩舍羅
婆娑尼　阿覓珊帝毗珊帝　知帝　阿知
帝　湯那伽帝　阿湯那伽帝　阿婆娑唎
阿舍婆囉禰　婆羅禰目隷　牟囉牟囉
婆陀隷　舍尼婆囉陸　須棃婆帝殊帝婆
羅陸　須毗摩隷菴摩隷　莎訶

此呪能除一切闇冥如來所持諸天敬受善神護念梵天所解帝釋敬事護世所護決了衆聖諸仙受持和合衆姓解脱繫縛一切諸天及人斷諸煩惱降伏魔怨制諸外道摧諸憍慢過諸法師談論諍訟無不獲勝善根增長身心清淨不捨大衆悅諸學法守護經典甚深法藏利益三寶愍念一切衆生之類莊嚴衆義有如是等大利益事名無盡藏陀羅尼章句非護能護若復有人能讀誦書持若使人書乃至以香華供養經卷者得三十二無疑畏難用此呪法者晨朝澡身漱口燒香深心頂禮讀誦三遍如是作訖所行之處言語談説四衆瞻仰所向至方未常不吉衆人貴敬見者歡喜怨家降諾阿難陀汝等應當一心奉持此陀羅尼章句説是法時一切天龍八部鬼神聞佛所説皆大歡喜作禮而去

六字神呪王經

音釋

褫敕豸切　嫟女力切　嫗於武切　濘乃頂切　攡呂支切　恍惚恍呼廣切惚呼骨切恍惚不分明也　宕徒浪切洞屋也　礎創舉切柱下石也　溷胡困切厠也　佉丘伽切　傴於武切

梵女首意經

西晉三藏法師竺法護

有德女所問大乘經

唐南天竺國沙門菩提流志奉 制第三譯

佛說七俱胝佛母心大准提陀羅尼經

唐武周沙門地婆訶羅譯

佛說七俱胝佛母准提大明陀羅尼經 觀行法附

唐天竺三藏金剛智譯

清刻龍藏佛說法變相圖

四經同卷

梵女首意經

有德女所問大乘經

佛說七俱胝佛母心大准提陁羅尼經

佛說七俱胝佛母准提大明陁羅尼經

梵女首意經

西晉三藏法師竺法護譯

聞如是一時佛遊波羅柰鹿苑仙人所止處而轉法輪與大比丘衆五百人無數菩薩俱諸異佛國各各來會爾時世尊晨旦整服持鉢入城而福一切賢者阿難侍如常儀大聖則入波羅柰大城普次街里向梵志門梵志有女名曰首意遥見佛身端正殊妙威神巍巍其心靜然諸根寂定遠上玄默第一憺怕無有衰入恐懼永除其意清淨而無垢穢如

大淵澄紫磨金色晃如寶山若盛大樹華實繁茂有三十二大人相莊嚴其身八十種好徧布其體昱如大殿而有寶柱如須彌山峻峙顯特如月盛滿衆星中明如日出光晃耀暉赫無所不照女見佛來住於門外心懷踊躍迴入設座還詣佛所稽首佛足下長跪白言善來安住願降聖尊屈神臨眄佛垂慈愍入舘就坐首意悅豫重稽首而取小榻於佛前坐進而啓曰唯天中天曾聞如來遊波羅柰仙士鹿苑爲沙門梵志梵天龍神諸魔世人羣生之儔轉無上輪興顯正法佛告梵女如是如是誠如所云吾遊斯國轉無上輪爲諸未聞宣現正法不以非法首意問佛何謂如來所轉法輪世尊告女以十二事緣起之法而轉法輪首意白佛重加大恩爲我分別

廣說十二緣起之法法輪所歸令識誼趣佛言諦聽善思念之吾當爲汝解散其誼梵女首意受教而聽佛告女曰若計有我便有終始起於不起從癡因緣則便有行從行因緣則便有識從識因緣則有名色從名色因緣則有六入從六入因緣則便更習從更習因緣則便有痛從痛因緣則便有愛從愛因緣則便有受從受因緣則便有有從有因緣則便致生從生因緣致老病死勤苦愁惱大患集會如是女癡滅行識名色六入更習痛愛受有生老病死滅勤苦愁惱大患盡除汝欲知吾以是法故於波羅柰仙士鹿苑爲諸沙門梵志梵天龍神諸魔世人而轉法輪解十二因緣若受奉行因可得度首意問佛唯天中天法寧有内有外乎告女曰不也女又問

曰法寧有住無明號乎答曰不也女又問曰寧有興明有除滅乎答曰不也女又問曰其明達者寧有形貌乎答曰不也女又問曰以何因緣而致是身以無有癡何從致生興心慢意因成其行何謂因緣而得合成又曰唯大聖如樹無根何因忽生莖節枝葉華實如是世尊計其無明無有形像假使因緣從無哲起而致憍慢何謂無哲之原而致於行何從致是衆惱集會佛告女欲知諸相本悉清淨亦復如是諸法之法法不知法愚冥凡夫不聞罪福而造凶危因從凶危則有終始因終始則有苦樂計曉於彼亦無作罪亦無福者亦復無有進退終始亦復無有遭苦遇樂佛告首意汝欲知之譬如幻士化作所化其化人者亦不想念言我是化彼之幻士或以實爲虛或以虛爲實悉是欺詐愚僞之法計斯幻士及所化人有所化者亦無所化彼亦空虛誑惑迷妄癡騃之法於汝意云何其幻化者豈復有內而有外乎答曰不也天中天於汝意云何幻無住豈有我名乎答曰不也天中天於汝意云何其幻化者豈有到後世復來者乎答曰不也天中天於汝意云何其幻者豈有所起有所滅乎答曰不也天中天於汝意云何其幻化者豈有所有有形像乎答曰不也天中天於汝意云何其幻化者豈有見聞有幻無幻乎答曰不也天中天其女白佛言我曽聞之其幻化者無有見聞有幻無幻世尊又問於汝意云何其幻化者假使無身豈能令幻化發起諸術乎女答曰唯天中天其幻化者實爲如此眞無所有佛復言

如是如是女其無明者無内無外討其法者亦無所有亦無字也其無明者不至後世亦無還返其無明者亦無有起亦無有滅其無明者亦無形像適與無明緣致衆行名色六入更習痛愛取有生老病死勤苦愁惱大患集會時女首意白佛言甚爲可奇至未曾有世尊所與而不可及所以者何佛天中天於虚空中而轉法輪不可思議所轉法輪不可稱限無量法輪無獲法輪無形法輪無生法輪滅度法輪世尊告曰如是如是誠如所云吾所轉輪爲轉空輪所轉法輪不可思議所轉法輪不可稱限其可轉輪無量無獲無形無生爲滅度也時首意女歡喜踊躍善心生焉則以栴檀擣香及諸華香供養散佛唯然世尊以是德本誓致擁護而善救攝降伏諸根御制愛欲逮轉法輪轉空無輪無思議輪不可稱限無量無獲無形無生滅度之輪佛尋欣笑五色青黄赤白緑光從口而出其大光明普照十方無數佛國悉皆覆蔽日月之明還繞身至于三帀從頂上入賢者阿難曉了七法一曰知誼二曰解法三曰曉時四曰了節五曰明衆六曰練已七曰採識人本即從座起更整衣服偏袒右肩下右膝叉手白佛今大聖欣笑爲何感應願説其意唯天中天多所愍傷多所安隱哀念諸天世間人民分別説之佛告阿難爾見梵女首意以末栴檀華香擣香供養散佛乎其心誓願逮轉法輪對曰已見佛言是女以斯德本護已安人多所救攝壽終之後當轉女身至八十四億劫不歸惡趣供養六萬諸佛世尊出家爲道

志于沙門聽受經法受經法巳即時諷誦將御如來現在正法佛滅度後供養舍利勸化無數無量衆生不可計會使立無上正眞之道最於後世窮竟劫巳於三千大千即當逮得無上正眞之道成最正覺劫名寶明佛號寶光如來至眞等正覺明行成爲善逝世間解無上士道法御天人師爲佛衆祐其佛當壽具足一劫爲難量計羣黎之儔勸發道教而逮長益後至無餘於泥洹界而取滅度阿難白佛其首意女爲於何佛殖衆德本佛告阿難斯女往昔惟衛佛時以女人身初發道意取寶珠瓔用散佛上至於今世復會吾前志願無上正眞之道亦於式佛如來正覺發歡喜心加懷篤信脱衣上佛以家之信離家爲道而作沙門具滿千歲淨修梵行數數講問深奥妙法於隨葉如來正覺時以十五日供養世尊及諸弟子充滿周備亦復志願無上正眞之道於拘樓如來正覺時心樂善學攬攝章句以諸眞珠名香供散佛上其心亦誓願成正覺於拘那含牟尼佛正覺時以香塗塔盡其形壽供養衣服飲食醫藥牀座於二日供養世尊聖衆見迦葉佛供養奉事不捨道意今供養吾當轉女身然後得佛道度脱衆生佛説如是莫不歡喜

梵女首意經

有德女所問大乘經

唐南天竺國沙門菩提流志奉　制第三譯

如是我聞一時佛在波羅柰國仙人住處施鹿林中與大比丘衆五百人及無量諸菩薩摩訶薩衆俱爾時世尊食時著衣持鉢共阿逸多菩薩摩訶薩入波羅柰大城乞食於其城中次第行乞至有德婆羅門女家時有德女遥見如來色相端嚴諸根寂靜其心恬曠最上無比威儀顧視審諦閑詳譬如龍王有大威德如真金柱巍然安固如清淨池皎無穢濁欣慼不動如第四禪身放光明内外融徹時有德女見如是相心生淨信來詣佛所頂禮如來及阿逸多菩薩摩訶薩足曲躬恭敬合掌向佛而作是言善來世尊善來善逝我於今者欲問所疑惟願垂哀暫時住此于時世尊默然受請敷座而坐阿逸多菩薩摩訶薩亦隨佛坐爾時有德婆羅門女心生歡喜益加恭敬即白佛言世尊我聞如來於波羅柰仙人住處施鹿林中轉妙法輪未知世尊所轉法輪說於何法佛告之言有德女我轉法輪說無明緣行行緣識識緣名色名色緣六處六處緣觸觸緣受受緣愛愛緣取取緣有有緣生生緣老死憂悲苦惱無明滅則行滅行滅則識滅識滅則名色滅名色滅則六處滅六處滅則觸滅觸滅則受滅受滅則愛滅愛滅則取滅取滅則有滅有滅則生滅生滅則老死憂悲苦惱滅有德女此是如來於波羅柰仙人住處施鹿林中所轉法輪一切世間若沙門若婆羅門若天魔梵悉無有能如法轉者爾時有德婆羅門女白佛言世

尊所言無明爲內有耶爲外有乎佛言不也有德女言世尊若於內外無有無明云何得有無明緣行復次世尊有他世法而來至於今世以不佛言不也有德女復白佛言世尊無明行相是實有耶佛言不也無明自性從於虛妄分別而生非眞實生從顛倒生非如理生有德女復白佛言世尊若如是者則無無明云何得有諸行生起於生死中受諸苦報世尊如樹無根則無枝葉華果等物如是無明無自性故行等生起定不可得佛言有德女一切諸法皆畢竟空凡愚迷倒不聞空義設得聞之無智不了由此具造種種諸業既有衆業諸有則生於諸有中備受衆苦第一義諦無有諸業亦無諸有而從業生及以種種衆苦惱事有德女如來應正等覺隨順世間廣爲衆生演說諸法欲令悟解第一義故有德女第一義者亦隨世間而立名字何以故實義之中能覺所覺一切皆悉不可得故有德女譬如諸佛化作於人此所化人復更化作種種諸物其所化人虛誑不實所化之物亦無實事此亦如是所造諸業虛誑不實從業有生亦無實事爾時有德女復白佛言世尊如我解佛所說之義今者如來所轉法輪是虛空法輪性空法輪出離法輪通達法輪不思議法輪無能轉者法輪無等法輪如實法輪無生法輪無自性法輪無相法輪世尊如此法輪如來已轉作是語已即以兩手捧栴檀香末散佛足上而作是言世尊願我以此善根之力於當來世能轉如是種種法輪爾時世尊怡然微笑從於口中放種種

光其光朗曜具含衆色遍至十方無量世界一一世界靡不充滿還來佛所右遶三帀從佛頂入爾時阿逸多菩薩摩訶薩白佛言世尊如來今者有何因緣忽然微笑如我意解非無因緣佛告之言阿逸多汝見此婆羅門女以手捧持栴檀香末散我足不答言已見佛言此女因今所種善根當於八萬四千億劫不墮惡道於六萬四千諸佛所以尊重心承事供養聽聞正法守護受持彼佛在世及涅槃後如是時間相續不絕復令無量阿僧祇衆生迴向菩提然後於此三千大千世界光曜劫中而得成佛號法光曜如來應正等覺其佛住壽滿足一劫教化無量阿僧祇衆生令得涅槃爾時阿逸多菩薩摩訶薩復白佛言世尊此有德婆羅門女曾於往世種何

善根佛言阿逸多汝今當知此有德女於過去世毗婆尸佛出現之時已作女身爲求阿耨多羅三藐三菩提解其身上所著瓔珞奉上彼佛而爲供養尸棄如來出現之時於其佛所問甚深義以妙衣服而爲供養在彼法中出家學道修持梵行滿足千年毗葉浮佛出現之時營辦種種上好飲食於半月中供養彼佛及聲聞衆隨意所須皆無乏少俱留孫佛出現之時以阿提目多迦華散彼佛上以爲供養得受五戒護持無缺俱那含牟尼佛出現之時願以種種飲食衣服卧具湯藥及餘供身所須之物盡佛壽來恒爲供養于時彼佛於兩月中受其飲食及華屣等供身之具迦葉如來出現之時復以金華散佛供養如是所作皆爲求於阿耨多羅三藐三菩

提又作是言願我以此供養善根速得受阿耨多羅三藐三菩提記若未得記終不願捨女人之身阿逸多此有德婆羅門女過去世中所種善根其事如是此則是其最後所受女人之報佛說此經已阿逸多菩薩摩訶薩及有德婆羅門女一切世間天人阿脩羅等皆大歡喜信受奉行

有德女所問大乘經

佛說七俱胝佛母心大准提陀羅尼經

唐 武周 沙門 地婆訶羅 譯

爾時佛在舍衛國祇樹給孤獨園是時世尊思惟觀察愍念未來諸衆生故說是七俱胝佛母心准提陀羅尼法即說呪曰

南無颯哆南一三藐三勃陀俱胝南二怛姪他三長引 唵折戾四主戾五准提六莎婆訶七

若有比丘比丘尼優婆塞優婆夷受持讀誦此陀羅尼滿八十萬遍無量劫來所造五無間等一切諸罪悉滅無餘所在生處皆得值遇諸佛菩薩所有資具隨意充足生生常得出家具持菩薩律儀淨戒恒生人天不墮惡趣常爲諸天之所守護若有在家善男女等誦持之者其家無有災横病苦之所惱害諸有所作無不諧偶所出言教人皆信受若有誦此陀羅尼呪滿十萬遍夢中得見諸佛菩薩聲聞緣覺自見口中吐出黑飯若有重罪誦滿二十萬遍夢中亦見諸佛菩薩亦自見口中吐出黑飯若有五逆罪者不得如是善夢現時應當更誦滿七十萬遍是時還得如前之相乃至夢見吐出白色秔米酪飯當知此人即是罪滅清淨之相復次我今說此太陀羅尼所作之事若於佛像前或於塔前若清淨處以瞿摩夷此云牛糞塗地而作方壇隨其大小復以華香旛蓋飲食燈明燭火隨力所辦而供養之復呪香水散於四方及以上下以爲結界既結界已於壇四角及壇中央皆各置一香水之瓶持呪之者於其壇中面向東方胡跪誦呪一千八十遍其香水瓶即便自轉叉手捧雜華呪一千八十遍散一鏡面

又於鏡前正觀鏡面誦呪亦一千八十遍又以香油以蘇摩那華香浸著胡麻油中塗手大指誦呪一百八遍即於童面鏡中指爪甲内皆各得見佛菩薩像復誦呪呪花一百八遍而散供養佛菩薩像心所有事一一請問無不決了若有鬼病以呪呪茅（得香茅第一不得直茅亦得）而拂病人即得除愈若有幼小爲鬼所著以五色縷應令童女合以成線一呪一結滿二十一結用繫其頸以白芥子呪之七遍復散其面即便除瘥

復次有法於病者前以墨畫其病人形像呪楊枝打此畫形亦得除瘥

復有一法若有病人爲鬼所著身在遠處應呪楊枝足滿七遍寄往持打即亦除愈

復有一法若在路行誦念此呪無有賊盜惡獸等怖

復有一法常持此呪設有諍訟無不獲勝若欲往渡江河大海誦呪而渡無有水中惡獸等難

復有一法若被繫閉枷鎖禁繫其身誦此呪者即得解脱

復有一法若諸國土水旱不調疫毒流行應以酥和胡麻粇米用手三指取其一撮呪之一遍擲火中燒或經七日七夜六時如是相續不絶一切災疫無不消滅

復有一法以酥和稻穀呪一百八遍火中燒之隨心所願無不成諦財寶增盈求心滿足

若人欲令他敬念者稱彼前人名字一呪一稱滿一百八遍即便敬念

復有一法於河渚間砂潭之上以塔形像印

印砂潬上爲塔形像誦呪一遍印成一塔如是數滿六十萬遍即得覩見聖者觀自在菩薩之像或見多羅菩薩金剛主菩薩隨其心願皆得滿足或見授與仙神妙藥或見授與菩提之記

復有一法作右繞菩提樹像誦呪滿千萬遍即見菩薩爲其說法欲隨菩薩即得隨從

復有一法若乞食時常持此呪不爲惡人惡狗等類之所侵害

復有一法若在塔前或佛像前或舍利塔前誦持此呪二十萬遍復於白月十五日設大供養一日一夜不食正誦呪得見金剛手菩薩而彼菩薩即將是人往於自宮

復有一法若於轉法輪塔前或佛生處塔前或於忉利天下寶階塔前或舍利塔前於如是等諸塔之前誦呪右繞即見阿鉢羅是多菩薩及呵利底菩薩隨其所願皆悉滿足若須仙藥即便授之復爲說法示菩薩道若有誦此陀羅尼者乃至未坐道場一切菩薩爲其勝友又此准提大陀羅尼大明呪法過去一切諸佛已說現在一切諸佛今說未來一切諸佛當說我今亦如是說爲利一切衆生故得無上菩提故若有薄福衆生無有少善根者無有根器之者無有菩提分者若得聞此大准提陀羅尼法速疾證得阿耨多羅三藐三菩提若有人憶持誦念常不懈廢此佛母心大准提陀羅尼者無量善根皆得成就

佛說此大准提陀羅尼法時無量衆生遠塵離垢得大准提陀羅尼大明呪功德得見十方諸佛菩薩諸聖衆等作禮而去

佛説七俱胝佛母心大准提陀羅尼經

佛說七俱胝佛母准提大明陀羅尼經觀行法附

唐天竺三藏金剛智譯

如是我聞一時薄伽梵在名稱大城祇樹給孤獨園爾時世尊思惟觀察愍念未來諸衆生故說過去七俱胝准提如來等佛母准提陀羅尼乃至我今同說即說大明曰

娜麽颯哆喃一三藐三勃馱俱胝喃二怛姪他三唵四折隸五注隸六准提七莎嚩二合訶八

若有苾芻苾芻尼烏婆索迦烏婆斯迦受持讀誦此陀羅尼滿九十萬遍無量劫來五無間等一切諸重罪悉滅無餘所在生處皆得值遇諸佛所有資具隨意充足無量百生常得出家若是在家菩薩脩持戒行堅固不退速得成就無上菩提恒生天上常爲諸天之所愛敬亦常守護若下生人間當爲帝王家作子或貴族家生其家無有災横不爲病苦之所惱害不墮三惡趣諸有所作無不諧偶所出言教人皆信受誦此陀羅尼十萬遍者得見聲聞縁覺菩薩諸佛若有重罪不得見者更誦滿十萬遍即境界中吐出黑飯或見昇於殿宫或登白山及上樹或見大池旋水或騰空自在或見天女與妙言辭或見大集會中聽說妙法或見拔髮自身剃頭或喫酪飯飲白甘露或渡大海或浮大河或昇師子座或見菩提樹或上船舫或見沙門或著白衣黃衣以衣籠覆其頭或見日月或見童女或見自身上有乳樹或昇花果樹或見黑丈夫口中吐出火燄怖走而去或見惡馬水牛狀似相鬬退失而走或見自食乳糜或見有

香氣白花若見如上相者即知罪滅福生若有五逆罪業極重不得見如上相者應當更誦滿七十萬遍決定得見如前相貌復次我今説此陀羅尼功能所作之事若於佛像前或於塔前若清淨處以瞿摩夷塗地而作四肘方曼荼羅復以香華幢蓋飲食燈明燭火隨力所辦依法供養若欲求願先須念誦加持香水散於八方上下結界既結界已於曼荼羅四角及其中央各置一香水之瓶行者於西面向東方互跪誦一千八十遍其香水瓶即便自轉隨意東西任以高下或以淨瓦鉢燒香熏之内外塗香盛滿香水并好香花置壇中依前瓶法而作念誦其鉢即轉與瓶無異若欲得知一切成就不成就事即燒香發啓白聖者願決疑心若右轉即成就若左轉即不成就又取好花念誦一百八遍遣一童子洗浴清淨著新淨衣以香粖塗手捧花掩面復以自手更取别花念誦一遍一擲童子身上童子即問善惡皆説隨意僻笑起坐來去或於淨潔鏡面以好花念誦一百八遍散置鏡上使者即身現鏡中復以前法更取好花散鏡面上即有善惡相自現鏡中或以朱砂或以香油塗大母指甲（其香油以酥摩花浸胡麻油中）念誦一百八遍即現天神及僧菩薩佛等形像若心有所疑三世中事一一請問皆知善與不善即大母指上自現若人卒得惡病以石榴枝白茅香等草念誦鞭拂之即愈或以茅草置酥中念誦七遍擲著火中燒之令烟熏病人即得除愈或取童女所搓之線念誦一遍作一結如是滿二十一結與病人小男

女等項上繫者惡魔鬼魅等病皆得除瘥或以白芥子置酥中取芥子少許念誦一遍一擲火中如是二十一度病即除愈又以瞿摩塗地作曼荼羅以炭畫地作彼形石榴等枝鞭之彼鬼啼哭求自走去不敢更來或以銅鑌鐵木等作金剛杵置病人邊念誦以枝打拂亦即奔走復有一法若有人被鬼所著身復在遠處不能自來或行者不能自去應取楊枝念誦一百八遍遣人將去彼云汝住汝去某乙遣將此枝鞭汝汝若不去損汝無疑若不去鞭之即去復有一法若在路夜行念誦不鈌無有賊盜及虎狼惡魅鬼等怖畏難處持心念誦幷作護身彼等諸難即皆自滅或發菩提心或生怖畏或有言說心求免離若被執縛即自解脫若欲渡江河大海水中所有龍黿等畏念誦亦如前法即得不怖或被蛇齩即遣彼人圍繞念誦人數帀即愈或患丁瘡癰瘑癬瘺取熏陸香淨土水相和念誦二十一遍塗上即愈或復國土水旱不調牛馬六畜等疫毒流行應以油麻大麥粳米粟豆酥蜜乳酪白乳木諸雜香等皆置一邊燒香發願爲一切衆生除去災難即作手契護身想念取前諸物念誦加持擲著火中燒之如是七日日別三時作法時別一千八十遍即得滿願一切安樂一切三寶悉皆護念亦能成就一切大願若欲降伏諸大鬼神見即心伏取舍利七粒於白瑠璃椀中盛著取醍醐半升亦盛著椀中於白月十五日夜香臺前及窣堵波前泥一二肘方曼荼羅置椀於中取好花供養西面著一香爐燒安息香

馺馺念誦其梡十舍利當放光或生出舍利時行者持香爐發願禮拜即出取舍利盡飲取醍醐其舍利盛一瑠璃瓶中以五色綵囊盛之頭戴即無量俱胝佛常逐行者諸鬼神等自然降伏作法時一日一夜不食若求富饒以粳米油麻置酥酪中手把少許發願念誦七遍擲著火中燒之隨力七日乃至七七日即如其願若求子於樺皮葉上書此陀羅尼并畫童子以紫綵裹之念誦一千八十遍安著髻中即孕若欲他敬念者稱彼前人名字念誦本部一千八十遍即得敬若夫不樂婦取淨瓶盛滿香水別置淨處以瞿摩夷塗作曼荼羅念誦一百八遍如是七瓶皆作此法於淨處以香花爲道場取瓶內香水洗浴夫即愛樂亦得有孕婦不樂夫亦如前法若欲降伏捨覩盧取一劫波羅香湯淨洗浴取黄丹和酥塗著劫波羅上使遍塗一小曼荼羅置中然五盞酥燈布於四角并中心稱前那摩念誦一稱一誦加持白芥子曼荼羅上著一盞乳供養此劫波羅一夜一易云爲我取彼質多來彼即質多褥佉欲母馱彼捨覩嚧即伏實莫令盡即累劫障道

若欲求聰明取石菖蒲牛黄各半兩擣作粖以酥和於佛前作曼荼羅念誦五千遍服之即得聰明

欲得見一切鬼神取牛黄念誦令烟火出即塗目并服之即見復有一法於大海邊或河渚間沙灘之上以塔形像印印沙灘上爲塔形像念誦一遍印成一塔如是數滿六十萬遍即得覩見聖者觀自在菩薩之像或見多

羅菩薩金剛藏菩薩隨其心願皆得滿足或見授與仙神妙藥或見授與菩提之記或現前問來隨其乞願皆得菩薩等位

復有一法右繞菩提樹像行道念誦滿一百萬遍即見佛菩薩羅漢爲其說法欲隨菩薩即得隨從所求如願乃至現身成大呪仙即得往諸十方淨土歷事諸佛得聞妙法

復有一法若乞食時常持此陀羅尼不爲惡人惡狗等類之所侵害乞食易得

復有一法若在塔前或佛像前或舍利塔前誦此陀羅尼三十萬遍復於白月一日至十五日設大供養一日一夜不食正念誦時得見金剛藏菩薩即將是人往自宮中

復有一法若有王難被繫閉枷鎖禁其身者誦此陀羅尼即得解脫

復有一法若於轉法輪塔前或佛生處塔前或佛從忉利天下寶階塔前或舍利塔前於如是等諸塔之前念誦右繞滿七七日即見阿鉢羅是多菩薩及呵利底菩薩隨其所願皆悉滿足若須仙藥即便授與復爲說法示菩提道若有誦此陀羅尼者乃至未坐道場一切菩薩爲其勝友又此准提大明陀羅尼諸佛菩薩所說爲利益一切衆生無邊菩提道場故若有薄福衆生無有少善根者無有根器之者無有菩提分者是人若得聞此准提大明陀羅尼若讀一遍即得菩提分根器芽生何況誦持常不懈廢由此善根速成佛種無量功德皆悉成就無量衆生遠離塵垢決定成就阿耨多羅三藐三菩提

說七倶胝佛母准提陀羅尼念誦法

依經梵本有十萬偈我今略說念誦觀行供養次第若有苾芻苾芻尼鄔波索迦鄔波斯迦發菩提心行菩薩行求速出離生死者先須入三摩耶灌頂道場受持禁戒堅固不退愛樂大乘菩薩戒行於四威儀脩四無量發四弘願求離三途於一切事業心不散亂方可入此秘密法門凡念誦供養法於所在處皆須清淨澡浴著新淨衣嚴飾道場隨力所辦其道場法應先選穩便勝地東西南北各量取四肘作方曼荼羅掘深一肘除去骨石磚瓦惡土髮毛灰炭糠糠蟲蟻之類以好淨土填滿築平取新瞿摩夷并好土以香湯相和塗地若在樓閣或居船上依法泥塗若在山中及好淨屋不須掘地依前塗飾即張天蓋四面懸旛若有本尊七俱胝佛母形像安置曼荼羅中面向西若無本尊有諸佛像舍利及大乘經典供養亦得磨白檀香塗作八曼荼羅猶如滿月或似八葉蓮華即以新淨供具金銀熟銅商佉貝玉石瓷木等器盛諸飲食及好香花燈明遏伽香水隨力所有布置供養若苾芻苾芻尼先持戒行初入道場復須懺悔更自誓發願受戒若在家菩薩初入亦須自誓隨力發願受三皈五戒或常持八戒若常三時念誦即於道場西面向東至心合掌五體著地敬禮十方諸佛菩薩虔誠運想遍虛空界便右膝著地合掌至心懺悔自無始已來身口意罪今對諸佛菩薩前弟子某甲發露懺悔乃至過去現在未來三世諸佛菩薩福智圓滿種種功德我今隨喜即結加或半加安心定坐除一切妄想觀六道

衆生無始以來生死海中輪迴六趣願皆發菩提心行菩薩行速得出離即以塗香摩手而結手契結契時以衣覆手勿令人見先結三部三摩耶契次結諸契

佛部三摩耶契第一

其契相福智手並仰檀戒忍辱般若方便願微屈相拄進力壓忍願上節禪智附進力側即成誦妙言曰

唵怛他孽覩嚩皤(去聲)耶沙嚩訶(誦三遍以契頂上散)

蓮華部三摩耶契第二

二福智相合戒忍進方便願力各各散開微屈六波羅密開如蓮華檀般若禪智頭相著亦微屈即成誦妙言曰

唵鉢頭牟嚩皤(去聲)耶莎嚩訶(誦三遍)

金剛部三摩耶契第三

福覆智仰禪般若檀智相交即成即誦妙言曰

唵嚩折嚕婆皤(去聲)耶莎嚩訶(誦三遍)

准提佛母根本身契第四

其契相先以二手小指二無名指相叉入掌二中指直竪頭相著二頭指頭附二中指上節側二大指各附二頭指側即成妙言誦根本陀羅尼(誦七徧以契頂上解散以下諸契結成揮觸印了亦並須頂上散之)

辟除一切天魔惡鬼等契第五

其契先以右手中指無名指小指及大指握左中指以下三指次以左大指握左中指以下三指甲上爲合拳以二頭指頭相著即成妙言曰

唵俱(上聲)嚕憚那(引)吽潑(誦一遍以契右旋遶身一帀如此二度作即是)

結地界橛契第六
其契相以左右二中二無名指叉入掌右壓左右頭指屈如鉤左頭指直竪二大指二小指令面相著即成妙言曰
唵准你泥枳邏耶莎嚩訶誦一遍以契大母指觸地一匝如卓橛勢三度作即休

結牆界契第七
其契准前橛契以右手頭指屈如鉤左頭指直竪即成妙言曰
唵准你泥鉢囉迦羅耶莎婆訶誦三遍以契右揮三帀即是

結網契第八
其契准牆契開仰著右大指捻左頭指頭左大指捻右頭指頭小指依舊相拄即成妙言曰
唵准你泥半惹邏莎嚩訶誦三遍以契隨日揮三度即是

結外火院大界契第九
其契以左手客掩右手背相重直竪二大指相去二寸許即成妙言曰
唵阿三摩𠺕你鉡莎嚩訶誦三遍以契右旋三度即是

結車輅契第十
其契相先以二手向内相叉右壓左即仰開掌二頭指直伸頭相拄以二大指撥二中指頭來去即成妙言曰
唵覩嚧覩嚧莎嚩訶結此契心想阿迦尼瑟吒天宮中毘盧遮那如來十地菩薩圍繞集會中請准提佛母聖者乘七寶莊嚴車輅上有白蓮花座座上有如所畫像形心中想念如在目前誦妙言三遍

結迎請契第十一
准前第一根本契以二大指來去招之三度即成妙言曰

唵折隸主隸准提噎醯曳醯薄伽嚩底莎嚩訶結此契想聖者從寶車上下來道場中白蓮花座上即誦妙言三遍

結蓮華座契第十二

准前根本契並二大指向身開竪之即成妙言曰

唵迦摩囉莎嚩訶結此契心想道場中種種寶鈿師子座上開白蓮華安置聖者即誦妙言三遍

結遏迦契第十三

准前根本契以二大指各捻頭指根第一節側下即成妙言曰

唵折隸主隸准提遏鉗薄伽嚩帝鉢囉底提莎嚩訶

結洗浴契第十四

准前遏迦契以二大指各並捻二中指下節側即成妙言曰

唵折莎嚩訶

結塗香契第十五

准前根本契以二大指博著右頭指下節側即成妙言曰

唵　隸莎嚩訶

結華鬘契第十六

准前根本契以二大指安著左頭指下節側即成妙言曰

唵　主莎嚩訶

結燒香契第十七

准前根本契屈右頭指捻二大指頭即成妙言曰

唵　隸莎嚩訶

結供養飲食契第十八

准前根本契以左頭指相捻二大指頭即成

妙言曰

唵　准莎嚩訶

結燈契第十九

准前根本契以二頭指各捻二大指頭即成

妙言曰

唵　提莎嚩訶（已上塗香契等各各契觸當色物上供養）

結布字契第二十

其契相以二中指二無名指向内相叉二大指二頭指二小指並直竪頭相著即成結此手契成即想自身猶若釋迦如來三十二相八十種好紫磨金色圓滿身光想已以手契觸頭上布唵字觸眼中布折字一一依字次第乃至兩足皆以契觸布之

説陀羅尼字想布於身法

唵想安頭上　其色白如月　放於無量光
除滅一切障　即同佛菩薩　摩是人頂上
折字安兩目　其色如日月　爲照諸愚暗
能發深慧明　隸字安頸上　色如紺瑠璃
能顯諸色相　漸具如來智　主字想安心
其色如皎素　猶心清淨故　速達菩提路
隸字安兩肩　色黄如金色　猶觀是色相
能披精進甲　准字想臍中　其色妙黄白
速登妙道場　不退菩提故　提字安兩胜
其色如淺黄　速證菩提道　得坐金剛座
莎嚩字安兩脛　其狀作赤色　常能想是字
速得轉法輪　訶字置兩足　其色猶滿月
行者作是想　速得達圓寂

如是布字想念已　便成准提勝法門
亦名本尊眞實相　能滅諸罪得吉祥
猶如金剛堅固聚　是名准提勝上法

若常如是脩行者。當知是人速悉地

第二根本契第二十一

其契相以二手向外相叉二頭指二大母指並直竪即成妙言曰

南無颯哆喃(一)(去聲)三藐三勃陀(去)俱胝南(二)怛姪(停也切)他(三)唵(四)折隸(去聲下同)(五)主隸(六)准提(七)莎訶(誦七遍以契於頂上解散)

結捧數珠契第二十二

其契相先取數珠安二手掌中即當心合掌誦前根本陀羅尼三遍以珠頂戴便作把數珠契淨珠

把數珠契第二十三

其契相以二手二無名指二大指各捻珠上二手相去一寸許餘指散開微屈即成誦淨數珠妙言曰

唵(一)微盧遮那阿摩羅莎嚩(二合)訶(誦三遍)

淨數珠已以自心想七俱胝佛母口中出七俱胝陀羅尼文字二字放五色光入行者口裹安自心月中右旋布置即誦本尊陀羅尼一遍以右手無名指捻一顆珠過周而復始不急不緩不得高聲須分明稱字而令自聞所觀本尊及身上布字念誦記數於一念中並須一時觀見不得有缺使心散亂如觀念疲勞隨力念誦或一千二千乃至三千四千五千遍常取一數爲定如有緣事亦不得減數至一百八已下此名聲念誦若求解脫速出離生死作此三摩地瑜伽觀行無記無數念者即想自心如一滿月湛然清淨內外分明以唵字安月心中以折隸主隸准提莎嚩訶字從前右旋次第周布輪緣(去聲)諦觀一一

字義與心相應不得差牙說三摩地觀念布字義唵字門者是流注不生不滅義復於一切法爲最勝義折字門者於一切法是無行義隸字門者於一切法是無相義主字門者於一切法是無起住義隸字門者於一切法是無垢義准字門者於一切法是無等覺義提字門者於一切法是無取捨義莎嚩字門者於一切法是平等無言說義訶字門者於一切法是無因寂靜無住涅槃義所說字義雖立文字皆是無文字義既無文字須諦觀一一義相周而復始無記無數不得斷絕不斷絕者爲流注不生不滅最勝義是故無行爲無行義是故無相爲無相義是故無起住爲無起住義是故無等覺爲無等覺義是故不取捨爲無取捨義是故平等無言說爲平等無言說義是故無因寂靜無住涅槃爲寂靜無住涅槃義是故不生不滅最勝無斷周而復始此名三摩地念誦

說准提求願觀想法

若求無分別者當觀無分別無記念若求無相無色當觀文字無文字念若求不二法門者應觀兩臂若求四無量當觀四臂若求六神通者當觀六臂若求八聖道當觀八臂若求十波羅蜜圓滿十地者應觀十臂若求如來普遍廣地者應觀十二臂若求十八不共法者應觀十八臂即如畫像法觀也若求三十二相當觀三十二臂若求八萬四千法門者應觀八十四臂如上觀念當入一切如來三摩地門甚深方廣不思議地是正念處是正眞如正解脫念誦觀行了欲出道場復須

依前次第更結燒香燈明飲食等手契供養懺悔隨意發願即結前第一根本契誦根本陀羅尼七遍頂上散之復結前車輅契以大二母指向外三度撥中指頭妙言曰

唵覩嚧覩嚧莎嚩訶（誦三遍）

復結前迎請契以二大母指向外三度開即成送聖者還本宮妙言曰

唵　折隸主隸准提蘖車蘖車婆伽嚩底莎嚩　皤嚩喃布娜囉哦摩那耶莎嚩訶（誦三遍）

復結前外火院大界契誦阿三摩祁尼誦妙言左轉三遍即成復更結三部三摩耶契各誦妙言一遍即了任出道場隨意經行讀誦大般若或華嚴或無邊門或法華楞伽涅槃大乘經論等思惟講說或以七俱胝佛像塔印用印香泥沙上紙上隨意印之多少如念誦有功如經所說境界一一分明了知次第欲得作扇底迦等種種方法或爲自身或爲他人即任依而作念誦

說扇底迦法

若欲求息災除一切鬼神及聰明長命求解脫者即於道場中面向北交脚竪膝而坐衣服飲食香華燈燭地等並用白色從月一日至八日日三時念誦及護摩等法若念誦時先誦根本陀羅尼三七遍已然後但從唵字誦之妙言曰

唵　折隸主隸准提與彼某甲除災難莎嚩訶

說布瑟置迦法

若欲求增長五通轉輪種種寶藏布著輪劍賢瓶如意寶安善那虞里迦鍾及鉞斧羂索

三叉等一切財寶藥草求成就法者身著黃衣面向東結跏趺坐所供養香華飲食果子燈燭地等並用黃色從月八日至十五日日三時念誦護摩等事念誦如前妙言曰

唵　折隸主隸准提與彼某甲所求如意莎嚩訶

說代施迦羅拏法

若欲呼召一切天龍鬼神人非人等應作此法者身著赤衣面向西結跏坐香華飲食果子燈燭地等並用赤色從月六日至二十三日日三時念誦護摩等法妙言曰

唵　折隸主隸准提爲彼攝召其神成就我頴莎嚩訶

說阿毗遮嚕迦法

若欲降伏一切惡神鬼及損三寶人天者有多罪業障重衆生調伏難者能令發菩提心脩諸善業者應起慈悲心而作此法身著青衣面向南作蹲踞坐左脚壓右脚用香華食果地等皆用青黑色從二十三日至月盡日日三時念誦護摩等法妙言曰

吽　折隸主隸准提吽癹吒

作法已即如常念誦

說七俱胝佛母准提畫像法

取不截白氎清淨者擇去人髮畫師受八戒齋不用膠和色用新椀盛彩色而用畫之其像作黃白色種種莊嚴其身腰下著白衣衣上有花又身著輕羅綽袖天衣以綬帶繫腰朝霞絡身其手腕以白螺爲釧其臂上釧七寶莊嚴一一手上著指環都十八臂面有三目上二手作說法相右第二手施無畏第三

手把劒第四手把數珠第五手把微若布羅迦果漢言子滿果此間無西國有第六手把鉞斧第七手把鉤第八手把拔折羅第九手把寶鬘左第二手把如意寶幢第三手把蓮華第四手把澡罐第五手把索第六手把輪第七手把螺第八手把賢瓶第九手把般若波羅蜜經夾菩薩下作水池池中安蓮華難陀跋難陀二龍王共扶蓮華莖於蓮華上安准提菩薩其像周圓安明光焰其像作憐愍眼看行者在下坐手執香爐面向上看菩薩於菩薩上畫二淨居天像法如是

佛說七俱胝佛母准提大明陀羅尼經

音釋

憺怕　憺徒感切怕蒲陌切憺怕安靜也　峻峙　峻私閏切高峻也峙直里切獨立也　聠　莫甸切視也　騃　五駭切癡也　擣　都浩切春也　嶷　魚力切立也　屣　所綺切華履也　秔　古行切稻之不黏者曰秔　潬　徒旱切水中沙處爲潬　齩　五巧切齧也　癰癤　癰於容切癤音節　馺　悉合切馬行相及貌　樺　胡化切木名　蘖　魚傑切　皤　蒲禾切　憚　徒案切　鈝　呼今切　橛　其月切　䟡　音祗　輅　落故切　䏶　傍禮切股也　鉞　王伐切大斧也　羂　古泫切網也　蹲踞　蹲祖尊切踞居御切　綽　昌畧切寬也

七俱胝佛母所說准提陀羅尼經

唐特進試鴻臚卿大興善寺三藏沙門大廣智不空奉　詔譯

清刻龍藏佛說法變相圖

七俱胝佛母所說准提陀羅尼經

唐特進試鴻臚卿大興善寺三藏沙門大廣智不空奉 詔譯

如是我聞一時薄伽梵在名稱大城逝多林給孤獨園與大苾芻衆幷諸菩薩及諸天龍八部前後圍遶愍念未來薄福惡業衆生卽入准提三摩地說過去七俱胝佛所說陀羅尼曰

曩謨颯多引南引三藐三没馱引俱引胝南引怛你也二合他引唵者禮主禮准泥娑嚩引二合賀引

若有修眞言之行出家在家菩薩誦持此陀羅尼滿九十萬徧無量劫造十惡四重五逆五無間罪悉皆消滅所生之處常遇諸佛菩薩豐饒財寶常得出家若是在家菩薩修持戒行堅固不退誦此陀羅尼常生天趣或於

人間常作國王不墮惡趣親近賢聖諸天愛敬擁護加持若營世務無諸災横儀容端正言音威肅心無憂惱若出家菩薩具諸禁戒三時念誦依教修行現生所求出世間悉地定慧現前證地波羅蜜圓滿疾證無上正等菩提若誦滿一萬徧即於夢中見佛菩薩即吐黑物其人若罪尤重誦二萬徧即夢見諸天堂寺舍或登高山或見上樹或於大池中澡浴或見騰空或見與諸天女娛樂或見說法或見拔髮剃髮或食酪飯飲白甘露或渡大海江河或升師子座或見菩提樹或乘船或見沙門或見居士以白衣黄衣覆頭或見日月或見童男童女或上有乳果樹或見黑丈夫口中吐火焰共彼鬪得勝或見惡馬水牛欲來觝觸持誦者或打或叱怖走而去或食乳粥酪飯或見蘇摩耶華或見國王若不見如是境界者當知此人前世造五無間罪應更誦滿七十萬徧即見如上境界應知罪滅即成先行然後依法畫本像或三時或四時或六時依法供養求世間出世間悉地乃至無上菩提皆悉獲得若有修持此陀羅尼當知未來成就處所有難無難悉地遲疾應於一浮室以瞿摩夷塗一小壇隨力供養以結界眞言結十方界以香水一餅置在壇中一心念誦其餅動轉當知所爲所求事成就若不動轉其事不成

又法取一瓦椀以香塗置於壇中專心念誦椀若轉動事即成就若不動事即不成

又法欲知未來之事先塗一小壇令一具相福德童子澡浴清潔著新淨衣服以七俱胝

眞言加持香塗童子手又加持華七徧置童子手中令童子掩面立於壇中又取別華誦眞言加持一徧一打童子手背乃至二十一枚即問童子善惡之事童子皆説

又法取一明鏡置於壇中先誦眞言加持華一百八徧已然後又誦眞言一徧一擲打鏡面於鏡面上即有文字現説善惡事

又法欲知事善不善成就不成就取蘇摩那華香油誦眞言加持一百八徧塗右手大拇指面誦眞言聲不斷絶令童子觀指面上現諸佛菩薩形像或現文字具説善惡

又法若人患鬼魅病取楊柳枝或茅草誦眞言拂患者身即得除愈

又法若患重病者誦眞言一百八徧稱彼人名以牛乳護摩即差

又法若孩子夜啼令童女右搓線誦眞言加持結二十一結繫於頸下孩子即不夜啼

又法先加持白芥子一百八徧然後取芥子誦眞言一徧一擲打彼鬼魅者滿二十一徧其鬼魅馳走病者除愈

又法若有患鬼魅以瞿摩夷塗一小壇以炭晝地作鬼魅形誦眞言以石榴等杖鞭之彼鬼啼泣馳走而去

又法若人被鬼魅所著或復病者身在遠處不能自來或念誦人又不往彼取楊柳枝或桃枝或華加持一百八徧使人將往病人所以枝拂病人或以華使病人嗅或以華打病人鬼魅即去病者除差

又法若被蛇所齧或聻吉你女鬼所持旋遶病人誦眞言其病即愈

又法若人患癰腫等及諸毒蟲所齧取檀香汁和土爲埿誦眞言七徧塗瘡上即愈
又法若在路行誦此眞言不被賊劫傷損亦離諸惡禽獸等難
又法若鬪諍言訟論理及談論求勝者誦此眞言強勝
又法若於江河中行誦此眞言不被漂休及水中惡龍摩竭黿鼉等傷害
又法若被囚禁繫閉者誦此陀羅尼速得解脱
又法國中有疾病十夜以油麻粳米和酥蜜作護摩即得災滅國土安寧
又法若求豐饒財寶者每日以種種食護摩即得財寶豐饒
又法欲令人敬愛歡喜者眞言句中稱彼人名即得歡喜順伏
又法若無衣者念誦即得衣
又法意中所求念誦皆得如意
又法若人身體肢節痛加持手二十一徧摩觸痛處即差
又法若患瘧及頭痛以加持手二十一徧摩觸亦得除差
又法塗一小壇取一銅椀滿盛淨灰令童子兩手按灰椀上持誦者應誦眞言本尊使者入童子身其椀即轉即下語童子即自結三部三昧耶印誦三部眞言即取滑石過與童子童子即於地上書過去未來事吉凶善惡及失脱經論廢忘難義眞言印即得知解
又法兩軍相敵於樺皮上書此陀羅尼懸於竹竿上令人手把誦眞言彼敵即破

又法若女人無男女以牛黃於樺皮上書此眞言令帶不久當有男女
又法或有女人夫不敬重取一新缾滿盛水於缾中著七寶及諸靈藥五穀白芥子以繒帛繫缾項以眞言加持一百八徧令女人結根本印安頂上以水灌頂即得寵愛敬重非但敬重亦得有子息在胎牢固
又法行者每念誦時結大印誦眞言印塔滿六十萬徧所求之事即得滿足觀自在菩薩金剛手菩薩多羅菩薩即爲現身所求如意或作阿蘇羅宮中王或得菩薩地或得長年藥或得敬愛法成就
又法於菩提道場於大制底前誦此陀羅尼得見聖僧共語與悉地成就得共彼同行即得同彼聖僧
又法於高山頂上念誦一俱胝徧金剛手菩薩將此人領五百六十人同共入阿蘇羅宮壽命一劫得見彌勒菩薩聽聞正法聞法已獲菩薩地得不退轉
又法上毗補羅山（云但有高山亦得）有舍利塔像前念誦隨力以香華供養乞食以支身命從月一日至十五日誦陀羅尼滿三十萬徧取其滿日一日一夜不食倍加供養至後夜即見金剛手菩薩將行人往自宮中爲行者則示阿蘇羅窟門入窟中得天妙甘露壽齊日月
又法於三道寶堦從天下處寶塔行者乞食旋遶誦俱胝徧即見無能勝菩薩與願爲説妙法示無上菩提道或見訶利底母將此人入自宮中與長年藥還童年少端正可喜獲得伏藏大人許可應廣利益三寶得一切菩

薩安慰示其正道乃至菩提道場

又法若人無宿善根無菩提種不修善提行纔誦一徧則生菩提法芽何況常能念誦受持七俱胝准提陀羅尼念誦儀軌若有修習此陀羅尼求成就者先須澡浴應著淨衣嚴飾道場安置本尊隨力所辦其道場法應擇勝地作四肘壇掘深三肘除去瓦礫惡土髮毛及骨灰炭蟲蟻等以好淨土填滿築平掘無惡土即取舊土填土若有賸當知其地是大吉祥速疾成就取未墮地瞿摩夷以香水和沙好土爲泥誦無能勝菩薩眞言加持二十一徧然後塗壇塗已復取五淨相和(五淨者瞿摩夷汁牛尿酪乳酥)以無能勝菩薩眞言加持一百八徧右旋徧塗其壇若於山石上建立或在樓閣或居船上一切賢聖得道處但以五淨塗拭面向東坐結無能勝印按地誦眞言七徧加持壇中心又取諸藥七寶幷五穀各少分掘壇中心深一肘安諸藥及七寶復取舊土填滿平治以右手按誦地天偈三徧警覺地天神偈曰

汝天親護者　於諸佛導師　修行殊勝行
淨地波羅蜜　如破魔軍衆　釋師子救世
我亦降伏魔　我畫曼荼羅

誦地天眞言曰

曩莫三漫多没馱(引)南(引)畢哩(二合)體(他以切)微曳(二合)娑嚩(二合)賀(引)

誦偈加持已然後以檀香塗九箇聖位如滿月以新淨供具金銀熟銅商佉貝玉石瓷木等新器盛諸飲食及好香華燈燭閼伽香水隨力所有布列供養若在家出家菩薩求成

就者每入道場先應禮佛懺悔隨喜勸請發
願已應自誓受菩提心戒眞言曰
唵冐引地止多母怛跛二合引娜野弭
菩提心者離一切我執遠離蘊處界及離能
取所取於法平等自心本不生自性空故如
過去一切佛菩薩發菩提心我亦如是此名
自誓受菩提心戒由誦一徧思惟勝義諦獲
得無量無邊無爲功德莊嚴三業乃至菩提
道場其福無間斷速滅一切業障眞言速得
成就本尊現前如華嚴入法界品慈氏菩薩
爲善財童子說菩提心功德自誓菩提心戒
已全加半加隨意而坐端身閉目即結定印
想空中准提佛母與七俱胝佛圍遶徧滿虛
空定中禮一切諸佛及准提佛母然後以香
塗手應結契印

佛部三麽耶印
二手虛心合掌開二頭指屈輔二中指甲下
第一節側二大指各附二頭指根下即成當
心誦眞言七徧想於如來三十二相八十種
好相好分明如對目前眞言曰
唵怛他引蘖覩納婆二合嚩引野娑嚩二合賀
引
由結此印誦眞言故即警覺一切如來悉當
護念加持行者以光明照觸所有罪障皆得
消滅壽命長遠福慧增長佛部聖衆擁護歡
喜生生世世離諸惡趣蓮華化生速證無上
正等菩提
蓮華部三摩耶印
以二手虛心合掌散開二頭指二中指二無
名指屈如蓮華形安印當心誦眞言七徧想

觀自在菩薩相好具足於頂右散眞言曰

唵跛娜謨引二合納婆二合嚩引野婆嚩引二合賀引

由結此印誦眞言故即警覺觀自在菩薩等持蓮華者一切菩薩光明照觸所有業障皆悉除滅一切菩薩常爲善友

金剛部三麼耶印

以左手翻向外以右手掌背安左手背以左右大小指互相鉤如金剛杵形安於當心想金剛手菩薩誦眞言七徧頂左散印眞言曰

唵嚩日嚧引二合納婆二合嚩引野娑嚩引二合賀引

由結此印及誦眞言故即警覺一切金剛聖衆加持擁護所有罪障皆得除滅一切痛苦終不著身當得金剛堅固之體

次結第二根本印用護身

二手外相叉二頭指二大指並直豎即成誦佛母心眞言印身五處所謂額次右肩次左肩次心次喉頂上散眞言曰

唵迦麼黎尾麼黎准泥娑嚩引二合賀引

結護身印時起大慈心徧緣六道四生願一切有情被大誓莊嚴堅固金剛甲冑速證無上正等菩提

次結地界橛印

二手內相叉豎二大指二頭指二小指各相合屈左頭指如鉤三掣大拇指指地印成一掣誦眞言一徧眞言曰

唵准你你枳引邏野娑嚩引二合賀引

由結此印誦眞言加持地界故下至水際如金剛座天魔及諸障者不爲惱害少加功力

速得成就持誦者次應於壇中心想八葉大蓮華上有師子座座上有寶樓閣垂諸瓔珞繒旛幢蓋寶柱行列垂妙天衣周布香雲普雨雜華奏諸音樂寶餅閼伽天妙飲食摩尼爲燈如無曼荼羅但於空中觀想即成作此觀已應誦此偈

以我功德力　如來加持力　及以法界力

普供養而住

誦此偈已即誦大虛空藏菩薩眞言曰

唵誐誐曩三婆嚩嚩囉(二合)斛(引)

由誦此眞言加持故所想供養具眞實無異一切聖衆皆得受用

次結寶車輅印

二手內相叉仰掌二頭指橫相拄以二大指各捻頭指根下想七寶車輅佛部使者駕御七寶車輅乘空而去至於色界頂呵迦尼吒天毗盧遮那佛宮殿中誦眞言七徧眞言曰

唵覩嚕覩嚕吽(引)

由誦眞言結印加持故七寶車輅至色界頂准提佛母并八大菩薩及諸聖衆眷屬圍遶乘七寶車輅

次結請車輅印

准前印以大指向身撥中指即成誦眞言七徧眞言曰

曩麽悉底哩(三合)野地尾(二合)迦(引)南(引)怛他(引)蘖多(引)南唵嚩日朗(二合)擬(研以切)你也(二合引)羯哩灑(二合)也娑嚩(二合引)賀(引)

由誦眞言加持故聖衆從本土來至道場空中而住

次結請本尊印從車輅下降於道場

准前第一根本印以二大指向身招誦眞言三徧眞言曰
唵者禮主禮准泥翳醯曳(二合)呬婆戰嚩底(丁以切)娑嚩(二合引)賀
次結無能勝菩薩印辟除障者
二手右壓左内相叉作拳豎二中指頭相合即成遶身左旋三帀作是思惟所有障者毗那夜迦諸惡鬼神遠走而去所來聖衆不越本三麽耶大悲而住願垂加護
曩莫三滿多没馱(引)南(引)唵所魯戸嚕戰拏(引)里麽(引)蹬者娑嚩(二合引)賀(引)
次結牆界印
准前地界印屈右頭指展左頭指右旋三帀隨心近遠即成金剛堅固之城諸佛菩薩尚不違越何況諸餘難調伏者毗那夜迦及毒蟲利牙爪者不能輔近眞言曰
唵准你儜鉢囉(二合)迦囉耶娑嚩(二合引)賀(引)
次結上方網界印
准前牆界印展左頭指右壓左當中節相交即成誦此眞言三徧眞言曰
唵准你儜半惹囉娑嚩(二合引)賀(引)
由誦眞言結印加持故即成金剛堅固不壞之網
次結火院密縫印
以左手掩右手背相重直豎二大指即成誦眞言三徧右旋三帀想金剛牆外有金剛火焰圍遶眞言曰
唵阿三莽擬(宜以切)你吽(引)發吒(半音)
由結此印誦眞言成大結護密縫不被諸魔入

次結閼伽印

二手内相叉竪二中指頭相著以二頭指捻二中指背二大指側附二頭指根下即成根本印准前根本印微屈二大指入掌即成閼伽印誦眞言三徧眞言曰

唵者禮主禮准泥遏鉗鉢羅(二合)底(引)蹉婆誐嚩底(丁異切)娑嚩(二合引)賀(引)

行者思惟聖衆了了分明想自身在諸佛聖衆足下手持七寶閼伽器盛香水浴聖衆足由獻閼伽香水故行者三業清淨洗滌煩惱垢業障消滅

次結蓮華座印

准前根本印並二大指向身竪運想從此印流出無量師子座奉獻一切聖衆是諸聖衆各各皆坐眞言曰

唵迦麼邏娑嚩(二合引)賀(引)

由結座印誦眞言奉獻聖衆故行者當得十地滿足得金剛之座

次結澡浴印

准前根本印以二大拇指頭捻二中指中節即成誦眞言三徧眞言曰

唵者娑嚩(二合引)賀(引)

想從此印流出無量光明一一光明道有無量七寶賢缾想滿天妙香水灌注一切聖衆澡浴復想空中有無量天樂供養本尊諸佛菩薩一切聖衆由結此印誦眞言故行者不久當得法雲地

次結塗香印

准前根本印以二大指傅著右頭指下節側即成誦眞言三徧眞言曰

唵禮娑嚩二合引賀引

想從此印流出無量光明一一光明道有無量天妙塗香粖香雲海供養本尊諸佛菩薩一切聖衆由結此印誦眞言故當證一切如來戒定慧解脱解脱知見香

次結華印

准前根本印以二大指傅著左頭指下節即成誦眞言三徧眞言曰

唵主娑嚩二合引賀引

想從此印流出無量光明一一光明道有無量種種水陸天妙華雲海供養本尊諸佛菩薩一切聖衆由結此印誦眞言故當得大慈三摩地成就能利樂無邊衆生諸災難不著身故

次結燒香印

准前根本印屈右頭指捻二大指頭即成誦眞言三徧眞言曰

唵禮娑嚩二合引賀引

想從此印流出無量光明一一光明道有無量和合俱生天妙燒香雲海供養本尊諸佛菩薩一切聖衆由結此印誦眞言故當得普徧法界三摩地成就

次結飲食印

准前根本印以左頭指捻二大指頭即成誦眞言三徧眞言曰

唵准娑嚩二合引賀引

想從此印流出無量光明一一光明道有無量天妙種種飲食雲海供養本尊諸佛菩薩一切聖衆當得法喜禪悦食三解脱最勝味三麽地成就

次結燈印
准前根本印以二頭指各捻二大指頭即成
誦眞言三徧眞言曰
唵泥娑嚩(二合引)賀(引)
想從此印流出無量光明一一光明道有無
量種種七寶燈燭雲海供養本尊諸佛菩薩
一切聖衆當得般若波羅蜜光明五眼清淨
次誦讚歎
阿嚩怛囉左覩囉娜(二合)舍(引)囉馱(二合)娑麼(二合)
囉哩補句致鉢囉(二合)拏麼跛娜尾呬帝阿者
禮怛蘇娑哩素你袒禮悉皺思准泥薩囉(二合)
悶底南(引)婆嚩捨麼你娑嚩(二合引)罕(引)帝薩
鉢囉(二合)拏吠怛你也(二合)佗(引)訖灑(二合)囉(引)拏
蘖帝阿尾你多薩怛嚩(二合)娜麼你鉢囉(二合)臬
(引)那路(引)迦怛囉(二合)野(引)囉佗(二合)迦唎囉訖

多(二合引)囉尾孕(二合引)那戍(引)鼻你播(引)怛囉
(二合)迦囉那訖使(二合)顰娑普(二合)砧(底浪切)悉體(二合)
怛嚩(二合)進底多麼囉貪(二合去)鉢囉(二合)瑟砧(二合)
孛佉惹曩你爾娜(引)你薩帝(知曳切)曩鉢囉(二合)
庫舞(二合)地矖邏始佉嚟野薩怛梵(二合引)囉抳
焰(二合)惹閉怛母(二合)你帽(引)你(你夷切)嚩日哩(二合)
擔枳邏馱弥焰(二合)素囉哩補婆嚩喃鉢囉(二合)
吠奢野底阿引哩野(二合)嚩路(引)枳帝皤悉皺
底諾僧捨闍薩怛多惹播(引)多(半音多語切)旦曩
(引)悉底(二合)惹蘖底緊旨你也(二合)薩怛梵(三合引)
曩那娜(引)悉薄羯底(二合)毗藥(二合)壹底娑迦羅
播(引)跛曩(引)舍你婆誐嚩底跛恥多麼(引)怛
囉(二合)悉地迦哩布囉野麼努(引)囉貪寘臬(引)
娜底曩怛梵(二合引)娑麼(二合)嚂迦室子(二合)多(半音)
婆誐嚩底准泥陀(引)囉尼薩姤(二合)怛囉(二合)薩

麼䟦多合二

次說本尊陀羅尼布字法

從頂至足觀一一眞言字屈曲分明流出光明照六道四生輪迴有情深起悲愍施與安樂用陀羅尼九字布列於行者身即成以如來印八大菩薩所加持身若作息災增益降伏敬愛隨四種法所謂白黃黑赤成辦悉地即結布字印二手內相叉二大指二頭指二小指相合直竪即成

想唵字安於頂以大拇指觸頭上　次想左字兩目童人上俱　想禮字復以大拇指觸左右眼上　次想祖字安於頸上用大拇指觸　次想禮字當心以大拇指觸　次想准字安右左肩以大拇指觸　次想泥字安齋上以大拇指觸　次想娑嚩合二字安右左兩脞上以小指觸　次想訶字安右左兩脛上以小指觸

由想布眞言結印加持故行者身即成准泥佛母身滅除一切業障積集無量福德吉祥其身成金剛不壞體若能常專注觀行一切悉地皆得現前速證無上正等菩提

次結根本印誦根本眞言七徧頂上散印即取菩提子念珠具一百八依法貫穿即以塗香塗其珠上以二手掌中捧珠當心誦眞言七徧加持念珠眞言曰

唵吠嚧引遮那引麼羅娑嚩二合引賀引

加持頂戴心口作是願言我今欲念誦惟願本尊諸佛菩薩加持護念願令速得隨意所求悉地圓滿然後以左手無名指大指承珠右手以大指無名指移珠手如說法相當於

心前持珠念誦其聲不緩不急心專注不異緣觀自身同本尊身相好具足又於身前壇中觀想七俱胝佛母與眷屬圍遶了了分明對坐每稱娑嚩二合引賀字同時移一珠一百八或一千八十爲念誦徧數常須限定若不滿一百八即不充求悉地徧數念誦畢已蟠珠於掌中頂戴發願作是願言以我念誦功德一切衆生所修眞行求上中下悉地速得成就安珠於篋中即結定印端身閉目澄心靜意當於胷臆身內炳現圓明如滿月皎潔光明起大精進決定取證若能不懈怠專功必當得見本源清淨之心於圓明中想唵字餘八字右旋於圓明上布列於定中須見眞言字分明既不散動得定即與般若波羅蜜相應即晝圓明月輪次應思惟字母種子義

唵字者是三身義亦是一切法本不生義　左字者一切法不生不滅義　禮字者一切法相無所得義　祖字者一切法無生滅義　禮字者一切法無垢義　准字者一切法無等覺義　泥字者一切法無取捨義　娑嚩二合字者一切法平等無言說義　訶字者一切法無因義　由一切法本不生故即得不生不滅　由不生不滅故即得相無所得　由相無所得故即得無生滅　由無生滅故即得無垢　由無垢故即得無等覺　由無等覺故即得無取捨　由無取捨故即得平等無言說

由平等無言說故即得無因無果般若相應無所得以爲方便入勝義實則證法界眞如以此爲三摩地念誦畢已

應結根本印次結澡浴印次結五供養印
次誦讚歎獻閼伽
次結阿三摩擬你(二合)印
左轉一帀解界
次結寶車輅印
以大拇指向外撥中指頭奉送聖者還本宮
奉送眞言曰
唵者禮主禮准泥蘖車蘖車婆誐嚩底婆嚩(二合引)婆(引)嚩南布娜囉(引)誐麽那(引)野娑嚩(二合引)賀(引)
次結三部三麽耶印各誦眞言一徧禮佛如前懺悔隨喜勸請發願迴向無上菩提隨意經行轉讀大乘經典華嚴大般若等經印塔像浴舍利右旋遶思六念以此福聚迴向自所求悉地

次説息災增益敬愛調伏四種法
扇底迦法者求滅罪轉障除災害鬼魅疾病囚閉枷鎖疫病國難水旱不調蟲損苗稼五星陵逼本命悉皆除滅煩惱解脱是名息災法作此法時著白衣面向北交脛竪膝吉祥坐觀本尊白色供養飲食果子香華燈燭地等悉皆白色從月一日至八日日三時念誦夜作護摩息災眞言曰
唵者禮主禮准泥(令某甲為他人念誦稱彼名)扇(引)底矩嚕(二合)娑嚩(二合)賀(引)
布瑟置(二合)迦法者求延命官榮伏藏富饒聰慧聞持不忘藥法成就金剛杵等成就或作師子象馬類以眞言加持三相現隨上中下所求獲果如蘇悉地廣説欲求持明仙入阿蘇羅窟及諸八部鬼神窟

求入者皆得及證地位神通求二種資糧圓滿速成無上菩提是名增益法作此法時身著黄衣面向東結跏趺坐觀本尊黄色所供養香華飲食果子燈燭地等並皆黄色從月八日至十五日日三時念誦夜作護摩眞言曰

唵者禮主禮准泥(令甲其)布瑟徵(二合)矩嚕(二合)娑嚩(二合引)賀(引)

伐施迦囉拏法者若欲令一切人見者發歡喜心攝伏鉤召若男若女天龍八部藥叉女及攝伏難調伏鬼神有諸怨敵作不饒益事皆令迴心歡喜諸佛護念加持是名攝召敬愛法作此法者身著赤衣面向西竪二膝並脚名爲賢坐觀本尊及所供養香華飲食果子燈燭地等並皆赤色從十六日至二十三日日三時念誦夜作護摩攝召眞言曰

唵者禮主禮准泥(令甲其)嚩試矩嚕(一合)娑嚩(二合引)賀(引)

阿毗遮嚕迦法者犯五無間謗方廣大乘毀滅佛性背逆君主惑亂正法於如是之人深起悲愍應作降伏法以驢糞或駞糞或燒屍灰以用塗壇作此法時身著黑衣或青衣面向南左脚押右脚蹲踞坐觀本尊黑色取臭無香氣黑色或青色華供養所供養飲食香華果子等燈燭地等並皆黑色或青色從月二十三日至月盡日取午時中夜二時念誦夜作護摩眞言曰

吽者禮主禮准泥(令甲其)鉢囉(二合)喃伽多野吽發吒

次説准泥佛母畫像法

取不截白氎去毛髮者㦗於淨壁先應塗壇以閼伽飲食隨力供養畫師應受八戒齋清淨畫像其彩色中勿用皮膠於新器中調色應畫准提佛母像身黄白色結跏趺坐坐蓮華上身佩圓光著輕縠如十波羅蜜菩薩衣上下皆作白色復有天衣角絡瓔珞頭冠臂皆著螺釧檀慧著寶環其像面有三目十八臂上二手作說法相右第二手作施無畏第三手執劒第四手持寶鬘第五手掌俱緣果第六手持鉞斧第七手執鉤第八手執金剛杵第九手持念珠左第二手執如意寶幢第三手持開敷紅蓮華第四手軍持第五手羂索第六手持輪第七手商佉第八手賢缾第九手掌般若梵夾蓮華下畫水池池中難陀龍王塢波難陀龍王拓蓮華座左邊畫持誦者手執香爐瞻仰聖者准提佛母矜愍持誦人眼下顧視上畫二淨居天子一名俱素陀天子手持華鬘向下承空而來供養聖者畫像已隨力僧次請七僧供養請開光明呪願讃歎於像下應書法身緣起偈將像於精室秘密供養以帛覆像念誦時去覆帛瞻禮供養念誦畢却以帛覆慎勿令人見何以故從師受儀軌畫像法若轉與人呈像被魔得便當須秘密

七俱胝佛母所說准提陀羅尼經

音釋

觝丁禮切觸也　搓七何切挪也　齧五結切噬也　休乃歷切與溺同　黿鼉黿愚袁切鼉徒何切　礫郎擊切小石也　賸時證切餘也　閼阿葛切　蘖魚列切　莽莫朗切　癹普活切　齤卓皆切　[illegible]亭夜切　曬所賣切　篋苦協切箱屬　㦗諸孟切開張畫繒也　縠胡谷切縐紗也

種種雜咒經

佛頂尊勝陀羅尼經

宇文周北天竺三藏闍那崛多譯

唐朝散郎杜行顗奉 制譯

清刻龍藏佛說法變相圖

二經同卷

種種雜呪經

佛頂尊勝陀羅尼經

種種雜呪經

宇文周比天竺三藏闍那崛多譯

妙法蓮華經内呪六首

第一藥王菩薩說

跢(丁可切下同)姪(地也切下同)他一安泥(奴帝切下同二)曼(莫干切下同)泥三磨(莫我切下同)泥(奴羝切下同四)磨磨泥五只(善彌切下同)羝六者唎羝七鑠(上音)迷八鑠(上音)弭多鼻(善彌切下同九)羶(書安切下同)羝十慕(上音)迦(上音)羝慕(上音)迦(上音)跢十一跢迷娑(上音)迷十二阿(上音)鼻沙(蹉我切)迷十三阿(上音)娑(上音)磨娑(上音)迷十四闍(上音)曳(余低切下同十五)叉(楚我切下

同曳十六阿上音叉曳十七阿上音敧彌奴皆切十八氈羝
壇羝鑠上音弭羝十九陀囉上音彌奴綺切二十阿盧迦
婆西丞長聲二十一跛囉上音諦都夜切韃菩迷切叉彌奴皆
切二十二鼻皤白可切輕聲外言之下同囉上音阿上音便哆囉十
你鼻瑟齡都皆切下同二十三阿顛哆跛唎輸上音提
二十四塢矩黎二十五慕上音矩黎二十六阿上音囉上音
第徒皆切下同二十七跛囉上音第二十八輸上音迦敧二十九
阿上音娑上音磨娑上音迷三十菩上音馱鼻盧枳羝三十
一馱上音囉上音磨跛躧綺羝三十二僧伽上音你瞿
沙蹉我切彌奴綺切二十三娑上音耶余何切婆上音夜余可切下
同三十四婆上音夜輸馱上音你奴移切三十五曼帝都結切黎
三十六曼跢囉叉夜羝三十七戶嚕羝戶嚕跢憍
俱照切鑠上音離上音移三十八阿上音叉夜三十九阿上音
叉夜皤那上音多夜四十皤盧阿上音曼禰你可切那
上音多夜四十一

此陀羅尼神呪六十二億恒河沙等諸佛所
說若有侵毀此法師者即爲侵毀是諸佛已
此陀羅尼於諸衆生多所饒益

第二勇施菩薩說

跢姪他一闍上音皤黎二磨訶闍上音皤黎三塢
雞四慕上音雞五阿上音第徒皆切下同六阿上音荼直下切
皤底都你切下同七那上音唎吒上音曳八那上音唎吒上音
耶皤底九伊上音知上音你十鼻上音知你十一只知
上音你十二那上音唎知上音你十三那上音唎吒平音皤底
十四

世尊此陀羅尼恒河沙等諸佛所說若有侵
毀此法師者則爲侵毀是諸佛已

第三毗沙門天王說

跢姪他一阿上音齡二那齡三那上音那上音齡四
阿上音那厨陀株切五那馳上音六矩那上音馳上音七

第四持國天王說

跢姪他一阿上音伽上音嫡如皆切下同二伽上音嫡三瞿唎四揵伽安切陀唎五栴荼直下切離上音六摩登祇上音七補迦上音徙八僧矩黎九蒲上音嚕娑上音黎十

世尊是陀羅尼四十二億諸佛所說若有侵毀此法師者則爲侵毀是諸佛已

第五十羅刹女共說

跢姪他伊上音底迷五遍你迷五遍戶嚕醯五遍娑上音跢醯並五遍遍

若不順我呪　惱亂說法者　頭破作七分　如阿梨樹枒

第六普賢菩薩說

跢姪他一阿　一壇荼徒皆切　壇荼直下切　跛底三壇荼直下切皤囉上音跢你四壇荼矩鑠上音黎五壇荼素上音陀唎素上音陀唎六素上音陀羅上音跛底七菩上音馱上音跛羶泥陀囉上音尼如移切八阿皤囉上音跢你阿皤囉上音跢你九僧伽上音跛囉綺羝十僧伽上音你伽跢泥一十馱上音囉上音磨跛囉綺羝二十娑上音囉上音皤娑上音跢皤三十戶嚕跢嶠俱胝切鑠上音羅上音耶阿上音砮伽上音羝四十澌斯蠅切伽上音鼻枳囉馳上音羝五十

若有菩薩得聞此陀羅尼者當知普賢神通之力

旋塔滅罪陀羅尼

南謨勃陀夜　南謨達囉上音摩夜　南謨僧伽夜　南磨阿唎耶　皤盧枳羝鑠上音皤囉夜菩提娑上音跢婆夜　麼訶娑上音跢婆夜麼訶迦嚕嫡迦夜　怛姪他佉上音囉皤羝殊訶上音皤羝伽皤羝娑上音婆訶

右呪若人能至心一念七日中遶塔行道誦滿一萬二千一遍面見觀世音菩薩威力滅一切罪障得一切所願

禮拜滅罪命終諸佛來迎呪

那上音謨菩上音陀夜　烏牟合口云牟字　戶嚕戶嚕徒馱盧者你娑上音囉上音皤囉上音他上音娑馱你娑上音婆訶

右呪出寶幢勝經十億菩薩所說誦呪一遍禮佛一拜勝禮千萬億拜佛功德又云命終諸佛來迎呪朝及人定二時各誦百遍婆羅門僧多誦此呪

供養三寶呪

那上音謨婆上音囉上音皤菩上音陀馱上音囉上音磨僧伽寫那上音磨阿唎耶余何切下同皤盧枳羝鑠上音皤囉寫菩提徒你切娑上音哆婆寫　磨訶娑上音跢婆寫　磨訶迦嚕你迦寫　跢姪他杜鼻菩弭切　杜鼻上音伽上音夜杜鼻上音鞞囉上音闍上鞞囉上音尼娑上音婆訶

右呪清旦於佛像前合掌至心日誦一遍勝以種種香華供養十萬億佛

觀世音懺悔呪

那上音謨曷囉上音跢那上音跢囉上音耶夜那上音磨阿唎耶皤盧枳羝鑠皤囉夜菩提徒你切娑跢婆夜　磨訶娑上音跢婆夜　磨訶迦嚕孏迦夜跢姪他　覩嚕覩嚕阿上音西磨西磨西磨訶摩唎尼杜　波摩唎尼杜鞞杜鞞那上音謨那上音磨婆上音婆訶

右呪觀音像前燒香發露懺悔至心誦三遍滅無始巳來罪求願必果

金剛呪蛇呪

那上音謨跋闍上音囉上音波拏上音曳麼訶夜叉栖
那跋跢曳絺上音孏奴綺切絺上音孏娑上音婆訶
右呪若人被蛇毒所中呪之二十一遍毒
即消滅

坐禪安隱呪

那上音謨菩上音陀夜那上音謨馱囉上音磨夜那上音
謨僧伽夜跢可可切姪他磨上音訶婆上音跌嚟阿
上音底都你切婆上音跌嚟鼻上音伽上音多曷囉闍西
磨訶鼻上音伽上音多曷囉闍西娑上音莎訶
右呪若初坐未定身心不安先誦此呪七
遍已跏趺坐則不驚動

呪腫呪

那上音謨曷囉上音跢那上音跢囉上音耶夜那上音磨
阿唎耶余何切皤盧枳羝鑠上音皤囉夜菩提徒你
切娑上音跢婆夜磨訶娑上音跢婆夜磨訶迦長聲
嚕孏迦夜跢姪他　枳唎枳唎　只唎只唎
呲上音只唎呲上音枳唎上音娑上音婆訶
右若惡腫風腫呪胡麻油塗之差

金剛呪治惡鬼病

那上音謨曷囉上音怛那上音哆囉上音耶夜句那上音
麼室旃荼上音跋闍上音囉上音波拏上音曳句麼訶
夜叉西那跋哆曳句跢姪他娑上音囉上音娑上音
囉上音句徒唎徒唎句素上音嚕上音素上音嚕句聞
者聞兼帶門聲者句伽唎訶上音耶鈝句闍上音陵句
醯醯皤闍上音囉上音波孏奴綺切句矩嚕矩嚕句馱
麼馱麼句那上音謨娑上音覩羝句娑上音婆訶
右呪若人著鬼病呪水七遍手把望前病
人面打叱之即差

千轉陀羅尼

那上音謨曷囉上音跢那上音跢囉上音耶夜一那上音

磨阿唎耶皤盧枳羝鑠上音皤囉夜二菩提徒你切娑上音跢婆夜三磨訶娑上音跢婆夜四摩訶迦嚕嬭奴綺切迦夜五跢姪他六闍上音曳闍上音曳七闍上音夜婆醯上音你八闍上音榆跢唎九迦上音囉上音伽上音囉上音十磨羅上音磨羅十一者羅上音者羅十二綺拏上音綺拏十三娑上音囉上音皤迦上音囉上音摩皤囉上音拏上音拏你迷十四婆上音伽上音皤底都你切咖上音訶上音娑上音囉皤迦上音羝十五娑上音囉上音皤菩上音陀皤盧枳羝十六者蒭初蝸切此云眼十七輸上音嚕跢囉上音十八云耳伽上音囉拏上音十九云鼻是訶上音皤二十云舌迦夜二十一云身磨弩二十二云意一本作那上云心鼻菩弭切輸駄你二十三云淨素上音囉上音素上音囉上音二十四一本云素嚕跛囉上音素上音囉上音跛囉上音素上音囉二十五娑上音囉上音皤菩上音陀阿上音提徒你切瑟絺上音羝娑上音婆訶二十六駄囉上音磨陀覩伽上音韡娑上音婆上音訶二十七阿上音婆皤二十八婆上音皤婆皤二十九駄囉上音摩皤三十菩駄尼奴移切曳三十一娑上音婆訶三十二句

觀世音隨心呪四首

第一滅罪清淨呪

那上音謨曷囉跢那上音怛囉上音耶夜句那上音麼阿唎耶皤盧枳羝鑠上音皤囉夜句菩提徒你切娑上音跢婆夜麼訶娑上音跢婆夜句麼訶迦嚕嬭奴綺切迦夜句跢姪他句烏鈝多嚟覩多嚟句覩嚟句皤闍上音囉上音謨又嬭奴綺切句娑上音婆訶

右誦滿十萬遍衆罪消滅

第二呪

那上音謨曷囉上音跢那上音跢囉上音耶夜句那上音麼阿唎耶皤盧枳羝鑠上音皤囉夜句菩提上音

娑(上音)哆婆夜(句)麼訶娑(上音)踰婆夜(句)麼訶迦
嚕嬭迦夜(句)踰姪他(句)阿嚟多嚟(句)覩多嚟
(句)覩嚟醯(虛你切)囒訴(奴也切又奴夜切)伽(上音)囉(上音)鞾
(句)曷囉(上音)叉囉叉摩鉡(某甲)寫(句)娑(上音)囉(上音)皤
杜谿弊(鼻可切句)娑(上音)囉(上音)蒱跛陀(上音)囉(上音)鞾弊
(音同上句)娑(上音)婆訶
右呪誦滿十萬遍得無怖畏一切邪道欲
侵我者皆不成辦

第三呪

那(上音)謨曷囉(上音)踰那(上音)踰囉(上音)耶夜(句)那(上音)
麼阿唎耶皤盧枳羝鑠(上音)皤囉夜(上音句)菩提
(上音)娑(上音)踰婆夜(句)麼訶娑(上音)踰婆夜(句)麼訶
娑(上音)踰婆夜(句)麼訶迦嚕你迦夜(句)踰姪他
(句)徙提旃跌嚟(句)那(上音)姥只你訶嚟多嚟(句)
覩多嚟(句)覩嚟(句)烏牟(合口云牟字)毗(上音)輸馱你

娑(上音)婆訶
右呪誦滿十萬遍淨一切業障

第四呪

那(上音)謨曷囉(上音)踰那(上音)踰囉(上音)耶夜(句)那(上音)
麼阿唎耶皤盧枳羝鑠(上音)皤囉(上音)夜耶(句)菩
提(上音)娑踰婆夜麼訶娑(上音)踰婆夜(句)麼訶迦
嚕嬭迦夜(句)踰姪他(句)烏鉡跛囉(上音)珊那(上音)
(句)你唎耶羝(句)多嚟多嚟多嚟(句)跛珊泥跛
囉(上音)珊泥(句)跛囉(上音)珊那(上音)迦(上音)囉(上音)嬭(奴綺
切句)娑(上音)囉(上音)皤娑踰娑那鉡(句)迦(上音)嚧馱跛
囉(上音)鑠(上音)麼你娑(上音)婆訶
右呪除瞋恚呪誦七遍令瞋者歡喜

七倶胝佛神呪

納莫颯多喃　三藐三佛陀倶胝南　怛姪
他唵　折麗　主麗　准迺莎訶

隨一切如來意神呪

納莫薩縛(平音)怛他揭多曷唎達耶　阿奴揭

多怛姪他甕　屈嚨者(上音)尼莎訶

若人能誦此二神呪各一遍能滅九俱胝

大劫所作罪

六字陀羅尼呪

唵縛(平音)雞淡納莫

右呪曼殊室利菩薩以六千頌釋(三藏云誦此呪滅一切罪生一切善)

歸依三寶呪

那(上音)謨勃陀夜嚁囉吠那(上音)謨達囉(上音)摩夜

多衍泥那(上音)謨僧伽夜麼訶柢悉得唎驃臂

塞怛多納莫

右誦此呪於所生處常遇三寶得四親行

如影隨形無暫時離

種種雜呪經

右宇文周世北天竺三藏闍那崛多等於

大興善寺譯

沙門圓明等筆授

佛頂尊勝陀羅尼經

唐朝散郎杜行顗奉制譯

稽首一切智

如是我聞一時佛在舍衛國祇樹給孤獨園與大比丘衆八千人俱菩薩三萬二千逮得正智照明諸法於知所知了無罣礙其名曰觀自在菩薩得大趣菩薩彌勒菩薩文殊師利童眞菩薩蓮華勝藏菩薩手金剛菩薩持地菩薩虛空藏菩薩除一切障菩薩普賢菩薩而爲上首如是等三萬二千菩薩摩訶薩衆復有萬梵摩天善吒梵摩而爲上首從餘生界來詣佛所俱在會集復有萬二千諸釋天衆與無量天龍夜叉乾闥婆阿脩羅迦樓羅緊那羅摩睺羅伽人非人等俱來在會爾時聖尊四衆圍遶恭敬供養而爲說法時三十三天善法場中有天名善住處大寶宮盛縱歡樂妓麗侍奉嬉戲馳遊觀覽娛情悉暢所欲忽夜有聲呼天善住汝終期至七日當死七生閻浮入於地獄後或爲人貧窮生盲受諸苦惱善住聞已恐怖驚惶毛竪憂愁急詣釋提桓因天帝之所前禮帝足荒懼白帝請帝垂哀救我苦厄救我苦厄我受天樂縱心適意忽有聲言七日命終七生閻浮當入地獄後或爲人貧窮生盲受諸苦惱我今煩荒心迷識亂計不知出唯帝悲愍拔救苦毒釋提桓因聞是語已深懷怪悼云何七生默寂須臾遂見善住於此命終便受豬身豬身畢已受於狗身狗身畢已受於狐身狐身畢已受於猴身猴身畢已受毒蛇身蛇身畢已當受鷲身鷲身畢已受於烏身如是七生恒

食穢惡釋提桓因見是事已深哀善住當受大苦何計何從誰能救濟作是思惟唯除如來阿羅訶三藐三佛陀無能救者於是天帝其夜後分賫諸華鬘種種諸香末香燒香天衣瓔珞諸莊嚴具詣於祇林佛聖尊所頂禮雙足右遶七帀大供養已便於佛前一面而坐以善住事具白聖尊其時如來頂放大光其光雜色流照十方一切生界還至佛所右遶三帀從佛口入佛遂微笑告釋提桓因有佛灌頂清淨諸趣佛頂尊勝陀羅尼淨除一切業障地獄畜生閻摩盧迦生死苦惱破地獄道昇於佛路天帝此清淨諸趣佛頂尊勝陀羅尼但聽聞者生死相續一切業障種種苦患咸悉消滅當獲善果得宿命智從一佛國生一佛國從一天中生一天中乃至三十三天宮常知宿命能習持者現百年限更增其壽身口意淨心寧適樂身苦咸除獲諸善觸諸佛觀視諸天衛護一切菩薩慈愛繫念讀誦之者一切地獄畜生閻摩盧迦及諸餓鬼息除消散境域空虛一切佛刹菩薩天宮咸闢福門導之令入於是釋提桓因前白佛言聖尊憐愍攝護一切衆生唯願爲說清淨諸趣佛頂尊勝陀羅尼爾時聖尊受天帝請即說陀羅尼曰

南謨薄伽(上音)婆低喹嚟(二合)盧吉夜(翊可切二合)鉢

羅(上音二合)底(都里切下同)毗(上音)始瑟吒夜(翊可切下同)勃

陀夜(一云歸命聖尊三界勝覺)怛姪(徒列切)他(二)烏牟(半音三)

毗輸陀(上音重)夜麼麼(四麼麼云其甲受持者於此自稱名)娑(上音)

曼多皤(上音)婆(重)娑(上音)馺叵(二合)囉(上音)拏(上音)伽底

咖(上音)訶(上音)那瑣婆(重)皤(上音)舜(入)提(五)阿(上)毗

上音重瑟者夜二合素上音伽上音多上音婆上音者那蜜
嘌二合多毗上音重訕跣皆切罽平音六阿訶上音囉上音
阿訶囉上音七阿愈珊陀重囉上音尼上音八輸陀
上音重夜輸陀上音重夜九伽上音伽上音那毗上音舜
入提重十烏瑟尼二合沙跣我切毗上音闍上音夜舜入
提重十一娑上音訶上音娑囉上音二合囉上音濕弭三朱
長呼地上音低十二薩囉皤上音二合多上音他伽上音多地
上音重瑟姹丑遐切二合那地上音重瑟祉低十三阿上音
地哩二合跋闍囉上音二合迦夜僧訶上音多上音那上音
舜入上提重十四薩囉皤上音二合皤上音囉上音拏上音毗上音
舜入提重十五鉢囉上音二合夜你夜多上音婆上音重
夜十六阿愈舜入音提十七娑上音麼耶余他切地上音重
瑟祉二合低十八麼你麼你麼麼你十九多上音他上音
多菩重多俱知上音跋唎上音舜入提重二十毗上音
娑普二合吒上音乹地上音舜提重二十一闍上音夜闍上音

夜二十二毗上音闍上音夜毗上音闍上音夜二十三娑麼
二合囉上音娑麼二合囉二十四勃陀地上音重瑟祉二合
多上音舜入音提重二十五跋闍嚓二合跋闍囉上音二合揭
囉韡重二合二十六跋闍嚂二合婆上音重皤上音覩麼麼
二十七麼麼云某甲受持者於此自稱名麼訶耶那上音鉢囉上音二合
婆上音重迦夜毗上音舜入音提重二十八薩囉皤上音二合
伽上音底跋唎舜入音提重二十九薩囉皤上音二合多伽
多娑上音摩戍阿二合娑地上音重瑟祉二合低三十勃
陀重夜二合勃陀重夜二合三十一毗上音菩長聲陀上重
音夜三十二娑上音曼多跋唎上音舜入音提重三十三薩
囉皤上音二合多上音他伽上音多地上音重瑟姹丑遐切二
合那地上音重瑟祉二合低三十四莎訶三十五注平上去入
者從四聲法借音讀注半音者半聲讀注二合者半上字連聲讀注重者帶喉聲重讀注
長者長聲讀注切者從切借音讀羅利盧栗黎藍等字傍加口者轉聲讀
天帝此清淨諸趣佛頂尊勝陀羅尼淨諸罪

障除諸惡趣八十八俱胝百千恒河沙諸佛所共宣說守護喜讚一切如來智印印之爲除一切衆惡趣故一切地獄畜生閻摩盧迦諸罪惡類沉溺苦海受諸痛毒爲解脫故爲諸短壽薄福下陋卑賤惡業諸衆生故趣於地獄種種生類夭折失心亡背正路諸衆生故說此陀羅尼行閻浮提淨除罪業令歸解脫天帝汝當持此尊勝陀羅尼爲善住說當爲閻浮衆生諸天天子一切含識宣揚讀誦思惟習念恭敬供養受持修行我今以陀羅尼印敎約付囑天帝汝當善持聞此陀羅尼者百千劫中所積業障咸得清淨不墮地獄不生畜生閻摩盧迦餓鬼惡趣不受阿脩羅夜叉羅刹及富丹那迦吒富丹那癲等鬼神之身乃至犬龜鳥獸蚊蚉毒蛇腹行之類并諸小蟲不復更受恒與佛俱或生菩薩勝族或生婆羅門大姓刹利大姓居士大家以此陀羅尼力得清淨生至坐菩提獲正遍覺天帝此清淨諸趣尊勝陀羅尼威神廣大具大功果有大力能是大吉祥如日藏寶珠皎潔無垢淨若虛空所在之處光明照朗此陀羅尼所置之處威神洽被亦復如是持此陀羅尼者一切罪惡皆不能染柔和潤澤清淨無垢如閻浮檀金書寫讀習誦念供養受持修行此陀羅尼者當知此處地獄業除諸趣咸淨書此陀羅尼安置幢上樹於高山或高屋上及餘高處或浮圖中若比丘比丘尼優婆塞優婆夷善男子善女人等見此陀羅尼幢若近幢若幢影霑身若幢風吹身或爲幢風飄塵著身罪業便消不生地獄畜生閻摩盧

迦餓鬼阿脩羅中不墮諸惡趣一切如來諸佛當與授記得不退轉至登正覺以種種華香種種諸鬘種種幢繖旛蓋瓔珞諸莊嚴具并諸塗飾修大供養於四衢道造塔安置此陀羅尼行道頂禮當知此輩是摩訶薩佛之法子法之梁柱舍利之塔爾時閻摩法王其夜將曉來詣佛所以種種天華種種諸香雜香燒香天衣瓔珞修大供養右遶七帀頂禮佛足白佛言聖尊我知佛恩非不知恩今爲報佛恩故擁護一切常勤奉事此大威力大功果陀羅尼閉地獄門淨諸惡趣爾時四天王遶佛三帀前白佛言唯願聖尊說此陀羅尼修行之法佛告四天王諦聽諦聽我今當說若有命短求長壽者當於白月十五日澡浴清淨著淨潔衣受八戒齋誦此陀羅尼千遍諸障便除病愈壽增獲大安樂地獄畜生諸惡趣苦咸悉解脫乃至畜生諸惡趣類耳得聞此陀羅尼者便復不受惡趣之身嬰纏重病者病皆消散諸趣清淨命終之後生現樂界蓮華化生不受胎藏常知宿命若諸衆生罪業所牽命終之後生於惡趣應以此陀羅尼呪土二十一遍散其體骨之上隨其所生若地獄若畜生或閻摩盧迦或餓鬼趣乃至阿鼻地獄禽獸蜫蟲咸謝苦身生天受樂日日誦此陀羅尼二十一遍罪滅福增衆人愛敬命終之後生極樂國若常念持此陀羅尼命終之後生諸淨土從一佛國至一佛國一切佛刹作大光照常與佛俱諸佛護育而與授記乃至獲證大涅槃樂修行此陀羅尼者當作方壇四面正等散種種淨華燒種種

香右膝輪著地長跪一心普念十方一切諸佛作合十指爪印當於心上二頭指二大拇指各相屈按稱娑度（云善哉）誦此陀羅尼一百八遍即爲供養承事八十八俱胝恒河沙那由他百千諸佛如佛供養而作供養亦爲供養四大天王一切讃善稱是佛子以大菩提莊嚴其心獲無礙智凡欲誦念此陀羅尼者皆當至心如法作合十指爪印是爲修行陀羅尼法佛告釋提桓因天帝當以此法救除衆生地獄諸趣一切苦惱淨諸趣業獲長壽果天帝當還可授善住天子此陀羅尼滿七日已汝共善住來至我所釋提桓因受佛教已還於天宮以此佛頂尊勝陀羅尼授善住天子善住受已修行供養六日六夜爰至七日諸惡趣業皆得解脱居天福處獲大長壽歡喜踊躍大聲唱言阿呼佛陀耶阿呼達摩耶阿呼僧伽耶阿呼毗耶（二合）陁（云陀羅尼）救拔衆生一切苦厄令我得脱諸惡趣苦爾時天帝釋提桓因部屬侍遶將善住天子賷種種華香燒香塗香幷種種鬘蓋繖旛幢衣服瓔珞乘天寶輅備天莊嚴來至佛所作大供養右遶萬帀便於佛前一面而立頌讃佛已退坐聽法佛伸金色右手慰護善住而與授記

佛頂尊勝陀羅尼經

音釋

羝（都奚切）鑠（書藥切）敧（去奇切）癲（都年切狂病也）蚊蝱（蚊無分切蝱莫耕切）繖（蘇肝切蓋也）

佛頂尊勝陀羅尼經

唐罽賓沙門佛陀波利奉　詔譯

佛說佛頂尊勝陁羅尼經

唐三藏法師義淨奉　制譯

清刻龍藏佛說法變相圖

永樂御製佛頂尊勝總持經呪序

朕惟如來演大乘教開方便門千經萬法無非爲濟度群生使不淪業報佛頂尊勝總持經呪者一切如來智印廣大慈悲甚深希有普利昏迷實巨海之津梁幽暗之日月飢渴之飲食也世間善男子善女人一切衆生能發菩提心持誦佩服者其福德種種無盡永脱諸惡苦趣從無始以來百千億劫所積罪業悉皆消除若晝夜勤修不懈當得諸佛灌頂神天擁護福壽無量如是勝果目覩其效誠實不虛朕君臨天下閔斯民之執迷所作所爲墮於惡趣而不知若斯謬戾誠爲可矜遂以是經呪用俾河沙刹土一切有情均沾利益壽延福增同臻佛道又況佛有誓盟廣濟衆生必先度忠孝凡忠臣孝子身生中國

又逢治世受種種快樂皆由其事君事親能
盡其道又能敬禮三寶修積善因舉足之頃
即登覺路若夫爲惡之徒昧於改悟所作所
爲日甚一日造業深重甘心墮落身如沐漆
求潔實難隕墜幽扃何由出世苟能回心向
善即此一路可超出劫塵也

永樂九年六月　日

二經同卷

佛頂尊勝陀羅尼經

佛說佛頂尊勝陀羅尼經

佛頂尊勝陀羅尼經序

唐定覺寺沙門　志靜述

佛頂尊勝陀羅尼經者婆羅門僧佛陀波利儀鳳元年從西國來至此土到五臺山次遂五體投地向山頂禮曰如來滅後衆聖潛靈唯有大士文殊師利於此山中汲引蒼生教諸菩薩波利所恨生逢八難不覩聖容遠涉流沙故來敬謁伏乞大慈大悲普覆令見尊儀言已悲泣雨淚向山頂禮禮已舉頭忽見一老人從山中出來遂作婆羅門語謂僧曰法師情存慕道追訪聖蹤不憚劬勞遠尋遺跡然漢地衆生多造罪業出家之輩亦多犯戒律唯有佛頂尊勝陀羅尼經能滅除惡業未知法師頗將此經來不僧曰貧道直來禮謁不將經來老人曰既不將經空來何益縱見文殊亦何必識師可却向西國取此經來流傳漢土即是遍奉衆聖廣利羣生拯濟幽明報諸佛恩也師取經來至此弟子當示師文殊師利菩薩所在僧聞此語不勝喜躍遂裁抑悲淚至心敬禮舉頭之頃忽不見老人其僧驚愕倍更虔心繫念傾誠迴還西國取佛頂尊勝陀羅尼經至永淳二年迴至西京具以上事聞奏大帝大帝遂將其本入内請日照三藏法師及勑司賓寺典客令杜行顗等共譯此經勑施僧絹三十疋其經本禁在

内不出其僧悲泣奏曰貧道捐軀委命遠取經來情望普濟羣生救拔苦難不以財寶爲念不以名利關懷請還經本流行庶望含靈同益帝遂留翻得之經還僧梵本其僧得梵本將向西明寺訪得解善梵語漢僧順貞奏共翻譯帝隨其請僧遂對諸大德共順貞翻譯譯訖僧將梵本向五臺山入山於今不出今前後翻兩本並流行於世小小語有不同者幸勿怪焉至垂拱三年定覺寺主僧志靜因停在神都魏國東寺親見日照三藏法師問其逗留一如上說志靜遂就三藏法師諮受神呪法師於是口宣梵旨經二七日句句委授具足梵音一無差失仍更取舊翻梵本勘校所有脱錯悉皆改定其呪初注云最後别翻者是也其呪句稍異於杜令所翻者其新呪改定不錯并注其音訖後有學者幸詳此焉至永昌元年八月於大敬愛寺見西明寺上座澄法師問其逗留亦如前説其翻經僧順貞見在西明寺此經救拔幽顯最不可思議恐學者不知故具録委曲以傳未悟

佛頂尊勝陀羅尼經

唐罽賓沙門佛陀波利奉　詔譯

如是我聞一時薄伽梵在室羅筏住誓多林給孤獨園與大苾芻衆千二百五十人俱又與諸大菩薩僧萬二千人俱爾時三十三天於善法堂會有一天子名曰善住與諸大天遊於園觀又與大天受勝尊貴與諸天女前後圍遶歡喜遊戲種種音樂共相娛樂受諸快樂爾時善住天子即於夜分聞有聲言善住天子却後七日命將欲盡命終之後生贍部洲受七返畜生身即受地獄苦從地獄出希得人身生於貧賤處於母胎即無兩目爾時善住天子聞此聲已即大驚怖身毛皆竪愁憂不樂速疾往詣天帝釋所悲啼號哭惶怖無計頂禮帝釋二足尊已白帝釋言聽我所說我與諸天女共相圍遶受諸快樂聞有聲言善住天子却後七日命將欲盡命終之後生贍部洲七返受畜生身受七身已即墮諸地獄從地獄出希得人身生貧賤家而無兩目天帝云何令我得免斯苦爾時帝釋聞善住天子語已甚大驚愕即自思惟此善住天子受何七返惡道之身爾時帝釋須臾靜住入定諦觀即見善住當受七返惡道之身所謂豬狗野干獼猴蟒蛇烏鷲等身食諸穢惡不淨之物爾時帝釋觀見善住天子當墮

七返惡道之身極助苦惱痛割於心諦思無計何所歸依唯有如來應正等覺令其善住得免斯苦爾時帝釋即於此日初夜分時以種種華鬘塗香末香以妙天衣莊嚴執持往詣誓多林園於世尊所到已頂禮佛足右遶七帀即於佛前廣大供養佛前胡跪而白佛言世尊善住天子云何當受七返畜生惡道之身具如上說爾時如來頂上放種種光遍滿十方一切世界已其光還來遶佛三帀從佛口入佛便微笑告帝釋言天帝有陀羅尼名爲如來佛頂尊勝能淨一切惡道能淨除一切生死苦惱又能淨除諸地獄閻羅王界畜生之苦又破一切地獄能迴向善道天帝此佛頂尊勝陀羅尼若有人聞一經於耳先世所造一切地獄惡業皆悉消滅當得清淨之身隨所生處憶持不忘從一佛刹至一佛刹從一天界至一天界遍歷三十三天所生之處憶持不忘天帝若人命欲將終須臾憶念此陀羅尼還得增壽得身口意淨身無苦痛隨其福利隨處安隱一切如來之所觀視一切天神恒常侍衛爲人所敬惡障消滅一切菩薩同心覆護天帝若人能須臾讀誦此陀羅尼者此人所有一切地獄畜生閻羅王界餓鬼之苦破壞消滅無有遺餘諸佛刹土及諸天宮一切菩薩所住之門無有障礙隨意遊入爾時帝釋白佛言世尊唯願如來爲衆生說增益壽命之法爾時世尊知帝釋意心之所念樂聞佛說是陀羅尼法即說呪曰

（此呪最後別翻）

那謨薄伽跋帝一　啼隸路迦（猪卿切）　鉢囉底毗

失瑟咤哪余何切下同長聲勃陀耶一云皈命聖尊三世勝覺二
薄伽跋底三怛姪他四唵長聲五毗輸駄音太耶
娑摩三漫音文多皤婆娑六娑破囉拏揭底伽
訶那七娑婆皤輸秫輸律切下同地阿鼻詵去聲者
蘇揭多伐折那八阿嘧㗚多毗囇鷄取厲切平聲九
阿上聲訶囉去聲阿訶囉下同十阿瑜散陀長聲羅尼
十一輸舜入聲駄音太下同耶輸駄耶十二伽伽那去聲毗
秫提十三烏瑟尼沙毗逝耶秫提十四娑訶娑囉
喝囉濕弭珊珠地帝十五薩婆怛他揭多地瑟
咤長聲那頞地瑟恥帝丁你切慕音母姪隷音犁十六跋
折囉迦長聲耶僧訶多那秫提十七薩婆伐羅拏
毗秫提十八鉢羅底丁你切你伐怛耶阿瑜秫提
十九薩末那阿地瑟恥帝音低二十末禰末禰二十一
怛闥多部多俱胝鉢唎秫提二十二毗音弭薩音悉
普吒勃地秫提二十三杜耶杜耶余何切下同二十四毗

杜耶毗杜耶二十五薩末囉薩末囉勃陀頞地
瑟恥多秫提二十六跋折梨跋折囉揭鞞二十七
跋折濫婆伐都二十八麼麼受持者於此自稱名薩婆薩
埵寫迦長聲耶毗秫提二十九薩婆揭底丁你切鉢
唎秫提三十薩婆怛他揭多三摩濕婆娑遏地
瑟恥帝低字呼三十一勃陀地耶切勃陀同上蒲駄音太耶
蒲駄音太耶三漫多鉢唎秫提三十二薩婆怛他
揭多地瑟咤長聲那頞地瑟恥帝三十三娑婆訶
佛告帝釋言此呪名淨除一切惡道佛頂尊
勝陀羅尼能除一切罪業等障能破一切穢
惡道苦天帝此陀羅尼八十八殑伽沙俱胝
百千諸佛同共宣説隨喜受持大如來智印
印之爲破一切衆生穢惡道苦故爲一切地
獄畜生閻羅王界衆生得解脱故臨急苦難
墮生死海中衆生得解脱故短命薄福無救

護衆生樂造雜染惡業衆生故說又此陀羅尼於贍部洲住持力故能令地獄惡道衆生種種流轉生死薄福衆生不信善惡業失正道衆生等得解脫義故佛告天帝我說此陀羅尼付囑於汝汝當授與善住天子復當受持讀誦思惟愛樂憶念供養於贍部洲一切衆生廣爲宣說此陀羅尼亦爲一切諸天子故說此陀羅尼印付囑於汝天帝汝當善持守護勿令忘失天帝若人須臾得聞此陀羅尼千劫已來積造惡業重障應受種種流轉生死地獄餓鬼畜生閻羅王界阿脩羅身夜叉羅剎鬼神布單那羯吒布單那阿波娑摩羅蚊虻龜狗蟒蛇一切諸鳥及諸猛獸一切蠢動含靈乃至蟻子之身更不重受即得轉生諸佛如來一生補處菩薩同會處生或得大姓婆羅門家生或得大剎利種家生或得豪貴最勝家生天帝此人身得如上貴處生者皆由聞此陀羅尼故轉所生處皆得清淨天帝乃至得到菩提道場最勝之處皆由讚美此陀羅尼功德如是天帝此陀羅尼名吉祥能淨一切惡道此佛頂尊勝陀羅尼猶如日藏摩尼之寶淨無瑕穢淨等虛空光焰照徹無不周遍若諸衆生持此陀羅尼亦復如是亦如閻浮檀金明淨柔軟令人喜見不爲穢惡之所染著天帝若有衆生持此陀羅尼亦復如是乘斯善淨得生善道天帝此陀羅尼所在之處若能書寫流通受持讀誦聽聞供養能如是者一切惡道皆得清淨一切地獄苦悉皆消滅佛告天帝若人能書寫此陀羅尼安高幢上或安高山或安樓上乃至安

置窣堵波中天帝若有苾芻苾芻尼優婆塞優婆夷族姓男族姓女於幢等上或見或與相近其影映身或風吹陀羅尼山幢等上塵落在身上天帝彼諸衆生所有罪業應墮惡道地獄畜生閻羅王界餓鬼阿脩羅身惡道之苦皆悉不受亦不爲罪垢染汙天帝此等衆生爲一切諸佛之所授記皆得不退轉於阿耨多羅三藐三菩提天帝何況更以多諸供具華鬘塗香末香幢旛蓋等衣服瓔珞作諸莊嚴於四衢道造窣堵波安置陀羅尼合掌恭敬旋遶行道歸依禮拜天帝彼人能如是供養者名摩訶薩埵眞是佛子持法棟梁又是如來全身舍利窣堵波塔爾時閻摩羅法王於時夜分來詣佛所到已以種種天衣妙華塗香莊嚴供養佛已遶佛七帀頂禮佛足而作是言我聞如來演說讚持大力陀羅尼者我常隨逐守護不令持者墮於地獄以彼隨順如來言教而護念之爾時護世四天大王遶佛三帀白佛言世尊唯願如來爲我廣說持陀羅尼法爾時佛告四天王汝今諦聽我當爲汝宣說受持此陀羅尼法亦爲短命諸衆生說當先洗浴著新淨衣白月圓滿十五日時持齋誦此陀羅尼滿其千遍令短命衆生還得增壽永離病苦一切業障悉皆消滅一切地獄諸苦亦得解脫諸飛鳥畜生含靈之類聞此陀羅尼一經於耳盡此一身更不復受佛言若人遇大惡病聞此陀羅尼即得永離一切諸病亦得消滅應墮惡道亦得除斷即得往生寂靜世界從此身已後更不受胞胎之身所生之處蓮華化生一切生

處憶持不忘常識宿命佛言若人先造一切極重罪業遂即命終乘斯惡業應墮地獄或墮畜生閻羅王界或墮餓鬼乃至墮大阿鼻地獄或生水中或生禽獸異類之身取其亡者隨身分骨以土一把誦此陀羅尼二十一遍散亡者骨上即得生天佛言若人能日日誦此陀羅尼二十一遍應消一切世間廣大供養捨身往生極樂世界若常誦念得大涅槃復增壽命受勝快樂捨此身已即得往生種種微妙諸佛刹土常與諸佛俱會一處一切如來恒爲演說微妙之義一切世尊即授其記身光照曜一切佛刹土佛言若誦此陀羅尼法於其佛前先取淨土作壇隨其大小方四角作以種種草華散於壇上燒衆名香右膝著地胡跪心常念佛作慕陀羅尼印屈其頭指以大母指壓合掌當其心上誦此陀羅尼一百八遍訖於其壇中如雲王雨華能遍供養八十八俱胝殑伽沙那庾多百千諸佛彼佛世尊咸共讚言善哉希有眞是佛子即得無障礙智三昧得大菩提心莊嚴三昧持此陀羅尼法應如是佛言天帝我以此方便一切衆生應墮地獄道令得解脫一切惡道亦得清淨復令持者增益壽命天帝汝云將我陀羅尼授與善住天子滿其七日汝與善住俱來見我爾時天帝於世尊所受此陀羅尼法奉持還於本天授與善住天子爾時善住天子受此陀羅尼已滿六日六夜依法受持一切願滿應受一切惡道等苦即得解脫住菩提道增壽無量甚大歡喜高聲歎言希有如來希有妙法希有明驗甚爲難得令

我解脫爾時帝釋至第七日與善住天子將
諸天衆嚴持華鬘塗香末香寶幢旛蓋天衣
瓔珞微妙莊嚴往詣佛所設大供養以妙天
衣及諸瓔珞供養世尊遶百千帀於佛前立
踊躍歡喜坐而聽法爾時世尊舒金色臂摩
善住天子頂而爲說法受菩提記佛言此經
名淨一切惡道佛頂尊勝陀羅尼汝當受持
爾時大衆聞法歡喜信受奉行
佛頂尊勝陀羅尼經

佛說佛頂尊勝陀羅尼經

唐三藏法師義淨奉　制譯

如是我聞一時薄伽梵在室羅筏城逝多林給孤獨園與大苾芻衆千二百五十人俱菩薩摩訶薩萬二千人俱爾時三十三天善法堂會有一天子名曰善住與諸大天并諸天女前後圍遶受勝尊貴歡娛遊戲種種天樂共相娛樂受諸快樂爾時善住天子於其夜分聞有聲言善住天子却後七日決欲命終於此没後生贍部洲便受七反傍生之身次受地獄苦從地獄出希得人身生貧賤家處於母胎即無兩目善住天子聞此聲已身毛皆豎生大怖懼愁憂不樂惶怖無計即便速疾往詣天帝釋所悲號啼哭頂禮天帝二足尊已白帝釋曰唯願天尊聽我所說我與天女共相圍遶受快樂時聞有聲言善住天子却後七日命將欲終命終之後生贍部洲便受七反傍生之身次受地獄苦從地獄出希得人身生貧賤家在母胎中即無兩目我聞斯語惶怖無計云何令我得免斯苦爾時天帝釋聞善住天子語已甚大驚愕諦想思惟此之善住受何七返惡趣之身須臾靜住注想諦觀便見善住當受七返惡趣之身所謂豬狗野干獼猴蟒蛇烏鷲等身食諸穢惡不淨之物爾時帝釋觀見善住天子當墮七返惡趣身已極軫慈念愁憂苦惱痛貫身心諦思何計何所歸依誰能覆護得免斯苦復作是念唯有如來應正等覺大慈悲父今其善住免斯苦耶爾時帝釋作是念已於初夜分以種種華香天妙衣服以自莊嚴執持華香

往逝多林詣世尊所恭敬供養頂禮雙足遶七帀已長跪合掌而白佛言善住天子聞有聲言却後七日命終而受七返傍生惡趣之身聞此語已極懷憂苦痛貫於心世尊大慈哀愍利益云何令得免斯苦耶爾時世尊聞此語已即便微笑於其頂上放種種光遍照三千大千世界還至佛所若佛世尊說過去事光從背入若說未來事光從胷入若說地獄事光從足下入若說傍生事光從足跟入若說餓鬼事光從足指入若說人事光從膝入若說力輪王事光從左手掌入若說轉輪王事光從右手掌入若說天事光從齋入若說聲聞事光從口入若說獨覺事光從眉間入若說阿耨多羅三藐三菩提事光從頂入是時光明還至佛所遶佛三帀從佛口入爾時世尊告帝釋曰天帝有陀羅尼名爲如來佛頂尊勝能淨一切惡趣生死苦惱又能淨除一切地獄焰摩王界傍生之苦又破一切地獄之業迴趣善道天帝此佛頂尊勝陀羅尼不可思議有大神力若復有人一經於耳先世所造一切惡業悉皆消滅當得清淨勝妙之身隨所生處憶持不忘從一佛土至一佛土從一天界至一天界乃至遍歷三十三天所生之處憶持不忘復次天帝若人欲終須臾憶念此陀羅尼還得增壽身口意淨亦無苦痛隨其福利悉蒙安隱亦令一切如來之所瞻視一切天神常爲侍衛人所敬重惡障消除一切菩薩同爲覆護若有男子女人須臾讀誦持此陀羅尼者當知此人所有三惡道苦破壞消滅無有遺餘諸佛淨土及諸

天宫一切菩薩甚深行願隨意遊入悉無障礙是時帝釋一心樂聞爾時薄伽梵觀察帝釋心之所念以大慈悲心說是陀羅尼法即說呪曰

南謨薄伽伐帝 咥哩盧枳也 鉢喇底毗失瑟吒引也 勃陀引也 薄伽伐帝怛姪他 唵毗輸馱唐左切也 颯麽三曼多 阿婆婆引娑 颯癹囉拏揭底嗟喝娜 瑣婆引婆毗戍商聿切下同睇阿毗詵者覩漫引 蘇揭多跋囉跋者那 阿蜜栗多鞞師計 痾引下同喝囉痾喝囉 痾愈珊陀引 喇你 輸馱也輸馱也 伽伽那毗戍睇 烏瑟膩沙毗逝也戍睇引 珊索訶薩囉曷喇濕弭珊珠地帝 薩婆上怛他揭多 阿地瑟侘引娜 阿地瑟恥頞丁可切下同 没姪囇 跋折囉引迦也 僧喝旦娜戍睇 薩婆痾伐喇拏毗戍睇 鉢喇底你跋戴也 阿愈戍睇三麽耶阿地瑟恥帝 末你末你麽末你呾闥多步多孤擻 鉢唎戍睇 鼻窣怖吒勃地戍睇 逝也逝也 鼻逝也鼻逝也三末囉三末囉 薩婆勃陀 阿地瑟恥多戍睇 跋折囇跋折囉引揭鞞引 跋折藍婆跋覩麽麽阿目羯寫自稱名我某甲 薩婆薩埵難引者迦也毗戍睇 薩婆揭底鉢唎戍睇 薩婆怛他揭哆 三摩戍和娑阿地瑟恥帝 勃陀勃陀停也切 菩馱也菩馱也 三曼頞鉢唎戍睇 薩婆怛他揭頞 阿地瑟侘引娜阿地瑟恥帝莎訶此呪比多翻譯傳誦者衆然於聲韻字體未能盡善故更重勘梵本一一詳定

爾時世尊說此陀羅尼已告帝釋曰此陀羅

尼印名淨除一切惡趣佛頂尊勝陀羅尼法亦能除滅一切罪業等障能破一切穢惡道苦天帝此陀羅尼八十八殑伽沙俱胝百千諸佛同共宣說隨喜受持以大如來智印印之爲破一切有情三惡趣網爲令一切地獄傍生琰摩王界之所有情而得解脫衆苦逼迫墮生死海有情得解脫故亦令短命薄福現無救護衆生樂造雜染惡業有情得饒益故此陀羅尼於贍部洲住持力故又令邪見不信善惡三惡趣中種種流轉生死苦惱薄福有情迷失正路如是等類無不蒙益悉令解脫衆苦重擔佛告天帝我今宣說此陀羅尼付囑於汝汝當授與善住天子令其受持讀誦思惟愛敬供養憶持莫忘亦令贍部洲中一切有情廣宣流布此陀羅尼利益無量

亦爲一切諸天子等說此大陀羅尼印付囑於汝天帝汝當正意憶持勤加守護勿令忘失復次天帝若復有人須臾得聞此陀羅尼千劫已來積集重障惡業之罪應受種種生死流轉地獄餓鬼傍生琰摩王界阿蘇羅身藥叉鬼神布單那羯吒布單那阿波娑摩囉蚊虻龜狗蟒蛇等身一切諸鳥及諸猛獸一切有情乃至蟻子之身更不重受便得轉生諸佛世尊一生補處菩薩同會一處或得大姓婆羅門家生或生刹帝利種及以豪貴最勝家生天帝此人身等如上勝處生者皆由聞此陀羅尼故隨所生處皆得清淨勝妙之身天帝如是果報乃至菩提最勝之處皆由讚歎此陀羅尼殊勝功德天帝此陀羅尼名爲吉祥何以故能除一切三惡道故此佛頂

尊勝陀羅尼猶如日藏摩尼之寶淨無瑕翳猶若虛空光焰照徹無不周遍若諸有情淨心持此陀羅尼者亦復如是如善好金明淨柔輭令人喜見不爲穢惡之所染著亦如蓮華飛塵不染天帝持此陀羅尼者亦復如是乘此淨業必生善趣天帝此陀羅尼隨所方處若能如是書寫受持聽聞讀誦恭敬供養者一切惡道皆得清淨諸地獄苦速能消滅天帝若有男子女人書寫此陀羅尼安高幢上或安高山或置樓臺乃至安置窣堵波中天帝若有苾芻苾芻尼鄔波索迦鄔波斯迦族姓男女於前幢等或時遥見或與相近其影映身或復風吹陀羅尼等幢上輕塵落在身者天帝彼諸衆生所有罪業應墮惡道地獄餓鬼傍生琰摩王界阿蘇羅身衆惡之苦皆悉不受亦復不爲罪垢染汙天帝此等有情一切諸佛之所授記皆得不退轉於阿耨多羅三藐三菩提天帝何況更以種種華鬘塗香末香幢旛華蓋衣服瓔珞作諸妓樂種種莊嚴於四衢道造窣堵波安置陀羅尼合掌恭敬旋遶周行歸命禮拜天帝彼人能如是供養者名曰摩訶薩捶眞是佛子持法棟梁又是如來全身舍利窣堵波塔爾時琰摩法王於夜初分來詣佛所以種種妙衣種種華香塗香末香栴檀沉水恭敬供養遶佛七帀禮雙足已而作是言我聞如來演說大力陀羅尼法讚持功德不可思議世尊大慈憐愍利益罪苦衆生世尊我常隨逐守護不令持者墮於地獄由彼隨順如來言教而護念之爾時護世四大天王遶佛三帀在一面立

白佛言世尊唯願如來重爲我等廣説陀羅尼法爾時世尊告四大天王曰汝等諦聽我當爲汝演説持此陀羅尼法亦爲短命諸有情説若欲受持當淨洗浴著新淨衣始從白月一日乃至圓滿十五日時齋戒一心誦陀羅尼滿其千遍令短命者命還增續永離病苦一切業障悉能消滅一切地獄之苦一切鳥獸乃至有命之類聞此陀羅尼聲一經於耳盡此身已更不復受一切衆苦佛言若復有人忽遇惡病衆苦逼迫聞此陀羅尼者即得永離一切惡病衆苦消滅若應墮在惡道亦得解脱即得往生妙喜世界盡此身已後更不受胞胎之身所在之處蓮華化生隨其所生常得宿命憶持不忘佛言若復有人先造一切極重業已遂即命終由此惡業應墮地獄或墮傍生琰摩生界餓鬼之趣乃至墮在捺洛迦中或生水中或作禽獸種種之身取其亡者隨身分骨淨土一把以陀羅尼呪之二十一遍散於骨上亡者生天佛言若人常能日日誦此陀羅尼滿二十一遍應消一切世間殊勝供養捨身往生極樂世界若常誦念復增壽命受諸快樂捨此身已即得往生種種微妙諸佛刹土常與諸佛俱會一處一切如來常爲演説微妙之法一切諸佛授菩提記身光照曜一切刹土乃至獲得無上涅槃復次若欲誦此陀羅尼法於其佛前先取淨土作壇隨其大小正方而作以種種草華散於壇上燒衆名香雙膝著地或時蹲踞心常念佛作慕陀羅尼印先屈頭指以大母指壓然後當心合掌誦陀羅尼滿一百八遍

於其壇中猶如雲王兩種種華能遍供養八十八俱胝殑伽沙數那庚多百千諸佛彼佛世尊咸共讚言善哉善哉此爲希有眞是佛子證得無障礙智三昧及菩提心莊嚴三昧持此陀羅尼者應如是作佛言天帝我以善巧方便若有一切衆生應墮地獄即令解脫一切惡道亦得清淨消滅無餘復令持者增益壽命天帝汝今將我陀羅尼法授與善住天子即令持誦滿七日已汝與善住俱來見我爾時天帝釋於世尊前親受陀羅尼法奉持憶念還於本宫授與善住天子爾時善住天子受得此陀羅尼法已滿六日六夜依法受持一切願滿先應受彼一切惡趣之苦即時解脫住菩提分增益壽命無量福業應時雲集慶悅無量高聲唱言希有如來說斯妙法希有明驗甚大難量大悲世尊能爲我等及諸有情說此神呪令我解脫惡趣之苦爾時天帝釋至七日已與善住天子及諸天衆嚴飾華鬘賫以妙香寶幢旛蓋天衣瓔珞微妙莊嚴來詣佛所作供養已以天妙衣及諸瓔珞奉上世尊遶百千帀踊躍歡喜在一面坐瞻仰尊容目未曾捨爾時世尊舒金色臂便以百福莊嚴衆相具足無畏右手摩善住天子頂而爲說法授菩提記佛告善住天子曰此陀羅尼印名爲淨除一切惡趣佛頂尊勝陀羅尼汝應受持爾時善住天子及天帝釋諸來天衆一切大會聞佛說已皆大歡喜信受奉行

佛說佛頂尊勝陀羅尼經

音釋

謬戾（謬靡幼切妄也 戾郎計切乖也）矜（居陵切 憐也）愕（五各切 驚遽也）

顗（魚豈切）蟒（莫朗切 大蛇也）殑伽（梵語也此云天堂來河名也殑其陵切）

蠢（尺尹切 蠢動也）𪗋（在奚切 與臍同）

最勝佛頂陀羅尼淨除業障經

佛頂最勝陀羅尼經

地婆訶羅重奉制

唐中天竺三藏法師地婆訶羅

清刻龍藏佛說法變相圖

二經同卷

最勝佛頂陀羅尼淨除業障經

佛頂最勝陀羅尼經

最勝佛頂陀羅尼淨除業障經

唐中天竺三藏地婆訶羅重奉制譯

如是我聞一時薄伽梵在室羅筏竹笋道場於逝多林給孤獨園中與大比丘衆八千人俱皆是住聲聞位尊者大阿羅漢衆所知識其名曰尊者舍利子摩訶目乾連摩訶迦葉阿泥律陀如是等諸大聲聞而爲上首復有無量菩薩摩訶薩衆一切皆是住不退轉地之行無量功德之所莊嚴其名曰觀自在菩薩妙吉祥菩薩得大勢菩薩慈氏菩薩勝蓮

華藏菩薩淨除一切障菩薩普賢菩薩如是等菩薩摩訶薩三萬二千人而爲上首與諸大衆時俱會坐復有萬梵天王梵摩天王善見天王而爲上首與其梵衆而俱會坐復有萬二千天帝釋而爲上首與無量天龍藥叉乾闥婆阿素洛迦嚕洛緊捺洛莫呼勒伽鳩槃荼畢舍遮人非人等大衆俱在會坐爾時世尊四衆圍遶恭敬瞻仰一心聽法時彼三十三天會於善法堂中有一天子名曰善住乘大寳宫天女侍從前後圍遶縱逸嬉戲與諸妓女共相娛樂時夜後分忽聞空中有聲喚言善住天子汝從今數却後七日汝當捨報墮於閻浮作七種畜生常食穢惡不淨之物次墮地獄備受諸苦經多劫後方得爲人雖得人身生無兩目矬陋麤醜諸根不具口氣常臭恒乏衣食貧窮下賤人所棄惡爾時善住天子聞是語已心驚惶怖舉身毛竪愁憂不樂即嚴宫從香華供具詣天帝所跪禮足已哀惋啼泣白言天帝聽我所陳我於善法堂中將諸天女與諸天衆共相娛樂適於向時忽聞空中有聲呼我名言汝後七日命期當盡下生閻浮受七返畜身不淨穢汙而爲食噉又入地獄受苦多劫後得人身生無兩目身處寒碎容貌麤醜口氣臭穢貧窮下賤苦惱纏縛人所不憘天帝云何令我得免爾時帝釋聞說此語甚大驚愕即時思惟善住天子前因何福今生天上受斯妙樂經爾多劫復何惡業天報遽盡閻浮之内受七畜生又入地獄備經多苦爲人無目衆惡備具爾時帝釋思惟是已復作是念而此善住爲

何畜身即以天眼觀其所報須臾在定便見善住受七畜者所謂猪狗野干獼猴蟒蛇烏鷲等輩常食極惡臭穢之物見是事已極助憂惱酸傷悲感痛切於心復作是念我但見此受報少分而諸因感深遠之事非我能測唯有如來正遍知海能知如是善惡等因如我應往諮問是事世尊大慈應為我等說是所以或令善住得免斯苦爾時帝釋即於其時勑諸天衆各嚴宮侍華鬘瓔珞及種種香末香燒香天衣彌覆而為供養於時帝釋將諸眷屬速疾來詣誓多林所到已奉獻頂禮佛足右遶七帀即於佛前廣大供養法事已訖却住一面承佛聖旨白言世尊善住天子與諸天女及諸天衆於善法堂遊戲自恣忽聞空中有聲告言善住天子後更七日天命當盡受諸畜身入於地獄為人不具備經多苦如上所說具以白佛唯願世尊為諸四衆及我等輩說其因緣而此善住往昔之世修何福業生天受樂經爾多劫復何因緣命終墮落作如上等七種畜生一切不淨為其飲食復入地獄受苦多劫雖得人身矬陋卑賤無目麤醜衆惡纏裹貧窮臭穢人所鄙棄又修何福感彼空中告語令知其報之者孰斯緣也唯願世尊愍其善住及我等輩說是因緣報應之本慈悲救濟令得解脫爾時世尊告帝釋言善男子汝大慈心能為善住問其往昔因緣善惡業報之事又能請我除免其苦甚善大善諦聽諦聽吾當為汝分別解說爾時世尊從於頂上放大光明流照十方一切佛界其光五色青赤黄白互相紛映右旋

宛轉還至佛所繞佛三帀從佛口入佛攝光已佛便微笑告勑帝釋諦聽諦聽乃往過去無量阿僧祇刧爾時有佛號毗婆尸如來應供正遍知明行足善逝世間解無上士調御丈夫天人師佛世尊化世緣盡般涅槃後於像法中爾時有國名波羅柰時有婆羅門唯誕一子身遂捨壽其母孤養年漸長大向田營種貧母為之處處求食未得之間食時稍晚其子飢渴瞋心恚母便出惡言今日何緣不來送食寃煩繫恨再三返復便出恚言我母今者不如畜生我見豬狗野干獼猴烏鷲之類養育兒子為憐念故猶尚不令飢渴無暫捨離如何我母不來見看飢渴如是復不送食懷是怨恨未久之間母求得食遽持來至慰喻其子令使歡喜適坐欲食忽於空中見一獨覺作沙門形飛從南來騰空北過其子見已心生敬仰即起合掌頭面作禮邀屈臨降時辟支迦便就祈請其子歡喜敷白茅座獻淨妙華減其食分持以奉上比丘食已為說法要示教利喜其子於後復得出家而被差作維那知事時有婆羅門造立僧坊安置徒衆復有施主送多酥油時諸客僧在於寺食維那見已心慳瞋恚嫌客煩亂酥油等味都不與食客僧問曰此是檀越施現前僧何故留之不行徒衆而是維那卒躁惡性即便唱罵你客僧等何不噉屎噉尿索酥油耶你眼盲耶見有酥油我匿之乎佛告帝釋爾時婆羅門子者今善住天子是也由其恚言將畜比母今招七返作畜生身又由作維那時出食穢言業感今其常食不淨慳僧食故

地獄受苦罵盲瞎故得無目報七百生中常無兩目長處黑闇受大辛苦天帝當知如是罪業有因會報終不敗滅復次天帝善住天子得生天者由彼過去供養辟支敷座獻華恭敬施食聞法力故今受天福經爾數劫常勝妙樂又由辟支騰空過時其人發心仰於空中傾心致敬頭面作禮由是功德今賴空中神聲預報其報之者即是善住守殿神也爾時善住承佛所説即知自業皆是宿緣即於佛前深自咎責由我過去恚毋嫌僧惡罵慳貪今我當來獲斯大罪今承聖旨盡令懺悔即便舉身投躃於地遍身血瘀如笮華㑊悶絶良久方漸甦息號咷兩泣悲不自勝佛告善住及天帝釋十惡業緣惡口尤最當知惡罵甚於猛火而此猛火但焚七珍之財但焚世間資玩等物惡口猛火能燒七聖之財能燒出世一切功德消滅蕩盡遽招惡報如汝善住一言恨毋一罵衆僧燒天報盡復入地獄天帝父毋衆僧不應輕毀理當尊重恭敬供養輭語稱讚常念其恩三界慈愛唯有父毋三世福田不過衆僧如八輩真僧十二賢聖供養之者不虛功德欲求出世進可成道寧應僧處輒生欺語父毋生養劬勞辛苦十月妊娠三年乳哺長養教誨艱憂備盡冀其成立才藝過人又望出家度脱生死以是恩念昊天難報是故我語阿難左肩擔父右肩擔毋繞須彌山百千萬帀血流沒踝尚不能報一日乳哺之恩豈應惡念輕生恚語佛告帝釋善住天子今見我故得五眼淨懺悔徹故罪亦除滅佛顧善住而謂之曰汝止勿

泣我有法門名爲最勝佛頂陀羅尼呪持是呪者能令汝得離苦解脱善住我此最勝佛頂陀羅尼呪乃是百千萬億俱胝諸佛所説我今説之此陀羅尼者於諸佛頂最尊最勝能滅一切業障悉令清淨能拔地獄畜生閻摩羅趣能除一切衆生生死苦惱復告天帝此清淨佛頂最勝陀羅尼呪若有善男子善女人比丘比丘尼能受持者若讀若誦是人以是功德百千萬劫十惡五逆悉得消滅即得阿耨多羅三藐三菩提不轉此身獲宿命智從一佛國土一佛國常蒙普賢文殊觀音勢至摩頂授手受菩薩記常在道場聞持正法獲薩云智更增其壽身口意淨不遭横死善觸充滿舉體清勝一切時處快得輕安若臨終時念此陀羅尼者即得往生諸佛國土

爾時帝釋聞佛稱歎最勝陀羅尼功德不可思議深樂歡喜一心渴仰白言世尊唯願如來愍念善住及我等輩亦爲未來末法衆生説此最勝佛頂陀羅尼呪我當修行願令一切衆生永離八難之苦爾時世尊爲天帝釋及善住天子四部衆等即説呪曰

那謨薄伽跋帝(一)啼隷路迦鉢囉底毗失瑟吒(拆佉切引下同)耶(二)勃陀(引)耶(三)薄伽跋帝(四)怛姪他(五)唵(引六)毗輸馱耶(七)娑摩那三漫多皤婆娑(八)娑破囉拏揭底伽訶那娑婆(引)皤輸地(九)阿鼻詵者蘇揭多伐折(眤該切)那阿蜜唎多毗囉雞(此取罽字平聲喚十)阿(引)訶羅阿訶羅(十一)阿(引)瑜散陀(引)羅尼(十二)輸馱耶輸馱耶(十三)伽伽那毗輸(輸聿切下同)提(十四)烏瑟尼沙毗逝耶輸提(十五)娑訶娑囉喝囉濕弭珊珠地帝(十六)薩(引)婆

怛他揭多地瑟吒引那頞地瑟恥帝慕婭隷十七拔折囉迦引耶僧訶多那毗輸提十八薩婆伐囉拏毗輸提十九㗶鉢囉底你伐但耶阿瑜輸提二十薩末那頞地瑟恥帝二十一末你末你二十二怛闥多部多俱胝鉢唎輸提二十三毗薩普吒勃地輸提二十四社耶社耶二十五毗社耶毗社耶二十六薩末囉薩末囉勃陀頞地瑟恥多輸提二十七跋折㘑跋折囉揭鞞二十八跋折藍婆伐都二十九麼麼其甲薩婆薩埵那上聲迦引耶毗輸提三十薩婆揭底鉢唎輸提三十一薩婆怛他揭多三摩濕婆娑頞地瑟恥帝三十二勃婭勃婭地耶切三十三蒲馱耶蒲馱耶三漫多鉢唎輸提三十四薩婆怛他揭多地瑟吒引那頞地瑟恥帝三十五娑婆訶三十六

佛告天帝我此清淨諸趣最勝佛頂陀羅尼呪能淨除一切罪業等障能除一切三惡道苦此陀羅尼呪八十八俱胝殑伽沙諸佛同共宣說嚴記守護隨喜讚歎一切如來所共印可能淨除一切衆生十惡罪故能拔一切地獄畜生餓鬼閻羅趣故若一切衆生福業漸薄應受短命殘病醜陋眇小貧賤盲聾瘖瘂應墮地獄畜生受諸苦惱聞我說是陀羅尼名者惡報消滅便得解脫若有衆生造集惡業十惡五逆一切罪障若輕若重皆悉消滅當得阿耨多羅三藐三菩提永離一切苦難永離一切畜生閻摩羅趣乃至阿素洛藥叉羅刹娑布單那迦吒布單那阿波娑摩羅如是等趣悉得解脫佛告天帝若復有人能受持此呪者從是受持已後永離惡趣恒與十方諸佛同居一處恒生菩薩勝侶之中或

託貴族婆羅門種常在道場諸佛淨土乃至成就無上菩提獲於如來正遍知海解脫身也佛告天帝及善住天子我此清淨諸趣最勝佛頂陀羅尼呪威神廣大具大功德有大威勢如吉祥日如摩尼珠皎潔無垢淨若虛空所在之處光明照世猶如世間最勝七寶一切衆生及諸國王王子王母百官宰相凡有見者共所貴重樂見無猒由是妙寶不爲穢汙之所染故天帝此陀羅尼者亦復如是若有受持讀誦書寫供養此人以是功德亦爲一切天龍八部之所貴重如彼妙寶不欲暫捨所以者何由是陀羅尼力能令一切地獄畜生餓鬼諸重罪等皆消滅故又由能令持者當得阿耨多羅三藐三菩提故佛告天帝及善住天子若有國王王子王母太子百官宰相及諸比丘比丘尼善男子善女人等爲供養故書此陀羅尼呪安七寶塔中或寶師子座上若金剛臺中若舍利窣堵波內若高幢頭若有四生衆生或比丘比丘尼優婆塞優婆夷造十惡五無間業及四重禁一切重罪應生閻摩羅界乃至六趣隨處受苦是罪人等若於此陀羅尼塔邊往來塔上微塵落其身上者如上諸罪悉得除滅或有風過吹其塔等而復吹人少霑身分即得生天受勝妙樂亦隨意樂往生淨土若有持是陀羅尼者適欲洗手以水灌掌其水墮地霑灑蟲蟻是諸蟲等即得生天是故若比丘比丘尼優婆塞優婆夷若男若女有能齋戒清淨六時不闕持此陀羅尼者是人三世所有五逆四重十惡根本一切重罪悉當消滅爲諸菩

薩及諸如來手摩其頭受菩薩記而告之言善男子汝能受持最勝佛頂陀羅尼呪汝當來世必得阿耨多羅三藐三菩提佛告天帝若復有人能於四衢道中造諸寶塔或立高幢安此陀羅尼經復以種種華香瓔珞七寶嚴具奇妙衣服飲食湯藥而爲供養是人功德無量無邊是人福智不可稱計是人即是菩薩摩訶薩是人即是佛之眞子所以者何拔濟塔下往來無量諸衆生故爾時閻摩羅法王即於如是夜分後時將諸眷屬百萬億千持諸香華種種嚴具來至佛所奉獻於佛右遶七帀頂禮佛足以諸華香而爲供養白言世尊我聞世尊演說最勝佛頂陀羅尼呪今我故來爲欲聽受隨順言教而守護故爾時復有護世四天王忉利天主釋提桓因及空居夜摩天覩史多天化樂天他化自在天梵天王大梵天王等各將眷屬持種種香華瓔珞來詣佛所而爲供養右遶七帀白言世尊唯願爲說最勝佛頂陀羅尼呪受持法要令我曉了成就供養佛告護世及大梵王閻摩羅等諦聽諦聽吾爲汝說若有一切苦難衆生罪極重者無救護者當於白月十五日洗浴清潔著淨衣裳受八戒齋於菩提像前正心右跪誦此陀羅尼呪滿一千八遍是人所有諸罪業障悉皆消滅當得總持陀羅尼門辯才無礙清淨解脫佛告天帝若人雖未誦持但得聞此陀羅尼音一經耳者即能熏其賴耶爲佛種子譬如小許金剛墮於地上即能穿入其地雖厚不能留礙決至本際方乃當住此呪亦爾一經耳者即能熏其習性

要成正覺煩惱雖重亦不障蔽設復墮於地獄畜生餓鬼終不爲諸業報令其沉没要當乘是呪力任運增修至于佛地天帝若有四主衆生一聞是陀羅尼者現生一期更無他疾諸苦惱事不復重受而亦不受胞胎之形所生之處蓮中化身諸漏結使從是永斷五眼清淨得宿命智而復當得阿耨多羅三藐三菩提佛告天帝若人初亡及亡已久有人以此陀羅尼呪呪黄土一把滿二十一遍散其骸上而是亡者即得往生十方淨土若亡者寃識已入地獄畜生餓鬼閻羅趣者呪土霑骨便得解脱即捨惡趣而得生天佛告天帝若有短命衆生欲求長壽者於白月十五日洗浴清潔著新淨服齋戒一心誦是陀羅尼滿一千八遍令命短者還得長壽一切業障悉皆消滅佛告天帝若復有人就於一切畜生耳中誦是陀羅尼呪唯一遍者而是畜生耳根一聞如是陀羅尼故盡此一形不復重受禽畜之身應入地獄即得免離佛告天帝若人遇大惡病受諸苦惱聞是陀羅尼呪即得離苦罪障消滅乃至四生衆生聞此呪者悉捨病苦離胞胎形乘蓮化生常識宿命一切生處憶持不忘佛告天帝若人生來具造十惡五逆四重根本等罪自惟乘此惡業命終之後必定當墮阿鼻地獄受諸大苦經千多劫劫盡更生若墮畜生雜類禽獸循環惡道無復救護是人應當白月十五日在菩提像前以金銀器可受一升盛好淨水安置壇内受菩薩戒持齋潔淨於壇西畔面東向像燒香禮拜右跪繫念至誠啓白誦此陀羅

尼呪滿一千八遍於其中閒不得閒斷而以是水散灑四方及以上下願令一切同得清淨作是法已如上惡業應入地獄畜生餓鬼便得解脫一切罪報悉皆消滅閻羅放赦司命歡喜不生瞋責反更心恭合掌隨喜讚其功德若捨其報生諸佛國十方淨刹欲往隨願又十五日呪其酥蜜及於華菱一千八遍與人食之其人食已所有十惡五逆等罪悉皆消滅而復當得阿耨多羅三藐三菩提佛告天帝若欲作此曼荼羅法者於白月十五日以香水黄土及瞿摩夷作泥塗壇其壇方圓四肘爲量稜伽五色周帀三重於壇四邊更作一重眷屬稜伽以白色規界而於壇中盡散諸華以四瓶水安壇四角畫蓮華上其水瓶者悉須齊量不得大小持舍利瓶和盛牛黄中蓮華上恭敬安置又於壇中散種種華焚種種香龍腦鬱金沉水等香然種種燈酥燈油燈及於香燈獻種種食粳米乳酪酥油石蜜蒲萄石榴二種之漿七寶器盛奉於壇内爾時行人持菩薩戒律儀清淨餐三白食著新淨服於壇西畔合掌右跪心祈念已先當作佛護身印印作佛心慕陀羅尼法誦此最勝佛頂陀羅尼呪一千八遍一切惡業十惡等罪悉皆消滅當得阿耨多羅三藐三菩提諸佛菩薩親摩其頂授菩提記欲詣菩薩所居之處即蒙菩薩將往自宫隨逐往來十方佛土佛告天帝如是最勝佛頂陀羅尼呪於末法時若有比丘比丘尼優婆塞優婆夷及國王國母王子王母太子妃后百官宰相人非人等乃至一切衆生但解語者有能

作是曼荼羅法清淨塗地若以土以水若以香水及瞿摩夷而嚴飾之散華燒香幢蓋旛燈若以種種珍寶飲食供養之者是即名爲檀波羅蜜營壇之時有惱不瞋是即名爲羼提波羅蜜修壇勤勇不懈不怠是即名爲毗梨耶波羅蜜專明法則一心不亂是即名爲禪波羅蜜布置端正不喎不斜善知分齊可與不可是即名爲般若波羅蜜天帝依是言教建法事者是即具足六波羅蜜是故應當展轉開示一切衆生多所饒益獲菩提故佛說經已帝釋善住還於自宫善住天子依教持誦滿七日後自見罪報一切悉滅更加天命增壽無量即與帝釋將諸天衆嚴持香華種種殊妙天衣瓔珞而來供養頭面禮佛慶大慈悲歡喜踊躍旋繞千帀爾時世尊舒金色手摩善住天子頂復爲善住受菩提記而告之言此經名爲最勝佛頂陀羅尼淨除業障呪經汝等四衆應當受持爾時四衆菩薩摩訶薩及天龍八部乾闥縛阿素洛羯路荼緊捺洛莫呼勒伽鳩槃荼畢舍遮人非人等聞佛所說皆大歡喜作禮而去信受奉行

最勝佛頂陀羅尼淨除業障經

佛頂最勝陀羅尼經序

弘福寺沙門彦悰述

夫業理綿微二乘不足臻其極神宰惚恍十地未易暨其深則知賦命交加罕言於孔宣父報應叢雜冥昧於太史公是以先笑後號鷇雀祥而莫准始凶終吉桑穀妖而弗驗或倚或伏之說柱下庶欲照其幾爲禍爲福之談塞上僅可隣其次若乃探緣洞業索果明因儔絜大於百家孰有京於十力故能息善住之萬惡杜閻摩之圓戶轉凡階聖引短成脩比宋景之退法星猶帶芥於三舍偶魯陽之撝落日故齟齬於再中何只庇託延祺見聞招賴悪神香於異域恥靈草於瓊田若斯而已哉乃將輕埃附而九惱祛清吹獵而三障殄皎鏡齊光於日寶暉煥比麗於天金雖事若反常而乘機顯妙奚可以常人之耳目擬議大聖之希夷者焉此經以儀鳳四年正月五日朝散郎行鴻臚寺典客令杜行顗與寧遠將軍度婆等奉詔譯進時有廟諱國諱皆隱而避之即世尊爲聖尊世界爲生界大勢爲大趣救治爲救除之類是也上讀訖謂行顗曰既是聖言不須避諱杜時奉詔以正屬有故而寢焉無幾勑中天法師地婆訶羅於東西二京太原弘福寺等傳譯法寶而杜每充其選余時又參末席杜嘗謂余曰弟子庸材不閑文體屈師據勑刪正亦願依文筆削余辝以不敏載涉暄寒荏苒之間此君長逝余歎惋流涕思其若人又懼寢彼鴻恩乖於貝牒因請沙門道成等十人屈天竺法師再詳幽趣庶臨文不諱上奉皇私曲盡方言

下符流俗故乃具表曲委陳諸始末俾夫披覽之士無猜此教焉于時永淳元年五月二十三日也

佛頂最勝陀羅尼經

唐中天竺三藏法師地婆訶羅譯

如是我聞一時佛在舍衛國祇樹給孤獨園與大比丘衆八千人俱復有菩薩摩訶薩等一切皆得正智明炬照於諸法無所罣礙其名曰文殊師利菩薩蓮華勝藏菩薩離諸障菩薩觀世音菩薩得大勢菩薩執金剛菩薩虛空藏菩薩普賢菩薩彌勒菩薩持地菩薩摩訶薩等如是上首三萬二千人俱復有萬梵天王善吒天等各從餘世界來至佛所復有萬二千天帝與無量諸天龍八部人非人等來至佛所爾時世尊四衆圍遶供養恭敬而爲說法當是之時釋天衆中有一天人名曰善住與諸天女處大寶宮放逸嬉戲恣情受樂其夜有聲呼善住曰却後七日汝定命終於閻浮提七返生死從是已後復入地獄從地獄出後得人身生盲貧窮具受諸苦善住聞已心驚惶怖身毛爲竪顫慄不安奔馳往詣彼釋天所陳已所聞請求哀救時釋天王聞善住言心生驚悼默而思曰云何七生彼生何類作是念已即見善住死相現前受於豬身畢豬身已復受狗身如是次第狐身猴身毒蛇之身烏身鷲身如是七生恒食臭穢時釋天王見此事已深哀善住必受斯苦自念於彼無如之何唯佛世尊方能救濟時釋天王於夜後分賷諸華鬘衣服瓔珞種種香等詣舍衛國供養世尊禮佛雙足却住一面而白佛言世尊我所止宮有一天子名曰善住躭荒戲樂縱情遊處夜忽有聲呼而謂曰汝後七日必定命終於閻浮提受七惡報

所生之處常食臭穢從是已後復入地獄從地獄出得生人中盲聾貧窮具受衆苦向我求救無如之何我思世尊方能救彼爾時世尊聞見釋天陳請畢已頂放種種雜色光明流照十方一切世界照已還至佛世尊所右遶三帀從佛口入佛便微笑告釋天言我有如是清淨諸趣灌頂最勝大陀羅尼能滿汝願救於彼苦亦大饒益一切衆生天帝我此神呪力能滅除一切業障地獄畜生閻摩羅等種種諸苦又能破壞地獄等道令諸衆生登正覺路天帝若有暫能聽聞之者悉得消滅一切業障生死諸苦當獲善利得宿命智從一佛國至一佛國從一天中生一天中所生之處常識宿命若有學習此經呪者現百年限更增其壽身口意淨泰然安樂諸佛觀視諸天衛護一切菩薩咸加慈念若常讀誦此經呪者彼三惡道所有諸苦息滅不行一切佛刹諸天福門導之令入時天帝釋聞佛讚說此陀羅尼前白佛言世尊唯願如來憐愍攝護一切衆生請說所陳清淨諸趣佛頂最勝大陀羅尼爾時世尊受天帝請即爲演說陀羅尼曰

納謨納莫一怛薩謎薄伽跋帝二[口字]唳路迦引鉢囉底毖失瑟吒引拆三余佉切耶何切三菩馱引耶四摩訶牟去聲泥去聲五怛姪他六嗚吽七馝輸馱耶八三摩三漫多何嘙去聲婆賀婆九嚾破囉拏伽去聲㕧伽訶那十嚾婆何嘙婆舜入聲提十一阿鼻詵者麼蘇伽陀跋囉跋繕那十二阿蜜㗚多引毗囇鷄平聲呼厲十三啊引上聲喝囉上聲啊引喝囉上十四啊引去聲瑜散去聲陀引囉呢十五輸

馱耶輸馱耶十六薩婆羯摩婆囉拏引你十七謎
嚧囉跛伽伽那毗舜去聲下同提十八嗚瑟膩引沙
跛囉曷囉怛那毗社耶十九達摩馱都蘇毗舜
提二十薩訶薩囉喝囉濕弭珊珠地帝二十一末
昵摩訶末昵蘇眞陀末昵二十二跛囉薩婆怛
他揭多地瑟咤引那地瑟恥多二十三摩訶母
姪喉二十四跛折囉箇引耶僧訶哆那蘇舜提
二十五薩婆婆囉拏毗舜提二十六鉢剌底嚶你
嚶哆耶余何切啊去聲瑜舜提二十七三摩耶頞地
瑟恥低二十八末你摩末你二十九怛闥多部多
俱胝鉢李舜提三十佌芳巳切薩普多髀地平聲舜
提三十一社耶社耶三十二毗社耶毗社耶三十三
毗社耶薩摩囉薩摩囉三十四薩婆菩馱引頞
地瑟恥多舜提三十五跛折喉跛折囉揭鞞三十
六跛折覽婆伐都三十七麼麼自稱名薩婆薩埵

耶引三十八箇耶毗舜提三十九薩婆咖去聲底平聲鉢
李舜提四十薩婆怛他揭多四十一三磨去聲室縛
二字合聲宿賀切娑頞地瑟恥低四十二髀陀地耶切髀
陀四十三菩陀耶菩陀耶四十四三曼多末囉達
摩馱都鉢李舜提四十五薩婆怛他揭多四十六
頞地瑟咤引那頞地瑟恥低四十七娑婆呵四十八

佛告天帝此陀羅尼八十八億百千恒河沙
諸佛世尊所共宣説守護稱讚智印印之如
是諸佛爲欲解脱地獄畜生閻摩羅等沉溺
苦海諸苦毒故又爲利益短壽薄福卑陋下
賤一切衆生諸惡業故又爲安樂趣諸惡道
天逝亂心一切衆生諸苦惱故是故諸佛説
此最勝大陀羅尼天帝汝當以此大陀羅尼
授善住天令彼修習亦當爲彼諸天天子及

閻浮提一切衆生宣揚顯説令彼衆生受持讀誦供養恭敬尊重讚歎天帝我以此法陀羅尼印付囑於汝汝當奉持持此呪者悉能除滅百千刼中一切罪業所生之處常遇諸佛乃至獲得無上菩提天帝我此法印大陀羅尼具大吉祥如日藏寶所在之處光明照朗亦喻於彼閻浮提金無穢無瑕不染塵垢若人有能讀誦書持憶念修行供養之者悉得如上所有功德天帝若有書此大陀羅尼安彼高幢置高山上高屋高處及高塔中令諸四衆遠近見者亦得如上所有功德或為幢影影覆其身或為幢風風所吹鼓或幢飄颺飛塵坌身亦得如上所有功德天帝若有四衆能於彼彼四衢道中造作塔廟安置如是大陀羅尼日日能以種種華鬘繒旛幢蓋瓔珞香等以用供養及能旋遶恭敬禮拜當知是人是大菩薩是眞佛子是法橋梁亦是諸佛舍利寶塔爾時閻摩法王聞是事已其夜將曉賫持種種雜色寶華種種諸香寶衣瓔珞來詣佛所頂禮佛足右遶七帀却住一面以諸供具供養如來修供養已白佛言世尊我今為欲報佛恩故常勤奉事此大威力具大果報擁護一切閉地獄門清淨諸趣大陀羅尼爾時四天王從座而起遶佛三帀前白佛言世尊唯願為我説此修行陀羅尼法佛告四天王諦聽諦聽善思念之吾為汝等及諸衆生説彼修行陀羅尼法若有命短求長壽者或有病苦求除愈者或有惡業應墮地獄餓鬼畜生諸不善趣如是等類皆當以彼月十五日洗浴清淨著新潔衣又當受持

八戒齋法然後誦此大陀羅尼滿足千遍當獲安樂增其壽命所有病苦皆得除愈諸惡業報悉滅無餘若有耳聞如是呪者盡其壽命往極樂國蓮華化生常識宿命若有爲彼惡業所牽已命終者亦當誦此陀羅尼呪二十一遍以呪呪土散其屍上隨所生處捨彼苦身生天受樂若能日日誦此最勝大陀羅尼經三七遍亦得如上所有功德生生常處淨佛國土於諸佛刹作大光明常與佛俱爲佛所記乃至獲得大般涅槃若有諸人於此法門如上所求諸心願者當作一壇四方正等於其壇內散種種華燒衆名香一心普念十方諸佛右膝著地䠆跪合掌屈二頭指按二拇指當於心上稱言善哉然後誦此陀羅尼呪若有人能誦持此呪日日滿足一百八遍即爲供養如上所說恒河沙等諸佛世尊亦爲供養汝等四王當知是人一切讃善以大菩提莊嚴其心獲無礙智是眞佛子爾時世尊說此語已告天帝言天帝汝可以此陀羅尼法授彼善住滿七日已可與彼俱來至我所時釋天王受佛教勑還本天宮呼善住來授彼神呪善住聞已恭敬供養如說奉行至于七日諸惡業等皆得除滅於已天中增其壽命歡喜踊躍發大聲言奇哉佛陀奇哉達磨奇哉僧伽奇哉最勝陀羅尼印力能滅除一切苦厄令我得脫如是惡業時善住天見是事已即便往詣彼天帝所作如是言我蒙天恩爲我請佛佛爲我說大陀羅尼令我惡業皆悉除滅我欲往謝佛世尊恩唯願天王與我俱往時天帝釋將諸部屬與善住俱

持諸香華衆妙瓔珞乘天寳輅至於佛所以諸供具供養如來遶百千帀住一面立歌詠佛德言不能宣爾時世尊伸金色手撫彼善住發和雅音授其記莂時善住天歡喜却坐聽於如來所說法要聞說法巳心懷踊躍與天帝俱禮佛而退

佛頂最勝陀羅尼經

音釋

矬昨禾切矮也　惋烏貫切驚歎也　躁則到切不静也　躃房益切倒也　瘀依倨切血壅瘀也　笮側革切壓也　咷徒高切咷哭聲也　妊娠妊汝禁切娠失人切並孕也　踝胡瓦切腿兩旁也　骸胡皆切骸骨也　蓽茇蓽卑吉切茇北末切　鸇諸延切鸇鷂也　撝許爲切指撝也　齟齬齟側呂切齬魚巨切齟齬齒不相值也　恧女六切慚也　袪去俱切開散也　荏苒荏而甚切苒而琰切荏苒猶侵尋也　顫慄顫之膳切四支寒動也慄力質切竦縮也　悼徒到切懼也

舍利弗陀羅尼經

佛說無量門破魔陀羅尼經

梁扶南國三藏法師僧伽婆羅

宋西域沙門功德直共音陽

清刻龍藏佛說法變相圖

二經同卷

舍利弗陀羅尼經

佛說無量門破魔陀羅尼經

舍利弗陀羅尼經

梁扶南國三藏法師僧伽婆羅譯

如是我聞一時佛住毗舍離國大林精舍與大比丘衆一千二百五十人俱爾時佛念却後三月當入涅槃即告長老目揵連汝當至千世界告比丘僧令到佛所是時目連受佛教旨於一念閒到須彌山頂發大音聲徧告一千世界爾時大林精舍有四十億萬比丘衆俱到佛所頂禮佛足退坐一面爾時長老舍利弗一心思惟我當以神通之力徧令三

千大千世界有比丘衆處皆使集此大林精舍即以神通徧令三千大千世界若聲聞衆若緣覺衆若菩薩衆一時來集到已頂禮佛足爾時世尊於一念頃告諸菩薩其名曰善見菩薩文殊師利菩薩除意趣菩薩斷暗冥菩薩出一切境界竟菩薩伏諸蓋菩薩觀世音菩薩香象菩薩樂說頂菩薩彌勒菩薩善男子汝當到於十方恒河沙等諸佛世界有諸菩薩一生補處菩薩阿鞞跋致菩薩已得無生法忍菩薩汝當徧告皆來集此是時諸菩薩聞佛此語答言善哉善哉即便受教於一念頃以神通力徧集十方恒河沙等諸佛世界一切菩薩皆悉集此大林精舍百千三十萬億那由他一生補處菩薩阿鞞跋致已得無生法忍菩薩百千萬億那由他一生補處菩薩三十萬億那由他不退無生法忍菩薩一切皆集俱禮佛足却坐一面是時舍利弗見諸菩薩大衆一心思惟我今當問如來正徧知所未聞法以此問故諸菩薩等當得無疑當無障礙樂說智慧當聞恒河沙世界諸佛說法乃至未得阿耨多羅三藐三菩提當憶宿命當得菩薩四種清淨云何爲四衆生清淨法清淨樂說清淨佛土清淨復得四妙好法云何爲四身妙好口妙好心妙好生處妙好復得入四種陀羅尼門云何爲四謂無盡受持陀羅尼門入衆生諸根方便陀羅尼門業果報方便無礙陀羅尼門深法忍陀羅尼門如所思惟次第發問如貫摩尼珠白佛言世尊我今欲次第發問令諸菩薩德行清淨惟願世尊當爲我說佛告舍利弗諸菩

薩摩訶薩若欲到一切諸法而無所著者當說此呪

修尼一修脩二摩脩三沙萬多毋脩四育底五尼育底六尼鹿底七婆羅鞞八喜隸九柯羅波十柯羅波死十一婆隸十二婆羅婆底十三喜羅喜履十四喜隸喜履隸十五喜羅喜隸十六際底十七遮婆彌十八遮羅遮羅彌十九遏多底二十阿羅彌二十一尼摩第二十二尼跋多彌二十三尼持耶底二十四尼訶隸二十五比摩隸二十六輸婆彌二十七婆羅巳履底雉波彌二十八婆婆毗呵婆彌二十九婆阿僧祇三十陀弭三十一毗富蠟波羅鞞三十二僧柯羅里沙彌三十三地隸地地隸三十四摩訶地地隸三十五耶奢婆底三十六珊遮隸三十七阿遮隸三十八摩遮隸三十九婆摩遮隸四十地履陀地四十一宿婆恥底四十二阿僧伽毗訶隸四十三阿僧伽尼訶隸四十四尼訶羅毗摩隸四十五尼訶羅輸頗尼四十六持犁他須弭四十七婆他弭四十八婆他摩婆底四十九摩訶波羅陛五十婆曼多婆羅陛五十一毗富羅波羅陛五十二毗富羅賴沙弭五十三婆羅多木脩五十四薩跋多羅阿毘伽底五十五阿那支第五十六陀羅尼陀羅尼五十七尼陀多瞿諦隸五十八莎呵五十九

舍利弗若有菩薩修行此陀羅尼呪不思惟有爲無爲法不說此法不觀此法不著此法不作此法不爲得此法不斷此法不爲增減不見相應法不相應法不見生滅不見三世不見退法不見聚散法亦無所說唯修念佛不念色不念相好不念非相好不念戒不念非戒定慧解脫解脫知見亦如是不念種姓親友眷屬住處非住處至非至不分別陰界

入不念智非智不念自他清淨衆生清淨非衆生清淨不爲自義不爲他義不念三業清淨不念現在未來行清淨舍利弗此謂念佛名取入一切諸法名得一切諸法行方便陀羅尼亦名修行第一義亦名滿所樂此定名一向爲得菩提亦名一切善根不由他修行法藏性亦名覆相好陀羅尼亦名覓方便陀羅尼亦名度魔陀羅尼舍利弗此陀羅尼無邊行願若當來菩薩得此義成不退轉阿耨多羅三藐三菩提當速得無上道何以故此是一切諸佛功德藏此是分別諸衆生行故此陀羅尼名無所得行爾時世尊説此祇夜

汝等莫樂著　一切諸法空　於諸佛菩提
亦莫起分別　不計一切法　有過及無過
若能修行此　速得陀羅尼　聽此修多羅
無盡亦無滅　習智慧衆具　當得無上道
菩薩受持此　陀羅尼法門　能聞十方佛
所説微妙法　亦知第一法　文字及句義
如日月光明　徧照無不盡　菩薩了諸法
其相亦復然　此陀羅尼門　攝一切諸法
衆生有疑惑　一切諸問難　持陀羅尼者
悉皆能解説　於此菩薩智　未曾有退減
此是佛真子　速得至菩提　持陀羅尼者
諸佛之所念　衆生所尊重　持陀羅尼故
現身能得見　八千萬億佛　諸佛手所摩
慰喻令安隱　能於一月日　受持陀羅尼
億千劫中罪　一切皆滅盡　於無數劫中
修習諸功德　一月陀羅尼　功德等於彼
一切諸天魔　無有能留難　持此陀羅尼
定慧諸功德　一切諸佛法　悉皆能總持

說陀羅尼門　有人決定信　於未來世中
必得無上道　昔者然燈佛　聞陀羅尼故
爲諸佛所記　成道號然燈　樂於一念頃
見恒河沙佛　亦樂知十方　諸佛所說法
受持陀羅尼　悉得果所樂　其人必有力
淨諸佛國土　光明及相好　衆事皆具足
無相無所著　不求餘果報　惟願與衆生
速得無上道　是故汝今日　修行勤聽受
未來必定得　無上三菩提
佛告舍利弗若菩薩成就四法當得陀羅尼云何爲四不樂愛欲不嫉妬於一切衆生能捨一切日夜思惟諸法無有惱恚舍利弗若菩薩成就此四法得此陀羅尼爾時世尊說此祇夜
愛欲嫉妬　是魔王法　當入地獄　行人應捨
財法二種　以施衆生　日夜思惟　不起惱恚
若能如是　得陀羅尼
復次舍利弗若菩薩成就四法得此陀羅尼何等爲四修阿蘭若行持深法忍不樂利養名聞所愛之物一切能捨乃至身命菩薩成此四法得陀羅尼佛說此祇夜
修行阿蘭若　善人所讚歎　身心寂不動
常住於林中　燒頭不放逸　樂起深法忍
名聞及利養　一切無所著　清淨無染心
以求無上道　能捨諸所重　妻子及身命
不生悔恪心　終當歸磨滅　菩薩勤精進
修上四種行　如上陀羅尼　不久必能得
復次舍利弗若菩薩成就四法得此陀羅尼云何爲四入八字義云何八字婆字入一切諸法無我義羅字入相好無相好法身義娑

字入二義愚人法智人法義闍字入生老病死不生不老不病不死不生不滅義舸字入度業果報義他字入持陀羅尼法度空無相無作法界義沙字賒摩他毗婆舍那賒摩他毗婆舍那者入如眞實一切法義㕙字入一切諸法念念生滅不盡不破本來寂靜故此八字義可知可入此謂初入義此陀羅尼法總名書已當受持此第二入義此法總名當半月半月誦憶此第三入義菩薩當以此陀羅尼教化讚歎令他歡喜此第四入義舍利弗以此四法令菩薩得此陀羅尼佛說此祇夜

書寫及受持　思惟上八字　半月常習誦
教化諸衆生　得近無上道　最勝智慧處
常見諸如來　亦聞說妙法

若有諸菩薩受持陀羅尼獲四功德云何爲四十方諸佛世尊常所護念不爲魔王之所障礙身口意惡悉皆滅除得無盡樂說舍利弗若有菩薩受持陀羅尼得此四種功德佛說此祇夜

有諸佛護念　衆魔不能沮　三惡業消滅
樂說辯無邊

爾時佛告舍利弗乃往古昔無數阿僧祇劫是時有佛名寶吉光王如來應供正遍知十號具足出興於世教化衆生此佛滅度有轉輪聖王名持光明七寶具足彼王有子名不可思議功德吉年十六歲彼佛滅後聞說此陀羅尼即於七萬世中不睡眠懈息七萬世中不貪王位不惜身命及餘財物十萬世中未曾寢卧一向坐禪常聞九十億萬那由他

諸佛所說法既聞法已佛記出家過九十萬世得陀羅尼名取無邊門得已爲衆生說於一生中教化八十億百千萬那由他衆生令住不退地當得阿耨多羅三藐三菩提是時衆中有長者子名曰月蓋從彼聞說取無邊門陀羅尼聞已隨喜以隨喜功德爲九十億萬佛之所授記汝於受持陀羅尼中最爲第一一切衆生聞汝所說悉皆愛樂諸有問難無能壞者汝於來世過三阿僧祇劫教化諸衆生皆得阿耨多羅三藐三菩提舍利弗於汝意云何彼時不可思議功德吉王子豈異人乎即無量壽佛是長者子月蓋然燈佛是舍利弗我昔及諸菩薩聞說此陀羅尼聞已隨喜以此善根四百萬劫不生惡趣是故舍利弗若菩薩摩訶薩樂速得菩提當隨喜此取無邊門陀羅尼及勤精進何以故菩薩成就住不退地當得三菩提故何況有人書寫讀誦受持解說唯除諸佛無能說此功德邊際佛說此祇夜

過去無數劫　有實吉如來　出世化衆生
有無量利益　彼佛涅槃後　有轉輪聖王
子名功德吉　年始十六歲　於如來滅後
聞說陀羅尼　即於七萬世　無睡眠懈怠
不貪著財物　王位及身命　聞九十億萬
那由他諸佛　所說妙法門　一心能聽受
如來即記彼　過九十萬世　得陀羅尼法
名取無邊門　得已爲人說　利益無數衆
皆令住不退　無上三菩提　長者子月蓋
聞說陀羅尼　起隨喜功德　諸佛爲授記
汝受陀羅尼　是最爲第一　若爲他人說

無不愛樂者 若人有問難 無有能破壞
汝於未來世 過三僧祇劫 所可化衆生
當得無上道 長者子月蓋 然燈如來是
先所説法師 即無量壽佛 我及諸菩薩
昔聞陀羅尼 四百萬劫中 不生諸惡趣
菩薩若欲得 無上徧知道 當勤行精進
隨喜陀羅尼 所以然者何 住不退轉地
若能隨喜者 功德巳如斯 何況書讀誦
解説其義者 假設有七寶 滿恒沙世界
如此布施福 不可得相比 是故有智人
應當勤精進 聽受陀羅尼 以求無上道

舍利弗若菩薩受持此陀羅尼有八夜叉住在雪山日夜守護爲增壽命云何爲八勇猛夜叉堅固夜叉自在夜叉那羅延力夜叉法用夜叉不可繫夜叉曲齒夜叉善肩夜叉舍利弗是八夜叉常守護彼受持陀羅尼人若淨洗浴著新染衣常習經行於諸衆生不生害心常自思惟此緫持法彼諸夜叉速來守護復有八大菩薩在欲天住彼常護念受持陀羅尼者其名曰光明菩薩慧光明菩薩日光明菩薩教化菩薩令一切意滿菩薩大自在菩薩宿王菩薩行意菩薩彼諸菩薩得陀羅尼若菩薩得陀羅尼當成實願知恩菩薩若持陀羅尼當得眞實法與衆生共之若菩薩受持陀羅尼當具足功德成就深慧佛説此法三十百千億那由他菩薩得此取無邊門陀羅尼不退阿耨多羅三藐三菩提八毗婆羅數諸天及人發阿耨多羅三藐三菩提心長老舍利弗白佛言世尊云何名此經云何受持佛告舍利弗此經名取無邊門陀羅

尼汝當受持亦名菩薩一向所行汝當受持亦名除一切諸魔汝當受持亦名得一切智汝當受持爾時舍利弗及諸菩薩天龍夜叉揵闥婆阿脩羅迦樓羅緊那羅摩睺羅伽人非人等聞佛所說歡喜奉行

舍利弗陀羅尼經

佛説無量門破魔陀羅尼經

宋西域沙門功德直共音陽譯

如是我聞一時佛住毗舍離大林重閣與大比丘衆一千二百五十人俱是時世尊默然自念化緣將畢應捨壽行却後三月當般涅槃爾時如來即於是處便勑長老大目揵連汝往徧告大千世界諸比丘衆一時令集目連白佛唯然奉教一念之頃到須彌頂宣大音聲普聞大千即有四十百千比丘忽然來集大林重閣是諸比丘既見世尊頂禮佛足却住一面時舍利弗即生念言我今亦應以神通力往至三千大千世界諸比丘僧所住之處徧告一切行聲聞乘辟支佛乘學大乘者皆當令集大林重閣時舍利弗即以神力往至三千大千世界諸比丘僧所住之處宣告一切行聲聞乘辟支佛乘求大乘者今可皆集大林重閣時諸大衆即如其言到已稽首却住一面爾時世尊告諸菩薩汝等即時皆應來集時不空見菩薩文殊師利菩薩不捨惡趣菩薩斷一切憂昏菩薩施一切菩薩除一切礙菩薩觀世音菩薩香象菩薩最高辯菩薩彌勒菩薩摩訶薩等同時俱來至如來所爾時世尊而告之曰諸善男子汝今可往十方恒沙諸佛刹土告衆菩薩摩訶薩等其有已得無生法忍及住不退諸餘菩薩乃至位階一生補處諸大菩薩咸使令集時諸菩薩即承聖旨徧至十方召諸菩薩彼諸大士既聞宣告皆稱善哉唯然敬諾時九萬億百千那由他諸菩薩等皆悉已得無生法忍復有三億百千那由他菩薩住不退轉又億

百千諸大菩薩各各皆是一生補處如是一切諸菩薩等以神通力於一念頃皆悉來集大林重閣爾時大衆見世尊已頂禮佛足却坐一面時舍利弗既見十方諸菩薩等皆悉來集即生念言我於今者當請如來應正徧知問如是相以我所問爲斷一切諸菩薩疑得深智辯於恒沙佛所聞妙法未曾一念而生廢忘乃至未得無上菩提諸菩薩等皆應修是四淨妙行何謂爲四一者衆生淨二者法淨三者辯淨四者佛土淨復令菩薩生四正念何謂爲四正念於身正念於口正念於心正念於生復有四法漸得深入陀羅尼門何等爲四一得無盡宣説善入陀羅尼門二知衆生諸根巧便速得入於陀羅尼門三知有爲業報巧便亦得入於陀羅尼門四得甚深無生法忍疾得善入陀羅尼門時舍利弗如其所念即白佛言此諸菩薩欲修淨行唯願世尊矜愍爲説令得修行爾時佛告舍利弗言此諸行者發廣大心若欲修行菩薩法者又欲於法心無所著無取無捨是諸行者應當受持誦念如是陀羅尼呪神妙章句

阿彌奴帝切一 阿企起祇切二 摩企三 三曼哆覩我切 目企四 育帝覩奚切五 尼陸帝六 尼陸底覩矢切七 皺鞞蒱諸切八 嘻許者切 隸九 劫臂晡迷切十 劫波伺十一 婆隸十二 婆羅跋帝十三 嘻羅嘻利十四 嘻隸嘻棃隸十五 嘻羅嘻隸十六 遮主何切 帝十七 遮槃彌十八 遮羅遮羅彌十九 遏怛帝二十 阿蘭彌二十一 涅未題徒隸切二十二 涅跋多彌二十三 眤闍殊何切 帝二十四 彌呵隸二十五 毗摩隸二十六 輸檀彌二十七 跋羅盧可切 訖帝都至切 提槃彌二十八 婆嘍蒲餓切 毗婆跋彌二十

九阿僧祇三十陀迷莫計切三十一毗富羅皺鞞蒲詣切三
十一三迦蘳沙彌三十三提隸提提隸三十四摩呵
提提隸三十五邪者跋帝三十六遮隸三十七阿遮
隸三十八摩陀隸三十九三蘇暫切摩遮隸四十致馱
珊地四十一頞扶充贊切帝四十二阿僧伽毗呵隸
四十三阿僧伽尼呵隸四十四毗呵邏毗摩隸四十
五賦呵邏輸檀賦四十六致苯蘇寐四十七哋勑賀
切彌四十八哋摩婆帝四十九摩呵皺鞞五十三曼
哆皺鞞五十一毗富羅皺鞞五十二毗富羅賴盧轄
切彌五十三三曼多目企五十四薩婆哆羺女留切
竭帝五十五阿那眵姝支切跂五十六陀羅尼陀羅
尼五十七尼陀那劬呧莎波呵五十八
爾時世尊告舍利弗我向所説陀羅尼呪此
諸菩薩及以行者皆當受持讀誦通利而不
應取有爲無爲於一切法無染無著亦勿誹
謗心生猒離亦不攝受勤求修習若取有爲
無爲諸法當速遠離不應執著不見法合不
見法散不見法生不見法滅亦不見法有去
來今不見法增不見法減不見十二因緣法
起不見十二因緣法滅不宣説法非不宣説
菩薩常應正念諸佛非色非無色非相非無
相非義非不義非戒非不戒非定非不定非
慧非不慧非解脱非不解脱非解脱知見非
不解脱知見非族姓非不族姓非眷屬非不
眷屬非行非不行非到非不到非時非不時
非陰入界非不陰入界非智非不智非説法
非不説法非我淨非他淨非衆生淨亦非不
淨非自義非他義非法非律非身口淨亦非
意淨又非過去來今行淨不爲自不爲他告
舍利弗如是説者此則名爲菩薩念佛皆悉

攝入一切諸法名爲永到諸法等集微妙總持陀羅尼門又復名爲第一義辯最勝無礙陀羅尼門亦名滿足一切諸願陀羅尼門又名必得菩提一分諸深三昧陀羅尼門又名辯攝諸餘善根陀羅尼門亦名法藏性相妙義眞實之行陀羅尼門復名有爲方便超過降伏諸魔陀羅尼門又舍利弗此陀羅尼名說無量法門是諸行者皆當獲此甚深義利疾得無上菩提之道所以者何是陀羅尼名爲諸佛決定大乘一切德甚深法藏是處名破一切衆生生死之行無染法戒陀羅尼門

爾時世尊即說偈言

無求於空法　不戲論菩提　隨順法界性
速得陀羅尼　勤聽習此經　無盡陀羅尼
於是得成就　一切智明慧　若欲求菩提
持此陀羅尼　以是行者得　修習總持故
即聞十方佛　廣說諸法界　既聞一切法
深解第一義　如彼日光曜　明解亦如是
以得修最勝　微妙陀羅尼　受持斯經故
常得覲諸佛　假使諸衆生　經於一劫中
欲得問難者　行者悉能斷　菩提辯如是
不可得窮盡　如此諸行者　即是法王子
已得近最勝　無上菩提道　若樂聞此經
當近是法師　是諸佛世尊　不但念行者
亦愍諸衆生　如慈母愛子　此人行世間
持是陀羅尼　爾時即能見　一億諸世尊
若人億千劫　先世造衆罪　一月持此經
其罪悉除滅　一切諸世尊　皆當授其手
假使諸菩薩　億劫積功德　若能一月持
如此陀羅尼　所得功德報　其福過於彼

三界諸衆生　設使皆爲魔　無能沮壞此
持陀羅尼者　若行者憶念　最上陀羅尼
復能常誦持　乃至得菩提　説此陀羅尼
是名決定持　一切諸衆生　即當於是處
皆悉現前得　無上菩提道　聞是陀羅尼
燈明佛所記　即於俄頃間　得觀恒沙佛
若樂於諸佛　及知其所在　應修持是經
皆即隨其意　若欲得清淨　最妙佛刹土
光相甚明徹　聲聞衆具足　持此陀羅尼
一切皆當得　行者應精進　七日七夜中
思惟陀羅尼　觀八十億佛　不思於惡思
亦不思異思　專思如是經　疾得陀羅尼
譬如入大海　更不求他寶　得此陀羅尼
終不願餘樂　所以修此經　欲近深菩提
當得無上道　到於寂滅處

佛告舍利弗菩薩行者具足四法得陀羅尼何謂爲四不著穢欲於諸衆生不起嫉妬施諸財物心無悔吝晝夜常樂修習善法又舍利弗菩薩具足如是四法得陀羅尼爾時世尊即説偈言

棄彼汙穢欲　及捨鄙魔行　如此欲因緣
即是地獄趣　於他覩名利　不生嫉妬心
慈眼觀衆生　得大威妙形　衆生若諍訟
皆由此身起　是故應棄愛　必得陀羅尼
晝夜常求法　一心樂菩提　行者即能得
如此陀羅尼　常應現前修　如是等四法

爾時如來告舍利弗如此四法常應修學又舍利弗復有四法行者具此得陀羅尼何謂爲四一者常當精勤修習阿蘭若行二者於彼甚深法忍堪任奉持三者不著利養名譽

四者棄於一切所愛染著之處悉皆能舍乃至身命況餘財物舍利弗菩薩具足如此四法得陀羅尼爾時世尊即説偈言

常修阿蘭若　住於不放逸　勤行深忍心
當如忍頭然　斯行最殊勝　諸佛之所讃
不於他眷屬　名譽利養等　及以諸財物
而生貪愛心　少欲及知足　如鳥無儲積
既已得人身　常應修衆善　善哉得佛法
出家棄苦本　憍慢諸煩惱　悉已得清淨
應當勤恭敬　尊重佛法僧　貪利失念智
亦喪信戒心　去菩提甚遠　是故當棄貪

又舍利弗行者復應成就四法得陀羅尼何等爲四有八字義云何爲八所謂波字是第一義一切諸法入無我義羅者相好此相好者入於如來法身之義婆者嬰兒嬰兒法者決定趣入聰慧之義闍者生老病死之患是生老等入無生滅迦者作業入無業報陀者總持陀羅尼法空無相願趣入法界奢者舍摩他毗婆舍那舍摩他等入一切法叉者諸法無住無盡亦無破壞又無前後如是諸法趣入涅槃如是八字皆入此義菩薩當隨而入之是則名爲初第一法應善書寫精勤受持如是總持陀羅尼典是名行者入第二法半月半月應讀誦念如是總持陀羅尼法是名行者入第三法行者常應專心思念如是總持陀羅尼法令諸衆生皆悉歡喜誘引其意務使精敏是名行者入第四法舍利弗行者具足如是四法得此陀羅尼爾時世尊即説偈言

書持陀羅尼　思惟八字者　若半月半月

專勤常讀誦　衆生於是處　修習恒繼念
親近於廣大　菩提甚深智　決定能現見
十方一切佛　是故於此法　應修勤學心
佛告舍利弗菩薩摩訶薩有四法利常當專
習何謂爲四一者正念十方諸佛二者究竟
無諸魔事三者是人速離業障四者疾得無
斷微妙甚深辯才又舍利弗如是四法行者
應當專勤修習此陀羅尼必獲法利爾時世
尊即説偈言
應正念諸佛　衆魔所不攪　悉得速遠離
一切諸業障　亦獲無量億　辯才陀羅尼
佛告舍利弗乃往宿世無量無邊阿僧祇劫
是時有佛號曰寶勝火聚光明如來應供正
徧知明行足善逝世間解無上士調御丈夫
天人師佛世尊出現於世舍利弗寶勝火聚
光明如來般涅槃時有轉輪王名曰星持七
寶具足領四天下其王有子名不思議功德
最勝而是王子至年一千六百歲時寶勝火
聚光明佛所初得聞此陀羅尼法即便解悟
專精修習經七萬歲晝夜不懈未曾疲怠目
不暫閉王子復於七萬歲中捨身命財及以
王位又七萬歲獨靜一處精勤經行脅不著
地復於九億百千那由他諸如來所聞説法
已皆悉受持讀誦通利王子即便出家修道
經九萬歲受持成就如此無量陀羅尼門時
此比丘成就是已廣爲衆生宣示其義比丘
王子即於此生化八十億那由他百千衆生
皆悉安住阿耨多羅三藐三菩提道亦復證
於不退轉地又舍利弗爾時衆中有長者子
名曰月幢是長者子於彼比丘法師所聞如

此無量陀羅尼門聞已即便隨喜頂受月幢以此隨喜善根功德因緣值九十億諸佛世尊恭敬供養得此最上陀羅尼法於諸言論最爲殊勝又獲第一不斷辯才王子比丘三劫供養是諸佛已得無上道又舍利弗勿生疑惑爾時王子比丘法師今無量壽如來是也爾時月幢定光佛是佛告舍利弗我與賢劫諸菩薩等俱共聞此陀羅尼法即生隨喜以此善根功德因緣經歷四十百千劫中常勤揹捨生死之法於九十億諸如來所得陀羅尼最爲第一言論超絕辯才殊勝又舍利弗是故行者若欲速得無上道者當受持此陀羅尼法若復不能受持書寫讀誦之者但生隨喜所以者何緣此善根今是行者必當獲得不退轉地至無上道何況受持書寫讀誦廣爲他人敷演之者所得功德唯除如來一切衆生不能測量何況思惟廣爲人說爾時世尊即說偈言

得此陀羅尼　名爲無量門　諸佛常護念
魔不得其便　業障衆塵勞　皆速獲清淨
聞此妙典已　隨喜即書寫　受持恒讀誦
廣爲人演說　一切諸衆生　不測其功德
行者所生處　常得見諸佛　獲不思議信
善解深經義　是行者疾得　最上菩提道
三昧通無盡　陀羅尼亦然　形色恒具足
福報常相繼　見佛及聞法　無時而暫缺
未得菩提間　永保斯功德　我念宿世時
已聞此總持　見於恒沙佛　得無上菩提
譬如昔月幢　得成定光佛　過去功德勝
法師比丘者　今見無量光　阿彌陀佛是

我與賢劫中　無量諸菩薩　俱聞此經典
深心共隨喜　若樂速親近　無上菩提道
又樂疾降魔　復樂百福嚴　當勤心總持
得此不爲難　若人以珍寶　滿恒沙世界
布施於一切　皆使得豐足　但能書此經
其福過於彼　是故應靜聽　一心初不亂
書寫與受持　及以善思惟　如此深妙典
斯爲智菩薩　疾得於菩提　不足以爲難

又告舍利弗若有行者專心繼念此陀羅尼有八夜叉住在雪山晝夜擁護如是行者除諸衰患益其勢力何者爲八一名首羅（此言勇健）二名緻栗馱（堅固）三名簸臘復多（衆多）四名那羅延婆邏（大力士也）五名那隸因馱羅（人主）六名突陀利沙（無能誹謗）七名迦羅邏（柴唾）八名修婆睺（好臂也）告舍利弗行者應當以好帛素圖畫如此八鬼神像以鮮彩色極令清淨不得雜用衆生之膠行者若欲讀誦此經先應沐浴著淨衣服專心祈請此八鬼神爲設種種香潔飲食衆妙雜香散華華鬘及淨油燈以供養之行者復應彩畫於地如圓輪座自在其上右膝著地手執香鑪一心慈念無量衆生七徧微誦陀羅尼呪是八鬼神即現其身欲界天中有菩薩是八大士見此行者敬誦如此陀羅尼時亦常護念益其勢力何者爲八衆光菩薩智光菩薩日光菩薩問難菩薩一切願滿菩薩大力菩薩星王菩薩妙意菩薩是八菩薩及八鬼神令此行者一心專修得陀羅尼法利勢力使諸衆生皆愛念之一切所須隨意不乏百由旬内無諸衰患如是行者應當修陀羅尼發真實願憶念所行精勤愛樂一

切善法分布施戒等心廣惠隨彼多少無所吝惜行者受持此陀羅尼又應尊重佛及法僧於三寶所恒生敬畏一心專修甚深法忍世尊說此陀羅尼時三千恒河沙百千億那由他諸菩薩等悉得此陀羅尼門名說無量又復證於不退轉地當得阿耨多羅三藐三菩提六十頻婆羅諸天人等未發無上菩提心者今皆悉發無上道意時舍利弗白佛言世尊何名斯經云何奉持告舍利弗此經名爲無量門總持陀羅尼如是受持亦名摧破一切衆魔總持陀羅尼如是受持亦名菩薩一分超意總持陀羅尼如是受持亦名一分得一切智總持陀羅尼如是受持爾時世尊說此經已舍利弗等諸大聲聞菩薩人天修羅伽樓羅乾闥婆緊那羅摩睺羅伽一切世間聞佛所說歡喜踊躍頂戴受持作禮而退

佛說無量門破魔陀羅尼經

音釋

阿鞞跋致梵語也此云不退轉 鞞頻眉切 跋蒲末切 裔余制切 㝹奴侯切 舸各可切 儲直魚切貯也 脅虛業切腋下也 緻直利切 跛補過切

佛說無量門微密持經

佛說出生無量門持經

吳月氏國優婆塞支謙

東晉天竺三藏法師佛陀跋陀羅譯

清刻龍藏佛說法變相圖

二經同卷

佛說無量門微密持經

佛說出生無量門持經

佛說無量門微密持經

吳月氏國優婆塞支謙譯

聞如是一時佛遊於維耶離國大樹精舍佛告賢者大目揵連汝行請諸遊三千大千世界比丘爲弟子行及菩薩行者使會目連受教步須彌頂以道神力周徧佛界聲告使知應時精舍有四十萬比丘會復現神足令是天下倚行比丘悉會精舍稽首畢一面住佛復告慧見菩薩敬首菩薩除憂菩薩虞界菩薩去蓋菩薩闚音菩薩殆棄菩薩衆手菩薩

辯立菩薩慈氏菩薩汝等行請十方無央數佛國諸一生補處無所從生法忍及不退轉信解菩薩悉令會此即皆受教而爲感應應時有八百億一生補處菩薩三百億得無所從生法忍菩薩百億不退轉菩薩六百億信解菩薩皆乘佛肯神足來會賢者舍利弗見大衆會心念當問如來妙行演現其要令諸菩薩一切望畢得無礙辯遠聞十方無數刹土諸佛説法念不中忘至於無上正真之道爲最正覺疾使菩薩得四清淨何等爲四一曰人淨二曰法淨三曰慧淨四曰佛國嚴淨亦疾使菩薩得四願悦何等爲四一曰身和悦二曰言和悦三曰意和悦四曰滅和悦已得四願悦便入四持門何等爲四一曰如文行入持門二曰内深忍入持門三曰解人根得入持門四曰知行報善入持門舍利弗思念是菩薩清淨無量慧地欲令佛説於是佛語舍利弗讃言善哉意至欲使諸菩薩疾成持行若舍利弗菩薩行此持要句者疾入無量之門得微密持謂是無爲無向如正意解爲應爲滅内明順道爲履上迹如微妙行不動寂静無意無生微密無垢清淨自然惟無惟無所著光明悦懌果而大勇爲美譽動無動以正動近道因能善譽遊無罣礙入諸法門强而有勢光大照遠解等意無不入不斷持實如是舍利弗行持菩薩非有數也行無數法爲不以知故諸法斷覺而不作不見合法離不見起不見滅不有去來現在之知亦不知法已成未成隨佛念行不念相亦不好亦不種性不羣從不方土不勞盡不已知無

不知不人淨不説法不我利不彼利不法不律不行不除不念身不念人於一切法行無受者名爲念佛爲一切法之正歸也爲是無畏持義之藏妙願已滿上道已備調靜諸定一切德本不由彼致自從法生種性相好其行自然無邪行無斷行是爲菩薩能學無量門微密之持爲不退轉於無上正眞之道所以者何是從衆生之行而致無量得行之持

於是佛説偈言

法空無望得　爲道莫自恣　奉經而不亂
是則疾得持　是經義爲妙　持無極常念
學聞思慧者　可得成道行　菩薩得此持
常行精進者　十方彼諸佛　説法輒得聞
一切能受持　執義正不忘　意解如日明
自恣微妙行　至於無上法　弘大持之門
一切是得向　爲能擁護經　正使一切人
盡劫共難問　悉能解諸結　其智不可極
是生上道署　得爲法王子　常厚護持法
內性好斯經　菩薩所敬重　十方佛亦愛
名譽蓋於世　行此爲無量　八十億諸佛
終時悉得見　一切皆授手　接行此持者
若於往千劫　而爲不善行　一日可以除
但當守此經　菩薩所興福　億劫來積聚
善誦是持者　一日可與等　念意而強意
思惟此上持　向行衆德本　必成至覺道
假使三界人　一切悉爲魔　不能中得害
唯行此經者　是説幻如諦　爲極法之要
諸佛自此出　道意所由生　昔吾學道時
得決於定光　如恒沙等佛　我悉於中見
欲聞十方佛　所説悉覺識　當專習是經

一切可疾得　若願嚴佛國　合成弟子衆
光相及種好　當從是經得　能除放逸念
七日專唯是　八十億佛臻　共授以此持
不以意思意　亦不思無意　意而不有思
然後可得持　宜熟解此經　勿有望於道
得此持如海　不復勤於財　欲安諸天人
一切願無難　此爲道之生　但當正意行

又舍利弗菩薩有四法行疾得是持何等爲四以猒惡於愛欲以無賊害於衆生以一切有而爲布施以無疲猒晝夜樂法復有四法行疾得是持何等爲四能習山澤居内行深法忍不慕彼利養行無量施不惜軀命復有四法行疾得是持何等爲四一曰入八字義八字義者謂迹斂惟棄悲調滅忍當書持是二曰誦說常以調音三曰内性合是法要四曰勸行大道之行菩薩如此爲疾得持於是佛說偈曰

當棄欲苦行　遠捨愚癡地　無自恣作惡
惡令墮惡道　是不作彼近　不知利譽事
愛眼視衆人　必貴如得色　衆人之有諍
皆由貪爲本　故盡汲汲劇　棄是乃得持
欲法者晝夜　捨異惟道求　得持而心向
是以常見經　閑居習佛教　住此不知彼
深忍却放逸　常如救頭然　法不倚知利
亦不有身求　見失當棄利　人以利爲行
快哉得佛教　捨家離衆苦　信者成道學
敬佛法爲智　智士不貪利　何況行法者
佛從遠斯成　故當捨利求　當思八字義
善書持是經　常誦用調已　亦以開化人
得坐大智署　一切見十方　無量佛在前

勸成其道欲

又舍利弗菩薩有四德爲是持何等爲四一曰常念諸佛二曰不有邪行三曰疾除行蓋四曰得入無量門微密之持有昔舍利弗往無央數劫不可計劫時有佛名寶首燿王號如來至眞等正覺明行成爲善逝世間解無上士道法御天人師爲佛衆祐度人無量臨滅度時世有轉輪王名光秉其太子曰無念德首年千六百歲從佛聞得此持而即奉行又七千歲未曾睡卧又七千歲未曾起身愛又七千歲未曾念財利又七千歲一心念行未曾傾倚於是則見九十億佛悉聞說法皆從受持便作沙門積九萬歲以是無量門微密之持解說衆人於一世中成就八十億人使行無上正眞之道誘進出家立不退轉地

彼時衆中有尊者子名爲月行聞是法要盡心願樂以此德本值七十億佛皆從得上持逮諸菩薩無量之辯其後三劫悉見諸佛三劫末時月行得佛名曰錠光號如來至眞等正覺明行成爲善逝世間解無上士道法御天人師爲佛衆祐又彼太子無念德首講說法者則今西方無量壽佛是此賢劫中諸菩薩聞是法願樂者皆得除後四十萬劫生死之行又是學者欲疾作佛若後得是經如有願樂道行之意則是當立不退轉地必爲無上正眞之道何況書持誦行一切人民莫能稱量說其福也於是佛說偈言

常惟念佛者　衆邪不得便　行蓋欲疾除
得妙無量持　聞經心願樂　書持敬諷誦
天人莫能計　福廣無有量　所生輒見佛

信向不迴動　體解深經要　疾覺無上道
得持惡道斷　不失定大財　色好常見佛
即至無上道　尊者子聞持　即追識宿命
見佛九十億　得道如其願　若欲疾成佛
道力降諸魔　欲滿百福相　行此非有難
如滿江沙刹　積寶以布施　比書持此福
終不得爲比
是舍利弗菩薩行持者有八大神在雪山中
共視護之其名曰勇決神果強神饒裕神雄
猛神體行神清淨神難勝神多安神斯神必
來下常當澡浴淨其被服正色經行慈念衆
生思是經要神面不遠必安定誦復有八菩
薩今在欲行天常當存念其名曰無愛天無
悅可天智光天懷金天積習天願滿天星王
天行審天斯皆敏行此持者也常諦惟持而
常恭敬以如應行微妙法忍不得輒輕試說
時恒沙等菩薩皆得是持而不退轉六十姟
天與人未發道意今皆發無上正眞之道賢
者舍利弗白佛言以何名此經佛言是法之
要名無量門微密之持一名成道降魔得
切智當奉持之佛說是已皆歡喜受

佛說無量門微密持經

佛說出生無量門持經

東晋天竺三藏法師佛陀跋陀羅譯

如是我聞一時佛在毗舍離大林精舍重閣講堂與大比丘衆四萬人俱爾時世尊已捨壽行却後三月當般涅槃便告長老大目揵連汝行徧告三千大千世界聲聞比丘并縁覺道及諸菩薩皆悉來會大林精舍重閣講堂目連受教往須彌頂入如意定以大音聲徧告三千大千世界無不聞知長老舍利弗作是念我今亦當入如意定普請依止閻浮提內諸比丘皆悉來會大林精舍重閣講堂作是念已即如其像入乎三昧徧請諸比丘依止閻浮提者皆來集會爾時大林精舍重閣講堂有三百萬比丘衆會於是世尊告現無礙菩薩文殊師利童子離惡趣菩薩無憂冥菩薩離陰蓋菩薩寂諸境界菩薩觀世音菩薩香象菩薩無量辯菩薩彌勒菩薩汝等善男子行詣十方恒河沙諸佛國土遍告諸一生補處菩薩不退轉菩薩得不起法忍菩薩信解菩薩皆悉來集大林精舍重閣講堂是諸菩薩即受教行徧告十方恒沙佛土諸一生補處菩薩及不退轉得不起法忍信解菩薩皆來集會大林精舍重閣講堂是時大林精舍重閣講堂有八十億百千一生補處菩薩一億百千得不退轉三十億菩薩得不起法忍六十億菩薩得信解脫是諸大士一時來會大林精舍重閣講堂爾時尊者舍利弗見諸菩薩大衆雲集便作是念我當承佛威神敬問世尊令諸菩薩得離疑網疾成甚深無礙辯才遠聞十方恒沙刹土諸佛說法

念持不忘疾成無上正眞之道爲最正覺又使菩薩得四無盡清淨法門何等爲四一曰衆生淨二曰法淨三曰辯才淨四曰佛土嚴淨得四最勝和悅之法何等爲四一曰身和悅二曰口和悅三曰意和悅四曰方便和悅疾成四種微妙持門何等爲四一曰出生無量門持二曰甚深法忍持三曰善於衆生諸根持四曰善於衆生因果持尊者舍利弗思惟是菩薩清淨無量慧地欲令佛說即以是義上問世尊於是世尊讚舍利弗言善哉善哉舍利弗乃能爲諸菩薩問如是義汝舍利弗諦聽諦聽善思念之我今當說菩薩所行疾成無上正眞之道甚深功德若舍利弗欲得一切智知一切法者當學此門持當學此持句所謂無句正句普句成就樂說光明順道善分別究竟分別堅固所說堅固伊羅伊梨伊羅悉諦旃貳爲履止迹不動寂靜離諸怨敵熾然永滅出生無垢清淨自性巧說諸有者無所有無所著善能降伏光明離垢善自攝持果而大勇得大名稱動無動以正動難堅固善住安隱遊無礙著開諸法門隨順所應強而有勢精進勇猛得方便力大光普照明曜無垢意解平等普無不入事無不逝此善妙持諸佛所住如是舍利弗行持菩薩於數無數不以分別亦無所得於諸斷法增進功德而無所作亦無不作不見諸法有合有離有起有滅亦無去來現在之知亦不知法有力無力修行念佛不念相好不念種性亦不念眷屬不戒不定不慧不解脫亦無解脫度知見念無住無得不盡煩惱不以知無

不知不言說法不淨衆生不我故非彼故不法不律不威儀無清淨不念身不念意無涅槃究竟亦不念過去當來今現在不因已不因他於一切法行無受者舍利弗是名執受一切諸法隨順念佛名爲一切諸法所入無畏持門微妙句義一切所欲皆悉周備名爲隨順一道三昧亦名一切善本不由他得種姓相好因自法生名爲正覺度諸魔事舍利弗是爲菩薩出生無量門持其有聞是持者皆於阿耨多羅三藐三菩提得不退轉所以者何從是門持究竟一切諸佛功德悉能分別一切衆生之所行處得無所得故名出生無量門持爾時世尊而說偈言

法空無疑惑　爲道不放逸　法性無妄想
是行疾得持　是經如所說　彼持無有盡
從是生妙智　疾成無上道　若得此持者
菩薩無所畏　十方佛說法　如所說悉聞
一切能受持　義味悉具足　日生無量光
持生智如是　乃至無上法　微妙諸持門
一切從是句　當善護此經　正使一切人
窮劫思難問　悉能決定疑　其智不可盡
近無上道法　爲真法王子　持法者親厚
常念斯經故　衆生所敬重　十方佛護念
名稱遍十方　執持此經故　八十億諸佛
臨終悉能見　一切皆授手　接此持經者
若於億千劫　造諸不善業　一月可以除
當受誦此經　菩薩所興福　億劫來積聚
善誦此持經　一月等於彼　念力精進力
三昧勝妙持　悉能現在前　疾成最正覺
三界衆生類　一切悉爲魔　不能令中斷

修習是經者　從彼誠諦說　從彼究竟法
從彼得成道　逮得一切智　昔聞此持故
定光授我決　恒沙等諸佛　即時悉能現
欲聞十方佛　所說悉能解　當專習是持
一切疾得成　莊嚴佛國土　清淨衆成就
光明及種性　當從是經得　得除心放逸
七日專思念　八十億諸佛　俱來授此經
不思思所思　亦不思無思　此思亦無思
從是疾得成　尊崇是經教　於道莫疑惑
譬如大海中　不應疑無寶　欲安諸天人
一切願不難　此爲道心生　但當正意行

復次舍利弗菩薩成就四法疾得是持何等爲四猒離愛欲不生嫉心於一切衆生施一切有晝夜求法心不懈倦爾時世尊而說偈言

猒離於色欲　魔界地獄緣　放逸造衆惡
惡令墮惡道　於他不起妬　不爲作名稱
愍愛視衆生　尊貴色端嚴　衆生起怨諍
皆以貪爲本　是故當捨愛　愛捨成妙持
晝夜常樂法　推異推道求　專精求道者
疾得成妙持

又舍利弗菩薩復有四法成就疾得是持何等爲四閑居寂志得深法忍不求利養一切内外盡施無遺是爲四爾時世尊而說偈言

閑居寂志無所譽　自守空靜不輕彼
常樂修習深法忍　如救頭然不放逸
不求名譽及利養　因斯造諸諂曲行
處處知足如飛鳥　節身損已修仁行
快哉得佛教　出家受具戒　捨家離衆苦
遵修於佛教　若不得佛教　出家是戒利

信戒施聞慧　皆悉不成就　此過離佛遠
是故捨貪利

又舍利弗菩薩復有四法成就疾得是持何等爲四一曰八字是義隨義悉入其中八字者波羅婆迦闍陀賒叉波者第一義一切諸法無我悉來入門羅者相好無相好如來身入於法性婆者愚癡之法及智慧法隨順入義迦者業行果報及非業行報皆悉究竟隨順入義闍者生緣老死皆悉隨入不生不滅陀者一切諸持悉隨入空無相無願賒者一切諸持皆隨順入叉者盡一切諸法悉入於如如是八字是義隨義悉入其中二曰善書此經執持不捨三曰半月半月誦習此經四曰常當供給供養持此經者爾時世尊而說偈言

當思八字義　善書持此經　半月次來誦
勸發行持者
一切十方恒沙國　無量諸佛在其前
得坐道場妙相滿　當勤修習此持行

復次舍利弗菩薩學此持者得四功德利何等爲四一者十方諸佛所念二者離諸魔事三者惡罪業障疾得清淨四者無礙斷辯才皆悉成就是爲四爾時世尊而說偈言

諸佛常護念　衆魔不得便　罪業障悉除
得妙無量持

佛告舍利弗乃昔過去無數劫時有佛世尊號寶首焰王如來應供等正覺明行成善逝世間解無上士調御丈夫天人師佛世尊舍利弗彼寶首焰王如來臨滅度時有轉輪王名曰持光明王四天下快得自在王有太子

名無念德道其初生時形如十六歲童子從彼世尊得聞此持聞此持已專精求學經七千歲不爲睡眠之所蔭蓋七千歲中未曾起身愛未曾念王事又七千歲中身不倚卧端坐正受於是即見九十億那由他諸佛從其聞法皆能受持便出家學道九萬歲中以是無量門出生之持廣爲人說於一生中成就八十億那由他人立阿耨多羅三藐三菩提心勸進教化令不退轉彼時衆中有長者子名曰月幢得聞是持志心隨喜彼以隨喜善根因縁故常得親近九十億佛得最上持得最上處無量辯才復於三劫親近諸佛三劫末時月幢得佛號燈光如來應供等正覺彼時王子無念德道者今西方無量壽佛是舍利弗我亦與賢劫諸菩薩曾聞此持聞已隨喜以是隨喜善根因縁除却四十萬劫生死之行又得親近九十億佛是故舍利弗若菩薩摩訶薩欲得疾成阿耨多羅三藐三菩提者於此妙持當勤隨喜隨喜功德乃至菩薩不退轉地作大因縁況復書持受誦如說修行一切人民莫能思量稱說其福爾時世尊而說偈言

聞經心隨喜　書持敬諷誦　天人莫能計

福報之限量　生生常見佛　信向不迴動

體解深法要　疾覺無上道　三昧不退減

三明總持門　財色常見佛　乃至無上道

憶念過去世　長者子聞持　即見九十億

那由他諸佛　所求如其願　得成無上道

若欲疾成佛　道力降衆魔　欲滿百福相

行此非有難　如滿恒沙剎　積寶以布施

比書持此經　終不得爲比

又舍利弗菩薩行此持者有八大鬼是雪山之神共護視之其名曰勇健神強力神自在神雄猛神知行神難勝神鳩摩羅神善臂神是爲八彼欲令諸神來者當澡浴其身淨其衣服正色經行慈念衆生思是法要如其憶念彼諸神等尋現在前復有八菩薩生欲行天亦常護念何等爲八離欲行天子慧光天子如日天子眞諦天子願滿天子摩醯首羅天子星王天子如行天子是爲八是等菩薩常來護念令彼專精疾得妙持行是持者眞實爲本而常恭敬當念知恩學深法忍等觀無生無滅之法平等持戒自護兼彼說是法時三十二恒河沙等菩薩尋得是持不退轉於阿耨多羅三藐三菩提六十萬人得不起法忍三萬二千天與人皆發無上正眞道意是時三千大千世界六種震動天雨衆華普遍世界天諸妓樂不鼓自鳴是時舍利弗白佛言世尊當何名此經佛告舍利弗此經之要名出生無量門持亦名一生補處道行亦名成道降魔得一切智當奉持之說是法時尊者舍利弗及諸十方來會菩薩幷諸衆會天與人乾闥婆阿脩羅等聞佛所說皆大歡喜

佛說出生無量門持經

音釋

闚（去規切）　燿（弋照切）　錠（徒徑切錠光即然燈佛也）

阿難陀目佉尼訶離陀隣尼經

元魏北天竺三藏佛陀扇多譯

阿難陀目佉尼訶離陀經

劉宋中天竺三藏求那跋陀羅譯

清刻龍藏佛說法變相圖

二經同卷

阿難陀目佉尼訶離陀隣尼經

阿難陀目佉尼訶離陀經

阿難陀目佉尼訶離陀隣尼經

元魏北天竺三藏佛陀扇多譯

聞如是一時佛遊於維耶離大叢樹間有精舍名交露莊校與大比丘衆三十萬人俱時佛欲放軀命自期三月當般涅槃爾時佛告賢者摩訶目揵連令到三千大千國土盡呼其中聲聞辟支佛種及發摩訶衍者皆使來會目揵連則時受教稽首佛足作禮而去自以功德便一舉足蹈須彌頂承佛威神即坐思惟當作何三昧令三千世界聞我請音應

時三昧尋如所念十方一切徧聞其聲時有百萬比丘來會精舍賢者舍利弗復發念言我亦當三昧欲知閻浮利内比丘所在遠近令聚則如所念應亦皆集及知處所時有四十萬比丘來會精舍佛復告不現相菩薩栗首菩薩棄諸勤苦菩薩出一切憂冥菩薩除一切蓋菩薩一切尊自在菩薩其音廣聞徧見普安菩薩衆香手菩薩一語報萬億音菩薩慈氏菩薩等善男子汝去到十方如恒沙等諸佛國土盡呼其中發菩薩意已得阿惟越致及未得者已得無所從生法忍及未得者皆令來會交露精舍十菩薩等各受佛教稽首而去徧到十方恒沙國土爾時八十億百千一生補處菩薩來會億百千阿惟越致菩薩來會三十億得無所從生法忍菩薩來會六十億淨意解脱菩薩來會初發大意及應法住者不可計數悉皆一類持佛威神各從十方飛來到此爲佛作禮都會共坐時舍利弗見菩薩衆品第差異所住不同而一等類俱飛來會即驚怖言將佛功德神力所致用何等故來會如是於是舍利弗即起離座爲佛作禮長跪叉手白佛言我所疑怪今欲問佛使會菩薩令得直信聞佛所說各得其所恒沙等佛所說經法當令一切皆平等聞及得清淨令無數人種種所問皆能報答行何法住常不失意疾得無上平等之道最正覺乎佛言善哉善哉舍利弗乃爲諸菩薩摩訶薩故欲問其義快如是乎佛言諦聽善持思之吾當爲汝深加解說令一切聞疾得無上平等之道最正覺也佛語舍利弗是菩薩

等已得應此陀憐尼卷已照明諸法悉爲一切諸法作導所以者何用開世間人故也佛語舍利弗菩薩有四事用得是法何等四一者身所行常謹勑二者口所言常至誠三者意所念常柔順四者善權方便救護一切是爲四事用得是法也佛語舍利弗菩薩復有四事得不可盡空身慧何等四一者以清淨住燒諸勤苦解散疑垢度脫一切世間人民二者以清淨住持諸經法導利一切三者以清淨住所作功德饒益一切四者淨諸國土過度一切使得佛法是爲四事空身淨住慧不可盡也佛語舍利弗菩薩復有四事持陀鄰尼目佉用入生死令疾逮得何等爲四一者陀鄰尼目佉因世名色使疾得淨法二者陀鄰尼目佉入其忍辱三者陀鄰尼目佉悉入一切思想之根四者陀鄰尼目佉入一切所爲善惡之法使疾逮得是爲四事疾逮得此陀鄰尼目佉也佛言菩薩其欲逮得阿難陀目佉尼訶離陀鄰尼當先曉覺四十八名

何等四十八

阿坺(無爲)默坺(不爲)三夢陀目坺(普門)悉提(精勤)尼律提(寂滅)波羅押(照光)伊隷(順教)劫畢(常念)劫般陀離(所念)沙離(妙術)沙羅颰離(妙句)嘻羅(有心)嘻隷(無意)嘻栗隷(心無所念)旃提(解脫)遮羅泥(行者)頗遮尼(無動)阿蘭泥(他餘)涅勿提(無脫)涅誓提(無生)尼阿羅押末離(無垢行)輸他泥(嚴淨)波羅紇陀颰泥(無住)暴披押之兮(名聞)阿霜祇(離有)曇彌(無礙)維弗羅佉楷椑(誦定)僧揭棧(長光明)經提離(甚勇)摩訶經提離(大勇)夜蛇披提(嗟歎句)頞遮離(不可動)末遮離(不動)三末遮離(等動)提羅刪提(次堅)羞絺提(諦往)阿霜迦椑訶離(無礙行)三蔓陀

目歧普尊尼呵羅述提精勤行須彌須弥躭披颰提
住遮坻羅犀彌堅强力犀摩颰提得强力摩訶佉揩
兮大光明押富羅賴彌長照明薩和呂兔揭提生所
護阿那叱衹無斷陀鄰尼目佉貳那提無有現在
佛所説如是神呪四十八名
佛告舍利弗菩薩當念陀鄰尼如是若脫法若不脫法不作是作亦不知亦不了於其中不有所增亦無所減亦不見脫亦不見不脫亦不見起亦不見滅亦不見當來過去今現在亦不見來亦不見去亦不求佛亦不轉意亦不相好亦不種好亦不眷屬亦不有戒亦不三昧亦不智慧亦不解脫亦不見解脫慧亦不坐行亦不無所得亦不垢除亦不慧亦不無慧亦不教授亦不淨一切亦不有我亦不有人亦不爲法亦不精進亦不行亦不清淨亦不身亦不心亦不口亦不當來亦不過去亦不今現在亦不自爲身亦不爲他人身如是舍利弗是法名一切法中無上最法亦檢斂諸法亦入一切法中是名爲念諸佛法是陀鄰尼名法之猛略聚一切法是名明解章品淨一切人滿足諸願令得名聞覺意三昧是名悉自成本功德是名法種積藏發諸意根令甚尊重相好莊嚴無能動者若天魔來亦不能壞無能奪者無能近者如是舍利弗其有菩薩聞是阿難陀目佉尼訶離陀鄰尼爲已得阿惟越致及無上平等之道何以故於是諸佛所行皆已具足爲一切作彼破壞五道生死及諸疑結使疾得陀鄰尼也佛爾時說偈言

莫作念言空法　莫輕言得不得

直信法莫中疑　則疾得陀鄰尼
然爲是空所縛　分別空得佛疾
是要慧無崖底　速得近陀鄰尼
菩薩持陀鄰尼　爲總攝諸法則
聞十方佛道教　及智慧皆悉得
了尼訶陀鄰尼　譬如日大光明
受諸佛名快法　淨受持得法解
此目佉陀鄰尼　諸所有現在前
於諸法最爲上　悉等護世間人
令十方人非人　一切中問慧義
應悉爲解所疑　其刧竟智不盡
若受信於經道　精進持中正法
近一生補其處　即得爲法王子
若持是陀鄰尼　則爲哀一切人
名聲徧閻浮利　爲世尊所稱譽

其有持是經者　臨壽終皆悉見
八十億拘利佛　伸手授生尊處
有學是陀鄰尼　千億萬刧數中
所作罪惡邪冥　一月中皆滅盡
若菩薩作福施　萬億刧不懈惓
不如學陀鄰尼　一月中得停等
具受說陀鄰尼　悉得諸三昧慧
已得意不復轉　當得佛有國土
有供事是經者　使三界作魔行
欲娆亂壞其意　終不能動搖是
一切空得曉了　用是生無數佛
如是語無有異　陀鄰尼不可盡
於是處聞是事　提桓竭授我決
如恒沙數等佛　於其時便悉見
諦奉持是經卷　一切願皆疾得

入諸佛國土法　隨所宜能化度
常清淨諸佛國　於衆僧無瑕穢
問名深幽妙法　是經卷悉能知
於婬泆皆已無　於思惟有七覺
八十億諸佛等　陀鄰尼悉持與
常止心莫念非　不當念愼莫念
如是念莫不念　後得德不可量
當常了是經事　愼莫令有狐疑
如人行入大海　終不言寶難得
受福德天人樂　如是事終不遠
亦當疾逮得佛　以是故念莫離

佛告舍利弗菩薩有四事行疾得陀鄰尼法何等四一者遠離世間愛欲二者不說他人長短人亦不得其便三者有所來索不逆人意無所愛惜與後不悔四者晝夜精進常志求法是爲四事舍利弗菩薩行是疾得陀鄰尼佛爾時說偈言

遠衆惡離色欲　作罪行墮地獄
無三毒災不生　捐所愛得是經
不嫉妬於他人　不自歎其族親
常等心於一切　於身體大端正
常捐棄身所樂　於世間無瞋爭
不與人共從事　便逮近陀鄰尼
於晨夜常精學　於外道無所冀
當作是求上法　陀鄰尼自然現

佛語舍利弗菩薩有四事行疾逮得是陀鄰尼何等爲四一者獨在空閑處二者住深法忍三者若有饋遺不以喜四者不愛惜軀命何況財寶是爲四事舍利弗菩薩行是疾逮得陀鄰尼佛爾時說偈言

在空閑念正法　不輕慢於他人
生死境如戴火　得人身當作行
常持意在深忍　於財寶足而已
坐宗室起等意　不偏厚其種姓
但供養佛與法　住善力越世難
即毀形下鬚髮　便得德入微妙
當知空及世事　以是故棄所有
愚行者貪財利　無戒忍及智慧

佛語舍利弗菩薩復有四事行疾得是陀鄰尼何等四一者有八品字開入智慧解黠中何等爲八一名爲波以一切著法使入空法中二名爲羅如來若現相好不現相好以法身入諸法中三名爲波若癡法黠法使入解慧法中四名爲迦知諸殃罪所歸趣使入功德福中五名爲闍知生老病死即於是入無色中六名爲陀視諸地世間皆空不驚怪入無願中七名爲舍休息諸法使入清涼法中八名爲叉知一切法空是爲八復有四事一者常思念八品字二者若書是經當諦書之三者若持是經當諦持讀至十五日四者當如法行念八品字是爲四事舍利弗菩薩用是行疾得陀鄰尼佛爾時說偈言

常當念八品字　書持卷諦奉行
十五日讀莫離　勸一切求佛道
要當學開化人　得智慧疾近佛
悉徧見十方佛　皆爲現在前立

佛語舍利弗菩薩復有四事念陀鄰尼得法利何等爲四一者常爲十方佛世尊所念二者所作爲魔不能壞其意三者宿命諸罪皆爲消盡四者初不斷至誠之說諸所問皆能

發遣是爲四事舍利弗菩薩得陀鄰尼法利佛爾時而說偈言

爲諸佛常所念　魔不能得其便
所作罪即消滅　爲一切解所疑

佛語舍利弗過去久遠世所經劫無央數復倍無數長遠難極不可復計劫爾時世有佛號寶具足有德行王如來過四道不受平等覺安定於天上號天中天其佛爲一切說法無能過者臨般泥洹時有金輪王名曰陀樓主四天下其子字無念名聞具足年十六是時太子行到佛所聞彼佛說陀鄰尼經聞已歡喜即得是經得已諷學常念奉持精進不睡脅不在席七千歲不念愛欲七千歲不念財寶七千歲不問他事七千歲常獨處止意不傾動七千歲爾時皆聞九十九億不可計佛說智慧法聞已便棄國捐王行作沙門九萬九千歲奉行阿難陀目佉尼訶離陀鄰尼復爲一切說在一世中教化世間人民令八十億萬那術人皆使發無上平等度意逮得阿惟越致時復有長者子名月英於大衆中聞是陀鄰尼聞已勸助持是勸助喜福到九十萬億佛刹供養諸佛成立功德於爾所佛國皆得諸陀鄰尼即逮得一生補處作飛行菩薩佛語諸菩薩於是三劫中供養爾所佛過三劫已當逮得無上平等之道最正覺爾時長者子月英者即提桓竭佛是也王陀樓子無念名聞具足者即阿彌陀佛是也佛語舍利弗我於颰陀劫中與諸菩薩說陀鄰尼其聞是經有代歡喜用勸一切者其所施作以勸助福超越四十萬劫不復勤苦後當得

道自恣其意如復供養九千萬億佛已當得無上平等之道最正覺也佛語舍利弗若有菩薩最後得聞是陀鄰尼奉持勸助代歡喜者其德如是若有菩薩因歡喜德若以慈心爲經墮淚衣毛起者皆當得無上平等之道引著阿惟越致中方便書若持若學若諷若誦若讀舍利弗如是輩福不可量不可稱不可說一切人民無能計無能極者佛爾時說偈言

若聞已加勸助　及書持諷誦讀
諸天人計其德　無能知福祐極
所生處常見佛　於深經得慧證
堅持法無能動　便疾得明解覺
常定意不增減　諦不失陀鄰尼
無色想立相好　爲世雄無有上
長者子聞是經　所生處識宿命
常得見無數尊　如所願即得佛
若欲疾得佛者　及速離於衆魔
欲得百功德相　常念是得不久
如恒沙世尊剎　滿其中珍寶施
不如是書持者　譬喻之適停等

佛語舍利弗若有菩薩持意念學陀鄰尼時有山名醯摩槃有八鬼神止其中常共擁護之開人志意何等八一名勇猛鬼神二名照明十方鬼神三名多所饒益鬼神四名龍王大力鬼神五名至誠行鬼神六名能調不調鬼神七名童男鬼神八名快臂鬼神是爲八神名若學是經欲令神來者淨自洗浴著新衣服當經行時常持慈意向諸一切却乃端心讀陀鄰尼當從是經堅奉持之則疾開解

得智慧也爾時鬼神即在前立佛語舍利弗復有八菩薩在欲天上常守護人民授與經道何等八一名照明十方天子二名世明天子三名智光天子四名日光天子五名上審天子六名滿所願天子七名星王天子八名習行意天子是爲八天子名常守護人民勸念持是經者令疾定意得陀鄰尼求是經者常當精志念陀鄰尼教一法奉行無虧經戒所語至誠其行亦爾常當孝順於諸尊者視一切人如佛無異諸所愛重不以輕心常念返復即得善報乃逮深忍眼及得見無從生法佛說經已三十二恒沙等菩薩悉逮得陀鄰尼立不退轉地六十億天子得無所從生法忍三萬二千天與人發無上平等道意爾時三千大千國土爲六種震動雨於天華箜篌樂器不鼓自鳴時舍利弗前問佛言唯世尊是名何經云何奉行佛言舍利弗是名阿難陀目佉尼訶離陀鄰尼疾使人民得一切智佛說經已舍利弗及十方無數菩薩天與人乾沓和阿脩羅及持世者皆歡喜前稽首佛足作禮而去

阿難陀目佉尼訶離陀鄰尼經

阿難陀目佉尼訶離陀經

劉宋中天竺三藏求那跋陀羅譯

聞如是一時佛遊於維舍離大聚樹間有精舍名交露莊校與摩訶比丘僧三十萬人俱時佛欲放軀命自期三月當般泥洹爾時佛告賢者摩目加蘭令到三千大千國土盡呼其中聲聞辟支佛種及發摩訶衍者皆使來會摩目加蘭則時受教稽首佛足作禮而去自以功德便一舉足蹈須彌山頂承佛威神即坐思惟我當作何三昧令三千世界聞我請音應時三昧尋如所念十方一切遍聞其聲時有百萬比丘來會精舍賢者舍利弗復發念言我亦當三昧知閻浮利內比丘所在遠近令聚則如所念應時皆集及知處所時有四十萬比丘來會精舍佛復告不現相菩薩濡首菩薩棄諸勤苦菩薩出一切憂冥菩薩除一切蓋菩薩一切尊自在菩薩其音廣聞遍見普安菩薩衆香手菩薩一語報萬億音菩薩慈氏菩薩等汝行到十方如恒沙等諸佛國土盡呼其中發菩薩意已得阿惟越致及未得者已得無所從生法忍及未得者皆令來會交露精舍十菩薩等各受佛教稽首而去遍到十方恒沙國土爾時八十億百千一生補處菩薩來會億百千阿惟越致菩薩來會三十億得無所從生法忍菩薩來會六十億淨意解脫菩薩來會初發大意及應法住者不可計數悉皆一類持佛威神各從十方飛來到此爲佛作禮都會共坐時舍利弗見菩薩衆品第差異所住不同而一等類俱飛來會即驚怖言將佛功德神力所致用

何等故來會如是舍利弗即起整衣服爲佛作禮長跪叉手白佛言我所疑怪今欲問佛使會菩薩令得直信聞佛所說各得其所恒沙等佛所說經法當令一切皆平等聞及得清淨令無數人種種所問皆能報答行何法住常不失意疾得無上平等之道最正覺乎佛言善哉善哉舍利弗乃爲諸菩薩摩訶薩故欲問其義快如是乎佛言諦聽善持思之吾爲汝深加解說令一切聞疾得無上平等之道最正覺也佛語舍利弗是菩薩等已得應此陀鄰尼卷爲已照明諸法悉爲一切諸法作導所以者何用開一切人故佛告舍利弗菩薩有四事行用得是法何等爲四一者身所行常謹勑二者口所言常至誠三者意所念常柔順四者善權方便救護一切是爲四事用得是法佛告舍利弗菩薩復有四事得不可盡空身慧何等爲四一者以清淨住燒諸勤苦解散疑垢度脫一切世間人民二者以清淨住持諸經法導利一切三者以清淨住持所作功德饒益一切四者淨諸國土過度一切使得佛法是爲四事空身淨住慧不可盡佛告舍利弗菩薩復有四事持陀鄰尼目佉用入生死令疾逮得何等爲四一者陀鄰尼目佉因世名色使疾得淨法二者陀鄰尼目佉入於忍辱三者陀鄰尼目佉悉入一切思想之根四者陀鄰尼目佉入一切所爲善惡之法使疾逮得是爲四事疾逮得此陀鄰尼目佉佛告舍利弗菩薩疾欲逮得阿難陀目佉尼訶離陀鄰尼當先學曉四十八名何等爲四十八

無爲 不爲 普門 精勤 寂滅 照光
順教 常念 所念 妙術 妙句 有心
無意 心無所心 解脱行者 無動
他餘 無脱 無生 無垢行 嚴淨 名
聞 有無 無礙 調定 長光明 作合
會 甚勇 大勇 嗟歎句 不可動 不
動 等動 次堅 諦住 無礙行 普尊
精勤行 須彌 住疏 堅強力 得強力
大光明 長照明 至一切護 無斷 無
有總持門

現在佛所說如是神呪四十八名

佛告舍利弗菩薩當念陀鄰尼如是若脱若不脱法不作是念亦不知亦不了於其中不有所增亦無所減亦不見脱亦不見不脱亦不見起亦不見滅亦不見當來過去今現在亦不見來亦不見去亦不求佛亦不轉意亦不相好亦不種好亦不眷屬亦不有戒亦不三昧亦不智慧亦不解脱亦不見解脱慧亦不坐行亦無所得亦不垢除亦不慧亦不無慧亦不教授亦不淨一切亦不有我亦不有人亦不有爲法亦不精進亦不行亦不清淨亦不身亦不心亦不口亦不當來亦不過去亦不今現在亦不自爲身亦不爲他人身如是舍利弗是法名一切無上最法亦捨檢諸法亦入一切法中是名爲念諸佛法是陀鄰尼名法之猛略聚一切法是名明解章品淨一切人滿足諸願令得名聞覺意三昧是名悉自成本功德是名法種積藏發諸意根令甚尊重相好莊嚴無能動者若天魔來亦不能壞無能奪者無能近者如是舍利弗其有

菩薩聞是阿難陀目佉尼訶離陀鄰尼已得阿惟越致及無上平等之道何以故於是諸佛所行皆以具足爲一切作行破壞五道生老病死及諸疑結使疾得陀鄰尼佛爾時說偈言

莫作念言法空　莫輕言得不得
直信法莫中疑　則疾得陀鄰尼
恐爲是空所縛　分别空得佛疾
是要慧無涯底　速逮近陀鄰尼
菩薩持陀鄰尼　爲總攝諸法則
聞十方佛道教　及智慧皆悉得
了尼訶陀鄰尼　譬如日大光明
受諸佛名決法　淨受持得法解
此目訶陀鄰尼　諸所有現在前
於諸法最爲上　悉等護世間人
令十方人非人　一切中問慧義
應悉爲解所疑　其劫竟智不盡
若受信於經道　精進持中正法
近一生補其處　即得爲法王子
若持是陀鄰尼　則爲哀一切人
名聲遍閻浮利　爲世尊所稱譽
其有持是經者　臨壽終皆悉見
八十億祠利佛　伸手授生尊處
有學是陀鄰尼　千億萬劫數中
所作罪惡邪冥　一月中皆滅盡
若菩薩作福施　萬億劫不懈倦
不如學陀鄰尼　一月中得停等
具受說陀鄰尼　悉得諸三昧慧
已得意不復轉　當得佛有國土
有供養是經者　使三界作魔行

欲嬈亂壞其意　終不能動搖是
一切空得曉了　用是生無數佛
如是語無有異　陀鄰尼不可盡
於是處聞是事　提和竭授我決
如恒沙數等佛　於其時便悉見
諦奉持是經卷　一切願皆疾得
入諸佛國土法　隨所宜能化度
常清淨諸佛國　於衆僧無瑕穢
問名深幽妙法　是經卷悉能知
於婬泆皆已無　於思惟有七覺
八十億諸佛等　陀鄰尼悉持與
常正心莫念非　不當念愼莫念
如是念莫不念　後得德不可量
常當了是經事　愼莫令有狐疑
如人行入大海　終不言寶難得
受福德天人樂　如是事終不遠
亦當疾逮得佛　以是故念莫離

佛告舍利弗菩薩有四事行疾逮陀鄰尼法何等爲四一者遠離世間愛欲二者不說他人長短人亦不得其便三者有所求索不逆人意無所愛惜與後不悔四者晝夜精進常志求諸法是爲四事舍利弗菩薩行是疾逮陀鄰尼佛爾時說偈言

遠衆惡離色欲　作罪行墮地獄
無三毒災不生　捐所愛得是經
不嫉妒於他人　不自欺其親族
常等心於一切　於身體大端正
常捐棄身所樂　於世間無瞋諍
不與人共從事　便逮近陀鄰尼
於晨夜常精學　於外道無所冀

常作是求上法　陀鄰尼自然現
佛告舍利弗菩薩有四事行疾逮得是陀鄰尼何等爲四一者獨在空閑處二者住深法忍三者若有饋遺者不以喜四者以不惜軀命何況財寶是爲四事舍利弗菩薩行是逮得陀鄰尼佛爾時說偈言

在空閑念正法　不輕慢於他人
生死熾如戴火　得人身當作行
常持意在深忍　於財寶足而已
坐宗室起等意　不偏厚其種姓
但供養佛與法　住善力越世難
即毀形下鬚髮　便得德入微妙
當知空及世事　以是故棄所有
愚行者貪財利　無戒忍及智慧

佛告舍利弗菩薩復有四事行得是陀鄰尼何等爲四一者有八品字開入智慧解黠中何等爲八一名爲波以一切著法使入空法中二名爲羅如來若現相好不現相好以法身入諸法中三名爲波若癡法若黠法使入解慧法中四名爲迦知諸殃罪所能使入功德福中五名爲闍知生老病死即於是入無色中六名爲陀視諸地世間皆空不驚怪入無願中七名爲舍休息諸法使入清涼中八名爲叉知一切法空是爲八復有四事一者常思念八品字二者若書是經當諦書之三者持是經當諦持之作是諦持讀至十五日四者當如法行念八品字是爲四事舍利弗菩薩應用是行疾得陀鄰尼佛爾時說偈言

常當念八品字　書持卷諦奉行
十五日讀莫離　勸一切求佛道

要當學開化人　得智慧疾近佛
悉遍見十方佛　皆爲現在前立

佛告舍利弗菩薩復有四事念陀鄰尼得法利何等四一者常爲十方諸世尊所念二者所作爲魔不能壞其意三者宿命諸罪皆爲消盡四者初不斷至誠之說諸所問皆能發遣是爲四事舍利弗菩薩得陀鄰尼法利佛爾時說偈言

爲諸佛常所念　魔不能得其便
所作罪即消滅　爲一切解所疑

佛告舍利弗過去久遠世所經劫無央數復倍無數長遠不可極不可復計劫爾時世有佛號寶具足有德行王如來過四道不受平等覺安定於天上天下號天中天其佛爲一切說法無能過者臨般泥洹時有遮迦越王名曰陀樓主四天下其子字無念名聞具足年十六是時太子行到佛所聞彼佛說陀鄰尼經聞已歡喜即得是經得已諷學常念奉持精進不睡脅不在席七千歲不念愛欲七千歲不念財寶七千歲不問他事七千歲常獨一處止意不傾動七千歲爾時皆聞九十九億不可計佛說智慧法聞已便棄國捐王行作沙門九萬九千歲奉行阿難陀目佉尼訶離陀鄰尼復爲一切說在一世中教化世間人民令八十億萬那由人皆使發阿耨多羅三藐三菩提心逮得阿惟越致時復有長者子名月英於大衆中聞是陀鄰尼聞已勸助持是勸助福德到九十萬億佛刹供養諸佛成立功德於爾所佛國皆得諸陀鄰尼即逮得一生補處作飛行菩薩佛語諸菩薩於

是三劫中供養爾時佛過三劫已當逮得無上平等之道最正覺爾時長者子月英者即提惒竭佛是也王陀樓子無念名聞具足者即阿彌陀佛是也佛告舍利弗我於颰陀羅劫中與諸菩薩說陀鄰尼其聞是經有代歡喜用勸一切者其所施作以勸助福超越四十萬劫不復更勤苦後當得道自恣其意如復供養九十萬佛已當得無上平等之道最正覺佛語舍利弗若有菩薩最後得聞是陀鄰尼奉持勸助代歡喜者其德如是若有菩薩因歡喜德若以慈心爲經墮淚衣毛起者皆當逮得阿惟越致引著無上平等道中若權慧書若持學若諷若讀舍利弗如是輩福不可量不可稱不可說一切人民無能極者佛爾時說偈言

若聞已加勸助　及書持諷誦讀
諸天人計其德　無能知福祐極
所生處常見佛　於深經得慧證
堅持法無能動　便疾得明解覺
常定意不增減　諦不夫陀鄰尼
無色想立相好　爲世雄無有上
長者子聞是經　所生處識宿命
常得見無數尊　如所願即得佛
若欲疾得佛者　及速離於衆魔
欲得百功德相　常念是得不久
如恒沙世尊剎　滿其中珍寶施
不如是書持者　譬喻之終不等

佛告舍利弗若有菩薩持意念學陀鄰尼時有山名醯摩洹有八鬼神在其中常共擁護之開人志意何等八一名勇強神二名照明

十方神三名多所饒益神四名龍王大力神五名至誠行神六名能調不調神七名童男神八名快臂神是爲八神名若學是經欲令神來者淨自洗沐著新衣服當經行時常持慈心向諸一切却乃端心讀陀鄰尼當隨是經堅奉持之則疾開解得智慧也爾時神在前立佛告舍利弗復有八菩薩在欲天上常守護人民授與經道何等八一名照明十方天子二名世明天子三名智光天子四名日光天子五名上審天子六名滿所願天子七名星王天子八名習行意天子是爲八天子名常守護人民勸念持是經者令疾定意得陀鄰尼求是經者常當精志念陀鄰尼教一法奉行無毀經戒所語至誠其行亦爾常當孝順於諸尊老視一切人如佛無異諸所愛重不以輕心常念反復即得善報乃逮深忍眼及得見無所從生法佛說經時三十二恒沙等菩薩悉逮得陀鄰尼立阿惟越致地六十億天子得無所從生法忍三萬二千天與人發阿耨多羅三耶三菩意爾時三千大千國土爲六反震動雨於天華箜篌樂器不鼓自鳴時舍利弗前問佛言唯世尊是名何經云何奉行佛告舍利弗是經名阿難陀目佉尼訶離陀鄰尼疾使人民得一切智佛說經已舍利弗及十方無數菩薩天與人乾陀譹阿羞倫及持世者皆歡喜前稽首佛足作禮而去

阿難陀目佉尼訶離陀經

音釋

蹈徒到切踐也 跂居委切 捭補買切 紇下沒切 颰蒲撥切 楷苦駭切 棧士諫切 庳徛案切 嬈乃了切亂也 饋求位切餉也 黠胡八切慧也 泆夷質切淫放也 謣羽俱切

佛說一向出生菩薩經

隋北天竺三藏法師闍那崛多譯

清刻龍藏佛說法變相圖

佛說一向出生菩薩經

隋北天竺三藏法師闍那崛多譯

如是我聞一時婆伽婆在毗耶離城大林精舍重閣講堂與大比丘衆千二百五十人俱皆是阿羅漢心得自在無復煩惱盡諸有結六通無礙心得好解脫慧得好解脫人中象王爲諸天人八部所敬皆是大阿羅漢等又與菩薩摩訶薩無央數衆具諸菩薩無量行願諦住諸佛功德之法智慧成就猶如大海福德莊嚴猶若山王身心自在隨類受身爲持如來方便容教圍遶世尊恭敬禮拜種種供養瞻仰聖容妙音讚歎唯希如來甘露勝法如是等菩薩摩訶薩皆悉雲集爾時世尊如師子王普觀大衆知其心已端身正意審諦思惟作如是念我之命行久已捨離實無

生死之法能遷滅者但我事訖住無所益於此三月將入涅槃如此勝法我今應説不應秘藏令衆不聞作是念已即告長老大目揵連汝隨我語若千世界所有比丘皆悉召命來集此會爾時尊者大目揵連頂受尊教唱言如是即於此座現大神通身昇虛空如大象王至須彌頂至山頂已大音普告其聲徧滿一千世界當於是時四萬比丘聞其音聲即以神力來集此會見佛世尊頭面禮足右遶三帀却坐一面爾時世尊以大悲力故威神力故令尊者舍利弗感得生念爾時長老舍利弗作如是念今正是時我當以大神通之力徧至三千大千世界所有比丘若聲聞若辟支佛若大乘者一切普集於此大會作是念已即於此座現大神通徧於三千大千

世界所有比丘若聲聞若辟支佛若大乘者一切啓告來集大會彼諸比丘及辟支佛一切菩薩大衆見佛世尊頭面禮足右遶三帀却坐一面爾時世尊即告諸菩薩摩訶薩所謂不空見菩薩文殊尸利童子菩薩斷惡道障菩薩斷一切憂意菩薩一切行徹到菩薩一切障斷菩薩觀世音菩薩香象菩薩辯聚菩薩彌勒菩薩如是等諸菩薩摩訶薩言善男子汝隨我語各詣十方恒河沙世界所有菩薩摩訶薩衆若一生若不退若無生法忍者一切皆集於此大會爾時世尊作是告已是時諸菩薩摩訶薩衆各各端心聽佛告勑聽告勑已皆大歡喜唱言善哉善哉世尊如是如是今正是時彼諸菩薩摩訶薩衆既受教已以大神通力佛威神故各至十方恒河

沙世界以佛威神普告一切諸菩薩衆彼諸菩薩聞佛世尊大悲命告皆各踊躍喜不自勝時有九十億百千那由他諸菩薩衆皆是一生紹尊位者來詣佛所復有億百千諸菩薩衆皆住於不退轉地復有三十億百千諸菩薩衆皆悉得於無生法忍復有八億百千諸菩薩衆一切皆住信行地中彼諸菩薩摩訶薩衆相續而來來已見佛五體投地敬禮世尊一心合掌遶百千帀却坐一面爾時長老舍利弗以佛力故了了知見彼諸菩薩并及此土一切大衆皆悉來集毗舍離城大林精舍重閣講堂已決定無疑作如是念如來應供等正覺應久知我心深思妙義如是妙義我當問佛令諸菩薩除滅疑心得無礙智獲無上辯得見恒河沙等無央數佛聞諸佛法皆悉能持明了憶念終不中忘乃至無上正眞等覺我今爲欲令諸菩薩一切大衆獲得四種清淨法故何等爲四所謂衆生清淨故法清淨故辯才清淨故佛土功德莊嚴清淨故復欲令諸菩薩一切大衆得於四種心所樂作微妙之法故何等爲四所謂身微妙故口微妙故意微妙故方便善巧微妙故復有四種陀羅尼令諸菩薩一切大衆皆得入故何等爲四所謂字入門陀羅尼門一切衆生根行善巧入門陀羅尼門業報善巧無作行入門陀羅尼門甚深法忍入門陀羅尼門如是等十二微妙法門爲欲令諸菩薩一切大衆皆悉得故作如是念此微妙義我已心言思量簡擇如我意者今欲問佛世尊慈悲矜哀一切應聽我問作是念已即白佛言唯

願世尊大慈大悲聽我發問爾時世尊以大慈悲故不忽所願默然聽許爾時長老舍利弗即如前念如是心言如是思量如是揀擇具白佛言唯願世尊廣爲衆說今彼菩薩一切大衆因是義故所有諸行皆得清淨善哉世尊唯願廣說爾時尊者舍利弗如是白已身心正念悲喜交懷默在一面瞻仰尊顔目不曾捨如渴思水亦如飢蜂貪蜜不能自裁彼諸菩薩一切大衆亦復如是爾時世尊雖知一切大衆皆悉渴仰爲欲略示修行法故告舍利弗言汝等諦聽善思念之吾當爲汝分別廣說舍利弗汝等當知我今授汝入無邊門陀羅尼汝及諸菩薩一切大衆汝等若能於一切法不作取捨無所許可復能於是陀羅尼初中後句一一堅持者我當爲汝分別廣說令汝依行獲大利益自當證知爾時舍利弗及一切菩薩摩訶薩衆俱發聲言善哉世尊願聞受持如世尊勑如是之行我能行之善哉世尊唯願說之佛言諦聽諦聽即說呪曰

阿彌莫彌一阿企莫企二娑蔓多慕企三薩知耶囉米四蘇米喻吉帝五尼嚧吉帝六尼盧吉帝百囉陛七伊隸迷隸醯隸八脚落弊九脚洛波弟十脚洛波細十一娑隸娑囉活帝十二醯洛醯隸十三醯隸醯隸隸十四醯羅醯隸十五眞地之活帝十六遮隸遮羅彌十七遮囉遮囉彌十八阿遮隸安帝安多帝十九迦囉彌阿囉彌二十阿膻帝涅利莫地二十一涅利槃利多泥二十二涅摸利脚帝二十三臟轍利涅訶隸二十四尼呵囉毗摩隸輸檀泥二十五輸槃泥二十六尼洛輸

但泥二十七波囉脚利帝槃利嬭二十八波囉脚利底題波泥二十九婆婆毗婆槃泥三十阿僧祇阿米三十一毗脯羅百囉陛三十二僧脚利史嬭三十三地喍地地喍三十四摩訶地地黎題波泥三十五婆槃泥摩訶槃泥三十六迦利吒泥摩訶迦利吒泥三十七耶舍簿帝三十八遮隷阿遮隷三十九莫遮隷娑蔓遮隷四十陀利拏膻地四十一蘇私鬚帝四十二阿僧伽尼訶隷四十三尼訶囉毗摩隷四十四尼訶囉輸檀泥四十五陀利荼薩地四十六蘇米蘇磨槃帝四十七私湯米私湯磨槃帝四十八私多婆槃帝四十九陀利荼私湯米私湯莫波囉鉢帝五十一摩訶百囉陛五十二娑蔓多百囉陛五十三毗布羅鶴囉睒寐五十四娑蔓多慕企五十五薩拔多囉奴伽帝五十六阿那車耶遲五十七百囉坻娑泥五十八陀囉膩你陀泥五十九陀囉膩慕佉奴散地六十他陀題煕啅帝六十一膩陀那瞿多利六十二蘇婆呵六十三

爾時世尊説是入無邊門陀羅尼已爲欲令諸菩薩一切大衆知修行利故告舍利弗汝當知之如是神呪若諸菩薩摩訶薩欲修學者當於諸法知非有爲亦非無爲無想無得無疑無捨無有許可無發無趣彼得如是思惟時寂滅念心而得增長明見一切諸法非作非非作非合非非合非生非滅亦非過去未來現在亦無滅想不作一二不作取捨亦無始起唯當念佛若念佛時不作色念不作非色念非相非非相非好非非好非戒非非戒非定非非定非慧非非慧非解脫非不解脫非解脫知見非不解脫知見亦無出生非家非姓亦無眷屬非行非非行非得亦非證

無有煩惱陰界諸入然於煩惱陰界諸入亦無有盡非智非識無法無説非自淨非他淨非衆生淨非自利非他利非法非毗尼非行淨非身淨非口淨非意淨非前際淨非後際淨非自作非他作如是舍利弗是名菩薩摩訶薩攝一切諸法皆入念佛三昧中知一切諸法平等一味得無所畏心名爲眞實修行陀羅尼者一切諸願皆得滿足決定直趣佛菩提故一切善根無能伏者以此陀羅尼力故一切法藏諸行相好種姓資糧善巧方便速得成辦超過一切魔業境界如是舍利弗若菩薩眞實得入此無邊陀羅尼門者畢當得至不退轉地速到無上正眞等覺何以故當知此中即是決定一切諸佛一切法諸功德藏故復能出生一切衆生分別之行雖復決定出生如是功德然此陀羅尼窮其體相無得實者爾時世尊即爲諸菩薩一切大衆而説偈言

莫疑於空法　於佛莫作異　復不動法界
速獲陀羅尼　應聽如是經　決定陀羅尼
彼得智具足　成就佛菩提　誦此陀羅尼
菩薩無所畏　十方一切佛　説法能聽聞
彼人證法理　等於日光明　達解無上法
諦理辭莊嚴　誦持此經故　復得勝上法
微妙陀羅尼　一切現心門　一切衆一劫
各問一切疑　除斷彼疑已　而智無窮盡
如是法王子　臨近佛菩提　受囑護法者
愛樂此經故　衆生皆愛念　諸佛皆憐愍
名聞滿世間　誦持此呪故　復持此呪故
臨欲命終時　八十億諸佛　伸手俱携接

假令千億劫　造惡皆應受　誦持此經故
一月皆清淨　菩薩若億劫　勤習餘功德
誦持此經故　一月盡超踰　三界諸衆生
一切盡爲魔　誦持此經故　不能作障礙
如是念意行　有勝陀羅尼　普來現彼門
乃至得菩提　如此經所説　是呪無有疑
一切智所説　是中得菩提　聞此總持故
然燈授我記　即時見諸佛　其數如恒沙
是諸佛説法　皆悉能解知　勤誦此經故
一切速成就　所得淨佛國　諸大聲聞衆
光相藏莊嚴　因由此經得　若不放逸者
七日諦思惟　八十億諸佛　爲説陀羅尼
所能思莫思　莫思亦不思　不思思思已
速獲陀羅尼　如至大海中　莫疑無財寶
如得陀羅尼　莫疑無樂報　親近菩提者
當應力精進　若得寂定處　當亦得菩提

爾時世尊説此偈已復告舍利弗言我今復有四種修陀羅尼法若諸菩薩能於是中具足修行者決定當得入如是入門陀羅尼何等爲四所謂捨除貪欲斷嫉妬心於一切衆生所能捨一切施已不悔日夜求法以法自娛如是舍利弗若菩薩能如是具足修行者決定得入如是入門陀羅尼爾時世尊欲重明此義而説頌曰

欲爲臭穢魔所行　亦是地獄之因緣
既知罪業惡道本　於他一切除嫉心
名利恭敬親友捨　愛目平視諸衆生
形顏端正甚奇妙　威光德大色從容
一切有爲諍訟本　宜須捨離莫復存
若能如是捨愛已　得入如是入法門

慇懃日夜求諸法　專心正直樂菩提
如是常能親近法　心門畢現陀羅尼

爾時世尊說是頌已復告舍利弗更有四法能具一切菩薩行故得入如是入門陀羅尼何等爲四所謂親近山林阿蘭若處得深法忍名聞利養一切恭敬所愛之處一切捨離乃至沒命終不中悔舍利弗如是之法能具菩薩所有諸行得入如是入門陀羅尼爾時世尊欲重宣此義以偈頌曰

山林阿練若　正行之所歎　雖復住彼處
愼不毀於他　修忍不放逸　常如救頭然
不依於名利　詐現諸異相　值佛希有難
捨家多苦本　清淨身口意　恭敬佛法僧
不求於名利　處處知止足　如鳥飛虛空
一切無所依　如是之人者　畢不空於果
無信無戒行　於法不思惟　是人去菩提
猶如天與地　是故修行者　故須捨名利
如是眞妙行　賢聖之所讃

復次舍利弗復有四法善能具足菩薩行故得入如是入門陀羅尼何等爲四所謂八種字門若能善入此字義者得入如是入門陀羅尼何等爲八所謂跛字邏字莽字闍字迦字陀字舍字柵字是名八字跛者即是眞如一切法無我入故邏者相好非相好如來法身入故莽者凡夫法賢聖法一如無二入故闍者生老病死非生老病死無生無滅入故迦者業報非業報入故陀者陀羅尼法本空無相無願法界入故舍者定慧非定慧一切法一如入故柵者空一切法無盡不可破壞本來寂靜涅槃法入故爾時世尊作如是言

如此八字若得意者能入如是陀羅尼法本如是陀羅尼法本修多羅當善書寫受持讀誦若半月若一月復以此法本轉教餘人令生歡喜勸勵修進助其威力令使專志策勤不退作是說已告舍利弗言如是四法能成菩薩行故得入陀羅尼門爾時世尊欲重宣此義以偈頌曰

當思八字意　經及陀羅尼　書寫持讀誦
一月若半月　復化諸衆生　歡喜令策進
彼人近菩提　常得勝上覺　現見一切佛
住在於十方　學行得增長　是故應精勤

舍利弗復有四法能成菩薩諸福德故於此陀羅尼中精勤不退何等爲四所謂十方一切諸佛常當護念無有一切諸魔惡業能轉一切諸惡業障速令清淨得無斷辯才舍利弗汝當知之如是四法能成就諸菩薩福德故於此陀羅尼中精心不退爾時世尊欲重宣此義以偈頌曰

十方一切佛憶念　若魔魔業不得便
能轉業障令清淨　速獲無上勝辯才

舍利弗我念過去世時廣大無量無邊阿僧祇劫復過是數是時有佛號曰寶功德威宿劫王如來應供等正覺明行足善逝世間解無上士調御丈夫天人師佛婆伽婆爾時彼佛將入涅槃故廣爲大衆說是法本陀羅尼時有大轉輪王名曰持火七寶具足人民安樂時王有子名曰不思議勝功德生年十六從彼如來聞是陀羅尼法本聞已歡喜即於七萬歲中精勤修習此陀羅尼法本未曾睡眠亦不偃側端坐一處不貪財物不貪王位

不樂自身得值九十億百千那由他諸佛諸佛説法盡能聽聞聞已能持愛樂修習猒離家法剃除鬚髮而作沙門作已復於九萬歲中修習此入無邊入門陀羅尼皆善成熟善成熟已復以此偈廣爲衆生分别顯示一生之中力精教化令八十億百千那由他衆生得發阿耨多羅三藐三菩提心從是發心積功累德皆悉住於不退轉地舍利弗汝且知之當於是時有一長者名曰月相彼有一子名無邊光從彼比丘聞是入無邊門法本陀羅尼故起隨喜心由此隨喜善根因緣故得值九十億佛得勝上陀羅尼得勝上起信法門有所言説人皆奉用復得勝上相續無斷辯才超過一切諸菩薩衆於彼一切如來所經三劫中常皆供養過三劫已得阿耨多羅三藐三菩提舍利弗汝今當知莫生疑心而作礙想爾時月相長者子豈異人乎即彼然燈如來應供等正覺是也爾時不思議勝功德比丘説法者豈異人乎即阿彌陀如來應供等正覺是也舍利弗我及賢劫中一切菩薩聞此法本皆生隨喜之心我於爾時發增上隨喜心故以此善根因緣四百萬劫中所有煩惱一切超過不能爲礙於九十億佛邊聽聞正法得勝上陀羅尼復得勝上超信法門復得勝上相續無斷辯才舍利弗汝當知之若諸菩薩欲得速至阿耨多羅三藐三菩提者假使不能具足修行應須聞此陀羅尼發隨喜心何以故由此聽聞隨喜善根因緣能與不退轉地作其勝因乃至得阿耨多羅三藐三菩提亦復藉此善根作其勝因緣故

何況書寫讀誦受持如法修行廣爲人說讚歎勸勵令其修學此諸功德聚唯除諸佛乃能知之一切衆生無能稱說計校思重所能知者爾時世尊說是語已欲重宣此義以偈頌曰

聞經心隨喜　書寫幷讀誦　自持教人持
是諸功德聚　一切諸衆生　不能測量者
現見一切佛　獲得希有信　盡能知一切
甚深修多羅　速證妙菩提　得見佛無滅
復得定神通　妙色幷資糧　總持等無滅
乃至無上覺　我憶過去世　如是陀羅尼
無邊爾時聞　得見恒沙佛　隨心所樂證
成就然燈尊　無邊前生時　彌陀爲說法
我及賢劫衆　往世皆隨喜　欲速證菩提
摧伏於諸魔　百福相具足　修此法不難
書持念誦福　即是眞佛子　假使諸世界
其數等恒沙　一切滿中寶　持以供牟尼
直以書持福　能過是功德　是經勢力故
必得佛不難

復次舍利弗若菩薩於此入無邊陀羅尼精勤用意者於彼雪山之中有八夜叉日夜常來衞護此人以其威力徧入彼人身諸毛孔何等爲八其名曰勇健夜叉堅固夜叉衆多那羅延力夜叉實行夜叉無能降伏夜叉長牙鋒出夜叉善臂夜叉如是等舍利弗是諸菩薩若欲令彼八大夜叉來現身相者當淨洗浴著好淨衣入經行道場於一切衆生邊不起惡心於此法本陀羅尼一心憶念者彼八夜叉速現面門前令是菩薩分明得見復有八菩薩在欲界天中生亦常護念彼行陀

羅尼者何等為八其名曰所謂明徹天子普照天子智光天子日光天子勸請天子一切願滿足天子星宿王天子實意天子如是等八天子常當護念若行此陀羅尼者要須精心用意如是菩薩應發眞實誓願知恩報恩日夜求法以法自娛修甚深法忍如是菩薩應須行施分布於人隨已所有以給於人假令唯有此一物亦須施人如是菩薩復須恭敬一切卑心下順專心一意學甚深忍諸菩薩等當應如是修行陀羅尼法本爾時世尊說是陀羅尼法本時於其衆中有三十億百千那由他恒河沙數等諸菩薩皆於阿耨多羅三藐三菩提得至不退轉地六十億百千那由他天人等衆未發心者皆得發於阿耨多羅三藐三菩提心爾時長老舍利弗白佛言世尊當何名斯經我等大衆云何奉持佛告長老舍利弗言此經名為入無邊法本陀羅尼如是受持此經亦名一向出生菩薩如是受持此經亦名降伏一切魔怨如是受持此經亦名決定趣向一切智故如是受持佛說此經已長老舍利弗及諸聲聞菩薩大會天龍八部一切大衆聞佛所說歡喜奉行

佛說一向出生菩薩經

音釋

臚徒亶切　摸慕各切　轍直列切　陛傍禮切　睒失冉切　寐彌二切　嗥陟握切　柵測革切

出生無邊門陀羅尼經

勝幢臂印陀羅尼經

妙臂印幢陀羅尼經

唐

至相寺沙門釋智嚴

三藏法師玄奘奉詔譯

于闐三藏實叉難陀

清刻龍藏佛說法變相圖

三經同卷

出生無邊門陀羅尼經

勝幢臂印陀羅尼經

妙臂印幢陀羅尼經

出生無邊門陀羅尼經

唐至相寺沙門釋智嚴譯

如是我聞一時佛住毗舍離城大林精舍與大比丘衆四十二億百千人俱菩薩摩訶薩八十億人是時世尊自念命行却後三月當般涅槃即告長老大目揵連汝當遍告此三千大千世界所有沙門求三乘者皆來集此大林精舍於是目連敬受佛教以神通力一念之間至須彌頂發大音聲令此三千大千世界所有衆生咸悉聞知而說頌言

一切諸世界　佛子普當聽　佛令雨法雨
誰樂咸宜往
爾時目連説此頌已有四十二億百千比丘來詣精舍時長老舍利弗作是念言我今亦當以神通力令諸聚落所有沙門皆集來此作是念已即現神通時有三十億百千沙門來集精舍稽首佛足却坐一面爾時佛告文殊師利法王子菩薩離一切憂菩薩離諸境界菩薩峯辯無盡菩薩棄諸蓋菩薩不空見菩薩救惡趣菩薩觀世音菩薩香象菩薩彌勒菩薩善男子汝往十方恒河沙等諸佛世界其中所有一生補處菩薩阿鞞跋致菩薩得無生忍菩薩普告令集大林精舍時諸菩薩承佛聖旨各隨所詣彼諸世界有八十億百千一生補處菩薩億百千阿鞞跋致菩薩三十億無生法忍菩薩六十億淨意解脱菩薩如是等菩薩摩訶薩皆來集會復有初發菩薩之心及應法器諸菩薩等不可稱計皆與同類承佛威神各從本土乘空而來爲佛作禮退住一面爾時舍利弗見諸菩薩品類差別世界不同然皆齊等乘空來集心生疑念爲以如來功德神力之所致耶爲復何緣而來至此今當問佛爲令此會諸菩薩衆聞佛所説疑惑悉除獲如恒沙無礙之辯於諸如來聞法受持無疑無忘乃至阿耨多羅三藐三菩提復令速得菩薩四種清淨無盡法門何等爲四所謂衆生清淨法門清淨辯説清淨讃佛土清淨復得四種妙好之法何等爲四所謂身相妙好口相妙好意相妙好方便妙好復得悟入四陀羅尼門何等爲四所

謂受持無盡陀羅尼門通達深法陀羅尼門善入衆生諸根方便陀羅尼門普能分別善惡業報陀羅尼門爾時舍利弗以是疑故如其所念如其所思白佛言世尊云何菩薩動念覺觀云何菩薩清淨智慧無量決擇唯願如來爲我宣說佛言善哉善哉舍利弗汝今爲欲利益安樂無量衆生哀愍人天令受快樂令問如來如是之義舍利弗汝欲爲令初學菩薩悟解深法疾得無量辯才方便速成阿耨多羅三藐三菩提者汝當諦聽善思念之吾今爲汝分別解說舍利弗言唯然世尊受教而聽爾時佛告舍利弗若諸菩薩爲求阿耨多羅三藐三菩提者應當發廣大心無所染著無取無捨受持誦念此陀羅尼爾時世尊說陀羅尼曰

寫陀提耶切體曇一阿拏麼拏二阿谿麼谿三娑蔓多目谿四娑低低耶切邏咩五掃咩六欲訖低二合七泥嚕訖低二合八泥嚕訖多二合鉢鞞九翳黎咩黎醯黎十䑸立算二合十一䑸立謗二合泥十二䑸立跛二合拪十三娑去聲嚟娑嚟去聲囉和低十四醯羅醯黎十五醯禮黎十六醯邏醯禮黎十七戰提十八遮唎和低十九者嚟遮囉拏二十遮囉遮囉拏二十一阿者黎二十二按低二十三按多低二十四䑸囉拏二十五阿囉拏二十六阿散低二十七涅縵泥二十八涅蘇哆泥二十九涅目訖低二合三十涅殿低三十一涅陀提耶切嚟三十二涅訶嚟三十三涅訶囉伏麼黎三十四涅訶囉燒馱泥三十五燒跛泥三十六尸羅燒馱泥三十七鉢吉低二合鞢泥三十八鉢吉低二合泥跋泥三十九婆去聲唎伏婆去聲唎泥四十阿僧倪四十一娜咩四十二縒娑可切咩四十三微晡

羅鉢鞞(四十四)桑葛屣拏(四十五)姪嚟(四十六)姪姪嚟(四十七)摩訶姪姪嚟(四十八)泥般泥(四十九)婆(去聲)啝伏婆(去聲)啝泥(五十)婆啝泥(五十一)摩訶婆啝泥(五十二)訖吒泥(五十三)摩訶訖吒泥(五十四)耶賒啝低(五十五)者黎(五十六)阿者黎(五十七)摩者黎(五十八)婆摩者黎(五十九)婷荼散泥(六十)逺思體(二合)低(六十一)阿僧伽鞞呵嚟(六十二)阿僧伽泥呵嚟(六十三)娑蔓多目谿(六十四)涅訶嚟(六十五)涅訶囉欲訖低(二合六十六)涅訶囉伏麼黎(六十七)涅訶囉燒馱泥(六十八)姪荼散泥(六十九)逺思體(二合)低(七十)掃哶宋摩啝低(七十一)思蕩(二合)哶(七十二)思湯(二合)摩啝低(七十三)思貪(二合)婆啝低(七十四)姪荼思儻(二合)哶(七十五)思湯(二合)摩鉢毘低(七十六)摩訶鉢鞞(七十七)娑蔓多鉢鞞(七十八)鞞摩羅鉢鞞(七十九)鞞摩羅囉濕哶(二合八十)娑蔓多目谿(八十一)薩婆怛邏(二合)女揭低(八十二)閜(烏可切)那(去聲)檜陀(提耶切)鉢囉(二合)低婆(去聲)泥(八十三)馱囉尼泥馱泥(八十四)馱羅尼目抗奴散泥(八十五)薩婆勃陀婆(去聲)瑟低(八十六)薩婆勃馱姪瑟恥(二合)低(八十七)泥馱那遬低嚟(二合八十八)莎訶(八十九)

佛告舍利弗菩薩若修此陀羅尼者不應分別有爲無爲亦不取不著不增不減不成不壞不合不散不生不滅亦不念於過去未來現在諸法亦不積集攝取諸法但當思惟諸佛非色非無色非相非無相菩薩不應同於二乘取佛色身何以故聲聞縁覺取佛色身莊嚴之相光明照曜父母生育飲食長養血肉筋骨四大合成無常變壞苦惱不淨爲佛色身菩薩不爾何以故如來之身無生相故普爲衆生於一切法以非明照集智資糧顯

現法身虛空相無生相如來法身以無生相而爲色蘊復以無生相甚深之義是一切法體故然諸菩薩不應非色取如來相若以非色取如來相便同聲聞謂佛入於寂滅涅槃色身斷滅無復更生菩薩不爾何以故如來之身無盡相故普爲衆生於一切法以非明照顯現色身以法作相集福資糧以如來色身無盡相故是爲無盡色蘊是故諸法亦無盡相若衆生界度脫未盡如來常現無盡色身或現佛身或菩薩身緣覺身聲聞身梵天身帝釋身大自在身那羅延身或復現於國王大臣長者商主良醫之身或現沙門婆羅門比丘比丘尼優婆塞優婆夷身或現丈夫婦女童男童女乃至現於禽獸之身皆爲度脫諸衆生故方便示現復次菩薩不應同於聲聞緣覺執取如來三十二相謂佛色身從父母生骨肉和合菩薩不爾何以故如來之身如虛空相無生相故亦非明照普爲衆生集智資糧於一切法顯現法身此佛法身無所入相無盡相故示現三十二相以無生相甚深之義是一切諸法體故然諸菩薩不應同於聲聞緣覺取佛非相謂佛入於寂滅涅槃諸相皆滅無復更生菩薩不爾何以故如來之身無盡相故普爲衆生於一切法以非明照顯現色身以法作相集福資糧以如來色身無盡根故三十二相以無盡相故一切諸法亦無盡相若衆生界度脫未盡如來常以諸相嚴身光明顯現於其相中復現奇特無量諸相其相云何所謂十方諸佛及刹於其相中悉皆影現若有衆生見聞此者信解

開悟長菩提心由是菩薩不應以非相取於如來復次菩薩不應同於聲聞緣覺執取如來八十種好乃至滅相如上所說若衆生界度脫未盡如來常以隨好嚴身光明照曜於其好中復現奇特無盡諸相其相云何所謂我初發心身爲國王名曰光明及以值遇然燈如來授我記莂乃至第三阿僧祇劫於其中間所有苦行一一皆於隨好中現若有衆生見聞此者信解開悟長菩提心菩薩由此不應執取隨好滅相亦不念於家族眷屬及戒定慧解脫解脫知見不行不到亦無所得不垢不淨不智不愚亦無說法無我淨無衆生淨不自利不利他不生法不滅法亦不清淨身語意業亦非過去未來現在非自爲非爲他舍利弗此菩薩始從觀察如來色身及蘊界處如是成就則爲諸佛之所憶念入是法門爾時菩薩用此法門淨菩提性能知如來無上眞淨菩提法身是諸如來法身之體非諸凡愚所行境界亦非二乘初學菩薩之所能知何以故此輩樂著色身體相及蘊處界乃至相好而修行故當知過去初學菩薩以此法門淨菩提性皆爲愍念諸衆生故修習色身蘊界等處當知菩提如是法門成立何以故以是色身隨順世法衆生因此供養三寶修習菩薩六波羅蜜行四攝事於是菩薩以此法門迴作世間內外諸法或蘊界處或三十二相八十隨好乃至或爲父母眷屬戒定慧蘊解脫解脫知見蘊凡諸藥草華果甘露百穀苗稼利衆生故方便安立若菩薩從於初句悟解菩提清淨法身復從後句安

立色身當知即爲一切智人之所印可何以故凡愚衆生結集世業貪著我所不了眞諦是故不稱一切智心二乘雖有勝義諦智以非正見滅生死種故亦不種一切智心諸佛如來具知勝義世俗二諦智慧無盡行願滿足得大菩提復入一切善根三昧是故稱可一切智心何以故凡愚衆生聲聞緣覺及諸菩薩所獲勝福皆從諸佛功德所致若如來成等正覺莫不皆是出生無邊門陀羅尼力當知此經是一切善根所生之本爲一切法門積集之藏種性無垢超度魔軍舍利弗若諸菩薩聞此出生無邊門陀羅尼經者於無上菩提皆不退轉何以故此經具顯諸佛所行讚其功德能爲破壞一切衆生生死業行無染法式爾時世尊而說頌曰

汝等勿樂著　一切諸法空　於諸佛菩提
亦莫起分別　於菩提涅槃　心不生疑惑
若能修此行　速得陀羅尼　聽此修多羅
習智空無相　無生亦無滅　當速證菩提
菩薩持是經　深解無量法　得生諸佛剎
親近最勝尊　若得陀羅尼　決定深義趣
不生退懼心　受持無盡法　十方一切佛
說法皆盡聞　聞已悉受持　頂戴而奉行
若受持此經　於文字名句　及所說妙義
終無有疑忘　如日月光明　所照無不遍
了知此法門　通達無量義　誦持此經故
即自能開解　一切最勝法　陀羅尼妙門
假使一劫中　一切諸衆生　所有深疑惑
皆問持經者　時持經菩薩　咸皆爲開演
疑網悉已除　菩薩智無盡　愛樂此經故

能速近菩提　如是真佛子　護持秘密藏
持此陀羅尼　衆生咸敬念　諸佛共稱揚
名聞十方界　由持此經故　臨欲命終時
見八十億佛　伸手俱携接　咸作如是言
汝當往我刹　由誦持此經　見愛如斯福
若百千億劫　造罪當應受　誦此陀羅尼
一月皆清淨　菩薩億劫中　勤習諸功德
一月誦此經　其福超於彼　善念慧精進
三昧陀羅尼　經故常現前　乃至如來地
三界諸衆生　一時盡爲魔　誦持此經故
悉無能障礙　此經中解釋　一切諸法門
而說一切智　因是成正覺　我因聞是經
然燈授我記　記言汝成佛　解脱諸衆生
彼時見諸佛　其數如恒沙　聞諸佛說法
皆悉能解了　若欲得受持　諸佛所說法
勤修學此經　速成如是力　殊勝莊嚴刹
大會諸聖衆　光相及妙族　皆從此經得
若人經七日　諦思惟此經　八十億諸佛
爲說如斯法　邪思慎莫思　不應思勿思
以智當正思　速得此經典　勤修此法門
勿懼菩提遠　如人至寶洲　隨意採衆寶
若持陀羅尼　莫言無善報　具足人天樂
近佛位非難　若願速成佛　應持是經典
畢竟定當得　無上大菩提

佛告舍利弗若菩薩成就四法必定當得此陀羅尼何等爲四一者不樂愛欲二者不生嫉妬三者於諸衆生能捨一切無恚惱故四者晝夜歡悦深樂求法舍利弗菩薩成就如是四法得此陀羅尼爾時世尊而說頌言

愛欲深熾盛　能爲地獄因　魔王此障道

應當速遠離　懈怠造諸罪　惡業墮泥犂
展轉在其中　多劫無休息　不應生嫉妬
斷利及名聞　慈眼視貧窮　故獲如是位
一切興諍訟　貪愛心慳吝　若能悉斷除
當得如斯法　晝夜勤求法　於衆生無恚
復專樂是經　速能獲此典

復次舍利弗若菩薩成就四法得此陀羅尼何等爲四一者住寂阿蘭若行二者悟入甚深法忍三者不樂名聞利養四者能捨所愛之物乃至身命菩薩成就如是四法得此陀羅尼爾時世尊而說頌曰

常習阿蘭若　諸佛所稱讚　勤行深法忍
當如救頭然　悟入深法義　無毀呰他人
不應戀著家　名聞利養處　勿於諸財寶
而生貪愛心　樂少欲知足　如鳥無儲積
既已得人身　常應修善行　出家棄苦本
善哉得佛法　憍慢等煩惱　皆令得清淨
應當勤恭敬　尊重佛法僧　貪利失念智
亦喪信施行　如是之人等　去菩提甚遠
是故應棄捐　名譽及利養　修持清淨戒
正見慈悲行

復次舍利弗若菩薩成就四法得此陀羅尼何等爲四所謂入於八字之義云何八字一者跛字是第一義一切諸法無我入義二者攞字入於如來無生法身以非明照集智資糧無所入相以無生相而爲色身以無盡相而爲色蘊入義三者麼字智慧愚癡法作同類入義四者舸字分別業報亦無業報入義五者闍字悟生老病死不生不滅入義六者馱字悟陀羅尼法體空無相無願寂如涅槃

開解入義七者賒賒我切宇奢摩他住寂定相鞞鉢舍那正見諸法相如何而得住於寂定宜當精勤晝夜無間觀佛形像不應取相當念鞞鉢舍那以慧正見若行者見佛而現將爲眞佛應作是念此所見佛從何方來東西南北四維上下方所來耶若將此佛是人所造應作是念此佛爲是泥木作耶爲復金銅所作如是觀巳知所見佛但由我於精舍之中觀佛形像晝夜憶念是故此佛常現目前由是當知我常見聞一切諸法將爲實者皆從自心憶念而起即是菩薩第一溫習不住定也若菩薩於初分中所作觀心微得明巳應即攝念起於加行乃至能知一切世間所有諸法皆悉不離自心而起此是菩薩第二德相不住定也菩薩復當如是觀察今此念體爲誰是耶應知但是依他起心遍計所執之所依住當知此心無一所有如毛端許此是菩薩第三忍不住定也從此復即起自在定起此定巳即是菩薩第四世諦無上法不住定也世諦法中菩提之心爲無有上此即依他起性之心周遍入於圓成實性此圓成性是性淨眞如而此眞如是義諦心何以故以勝義諦有二相故云何二相謂以無生相故如來法身清淨相續體故復以無盡相故示現如來色身相好相續體故此菩薩明如來法身清淨體巳復明色身相好顯現體巳菩薩即知法界解脫法門見未會見心生歡喜此是菩薩得第一歡喜地位云何眞如是勝義諦此圓成實性亦通義諦貪欲恚癡於勝義中本來空寂無可斷除清淨法身於勝

義中本來常在無可增益由以正見無所得心集智資糧息諸惡法是故諸佛法身顯現由以正見作諸善法是故諸佛色身顯現云何依他起性亦勝義諦由性自無因習起性故離執有然存事物故離執無復次云何遍計所執自性五蘊十二處十八界亦是住於勝義諦門當知所見蘊等種類但是凡愚宿習因縁憶念攀縁而實非有是故菩薩解蘊界處一切法中法身顯現菩薩既解彼蘊界處但是凡愚自心所見然即用此攝諸衆生修菩薩行是故菩薩見蘊界處一切體相資糧顯現色身相好云何觀佛形像亦住勝義諦門當作是念我今所見佛之形像非佛所有種類之相此但是我現在觀察像因縁故見佛形像得入定中類知一切諸法亦復如是以是義故見佛形像不應緫無當知䝨字與一切法無有差別皆同法門入義八者又字諸法皆空不生不滅何以故悟解諸法本來空寂自性涅槃入義是八字義如是受持隨何方所有是經卷者應當尊重恭敬供養半月半月讀誦演說若見誦習此經典者稱揚勸進舍利弗若有菩薩修此四法得是陀羅尼爾時世尊而說頌言

八字常憶念　書持是經典　半月半月說
勸化諸衆生　由斯近佛位　智慧甚彌廣
當於十方剎　親覲諸如來　即於諸佛所
學佛所行法　堅固護持教　諸惡悉斷除

復次舍利弗若有菩薩修學如是陀羅尼者當得四種善根法利何等爲四一者十方諸佛攝護是人二者究竟無有諸魔嬈亂三者

諸惡業障速得清淨四者疾獲微妙無斷辯才舍利弗若有菩薩受持如是陀羅尼故得此法利爾時世尊而說頌言

受持是經故　十方佛護念　一切諸魔軍
無能爲嬈惱　重苦諸業障　速盡無有餘
於此陀羅尼　當疾能開解　聞讀持此經
讀誦及書寫　如說而修行　速證菩提果

佛告舍利弗乃往古世無量無邊阿僧祇劫是時有佛號曰寶勝威宿劫王如來應供正遍知明行足善逝世間解無上士調御丈夫天人師佛世尊出現於世舍利弗寶勝威宿劫王如來臨涅槃時有轉輪聖王名曰星持七寶具足王四天下其王有子名不思議功德最勝時此王子年始十六於寶勝劫王佛所最初得聞此陀羅尼精勤修習其後經於七萬歲中捨身命財及以王位復於七萬歲中獨處閑靜結加趺坐脅不著地於九十九億百千那由他諸如來所聞說是經悉皆受持是時王子即便出家經九千歲以此無邊門陀羅尼廣爲衆生開演其義而王子比丘於後生中教化八十億那由他百千衆生皆悉安住阿耨多羅三藐三菩提道或有證於不退轉地時彼衆中有一長者名爲月幢聞說此無邊門陀羅尼已隨喜善根功德力故得值九億諸佛世尊恭敬供養得此最上陀羅尼法於諸言論最爲殊勝又獲第一無斷辯才於三劫中供養諸佛過三劫已得成無上正等菩提號曰然燈舍利弗彼時不思議功德最勝王子比丘者今無量壽佛是也舍利弗我與賢劫諸菩薩等行菩薩道時悉皆

得聞此陀羅尼深心隨喜由此隨喜善根因緣超越世間四十百千劫生死流轉又於九億諸如來所供養恭敬然後得成阿耨多羅三藐三菩提舍利弗若欲速得大菩提者宜應受持此陀羅尼若復不能受持之者但生隨喜所以者何由此善根必定當得不退轉地乃至阿耨多羅三藐三菩提何況受持讀誦書寫廣爲他人分別演說其所獲福不可思議不可稱量一切衆生無能測度爾時世尊而說頌言

若有聞此經　書寫生隨喜　讀誦及受持
廣爲他人說　其所獲功德　衆生莫能測
於無量劫中　受福無窮盡　菩薩所生處
常得見諸佛　獲不思議信　善解深經義
於經有疑滯　便能自開悟　從是疾當成
無上菩提果　總持神通定　此等皆無盡
了達深法忍　常近諸如來　我念過去世
聞說如是經　奉覲恒沙佛　逮成無上道
彼月幢長者　得佛號然燈　功德勝比丘
成無量壽佛　我與賢劫中　無量諸菩薩
俱得聞此經　深心共隨喜　以隨喜功德
銷滅諸塵垢　罪障殄無餘　速成無上覺
若樂近菩提　降魔及嚴相　覲修此總持
所欲非難獲　若以恒沙刹　滿中珍寶施
菩薩持是經　其福逾於彼

佛告舍利弗若菩薩專心念此陀羅尼者有八藥叉常當擁護何等爲八一名戍嚟二名姪荼三名鉢部羝四名那囉延跋五名遮唎怛六名突達奎七名俱末八名蘇博呼此八藥叉住在雪山護念是人資助道業爲除衰

惠益其精氣持是經者應當沐浴著淨衣服經行誦習此陀羅尼於諸衆生其心平等觀察經義如法供養復有八菩薩在欲界天亦常擁護持是經者何等爲八一名嚕遮二名鞞嘮戰三名般孃鉢鞞四名窣耶揭鞞五名薩低六名阿鞞鉢耶鉢本七名諾叉怛邏闍八名遮唎怛磨是八菩薩亦當營衞資助道業令得此法持是陀羅尼者應當尊重信受奉行慈愍衆生捨其過惡雖受少恩心常念報於甚深法專求開解以善方便恒利衆生於來乞者惠施無吝如來說是法時有三十三恒河沙等菩薩得此陀羅尼於無上菩提皆不退轉復有六十頻拔羅菩薩得無生忍復有三萬二千天人皆發阿耨多羅三藐三菩提心爾時此三千大千世界六種震動諸天雨華百千樂器不鼓自鳴時長老舍利弗白佛言世尊此經何名云何奉持佛告舍利弗此經名爲出生無邊門陀羅尼亦名能達菩提陀羅尼亦名得一切智降伏衆魔陀羅尼如是受持爾時世尊說此經已長老舍利弗及餘刹土諸來菩薩天龍八部人非人等聞佛所說歡喜奉行

出生無邊門陀羅尼經

勝幢臂印陀羅尼經

唐三藏法師玄奘奉　詔譯

如是我聞一時薄伽梵在雞羅山頂天仙神宮與大苾芻衆千二百五十人俱及無量無數菩薩摩訶薩曼殊室利跋陀波羅十六大士而爲上首幷諸天人阿素洛等大梵天王而爲上首無量大衆前後圍遶爾時世尊住正念智爲諸大衆說微妙法時大梵王率諸天衆阿素洛等頂禮佛足合掌恭敬住如來前俱白佛言世尊在昔爲欲利樂諸有情故求證無上正等菩提悲願熏心成等正覺有大神力具大慈悲何故現見諸有情類墮在地獄餓鬼傍生及人天中受諸劇苦不設善巧方便濟拔惟願哀愍令脫苦難時觀自在亦率無量持呪天仙頂禮佛足合掌恭敬住如來前俱白佛言惟願哀愍諸有情故開示善巧拔苦難法爾時世尊告二大士及其眷屬汝等就座吾今愍念一切有情略說善巧拔苦難法汝應諦聽極善思惟有大陀羅尼名勝幢臂印若常誦念能滅五逆十惡等罪終不更受諸惡趣生及人天中所有劇苦恒受持者現得財位於當來世生尊貴家所欲現前受諸快樂常值諸佛得宿命念乃至無上正等菩提陀羅尼曰

羯洛羯洛　枳利枳利　矩路矩路　薩洛薩洛　徙利徙利　速路速路　薩縛佛陀婆盧枳諦　達洛達洛　薩縛達摩　路迦目契　折洛折洛　薩縛僧伽　地瑟恥諦跋洛跋洛　頞泥迦佛陀俱胝婆史諦　廁拏廁拏　薩縛羯摩　筏剌拏禰　莫摩薩

縛　薩埵難遮　薩婆波耶尼　薩縛獨佉
波捺耶　勃栗吒勃栗吒　達栗吒達栗吒
捺吒捺吒　羯吒羯吒　颰怖吒耶颰怖吒
耶　薩婆筏剌拏　波耶突揭底尼　莎訶
善男子此勝幢臂印陀羅尼是殑沙等諸佛
共說吾今愍念一切有情因汝等請亦爲衆
說善男子諸佛出世甚爲難遇善得人身復
難於是聞此神呪更復爲難若有善男子善
女人能正受持尚爲難得何況書寫精勤誦
念及勸他人令受持者善男子我念過去曾
於藥師瑠璃光勝觀等諸佛所聞此神呪受
持讀誦正爲他說由此證得無上菩提是故
汝等應隨勤學勸諸有情受持讀誦令脱苦
難獲勝利樂時薄伽梵說此經已曼殊室利
菩薩跋陀波羅菩薩觀自在菩薩大梵天王

及諸天人阿素洛等一切大衆聞佛所說皆
大歡喜信受奉行

勝幢臂印陀羅尼經

妙臂印幢陀羅尼經

唐于闐三藏實叉難陀譯

如是我聞一時佛在雞羅娑山諸獸依處妙宮殿中與大比丘衆千二百五十人又與無量菩薩摩訶薩俱文殊師利法王子而爲上首靡不皆如童子之形并賢護等十六丈夫爾時世尊以正念知爲諸天人演說法要皆令歡喜時大梵王及諸天龍夜叉乾闥婆阿脩羅迦樓羅緊那羅摩睺羅伽人非人等各起合掌前白佛言世尊有諸衆生由造種種罪惡業故應墮地獄餓鬼畜生閻魔羅界備受衆苦惟願世尊大悲爲說除滅如是苦惱方便令彼衆生皆得解脱諸惡道難時觀自在菩薩摩訶薩復與無量持呪大仙前後圍遶頂禮佛足白言世尊唯垂愍念以善方便救諸世間佛言善男子有陀羅尼名妙臂印幢若能常念誦習思惟速得除滅五無間罪富貴安樂大姓家生爾時世尊即說呪曰

怛姪他迦(居伽切下同)囉迦囉(一)枳利枳利(二)句嚕句嚕(三)娑囉娑囉(四)徙唎徙唎(五)蘇嚕蘇嚕(六)薩婆佛陀阿婆盧枳帝(七)杙囉杙囉(八)達摩阿婆盧枳帝(九)蔗囉蔗囉(十)僧伽阿提瑟恥帝(十一)跋囉跋囉(下囉字長聲)阿倿迦(十二)佛陀俱胝婆瑟低(十三)襯(柧襯切)那擨那(十四)薩婆阿跋囉那(去聲)你寐(十五)薩婆毒佉阿婆那(去聲)耶(十六)勃囉麗多勃囉麗多(十七)婭囉麗多婭囉麗多(十八)怛吒(襟迦切)怛吒(十九)薩普吒耶(餘河切)薩普吒耶(二十)薩婆阿跋囉那阿播耶(二十一)突揭帝寧(二十二)蘇婆呵(二十三)

善男子此陀羅尼恒河沙等諸佛所說阿難

佛世難遇人身難得受持此呪轉復爲難善男子我念往昔毗婆尸佛次第乃至迦葉如來咸爲我說此陀羅尼普欲安樂諸衆生故於諸佛所皆親聽受爾時世尊說此呪已觀自在菩薩摩訶薩等及天龍八部一切衆會聞佛所說皆大歡喜信受奉行

妙臂印幢陀羅尼經

音釋

靺音末　筋舉欣切骨絡也　訾將此切譏毀也

佛說陀羅尼集經

唐中天竺三藏大德阿地瞿多譯

清刻龍藏佛說法變相圖

陀羅尼集經翻譯序

西京長安慧日寺沙門釋玄楷作

若夫陀羅尼印壇法門者斯迺衆經之心髓引萬行之導首宗深祕密非淺識之所議義趣沖玄匪思慮之能測密中更密無得稱焉有高德沙門厥號阿地瞿多（此云無極高也）是中天竺人也法師聰慧超群德邁過人弱冠慕道歷五竺而尋友低心躍步而諮法要故能精練五明妙通諸部意欲運西域之法水潤東夏之渴仰拚身許于險難務存弘道之心跋山巖而不疲涉流沙而無倦頂戴尊經向斯漢地永徽二年正月届于長安奉勑住慈門寺但法師含珠未吐人莫別于懷珍雅辯既宣方知有寶（云云）故能決衆疑言皆當理然則經律論業傳者非一惟此法門未興斯土所

以叮嚀三請方許壇法三月上旬赴慧日寺浮圖院内法師自作普集會壇大乘琮等一十六人爰及英公鄂公等一十二人助成壇供同願皇基永固常臨萬國庶類同沾皆成大益其中靈瑞恐繁不述（別在傳記）余慶逢此法不勝欣躍躬詣翻經所希翻廣本屢值事鬧不及陳請恐幻質遷謝失于大利便請法師于慧门寺宣譯梵本且翻要抄一十四卷暨興國之洪基存隆民之祕寶歟從四年三月十四日起首至永徽五年歲次甲寅四月十五日畢以後頻頻勑追法師入内邂逅之閒無暇復校此經出金剛大道場經大明呪藏分之少分也今此略抄擬勘詳定奏請流通天下普聞焉

佛説陀羅尼集經卷第一 佛部卷上

唐中天竺三藏大德阿地瞿多譯

大神力陀羅尼經釋迦佛頂三昧陀羅尼品

一卷 此卷印有三十二呪有二十二

如是我聞一時佛在舍衛國祇樹給孤獨園與大阿羅漢五千人俱摩訶迦葉優嚕毗羅迦葉伽耶迦葉那提迦葉舍利弗大目揵連難陀阿尼嚕馱阿若憍陳如阿難陀羅睺羅等而爲上首復有無量大菩薩衆普賢菩薩曼殊室利菩薩觀自在菩薩虛空藏菩薩彌勒菩薩金剛藏菩薩而爲上首苾芻苾芻尼優婆塞優婆夷天龍藥叉迦嚕羅健達婆阿素羅緊那羅摩睺落伽等復有無量諸大國王輸頭檀王波斯匿王頻婆娑羅王梨車毗等而爲上首爾時六師外道謂第一富蘭那迦葉第二摩斯迦利弩瞿舍梨子第三散社伊倍羅胝子第四阿質多雞賒迦婆羅第五伽倶多伽智耶那第六尼乾陀若提子等來詣佛所欲與世尊共相論議時彼園中有一枯樹名菴末羅爾時富蘭那迦葉問世尊言你瞿曇非一切智若一切智此菴末羅樹定死以不時佛知而黙然不荅時富蘭那迦葉手把白拂以水散之潑於枯樹使樹還生枝葉華果悉令繁茂時彼外道手摘果子以行時衆爾時會中多有凡衆心各狐疑凡夫外道有此神異佛定不勝時佛世尊知會衆心即入火光三摩地從於頂上放無量光照三千大千世界已佛以自手作佛頂印誦佛頂呪於佛光中化作無量阿僧祇殑伽沙那由他佛其一一佛於虛空中行住坐臥各放無

量光明身出水火現作種種佛威神事爾時彼樹如故枯乾彼富蘭那即時倒地悶絶而卧其諸弟子互相啼哭爾時諸天住在空中散華供養種種音樂及四部衆皆大歡喜退坐一面時佛世尊爲諸會衆說佛頂法此法是十方三世一切諸佛所說我今亦復廣爲一切說如是法若欲行者於淨室中安置佛頂像其作像法於七寶華上結跏趺坐其華座底戴二師子其二師子坐蓮華上其佛右手者伸臂及掌仰掌當右脚膝上指頭垂下到於華上其左手者屈臂仰掌向齊下橫著其佛左右兩手臂上各著三箇七寶瓔珞其佛頸中亦著七寶瓔珞其佛頭頂上作七寶天冠其佛身形作眞金色被赤袈裟其佛右邊作觀自在菩薩一本云十一面觀世音像右手屈臂向上把白拂左手伸臂向下把澡罐其罐口中置於蓮華其華端直至菩薩頂臨於額前其佛左邊作金剛藏菩薩像像右手屈臂向肩上手執白拂左手掌中立金剛杵其一端者從臂上向外立著呪師於佛前左右邊胡跪手執香鑪其佛光上作首陀會天散華形作此像已於清淨處好料理地莊嚴道場於中安置此像已然後呪師作四方及上下方結界訖建立道場懸諸旛蓋其道場四角各作一水壇壇上各安一水罐盛滿淨水各以栢葉梨枝葉等塞其罐口復以種種華鬘及與絹片繫其罐口栢葉梨枝如是白月十五箇日日別作此法若水華葉不好惡者數數換却更著新者其佛左邊安淨箱子盛金剛般若波羅蜜多經日日讀之其作法人日日洗

浴於淨草上而坐臥之於白月十五箇日從初一日日別請一比丘設齋多亦無限初日三時供養佛頂各誦呪一千八遍竟然後發遣已復數數誦般若滅罪呪如是日日倍增供養乃至第十四日於佛像前結長二尺華鬘十六箇著之復安十八瓦鉢其十鉢中盛滿香水八箇瓦鉢盛滿牛乳復安種種飲食復安酥燈一百盞復安沉香及與香鑪訖請喚佛安置坐已種種供養誦呪竟而發遣之到第十五日正五更頭還如第十四日種種供養訖於道場中作水壇竟喚帝殊羅施安置復安火鑪取沉水香一百八段段別長一尺兩頭塗蘇合香一一誦呪七遍訖火鑪中燒如是燒盡一百八段爾時帝殊羅施來入道場現行者前語行者云汝爲何事作如是法是時行者手擎上件種種香華等而供養訖隨意白佛我欲某事法時佛隨行者願種種聽許忽然不現若佛不現者觀自在菩薩即現自身與願等事與上無異若行者眼不得見佛菩薩者耳得聞聲若耳不聞其語聲者得種種佛頂驗若行者不依上法修行者不得靈驗

釋迦佛頂身印呪第一

反叉左右二無名指二小指在於掌中直竪二中指頭相拄屈二食指頭壓中指上節背並竪二大指捻中指中節側頭指來去即說佛頂心呪呪曰

那(上聲)謨(上聲)薩婆若耶(一)唵(二)多他揭都烏瑟膩(二合)沙(三)阿那跋盧(輕聲)枳蹄(四)謨鬱地(二合)(五)帝殊囉施(六)嗚吽(二合)(七)什嚩羅什嚩羅(八)馱

去聲迦馱去聲迦九毗馱去聲迦毗馱去聲迦十陀囉上聲陀囉十一上聲毗陀囉上聲毗陀囉十二上聲瞋馱瞋馱十三頻馱頻馱十四嗚件嗚件二合去聲潑潑泮吒切十五莎去聲訶十六以下皆同更不重注

佛告諸比丘此呪能解一切諸呪若外道若摩醯首羅呪亦能除却諸惡鬼神亦救衆生五苦八難若善男子至心受持佛頂心三昧陀羅尼呪應當護持三業清淨護三業淨有二種護何等爲二一外護二内護言外護者不得食我世尊殘食不得食一切賢聖殘食不得食一切鬼神殘食不得食師僧父母殘食不得食一切衆人殘食又不得食國王官人殘食不共衆人傳器而食亦不得食毗那夜迦鬼魔之食毗那夜迦食者若麵裹物蒸煑燒熟歡喜團等皆不得食若食此食於三昧力不得成就若一切人畜生産處不得往到亦不得食諸死亡家十惡家酤酒家五辛家埋死人家賣凶具家不淨人家婬女家造經像家皆不得往亦不得食諸不淨人看他産人捉死屍人截割衆生身肉之人如是等人皆不得近與身相觸亦勿交往此名外護清淨之法内護清淨者身不得殺偷盜邪淫口不妄語惡口兩舌綺語戲論皆不應作意不應作貪瞋癡等惟起大慈大悲大喜大捨等心是名菩薩四無量心三業清淨由三業淨乃能受持此三昧陀羅尼佛頂呪印此三昧陀羅尼力悉能解除一切天魔外道呪法皆能降伏一切怨敵及摩醯首羅諸天鬼神所説呪術悉能除滅爾時世尊即説佛頂三昧曼荼羅法善男子若修行此陀羅尼法時

於十二月月生一日淨治一室掘去惡土以好土填堅築令平未填以前先掃灑清淨燒安息香誦呪七遍向前淨地立面向東法師口云我某甲今於此處作佛頂三昧陀羅尼道場懺悔今此地中東西南北四維上下一切非人毗那夜迦諸鬼神四生等皆悉遠去不得住此若其善心護佛法者任爲住此如是白竟先從前地處中量取縱廣四肘從東北角竪一竹竿東南西南及西北角各竪一竿（若無竹時好木亦中）從東北角向上量取八尺繩繫竿上其餘三角亦如是繫至東北角一帀繫竟還從東北角莊嚴一切旛華鈴帶珮鏡寶拂寶瓶次第莊飾到東北角一帀嚴訖唯開西門東及南北三門總閉次莊上方從東北角以一旛繫至西南角繫正東門上以一旛繫至西門繫其東南角又繫一旛至西北角繫正南門上又繫一旛至北門繫次莊上方訖各分旛帶繫著四柱又從東北角繫至西北角繫次取新淨牛糞不食糟豆特犢子糞最爲第一不得直用其生牛糞取新瓦罐以汲淨水不用殘水寫淨盆中以糞和水攪去其滓著檀香末取一柳枝以右手執左手執金剛杵及其數珠面向東坐誦佛頂心呪柳枝攪水呪一百八遍持呪水器入道場中從東北角潑其香水以右手摩地隨日轉摩隨摩隨乾勿令停水道場內地一遍摩訖乃至道場外四邊摩各一步地四角竪標結繩爲界此則名爲佛頂三昧陀羅尼結界之地如一遍摩第二第三亦如是摩摩地不得用殘香水日日別取新淨牛糞准前作用作此水

者則名佛頂三昧陀羅尼八功德水壇地乾竟取五寶瓶各受一斗如無寶瓶新淨瓦瓨未經用者亦得中用臨時滿盛淨水各安五穀著七色香又安雄黃各如棗大其五瓶中各插楊枝栢枝竹枝雜華果枝皆并葉用以用綵帛各長四尺繫雜果枝上將此五瓶各安四角莊九盞燈置道場中用佛頂心中心呪呪一百八遍先將此燈入道場中從東北角竿下安一燈正當東門安一燈東南角柱下安一燈正南門安一燈西南角竿下安一燈正西門門南頰安一燈門北頰安一燈西北角柱下安一燈正北門安一燈依前作法將其華瓶從東北角安一瓶東南角安一瓶西南角安一瓶西北角安一瓶正中心安一瓶取蘇合香龍腦香麝香欝金香沉水香栴檀香安息香薰陸香白膠香除蘇合香餘八色香以和少分五穀各安瓶中五穀者大麥小麥小豆稻穀胡麻取種種華疊種種香疊西門內安置取白芥子石子十顆大如鷄子淨洗共芥子一處安著先燒安息香薰陸香末燒香前誦心中心呪印印香鑪呪七遍竟手執香鑪而作是言我某甲供養十方一切佛一切般若波羅蜜一切觀世音菩薩一切諸菩薩一切金剛藏菩薩天龍八部護塔護法諸善神等證我比丘某甲作佛頂三昧陀羅尼功德如意成就請求加護作是語已則奉請釋迦佛頂像正當道場中心懸著則燒八種香供養頂禮釋迦牟尼佛却坐合掌端身而住瞻仰世尊以偈讚曰

南無佛智慧精進　那羅延力骨鎖身

波羅蜜多六度行　大慈悲父常爲人如是偈讃三説訖頂禮捧足恭敬即取種種香末手中捧香誦心呪呪七遍散釋迦佛及十方一切佛般若菩薩等上普同供養是名香三昧陀羅尼供養復作華印捧種種華如前香法呪七遍已如前散供養者此即名陀羅尼三昧華供養次即左手執金剛杵右手執數珠口云頂戴恭敬般若波羅蜜多法恒沙萬德今從諸佛受説是語已即舉兩手頂戴恭敬是名頂戴恭敬之法還放數珠及金剛杵於寶器上頂禮世尊右繞三帀辤佛而出更以香湯淨洗浴已著新淨衣淨衣三具從旦至午著一具衣從午至黄昏著一具衣從黄昏至中夜時著一具衣從中夜至平明時復著一具如是替換終而復始如無三具二具亦得其衣上下俱用黄色不宜雜色著淨衣已即用破魔印呪護身

佛頂破魔結界降伏印呪第二

准前身印唯改二頭指竪頭相捻以二中指各搬頭指上節背側過頭相拉並屈二大指入於掌内先應頂戴恭敬印已至心誦呪

呪曰

唵一室唎二合夜二婆醯三莎訶四

頂戴恭敬呪七遍已印左右肩當心咽下眉間髮際及印頂後如是三度此印及呪常用護身結界釋迦牟尼佛初成道時坐菩提樹下先用此印誦陀羅尼護身結界降伏諸魔成等正覺是陀羅尼印能解一切種種毒蟲種種惡鬼種種精魅種種諸魔鬼神呪術皆悉除遣一切厭蠱呪詛口舌皆悉消滅不能

爲害若善男子於奢摩他毗鉢舍那速得成就禪定解脱作觀行時先印牀座呪二七遍及身心竟而上牀座結跏趺坐衣服束帶皆悉緩繫正坐端身骨節相拄項直平視舉舌向齶以右手壓左手作般若三昧禪印先觀四大色畢竟空無有眞實次觀五蘊知其性空知空性不可得即心寂滅三昧觀色性不可得即色寂滅三昧若證此三昧時心生大歡喜或見諸境界不得取著滅除一切諸重罪障若見他障爲彼作印誦陀羅尼即得除滅一切罪障護身結界訖入道場中西門禮拜胡跪即印香鑪誦呪七遍燒安息香薰陸香已口云我某甲奉請作法如意成就右手搯數珠左手執金剛杵印白芥子寶器之上誦前大心呪呪一百八遍還放數珠及金剛杵香寶器上作破魔印印白芥子石子各呪七遍次作佛頂索印印白芥子石子各呪七遍次作佛金輪印呪次作佛刀印呪各呪七遍即手執芥子寶器從道場内東北角散白芥子如是四方四維上下散一遍訖第二第三亦如是散散已即出於道場外准前散白芥子四方四維上下散竟把其石子從東北角盡力拋石子如是四方四維上下各拋一石石所到處即爲外界芥子到處即爲内界還入道場作破魔印印地誦呪七遍即名地結界四角四方以手印空中轉呪七遍即是結八方界以手印頂上一尺高轉呪七遍即名上結界法次用手印總結界竟手執香鑪燒種種香口云奉請結界各依本位威儀具足如法而住

奉請印呪第三
准前身印唯改二頭指直豎相去四寸半並
二大指直豎去中指八分誦佛頂心呪至第
四遍二頭指漸漸屈入掌呪滿七遍反手印
即和南頂禮向内散去奉請印即作華光印
誦呪呪曰
唵吽迦摩羅娑婆（呪七徧）
蓮華捧足印呪第四（亦名華光印也）
二小指豎相捻並豎二大指自餘六指散開
直豎微曲指節似開華勢呪滿七遍並屈二
大指向掌内即頂禮向内散去蓮華印其坐
呪曰
唵（一上聲）迦摩囉（二）莎訶（三呪七徧）
坐印第五
右手五指豎相捻以左手頭指中指無名指
握右手五指大指壓上直豎左小指誦前坐
呪滿七遍已散去坐印
次請釋迦佛中心坐次請東門釋迦佛心用
佛頂印誦佛頂呪請坐法用准前
奉請南門侍者金剛藏菩薩
金剛藏菩薩印呪第六
左右無名指掌内相叉右壓左向虎口直伸
二小指豎相捻二中指豎相捻直豎二頭指
相去四寸半並豎二大指去中指一寸誦金
剛藏心呪呪曰
唵（一）跋折囉（二）悉婆（二合）婆皤（去聲）耶（三）莎訶（四誦
七遍徐屈頭指向掌内次頂禮）其坐法用准前無異
次請北門侍者十一面觀世音菩薩
十一面觀世音菩薩印呪第七
二中指直豎頭相捻直豎二頭指相去四寸

半並二大指直豎二無名指相去十寸八分二小指直豎相去五寸頭指來去呪七遍已漸屈頭指入掌禮拜奉請作法亦如前說

呪曰

唵一 阿嚧力二 莎訶三

次請四角金剛誦前金剛藏呪作前金剛王印從東北角請東南角西南角西北角一請四度屈指印竟其呪誦聲相續不斷口云從東北角奉請金剛東南西南及西北角奉請金剛各住本位如法而坐即作華坐印隨日三遍轉印誦呪呪同前說坐印呪無異誦七遍已恭敬頂禮禮已次作大三昧印誦三昧呪

大三昧勑語結界印呪第八

左右二無名指二小指掌內相叉右壓左直豎二中指頭相捻屈二頭指捻中指上節背上屈二大指附著頭指屈一節二手掌相去四寸頂戴恭敬空中四方隨日右轉誦三昧大結界呪呪曰

唵一 商迦上聲禮二 摩訶三昧談上聲三 槃陀槃陀四 文闍文闍五 莎訶六

誦七遍已即隨日轉轉三帀已次應勑云三昧結界威儀具足如法而住若結界時發文闍文闍解界之時用文闍文闍此是十方三世諸佛大三昧陀羅尼呪印若人至心受持讀誦滿三十萬遍乃至七十萬遍滅除四重十惡五逆一闡提罪除去種種橫障橫惱衆人見者皆大歡喜於一切三昧陀羅尼力速得成就善男子手執香鑪燒香供養為其七世一切父母現存父母著一九香普為六道一切四生著一丸香又

爲一切病苦衆生著一丸香復爲一切十方施主著一丸香又爲自身著一丸香著香已竟印其香鑪呪七遍已即捧香鑪至心供養釋迦文佛并佛眷屬供養觀世音菩薩并其眷屬供養金剛藏菩薩并其眷屬即普運心周遍十方一切淨土六道四生一切地獄一切病苦諸衆生處香雲遍至十方法界作香宮殿樓閣七寶池臺微妙音聲一切佛事供養香雲遍至地獄出和雅音稱讃三寶隨聞隨稱離地獄苦遍至六道滿衆生願病苦衆生香雲入體除去一切種種病惱此是佛頂三昧香雲供養之法一切寶物一切諸華曼陀羅華分陀利華俱物頭華瞻蔔華等一切末香種種塗香諸香功德池水供養如前無異末香華雲皆悉遍滿十方法界供養種種寶種種飲食種種財寶種種華鬘瓔珞華冠寶釧等物一切供養香池法者用八種香謂欝金沉水蘇合薫陸海此岸栴檀牛頭栴檀麝香龍腦香是八種香共擣爲末以淨水和寶器中盛於道場内從東北角内院著一香水器正東東南正南西南正西西北正北門下如是八處各著一器八種香水其尊像前著二器水是名八種功德池水亦名陀羅尼三昧水復名佛頂三昧甘露妙藥亦名清淨陀羅尼藥供養已竟從佛請藥服之三度日別一度及灑散頂面身心上内外清淨障難病苦皆悉消滅次作和南至心頂禮一切諸佛般若波羅蜜菩薩金剛一切賢聖行者起立作禮拜印（十一面部禮拜印同）

那謨悉羯囉印呪第九（此云禮拜下有讃歎呪）

兩手相合左右十指直竪相叉右壓左十指頭齊正即誦那謨悉羯囉呪呪曰

那謨上聲陀含南上聲下同一蒲陀俱知南二唵三戶嚧嚧四悉陀嚧者你五薩婆去聲遏他六娑達你七莎訶八

誦三遍已頂禮一拜如是三度如是禮者禮一切佛般若菩薩金剛賢聖滅除一切十惡五逆四重等罪一切障難皆悉消滅若人禮拜十萬億佛所得功德不及誦此陀羅尼人作印禮拜所得功德禮訖胡跪手執香鑪燒香供養一切三寶第二更燒香慰問諸天神王一切鬼等起大慈悲悉與歡喜歸依三寶發菩提心放香鑪竟却坐端身作禮拜印以印當胸即誦讚嘆三寶神力滅罪陀羅尼呪呪曰

那上聲謨上聲娜婆娜婆羝那合二合下同一三藐三菩陀俱智那合二那上聲謨娜婆娜婆羝那合三達摩俱智那合四那上聲謨娜婆娜婆羝那合五僧伽俱智那合六路姪他七唵八摩隸毗摩隸九昵上聲你吉切麼黎十薩婆跛波迦生二合羯喇十一莎訶十二

若善男子善女人至心受持滿三十萬遍能滅一切根本重罪一切障難悉皆消滅晝夜六時時別誦呪一百八遍或四十九遍或三七遍相續受持一切橫病皆悉消滅晨朝淨洗手面漱口竟正面向東呪一掬水三遍灑於頭頂面身心上如是三遍一切衆人見者歡喜所往之處無有障礙讚歎已訖至心頂禮諸佛般若菩薩金剛等請求加護我某甲身攝受護念哀愍覆護賜與我某甲種種行

願我今其甲乘佛威神受持佛頂三昧陀羅尼曼咥唎慕陀羅曼荼羅功德頂戴受持作是語已頂戴恭敬即從世尊請般若波羅蜜數珠即作數珠印

數珠印第十

以左手大指捻無名指甲上小指中指直竪屈頭指捻中指上節背右手亦同用右中指捻數珠結跏趺坐端身而住誦前大佛頂心呪一千八十遍或五百四十遍一一掐之及受持釋迦佛頂一切印法每月月生一日至月生七日獻八盤食一切雜果從東北角安一盤食正東門安一盤東南角安一盤正南門安一盤西南角安一盤正中心像前安一盤西北角安一盤正北門安一盤從月八日至十五日日日獻食如果子法如其不得日日獻者取月三日若月五日若月七日應獻果子其月八日十三日十四日十五日應獻食供若能月一日至十五日日日相續供養果食種種諸物香華等者最勝第一十六日已去直以香華供養誦呪乃至月盡月月如是善男子作數珠者用金銀赤銅水精瑠璃沉水檀香青蓮子瓔珞子佛告諸比丘如上所說諸數珠中水精第一

佛頂頭印第十一

准前佛頂身印唯改二頭指柲在中指後頭相拄用破一切外道法及諸鬼神呪術等法悉皆除破一切横障一切難事悉皆消散隨所住處有諸惡獸毒蟲等難呪白芥子和灰一百八遍向東北角呪三遍已一散芥子如是八方逐日轉散所有毒蟲悉皆消滅次作

佛頂轉法輪印

佛頂轉法輪印呪第十二

准前佛頂身印唯改二頭指直竪捻二中指甲下呪曰

唵一斫迦囉二合餘宕大忘切雞三瞋馱尼四嗚許二合泮五莎訶六

若有受持此法輪印陀羅尼者一切諸法三昧陀羅尼法自在力速得成就令佛正法久住世間常行菩薩摩訶薩道起大慈心教化衆生修一切善法斷一切惡法是名轉法輪滅除一切罪一闡提等皆悉消滅次作金輪印

帝殊囉施金輪印呪第十三

二小指竪頭相拄二無名指屈中節頭側相拄並竪二大指捻無名指頭二中指竪頭側相拄屈二頭指曲捻中指上節背頭指來去二肘頭相著即說呪曰

唵一浮嚕那二嗚許三莎訶四

若能受持此印呪者悉能滅除一切罪障誦呪滿四十萬遍所往之處皆悉歡喜一切賊難皆悉退散

又帝殊羅施金輪佛頂心法印呪第十四

准阿彌陀佛轉法輪印唯改兩手頭指中指小指皆曲印當心上擬更勘呪曰

唵許一毗嚧毗嚧二嗚許泮三莎訶四

金輪佛頂像法

欲畫其像取淨白氎若淨絹布闊狹任意不得截割於其氎上畫世尊像身眞金色著赤袈裟戴七寶冠作通身光手作母陀羅結跏趺坐七寶莊嚴蓮華座上其華座下竪著金

輪其金輪下畫作寶池繞池四邊作鬱金華及四天王各隨方立其下左邊畫作文殊師利菩薩身皆白色項背有光七寶瓔珞寶冠天衣種種莊嚴乘於師子右邊畫作普賢菩薩莊嚴如前乘於白象於其師子白象中間畫大般若菩薩之像面有三目莊嚴如前手把經匣端身而坐於佛頂上空中畫作五色雲蓋其蓋左右有淨居天雨七寶華爾時會中復有無量諸大菩薩四道果人及諸緣覺并諸天衆一切鬼神諸仙外道皆悉雲集各獻神呪皆言我曾過去諸佛所説神呪我皆受持或言我從十恒河沙佛所説呪我皆受持或言二十或言三十乃至或言百恒河沙佛所説呪我皆受持是諸衆等各白佛言世尊我等今欲各誦神呪惟願世尊聽我等説

爾時世尊默然聽許時諸菩薩諸天鬼神諸龍王等隨其所應各誦先世所習神呪其所誦呪各現呪神旻塞虛空中無間隟爾時觀世音菩薩起大慈悲偏袒右肩頂禮佛足白佛言世尊我曾過去於諸佛所得陀羅尼我今欲説願佛聽許爾時世尊讚嘆觀世音菩薩善哉善哉汝大慈悲欲説神呪今正是時爾時觀世音菩薩即現阿耶揭哩婆身此云馬頭説神呪時即現呪神映蔽於前一切菩薩諸天神等所現呪神悉令不現如以磑石蓋於井上唯觀世音菩薩一切持呪衆聖中王獨顯自在爾時世尊起大慈悲即於頂上肉髻相中放五色光遍照十方一切世界於虛空中遊旋如蓋其光明中有菩薩名帝殊羅施結跏趺坐放大光明身支節中各出火焰口

說神呪多者名曰大佛頂呪少者名爲小佛頂呪說如是等種種呪法并作印法帝殊囉施說此呪等現威神時映蔽於前阿耶揭哩婆身及呪神悉不復現爾時觀世音菩薩頂禮佛足白佛言世尊奇哉希有世尊威神我於一切持呪中王更無有上世尊慈悲頂上放光光明中出帝殊囉施菩薩滅我所現身及呪神一無遺餘更有何法能滅世尊帝殊囉施爾時世尊告觀世音菩薩我有心呪名曰金輪最尊爲極更無過者唯佛與佛乃能知之是呪能滅帝殊囉施并呪等法汝等應當一心受持生希有想爾時世尊即說金輪陀羅尼印 如前所說誦者聽者若能至心隨誦一遍一經於耳塵沙衆罪若輕若重悉皆消滅無願不果速當成佛此陀羅尼悉得破壞一切諸法更無有上

放白光明佛頂印第十五（亦云放十方光印也）

合二小指竪頭相捻二無名指相博直竪指頭相去一分二中指亦爾指頭相去三分二頭指屈捻中指上節背側並竪二大指去中指五分頭指來去呪用金輪呪

又有白光明佛頂印第十六

合竪二小指及二無名指相博二中指捻於無名指上次曲二食指頭捻中指上節並二大指各捻無名指下節內舉印著自頂上頭指來去呪同前金輪呪

佛告諸比丘若國界內滯雨不息作白光明印誦大心呪奉請佛安置坐華座上即燒求求羅香（此云安息香也）薰陸香供養佛訖白云我某甲爲某事奉請作法施與衆生種種安隱願

大慈悲果我所願作是語已取白芥子和鹽呪一百八遍及作光明印呪三七遍攪芥子鹽安一火鑪左手執金剛杵并執數珠右手捉白芥子呪一遍一投火中如是數滿一千八遍其雨即止像面向北呪師向南露地作法如其不止即示現威儀頂上著緋以黄繒纒右繞劒一口正當像前豎刀二口兩邊亦豎一邊各二如前所作白芥子法一百八遍訖右手執劒繞像三帀行道誦呪相續不絶還至本處面向東北角以劒隨日頭上急轉轉三帀已向東北擬四角四方皆亦如是於夜分時呪五炬火以白芥子打其炬火滿三七遍以一炬火頭上右轉轉三帀竟向東擲之南西北方皆亦如是其後一炬頭向地轉轉三帀竟刺於地上更轉三帀向空上擲作是法時相續誦呪其雨即止

復有作法以種種華散佛像上然後收華舉著淨處若滯雨時取前舉華呪華一遍一投火中如是數滿一千八遍若一萬遍其雨即止和白芥子作法

復有作法取一新瓦坻可受二斗坻上畫作一須菩提出家形像頭戴華冠作怒神面怒眼大瞋將此畫坻出著露地如前所説白芥子法其雨即止

又有作法舍下露地和香牛糞作一水壇縱廣四肘於其壇中牛糞和泥作一龍形龍尾頭向西呪白芥子打其泥龍一呪一打一百八遍以紫檀橛釘龍項上其雨即止

如上一一作法之時先作白光明印頭頂上著誦呪七遍右轉手印呪三七遍手印向右

髀前著翹左足立面向左邊作大瞋顏高聲殺(史買切)唱復轉金剛向四方擬打一切風雨隨打皆止

若那斫迦囉印呪第十七(此云智輪)

先豎二中指頭相拄屈二無名指各擫中指中節背頭離一寸二分以二頭指各壓二無名指上節背頭離中指甲三分屈二小指在掌中以二大指各捻中指上節內合腕陀羅尼曰

唵(一)紹知(二合)伽(去聲)陀(二)𤙖(去聲)泮(破毛切三此陀羅尼第二)

(句內知字半音呼之)

此印陀羅尼若說法時預前禮拜一切三寶請加被已作印至心誦陀羅尼一百八遍或千八遍然後說法即得無畏樂說無礙若人惡心論議難者自然屈伏又以此印印佛輪座呪一百八遍然後請佛安置座上一切魔軍無不歸伏大壇會中皆用此印

若奴瑟你(二合)沙印呪第十八(此云智頂)

准前唯改二頭指頭各捻中指甲上指頭各與中指頭齊陀羅尼曰

唵(一)摩摩摩摩(二)𤙖(去聲)你

此印陀羅尼能誦持者得最上智生生不失

迦黎沙舍尼印呪第十九(此云滅罪)

准前唯改二頭指各側博中指上節側頭離一寸離二大指頭四分咤羅尼曰

唵(一)迦黎舍你闍(二)

此印陀羅尼若善男女至心作印誦陀羅尼隨誦一遍百千萬億俱胝那由他恒河沙劫四重五逆一闡提罪一切罪障悉皆消滅若能一生日日常誦千遍萬遍能令行者無始

以來一切罪障悉皆消滅
阿跋囉質多印呪第二十(此云無能勝也)
准前唯改二頭指頭離二大指頭二分陀羅尼曰
唵(一)阿跋囉(二合)質提(一)鉡(三)泮(四)
此印陀羅尼若善男女能誦持者王賊鬼神一切險難不能爲害若欲受持上四法者於閑靜處當作水壇縱廣四肘種種莊嚴於道場中安置佛像若佛舍利種種供養像前胡跪至心誦呪滿千八遍若滿萬遍日日如是滿十萬遍乃至百萬果願不虚
釋迦牟尼佛懺悔法印呪第二十一
左右頭指無名指小指等並向下相叉豎二中指頭相拄二大指相鉤右壓左左右大指頭附右頭指側呪曰
那(上聲)無(上聲)薩婆腎若耶(一)唵(二)三婆悉底(二合)替(三)莎訶(四)
是法印呪能除一切三業罪障滅諸四重五逆等罪皆悉除滅
佛頂刀印呪第二十二
左右八指叉入掌内右壓左直豎二中指頭相拄合腕呪曰
唵(一)渴伽囉末拏(二)鉢囉末陀那姿(次巳切三)盬馱(去聲)耶(四)莎訶(五)
諸比丘若作此印誦前大呪若人身上患鬼神病以印打頭胸背隨其病處以印刺捺復呪白芥子打病者頭面心胸復以手捉白芥子於頭上心胸肩背上右輪摩之日夜四時五時燒安息香繞身右轉及熏鼻孔七日之中作法即差

若天魔鬼難發遣者如前作四肘壇准如前法獻八盤食燈十六盞四角各一四門各二中心佛座四角各一下燈之時皆隨日轉不得逆行結界奉請如前不異教令病人清淨洗浴著淨衣服近壇西門令於呪師左邊坐竟呪師與其香鑪燒香發願禮拜如前作芥子法一百八遍即取一椀醋飯一椀甜漿水一椀冰水取其飯椀於病人頭上心胸身上右輪旋轉呪三七遍以椀暫著病人頭上令一人當前擎一淨器以椀中飯寫淨器內餘二椀亦爾呪師受取淨器三物攪令相和頭上遶身轉三帀已遣人急送寫西南上勿令迴顧此送食法初夜五更二度為之七日作法至第四日種種飲食果子供養西門安淨寶火鑪燒於淨柴至心奉請釋迦文佛於火鑪中坐蓮華上當取乳酪酥蜜飲食果子胡麻仁油等呪三七遍各取少許呪一遍一擲火中滿一百八遍晝夜三時旦午初夜供養時時作法呪師取白芥子於自身上巡轉呪白芥子滿一百八遍一切鬼神悉皆遠去不得其便凡欲作法皆須作法好自護身若不爾者恐鬼神得便次作佛頂索法法

佛頂索印呪第二十三

准前佛頂刀印唯改二中指上節屈頭相拄令指頭平若有鬼神難處作印誦呪諸惡鬼神皆悉散滅即說索呪呪曰

唵一 覩嚕嚧二合二 槃陀槃陀三 莎訶四

若賊難處誦呪作印賊不能近人若人患眼白雲經年取蓽茇和井華水石上研藥隨研呪藥取器盛竟於像前呪一千八遍點著眼

中其翳即差

佛頂縛鬼印呪第二十四

反叉二小指二無名指在於掌中直豎二中指頭相拄並豎二大指捻中指中節側屈二頭指壓二大指指甲相著合腕即說呪曰

唵一 毗輪提二 莎訶三

諸比丘取東引桃枝無瘡病者以印印枝呪二十一遍打病人身其病即差若狐魅病山精鬼魅厭蠱病等呪白芥子二十一遍以打病人頭面胸心燒安息香繞身熏鼻及哈取香烟二十一咽用桃枝打法先打左臂肘內次打右肘腰間曲脷其病即差用研雄黃呪一百八遍護身結界頂上髮際左腋右腋心上項下眉間如是七處各點晝夜三時如是作法病人牀下以牛糞泥一肘小壇淨洗燈盞著一盞燈結界作法燈夜別著其病即差

釋迦佛眼印呪第二十五

反叉二小指二無名指於掌中直豎二中指頭相拄並豎二大指屈二頭指壓二大指頭頭相拄呪曰

唵一 毗嚧支只伊切 你二 莎訶三

作佛眼印誦前大呪得身清淨眼根清淨若至誠受持佛眼印呪亦得具足五眼清淨一切衆生見者歡喜若人患眼眼赤痛者作印印眼及印藥呪內眼中差若印水呪噀眼并洒即得除差

釋迦佛印第二十六此印無呪不得名號

准前佛眼印唯改二頭指屈捻中指上節背右大指壓左大指上

釋迦佛印第二十七亦無呪名

准前唯攺以左大指壓右大指上
釋迦佛印第二十八亦無呪名
准前唯攺並屈二大指入掌中
若能受持此三印者及能日日恭敬供養一
切罪障皆悉消滅一切功德念念增長
斫迦囉跋囉上聲底印呪第二十九此云輪轉
金輪印同呪曰
唵一毗社曳二莎訶上聲三
呪佛坐輪二十一遍若呪水罐一百八遍
佛斫迦囉法印第三十
以二手無名指相拄與二大指頭指聚相拄
直並二中指頭指去來誦前頂呪是印能降
伏一切惡魔外道坐禪時用易得入定
如來施衆生無畏法印呪第三十一
以右手垂向脚下大指捻無名指甲上左手
頭指壓中指甲上餘指直豎向胸上呪師作
歡喜面胡跪坐膝頭解如向前身亦向前頭
向左少許無畏呪曰
唵一婆羅那帝槃二合囉尸三步路沙四曼怛
囉夜五莎訶六
一字佛頂法印呪第三十二
准軍荼利身印上唯攺開掌腕以二大指各
側捻二頭指中節呪曰
苾唛去聲長呼梵本一字此土無字故二合呼
是法印呪作大壇處召請以後用此印呪呪
七遍已壇法即成每呼一遍當誦大佛頂身
呪一遍等無差別若誦滿足十萬遍時即有
光驗二十萬遍即能廣利一切衆生若誦諸
呪加此呪誦滿十萬遍即具大驗佛告諸比
丘若能受持讀誦三昧陀羅尼者依前作壇

相續誦呪或三十萬遍或七十萬遍作種種供養於中示現種種境界行者爾時好自安心勿令怖懼或見燈談長一丈五尺香烟亦爾或道場旛帶而自掉動或所獻散華多日不死或雜果樹枝多日不萎或房內有聲勿生驚怖或無雲而有雷聲或無雲雨落勿生驚怖當知行者一切罪障皆悉消滅得三昧陀羅尼力以後即設五色壇法燈食香華種種供養一准前法或佛般若菩薩金剛天等爲行者現身隨其見時種種乞願

佛頂八肘壇法

治地如前豎竿莊嚴及埋七寶并五穀子八種香等亦如前說次調白粉以香水和共一解法比丘入道場已後東北角柱內離柱六指下一粉點點餘三維法亦如是點四維竟取一繩子長四十尺細如釵股粉汁中浸浸已挾出遣前解法人捉其繩頭搽法師向南角點上搽用左手拼繩點東三指一拼繩點西三指一拼繩即收繩子粉中挾出前人執繩頭向西出使右手執繩一頭向頭上逐日轉應語彼言依點上搽繩子師亦依東邊點上搽還左手一拼繩點南三指一拼繩點北三指一拼繩收取繩子粉中挾出向西門出繩子前向南頭立師執繩頭准前依點搽師用左手拼繩點西三指一拼繩點東三指一拼繩又收繩子粉中挾出前人持繩東北角點上搽著師還如前西北角搽著點上一拼繩點北三指一拼繩點南三指一拼繩拼一帀竟作一竹片二肘度子從東北角外緣放一竹度向西量更著一竹度向南量下一點

取竹度依點上向西量向北竹度頭下點依點上向南量兩竹頭相拄下一點東南角西南角西北角亦如是量各下粉點從東畔挨繩出還依前法當點拼繩點東點西各三指地依前法拼南西北方亦如是拼第一院竟還取竹度從東北角第一緣從角向西量度頭下點從點向南量還從角下一竹向南量竹頭下一點從點向西量兩竹頭相拄下一點量餘三角法亦如是量巳下點從西邊粉中將出繩子從西門入從東北角捺師向西頭准前一拼繩向西三指一拼繩復向西三指一拼繩南西北方亦如是拼南向北取西向東取北向南取内緣一帀竟還取竹度内緣西北外角二竹度量三指一刻爲記將竹度從角向西量刻頭下一點從點向南量更取一度從角向南量刻頭下點從點向西量兩刻頭相拄下一點東南角西南角西北角亦如是依刻下點還從西邊粉中出繩子還從西門入依西北角點上捺繩頭師向頭依點捺拼繩點東三指一拼繩點西三指一拼繩南西北方亦如是拼第二緣竟取二竹度量六指作一刻從第二外院西北角内緣角頭向西量六指刻頭下點從點向南量復以一竹從角向南量刻頭下一點從點向西量兩刻頭相拄下一點東南西北角亦如是量下點從西邊粉中出繩子還從西北角點上捺繩頭師向南邊捺拼繩向點三指一拼繩南西北方亦如是拼一依點拼總三重竟復將繩子東北角捺繩頭師向西頭捺捻取量齊中疊繩子還從東北角繩頭所到處作一

點記從記向南角量取中心下一粉點南西北方亦如是量中心下點從東面中心從點向北量一竹度度頭下一點從中點向南量一度竹頭下一點取一竹度量四指折屈頭內粉中從北點向東印從印頭向北印從印頭向東印從南邊點還向東印從印頭向南印從印頭向東印粉內出繩子從北印頭捺繩子印向南印頭捺繩子一拼繩次作東門竟南西北方亦如是作乃至三重四門亦如是作門法但從三重西門體開餘三門擬閉作四門竟即取五色粉用八色香熱水和色粉從外院東北角安粉器呪一百八遍師向第一院內道上坐遣前人向院東坐取二竹度從第二豎三道北緣頭向南量一尺此是東外緣內緣亦如是量兩竹頭一拼繩向北三指一拼繩復向北三指一拼繩乃至向南量分位作七位南北亦爾西面門南分爲三位門北亦爾分作三位第二院東還如是量拼作六位南北亦爾分爲六位西面門南拼爲兩位門北亦爾分爲兩位從東北角作金剛地印用黑白二色作從北面一肘地白粉界道處重下白粉次下赤色道次下青色道次下黃色道次下黑色道此五色道從外畔一帀下五色道第二第三外緣亦如是作中心作千葉蓮華以五色作三院四角例是金剛地印之位

金剛地印法第二院東面北頭第二是文殊師利菩薩第三般若波羅蜜多菩薩第四釋迦金輪佛第五釋迦轉法輪佛第六阿彌陀佛第七釋迦佛眼東面位竟南面第二金剛

母摩麽雞菩薩第三商羯羅菩薩第四央俱施菩薩第五金剛藏菩薩第六金剛軍茶利菩薩第七隨心金剛南面位訖西面南頭第二第三位皆作金剛叉西面門北第一第二亦作三股金剛杵北面東頭第二觀世音母第三耶輸陀羅菩薩第四觀世音妹第五觀世音王第六十一面觀世音菩薩第七毗俱智觀世音菩薩西面北頭第二不空羂索菩薩第三馬頭觀世音菩薩東面外院北頭第二提頭賴吒天王第三地藏菩薩第四虛空藏菩薩第五釋迦佛蓋第六釋迦佛刀第七釋迦佛稍第八天帝釋南面第二阿祇你地瞻那第三南方毗嚧勒叉第四金剛疊第五金剛杵第六火頭金剛第七金剛童子第八金剛兒西面門南第二第三第四一稍二叉門北第一第二叉稍一第三毗嚧博叉北面西頭第二多唎心觀世音第三一嗟三鉢底迦囉觀世音第四隨心觀世音第五三股叉第六北方毗沙門第七第八一叉一鏃中心帝殊羅施鑠雞讓你爲道場主燈一百盞及約位作飲食種種香華種種飲食種種香水椀及十六水瓶各各皆呪一百八遍從東北角下燈下食下瓶瓶著四角四門中心供養作法一一如前七月八日兩夜不睡十三十四十五夜不睡月八日十三十四十五日不食得食藥及酥乳麨等月別十五日五更頭取十六瓶水西門行著用金剛印印瓶呪一百八遍禮拜發願弟子某甲今從佛請三昧陀羅尼功德之水灌頂身心三業清淨行願具足即將水瓶上牛糞香水壇上脫去衣裳

面正東立孽水瓶頭上淋口云十方一切佛賜與我某甲一切菩薩行頞先從中心帝殊羅施灌身心以次取瓶灌盡著衣服入道場行道作業行者得行願時及種種相貌不得向一人說行道作業亦不得向一人說又法欲令一切囉闍心歡喜者煑粇米乳粥於道場西門先呪乳粥一千八遍從門南頰取穀木柴火鑪上然請釋迦佛坐火鑪中蓮華上坐取少許乳粥呪一遍一擲火中燒如是滿一百八遍旦起午時黄昏作法滿七日一切囉闍奉請迎喚種種供養生大歡喜又法呪蘇合香一千八遍於正西門寶火鑪上請釋迦佛坐於火中蓮華座上取前蘇合香呪一遍一擲火中燒供養晝夜六時作法五時亦得時別誦一百八遍一切諸佛一切菩薩金剛天等生大歡喜七日作法又法呪薰陸香一千八遍准前作法晝夜五時四時亦得滿七日已一切梵王魔醯首羅生大歡喜

又法呪安息香一千八遍晝夜四時三時滿七日一切諸神王四大天王諸鬼王等生大歡喜又法呪白膠香一千八遍准前作法滿七日已一切諸鬼生大歡喜又法呪白芥子鹽一千八遍摩自身心呪一遍一擲火中准前作法滿七日已一切横病一切横障一切官事口舌等事悉皆消滅

又法先呪白芥子一千八遍即捻少許呪一遍一擲火中准前作法滿七日一切官人一切魔醯利生大歡喜

又法呪胡麻稻穀華一千八遍請釋迦佛坐

於火中蓮華座上取少許呪一遍一擲火中供養滿一百八遍准前作法滿七日已心力身力皆悉具足一切比丘比丘尼菩薩摩訶薩衆諸天善神常隨衞護佛告諸比丘未入三曼荼羅大道場者不得爲說此三昧陀羅尼呪印不得聽聞不得見法若爲說者當墮地獄其聽法者得愚癡報輙見法者鬼神瞋訶雖自曾入三昧道場若不用心護法輕命露處作印呪法者爲惡鬼神之所得便若能至誠堅固受持者一切諸天隨身爲護是陀羅尼法如日照霜如火燒衆物一切山中須彌爲勝此經亦爾諸經中勝一切水中大海爲最此經亦爾諸經中最一切星中月天爲勝此經亦爾諸經中勝一切聖中諸佛第一此經亦爾一切經中最爲第一爾時諸比丘

衆菩薩摩訶薩天龍八部諸鬼神等聞佛所說皆大歡喜作禮奉行佛頂法竟從此以下明諸佛法

佛說陀羅尼集經卷第一

音釋

捹普半切棄也 捻尼牒切捏也 瓨户江切長頸罌也 㧙毗必切刺也 齶五各切齒根肉也 掐苦甲切爪掐也 宬是征切與盛同 橛其月切木段也 哈呼合切歠也 𦞦雌由切股頸間也 捩力結切紾也拗也 拼必萌切彈也 矟色角切兵器也 鏃作木切矢鏑也 粇居行切不黏稻也

佛說陀羅尼集經卷第二佛部卷下

唐中天竺三藏大德阿地瞿多譯

畫一切佛頂像法

一切佛頂像通身黃色而有赤光其光中央長短演出五青燄子著赤單裙籠映脚脛被黃袈裟而作青裹垂兩膝坐百寶蓮華其蓮華上著單平方寶側其側有二赤脚狀似此地禮罇脚形而在蓮華上其上敷青地其青地兩廂各安赤寶臺莊以粉帶華鬘寶錦嚴飾間錯其臺子上各著一師子委挾兩廂頂戴寶華而承佛座其像右手頭指大指相捻作孔散竪三指手掌向前左手頭指附在右手大指孔邊大指如近狀似相捻中指無名指屈在掌中小指亦竪著右手掌其像背倚寶莊繡枕像左右廂各有一菩薩通身黃色頭冠瓔珞而有青光其像兩廂侍者菩薩及其金剛侍者光相皆同青色左廂侍菩薩右手屈臂手執白拂左手伸下少曲在胜上手執蓮華以青色華褻纓腰胯上以寶縚繫腰著朝霞裙以輕紗籠絡在左胯邊復著一道赤色菊華莊褻袜過右胯垂下向外而立紫蓮華上右廂侍菩薩左手屈臂手掌顯前而把數珠珠二十一右手伸臂當在髀上懸拂以青色華褻纓其兩胯寶縚繫腰著朝霞裙以輕紗籠絡裙上左胯下有一道綠華褻橫袜過右胯下垂向外而立紫白色蓮華上於其兩侍菩薩以上各有須陀會天通身白色黃被絡髆著眞緋裙而各在於五色雲上各散雜華而爲供養又其兩廂侍菩薩後各有四菩薩威嚴上下端身正坐助佛神通接引

衆生其左廂上右二菩薩共並而坐前一菩薩通身淺黃色頭有華冠瓔珞嚴項耳無環璫赤色圓光迴面向後狀如與後菩薩共語以素白縠從右髆上向後絞出於左肘上向下而垂左手屈臂在左膝上臂手垂下右手向上以右手指承左臂腕著朝霞裙交豎左膝坐白蓮華上後一菩薩通身黃色頭戴華鬘圓光綠色緋縠絡髆合掌恭敬著朝霞裙而交脚坐青蓮華上次下更畫作一菩薩通身黃色頭有華鬘耳有綠環圓光赤色而無絡髆右手屈臂向右髀上以手頭指大指相捻其餘三指散豎向身左手屈臂其臂臨在左髀膝上手執蓮華而其華莖博臂肘間華頭向上與項肩相當著朝霞裙交脚而坐淺紫蓮華上次下一菩薩通身黃色乳房大作

頭無華鬘耳有白環圓光青色而無絡髆仍作側身右手屈臂右手大指頭指相捻拄著胸上其餘三指散豎向上左手伸臂向下手拓脚髀之間著朝霞裙兩膝跪坐紅蓮華上其右廂上有二菩薩雙並而坐前一菩薩其通身以淺黃色作其面迴顧狀如與後菩薩共語頭有寶冠耳無璫環圓光赤色亦無絡髆右手屈臂其肘臨在左膝髀上覆掌向下五指皆垂以右手臂向左腕上頭指大指狀如相捻而屈中指其無名指少屈豎小指向上著朝霞裙交脚而坐紅蓮華上次後菩薩通身黃色頭有華冠耳無璫環圓光綠色以赤色縠用絡髆上右手屈臂手執荷葉葉中盛著一一別安五色蓮華左手屈臂在交脛上其手掌中作一青華狀如一一擲華像前

供養之形著朝霞裙交脚而坐白蓮華上次下一菩薩通身黄色頭有寶冠耳有金環圓光赤色其左髆上貫著華鬘鬘垂右臂間下至腰左手屈臂拄左髀上手掌向身執白蓮華華與額齊其菩薩面如仰看華形右手屈臂以手愽著右脚脛邊掌向外側著朝霞裙交脚而坐淺紫蓮華上次下菩薩通身黄色頭有華鬘圓光青色耳有金環乳房高大左手屈臂直豎向上肘著左膝手擎經匣右手屈臂著右膝上屈無名指餘四指散如峻顯掌著朝霞裙交脚而坐紅蓮華上上來所説諸菩薩等臂腕之上皆著寶釧是等悉是諸佛眷屬其像背後畫雙樹形樹上畫作嚧醯陀迦布瑟波形(此云凌霄華也)間錯樹葉其像光上更作一行寶側複重成其寶側上別作一隅隅内畫出三舍利塔以砌塼成白色寶莊五層浮圖其塔及浮圖門中皆作化佛之形

薩婆菩陀烏瑟膩沙印呪第一(此云一切佛頂)

先仰二手反鉤二無名指屈於掌中各屈二小指二中指於掌中直舒頭指頭相去一寸餘開二大指大指來去呪曰

那(上聲)謨薩婆跢他揭帝摽(毗要切一)阿囉呵(上聲)蔽(毗可切下同二)三藐三菩提弊(三)跢姪他(四)輸達泥輸達泥(五)薩婆達摩毗輸薩婆跛波毗輸達你(六)輸提毗輸提(七)薩婆達摩毗輸提(八)莎訶(九)

白月十五日香湯洗浴而作水壇燒香供養多少飲食滅一切罪消惡蟲毒又治諸病當以此呪呪一切藥呪七遍服腹内苦痛隨服即止惡毒消滅

釋迦佛心印呪第二

二大中小六指各豎頭相拄以二食指向內相叉右壓左無名亦爾開腕四寸此印與觀音心印同亦與火頭金剛輪印同呪曰

唵一薩婆悉底二合雞二毗輸陀羅上聲泥三莎訶四

呪師若欲得供養十方諸佛欲避一切障難除一切鬼病治一切病痛者應作此法若知有鬼病者作四肘水壇中心著火鑪燒栢樹枝數數誦呪即差若一日不差日日作法七日即差

又佛心印呪第三

以右手後四指屈大指成拳即是其印左手無用呪曰

踤姪他一阿彌哩一合羝二阿濕波二合湯計計亞

切三摩末羅摩末羅四奢摩波羅奢摩五烏波奢摩六都奴毗都奴七都例都謨例八莎訶九

若行遠道誦此呪者永不疲倦若行道時風吹失道不知東西或有鬼來錯教行處或有人馬致死之時即於彼處豎於石柱其石柱上抄此呪已誦一百八遍若無石柱即豎旛竿其旛竿上還抄此呪誦一百八遍者諸惡鬼神聞是呪已永不得住行無障難

若二十年以還小兒病者以五色線作呪索五十四結以牛黃研之爲墨於絹片中抄此呪已繫呪索中以繫病兒項上即差

又佛心印呪第四

右手大指捻小指甲上餘三指擿豎開之左手反叉腰側上立坐任意得用呪曰

唵一時那時那二迦羅迦羅三摩羅摩羅四娑羅娑羅五補羅補羅六瞋陀瞋陀七頻陀頻陀八嗚訲泮九莎訶十

若牛馬等諸畜生輩有時氣病者取牛馬駝駝驢騾等毛相和著牛乳中從日入時夜夜作水壇壇中心著火鑪呪師面向北取乳中毛少分取已心念十方諸佛爲一切衆生救苦誦此呪一遍竟即燒火中如是一夜一百八遍日日作法滿七日已國中所有一切畜生病者皆差

又佛心印第五

右手大指屈向掌餘四指散向上豎（呪同前第二心印呪）若王病時於七日中設齋作四肘水壇香華飲食百種供養著於壇中其壇中心復安火鑪呪師日日香湯洗浴著新淨衣入於道場喚佛菩薩四天王等取菩提樹若無此樹穀樹亦得一百八段一段一尺取一段兩頭塗牛乳其塗法者先塗其末後塗其本呪師面向北誦此呪至都謨例竟即道王名病差然後口道莎訶竟燒於火中其燒法者木末向前木本向身如是一夜盡一百八段乃至七日王病即差

若呪師病依前法火燒胡麻一百八遍即差

若人臨欲遠行依前法日日燒紫檀木末如是七日作此法竟遠行者一切障難即無所畏若行道時七人以來共行作此法者一切盜賊鬼難不畏

若人頭痛依前法呪師把香華誦呪七遍然後與病者齅竟一呪一燒二十一遍莎訶前道病者名字病差其病即差如是日日到七

日即差

一切佛心印呪第六

反叉後四指於掌中右壓左並二大指當前直豎兩腕相著以大指來去呪曰

那(上聲)謨薩婆菩提弊(毗可切一)薩囉薩囉(二)素囉素囉(三)補囉補囉(四)薩婆阿波唎多婆(上聲)曳(五)莎訶(六)

若人熱風病依前法作呪索一呪一結二十一結繫病人項以白芥子打病人頭其病即差若其不差三日誦呪以白芥子打之即差若其不差取秔米餅呪二十一遍一遍一燒誦呪莎訶前道病者名病者即差

若人患眼亦依前法七日之中以安闍那(此云銀鑛石也)一百八顆各呪一遍投火中燒滿百八遍其眼即差

又法呪一切食及果藥等皆呪七遍然後服之一切無病

又法誦一切諸呪作此印者一切諸佛菩薩賢聖並皆歡喜身中所犯四重五逆酒肉五辛邪婬之罪並皆消滅

若有怨家泥作其形其大小任意取佉陀羅木爲杖(此云紫橺木也)用打此人打巳即燒此杖口恒誦呪念其人名以白芥子擲置火中一百八遍惡人遠去治病亦驗

又一切佛心印呪第七(亦名大心印呪)

覆兩手反叉食指中指於掌中二大指直伸向身頭相拄二無名指向前頭相拄二小指舒之勿與無名指相著呪曰

唵(一)蘇薩婆悉底(二合)雞(二)阿鉢囉底呵羝(三)底唎(二合)聖(平聲)俱(四)莎訶(五)

若呪師若王若臣欲得身無病痛者依前法用燒一切香一百八遍并誦呪即差

若人欲得錢財者亦依前法面向東坐呪白芥子一呪一燒一百八遍所求即得

若欲共他論議七日之中日日燒青菖蒲一呪一燒一百八遍即得勝彼

若人被毒蛇所螫者呪石榴枝一百八遍以枝摩向身下日日作者蛇毒即差

若欲得人相愛念者燒白芥子一呪一燒一百八遍如是七日即得如意

若鬼病不得語者取白芥子呪二十一遍以打病人如是七日即能得語

一切佛小心印第八（呪同前第二佛心呪）

准前唯改二小指壓二無名指上相拄壓之

若日日誦此呪者前人歡喜恭敬尊重若欲向囉闍大支彌邊者先於私房作護身竟向囉闍門及支彌門首呪自手掌七遍以摩自面二十一遍入者囉闍支彌見即歡喜

若人鬼病大難治者亦依前法取羊毛繩總以繫牀四脚燒白芥子一呪一燒一百八遍其病即差三日不差七日定差

如前所説諸佛心法七日之中日日作法作此法人心尚憐愍一切衆生下至蟻子不得殺生偷盜邪婬妄語應修十善斷十惡業若作法時七日之中初日不得喫食以後六日得喫法法皆言如前法者皆作水壇種種供養上下皆通依此法也若作法時深心發於無上菩提心平等憐愍一切衆生發是心者隨意得驗若不爾者不得驗也

一切佛眼印呪第九（亦名佛母印）

二無名二小指直豎合頭二中指豎小曲頭
相拄二大指並豎曲二頭指以側壓二大指
背頭相著呪曰
唵一 釋雞三麽曳二 騷咩三 莎訶四
若人患眼取蓽茇擣研爲末以蜜和研以用
鐵頭大如筋頭沾藥塗眼中復以印印呪眼
中藥當中即差
佛眉間白毫相印呪第十
反叉後二指於掌中豎二中指頭相拄並豎
二大指以左食指平屈下節捻左大指頭右
食指曲開之於右中指背上離一分許呪曰
唵一 烏𤙖二 汙𠼝泥三 尼唎二合 磨去聲 禮四 阿
盧輕聲 計尼五 烏𤙖六 莎訶七此是大心亦名大呪
又復呪曰
唵一 汙𠼝泥二 莎訶三此是小呪亦名心呪

若有人能日日供養作印誦呪臨命終時眉
間光明如阿彌陀佛毫光相似
佛牙印呪第十一
准前佛頂刀印唯改以右中指屈入掌內左
中指小曲豎呪曰
唵一 含都嚧鉢囉末馱你曳二 莎訶三
作四肘水壇二三肘作亦得中用以白芥子
七寶等物及一切物皆置壇中次作呪索一
呪一結成三七結繫病人項臂上亦得其病
即差又以此印印水飲之除牙齒痛
又一切佛眼印呪第十二釋迦眼印同
反叉後二指於掌中曲豎二中指頭相拄並
直豎二大指平屈二頭指下節壓二大指上
令頭相拄兩腕相著呪曰
唵一 釋雞三麽曳二 騷咩三 莎訶四

若作此法日日供養見佛菩薩命終之後生生之處常得天眼

佛跋折囉止一切毒蟲印呪第十三

反叉二小指於掌中二無名指亦相叉指頭於虎口出二中指竪頭相拄竪二大指小屈頭指於中指外上節相當去一分許呪曰

唵一字婆羅字婆羅二浮陀跋折囉三阿鉢囉疷呵哆四嗚鈝泮五莎訶六

是法印呪能止一切毒蟲所嚙又療諸病若作法時作一小壇燒香散華飲食供養作此印呪印病人身其病即差并印病人護身結界若人身上有諸惡瘡時氣病者以印印之其瘡熱病無不除差若印病者齋巳上病隨其病處皆合用印若齋以下不得用印但以柳枝打之無妨

又佛跋折囉印呪第十四

准前帝殊羅施印唯改開二頭指小曲頭

呪曰

唵一俱嚧彈那二嗚鈝泮三莎訶四

作小水壇種種香華飲食供養燒安息香及薰陸香不用餘香先以乾灰磨刀七遍不用水磨復作水壇縱廣四肘八歲十二十五歲兒香湯洗浴著新淨衣在壇東畔面向西坐呪師把刀當眉間上在壇西畔面向東坐數數誦呪隨欲作法於刀上現呪師不見唯小兒見

又一切佛跋折囉印呪第十五

以左大指捻小指甲上以右大指内孔中過以餘四指握左大小指其右大指頭顯向上左食指中指無名指直竪散舒是相明佛印也唯改

以右食中無名三指散握右掌背并大指頭
呪曰
唵一跋折囉脂醯上聲淼二莎訶三
治一切鬼病白月五日三迴誦呪即得滅罪一迴誦呪二十一遍一百八遍一千八遍任意得誦悉能除却一切障惱
一切佛棒印呪第十六
反叉後三指於掌中並竪二大指離頭指少許二食指頭相拄曲壓大指頭頭少許勿著大指呪曰
唵一摩黎摩黎二摩唎尼三馱囉馱囉四嗚鉡泮五莎訶六
以此印打一切鬼病其病即差作者皆驗
一切佛刀刺一切鬼印呪第十七
反叉後二指於掌中直竪二中指頭相著屈右大指於掌中次以左大指壓右大指藏頭次以右食指壓左大指自藏頭次以左食指壓右食指亦藏頭合腕呪曰
唵一渴伽囉末拏二鉢囉摩達那且次也切三擣馱去聲耶四莎訶五
若欲坐禪結界三迴以印右轉誦呪七遍亦治一切鬼神之病
淨王佛頂印呪第十八亦名阿閦佛頂印也
反叉後三指於掌中曲雙頭指頭相拄並二大指當前去頭指少許勿令相著大指來去
呪曰
那謨薩婆突羯羝一鉢唎輸達那囉闍夜二跢他揭跢去聲夜三阿囉訶上聲羝四三藐三菩陀去聲夜五跢姪他六輸達泥輸達泥七薩婆波跛毗輸達泥八輸提毗輸提九薩婆達摩

毗輸提十 莎訶十一

是法印呪若有人能於白月十三日香湯洗浴燒香供養至心誦呪滅無量罪若有人能日日誦者一切惡鬼不敢來近又治一切病若治病時先以此呪呪白芥子呪七遍已散於四方即成結界結界以後治病有驗

若婦人産難産不出者以此印印麻油器上呪三七遍將油摩臍誦呪即出

白月十三日香湯洗浴燒香供養誦呪滅罪即能縛鬼惡人及賊

鉢頭摩婆皤娑佛頂印呪第十九

其印與前金輪印同唯改以二大指來去

呪曰

唵一 鉢頭二合摩跋路平輕 枳羝苾嚧二 嗚鉡三

毗摩羅婆皤娑佛印呪第二十此云無憂德佛

准月天印唯改二食指在中指中節文指頭向內出少許大指來去呪曰

唵一 輸嚕達囉囉上聲迦帝闍二 婆塞羯羅三 鉢囉二合婆四 膃醯膃醯五 婆伽梵六 莎訶七 囉上聲怛那二合

尸緊雞佛印呪第二十一此云栴檀德佛

准馬頭牙印唯改屈二大指入掌以二中指屈壓二大指頭指來去呪曰

唵一 毗盧枳尼二 娑囉娑囉三 徙囄徙囄四 素嚕素嚕五 阿盧枳尼六 毗盧枳尼七 阿婆婆婆耶八 莎訶九

毗婆尸佛印呪第二十二

兩手合腕兩手頭指及無名指小曲相叉頭至甲際兩小指直竪頭相拄二大指並竪頭相拄開二中指直竪二大指來去呪曰

唵一馱羅馱羅二娑伽囉跢那(二合)三俱嚴(二合)二
鼻囉四羯吒羯吒五末吒末吒六阿毗舍阿
毗舍七莎訶八

因陀囉達婆闍佛印呪第二十三(此云相德佛也)

准金剛王印惟改屈二食指各壓大指頭食
指來去呪曰

那謨腎若(若野切)夜一唵二社皤羅娑蒲悉三
什皤羅什皤羅四末吒末吒五畔闍畔闍六
阿毗(上聲)舍阿毗(上聲)舍七嗚餅泮八莎訶九

北方相德佛頂印呪第二十四

以左大指捻小指頭以右大指從下向上内
孔中過餘四指握左大小指其右大指頭出
虎口左食指中指無名指直竪散舒左頭指
來去呪曰

唵一跋折囉盎(去聲二合)雞二莎訶三

若人日日作此法者能滅四重五逆等罪

藥師瑠璃光佛印呪第二十五

以左右手頭指以下八指反叉入於掌中右
壓左兩腕相去五寸許以二大指來去呪曰

唵一呼嚧呼嚧二戰馱(云聲)利三摩撜祇四莎
訶五

是法印呪若有人等多諸罪障及諸婦女難
月產厄願欲轉禍求福并患鬼神病難差者
以五色線而作呪索用繫病人項及手足腰
腹等處仍教令作藥師佛像一軀寫藥師經
一卷造幡一口以五色成四十九尺又復教
然四十九燈燈作七層形如車輪安置像前
又教放生四十九頭然後與作五色呪索作
呪索法得線未搓即燒名香發願已呪四十
九遍香煙熏竟搓線作索呪聲莫絶搓作索

已以印拄之更呪其索四十九遍然後結作四十九結一呪一結數足即止應將此索繫彼人身又轉藥師經四十九遍所有罪障皆得解脫臨産之時一無苦惱即得易生所生孩子形貌端正聰明智慧壽命延長不遭橫苦常得安隱鬼神之病立即除斷藥師瑠璃光佛大陀羅尼呪曰

那謨囉怛那二合哆囉二合夜耶一那謨金毗羅二和耆羅三彌佉羅四安陀羅五摩尼羅六素藍羅七因達羅八婆耶羅九摩休羅十眞持羅十一照頭羅十二毗伽羅十三那謨毗舍闍瞿留十四毗嚕囉耶十五鉢囉頗囉闍去聲耶十六跢姪他十七毗舍是毗舍是十八毗舍闍十九娑摩揭帝二十莎訶二十一用前印

是法印呪佛在維耶離音樂樹下與三萬六千人俱及十二神王并諸眷屬天龍八部大神王在如是等大衆會中説是法已大衆皆聞無不歡喜是即名爲結願神呪若有受持能拔身中過去生死一切重罪不復經歷三塗免離九橫超越衆苦十方世界隨處安樂自在無礙法應如是若善男子善女人等受持讀誦是神呪者日夜精勤香湯洗浴著新淨衣持諸禁戒如法誦滿十萬遍已就清淨處如法治地治地之法如餘壇説團圓掘去數丈之地更以淨土填築令平若高出基最爲第一平治地竟以淨牛糞和檀香湯以手掌摩隨日而轉摩地已竟地上布置千燈道場上方四方皆以種種雜寶莊嚴懸繒旛蓋寶網交絡其地面上以五色粉周帀間布作七重院各開四門其七重院狀如此地水礎

風輪院院各有衆多隔子一一隔道各作寶階砌地之相其地中央作寶蓮華輪座之相是即名爲下方莊嚴一一隔道兩頭著燈重重隔隔各別著燈數滿千盞布置燈竟安置種種寶瓶寶樹香華等物布置畢已中央座上著小牀子以錦繡等淨物敷之牀上安置藥師佛像仍用前印請爲座主結界辟除三摩耶法如下金剛軍荼利法然後安心燒種種香散種種華供養種種飲食華果又燒酥蜜胡麻仁等而爲供養若一日夜三日七日若七七日以晝兼夜誦呪數滿百千萬遍所求從心無量獲果除不至心法應如是所有利益說不可盡其餘功能具如經說

續驗灌頂印呪第二十六

二大指屈於掌中捻二無名指甲無名指中節相背二小指頭相拄二中指直豎頭相拄二頭指屈各捻中指背上節呪曰

唵(一)步三末羅(二)蘇摩鹽(三)莎(去聲)訶(四)

若欲續驗每日平旦於水罐上結印誦呪二十一遍自灌其頂還復如舊

阿彌陀佛大思惟經說序分第一

如是我聞一時佛在補陀落伽山中(此云海島也)與大阿羅漢衆一千五百人俱觀世音菩薩大勢至菩薩摩訶薩等五千人俱及諸天龍夜叉阿素羅迦嚕羅緊那羅摩睺羅伽人非人等前後圍繞來詣佛所到佛所已五體投地頂禮佛足禮佛足已繞佛三帀却坐一面爾時觀世音菩薩白佛言世尊若四部衆及苾芻苾芻尼優婆塞優婆夷一切衆生修行善法得生阿彌陀佛國幷見彼佛云何而得

佛告觀世音菩薩言若四部衆欲生彼國者應當受持阿彌陀佛印并陀羅尼及作壇法供養禮拜方得往生彼佛國土若四部衆以衆華散阿彌陀佛發願誦呪者得十種功德何者爲十一者自發善心二者令他發善心三者諸天歡喜四者自身端正六根具足無有損壞五者死生變成寶地六者生生世世生於中國及貴姓中生值佛聞法不生邊地及下姓中七者成轉輪王王四天下八者生生世世常得男身九者得生彌陀佛國七寶華上結跏趺坐成阿毗跋致十者成阿耨多羅三藐三菩提坐於七寶師子座上放大光明與阿彌陀佛等無有異也是名十種散華功德若四部衆將持七寶滿世界中布施十方一切諸佛不如一錢一華一香好心布施阿彌陀佛者若作此功德一切諸佛菩薩金剛諸天等皆悉歡喜死生阿彌陀佛國若人然燈供養生阿彌陀佛國即得天眼見於一切十方世界諸佛若人以香布施供養死生阿彌陀佛國即得香身身上香雲常出若人五體投地恭敬禮拜阿彌陀佛者往生彼國若人將以香華衣食水壇等種種供養念彼佛者往生彼國即得香華衣食若人不以香華衣食等供養者雖得生彼淨土而不得香華衣食等種種供養之報若轉輪王十萬歲中滿四天下七寶布施十方諸佛不如苾芻苾芻尼優婆塞優婆夷等一彈指頃坐禪以平等心憐愍一切衆生念阿彌陀佛功德若善男子善女人誦持阿彌陀佛陀羅尼并作印等日日供養者即得滅除五逆四重恒河

沙數生死重罪若欲得奢摩他驗得生阿彌陀佛國成男子身端正聰明坐於七寶成就天眼天耳等通及得天衣服與佛無異者當作阿彌陀佛像其作像法先以香水泥地作壇唤一二三好巧畫師日日洗浴與其畫師受八戒齋呪師身亦日日洗浴作印護身亦與畫師作印護身呪師畫師兩俱不得犯戒破齋不喫五辛酒肉之物作壇中央著帳四方著飲食果子種種音樂供養阿彌陀佛其畫師著白淨衣服用種種彩色以薰陸安息等香汁和之不得用皮膠呪師坐於壇外面向西畫師面向東呪師前著一香鑪燒種種香及散諸華夜即然燈呪師作阿彌陀佛身印誦陀羅尼呪曰

那謨阿唎耶一阿彌陀婆耶二怛他揭跢夜三阿囉訶底四三藐三菩提夜五跢姪他六唵阿蜜哩二合羝七訶那訶那八薩婆波跛尼九陀訶陀訶十薩婆波跛尼十一嗚鉡泮泮十二莎去聲訶十三

次畫師畫佛像法用中央著阿彌陀佛結跏趺坐手作阿彌陀佛説法印左右大指無名指頭各相捻以右大指無名指頭壓左大指無名指頭左右頭指中指小指開豎佛之右相作十一面觀世音菩薩像左相作大勢至菩薩像佛上作寶殿皆以七寶所成殿下作七寶帳悉以七寶瓔珞所成其寶殿上畫作三箇大寶珠王一一寶上出五色光於其光上化爲寶殿樓閣其寶殿中作佛菩薩其阿彌陀佛坐七寶高座其高座上作七寶蓮華阿彌陀佛坐其華上其內院四角作四七寶

樹其佛内院四邊作四七寶殿其寶殿上各有七寶一一寶上出五色光一一光上有七寶殿其寶殿中有佛菩薩其佛外院有四七寶殿其寶殿上各有七寶一一寶上出五色光一一光上有七寶殿其寶殿中有佛菩薩阿彌陀佛前左右作二菩薩各作音樂其佛底下有甘露水中生無量寶華一一華上各有菩薩左右各作五百華樹其佛形作金色其袈裟作赤色其佛圓光以五色成其佛頭上放五色光其諸菩薩作黄白色其菩薩身上作五色天衣其佛左邊大勢至菩薩結跏趺坐左手覆掌於左髀上右手屈臂節拄右髀上竪臂向上以大指捻無名指甲上頭指中指小指磔竪掌側當前其佛右邊畫十一面觀世音菩薩結跏趺坐屈左臂向肩上掌覆向背手把蓮華右臂節拄右髀上手把白拂拂尾向右出其水四邊有無量寶樹七寶所成其水之岸以七寶成其諸佛上諸天散華作此像已安佛殿中作結界印以佉陀羅木作橛四枚各長八指其木各呪一百八遍釘於四角此橛畢竟更莫拔却一橛如是餘三亦然又以白芥子四方及中各穿作孔深一磔許埋著孔中皆用軍荼利大心呪呪白芥子百八遍如前木法大心呪曰

唵一 吘盧吘盧二 瓶瑟吒二合 瓶瑟吒二合三 槃陀槃陀四 訶那訶那五 阿蜜哩二合 瓶嗚鈝泮六

呪一百八遍埋芥子竟然後安置阿彌陀佛像已請四人僧設齋多亦無限日日供養誦大身呪呪曰

那上聲謨喝囉上聲怛那二合跢囉二合夜耶一那上聲謨阿唎耶二阿彌跢婆去聲耶三跢他揭跢耶四阿囉訶上聲帝五三藐三菩馱耶六跢姪他七阿蜜哩二合羝八阿蜜哩二合跢三婆去聲鞞九阿蜜哩二合都知婆二合鞞十阿蜜哩二合跢毗迦㘓去聲跢十一伽彌去聲泥伽伽那十二吉哩底羯嚟二合十三薩婆⿰其皮波迦生二合迦唎曳十四莎去聲訶十五

阿彌陀佛身印第一

左右二小指各拯在無名指背上二無名指頭相拄著二中指直豎開一寸許二大指並直豎屈二頭指壓二大指頭指頭相拄頭指來去

阿彌陀佛大心印第二

准前身印唯改屈二大指入掌以二頭指壓二大指甲上呪同前呪用作四肘水壇以酥燈八盞餅果食五盤中心著火鑪呪師面向東取牛乳蜜相和更取頗具羅木此云穀樹長一尺截一百八段以酥蜜拄塗兩頭呪一遍已一擲火中如是滿足一百八遍燒之數數誦呪若作此法即得奢摩他滅恒沙四重五逆之罪每月十五日洗浴誦呪作如前法隨意往生阿彌陀佛國

阿彌陀護身結界印第三

准初身印唯改二中指及掌相著用護身結界訖然後坐禪

阿彌陀坐禪印第四

合腕左右中指無名指直豎令節文相當著左右小指各拯在二無名指背上頭當上節二大指並直豎屈二頭指中節頭壓大指頭用治病若身有病作四肘水壇先作身印請

喚阿彌陀佛及觀世音大勢至像呪師坐呪牛乳一百八遍火燒七日爲之日日如是其病即差從日入時即作此法到初夜即休至後夜更作至天明即休如是七日爲之

阿彌陀佛滅罪印第五

合腕左右中指無名指直竪令節文相當著開二小指直竪開二頭指當中指背上勿著頭少曲二大指並竪頭壓中指第二節行者坐禪時作此印誦結界呪總呪白芥子水火於房裏著欲結界時先以呪水從東北角右繞散之還到東北角休其次以白芥子亦同前後以手把火繞之亦同前如是結界三遍竟次即坐禪准禪定法觀察思惟衆罪業垢於禪定中心生慚愧作印懺悔其無始及至今生所造之過然後呪一切藥二十一遍服之即差一切罪滅學眞如唯識無生智慧觀助呪兼修迴向菩提之道

阿彌陀佛心印第六

右手中指已下三指總屈入左手掌内把左手大指還以右大指壓右三指伸上二頭指直竪磔開之

作四肘壇以五色作其壇中央安阿彌陀佛華座東方安文殊師利華座亦名曼殊室唎

文殊師利印呪第七

准金剛王印唯改二頭指各捻中指上節背頭指來去呪曰

唵一婆雞陀那麼二莎訶三

北方安十一面觀世音華座

十一面觀世音印呪第八

印同般若身大指來去呪曰

唵一阿嚧力二唵帝㘑鹿計計阿切三毗闍耶四
薩婆脅都嚕五波囉末平聲陀去聲那六迦囉去聲
夜七莎訶八

南方安大勢至菩薩華座

大勢至菩薩印呪第九

右無名指捻左無名指中指背向頭指中指岐間入左無名指從右中指無名指岐間出之即入食指中指岐間二頭指各屈鉤二無名指頭屈二中指壓二大指上頭向內先以左小指握右無名指背後以右小指握左小指背大指來去呪曰

唵一嚧池囉末地地阿切二忘娑三菩去聲闍那四瞋陀頻陀五嗚鉡泮六莎訶七

又大勢至菩薩印第十

准下阿彌陀佛頂印唯改二食指各捻二中指頭其食指小許屈次以二大指並掩右中指中節上大指來去

又一大勢至印第十一

准阿彌陀佛身印中唯改二中指豎相著次以二食指捻在中指背後頭相拄次以二大指並頭屈入中指下節邊大指來去呪曰

唵一跋折囉二跋折哩二合尼三瞿吒瞿致尼四槃陀槃陀五訶那訶那六馱訶馱訶七鉢遮鉢遮八嗚鉡泮九莎呵十

每月十五日洗浴作此法者即得阿毗跋致地當作四肘五色水壇水罐五枚四角各一中央一枚各以生絹長一二尺繫其罐頂飲食十盤燈十六盞燒沉水香供養其作壇法同餘壇法共四人僧結伴行道更不得多四人並著黃屑袈裟若是賢者即著白衣方入

作法更不得著多雜色其衣袈裟並不得上廁唯食秔米乳糜果子不得喫菜日日三時作法供養從十二月八日起首至十五日供養法事竟當取中心水鑵灌受法人頂訖著淨衣引入道場作供養事畢即休散去道場若作此法如日光照雪衆罪消滅命終之後生阿彌陀佛國若是女人作此法者命終之後化成男子往生彼國此是心印法憂婆唎馱夜法此云心法小此是阿彌陀佛成道法門作者證入不退之位殘食散施受法人勿食之

阿彌陀佛頂印第十二

准佛刀印唯改以二中指相叉於中節文直伸即是頂印用治病時作二肘水壇置阿彌陀佛像安火鑪燒沉檀薰陸相和燒病人面向西坐合掌呪師面向東坐以香繞病人頭上呪擲火中如是滿足一百八遍日三時作其病人至心念佛病即除差此是阿彌陀佛頂法

阿彌陀佛輪印第十三

左右手以二大指各捻無名指頭右壓左當心若欲說法論義之時日日作此法一切歡喜死生阿彌陀佛國若欲求財貨飲食等物者作四肘水壇中心安置阿彌陀佛像設五盤食壇中心一盤四方各一盤呪師面向東五日一日三迴作此法其呪師衣服並皆黄色不得餘色所求如意又若人熱病呪五色線二十一遍作二十一結繫病者頸病人念阿彌陀佛呪師手把香鑪供養讃嘆十方佛即差若欲令八部鬼神天及佛菩薩金剛歡喜者作四肘水壇呪師必須潔淨男子女人

不得相觸其壇中心安阿彌陀佛像面向西飲食八盤燈二十八盞水罐一枚中心於佛前著火鑪呪蘇曼那華一遍一擲火中如是滿一百八遍以平等慈悲心爲一切衆生作此法者即得神驗皆生歡喜若日日作種種供養阿彌陀佛誦呪滿十萬遍作印法者即得滅罪命終生彼國又若欲得生彼國者亦更以泥作阿彌陀佛像十萬軀滅罪死生阿彌陀佛國日日供養時以金作數珠若無用銀若無銀者用赤銅無赤銅者用水精數一百八枚無者五十四枚更無者四十二枚更無者二十一枚如此等珠掐之誦呪時以珠爲十波羅蜜多以念佛誦呪爲阿耨多羅三藐三菩提若作阿彌陀佛供養時應用上件物等作珠餘物不得若作餘雜物者一切不得驗其中最好者以水精作數珠誦呪者衆罪皆滅如珠映徹自身亦然此水精珠者通用一切佛菩薩金剛天等法

阿彌陀佛療病法印第十四

先仰左手四指仍屈即以右手覆於左手右手四指亦屈與左手急相鉤令二拳節各拄掌心其二大指各直努之

是一法印降伏一切諸惡鬼神有人病者當用印之其病即愈此等諸印皆誦心呪

佛說作數珠法相品

爾時佛告苾芻苾芻尼優婆塞迦優婆斯迦諸善男子善女人等當發心誦阿彌陀經念阿彌陀佛及誦持我三昧陀羅尼祕密法藏神印呪者欲得成就往生彼國及共護念一切衆生復能苦行至心受持日日供養一心

專在莫緣餘境若誦經念佛持呪行者一一各須手執數珠依阿彌陀佛三昧教說復依如此一切陀羅尼諸佛菩薩金剛天等法中所出其數皆須具諸相貌其相貌者有其四種何者爲四一者金二者銀三者赤銅四者水精其數皆滿一百八珠或五十四或四十二或二十一亦得中用若以此等寶物數珠掐之誦呪誦經念佛諸行者等當得十種波羅蜜功德滿足現身即得阿耨多羅三藐三菩提果其四種中水精第一其水精者光明無比淨無瑕穢妙色廣大猶若得佛菩提願故洞達彼國一如珠相以是義故稱之爲上把其珠掐亦能除滅念誦行者四重五逆衆罪業障所有報障一切惡業不能染著爲珠光明不受色相若人常行念佛法者用木槵子以爲數珠若欲誦呪受持人者用前四色寶爲數珠若作菩薩呪法業者用菩提子以爲數珠若無可用蓮華子充若作火頭金剛業者用肉色珠以爲數珠此等數珠皆合法相是故我以此法護念世間持法行者是衆會中一切菩薩摩訶薩金剛天等聞佛所說數珠法已莫不歡喜同時稱善佛言若人欲作法相數珠先喚珠匠莫論價直務取精好其寶物等皆須未曾經餘用者一一皆須內外明徹無有破缺圓淨皎潔大小任意與其珠匠先受八齋香湯洗浴著新淨衣與作護身嚴一道場懸旛華以香水泥一小壇子日日各以香華供養又著一兩盤餅果供養又復夜別各然七燈作是相珠一百八顆造成珠已又作一金珠以爲母珠又更別作十顆

銀珠以充記子此即名爲三寶法相悉充圓備能令行者掐是珠時常得三寶加被護念言三寶者所謂佛寶法寶僧寶以此證驗何慮不生西方淨土作是珠已於此壇中更以種種香水洒珠又著七盤食然三七燈請佛般若菩薩金剛及諸天等仰啓供養稱讚三寶威神力故種種法事皆有効驗然後持行隨身備用一切諸惡不相染著一切鬼神共相敬畏是故福力具足成辦功德滿願是名數珠秘密功能其阿彌陀佛陀羅尼印呪有八萬四千法門於中略出此要如如意寶以上阿彌陀佛法竟依法行之福無限也

大輪金剛陀羅尼

南(上聲)無(上聲)悉(半聲)唖哩(二合)耶隊迦(去聲)南(一上聲)跢他伽陀(去聲)南(二上聲)唵鞞囉(去聲)時鞞囉(去聲)時(三)摩訶斫迦囉(二合上聲)跋折哩(四)薩多薩多(五)娑囉(上聲)帝娑囉(上聲)帝(六)怛囉(上聲)曳怛囉(上聲)曳(七)毗陀麼你(八)三盤誓你(九)怛囉麼底(十)悉陀阿揭唎怛囑談(二合)(十一)莎訶(十二)(二注去上處依注去上法讀之)

(注二合處其上一字必須半音與其下字合音讀之注半音處必須半音)

誦此陀羅尼三七遍即當入一切蔓荼羅(此云壇也)所作皆成誦呪有身印等種種印法若作手印誦諸呪法易得成驗若未曾入灌頂壇者不得輒作一切手印若人誦此陀羅尼秘即同入壇作印行用不成盜法也

佛說跋折囉功能法相品(此云金剛杵)

爾時佛在耆闍崛山大會演說諸陀羅尼秘密法藏時金剛藏菩薩從座而起前白佛言世尊如來今會說此微妙可貴之法我等心中甚大歡喜得未曾有是諸欲界天魔波旬

及鬼神等莫不戰悚我等思惟諸魔心意實難測量或欺或叛若不豫防恐被輕慢我諸佛法惟願世尊聽我出一不可思議難測之法當得護持如來正法降伏諸魔不令魔等於諸世間爲之暴亂時佛歎言善哉善哉爾時金剛藏菩薩忽從頂上涌出三股跋折囉形如金光色當出之時大千世界六種震動現座鬼神一時崩倒佛語鬼神汝等莫怕我金剛藏有如是等神通自在大威力故涌出如此難測之相以此當助護我正法我今印可仍以過去眞佛舍利七粒付囑菩薩令其舍利隱在其中將爲實信識相護持防諸外道欲界天魔衆心生輕慢因即稱名摩訶跋折囉是故常能威侍我側拒諸魔事既有利益亦願有人持我法者及持菩薩金剛天等陀羅尼法皆須具足如法之相而常擬備現座大衆皆言稱善

作跋折囉并功能法

若人欲作跋折囉者先取金等五色之物皆未曾經作器用者何名五色一金二銀三赤銅四鑌鐵五錫合和爲作跋折囉形若無此五種可用霹靂棗心亦得且未作其跋折囉前先須豫呪金銅等物一百八遍呪曰

唵一摩訶迦囉二那吒俱鉢囉三莎訶

呪訖當取月欲蝕時先於十四日若候如此上日不著宜取八月十三日亦是上日斯日晨朝豫遣其匠受持齋戒香湯洗浴著新淨衣其欲請作跋折囉主亦復如是俱潔淨訖豫淨修理於一淨所安立而作護身結界法事至十五日朝更遣其匠香湯洗浴著新淨

衣與作護身及自護身結界法事當道場中作一水壇請佛般若諸大菩薩金剛天等又請舍利一二七粒置其壇中其壇東邊以牛糞泥作一冶鑪次喚火天令其守鑪匠面向西呪師自身在壇西邊正面向東敷草爲席胡跪而坐其壇中著七盤飲食於其鑪邊更一盤食結護如常請佛般若諸大菩薩金剛天等又以種種香華印法供養三寶三遍七遍然後動作一鑄使成莫令瑕缺上下無欠端直平正無有缺減是名一寶最爲上首若一鑄不成後雖復作終是無用其人亦不合行我之祕密三藏法門設强行用常有魔事無所成辦却被殃身其跋折囉可重八兩長十二指橫指爲量兩頭三股亦有五股其五股者名爲大大跋折囉必須終身持梵行者合用受持若無戒行不得持用五股損身其跋折囉皆須腰間圓作似檳榔形中間可容一把許長盡力雕鏤唯取端正不得麤惡磨治了已眞金塗飾正當腰間開一方孔擬下舍利法用形勢因緣與今本樣一種行者示語令好用心作之擬備不輕當作杵時呪聲莫絶香煙不斷其匠功價任索多少不得酬還仍須當日使作總了跋折囉竟其匠報呪師言作杵已了其呪師手把香鑪及七寶函右繞道場作讚歎云十方諸佛法寶成就梵音法事往迎看杵至於鑪邊散諸香華作讚法事殷勤禮請其匠長跪兩手捧著行者手中七寶函內訖其匠乃禮謝口云種種多不如法瑩磨嚴飾皆不稱意布施歡喜願滅諸罪呪師答云異常殊妙端嚴如法分相具足

最上無比實生慚愧願除匠者三業宿障生生世世與佛因緣法會相值語已匠更禮拜發願云云燒香合掌請取舍利呪師即起繞壇三帀至本坐所却住一面啓告十方一切諸佛般若菩薩金剛天等云云還作香華供養法事悲泣雨淚取龍腦香可一捻許内跋折囉腰間孔中後取舍利内跋折囉腰孔中訖更作香華法事供養供養畢已還將杵起右繞道場至其匠所跪地授與匠者匠者至心珍重燒香供養禮拜已即以兩手捧跋折囉閉其孔至到牢密釘閉事訖還以兩手捧授呪師呪師禮拜受取而起匠者更禮三拜捧舍利函心口發願云云行者手捧舍利寶函右繞道場行道三帀還至本處以諸香華及作印法更供養訖遣匠出去於後復將舍利寶函還至道場自候相貌至夜壇中然三七燈任意安置及著餅果種種香華供養事竟於壇西面結跏趺坐呪師右手把跋折囉左手掐珠唯須盡力至心誦呪限至現於三種光相何爲三相一者其跋折囉自然而暖二者煙出三者放大光明若暖相現持杵行者自然感得一切藥叉羅刹及諸人等皆悉同心恭敬如佛若煙相現持杵行者自然感得所去之處一無障礙又無病若放光相現感得一切呪神自在擁護行者行者常爲一切天龍八部鬼神人非人等皆悉恭敬仍於一切諸衆生類六分之中稱於無比自佛已下但是諸呪能誦得者皆悉成就最勝靈驗由是金剛跋折囉杵威神力故於後若欲用跋折囉如法捧杵未用以前誦軍茶利大心呪滿一

七遍已即以此杵如護身法然後便作大結界法一切時中加意護淨以爲常則方行法事所作皆驗若療病用跋折囉時不得越分並須護淨如法用者於呪師身常好安隱已說跋折囉法功能竟

佛說陀羅尼集經卷第二

音釋

䏶旁禮切股也　褺徒協切重衣也　縚他刀切絲繩也編　擿陟革他歷二切　搓七何切挪也　磔側革切

佛說陀羅尼集經卷第三

唐中天竺三藏大德阿地瞿多譯

般若波羅蜜多大心經（大部中卷第三印有十三呪即有九）

如是我聞一時佛在舍衛國祇樹給孤獨園與一千二百五十阿羅漢無量阿僧祇諸大菩薩天龍八部人非人等俱前後圍繞爾時梵天與諸大衆共相謂言我今欲聞般若波羅蜜多功德時諸大衆皆大歡喜讚梵王言善哉善哉爾時梵王即從座起偏露右肩右膝著地頂禮佛足禮佛足已而白佛言世尊我今至心願樂欲聞般若波羅蜜多不可思議功德惟願世尊爲我說於般若波羅蜜多不可思議呪印功德爾時佛告梵王我於他化自在天中略說呪印諦聽諦聽我今爲汝說此功德如須彌山諸山中王般若波羅蜜多亦復如是一切奢摩他中王如須彌山王四方猛風不能吹動般若波羅蜜多亦復如是若依般若波羅蜜多即得堅住於奢摩他諸天魔等不能傾動猶如大海皆能容受一切衆流般若波羅蜜亦復如是皆能容受一切佛法若依此般若波羅蜜教法行者即得宿住智知於過去我從彼處因於彼行得生此處若依此般若波羅蜜教行者即得除滅三毒之罪生生之處不聞惡法得身端正猶如金色頂戴天冠無有慳心生於剎帝利婆羅門中於諸會中一切大衆皆悉隨從不生三途地獄之中十方佛剎隨意往生現身即得四無所畏於諸會中勝出諸衆若能日日作此法者現身即知一切諸法皆無障礙得奢摩他若人欲得奢摩他者當依般若波羅

蜜作法日日供養作印坐禪若於尸陀林或在塚間坐死屍邊作不淨觀及生滅觀乃至慈悲觀界方便觀者即得奢摩他若三年中坐奢摩他者無色天光來入身中即知三界一切諸事於三年中一日喫食一日不喫食若不食日隨服藥菜若不食藥菜服氣最好如是隔日滿三年者得奢摩他日日作此法燒蘇合香誦呪滿足十萬遍者得大雲奢摩他慈悲奢摩他大雷聲奢摩他電光奢摩他大奢摩他火光奢摩他若日日作印法等種種供養者罪滅得奢摩他若重罪業衆生日日不作印呪等種種供養者諸罪不滅不得奢摩他是故我今説此方便欲令一切皆悉樂聞成就願故

畫大般若像法

畫大般若菩薩像可取八月十五日以細好絹兩幅或三幅亦任意用高下闊狹必須相稱於精舍中作水壇竟於其壇中誦大般若呪呪絹一百八遍已請喚畫師最好手者令受八戒一上厠一洗浴著新淨衣與作護身印其采色中用薰陸香安息香汁和不得用膠於其壇上日日三時散雜色華燒沉水香誦呪供養菩薩夜別然燈燈用七盞然後可畫菩薩其菩薩身除天冠外身長一肘人肘一肘如來一磔手是也通身白色面有三眼似天女相形貌端正如菩薩形師子座上結加趺坐頭戴天冠作皺箕光其耳中著眞珠寶璫於其項下著七寶瓔珞兩臂作屈左臂屈肘側在胸上其左手仰五指伸展掌中畫作七寶經函其中具有十二部經即是般若波羅蜜藏右

手垂著右膝之上五指舒展即是菩薩施無畏手菩薩身上著羅錦綺繡作祛襠與腰以下著朝霞裙於上畫作黃色華褻天衣籠絡絡於兩臂腋間交過出其兩頭俱向於上微微屈曲如飛颺勢其兩手腕皆著環釧菩薩左廂安梵摩天通身白色耳著寶璫其項上著七寶瓔珞立氍毹上右手屈臂向於肩上手執白拂左手伸臂手執澡鑵其腰以下著朝霞裙以羅綺錦繡嚴飾衣服其梵天身被紫袈裟頭戴華冠作歎箕光其手脚腕皆著寶釧菩薩右廂安帝釋天通身白色耳著寶璫其項上著七寶瓔珞立氍毹上右手屈臂向於肩上手執白拂左手屈臂肘節向左手掌向腹仰掌中豎著一跋折羅跋折羅頭向外著之火焰圍繞跋折羅身其帝釋像從腰以下著朝霞裙以羅綺錦繡嚴飾衣服天衣籠絡頭戴華冠作歎箕光其手脚腕皆著寶釧菩薩光上兩廂皆畫作一須陀會天而散雜華及齎瓔珞而爲供養其像座下畫作香鑪供養之具其供養具左右兩廂各畫布置八神王像其神王色青黃赤白各爲一色面作威怒一一神王各著五色金銀細甲各執器仗威嚴而立五色石上次下右廂畫呪師像胡跪而坐兩手捧於香鑪供養面仰向上如似瞻仰菩薩尊顏畫其像已當立道場懸繒旛蓋雜寶玲珮種種嚴飾香泥塗地而作水壇縱廣四肘迎將菩薩安置壇上像面向西呪師向東日日香湯洗浴潔淨著新淨衣入於道場護身結界作法誦呪種種供養般若波羅蜜多誦呪可滿十萬遍時時懺悔滅

身過去一切罪障於後誦呪作法用時種種得驗畫像法竟次說印法

般若身印第一

二手合腕掌内相開即用二手頭指中指無名指頭曲相拄其二小指二大指各直豎磔開

般若來印第二

准前身印唯改以二大指稍稍相近齊屈向下即是召菩薩來印

般若去印第三

若欲送去准前來印唯改所屈二大指稍稍磔開乃至於極即是送菩薩去印

般若心印第四

准前唯改以右手大指捻著頭指即是般若心印

般若大心印第五

准前唯改以左大指屈向下即是般若大心印

般若頭印第六

准前唯改齊豎二大指離頭指一分許即是般若頭印

般若縛魔印第七

准前唯改用二大指各捻頭指即是縛魔印若用護身一切魔鬼不得惱亂是等七印於菩薩前不解手成誦後大心呪除人身中三業惡障兼禪定用

般若伏魔印第八

結跏趺坐舒右手五指於右膝上仰著即舒左手五指仰之以小指側横著於齋下名伏魔印

般若奢摩他印第九

先舒左手五指於齋下即用右手四指作拳於左手掌中仰著以二大指直豎相合頭是二印是般若奢摩他印欲入奢摩他伏魔用之

般若奢摩他四禪印第十

先仰右手舒五指於右膝上即豎左手四指屈大指於掌中即屈肘豎臂令掌向背此掌中有一切佛法般若之藏即是奢摩他四禪印

般若懺悔印第十一

先豎右手四指側掌向前屈於大指在掌中即以左手大指於右掌中與右大指相鉤又以左四指握右手掌背即是懺悔印若有行者日日作此印法并誦呪者能除一切四重五逆恒沙等罪皆悉消滅十方淨土隨意往生近於阿耨多羅三藐三菩提

般若無盡藏印呪第十二（一名般若眼又名般若根本亦名金剛般若心）

以二大指各捻二小指甲上平屈二小指下節中節相背博之二中指二無名指各相背博直豎向上各屈二頭指相背令平中節背相著與二小指相稱令平如高座上安置經藏當心著之當誦呪時專想繫念一切經藏皆從印出悉入心中

般若無盡藏陀羅尼呪曰

那(上聲)謨(上聲)婆伽筏帝(一)鉢囉(上聲二合)若(若冶切)波囉(上聲)弭(上聲)多(上聲)曳(二)唵(三)唎伊(伊棄切超音二合下同)(四)地伊(二合)(五)室唎(上聲二合)(六)輸嚧(二合)陀(七)毗社曳(八)莎訶(九)

佛言此陀羅尼印有四種名一名般若無盡藏二名般若眼三名般若根本四名金剛般若心此陀羅尼印有大功德若能至心如法受持隨誦一遍出生一萬八千修多羅藏又彼一一修多羅中各各出生二萬五千修多羅藏又彼一一修多羅中出生百萬修多羅藏又彼一一修多羅中出生無量百千萬億那由他阿僧祇修多羅藏如是乃至展轉出生無量無盡修多羅藏所出經題名句義味各各不同而不重出如是念念出生無盡是故名爲無盡藏陀羅尼印此陀羅尼印即是十方三世諸佛宗祖亦是十方三世諸佛無盡法藏一切般若波羅蜜母過現未來諸佛菩薩常所供養恭敬讃歎若善男子善女人等以至誠心書寫讀誦如說修行是人所有百千萬億恒河沙劫生死重罪於須臾頃悉滅無餘此陀羅尼印所有功德我若住於百千萬億阿僧祇劫歎猶不盡何況餘人歎之能盡若欲修行般若法者一食齋戒香湯沐浴著新淨衣入於道場要當先誦此陀羅尼并作此印滿百萬遍然後修行餘般若法決定成就是故名爲般若根本此陀羅尼印悉能照了一切般若波羅蜜法故名般若波羅蜜眼此陀羅尼印悉能摧滅一切障礙悉能住持一切諸佛菩薩功德故名金剛般若心也（是一印呪筏梨那思蠅伽法師譯）

般若使者印第十三（先用般若護身後用軍荼利法護身）

先仰二手即以二無名指相鉤其二中指及二小指各向掌中屈之二頭指各竪頭相拄二大指亦直竪附頭指側捻頭指中節二大

指來去用治一切病

大般若波羅蜜陀羅尼第十四（下竺藏本上有二十八句）

呪曰

那（上聲）謨（上聲）婆伽婆（去聲）帝（一）摩訶波囉（上聲二合）若（若治切下同）波囉彌多（去聲）曳（二）簿訖底（二合）伐蹉囉（二合）曳（三）阿波唎（二合）彌多瞿拏曳（四）薩婆怛他揭多（五）波唎布自多（去聲）曳（六）薩婆怛他揭多（七）努若多努若多（八）毗若多（上聲）曳（九）跢姪他（十）波囉（上聲二合）若波囉（上聲二合）若（十一）摩訶波囉（上聲二合）若（十二）波囉（上聲二合）若婆婆揭唎（上聲十三）波囉（上聲二合）若嚧迦揭唎（上聲十四）安馱迦（去聲）囉（十五）毗馱麽尼（十六）徙提蘇徙提（十七）徙殿覩縵（十八）婆伽婆（去聲）底（十九）薩防（去聲）伽孫怛唎（二十）婆枳底（二合）伐蹉哩（一合二十一）婆囉（二合）娑哩跢訶（上聲）悉羝（二合二十二）三摩莎婆羯哩（二合二十三）勃地（地治切下同）勃地冒馱耶（二十四）悉地悉地（地治切上同二十五）劒婆劒婆（二十六）迦羅迦羅（二十七）者羅者羅（二十八）頞婆頞婆（二十九）阿揭車阿揭車（三十）婆伽婆（去聲）帝（三十一）摩毗嚂（去聲）婆（三十二）莎訶（三十三）

是大神呪於大般若經中佛重於他化自在天說所有一切十方諸佛共同贊成是故名爲大般若呪是呪功力不可思議亦能救拔生死大苦如是神呪過現未來諸佛共說同共護念能誦持者一切障滅隨心所願無不成辦疾證無上正等菩提

般若聰明陀羅尼第十五（一名小般若波羅蜜多神呪一名諸佛母呪）

爾時如來復說神呪呪曰

那（上聲）謨（上聲）婆伽皤帝（一）那（上聲）謨摩訶波囉（上聲二合）若（若治切）波羅弭耳多（去聲）曳（二）跢姪他（三）麽你

達迷四僧伽囉二合上下同訶上聲達迷五阿上聲弩
伽囉訶達迷六毗目去聲底二合達迷七娑上聲陀
弩伽囉訶達迷八裴舍囉二合上聲歷弩達迷九
娑上聲曼多拏跛唎嚙囉上聲跢那二合上聲達迷十
瞿上聲拏上聲伽囉訶僧伽囉訶達迷十一薩婆跢
囉上聲弩伽上聲跢達迷十二薩婆迦囉上聲跛利婆
囉上聲二合拏達迷十三徙弭唎上聲二合底阿上聲娑上聲
波囉上聲二合慕娑上聲那上聲達迷十四莎訶十五
佛言如是神呪是諸佛母能誦持者一切罪滅常見諸佛得宿命智速證無上正等菩提若有男子女人能誦持此呪欲求聰明求滅重罪即得聰明重罪即滅佛語至誠無有虛偽於晨朝時楊枝淨口淨漱口已於佛像前恭敬一心合掌係念燒衆名香散諸妙華至心禮拜胡跪誦此呪二十一遍乃至齋時更莫共他交雜言語至空靜處一日誦得五百偈經如是一七二七三七日無不有驗除不至心若欲讀誦一切經典要當先誦此陀羅尼即得憶念不忘之力印用奢摩他四禪印

般若大心陀羅尼第十六

呪曰

跢姪他一揭帝揭帝二波囉揭帝三波囉僧揭帝四菩提五莎訶六

是大心呪用大心印作諸壇處一切通用

般若小心陀羅尼第十七

呪曰

跢姪他一揭帝揭帝二波囉民彌應切揭帝三波羅若若冶切地四莎訶五

用小心印通一切用

般若心陀羅尼第十八

呪曰

跢姪他一徒弭哩三合曳徒弭哩三合曳二室唎長音室吒烏皆切三莎訶四

用奢摩他印至心誦者得不忘力聞持一切誦十萬遍乃至百萬無不有驗除不至心

般若聞持不忘陀羅尼第十九

呪曰

那上聲謨婆伽婆去聲帝一婆囉若波囉弭多曳二跢姪他三室哩二合曳四室哩二合曳五室哩二合曳六室哩二合曳細七莎訶八

又般若小心陀羅尼第二十

呪曰

跢姪他一室唎曳二室哩曳三室唎長聲室吒烏皆切四莎訶五

呪師若欲治病者自作護身竟於病人邊作四肘水壇莊嚴已竟種種香華然四十九燈種種飲食布置畢已手執香鑪燒香右繞供養十方諸佛菩薩金剛諸天及鬼神等竟於壇中心放著香鑪於好淨處結加趺坐正面向東向北亦得次燒酥蜜胡麻稻穀華香供養已次作般若身印誦前大呪二十一遍心作空觀謂一切法無相然後出自口氣射病人身上若一七遍或二十一遍即差若一度作此法不差者日三時作之即差其壇所用飲食餅果日別替換更作新者供養殘食呪師及病人皆不得喫喫者呪力無驗若作此法者一切羅剎諸鬼神等歡喜放病人差其所殘食將與貧窮者最爲第一不被一切鬼神得便持呪行者好記不忘

般若壇法縱廣四肘以五色作從內次第著

白黃青赤黑之色一切壇法例皆如是其壇中心安釋迦牟尼佛華座座上安像其座東面復安華座座上安般若波羅蜜身左手把經其壇北方復安華座座上安大梵天左手把君遲此云胡瓶南方安華座座上安帝釋天右手把跋折羅中心著一香鑪水罐四角各一香鑪水罐五水罐内各盛淨水五穀七寶並以栢葉梨枝塞口於上各以生絹三尺而繫東之種種果食及上好果一十二盤燈十六盞呪師當西門坐正面向東呪師東南著一火鑪呪師前著種種香華酥蜜胡麻并稻穀華諸飲食等具三五盤擬燒供養種種安竟次第奉請一一各作本印誦呪一一各作華印承迎總坐定已作大結界然後次第下䞋施錢隨其貧富多少任意布施畢已次作法

事香華供養次燒酥蜜胡麻等物而爲供養然後呪師手把數珠誦大心呪一千八遍誦竟取東北角水罐安般若像前胡跪以右手按水罐又誦大心呪一百八遍竟於壇西外預作水壇縱廣二肘其壇中心作蓮華座散華供養訖即將水罐引受法人出於壇外到西壇上中華座邊面向東立捧水罐住令受法人於華座上面向東坐發願口言普願一切諸衆生等悉發無上菩提之心我今欲得奢摩他及阿耨多羅三藐三菩提故作此法爲一切衆生離生死故願一切佛菩薩金剛諸天神等皆悉證知發如是願已又令受法人要誓願云願我得成此法以後誓願不教誹謗正法斷善根人諸惡人等若其教者一切行學皆不成辦若能如是速得大驗呪師

滅罪發是願已呪師即與受法人作般若身印印於頂上印中著華即用水罐灌頂上竟即作身印與其護身然後令著新淨衣已引入道場禮拜畢已依次第坐呪師於火鑪邊面向東坐於火鑪中然構木柴一一次第作印奉請火鑪中坐燒香飲食酥蜜等物供養畢已送本位上如是乃至諸天等竟口云慚愧無好供養錯失法用謝過已竟呪師捻取香鑪中灰與其護身腦後二肩心咽眉間髮際如是七處點灰護竟辭佛開鎖發遣畢已即以淨水掃洒壇處作此法者一切罪障悉皆消滅道場殘食呪師及受法人皆不得喫若喫師無驗其嚫施錢佛錢入作佛用其般若錢入寫經用菩薩錢者作菩薩用金剛天錢入金剛諸天用處水罐上絹呪師得用不用最好若坐禪時以手按地誦前大呪二十一遍速得奢摩他若作此法一切諸佛菩薩歡喜若作此壇剋於八月十五日作好清淨處誦般若呪用軍茶利結界其地所有骨尾毛等掘令出盡或深四指一磔一肘惡物盡已將淨土來堅築使平埋著五寶及五穀子埋深一磔中心安之欲安寶時先作般若身印印其寶已然後埋之爾時世尊正在大會說般若波羅蜜多說是呪法利益方便能令一切人非人等聞此陀羅尼者悉發無上菩提之心迴向十方諸佛國土當得阿耨多羅三藐三菩提常生歡喜爾時衆中有十六神王其名曰提頭賴吒神王禁毗嚕神王跋折嚕神王迦毗嚕神王咩闥嚕神王鈍徒毗神王阿你嚕神王娑你嚕神王印陀嚕神王婆姨嚕

神王摩休嚕神王鳩毗嚕神王真陀嚕神王跋吒徒嚕神王毗迦嚕神王俱鞞嚕神王與如是等十六神王各將七千諸鬼神等即從座起頂禮佛足而白佛言世尊今此衆中一切天人既聞佛教滅一切罪不墮三途植於佛種我等神王亦復如是既蒙佛恩我等歸命佛法僧寶常隨擁護佛法衆僧若王大臣比丘比丘尼優婆塞優婆夷等及一切衆生受持此法若讀若誦若聽若念又復念佛若坐禪者我等神王及諸眷屬隨其行處而衛護之若國城邑若聚落中若空閑林如是等處有念此般若波羅蜜多名者我等神王皆悉擁護若人持此般若波羅蜜多時忽遇一切諸難事者我等神王共相擁護若復有人欲得般若波羅蜜多驗者我等神王使滿其願爾時佛讚諸神王言善哉善哉汝等神王能於般若波羅蜜多所在之處而作衛護爲未來世諸衆生故說修行之法爾時神王等言若王若比丘比丘尼優婆塞優婆夷若能深心信解我般若波羅蜜多功德自在威力陀羅尼成就故者又須我等十六神王來佐衛護汝等能有依此我法如前結護廣建道場爲之壇法求諸利益國祚延長人民安樂四方無事災禍不侵保守貞幹無諸病苦當請清淨呪師無問道俗道體相同行純熟者七人乃至二七三七人等淨持戒行德尊長者當於一所別立廚膳供給師等任取勝地無問寺内寬大堂宇庭院之所若近舍利浮圖塔廟若好園林名山淨處起作道場其壇場法掘去惡物淨土築平如前所說築平已

竟以淨牛糞和香湯泥摩塗其地以五色粉
作三重院三重各開四門第三重内作一淨
室其室中心安般若波羅蜜多菩薩像面向
西門其像右邊安帝釋天左邊安梵摩天第
一重外四方各列四神王像四方各四總數
即是十六神王若欲畫者第一重内畫著亦
得其呪師者入第三重内正在般若波羅蜜
多像前先奐四面十六神王而安置之誦十
六神王呪呪如下說

十六神王呪第二十一(印用使者印)

呪曰

那(上聲)謨喝囉(上聲)怛那(二合)跢囉(二合)夜耶(一)跢姪
他(二)訶訶(上聲二俱同三)醯醯(上聲二俱同四)呼呼(五)戲利
戲利(六)彌(去聲)利彌(去聲)利(七)杜銘徒杜咩(八)鞞
伽婆呬尼(九)毗摩羅婆呬尼(十)底哩(二合)寧(上聲)
底哩(二合十一)般囉(二合上聲)底羯爛(二合)陀(十二)鞞多持
質怛囉(二合)雞都(十三)般囉婆(二合)薩婆(上聲)唎(十四)懼
醯(上聲)唎(十五)乾陀唎(十六)旃荼唎(十七)車闍(去聲)尼(十八)
懼羅遮利尼(十九)旃荼毗伽陀婆醯(上聲)尼(二十)梅
怛囉(二合)揄(二十一)莎訶(二十二)摩羅檀持囉婆迦
(去聲)耶(二十三)莎訶(二十四)摩登伽俱(上聲)羅朋耆耶
(二十五)莎訶(二十六)底哩(二合)商羯曳(二十七)莎訶(二十
八)悉陀(去聲)曳(二十九)莎訶(三十)那(上聲)謨盧瑟吒(二合)
寫(三十一)摩登伽囉闍寫(三十二)悉殿都(三十三)曼
怛囉(二合)跋陀(三十四)莎訶(三十五)

若人但能誦得此呪不須供養即得効驗若
得不得誦持亦得誦呪七遍十六神王即到
其所任行者使若人欲往病所先於房内預
誦此呪一百八遍呪自右手即以右手摩自
脣口到病人所心想自手譬如冰雪用把炭

火以自手背著彼人身心作差想其病即差或取鞭杖長八指或十二指或十六指呪二十一遍内火中著火燒赤已隨取其炭一不損手正欲取時先當内手香水椀中復向口邊如是三度即得法成以少香水散於四方以爲結界後用其法是呪能助成般若波羅蜜多令一切衆生皆發無上菩提之心若人欲入山中坐禪設有惡蟲師子虎狼及魔鬼等欲來惱者當誦此呪一百八遍即無所畏諸障難事自然消滅若謗法人及造五逆是惡人等不肯懺悔如此之人莫教此法若能至心誦此呪者能滅四重五逆等罪欲作般若波羅蜜多法有無量壇印陀羅尼法門其中略出此法如摩尼珠若有無上菩提心者得見此法成菩提果

若人欲得日日供養十方一切諸佛菩薩金剛等者若在房内及佛殿中而供養之但是供養之處皆須結界法以佉多羅木(此云紫檀木也)作橛四枚各長八指各呪其橛一百八遍釘於四角一釘以後永莫拔却一橛既然餘三亦爾其壇中心及於四方穿地作孔各深一磔於其孔中理白芥子用軍茶利大心呪呪白芥子一百八遍如前橛法呪曰

唵(一) 戶盧戶盧(二) 羝瑟吒(二合)羝瑟吒(二合)(三) 盤陀盤陀(四) 訶那訶那(五) 阿蜜哩(二合)羝(六) 嗚鉡泮(七)

若人日日香湯洗浴入於道場作護身印(以下印等是助成印故不別記次第頭數)

反叉二小指於掌中以二無名指雙屈入掌中捺於二小指叉上合腕豎二中指頭相拄

屈二頭指捻中指上節背二大指並頭捻中指中節上頭指來去

次作辟毗那夜迦印

以右手大指捻小指甲上反叉腰側左手大指橫屈在掌中無名二指屈向掌中壓大指頭指及小指屈著無名中指邊以頭指小指甲根於中指無名指中節齊右轉四方結界口中誦結界呪呪曰

唵一嗚𤙖二訶那杜那三摩他毗馱崩二合娑上聲夜四烏瑳陀去聲耶五嗚𤙖泮泮泮吒切六

此印及呪若房內作用向頭上右轉三帀誦呪七遍若作壇時作步臂行繞壇三帀從外而行先起右足次舉左脚誦呪二十一遍多誦亦好次作地結界印

先以右中指於左頭指中指岐間向背出頭次以無名指於左小指岐間亦爾左中指內向右頭指中指岐間向內出頭次以左無名指於小指間亦爾二小指頭豎合頭二大指亦合頭頭向下作法時大指合頭著地翼兩臂肘呪曰

唵一吉唎吉唎二跋折囉覆知二合三盤陀盤陀四嗚𤙖訶上聲五

當誦七遍以印拄地一切諸惡鬼等悉皆馳散

次作四方結界印

准前地印唯改二大指磔開直豎向右轉之呪曰

唵一薩囉薩囉二跋折囉三波囉三合迦去聲囉四嗚𤙖泮五

當誦七遍即以此印向於四方隨日右轉所

有一切藥叉尾那夜迦等皆悉馳散

次作上方結界印

准前地印唯改二大指各附著頭指側上向

頂上右旋三帀誦呪七遍竟自著頂上合掌

向前呪曰

唵一毗悉普二合吒囉上聲叉二跋折囉三半闍

囉四嗚鉡泮五

當誦七遍天上虛空一切飛行藥叉魔鬼等

皆悉退散各誦印呪七遍

當設二十一種供養之具作般若波羅蜜多

法會隨力堪能唯好精妙何等名爲二十一

種一者嚴飾道場安置尊像復以種種香所

謂龍腦丁香鬱金沉水香湯浴像還置本處

二者像前當作水壇三者龍腦沉水上妙香

等用塗像身四者諸妙華鬘交絡佛身左右

肩上五者頂掛天冠六者寶釧瓔珞莊嚴佛

身七者寶帳八者燒種種香九者懸雜色旛

十者懸於繖蓋十一然燈十二百味飲食及

好甘果十三懸於諸小鈴珮十四懸諸音樂

十五諸雜色華十六寶扇十七種種衣服十

八寶鏡十九寶瓶二十寶眞珠網二十一白

拂以如是等勝妙之具至心供養能令人王

等及一切衆生無始已來十惡五逆諸罪消

滅復令現在所求隨意若不能具二十一種

五種亦得何等爲五一者香水二者雜華三

者燒香四者飲食五者然燈具此五事起大

慈心憐愍一切諸衆生故供養諸佛亦當得

驗次作跋折羅印印前所有一切香華寶物

供等若有金剛杵不用手印直當用杵印而

印用無跋折囉始用手印

以左手大指捻小指甲上餘三指直向上磔
豎
呪曰
唵一阿蜜哩二合羝二嗚𤙖泮三
各誦七遍莊嚴道場種種香華燈明飲食悉
行列竟次當燒香若欲請佛作佛印請次請
般若作般若印次請觀世音菩薩作觀世音
印次請金剛及諸天等亦爾隨類作印請之
一一請來作華座印并誦坐呪即說呪曰
唵一嗚𤙖二迦摩囉三莎訶四
誦七遍呪一一請來安置坐竟
次作大結界印右轉三帀
先仰二手次二小指二無名指右壓左反鉤
於掌中次豎二中指頭相拄次以二食指各
捻中指上節背上次二大指各自屈在中指
節上莫相著呪曰
唵一啇迦上聲禮二摩訶三麼焰上聲三盤陀盤
陀四莎訶五
當誦七遍次更燒香作香鑪印印香及鑪即
執香鑪壇前胡跪供養東方一切諸佛一切
菩薩一切金剛一切諸天四天王等乃至十
方亦爾供養竟放香鑪即至心作禮若有香
華飲食等而供養之若無香華等作一切供
養印并誦其呪而供養之
一切供養印
左右五指皆相合豎掌中少空呪曰
唵一薩婆菩馱阿提瑟恥二合帝二悉頗二合囉
醯上聲迷三輕呼伽伽那劒平聲四三曼去聲陀五莎
訶六
當誦七遍復以種種香華供養各作本印還

其位處法事音樂讚歎周畢作般若印懺悔罪障誦大心呪當印心上口陳所犯三業之罪發露懺悔恒具七法譬如大火焚於乾草加猛風吹莫不都盡精進誦呪罪垢消滅亦復如是又如霜雪闇室炎日能除誦呪精進滅無明闇猶若盛日又誦般若呪酥蜜等物火鑪中燒供養賢聖滅除無量生死重罪速得成就無上菩提其誦呪人應當具足堅持七法何等爲七一者持戒二者忍辱三者離口四過四者於佛法中生決定信五者發無上菩提心六者常誦呪法心生慚愧七者於四威儀身心無倦猶如輪王具足七寶得紹王位王四天下呪師亦爾具前七法速得證驗隨所施爲悉皆稱意正坐莫動數數禮拜口讚歎佛願我生生不經八難所生之處恒為男子身崇信三寶諸根完具一切技藝願速通達具六神通若來乞者頭目髓腦國城妻子象馬七寶隨其所欲皆悉施與一切諸欲心無染著聰明智慧一切衆生見聞我者發菩提心生生之處值善知識恭敬尊重聽聞正法如説修行以菩提心而自莊嚴於四威儀身心清淨得宿命智無礙自在諸惡罪業深生怖畏修習菩提十波羅蜜得大自在不受女身及以奴僕亦不闇鈍不處邊地不起邪見不生旃陀羅家有佛出世願常值遇修行六度迴向菩提所有財寶隨欲皆給寧作貧賤修諸善法不處富貴而行惡業命不中夭正信家生眷屬具足孝養師父利根智慧辯才無礙得佛正信慈念衆生願所生處具五種法何等爲五一者福德二者智慧三

者十力四者精進五者發菩提心如佛所證
薩婆若智三十二相我亦當得十方淨土隨
意往生常見諸佛一切衆生亦復如是爲一
切衆生令好念佛故發是願已掐珠誦呪其
掐法者去所供養佛菩薩處四五尺許却縮
跪坐身莫動摇莫看東西莫近口氣於供養
佛菩薩等上莫放穀風正身端坐一心念佛
菩薩金剛等如入奢摩他無異
次作掐珠印
以左手大指捻無名指上貫珠孔中次直舒
中指小指以食指掩中指上節側上以右手
大指無名指掐珠誦呪餘指同左手若如是
掐珠得十種瑞相者即知有驗何等爲十一
者像上放光二者風不吹而道場中旛自然
動摇三者雲不覆而天有雷聲四者道場中

燈焰長三四尺五者於香鑪中人不燒香而
香煙自出六者空中聞有種種音樂之聲七
者感得四方無事福壽延長無諸疾病師子
虎狼諸毒蟲等不能爲害八者於五欲境心
無染著九者諸魔鬼神不能嬈亂自他之病
療即除愈十者見佛菩薩金剛天等若於夢
中見佛菩薩或昇高山或上高樹乘船度岸
或騎象馬或見師僧父母善知識等是時行
者及施主等若於夢中見是相類即知罪滅
皆是好應靈瑞之相呪神翼衛是時行者正
作法中身毛皆竪即知得驗毎日旦起洗手
面已口嚼楊枝更漱口訖入佛堂中作供養
法未到食時皆悉發遣一日三時如前掐珠
誦呪一百八遍一千八遍隨力所堪道場門
前置一火鑪呪師西坐而面向東左著香水

及諸雜華右著胡麻酥蜜稻穀華等隨有壇所燒供養物皆右邊著然後請佛菩薩金剛天等作華座印隨法所須燒著鑪中供養供養已訖還坐本處口云此無香華飲食慚愧然後發遣之房內數數燒香日日誦阿閦佛陀羅尼阿彌陀佛陀羅尼等滅除身中五逆四重等一切罪障若欲得生阿彌陀佛國日日作此供養誦陀羅尼法常作此法一切法事皆有證驗死生阿彌陀佛國若日日供養功德大好不可具說念佛功德非是比對其誦呪功力狀等日月之光念佛功德同夜燈之光不得具譬若日日供養誦呪兼念佛功德如須彌之高大海之深若空念佛不兼誦呪功德如香山之小如阿耨達池之細不可校量若日日供養諸佛誦呪滅罪如火燒草木滅罪亦爾若能日別三時供養念佛誦呪比空念佛不可比校口不能宣功德利益不可思議當知般若功德成就讚不能盡

佛說陀羅尼集經卷第三

音釋

簸 補過切簸箕揚器也 䙡襠 䙡呼盍切襠都郎切䙡襠前後衣也 氍毹 氍強魚切毹山芻切氍毹毛席也 闚 犬規切 繖 蘇旰切蓋也

佛說陀羅尼集經卷第四 觀世音部之一

唐中天竺三藏大德阿地瞿多譯

十一面觀世音神呪經上 大部卷第四注是人意麤是經本此經總有五十二印五十是主二印是客此卷中止有十印

如是我聞一時佛在王舍城中耆闍崛山與無量菩薩摩訶薩大衆俱前後圍繞爾時觀世音菩薩摩訶薩與無數持呪賢聖俱前後圍繞來詣佛所到佛所已五體投地頂禮佛足禮佛足已繞佛三帀却坐一面時觀世音菩薩白佛言世尊我有心呪名十一面具有無量大陀羅尼并諸印法及無量壇我今說之爲一切衆生故欲令一切衆生念善法故欲令一切衆生無憂惱故爲除一切衆生病故爲一切障難災怪惡夢悉除滅故欲除一切横病死故欲除一切諸惡心者令調柔故欲除一切諸魔鬼神障難不起故世尊我未曾見若天若魔若帝釋若沙門若婆羅門等有能受持如是法者若讀若誦書寫流布或以此法防護其身或以此印印水呪已澡浴其身若入陣鬪戰若爲毒所中持此法者一切諸難無所能爲唯宿殃不除如是之法一切諸佛所念我此呪法一切諸佛所說世尊我憶過恒河沙數劫外有佛名百蓮華眼頂無障礙功德光明王如來我於爾時在彼佛所作大持呪仙人中王於彼佛所方得此法得此法時十方諸佛皆現目前見佛現已忽然即得未曾有智當知此法有如是神力亦能利益無量衆生是故當知若善男子善女人等有能晝夜殷勤讀誦勿令忘失持此法時更莫他境於晨朝時洗浴其身著新淨衣

受持此法作印護身淨泥摩壇隨意方圓闊狹大小結界已竟請觀世音坐於壇上燒香散華種種供養禮拜誦呪一百八遍持此呪者現身即得十種果報何等爲十一者身常無病二者恒爲十方諸佛憶念三者一切財物衣服飲食自然充足恒無乏少四者能破怨敵五者能使一切衆生皆生慈心六者一切蠱毒一切熱病無能侵害七者一切刀杖不能爲害八者一切水難不能漂溺九者一切火難不能焚燒十者不受一切横死是名爲十復得四種果報何等爲四一者不爲一切禽獸所害二者永不墮地獄三者臨命終時得見十方一切諸佛四者命終之後生無量壽國世尊我念過恒河沙數劫復過無量恒河沙數劫爾時有佛名曼陀羅香如來我於彼佛爲優婆塞身於彼佛所復得此法得此法已於四萬劫超生死際説此法時得一切諸佛大慈大悲大喜大捨智慧藏法門以此法門力故能救一切衆生一切牢獄繫閉杻械枷鎖臨當刑戮水火等難種種苦惱我恒救護令得解脱一切夜叉羅刹娑等由此法印陀羅尼力令此夜叉羅刹娑等皆發善心功德具足即發阿耨多羅三藐三菩提心我此法等有如是力設復有人犯四重罪及五逆罪能持此法讀誦一遍陀羅尼者所有一切根本重罪悉得除滅誦此呪者有如是功德況復依教能作印法誦持呪者當知是人於萬萬億那由他諸佛所曾聞此法今還得聞況復受持讀誦晝夜不忘者是人若心有所念者我滿其願若復有人月十四日或

十五日以香湯洗浴其身著新淨衣一上廁一洗浴如此淨衣不得上屏行此法時竟日不食作印護身結界法已誦陀羅尼至於明旦其道場中置觀世音像作請觀世音印誦呪懸於種種雜色旛蓋香華供養初入道場時必須殷重至心奉請十方諸佛慇懃懺悔讃歎三寶禮三拜已在於像前敷一坐具胡跪恭敬至心發願作數珠印把珠掐之一心誦呪一千八遍一百八遍亦得無咎次執香鑪燒香而言此處無有種種供養上味飲食慚愧謝之世尊我由此等法印呪力名號尊貴難可得聞若有稱念百千俱致那由他諸佛名號復有暫時稱我名號彼二人福正等無異爾時觀世音菩薩白佛言世尊若善男子善女人晝夜殷勤稱我名號者皆得阿毗跋致地現身得離一切苦惱一切障難一切怖畏及三毒罪悉得除愈況復有人依於此教如法修行當知是人即得阿耨多羅三藐三菩提如在掌内爾時佛告觀世音菩薩摩訶薩言善哉善哉善男子汝乃能於一切衆生起於大慈大悲之心而欲開示此大神呪印等法門善男子汝由此法方便力故悉能救脱一切衆生所有病苦障難怖畏身語意惡乃至安立一切衆生於阿耨多羅三藐三菩提心決定無疑善男子此陀羅尼印等法門我亦隨喜受汝神呪印等之法我亦印可善男子汝今説之爾時觀世音菩薩摩訶薩從座而起偏袒右肩五體投地頂禮佛足右膝著地而白佛言世尊我今承佛神力次第説印陀羅尼壇功能法式即説呪曰

那上聲謨上聲喝囉上聲跢那二合跢那二合一夜耶一那上聲謨上聲阿唎耶二娑路輕呼枳帝攝跋二合囉去聲耶三菩提薩埵去聲耶四摩訶薩埵去聲耶五摩訶迦嚧尼迦去聲耶六跢姪他七唵去聲長引八馱囉馱囉九地哩地哩十杜嚕杜嚕十一壹蘇十二伐蘇茶賣切去聲上下同十三闍犁闍犁十四鉢囉闍犁鉢囉闍犁十五鳩素咩十六鳩麼婆犁十七壹里弭去聲里十八止里止徵知里切十九闍羅摩二十波那去聲耶二十一鉢囉二合摩輸陀薩埵二十二摩訶迦嚧尼迦二十三莎去聲下同訶二十四

觀世音菩薩說此陀羅尼時佛菩薩衆金剛諸天等高聲讃言善哉善哉爾時觀世音菩薩白佛言世尊此是根本陀羅尼若有念誦獲如上說功德勝利已說根本陀羅尼竟

次說七日供養壇法

若有沙門若婆羅門善男子等請於祕密法藏要決成就大驗若諸國王心生決定懺悔衆罪願欲見聞都大道場法壇會者先覓清淨寬大院宇精華大舍及好寺舍佛堂之所露地亦得定知處已白月一日於晨朝時阿闍黎身及諸弟子香湯洗浴將諸香華至其處所阿闍黎手執跋折羅次第問諸弟子等言汝等決定欲學諸佛祕密法藏不生疑不徒衆答言我等欲學諸佛法藏決定誠信不生疑心如是次第三問三答如是答竟次阿闍黎手卬香鑪水等呪已手執香鑪胡跪燒香啓白一切諸佛般若菩薩金剛天等及與一切業道冥祇令此地者是我之地我今欲立七日七夜都大道場法壇之會供養一切十方法界諸佛世尊及般若波羅蜜多諸菩

薩衆金剛天等領諸徒衆決定一切秘密法藏難思議法門故取諸證成我欲護身結界法事在此院内東西南北四維上下所有一切破壞正法毗那夜迦惡神鬼等皆出去我結界之所七里之外若護正法善神鬼等於我佛法中有利益者隨意而住説此語已次第依彼軍荼利法辟除結界既結界竟即令掘去十肘地内一切惡土骨髮炭糠尾礫等物若上好地掘深一磔若中一肘下地二肘若下下地掘深三肘惡物盡竟將好淨土堅築令平基高最好次第二日及第三日以泥泥地次第四日白牛糞香泥泥其地竟次將繩子四方八肘一帀挽之四角下橛更以繩子從東北角至西南角從東南角至西北角交叉挽之其繩叉中下橛掘地深一磔許埋著五寶并及五穀其五寶者一金二銀三真珠四珊瑚五琥珀言五穀者一大麥二小麥三稻穀四小豆五胡麻以一片絹共裹寶穀以五色線繫絹埋之其五色線一頭出地長五指許此寶物等永不得出次作大結界其結界法執跋折羅（此云金剛杵也）右遶壇外急走三帀作毗那夜迦種種結界印印地下四方上方誦呪作印啓告辟除結界等法如初日説依軍荼利次第法用次第五日結界法式如第四日更用牛糞塗地其塗地法手右旋磨勿向左磨其餘事者同第四日次第六日阿闍黎洗浴先入壇内又好聰明弟子二人亦淨洗浴著新淨衣隨後入壇以檀香湯和石灰竟石灰汁中染細繩子令一弟子把其繩頭案壇東北正當角頭先點之處次阿闍黎

把繩一頭按壇東南正當角頭先點之處急挽著地使一弟子捻繩中央拼著地上次東北角弟子起向西南角坐亦如前作次東南角阿闍黎起向西北角坐亦如前作次西南角弟子起向東北角坐亦如前法次先拼處從外向内離一肘許更依前法圍遶拼之次取八肘繩子屈中當壇一方下著一點更屈二肘繩子從壇一方中央點量左右更點兩處次其一方門壁去壇繩五指許次更屈門壁向左右五指許作次其門左右兩畔寬五指許作次其門外邊直畫著一方若爾三方准知次作中院外繩四肘其外院内繩與中外繩兩繩之間開一肘道其中院門四方壁與向左右總作三指許其門外邊繩子拼法亦如前法其中院内方離外繩一肘更拼石灰繩子其壇正中心作二肘院更莫作門次阿闍黎以五色線一呪一結五十五結用馬頭觀世音呪呪曰

唵(一)阿彌(上聲)哩都知(二合)婆(去聲)婆(二)嗚許泮(三)

次以絹片裹於五寶并五穀子五色線繫繫呪索上隨人多少一一裹之次於壇四角各竪一竿西門兩箇竹竿以繩繞繫四角竿上於其繩上懸雜色旛其壇上方東西南北四維繫旛交絡莊嚴其壇外院西門南側離壇二尺穿作火鑪縱廣深淺各二尺作於其鑪中留一土臺臺上素作香泥蓮華爲蓮華座次日欲没時阿闍黎令諸弟子總洗浴竟次阿闍黎作大結界次日入時召請諸佛菩薩金剛於壇中心著一佛像北方觀世音南方金剛以種種香華五盤飲食十六盞燈而

供養之次於西門外敷新淨席　次阿闍黎喚諸弟子作護身印一一誦呪七遍各各與印諸弟子頂及兩肩心咽眉間髮際腦後護身畢已令諸弟子就於席上面向東坐　次取香華及白芥子阿闍黎把白芥子各呪七遍次第打諸弟子頭上三遍打竟更與護身用馬頭觀世音印呪之　次阿闍黎胡跪問於最長弟子而云汝今欲得學此法不弟子答云欲得如是次第問諸弟子法用如前

次阿闍黎手擎香水潑諸弟子一一頭上復以右手按諸弟子一一胸上爲誦馬頭觀世音呪次取呪索各各與繫諸弟子臂男左女右次以娑羅樹汁香次第與潑諸弟子身右旋三轉潑香水竟次旋炬火亦如前法次與柳枝各長八指次授與華竟令諸弟子向東列坐教諸弟子投華向前次嚼柳枝亦如前投若其華頭向身者好背向東者知魔障出向南北者皆爲不吉柳枝嚼處向身者好背向東者知魔障出餘如華法次與洗手各以手領跋折羅水敬謝飲之　次阿闍黎入壇啓白諸佛菩薩金剛等云我以次第問諸弟子又以作法次第試竟令諸弟子欲入壇來供養聖衆如是啓已引入弟子略供養竟發遣出外阿闍黎語諸弟子各臥睡去若有所夢明朝各各向我道之時諸弟子總臥去後

次阿闍黎入於壇內白佛菩薩金剛等云諸弟子等明日更欲入道場來廣作供養諸佛菩薩金剛天等請昇空中明欲供養臨時總赴受衆供養（如是三說）然後發遣壇內諸佛菩薩金剛及諸天等　次阿闍黎向壇北邊面

向南坐著一火鑪誦馬頭呪呪白芥子一呪一燒一百八遍時諸弟子即得滅罪　次阿闍黎與三弟子於一夜中以五色粉敷置壇内敷置法者先從内院初以白色次黄青赤後以黑色到明旦起更置外院從東北角右迴作之以五色物依前法作於壇中心安十一面觀世音以爲座主蓮華座上安置輪形

次内院東面中央安阿彌陀佛佛右邊安釋迦牟尼佛左邊安般若波羅蜜多北面中央安大勢至菩薩右邊觀世音母左邊安馬頭觀世音南面中央安金剛王右邊金剛母左邊安跋折羅母瑟知西面院門南邊安提頭賴吒北邊安毗嚧陀迦

次作外院東行從北頭先安曼殊室利菩薩次彌勒菩薩　次安栴檀德佛　次阿閦佛次相德佛　次普賢菩薩　次月天　次虚空藏菩薩

外院北面從東頭先安摩訶稅多（此云大白觀世音也）次摩訶室唎曳　次隨心觀世音　次一瑳三跋底伽羅　次阿牟伽皤賖（此云不空羂索）次苾倶致　次毗摩羅末知

此院南行從東頭先安火頭金剛　次安尼藍婆羅陀羅（此云青金剛也）　次母嚕陀吒伽（金剛兒名）次蘇皤（二合）斯馳（二合）迦羅　次素婆休（亦是金剛兒也）次央鴝尸　次跋折羅商迦羅

外院西行從南頭先安摩唎支　次安日天次安毗嚕博叉天王　次安作門門北壁毗沙門天王　次安地天　次安一切龍王

其外院四角各安交叉二跋折羅（如十字形）

又中院四角准前各安二跋折羅亦交叉著

如十字形　次阿闍黎起立西門看壇中事何者是好何者不好何者周帀何不周帀好好檢校仍於壇内遺舊弟子守護而住　次阿闍黎香湯洗浴著新淨衣當以緋帛裹自頭頂紅色亦得仍以黄帛繞頭繫額次以呪索繫自左手正當腕節次作護身印印於自身皆用馬頭護身印呪次把跋折羅作阿蜜哩多軍荼利身印三迴右轉於壇外邊次作地結界四方上方次第而作并誦馬頭呪

次取水罐一十三口各受一升許滿盛淨水於中少少盛著五穀并著少少龍腦香鬱金香等及石硫黄共前五寶裹中盛已著於罐内其罐口上以柳栢枝并葉竹枝塞頭使竪各以白綃束令不散　次呪水罐一百八遍用十一面觀世音呪罐罐如是一百八遍呪已將入先安内院四角中心各一水罐

次於外院四角四門各安一罐次取兩銀盤一盤盛香水一盤盛華次取彼盤内華著於一盤香水中浸竟次取彼華少許著自掌中即作身印先請壇中心十一面觀世音誦七遍已即作坐印亦誦坐呪滿七遍已然後放華投於本位安置既竟

次請中院東行一一如前　次請北行　次請南行　次請西行竟　次請外院東行

次請北行　次請南行　次請西行總奉請竟　次作大結界印　次取香水散於壇内諸佛菩薩金剛等前　次散諸華　次於壇中心著一香鑪四方八門各一香鑪總燒香竟然後阿闍黎把一香鑪燒種種香從壇外邊右繞一帀行道已竟後放著香鑪當於西

水鑵邊　次取西門水鑵之上五色線一頭將右轉繞於壇外邊竹竿之上還到西門一帀繫之　次著飲食於壇中心觀世音前四盤飲食其餘諸菩薩等前各著一盤　次於中心著四盞燈其餘座邊各著一盞　次於佛菩薩等布施金銀絹帛錢財等物隨有布施　次阿闍黎將舊弟子把香華水及煑五穀三四升許其阿闍黎施一宅中十方鬼神飲食以竟　次阿闍黎洗手漱口入壇三禮却縮出來　次舊一弟子把一華疊又一弟子手把香鑪及白芥子逐闍黎後一一別喚新弟子來在壇西北角外立　次阿闍黎先把白芥子以馬頭呪呪七遍已三迴打於弟子頭上　次作護身印印於弟子　次取香水與其洗手爲弟子作觀世音三摩耶印印中著華勿令放棄　次以帛裹其弟子眼阿闍黎心口發願以平等普大慈悲心悉皆迴向一切衆生　次阿闍黎引將弟子入壇西門阿闍黎在南邊立弟子在北邊立阿闍黎誦觀世音三摩耶呪呪曰

唵一般母婆𭌤去聲夜二莎訶三

誦七遍已教弟子云向前散華散竟好看華墮何座知已語云汝所散華著於其佛其菩薩等好念不忘其餘弟子如上法用若三迴散時總不著者更莫解帛隨便擯出是大罪人不合入壇教令至心懺悔衆罪諸人竟後更啓請佛方始引入准前散華著者放帛若不著者至竟擯出更勿令入其餘弟子法用如前一一作竟　次諸弟子在西門外正面向東作行列坐其火鑪中著好炭火於西門

外灌頂壇上著一張牀留一盤食著四盞燈供養　次遣二弟子各擎一蓋一紫二緋緋蓋蓋諸弟子紫蓋蓋阿闍黎一一次第引諸弟子阿闍黎擎水罐出到灌頂壇右繞三帀令其上牀阿闍黎亦自上牀弟子邊立問云汝前散華著何等佛菩薩之座弟子答云著某佛等時阿闍黎隨其所答教作其印印其頂上印中著華令至心念隨其本主佛菩薩等阿闍黎即誦彼佛菩薩等呪與灌頂已教令散華解印著衣入壇謝佛依本位坐其餘弟子法用如前總灌頂已次阿闍黎坐於西門近火鑪邊正面向東端身正念先喚火天坐火鑪中次與酥蜜及胡麻等各七遍呪於火中燒　次阿闍黎心裏記云火神且出於火鑪外近鑪邊坐　次喚馬頭觀世音坐火

鑪中蓮華座上　次阿闍黎把跋折羅一一次第喚諸弟子近阿闍黎教令正念胡跪合掌以跋折羅印其掌中次與胡麻及酥蜜等呪三七遍令投火中竟語歸本座其餘弟子法用如前　次放火中馬頭觀音歸本位竟次請壇中心十一面觀世音坐火鑪中蓮華座上燒胡麻等誦呪一百八遍已竟遣歸本位次請一一佛　次請一一菩薩　次請一一金剛及諸天等法用如前各燒胡麻酥蜜等物呪三七遍次第各令歸本座竟　次爲當國天子燒胡麻等呪滿一百八遍已竟次爲歷劫一切師僧父母及善知識各燒誦呪皆同前法　次爲六道一切衆生燒同前法呪三七遍　次爲宅主亦同前燒呪三七遍　次阿闍黎爲自身燒呪三七遍上從天

子至阿闍黎總用十一面觀世音呪　次阿闍黎把香鑪燒香右繞壇外一帀來到西門前已禮拜謝云種種香華飲食供養皆不如法大大慚愧然後從壇中心一一發遣一一各作本印發遣發遣印呪喚時無別　次收布施佛菩薩等錢財寶物若其諸佛菩薩物者應用作佛菩薩形像般若物者用寫諸經若阿闍黎欲自作佛菩薩經者自收造像寫經處用若不作者付屬三綱布施金剛天等物者阿闍黎身自用亦得不用第一壇中飲食其阿闍黎及弟子等皆不得食若喫用者不得神驗與奴婢食及餘人等乃至畜生不入壇僧喫用亦得　次阿闍黎手執炬火示諸弟子此是某佛某菩薩位金剛天等一一次第指示位竟然後以泥泥却壇上莫見日出以上略說壇法式竟

次說印及陀羅尼法

十一面三昧印第一呪用大呪

以二大指二小指直豎頭合餘指稍曲頭不相到虛掌豎頭指來去

是法印呪能除一切賊難水難及火等難若誦持者雖經諸難皆無所畏由觀世音威神力故若人欲請諸菩薩等先須作此三昧印呪當得一切菩薩歡喜

身印第二

合腕左右二大指並豎以二頭指屈中節各以頭壓二大指頭二中指頭相拄二無名指直豎開一寸半又開二小指離無名指背一分許二臂肘相著頭指來去用上大呪

若能持此法印呪者一切八難皆無所畏若

作壇法正供養時燒胡麻等用此印呪若有鬼病以此印呪其病即差若不差者一百八遍呪印念觀世音菩薩作此法者其病即差若能日日洗手而嚼楊枝淨漱口已著新淨衣誦呪數滿一百八遍兼念觀世音菩薩名字作此法者觀世音菩薩歡喜又取澡罐盛滿淨水以此印呪二十一遍經一宿已用洗手面一切惡人及鬼神等不能惱害

大心印呪第三

准前身印唯改二頭指壓中指背上節以二大指各壓中指中節側大指來去呪曰

唵(一)阿梨耶(二)婆路(輕呼)枳帝攝跋(一合)囉(去聲)耶(三)菩提薩埵(去聲)耶(四)摩訶薩埵(去聲)耶(五)摩訶迦嚧尼迦(去聲)耶(六)跢姪他(七)訶訶訶訶(八)伊(上聲)利(九)彌(上聲)利(十)脂利(十一)毗利(十二)企利(十三)醯(上聲)利(十四)莎訶(十五)

是法印呪若作一切壇法時用此印呪呪水香華衣食等物及喚天等亦用此印呪

小心印呪第四

准前身印唯改二頭指屈頭當中指中節側上頭指來去呪曰

那(上聲)謨(上聲)阿唎耶(一)婆路(輕呼)枳帝攝跋(二合)囉(去聲)耶(二)菩提薩埵(去聲)耶(三)摩訶薩埵(去聲)耶(四)摩訶迦嚧尼迦(去聲)耶(五)跢姪他(六)豆嘍豆嘍(七)訶訶訶訶(八)莎訶(九)

是法印呪若人誦持此呪印者當覓一百八莖蓮華江水中浴著新淨衣還入江水立至於膝面正向東作此印呪請觀世音大指來去即作坐印安置於前左手掐珠右手把華七徧誦呪然後散於觀世音上如是一華各

呪七遍盡其一百八莖華竟尋即得見觀世音菩薩若一日不得一百八華者一日覓取五莖蓮華作此法用如是日別取五莖華滿一百八作法同前亦用此呪呪香燒香呪油然燈而供養之

闍吒印呪第五（此言髮長）

准前身印唯改二中指屈中節頭相拄附無名指後側上節呪曰

唵一 阿㘑耶二 婆路（輕呼）枳帝攝跋（二合）囉（去聲）耶三 菩提薩埵（去聲）耶四 摩訶薩埵（去聲）耶五 摩訶迦嚧尼迦（去聲）耶六 跢姪他七 悉唎悉唎悉唎八 地哩地哩地哩九 悉哩十 莎訶十一

是法印呪若居聚落若在山中離雜聲處有華果樹竹林水池中央起舍日日洗浴入於道場先作護身結界印竟請觀世音菩薩作華座印安置座上然三盞燈種種香華供養禮拜讚歎畢已掐珠一心念觀世音菩薩名字若人日日作此呪法滿十萬遍即得見觀世音菩薩又若入道場欲以香華鬘供養時先以此呪呪華七遍用散像上復以此呪呪香七遍以塗尊像又以此呪呪鬘七遍以嚴尊像

華座印呪第六

兩腕相著以左右二大指及二小指各自相合並竪之餘三指等總散大磔開之成呪曰

唵一 缽二 迦摩囉三 莎訶四

是法印呪若請諸佛般若菩薩金剛天等一一皆用此大華印呪以承迎以印右轉坐之安慰定已後作金剛軍茶利三摩耶法印結閉嚴密門戶然後種種作法供養作壇療病

一切法者皆應如是
觀世音護身印呪第七
准前身印唯改二無名指拯在中指背上頭
當前側上節頭令相拄二小指頭相拄呪曰
那去聲謨上聲阿梨耶一婆路輕呼枳帝二攝跋二合
囉去聲耶三菩提薩埵去聲耶四摩訶薩埵去聲耶
五摩訶迦嚧尼迦去聲耶六跢姪他七婆地婆
智八婆地婆地九藪度藪度十莎訶十一
是法印呪若行法人欲作諸法及誦呪時當
以此印用護其身然後行法得觀世音來護
行者令所作法皆悉有驗又是印呪若欲獻
供先誦此呪呪諸飲食華果等味二十一遍
然後奉獻
婆羅跢印呪第八此云隨心
起立地上脚如丁字左脚丁尾右脚丁頭小
屈右膝屈左臂肘臂向肩上手掌向身大指
食指以把華莖中指無名指雙屈勿著華莖
小指小曲屈腕右手總伸臂并指向下掌背
當右髀側勿著髀上呪曰
唵一阿唎耶二婆路輕呼枳帝攝跋二合囉去聲耶
三菩提薩埵去聲耶四摩訶薩埵去聲耶五摩訶
迦嚧尼迦去聲耶六跢姪他七阿私跢私八虎
嚕虎嚕九素嚕素嚕十莎訶十一
是法印呪若求法驗者蘇曼那莖然火又更
别取蘇曼那莖段别寸截三十一段用酥酪
蜜三種相和一一别取蘇曼那莖塗酥酪蜜
誦呪一遍投著火中如是燒盡三十一段次
第作之即得大驗若小兒病用五色線一呪
一結成三七結繫其項上呪師手作此印印
小兒頂其病即差若其呪師自身病者先作

水壇縱廣二肘其壇中心著一水罐滿盛淨水以五穀子著其罐中復以柳枝塞於罐口結界已竟面向正西一心誦呪一百八遍然後舉罐灌自頂上已用此左印爲護身印印身七處其病即差又用此呪呪火然薪

觀世音檀陀印呪第九(此云策杖)

反叉二中指無名指在掌中右壓左屈右頭指以左小指頭壓右頭指甲屈左大指在右掌中屈右大指壓左大指中節頭入左掌中右小指與左頭指直伸二臂肘相著呪曰

唵(一)阿嚟耶(二)婆路(輕呼)枳帝攝跋(二合)囉(去聲)耶(三)菩提薩埵(去聲)耶(四)摩訶薩埵(去聲)耶(五)摩訶迦嚧尼迦(去聲)耶(六)跢姪他(七)伊(上聲)里彌里(八)只里彌里(九)地里醯(上聲)里(十)莎訶(十一)

是法印呪香湯洗浴著新淨衣入道場中遣一弟子取於香華水火及草幷白芥子阿闍黎默然護身呪水七遍散十方結界次呪白芥子七遍呪已散十方結界次把草呪七遍然火右旋三帀四方結界次作此印誦呪七遍請觀世音即作華座印安置畢已燒香散華種種上味飲食供養禮拜畢已發遣弟子阿闍黎不掐數珠默然誦呪結跏趺坐以手作前策寶杖印當自胸上勿令著胸心記誦呪日日如是滿七日已即得尸羅波羅蜜成罪障消滅第二七日更作此法幷作種種音聲供養即得奢摩他第三七日更作此法種種供養如是七日日有一事謂初一日不食誦呪作此法者聞種種香第二日見大光明第三日得見鬼神第四日見四天王第五日見諸天第六日見觀世音諸使者身第七日

得見觀世音菩薩若以平等心憐愍一切諸衆生故作此法者得如是驗亦以此印誦呪結界

觀世音甘露印呪第十

左右小指無名指相合直豎中指直豎附無名指側上頭開二分許以二頭指各捻在中指背頭當上節並二大指屈入掌中頭雙拄二無名指中節文二腕相著以兩腕根當心上著掌向下垂呪曰

唵一阿㘑耶二婆路輕呼枳帝攝跋二合囉去聲耶三菩提薩埵去聲耶四摩訶薩埵去聲耶五摩訶迦嚧尼迦去聲耶六跢姪他七羅去聲致帝哩帝哩二合脂致八阿揭車阿揭車九婆伽畔十阿㘑耶十一婆路輕呼枳帝攝跋二合囉去聲十二娑咩室地十三阿奴婆囉夜瑳十四莎訶十五

是法印呪行道事竟請我還宮時以此印印水呪水七遍散灑四方我即還去世尊如是神呪雖不成立而能成辦種種事業至心誦念無不果願若患瘧病若一日一發若二日一發若三日一發若四日一發若患鬼病若被惡鬼打若鬼子母打若荼枳尼所作若毗舍遮所作若羯吒布怛那所作若癲鬼若羅刹作若癇鬼作若餘種種惡鬼所作皆以此印呪印病者呪一百八遍即得除愈若罪障重者用五色縷一呪一結如是結成一百八結繫病者項或繫臂上罪障消滅病即除差若患丁腫癰腫若身病瘡疱瘡疽瘍癬等種種惡瘡若被刀箭矛稍等傷蛇蠍蜈蚣毒蜂等螫皆以此呪呪之七遍即得除差若障重者呪黃土泥呪一七遍用塗患處即得除愈

若患風病緩風偏風若患癈風㾸風等病耳聾鼻塞皆印病處至心誦呪一百八遍病即除愈若障重者以胡麻油若用牛酥和樺皮煎若青木香和胡麻油煎以爲膏每以此印印呪七遍以塗身上或滴耳鼻若令服之病即除愈若有諸餘種種疾病皆以此印印其病處至心誦呪即得除愈此呪神力説不可盡若持法者因供養次必作此印當心上著誦此呪時憐愍一切諸衆生故施與一切鬼神甘露一切鬼神皆大歡喜不令一切衆生病苦

佛説陀羅尼集經卷第四

音釋

挽　無遠切引也　疽　七余切癰疽也　瘍　余章切頭創也　㾸　呼甘切㾸病也

佛說陀羅尼集經卷第五 觀世音部之二

唐中天竺三藏大德阿地瞿多譯

十一面觀世音神呪經下

掐數珠印第十一

以左大指頭捻無名指頭作孔於其孔中貫著數珠中指直伸以頭指屈中節壓中指背上節小指直伸右手以大指無名指掐珠餘指同左手更無別呪此印通用一切諸呪若以此印日日誦呪念佛懺悔得四禪定速成阿耨多羅三藐三菩提隨願成辦

君馳印呪第十二

合左右腕從食指下四指頭相拄並二大指屈入掌中開掌中央呪曰

唵一阿嘌耶二婆路輕呼枳帝攝跋二合囉去聲耶三菩提薩埵去聲耶四摩訶薩埵去聲耶五摩訶迦嚧尼迦去聲耶六跢姪他七稅去聲帝婆離羅陀去聲禮八阿輪去聲指輪指九波跛彌十莎訶十一

若日日不得洗浴者日日洗手漱口作此印誦前呪者雖不洗浴即當洗浴身大淨潔入道場中護身結界請觀世音作此印已誦呪二十一遍者一切諸佛觀世音般若菩薩金剛天等皆大歡喜

十果報印呪第十三

先仰左手掌斜直以右手掌背捺著左手掌上左右二手指總直伸右臂在左臂上相著呪曰

唵一阿嘌耶二婆路輕呼枳帝攝跋二合囉去聲耶三菩提薩埵去聲耶四摩訶薩埵去聲耶五摩訶迦嚧尼迦去聲耶六跢姪他七烏知二合迦上聲羝

八烏嚕鉢遮九烏嚕鉢遮十婆囉珊陀㗚舍
尼十一莎訶十二
若婦人無兒欲得兒者以五色粉作四肘壇
壇中心安十一面觀世音菩薩東方安阿彌
陀佛頂北方安大勢至菩薩南方安馬頭觀
世音菩薩西方安摩醯首羅天取一淨鑵滿
盛淨水中著五穀以柳枝等塞其鑵口復以
生綃束其柳枝種種好華莊嚴其鑵即將此
鑵著於壇中懸雜色旛壇開四門然十六燈
復以種種上妙香華十二盤食而爲供養於
四門外各安一部好細音聲如不能辦一部
亦得嚴辦供巳呪師洗浴著新淨衣壇西門
外面向東坐作印奉請觀世音菩薩阿彌陀
佛等次第請巳各安本位令其婦人香湯洗
浴著新淨衣於西門外作大蓮華座於華座
上敷生淨草次阿闍黎右手把跋折羅以左
手把婦人右手引來向壇北門外立阿闍黎
至心誦呪二十一遍教令婦人至心念彼觀
世音菩薩名字二十一遍如是次念阿彌陀
佛馬頭觀世音菩薩大勢至菩薩摩醯首羅
天王名巳令其婦人至心三禮發願乞兒阿
闍黎以五色線一呪一結成三七結繫婦人
項次令婦人坐華草上念觀世音菩薩一百
八遍次阿闍黎以右手按水鑵上以左手把
數珠掐呪其水鑵一千八遍竟次與婦人護
身結界次阿闍黎手擎水鑵婦人邊立發願
口云仰啓十方一切諸佛菩薩聖衆天龍八
部諸鬼神等以他心智證知今日此優婆夷
欲得有身生好男女願大慈悲速滿其願婦
人合掌念觀世音菩薩阿闍黎灌其頂上即

得聰明端正男女具諸相好一切求願法亦如是隨願皆果作法以後令其婦人燒香禮念觀世音菩薩勿令斷絕必果所願除不至心

闍夜印第十四(此云勝印)

左右小指無名指頭指各屈在掌二中指直竪頭相拄並二大指壓頭指中節上合腕是法印若人日日作此印已念觀世音菩薩名號一切菩薩皆悉歡喜若人病者作此印已念觀世音一百八遍燒安息香即得病差

羯瑟那(二合)自那印呪第十五(此云著鹿皮印)

以右臂背過壓左臂上二大指側相著並頭左右餘指總伸即以二手覆左肩上呪曰

唵(一)阿喇耶(二)婆路(輕呼)枳帝攝跋(二合)囉(去聲)耶(三)菩提薩埵(去聲)耶(四)摩訶薩埵(去聲)耶(五)摩訶迦嚧尼迦(去聲)耶(六)跢姪他(七)揭哩(二合)瑟那(二合)是那(八)摩跢囉(二合)婆(九)摩跢囉(二合)婆(十)達囉(二合)婆(上聲)耶(十一)達囉(二合)婆(上聲)耶(十二)薩婆覩瑟吒(二合十三)阿唎跢耶尼(十四)莎訶(十五)

是法印呪每月五日十日十五日香湯洗浴著新淨衣入於道場護身結界一百八遍念觀世音菩薩一日三時作印誦呪一切重罪一切障難皆悉除滅

檀那波羅蜜多印呪第十六

左右小指無名指中指斜竪頭相合次並伸二大指開半寸許以二頭指各捻大指頭左右腕下側相著呪曰

唵(一)阿喇耶(二)婆路(輕呼)枳帝攝跋(二合)囉(去聲)耶(三)菩提薩埵(去聲)耶(四)摩訶薩埵(去聲)耶(五)摩訶迦嚧尼迦(去聲)耶(六)跢姪他(七)馱摩馱摩(八)睒

上聲摩睒上聲摩九阿揭車阿揭車十摩訶迦盧
尼迦去聲十一莎訶十二
是法印呪日日洗浴若不洗浴洗手漱口入
於道場作印誦呪所得功德勝於日日檀波
羅蜜修行布施所得功德
觀世音輪印呪第十七
先仰左掌五指少曲磔開右手亦爾次以右
手逆覆左手以右小指頭壓左大指頭以右
大指頭壓左小指頭呪曰
唵一阿嚟耶二婆路輕呼枳帝攝䟦二合囉去聲耶
三菩提薩埵去聲耶四摩訶薩埵去聲耶五摩訶
迦嚧尼迦去聲耶六跢姪他七者揭黎二合下同八
者揭嚟九摩訶者揭嚟十者揭嚟陀去聲唎十一
者揭唎尼十二馱囉馱囉十三莎訶十四
是法印呪若人日日作此印法呪供養者他
起惡心作於別法欲害呪師還著惡人若作
佛法建立道場及行道所當作此印誦呪一
切諸惡不能侵嬈
觀世音華鬘印呪第十八
先合二腕並左右二大指小指伸之二頭指
各博大指側開三分許二無名指亦博二小
指側頭開四分許中指直豎頭開二寸許呪
曰
唵一阿嚟耶二婆路輕呼枳帝攝䟦二合囉去聲耶
三菩提薩埵去聲耶四摩訶薩埵去聲耶五摩訶
迦嚧尼迦去聲耶六跢姪他七馱囉馱囉八般
摩質泥九阿盧迦上聲耶十毗盧迦上聲耶十一莎
訶十二
是法印呪若人意欲求錢財者日日洗浴起
立道場燒香散華種種供養取一水罐滿盛

淨水以雜華鬘嚴其鑵項柳栢竹枝塞其鑵口将此水鑵安置壇中盛著五穀呪師左手按其鑵口右手掐珠至心誦呪一百八遍日日如是見觀世音菩薩即得錢財

觀世音矟印呪第十九

先屈左小指以左大指壓小指甲作孔次以右小指鉤左小指以右大指從下向上入左掌孔壓小指甲狀如鉤鎖左右三指直豎頭相著博側勿開若供養時二肘相著若治病時開二肘節呪曰

唵一阿㗚耶二婆路輕呼枳帝攝跛二合囉去聲耶三菩提薩埵去聲耶四摩訶薩埵去聲耶五摩訶迦嚧尼迦去聲耶六跢姪他七摩吒摩吒八盤闍盤闍九頻馱頻馱十嗚餅潑泮吒切十一莎訶十二

是法印呪若能日日燒香作印誦呪作一切法悉得神驗大大得力

鴦俱去音舍印呪第二十此云鉤印

左右小指中指各屈在掌二無名指直豎頭相拄並二大指直豎以二頭指屈中節各捻大指頭合腕呪曰

唵一阿㗚耶二婆路輕呼枳帝攝跛二合囉去聲耶三菩提薩埵去聲耶四摩訶薩埵去聲耶五摩訶迦嚧尼迦去聲耶六跢姪他七阿羯唎二合舍耶八阿羯唎二合舍耶九富命命治切波跢耶十社羅社羅十一莎訶十二

是法印呪若呪師合藥欲自服時忽然鬼神奪将去者作一白色四肘水壇其壇中心著一火鑪香華飲食隨分供養燒白芥子數數誦呪者鬼所将藥即於壇上還落地來若一

日不得滿於七日作此法者即得其藥若自合藥及爲他合准前作壇燒白芥子數數誦呪合其藥時鬼神惡毒不能得便其所合藥皆悉成就服者病皆除愈

觀世音羂索印第二十一

先屈左小指無名指以大指壓甲上作孔次以右大指從下入孔中以餘四指把拳以大指頭壓四指甲上左頭指中指並直豎用上大呪縛鬼治病若惡比止欲不行時作此法者即斷不行一切鬼神難降伏者以此印縛治一切病用之大驗若共他論義作此法者即前人訥不能問答一切縛法皆用此印若欲解時心作放想即得解脫

觀世音商佉印呪第二十二

反叉左右頭指中指在掌中左右無名指小指並直豎相著二大指並屈頭壓著頭指側合腕呪曰

唵一阿唎耶二婆路輕呼枳帝攝跋二合囉去聲耶三菩提薩埵去聲耶四摩訶薩埵去聲耶五摩訶迦嚧尼迦去聲耶六路姪他七瞿嚕瞿嚕八毗路囉二合娑耶九三麼曳悉他二合跛耶十莎訶十一

是法印呪若呪師誦呪雖加功用不得靈驗不能得見觀世音菩薩時應作水壇縱廣四肘種種莊嚴取一水罐滿盛淨水莊嚴罐法如前不異將此水罐安置壇中香湯洗浴著新淨衣入於道場種種供養然十六燈燒薰陸香至心發露一切罪障胡跪作印當誦此呪一千八遍即得見觀世音菩薩得大靈驗若一日不得驗滿於七日即得靈驗若坐禪

人不得奢摩他一切鬼神來惱亂者又風入身令人失志如前作壇從旦起首一日不食當作此印若行道時念觀世音菩薩名字若坐作印至心誦呪不限遍數滿一日者即得靈驗

什瞞去聲羅印呪第二十三此云放光亦云火燄光

屈左臂向上竪手掌向右側著右手握拳博左腕下內文之上拳頭向上呪曰

唵一阿喇耶二婆路輕呼枳帝攝跋二合囉去聲耶三菩提薩埵去聲耶四摩訶薩埵去聲耶五摩訶迦嚧尼迦去聲耶六路姪他七阿祇尼二合下同八阿祇尼九摩訶阿祇尼十婆蠅揭唎二合十一莎訶十二

是法印呪若作道場時作此印已遶四方行誦呪數滿三七遍時即成火界結界成就若有鬼病作餘法治不得差者作此印呪其病即差

觀世音大心印呪第二十四

反叉左右四指在掌次屈左大指頭入掌中直佛右大指壓左頭指側合腕右大指來去呪曰

唵一阿喇耶二婆路輕呼枳帝攝跋二合囉去聲耶三菩提薩埵去聲耶四摩訶薩埵去聲耶五摩訶迦嚧尼迦去聲耶六路姪他七唵八阿嚕力九莎訶十

是法印呪若鬼神變形或作大蟲及野狐等種種諸身入人身中令其病者當作此印誦呪即差當作一肘圓水壇子取五淨椀滿盛淨水中著一椀四方各一又壇中心著一盤食夜作此法將病人來近於壇邊面向東坐

作印誦呪二十一遍更將一盆即取壇内五椀中水及其盤食寫著盆中總相和攪呪師手擎向病人邊右旋三帀繞病人已然後以盆按病人頂竟向南寫却作是法時呪師病人二俱向東病者坐之三日作法其病定差若不差者即非鬼病若人常作是法供養一切菩薩者觀世音菩薩見大歡喜若以此印喚諸菩薩而供養者皆能助成觀世音法力速得成辦

觀世音散華印呪第二十五

仰並左右掌側相著列伸左右小指無名指中指相博勿開次以左右頭指少曲頭壓中指上節側次二大指各自屈頭壓頭指下節側莫著掌此印通用二陀羅尼其一呪曰

唵一阿唎耶二婆路輕呼枳帝攝跋二合囉去聲耶三菩提薩埵去聲耶四摩訶薩埵去聲耶五摩訶迦嚧尼迦去聲耶六跢姪他七唵八般母婆[illegible]去聲耶九莎訶十

是法印呪若作一切觀世音壇及餘壇時印中著華而散供養若至佛所及諸法會作印印捧華散諸佛前及觀世音菩薩等前而爲供養心中作滅一切罪想又一呪曰

那上聲謨上聲薩婆佛陀達摩僧伽耶一那上聲謨上聲阿唎耶二婆路輕呼枳帝攝跋二合囉去聲耶三菩提薩埵去聲耶四摩訶薩埵去聲耶五摩訶迦嚧尼迦去聲耶六跢姪他七杜毗杜毗八迦耶杜毗九毗囉去聲闍十毗囉去聲尼十一莎訶十二同前印用

是法印呪名大散華印陀羅尼若有比丘若比丘尼若善男子善女人等持此法印陀羅

尼藏諸神呪者每於一切諸佛會中在在處處遍是道場作是法印印中捧著雜色華香讚誦前呪滿三遍已散其華香於諸佛會種種作法屈曲聲韻稱揚讚歎圍繞禮拜及作梵音鼓琴等聲歌詠唄響種種聲徹而合天樂助成其音自然感動十方一切諸佛聖衆當令一切諸佛聞者皆生歡喜樂同一處常爲伴侶一切般若菩薩聞者普願衆生遠離惡趣速昇彼岸得成阿耨多羅三藐三菩提一切菩薩聞是音者皆起舞蹈證成讚者助其勢力若其讚人臨命終時一切菩薩來迎讚者不經八難直入佛會一切金剛聞是音者皆生歡喜普願諸佛常行慈悲救諸衆生一切諸天聞是音者皆生踊躍願諸衆生常受安樂一切業道聞是音者皆寬法令放大

洪恩地獄衆生聞是音者苦具枷鎖一時摧碎鑊湯鑪炭止沸停燒清涼快樂寒氷温暖灰河枯竭舉要言之一切地獄一切衆苦自然解脱一切鬼神聞是音者一切皆發菩提之心離鬼神身生於人天值佛聞法一切餓鬼聞是音者皆嘗甘露飲食充滿無飢渴想一切畜生聞是音者常得安樂不生冤苦即得捨離畜生之身若命終後隨佛授記又復行者作此法時感得法界一切諸佛一一如來一一般若一一菩薩一一金剛一一天龍乃至八部諸鬼神等各各齎持諸寶香華瓔珞莊嚴及諸幢旛衆妙寶蓋諸莊嚴具種種妓樂種種飲食遍滿虚空悉同相助行者供養由是行者作印誦呪賛成菩薩威神力故功德如是設復有人每於晨朝洗手面已向

尊像前合掌一心誦呪三遍勝以種種香華飲食供養十萬億佛功德何況作印如法供養此呪神力説不可盡今但略説

禮拜印呪第二十六

二脚膝著地坐先合掌左右指頭總叉入平齊右壓左作此印竟禮拜觀世音及禮三寶兩膝徐徐雙下著地坐定頭著地禮呪曰

唵一阿㗚耶二婆路輕呼枳帝攝跋二合囉去聲耶三菩提薩埵去聲耶四摩訶薩埵去聲耶五摩訶迦嚧尼迦去聲耶六跢姪他七鉢囉尼鉢吒智亞切八毗知若二合波夜彌九婆伽上聲梵上聲十摩訶迦嚧尼迦十一莎訶十二

是法印呪若作道場及常供養隨所逢見諸佛會處隨喜之時當作是印至心誦呪稱讚三寶作禮一拜遍諸十方一切刹土恒河沙俱胝諸佛皆與授記滅除禮者萬生已來罪障悉除豁盡無餘臨命終時所禮諸佛皆來迎接橫截業道不經諸難直入佛會必定證得無生法忍成不退地

毗社富囉迦印第二十七此云甘果子印

左右二腕相著左右頭指已下四指頭相著開掌中央並二大指直伸頭各當頭指中節側下屈出左右掌背下節此印與上乞兒呪同

毗居唎多印第二十八此云瞋印第一面

起立並脚指齊屈左手小指以大指壓甲上餘三指磔開直伸將以三指橫著額上以右手虎口叉右腰側四指向前面作瞋形是法印呪若作此印摧伏一切惡魔外道皆無所畏作此印處一切鬼神永皆無也

離羅印第二十九（此云高慢印第二面）
准前唯改左手中指已下三指屈在掌中頭指屈中節與大指頭齊頭開二分許著眉間上指頭向下垂面作寛容莫作瞋形是法身印若作此法六道衆生一切皆得離諸苦難

婆羊揭唎印第三十（此云大瞋印第三面）
准前唯改左大指屈向掌中以中指下三指屈把大指頭指直伸頭指頭向口勿令著口舌與頭指一時俱動面目殺（沙界切）怒作大瞋形是法身印亦名毗唎俱致若作此法一切鬼病悉皆除差

娑馱印第三十一（此云濡心印第四面）
准前立地以左手叉左腰側右手頭指無名指小指屈向掌中以大指壓頭指與無名指上中指直伸著眉間中指頭向下垂面作寛容莫作瞋形是法身印若人日日作此印法燒香供養蒙觀世音菩薩歡喜隨其所欲皆得稱意

阿嚕陀囉印第三十二（此云大怒印第五面）
准前立地唯改右手中指直豎以頭指捻在中指背上頭當上節並屈無名指小指少曲中指與無名指頭開二寸許大指直豎大指頭與中指頭開四寸許大指頭著於頂上中指頭向前莫著頭是法身印若作此印一切惡人惡鬼神等皆悉變心轉作好心

特崩（二合）沙尼印第三十三（此云破平嶂難印亦云訶遣印第六面）
准前立地唯改右手屈臂節斜出外總伸五指相博橫掌以大指側當胸勿令著胸是法身印若治鬼病即以此印掌向右斫之日日

燒香作此印者蒙觀世音菩薩歡喜諸惡障難息滅無餘所有一切諸惡鬼神皆不得近亦不得便

闍耶印第三十四（此云得勝印第七面）

准前立地左右二手各屈大指在掌中以中指下三指各把大指左右頭指頭側相著左右中指以下三指背中節相著將於眉上翻著頭指頭向下垂是法身印若作此印降伏一切鬼神天等悉皆怖畏當用治病

毗闍耶印第三十五（此云最勝印第八面）

當起立地二脚相離二尺許脚指並齊左右中指屈中節在掌中次以並二大指壓上左右頭指無名指小指頭皆相著三指側皆開合腕以二大指下節當額上著指頭向上是法身印若作大功德道場壇時起大雲雨大風動者當作此印誦呪一百八遍將鹽末和白芥子一捻一呪投火中燒其雲風雨應時即止若入壇弟子被鬼入身令其病者如上燒之其病即差若作法時恐有惡人來觸惱者如上燒之惡人即去必生善心後作法竟欲放却時呪酥一遍一投火燒一百八遍即放得脫

阿目多印第三十六（此云無能壓印第九面）

當起立地左右脚跟頭相向著大屈二脚膝如坐不坐左右中指下三指各屈在掌中左右三指中節相向拄著二頭指豎頭斜相著以二大指頭亦相著以博中指側將以先著胸上次舉其印以左右中指下三指上節著於額上頭指頭向上觀世音菩薩在於佛前作此印時欲界天魔皆悉戰慄諸鬼神等悉

皆倒地諸佛菩薩金剛天等悉皆大喜同時讚歎爾時觀世音菩薩語諸鬼云汝等魔鬼莫倒莫怖汝等起坐我於今日作此法印諸四部衆學此法者莫令短命作病難等若人日日作此印法種種供養者即得大驗死生阿彌陀佛國近於阿耨多羅三藐三菩提

阿波囉質多印第三十七（此云無能勝印第十面）

起立地先大屈左脚膝正直蹲踏地脚指向前右脚斜直伸向右邊脚指向前反叉左右頭指無名指在掌中右壓左左右小指中指頭相著並二大指直豎莫著頭指側合腕舉印向右腋上著是法身印誦前大呪七遍已竟然後更舉向額上著更呪七遍隨何國土作此法者五穀豐熟人民無病能破一切諸外道法

魔囉栖那波囉末（平聲）陀你印第三十八（此云破魔軍印第十一面）

合腕左右大指小指並豎左右頭指中指無名指各屈頭各相離一寸許諸指頭側各開半寸許舉之以腕下在頭頂上著之屈右膝如前身印左膝伸左脚如前印右脚觀世音菩薩在於佛前作如是言我今有十一面各出一印若人見聞及學此法如法行者四重五逆及恒沙罪一時消滅猶如猛火燒諸草木隨何國土有此法處與我自身現住無異此十一印總用最初大陀羅尼

啞哩（二合）首羅印呪第三十九（此云三頭戟印）

右手屈小指以大指壓甲上磔伸餘三指叉右腰側左同右唯屈左臂向上以腕背當腋上著之身坐呪曰

唵一阿唎耶二婆路呼輕枳帝攝跋合二囉去聲耶三菩提薩埵去聲耶四摩訶薩埵去聲耶五摩訶迦嚧尼迦去聲耶六跢姪他七陀囉尼八陀囉尼九毗陀囉尼十䐜陀上聲尼十一頻陀上聲尼十二莎訶十三

是法印呪若人日日香湯洗浴若日日不能浴者八日十日十四日十五日香湯洗浴入道場中作二肘水壇其壇中心著一香罏燒沉水香誦阿彌陀經一切處用皆悉得驗自身所有一切罪障日日作印數數懺悔至心誦呪一切罪障皆悉消滅

觀世音索印第四十

左手屈小指以大指壓甲上作孔右手大指從孔下入以四指把拳左三指磔竪若作如上二印法者一切鬼等及諸難事皆無所畏

觀世音母印第四十一

左手屈小指以大指壓甲上作孔右手小指從下入孔以大指壓甲上狀如鉤鎖二無名指頭相著二中指各㧖在二無名指甲背頭相著二頭指頭各在無名指甲根側頭勿相著開一分許頭指來去呪曰

那上聲謨上聲阿唎耶一婆路呼輕枳帝攝跋合二囉去聲耶二菩提薩埵去聲耶三摩訶薩埵去聲耶四摩訶迦嚧尼迦去聲耶五跢姪他六迦上聲吒毗迦去聲吒七剛迦去聲吒八迦吒毗迦上聲吒九剛迦上聲吒十婆伽婆上聲底十一毗社曳十二莎訶十三

此印及呪通一切用

觀世音母婆羅上聲路印第四十二

准前唯改二頭指頭相著　用前母呪

摩訶摩羅印第四十三此云結華鬘印

准前唯改二無名指開之二頭指屈中節頭相拄離無名指是法印呪用前母呪取一淨盆以盛香水當作此印以攪香水呪三七遍次舉此印印自頂上如是三遍即用前呪香湯洗浴著新淨衣入於道場護身結界請觀世音種種供養燒香散華呪師在於觀世音前當作此印隨心所願心口乞願皆悉得驗

觀世音檀陀印第四十四（此云棨七寶杖印）

准前唯改合二無名指頭右大指伸之以二頭指頭相拄右小指鉤左小指根用上母呪是法印呪若人日日作此印者得四禪定命終以後得生西方無量壽國成阿鞞跋致如上四印通用觀世音母呪

觀世音君馳印呪第四十五

立地並脚左手把拳屈臂向上腕當肩前勿令著肩腕內向肩右手伸臂向下五指總伸掌背勿著髀呪曰

那（上聲）謨（上聲）阿嘌耶（一）婆路（輕呼）枳帝攝跋（二合）囉（去聲）耶（二）菩提薩埵（去聲）耶（三）摩訶薩埵（去聲）耶（四）摩訶迦嚧尼迦（去聲）耶（五）跢姪他（六）唵（七）毗耶（輕呼）伽（上聲）你（八）莎訶（九）

鴦俱（去聲）舍印第四十六（此云鉤印）

合腕並二大指直伸二頭指屈中節頭相拄勿著於大指頭二中指頭相著二無名指屈中節頭相著其頭當中指上節側二小指直豎頭相著頭勿著無名指側掌內開之

般那摩印第四十七（此云蓮華印）

准前唯改中指開頭二分許向頂上著（通一切用）呪白芥子及灰用之

跋折囉母瑟知（二合）印第四十八（此云金剛拳印）

准前鴦俱舍印唯改一頭指少曲各在中指背當上節勿著一分許開之二大指並壓中指中節側

阿(上聲)叉摩羅印亦名踘賒波囉蜜多印第四十九(此云十度彼岸印亦云數珠)

准前唯改二小指各屈在掌中兩掌側相著二大指各屈頭當頭指下節側以上五印總共通用前君馳呪是法印呪若人日日香湯洗浴入於道場護身結界種種供養作此法是人定得阿鞞跋致

阿彌陀佛印呪第五十

小開腕並二大指屈節頭向下二小指各屈以二大指頭著側中指頭相著二無名指二頭指各屈中節頭相拄大指來去呪曰

那(上聲)謨(上聲)阿唎耶一阿彌陀婆(去聲)耶二踘他揭多(去聲)耶三阿囉訶(上聲)羝四三藐三菩陀(去聲)耶五踘姪他六唵七阿彌唎踘婆跛栖八阿波跛溇(上聲)耶九莎訶十

作壇法時用此印呪

釋迦牟尼佛眼印呪第五十一

反叉無名指及二小指在掌中二中指直竪頭相著並二大指直伸二頭指屈中節頭相拄以壓二大指頭上合腕呪曰

唵一毗嚧闍(上聲)你二莎訶三

地天印呪第五十二

合腕二頭指及小指反叉在掌中右壓左二中指及二無名指直竪頭相著二大指並竪壓二頭指側大指來去呪曰

唵一婆孫陀喇二陀那陀若三鉢囉(二合上聲)波囉(上聲)怛你(二合)四莎訶五

是法印呪若作大壇贖地之時用此印呪以爲地契畧説印壇陀羅尼竟爾時觀世音菩薩摩訶薩白佛言世尊若有善男子善女人有能依行觀世音教作呪法者彼善男子善女人用白栴檀作十一面觀世音像其木要須精好堅實不得枯篋其像身量長佛一肘若人肘量二肘一磔若不得者一尺三寸作之亦得作十一面當前三面作菩薩面左廂三面當作瞋面右廂三面似菩薩面狗牙上出後有一面當作笑面其頂上面當作佛面其十一面各戴華冠其華冠中各各安一阿彌陀佛其像左手把一澡罐其澡罐口揷一蓮華右臂垂下展其右手以摞瓔珞施無畏手其像身上刻出瓔珞種種莊嚴作其像身若以金銀鍮石畫等悉皆得之爾時其人造此像已欲

求心心所願成者從白月一日入於道場至十三日入道場時香湯洗浴著新淨衣淨衣三具一日之中三時換衣晨朝日中及日暮時各著一衣上屏之時脱捨淨衣著汙衣裳行道之人一食長齋不食餘味唯食大麥乳糜安道場處必須淨室掘地治法如前七日壇中所説泥拭鮮潔香泥塗地復以香水遍灑其地在其室中量八肘地縱廣正等四角豎桂周帀懸旛正壇中央施一高座置十一面觀世音像像面向西以種種華散道場内唯燒沉水蘇合等香從初一日乃至七日三時各誦根本大呪一百八遍未須獻食從八日中時至十三日日別一獻種種飲食及餘果子所獻之食不著盤上唯敷淨草新淨瓦器并諸葉等盛獻飲食於十四日十五日中

倍加種種上妙香華種種肴膳及餘雜果倍勝於前以爲獻佛其行法者唯數莎草以爲坐具胡跪恭敬正面向像於十四日及十五日在其像前然栴檀火取蘇摩那油一升淨銅器盛置行者前復須沉水香麤細如箸寸截數滿一千八段爾時行者後十五日日中以後取一沉香塗蘇摩那油呪之一徧投前所燒栴檀火中如是次第盡千八段爾時行者於其二日全不得食至十五日夜靜之時觀世音菩薩來入道場其栴檀像自然摇動爾時三千大千世界一時震動其像頂上佛面出聲讃行者言善哉善哉善男子我來看汝所有願者悉令滿足時有四願何等爲四一者願我不離坐處即得飛騰虛空而去自在無礙二者願我在於一切賢聖衆中無所障礙得三菩提三者願我常作持呪仙人中王四者願我現身即得隨從觀世音菩薩是名四願爾時行者於四願中隨意乞者時觀世音即與一願其四願中若不得者更至後月十五日朝更立道場於道場中置三軀像於其像中有舍利者還以十一面觀世音像置舍利像邊應須一千八莖好華其行法者在於像前敷草爲座胡跪恭敬取其一華呪之一遍散著像上如是乃盡一千八華盡其華已爾時觀世音像正前菩薩面出大雷聲爾時行者安心定意不得恐怖雷聲出時一切震動爾時行者口常誦呪雷聲出時即當乞願發聲唱言南無觀世音菩薩弟子何時能救一切衆生種種苦惱何時當滿一切衆願時觀世音隨願即與當與願時天龍八部

諸鬼神等皆無障難當用牛黃置草葉上在觀世音菩薩像前用觀世音心印印呪一千八遍和其煗水洗浴其身一切障難一切惡夢一切疾病皆得除愈用石硫黃雄黃二種各取等分置草葉上在觀世音菩薩像前用觀世音心印呪呪滿一千八遍和其煗水洗浴其身一切障難一切惡夢一切疫病皆得除愈若月蝕時用赤銅鉢盛牛酥三兩在於露地在觀世音像前用黃土泥塗作圓壇一人五寸酥鉢置上從初蝕時誦呪乃至是月還生如是方止取其酥食必須食盡不得留殘食此酥已身中疾病悉得除愈若有國土人民疫病一切畜生疾病死時安置道場取白芥子壓取其油使滿一升取紫檀木大如筆管寸截數滿一千八段先於像前然紫檀柴次取寸截細紫檀木浸著油中取其一段呪一遍已投火中燒如是乃盡一千八段爾時能使一切人民及諸畜生所有疫病悉得除愈復次若有他方怨賊欲來侵境以此觀世音像面正向彼怨賊來所種種香華飲食供養應取胭脂大如大豆誦呪一千八遍滿已塗像左廂瞋面之上令彼怨賊不能前進若人卒得狂病呪其白線一呪一結成三七結像前胡跪更呪其線一百八遍繫著此像正前頂上經一宿已取繫病者項若二日不差還取呪索更呪一百八遍絞著像頸又經一宿取繫病人項其病即差若有諸鬼入人宅中像前然火取薰陸香一百八顆一呪一顆投火中燒如是燒盡一百八顆所有惡鬼悉皆散走不敢更住若有怨讎欲求人便取

其白線在於像前一呪一結一百八結繫像左廂瞋面頂上經一宿已解取此索稱彼怨字一稱一截乃至截盡一百八結怨人所作惡計不成若人相恨取五色線搓爲呪索像前胡跪一呪一結一百八結繫像左廂瞋面項上經一宿已解取自繫右臂之上令彼瞋者和解歡喜若有人等欲求善事取五色線搓作爲索像前胡跪一呪一結成七結已繫著正前像面頂上經一宿已取繫自身所求如意若人自知身有障難種種妙香相和塗像復以香水洗浴其像浴像畢已還收取水對像呪水一百八遍浴自身體自浴身已一切障難悉皆消滅爾時觀世音菩薩在佛前説俱致印法及陀羅尼七千壇法説此法竟告大衆言若欲修行此呪法者先須入壇然後乃行若不入者不得輒教此印呪法若輒教者師及弟子獲大重罪説此品時一切大衆同時讚言善哉善哉大悲大士爲欲救護一切衆生説印神呪及諸壇法我等大衆亦當隨喜頂戴受持説此經已時會大衆一時俱起遶佛三帀禮佛而去

佛説陀羅尼集經卷第五

音釋

嬈爾紹切亂也　羂古泫切　蹈徒到切踐也　踹市兗切脛腸也　鞞符羈切　擐古患切貫也　鍮他侯切石名似金

佛説陀羅尼集經卷第六(觀世音部之三)

唐中天竺三藏大德阿地瞿多譯

千轉觀世音菩薩心印呪第一(與一切觀世音菩薩心印呪同)

頭指以下四指反叉向内相捺左大指屈入頭指中間右大指舒直向内勿曲兩腕相合以右大指來去呪曰

唵(一)阿嚕力(二)莎訶(三)

若作此印法一切觀世音菩薩見之請觀世音坐作結界法燒香供養竟次作此印觀音歡喜日日作者大好益善

又千轉印呪第二(手印與前一切觀世音心印同唯足不同)

頭指以下四指反叉向内相捺左大指屈入頭指中右大指舒直向内勿曲兩腕相合兩脚作丁字形右脚丁頭左脚丁尾乃右脚直立左膝曲在外努胯身屈向左邊以心印當右乳前勿著乳面作笑顔頭面向右每月十五日香湯洗浴入於淨室而作此印誦後大呪四重五逆悉皆消滅

千轉陀羅尼曰

那(上聲)謨囉(上聲)怛那(二合)路囉(二合)夜耶(一) 那謨阿唎耶婆盧(輕呼)枳帝攝筏(二合)囉(去聲)耶(二) 菩提薩埵(去聲)耶(三) 摩訶薩埵(去聲)耶(四) 摩訶迦嚧尼迦耶(去聲)(五) 路姪他(六) 闍(上聲)曳闍曳(七) 闍(上聲)夜婆醯(上聲)你(八) 闍(上聲)揄路唎(上聲)(九) 迦(上聲)羅迦(上聲)羅(十) 麽羅麽羅(十一) 者(上聲)羅者(上聲)闍(十二) 器拏器拏(十三) 薩婆羯摩跛囉(上聲)拏你迷(十四) 薄伽婆底(都你切)娑(上聲)訶(上聲)薩囉薄羯底(十五) 薩婆菩(上聲)陀婆盧(輕呼)枳羝(十六) 者萺(上聲)(眼)(十七) 輸(上聲)嚕怛囉(上聲)(十八)(耳) 揭囉(上聲)拏(上聲)(鼻)(十九) 是訶(上聲)皤(舌)(二十) 迦夜(二十一)

(一身)末弩(二十二心)毗(上聲)輸達你(二十三)素囉(上聲)素囉(上聲二十四)鉢囉(上聲)素囉(上聲)鉢囉(上聲)素囉(上聲二十五)薩婆菩(上聲)陀阿(上聲)地瑟恥(二合)羝莎訶(二十六)達摩陀(去聲)覩揭囉(上聲)鞞莎訶(二十七)阿(上聲)婆皤(二十八)娑(上聲)皤婆皤(二十九)達摩皤(三十)菩陀(上聲)尼曳(三十一)莎訶(三十二)

千轉經云誦此呪已惡業銷滅誦至七遍五逆罪滅若滿千遍已罪無不滅滿十萬遍面見觀音種種莊嚴者七日之中初作法時唯得食乳糜酥酪白餅秔米飯不得食鹽醬菜最後一日匆食十五日夜空腹佛前馺馺誦呪無定限數見像動搖出聲唱言善哉善哉放光明曜復以眞珠寶物安呪師頂上即知成驗面見觀音已得滿一切善願又於睡眠中夢見觀音種種莊嚴者一切善事成就一切惡業銷滅直轉讀者亦得滅罪欲東西行時先呪手七遍以摩拭面所至之處無諸災橫若能清淨如法常誦不廢得第一地若有女人能誦持者後成男子更不重受如是女形先作壇安置供養備訖然始誦呪其壇四面各十六肘四重作規院相皆外白色內四色各一重如似壁勢即是八重也合五方色四面開門東西南北相當正中一重不須開門木瓦鑵八枚瓮子四枚各滿盛水揷栢葉及柳枝安水鑵瓮中作白餅秔米飯乳酪酥蜜香果子等供養然十六燈四門外合揷十六隻未經用箭掛五綵線於箭上取佉陀囉木(紫檀木是)四枚二長五指二長六指釘壇四角散種種時非時華於壇上又取頻伽木(拘無子少者是)一千八百枚各長一尺若一瓦鉢若銅鉢

和酥乳塗此木枝呪一枝一遍即擲火中無佉陀囉木時(赤棗木代亦得)須畫一白色觀音聖者像隨力大小作又先翻法云千劫聚集業障一時誦念悉皆滅盡得千佛聚集善根得背千劫流轉生老病死邊際捨此身已即見千轉輪聖王恒持十善若欲生諸佛淨土者晝夜各三時誦二十一遍滿三七日如其所欲即於夢中或見佛金色形像及菩薩形像此是先相即知當生淨土

又受持法取突婆香(此云茅香)并苗五斤楮木一千箇長一尺并酥總呪一千遍臨欲燒之以酥塗木莖及香上各呪一遍燒之預五月六月取牛糞陰乾突婆香水和作泥作場身二肘圓作場場上安種種華香若月無華刻華安之然薰陸香呪師面向東坐誦滿一千遍法成未呪之時用此呪水二十一遍或七遍服之呪水解汙淨室道場佛堂洗身呪柳枝打病呪水治病並得各二十一遍若能一生日別三時時別誦二十一遍滅罪不可思議通一切用作是法者觀世音歡喜

觀世音母身法印呪第三

兩大指豎各捻二小指頭兩手並豎相著二頭指相捻在二大指小指上二無名指亦爾二中指在上頭少不相到掌下相著頭指來去呪曰

唵(一)稅閉(二合)提(二)盤陀囉(二合)婆悉尼(三)折吒麼俱吒(四)陀囉尼(五)莎訶(六)

是法印呪若有人能日日作之相續供養以胡麻酥蜜和稻穀華誦呪一遍一燒火中如是乃至一千八遍一百八遍呪燒亦得如是

日日作是法者一切觀世音歡喜　又法孩兒啼哭當以此呪呪結呪索繫項即止

觀世音母心印呪第四

合腕二食指二中指二無名指並屈頭相拄與大節令平二大指並豎相著捻食指頭側二小指豎頭相著大指來去呪曰

唵一摩訶室唎二合曳二莎訶三

是前二法印呪名觀世音母法若有人誦持能除身中百億劫重罪一切菩薩聞此呪者皆得奢摩他由此因緣得成佛位故名菩薩母呪有能受持者不久當蒙諸佛授記一切觀世音菩薩由此呪印得奢摩他記

持一切觀世音菩薩三昧印第五

兩腕合二大指二小指直豎頭合餘指不相著直豎但開二大指小指頭不相到是名十一面印是大三昧印頭指來去呪用十一面大呪作是法者能除一切王賊水火刀毒等難皆無怖畏是觀世音威神力故欲請諸菩薩等法先須作三昧印即得一切菩薩歡喜

觀世音菩薩隨心印呪第六

二手中指無名小三指向外相叉合掌右壓左指頭總搏掌背並豎二食指相著大指亦然各搏食指大指來去歸命與前十一面等歸命法同呪曰

跢姪他一唵二多去聲唎多去聲唎三咄多去聲唎四咄唎五莎訶六

是法印呪若人欲得聰明取一黄牛置清淨所令一童男子持八戒齋聲取牛乳經於三日所聲得乳日日還與其牛飲之從第四日至第七日聲得乳者即用作酪以酪作酥日

月蝕時香湯洗浴著新淨衣而作四肘五彩水壇其壇無門其壇東面置蓮華座座上安置雞都摩致南面置都邏羅華座北面置俱嚕屈羅華座中央置隨心觀世音華座十六盞燈八盤飲食燒香散華而供養已取前件酥盛一新淨赤銅器中呪師此日不食三度洗浴念佛不得餘想將其酥碗置壇中心令其作酥小兒在外看於日月勿令小兒見壇內事呪師不得見於日月若見日月一不得驗若日月漸生來至心作多唎心印把其酥椀數數呪酥其酥椀中三種相現謂煖煙火若但煖者服酥之人一日誦得五百偈經若出煙者服酥之人一日誦得七百偈經若出火者服酥之人及與他服即大聰明一日誦得一千偈經若其如常亦能強記其酥一兩二兩三四五兩任意皆得

又有隨心觀世音印第七（不見別號亦無別呪）

二手十指皆竪頭合掌內少空兩腕相著正當心上（此印共供養一切印法同）

隨心觀世音祈一切願印第八

左手大指屈而向掌又屈頭指頭離大指頭四五分許中指以下三指總伸相搏以印橫側著心上指頭向右呪用前呪是一法印欲求願時先作縱廣四肘水壇懸諸幡蓋種種莊嚴於其壇中著隨心像當其像前列著四椀其四椀中各盛一味謂盛石蜜沙糖乳蜜如其次第各盛供養散種種華燒沉水香供養像已對像至心發露懺悔隨其所願仰祈請竟像前作印以袈裟覆或用淨巾覆其印已至心誦呪滿八百遍更莫餘緣誦此呪竟

隨心所願悉得稱意隨事大小一日乃至七日作法日日三時晨朝日中及黃昏時依前作法必果所願除不至心

十二臂觀世音菩薩身印呪第九

左右無名指各列在中指背上竪二中指頭相著合竪二小指二大指並著屈二食指頭相拄各壓大指頭其食指齊第二節令平食指來去呪曰

唵一摩訶稅去聲瓶二莎訶三

是法印呪取牛糞牛尿酥乳酪等各一大兩總共和攪香湯洗浴著新淨衣正面向東並足蹲坐即呪前藥一百八遍六月一服一年再服自身無病治病大吉

觀世音菩薩不空羂索身印呪第十

准前觀世音母身印上唯改開二中指去一寸許二頭指無名指少舉勿與大指相著頭指無名指間開容一中指地頭指來去呪曰

跢姪他一唵二濕閇合二多夜三濕閇合二多菩闍去聲夜四哩去聲醯哩醯五鉢囉麼六輸馱薩埵七摩訶迦嚧膩迦八莎訶九

是法印呪通種種用皆有大力亦能降伏一功惡鬼神療一切病一切賊難皆不能害若被枷鎖取施輸末羅脂作印呪已塗枷鎖上更至心呪即得解脫

觀世音菩薩不空羂索口法印第十一

以左右小指內僂直竪右無名指搩左無名指中指背向頭指中指岐間入左無名指從右中指無名指間出之即入食指中指岐間入二中指直竪頭相拄屈二食指各鉤無名指頭並二大指直竪頭相拄與小指離半寸

許同誦前呪

觀世音菩薩不空羂索牙法印第十二

准前口印唯改少屈二中指頭各壓二大指頭二小指出外右壓左總握無名指背呪用前呪是一法印能除一切水火風賊刀及王難夜叉羅刹一切鬼神毒龍毒蛇繫縛等難若人日日常作供養得觀世音及諸菩薩等皆生歡喜命終得生阿彌陀佛國又復十方淨土隨意往生若欲止風先以此呪呪灰一百八遍小片絹裹將隨身去若風來者以右手取灰向風打散次以右餘指作拳頭指直竪向風數數誦呪瞋喝即斷

觀世音菩薩不空羂索心中心呪第十三

呪曰

唵一唎悉底哩三合盧迦去切耶毗社夜二阿謨伽波舍三摩訶鳩嚧䭾四囉闍夜五唎陀去聲夜六阿波囉上聲提訶跢七嗚鈝嗚泮八泮泮九

是一法呪能滅罪障懺悔治病大有神驗具如不空羂索經説

畫觀世音菩薩像法

一切觀世音菩薩像通身白色結加趺坐百寶莊嚴蓮華座上頭戴七寶莊嚴華冠而有重光其華冠中有立化佛其華冠後作皺箕光其光之內總作赤色其像背倚七寶繡机其像左手屈臂當心又屈中指向上直竪右手屈臂向左手上屈頭指與大指相捻而拄左手中指之上其像頸有寶珠瓔珞左右臂腕各有寶釧又以寶華莊白褻絡縛身著華莊白褻之裙其裙腰作青色赤裹又以寶條

繫其腰上其像左右廂各有一菩薩以爲侍者其二菩薩通身黄色俱頭戴華冠右廂菩薩右手屈臂而把白拂左手屈臂而把蓮華左廂菩薩右手屈臂把雜寶華一枝左臂屈竪手把白拂悉著朝霞靴胯之上華莊白褻絞於髀上而各立於蓮華座上其像侍者後左右廂各有三菩薩以次上下側身各面向像瞻仰而坐助觀世音神通自在救護衆生其像左廂上一菩薩通身黄色頭上有少黄色以寶莊華絞於髻上青色圓光耳有白環而伸右手當右膝上皆展五指垂掌向下左手當心而把蓮華以白華褻絡其髆上兩臂腕上而著寶釧又以朝霞靴胯而坐青蓮華上次下菩薩通身黄色頭戴華鬘作赤圓光耳有白環乳房高大以輕白華褻橫袜乳上右手背在髀上屈著竪手向上五指俱散左手覆在左髀膝間臂腕有釧著朝霞裙坐紅蓮華上次下菩薩通身白色面上眉間而有天眼其頭髮髻如似赤色頭無華鬘作青圓光耳上無環而有四臂右邊一臂屈肘向後腋間出舉向頭以其手指拄著髮鬢二手屈臂拄右膝上把黄色數珠珠有三七左一臂屈肘向後腋間出手向上至於肩上手指如拳一臂拄著髀膝間覆手把經匣以淺緑紗絡其髆上以朝霞裙交其脚脛而坐紫色蓮華座上右廂三菩薩次上一菩薩通身白色頭戴華鬘作青圓光耳有白環乳房高大以白華褻橫袜乳上左手屈臂在左髀上而把蓮華右手按髀上仰把一物狀似果子亦如似華盛在掌中斑斑然作臂腕有釧著朝霞

裙帖膝坐於紫蓮華上次下菩薩通身黃色頭戴赤色華鬘作赤圓光耳有白環左手屈臂在左髀上把於蓮華右手在右髀上仰掌散指如峻顯之臂腕有釧以素白褻絡其髆上著朝霞裙交脚而坐紅蓮華上次下菩薩通身黃色頭有華鬘仰面向上看視其像耳有白環作青圓光而有四臂乳房高大以白寶褻橫袜乳上二手合掌又一左手屈臂在左髀上而把蓮華其華紫色其華莖狀如箭簳形而作黃色華頭向上右一臂屈向後腋間出手向上至於肩前而把數珠珠有三七而著赤色菊華褻裙交脚而坐青蓮華上其菩薩等並是觀世音菩薩眷屬於其像上近光左右各有二軀須陀會天右廂天者作乾闥婆音樂供養左廂天者以散華香供養菩薩又華光兩邊各有四鳥而助供養左邊有二頻伽鳥並行而立次後有二鸜鵒並行右邊有二孔雀並行次後有二白鶴並行其像座下左廂又有二菩薩通身赤色作年少形顏容端正軀貌肥壯頭髮短促如作赤色面上眉間有一天眼有一白蛇從背後出而向右轉高擧頭却向此菩薩面看右手屈展左手近乳而把蓮華而著豎襇青白色褻短小裙子鞾腰胯上立而不坐右廂菩薩通身黃色著朝霞裙合掌峻坐紫蓮華上仰面看像而作供養布以綠地其像兩邊有菩提樹於其樹上有凌霄華交絡座下著青綠黃赤紫等色爲廁寶地畫像法竟

觀世音毗俱知菩薩三昧法印呪品 印有二十一呪有四十四

如是我聞一時佛在王舍城中說諸法印陀羅尼呪時與無量菩薩大衆及無數持呪賢聖衆俱前後圍繞來詣佛所到佛所已五體投地頂禮佛足禮佛足已繞佛三帀却坐一面爾時觀世音菩薩摩訶薩白佛言世尊我有心呪名毗俱知甚深微妙祕密神通具諸法印及壇場法護持世間普令衆生人非人等免離諸苦一切衆生獲其利益我今欲說惟願世尊聽許我說時佛讚言善哉善哉善男子汝爲一切諸衆生故欲說法印陀羅尼壇我助汝喜隨汝意說爾時同會諸菩薩衆莫不歡喜一時稱善爾時觀世音菩薩承佛神力即說印呪

毗俱知大身法印呪第一

先反列二手小指各在無名指背上次各列無名指在中指背上二腕相著豎二中指頭相拄豎二大指二食指然其食指少屈似不屈勢頭指來去（若以二食指總屈來即是華座印）呪曰

那（上聲）謨薩婆怛他伽低驃（一）呵囉訶陀（上聲）驃（比治切二）三藐三菩提驃（比治切三）唵（四）跛治那（去聲）薩你（五）怛囉（二合上聲）薩你（六）怛囉（二合上聲）西（七）怛羅（二合上聲）薩耶（八）毗喋（二合）俱（上聲）知（九）跢知（十）倍移跢知（十一）倍移跢知（十二）倍囉（上聲）提（十三）倍囉（上聲）提（十四）濕閉（二合）羝（十五）遮智尼（十六）莎（去聲）訶（十七）

是法印呪若欲誦時可作身印至心誦之諸佛聞者皆悉稱讚若諸菩薩聞呪音者皆生歡喜諸天聞者皆悉頂禮一切金剛聞呪音者皆悉怖畏若諸鬼神聞呪音者皆生恐懼六道一切衆生聞者一切皆發菩提之心在地獄中受苦聞者皆得停息一切酸楚法應

如是

毗俱知大心呪第二(用身印)

呪曰

唵(一)毗喋(二)(聲)俱(上聲)知(二)俱(上聲)知莎訶(三)(入聲)

毗俱知中大心呪第三(用身印)

呪曰

唵(一)毗喋(二合)俱(上聲)知(二)没馱(上聲)你(三)索(四)

毗俱知小心呪第四(用身印)

呪曰

唵(一)畊唎(二)(二合)

毗俱知中小心呪第五(用身印)

呪曰

唵(一)毗喋(二合)俱(上聲)知(二)莎訶(三)

請毗俱知來呪第六(用身印)

呪曰

唵(一)毗喋(二合)俱(上聲)知(二)莎訶(三)

毗俱知一切用呪第七(用身印亦名大心呪)

呪曰

唵(一)般摩跋時唎(三合)你(二)嗚鉾(三)𢪥(四)

毗俱知頂呪第八(用身印亦名頭呪)

呪曰

唵(一)智你(二)莎訶(三)

若有人持前大呪等八種呪時欲作法者皆應同用前法身印種種有驗

毗俱知香鑪法印呪(印是第二呪是第九)

准前身印上唯改二大指摶著二食指二中指屈上節頭相拄呪曰

唵(一)賜俱(上聲)嚧俱(上聲)嚧(二)毗闍(去聲)曳(三)莎訶(四)

是法印呪當欲作法誦毗俱知菩薩呪時當

以此印印其香鑪及印香已然後燒香手執香鑪心口發願今爲其事云云供養畢已次印香水

毗俱知香水法印呪印是第三呪是第十梵音云乾陀達羅度波

以右手五指相搏展之屈肘側手印香水上左手無用呪曰

唵一菩底都尔切下同二菩陀鉢底三輪達上聲你四莎訶五

是法印呪當欲作法誦呪之時作印印水誦呪七遍以水散灑頭身之上亦用此法呪供養諸佛菩薩等已次護身印呪法事

毗俱知護身法印呪印是第四呪是十一

斜側覆二手以二大指並竪仍頭狀似鳥翅呪曰

唵一嘷上聲比你二沙訶入上聲呼

是法印呪當欲作法誦呪之時即以此印護自身已次作結界

毗俱知結地界法印呪印是第五呪第十三

左右中指以下反叉掌中右壓左指背搏掌以二大指斜並相拄直竪屈二食指相搏甲相背以二大指拄地呪曰

唵一倍移跢知二嗚鉡三

是法印呪當欲作法誦呪之時以此印印地辟除一切地上地下所有諸惡魔神鬼等次作四方結界印呪

毗俱知結四方界法印呪印是第六呪是第十三梵音波羅迦囉

先側左手五指相著以右手壓左臂上手背相著以右大指鉤左大指隨日右轉呪曰

唵一婆移跢知二嗚鉡三是呪同地界呪

是法印呪當欲作法誦呪之時即以此印右旋三轉向四方繞辟除四方所有一切魔鬼神等次作結上方界印呪

毗俱知結上方界法印呪印是第七呪是第十四

左右二手中指以下三指反叉右壓左指背搏掌以二大指頭斜相拄屈二食指甲相搏拄以大指頭倒臨頂上勿令著頂呪曰

唵一跢知二嗚許三

是法印呪能除天上虛空所有一切諸魔惡鬼神等當欲作法誦呪之時但護身結界更無所畏種種欲作毗俱知法無有妨難皆有神驗

毗俱知師子座法印印是第八用大心呪梵本云思蠅伽散那

以左右頭指中指無名指頭相拄合腕以二小指直竪相去半寸許以二大指屈入掌内若來向外直竪二大指名來

毗俱知歡喜法印印是第九用大心呪

二手各屈小指以二大指各壓甲上餘指各散舒右手者直舒臂左手者覆胸上著起立屈右膝身就右邊左脚斜直竪若二脚相去四尺許即是

使者印若喚來用右食指屈即來展即去是一法印打一切鬼及阿脩羅所在用者皆得大驗若惡人作一切惡法欲來相害者作此印呪悉皆不成

毗俱知供養法印印是第十用大心呪梵本云阿伽母陀羅

准前身印唯改二大指開頭相去二寸半許若並屈二大指入掌即是來法出二大指即是去法是一法印若以種種華香飲食供養三寶并作此印而供養者得福無量一切菩薩皆大歡喜

毗俱知隨心法印印第十一用大心呪

屈二無名指在掌右壓左二小指二中指各

豎相著屈二食指各附中指第一節下以二
大指屈搏食指下節側
是一法印欲供養時當作此印誦大心呪毗
俱知身現行者前令行者見所願皆隨稱心
所欲
毗俱知施與一切食法印印第十二用大心呪梵音云皤唎
以二手仰舒八指小指至腕側相搏各屈二
大指頭於掌中心著是一法印印中盛著諸
飲食已將布施與護法神等一切衆生一切
得者皆生歡喜以前五印皆共同誦前大心
呪種種有驗
毗俱知華供養法印呪印第十三呪第十五
合掌仍虛掌中屈二食指於掌内現二大指
並豎勿搏著食指呪曰
唵一失哩二合智羅上聲閦初數切彌二蘇婆羅上聲

帝三鉢囉上聲二合底都爾切紇哩二合瑟拏二合四摩
逾波指登布史五莎訶六
是法印呪若作觀世音毗俱知菩薩法事皆
須應作此印供養得蒙一切菩薩歡喜
毗俱知香供養呪呪第十六印用華供養印
呪曰
唵一鉢囉上聲二合底都爾切紇哩二合瑟拏二合二杜
麼囉俱上聲梨三莎訶四
毗俱知滅罪呪呪第十七印用華供養印
呪曰
唵一阿地邑以入切二合地二毗訶囉你三波囉
二合提四莎訶五
是二呪法若作毗俱知法皆同作前華供養
印誦此二呪一切諸佛聞此呪者皆生歡喜
悉得除滅無量劫罪

毗俱知萬里結界供養呪（呪第十八用法身印）

呪曰

唵（一）紇哩（二合）瑟拏（二合）絲（二）嗚𤙖（三）泮（四）

是一呪者若欲作諸道場結法壇所廣爲供養懼諸魔事應可用結前法身印誦是呪時即得法成

毗俱知作壇泥地供養呪（呪第十九用香水印）

呪曰

唵（一）帝誓帝闍婆（上聲）底（都爾切二）

是一呪者若欲立壇廣設供養用前香水印印香水已當以此呪呪其香水一百八遍用塗壇地即得法成

毗俱知菩薩降魔印呪法品

毗俱知法甲呪（呪第二十）

呪曰

唵（一）跛冶那（去聲）舍你（二）嗚𤙖（三）泮（四）

毗俱知法弩呪（呪二十一）

呪曰

唵（一）跢囉（上聲二合）薩西（二）嗚𤙖（三）

毗俱知法左射呪（呪二十二）

呪曰

唵（一）跢囉（上聲二合）薩耶（二）嗚𤙖（三）

毗俱知法右射呪（呪二十三）

呪曰

唵（一）跢囉（上聲二合）薩你（二）嗚𤙖（三）

毗俱知法箭呪（呪二十四）

呪曰

唵（一）毗喌（二合）俱（上聲）知（二）嗚𤙖（三）

毗俱知解一切外道及諸法事等結界呪（呪二十五）

呪曰

唵一 濕閉二合 瓶二 闍智你三 莎訶四

是甲等呪若作毗俱知道場及設諸壇結界防護供養之所及以療病防諸神鬼破諸外道婆羅門難法一一皆須作前身印誦此六呪及誦諸呪悉得有驗

毗俱知斫迦囉法印印第十四

准佛輪印上唯改二食指去中指半寸許

毗俱知跛折囉法印印第十五亦名瞋印

二手合以二大指各捻掌內無名指下節並屈二無名指壓大指上餘三指各頭合二手三指中節相去一寸許

毗俱知打一切鬼法印印第十六

准前屈左手食指無名指小指以大指壓三指甲上勿令現甲直豎中指起立並兩脚將印置額上以中指向下垂當眉間面作瞋形右手無用　應用此印打一切鬼

毗俱知三眼法印印第十七

准佛頂印上唯改二手中指巳下三指反相叉掌中直豎二食指頭相拄其二大指勿搏中指各附食指側豎起立並二脚反列手正當額上指頭正當眉間下垂面作瞋形同軍荼利三眼法印是一法印若欲療病及將降伏一切惡魔大鬼神等當用此印誦前大呪法皆有驗

毗俱知掐數珠法印呪印第十八呪二十六

與十一面觀世音部掐數珠法同更無別異用大心呪又用滅障礙呪曰

唵一 毗唎二合 舍稜輕呼 伽上 你二 索三

是法印呪名滅障礙毗俱知菩薩云作印掐珠誦此呪時除去過去未來現在三業罪障

皆悉銷滅來盡無餘皆誦此呪無不有驗

毗俱知捻灰法印呪印第十九呪二十七

以右手大指及無名指捻取灰呪七遍頂上著呪曰

唵一烏特二合伽上聲底都爾切二息普二合嚕三莎訶四

是法印呪若人誦持毗俱知呪法若有出行來去之處欲自防護及與他人防護其身以此法印捻灰呪七遍從頂至眉間兩腋咽下心等六處以灰塗之處處去者皆無障礙

毗俱知發遣一切去法印呪印第二十呪二十八

以左手屈中指無名指頭至第二節令平以大指相搏三指似綜小指及食指各直舒勿搏無名指中指屈膝並坐以右手托地用左手印綜三指當胸前著腰屈向前呪曰

唵一毗喇二合俱上聲知二俱上聲知三嗚許你你五脚六

是法印呪若欲發遣一切及欲駈使當作此印手托地已舉頭口云去去即當速去

毗俱知菩薩使者法印品

毗俱知有二使者一名鉢囉塔摩二名鉢囉薩那是二使者各說一呪請用菩薩前身印降伏一切

使者鉢囉塔摩呪合前二十九使者呪第一

即說呪曰

唵一毗喇二合俱上聲底丂二合婆羅提三伽羅婆四莎訶五

使者鉢囉薩那呪合前呪第三十使者呪第二

即說呪曰

唵一婆伽婆底丂二合二毗喇二合俱上聲底丂下同

二合三鉢囉合二那你亐四鉢囉合二婆皤底五莎
訶六
是二呪誦菩薩聞者心生歡喜其二使者隨
請菩薩菩薩印可是人得說此神呪者能令
一切皆生信仰更有餘呪亦請通用及諸印
等助成菩薩威神力故爾時諸佛亦共同時
悉皆印可其使者等皆大歡喜行菩薩法人
當誦持是呪法者能令呪師所爲之法皆蒙
菩薩常所護念即說呪曰呪第三十一使者呪第三
唵一跢知二嗚許三脚四
使者上方結界法呪合前三十二使者第四
呪曰
唵一婆移跢知二嗚許三泮四
又結界呪呪合前三十三使者呪第五
呪曰

唵濕閉合二羝二闍知你三泮四
是二呪者結護之時並用菩薩結界護身印
誦呪法成
使者頭法呪呪合前三十四使者呪第六
呪曰
唵一皤治那去聲舍你二莎訶三
使者頂法呪呪合前三十五使者呪第七
呪曰
唵一跢囉上聲二合薩你二嗚許三二合
使者眼法呪呪合前三十六使者呪第八
呪曰
唵一跢囉上聲二合薩耶二泮三
使者口法呪呪合前三十七使者呪第九
呪曰
唵一跢囉上聲二合西二嗚許二合三泮

使者心法呪 呪合前三十八 使者呪第十

呪曰

唵一 毗喋二合 倶上聲 知二 泮三

使者弓法呪 呪合前三十九 使者呪第十一

呪曰

唵一 婆移跢知二 嗚鈝二合三 泮

使者箭法呪 呪合前第四十 使者呪第十二

呪曰

唵一 囉上聲 知二 泮三

使者棓法呪 呪合前第四十一 使者呪第十三

呪曰

唵一 婆移跢知二 泮三

是諸呪等皆悉通用毗倶知菩薩法印制伏鬼神療諸疾病救護衆生皆當有驗

小心呪 呪合前四十二

呪曰

唵一 岐入

毗倶知菩薩阿唎茶法印呪 印第二十一 亦名一字印呪

以二手四指各握大指作拳先右手在左腋下次以左手在右腋下屈左膝身就左邊右脚斜直竪 一准軍茶利身法印 呪曰

唵一 苾崚二合去 聲長呼

結是印已誦前大呪滿七遍已即攝後脚脚跟正當在右膝下脚莫著地右旋一帀口稱唬鈝唱一聲已誦一字呪四顧看望起大瞋形成是毗倶知一法印名爲大大母達囉毗倶知當作此法欲打一切爾時會中諸金剛部眷屬衆等而生大畏諸天魔等悉皆摧碎一時悶絶以菩薩印威神力故誦一字呪一遍即當誦觀音身呪等無差別一字佛頂功

能無異

毗俱知救病法壇品

呪師若欲救病人者至於病家香湯洗浴著新淨衣與作法壇救其病苦其作壇處宜就好地居近水樹華林之間若臨恒河涯岸之處或近有龍深潭之所隨其所住最勝之處淨修其地如十一面七日壇法淨修地竟香泥塗地懸於種種雜色旛蓋及諸寶器其道場中應作四肘五色法壇壇中心著毗俱知菩薩位東方作蓮華座座上橫著一口大刀北方亦作一蓮華座座上仰安明鏡一面南方復作一蓮華座於其座上竪三隻箭壇西門外敷呪師座取五水罐各受一升以下者好滿盛淨水著五穀子以青栢葉及竹葉枝梨柰葉枝塞其罐口莊嚴罐已將安四角及壇中心種種上味果食十盤然十二燈以諸香華種種作法誦呪供養日日不絶滿七日已當候隨心法印至驗爲限至誠懺悔得滅除障速成證驗後若療病亦依此法令其病人在呪師東面向北坐呪白芥子繞其病頭上燒之三日定瘥若作是法壇如能候得日月蝕時爲此壇者最爲大驗若不值遇日月蝕時於其月內擇取吉日若無如前好處所者當就好寺作壇亦得而其呪師必須得他布施白馬若無白馬用銀作馬而與呪師若無銀作馬任呪師意所須之物以代馬用若無物者好心孝順持戒堅固能得不違阿闍黎教嚴決之者方教此法

毗俱知菩薩呪功能

若有沙門若婆羅門若善男子善女人等持

是大呪印爲護身結界種種作法療病懺悔
供養香華不絕者當得菩薩護念若欲入阿
脩羅宮者於八年中日日誦呪滿三千遍作
三眼印用前大呪呪白芥子一百八遍一呪
一散以打地上其地即開而作孔穴呪師得
入欲住得見彌勒佛者即任意住若欲出來
勿入城中若見道中有財物者將擎出來亦
得無罪若有果子取而食之壽命一千歲若
意欲得大海竭者可至海際經三箇月用前
大呪呪白芥子一百八遍散海水中日日如
是海水即竭若意欲得捉龍取者應當近於
有龍水邊經一百日作法誦呪其龍自出來
就呪師任爲調伏若治熱病最爲驗吉若人
欲得安怛囉(二合)陀那取摩那叱囉(此云石雄黃也)蜜
陀僧二物等分共擣爲末更細研之經六箇
月日日洗浴著新淨衣日日三時平旦日中
及日暮時至心呪藥一百八遍訖更呪七遍
點著眼中即得隨意安怛囉(二合)陀那洗去方
見其藥勿使餘人把之若意欲入阿脩羅宮
有諸惡物羅刹蛇等而作障難及門不開黑
闇等障皆預作意呪白芥子一千八遍自隨
將行但有障處即用打之在在處處皆無障
礙

畫毗俱知像法

若用白㲲若於絹上畫作其像畫師先受持
八戒齋畫釋迦佛像左廂畫金剛右廂畫觀
世音菩薩其佛金色金剛身面勿黑勿白形
狀如年十六童子一切身分猶如莊嚴菩薩
身法其觀世音面及身分頭冠瓔珞天衣莊
嚴錦綺羅裙皆如餘處畫觀世音菩薩之法

觀音左手下更別畫天女形身皆白色衣服赤白貌極端正頭戴華冠次畫持呪師在下胡跪手執香鑪向觀世音作此像已從白月一日至十五日當食大麥乳糜恒誦後呪至黒月八日三日三夜勿食供養像時其天女像即放光入佛脚指中見此相時悉果心願又若欲見槃荼囉婆私尼於十三日若十四日或十五日三日三夜可入大海水中誦呪張其畫像於水岸上以百千蓮華供養之時其槃荼囉婆私尼天神若來修道聰明智慧辯才持呪仙人隨其所願皆得如意又毗俱知呪呪曰

那上聲麼薩皤跢他揭羝驃鼻朝切一婆伽上聲皤帝弊鼻可切二唵三薩皤婆上聲夜那舍你四怛囉娑上聲你怛囉娑上聲你五怛囉娑上聲夜怛囉娑夜六怛囉西七苾矩智八你矩智九哆智哆智十跋跢智跋跢智十一尸嚕嚕跋跢智十二稅去聲羝闍上聲智你十三莎訶十四

是呪亦名觀世音菩薩説金剛呪誦此呪時一切障難皆悉休息若欲自護呪灰七遍點額項下并二髆上去處無畏若為他人呪其頭髮結作為結心恒念呪一切官府若夜獨行若賊中行一切是處皆得無難所有惡人皆歡喜歸伏不能為礙若欲降伏一切當於白月十五日一日一夜勿食以菩提樹為柴然火一撮胡麻呪一遍已擲火中燒如是數滿八千遍時一切歸伏尸利沙樹合歡樹是拘留孫佛得道樹是但是佛得道樹即得用也若楝亦得若被一切怨人猒禱遂失心性取男骨作橛呪滿八千遍釘埋怨人門底還令彼

人失心性也又法取燒尸灰於黑月八日呪一撮灰一遍擲火中燒如是滿八千遍怨人即滅又法於黑月十四日入水中立至齋誦呪一切怨家惡賊群衆兩作和解俱生善心又法欲作四方結界取佉陀囉木長橫八指四枚各呪八百遍已釘著四方一切惡鬼及惡怨人皆不得入此界之内又於界中作曼茶羅呪水二十一遍灑散地上即成結界於中即堪作呪法也又法薩埵姥跢跛吒(上聲)那⿰台牛蒲利沙蜱七遍呪芥子又法云長命關物難成故不譯也又法取犢牛酥一點子許一呪一燒如是數滿八千遍已若到一切病痛障礙並悉銷除亦不須看日月時節得作即作柴亦任用又法取木槵子柴然火燒藥(此土無故闕之)又法瞋賊來欲躓頓我誦此呪已即心歡喜又法官事月八日於觀音像邊呪白華一莖一遍擲火中燒滿八千遍官事解了又法有賊欲來侵亂於觀音像前至心誦呪賊即還去又法隨求何法誦此呪時燒無煙炭呪白芥子一顆一遍擲火中燒滿八千遍所求皆遂又呪白芥子七遍一切起尸鬼等皆悉被縛又法呪石蜜七遍擲著水中即取此水作曼茶羅結界於中誦呪一切師子大蟲禽獸水牛白象囉闍朱囉水等皆不能害毗俱知印呪及功能法略說已竟

佛說陀羅尼集經卷第六

音釋

馺蘇合切馬行相及也𣫍古候切取乳也鞔莫官切履也簳古旱切箭笴也𤛗匠鄰切異牛名也也躓支義切跲也

佛説陀羅尼集經卷第七 觀世音等諸菩薩部之四

唐中天竺三藏大德阿地瞿多譯

阿耶揭唎婆觀世音菩薩法印呪品 此云馬頭

當部 印即有十呪有十六

馬頭護身結界法印呪第一

兩手從中指以下三指向外相叉各搏著手背合掌二食指直竪相去五分許並二大指相著各屈一節勿著食指頭指來去呪曰

唵一 鉢囉毗迦悉跢二 跋折囉三 涉筏二合 囉囉上聲 支四 莎去聲 訶五

是法印呪若欲受持是菩薩法者先須以此法印誦呪護自身已又呪木七遍或呪水七遍復以印印水或呪白芥子若呪灰等皆各印呪滿七遍已將木竪於四角爲界芥子灰水散於十方皆成結界結界然後作諸法事悉當有驗

馬頭大法身印呪第二

兩手食指以下三指向外相叉指頭各搏著手背合掌以二小指並竪相合並二大指相著屈怒大指來去呪曰

唵一 杜那杜那二 摩他摩他三 可馱可馱四 訶耶揭唎婆五 嗚𤙖泮六 莎去聲 訶七

是法印呪若人被毒蛇及蟲齧者并得惡人以印印已呪之即差

又法欲得咩古來者取蘇摩那華對馬頭像前呪二十一遍一散像脚竟右手取華所行之處隨愛咩古從後呪華七遍方散即來又若彼此俱有心者取果子呪二十一遍使人送食時心即迷亂極相愛念更無他意

馬頭法心印呪第三

以二手食指以下四指向外相叉指頭各搏著手背合掌並二大指相著各屈一節勿著食指大指來去呪曰

唵(一)阿蜜唎都知(二合)婆(去聲)婆(平聲二)嗚𤙖泮(三)莎(去聲)訶(四)

是法印呪若欲論議取牛黃麝香龍腦香三味和研呪千八遍點著頂上及二髆上心喉眉間髮際腦後又取白芥子呪三七遍以右手把至論議所門邊散之仍左手中留少許分正論議時以右手把左手芥子向論議人和蜜散已便即彈指即得勝他法當如是

馬頭頭法印呪第四

准前護身印唯改二食指頭相拄各屈出二大節小尖頭呪曰

跢姪他(一)斫迦唎怖(二)斫迦囉(去聲)叉唎怖(三)斫迦囉跛曇摩叉唎怖(四)阿謨迦(去聲)寫(稱彼人名)(五)始囉(上聲)枳徵(上聲二合)(六)跛囉舍網伽車(上聲)覩(七)莎(去聲)訶(八)叉(去沙切餘處皆然)

其法若一切人患頭痛者取其名字即誦此呪呪水作嗚𤙖(去聲)聲已即以此水打其頭上印其痛處其痛即愈(古本闕此呪也)

馬頭頂法印呪第五

准前頭印唯改豎二食指頭相著列二中指在食指前頭相拄呪曰

唵(一)室唎(二合)囉唎至(二)嗚𤙖泮(三)莎(去聲)訶(四)

是法印呪若有人病頭頂痛者當以此印印其痛處誦呪即差

馬頭口法印呪第六

反叉後二指於掌中直豎二中指頭相拄並豎二大指以右頭指捻右大指頭左頭指豎

少曲在中指邊呪曰

唵(一) 鶻嚕嚧(二) 鳩嚧馱那(三) 嗚鉡泮(四) 莎(去聲)訶(五)

是法印呪用治一切鬼病即差

馬頭牙法印呪第七

准前觀世音不空羂索菩薩牙印上唯改二中指直竪頭相著二大指並竪搏中指先以左小指握右無名指背後以右小指握左小指背呪曰

南(上)謨(上聲)囉(上聲)跢那(二合)怛囉(二合)夜耶(一) 南謨阿唎耶(二) 婆盧吉帝(三) 攝婆(二合)囉(去聲)耶(四) 菩提薩埵(去聲)耶(五) 摩訶薩埵(去聲)耶(六) 摩訶迦嚧尼迦(去聲)耶(七) 跢姪他(八) 跢囉(上聲二合)吒(九) 跢囉(上聲二合)吒(十) 末吒末吒(十一) 瞋陀瞋陀(十二) 頻陀頻陀(十三) 嗚鉡(十四) 泮泮(十五) 莎(去聲)訶(十六)

是法印呪若破諸法欲令餘人所作呪法不成辦者當作四肘三色粉壇南北兩面畫蓮華座於其座上畫著牙形東面華座座上畫作跋折囉印然十二燈百味果食備辦八盤其食日別換著新者新新供養滿於七日日別仍須呪白芥子一百八遍一呪一投火中燒之一切諸人作法皆破不能成辦(餘人者謂外道惡人)

馬頭乞食法印呪第八

仰左手各竪五指將右手下向以中指無名指大指頭各相拄呪曰

唵(一) 是那耳(二) 誦二七遍

馬頭解禁刀法印呪第九

舒二手左手在外右手在內以左手拓右手背竪二大指呪曰

唵一阿娑忙義你二莎訶三

馬頭療病法印呪第十

反叉二手後二指掌中竪二中指頭相拄並屈二大指當前各以二頭指屈握一大指甲根頭指背甲相著呪曰

唵一鶻嚕嚧二鳩嚧馱去聲那三嗚鈝泮四莎去聲訶五

是法印呪當用療治一切諸病及鬼神等所苦惱者悉皆療之其病即差

馬頭大呪第十一

呪曰

那上聲謨上聲下同囉上聲跢那二合怛囉二合夜耶一南謨阿㗚耶婆盧輕呼枳帝攝筏二合囉去聲耶二菩提薩埵去聲耶三摩訶薩埵去聲耶四摩訶迦嚧尼迦去聲耶五那麽薩婆薩埵毗耶二合娑上聲那伽底都爾切爾六那麽薩婆薩埵毗耶二合娑上聲那博訶唎泥七那麽薩婆薩埵婆瑜去聲跢囉那去聲耶八那謨薩婆薩埵婆耶跋囉二合賒麽那迦囉去聲耶九那麽薩婆薩埵毗耶二合地只枳瑳上聲那迦囉去聲耶十那麽薩婆薩埵盤陀去聲那熾熾詣切陀那迦囉去聲耶十一那謨薩婆薩埵獨佉波囉木叉拏迦囉去聲耶十二那謨薩婆毗知寀去聲二合陀迦去聲囉毗陀麽那迦去聲囉去聲耶十三那麽薩婆毗知耶二合遲揭去聲陀謨鬱跢二合曳十四摩訶迦嚧尼迦去聲耶十五那謨薩婆毗知耶二合囉闍跋囉二合比跢曳十六摩訶瑜去聲嗜攝筏二合囉去聲耶十七跢寫那摩悉揭二合唎埵十八伊上聲擔阿㗚耶婆盧輕呼枳帝攝筏二合囉姥枯知上聲二合吉去聲南十九㗚師毗知耶二合陀去聲囉二十弟婆那去聲伽藥叉囉剎娑二十一甀去聲跢囉二合

智知耶二合二十二揭囉上聲二合訶那叉跢囉二合二十
三釋揭囉上聲二合跋訶上聲摩二十四路迦婆去聲羅
毗瑟紐二合二十五摩醯攝筏二合囉那囉治那二十
六始婆悉健二合陀俱上聲鞞去聲囉二十七素唎跢
囉二合那跢哩二合伽那地遮去聲二十八那摩悉揭
二合哩擔二十九何耶揭哩飯那去聲摩唎跢馱上聲
三十摩跋帶去聲彭弭上聲三十一薩婆羯麼過他二合
娑吒去聲亘三十二阿婆上聲醯上聲闍二合三十三薩婆
蒲陀去聲難上聲三十四毗沙難去聲闍三十五昵迦跢
亘三十六薩婆突瑟吒二合那去聲伽去聲難曇麼劒
三十七跢姪他三十八唵三十九陀嚕羅陀嚕羅四十
毗嚕羅毗嚕羅四十一薩婆比沙上聲伽跢迦四十
二薩婆部陀毗達囉二合跛迦四十三匙𪗋里陀
四十四毗悉普二合陵伽跢訶去聲婆四十五雞薩囉
啅去聲婆四十六跋囉筏唎陀鞞去聲伽四十七跋折

囉齲囉四十八昵上聲迦跢迦四十九闍里陀五十婆
蘇陀跢羅五十一尼尸婆二合悉陀訶悉陀五十二
摩盧都佉澀陀五十三陀羅忍陀囉五十四跋囉
伐唎陀五十五部陀迦去聲那三暮訶毗蔦去聲婆
迦上聲囉五十六鉢囉比知耶二合三薄叉那迦囉
去聲耶五十七鉢囉賖案去聲二合致迦囉五十八部知
耶二合部知耶二合五十九婆伽畔輕呼何耶揭哩婆
六十佉去聲陀佉去聲陀六十一跋囉曼去聲陀囉案二合
六十二囉上聲叉囉上聲叉跢摩六十三曼去聲跢羅上聲
案六十四死地迷六十五阿比舍阿比舍六十六鉢
囉比舍鉢囉比舍六十七麼麼寫自稱名六十八試訖
隱二合六十九達喋二合舍耶嚕梵上聲七十阿比舍阿
比舍七十匙𪗋囉毗舍去聲遮七十二藥叉囉刹
娑迦去聲拏七十三薩埵鞞醯去聲剔亘七十四薩婆
揭喋二合醯去聲瑟𪗋二合七十五阿跋囉提訶徙跋

麼七十六跋囉跋折囉鄧瑟吒二合囉七十七緊者
囉上聲夜西七十八伊上聲擔突瑟吒二合揭囉上聲怛
上聲七十九突瑟吒毗合瞻上聲婆八十阿度那阿度
那八十一毗度那毗度那八十二伊上聲慢上聲遮突
瑟吒二合八十三薩婆鞞薩婆八十四路跢俱拏死
迦囉去聲哩八十五毗嘌悉只二合甘上聲毗彭八十六
度那度那八十七毗度那毗度那八十八麼他麼
他八十九波囉二合麼他波囉二合麼他九十眤上聲婆
訶上聲耶眤婆訶上聲耶九十一阿輸婆曼跢唎那
九十二囉去聲迦毗上聲彭九十三妹姪哩二合曼姪唎
二合那九十四度沙比彭九十五波囉上聲若曼姪唎
二合那九十六謀訶比彭九十七補知二合迦去聲羅九十
八提囉點平聲米去聲那九十九計唎舍跋去聲那毗
彭一百達摩泥囉點弭去聲那一百一醫泥去聲耶跋
囉去聲拏毗彭一百二菩去聲陀達摩僧伽醫若去

耶一百三羯網施揭訖唵二合一百四句嚕句嚕二合
一百五阿耶揭哩婆耶泮棟吒切下同一百六跋折囉齲
囉去聲耶泮一百七毗那賒耶泮一百八跋折囉鄧
瑟吒二合囉去聲耶泮一百九跋折囉鄧瑟吒二合嚕
知一合迦吒頗耶吠去聲囉婆重聲耶泮一百一十薩婆
突瑟吒二合曼跢囉上聲毗那賒耶泮百一十一薩婆
揭囉上聲呼烏瑳陀那耶泮百一十二薩婆揭嘌二合
醯澀皤二合跋提何上聲覩跛摩去聲耶泮一百一十三
薩婆跢囉上聲鉢囉上聲地上聲何上聲跢揭摩耶泮
一百十四一鉢囉上聲毗知耶二合薄叉那去聲耶泮一百
一十五瞞吒瞞目佉去聲耶泮一百十六一薩婆揭囉
上聲訶上聲毗合遮迷瞞上聲賒摩那上聲耶泮百一十七
邪飯塗麼麼寫自稱名字其甲百一十八阿嘻帶瑟拏黰
三合一百十九擔去聲薩婆把黰二合瞞毻婆目谿去聲那
百二十尼訖嚈二合陀去聲耶泮百二十一達弭上聲迦爾

遮(去聲)迷(百二十二)羯磨(去聲)你(百二十三)試訖隣(二合)句嚕(百二十四)𤙖𤙖泮泮(百二十五)莎(去聲)訶(百二十六)

又馬頭別大呪第十二

呪曰

那(上聲)謨(上聲下同)囉(上聲)怛那(二合)跢囉(二合)夜耶(一)那謨阿唎耶婆盧枳帝攝筏囉(去聲二合)耶(二)菩提薩埵(去聲)耶(三)摩訶薩埵(去聲)耶(四)摩訶迦嚧尼迦(去聲)耶(五)那麼薩婆薩埵毗耶(二合)娑(上聲)那迦帝你(六)那謨薩婆薩埵波耶目叉迦囉(二合)耶(七)那謨毗知耶(二合)阿遲迦陀謨陀(去聲)曳(八)摩訶瑜(去聲)迦瑜(去聲)枳尼(九)跢悉泯(二合)那摩悉揭(二合)哩埵(十)翳擔阿唎耶婆盧枳帝攝筏囉(十一)謀枯知(二合)枳(去聲)唎南(上聲二合十二)跋折囉句囉娑(上聲)馱(上聲十三)何耶揭哩(二合)飯那(去聲)摩(十四)波囉末(平聲)跢馱(上聲十五)摩跋帝釤弭(上聲十六)阿娑(上聲)演薩婆部跢(去聲)難(上聲十七)藥叉難(去聲)闍毗那舍迦闍(上聲二合十八)阿謨(去聲)干薩婆迦唎夜難(上聲十九)毗賒難(去聲)闍尼餚囉(去聲二合)難(上聲二十)毗賒難(去聲)闍毗那舍難(上聲二十一)跢姪他(二十二)唵(二十三)陀嚕囉陀嚕囉(二十四)毗嚕羅毗嚕羅(二十五)薩婆毗沙佉(平聲)跢迦(二十六)時餚里陀(二十七)毗悉普(二合)椤迦陀訶(去聲)娑(二十八)雞娑囉嘷(去聲)婆(二十九)跋囉(二合)伐唎(二合)陀鞞(去聲)迦(三十)跋折囉屈(去聲)囉(三十一)昵迦陀(上聲)南(上聲三十二)闍里陀婆蘇陀跢囉(三十三)尼尸餚(二合)死陀訶死陀(三十四)摩嚧都去澀(二合)陀(三十五)波囉鞞陀菩陀伽(去聲)拏(三十六)僧(去切)數盤那迦(上聲)囉(三十七)波囉毗知耶(二合)薄叉那迦(上聲)囉(三十八)波囉摩賒案(去聲二合)知迦(上聲)囉(三十九)部知耶部知耶(同二合四十)婆伽梵(四十一)何耶揭哩婆(四十二)可(去聲)陀可(去聲)陀(四十三)波囉曼

陀囉索(去聲四十四)囉(上聲)叉囉(上聲)叉(四十五)阿(去聲)知
摩(二合)曼陀囉索(去聲四十六)死殿梅陀唎(二合)舍耶
(四十七)阿比舍阿比舍(四十八)具囉毗舍(去聲)闍(四十
九)薩婆迦唎(二合)醯(上聲)澀皤(二合五十)阿波囉提徒
跋(去聲)摩(五十一)皤囉跋折囉鄧瑟吒(二合)囉(五十二)
緊只囉從夜西(五十三)翳曇突瑟吒(二合)揭囉(上聲)
漢(五十四)突瑟吒(二合)毗舍(去聲)闍索(二合五十五)突瑟
吒(二合)路組(上聲五十六)突瑟吒(二合)時皤(上聲二合)嚂(上聲)
(五十七)突瑟吒(二合)比產(五十八)阿度那阿度那(五十
九)毗度那毗度那(六十)麼他麼他(六十一)波囉麼
他波囉麼他(六十二)跢他伽(去聲)陀(六十三)阿枳讓
(上聲二合)皤囉(輕呼上聲)耶(六十四)菩陀達摩僧伽奴知
若(去聲二合)壇(六十五)羯麼米試揭索(二合六十六)句嚕
句嚕(六十七)何耶揭哩婆耶泮(六十八捬吒切下同)跋折
羅枯羅(上聲)耶泮(六十九)跋折囉鄧瑟吒囉(三合)耶

泮(七十)跋折囉鄧瑟吒嚧(三合)知迦(二合)吒頗(喉音)耶
婆(重聲)夷囉摩(去聲)夜泮(七十一)波囉曼陀囉那舍
那(去聲)耶泮(七十二)薩婆羯呼瑳陀那迦囉耶泮
(七十三)薩婆揭唎奚(上聲)瑟婆(二合)阿跋囉(上聲二合)提
何(上聲)途婆摩(去聲)耶泮(七十四)波羅(二合)比知耶(二合)
波去史(二合)那迦囉(去聲)耶泮(七十五)薩婆比沙昵
迦陀那耶泮(七十六)薩婆揭囉(上聲)阿毗舍闍米
皤除摩那耶泮(七十七)皤吒皤目佉耶泮(七十八)
耶伴(輕聲)途麼麼(自稱名字七十九)阿醯第史那(二合)悉
打張薩迸(長引八十)皤吒皤目契(八十一)尼揭嘯(二合)
吒(去聲)耶(八十二)泮泮(八十三)那謨囉(上聲)跢那(二合)怛
囉(二合)夜耶(八十四)那謨阿唎耶婆盧枳帝攝筏
(二合)囉(去聲)耶(八十五)菩提薩埵(去聲)耶(八十六)摩訶薩
埵(去聲)耶(八十七)摩訶迦嚧尼迦(去聲)耶(八十八)阿比
舍阿比舍(八十九)何耶揭哩部(九十)烏(長引)枳若(二合)

波夜提一九十　莎去聲訶二九十
是二咒者波帝乇悉陀波伴底此云隨誦成驗雖不
受持壇供養法隨誦成驗

縛毗那夜迦咒第十三

若作是法先當縛禁毗那夜迦依前大咒頭
歸命法歸命禮拜即誦縛咒咒曰
跢姪他　主嚕主嚕二　毗主嚕毗主嚕三　伽
跢耶莎上聲四　摩訶婆去聲羅五　薩婆毗知那合二
毗那夜乾上聲六　皤乇婆謨枯知去聲二合七　步跢
去聲耶泮八
其法當對馬頭像前先取蕤木長八指截燒
火焰出取安息香作八百九一九一咒一投
火中乃至香盡毗那夜迦即自被縛

又一咒法第十二

依前歸命禮拜咒曰
哆姪他一　勃地勃地二　素勃地三　因達喇二合
勃地四　摩迷輸上聲迦嚧上聲二合五　婆囉謀者都
六莎去聲訶十
其法若人夜失不淨取於白線先用此咒咒
八百遍後作咒索一咒一結爲三七結即用
繫腰更不漏失

又一咒法第十三

依前歸命禮拜咒曰
跢姪他一　訶去聲哩訶去聲哩二　無訶去聲喇三　句
訶去聲喇四　薩婆突瑟擔二合五　瞻波夜弭上聲六
夜跋竭爛二合地七　那文社弭上聲八　莎去聲訶九
其法以咒咒袈裟角一七遍已結作一結即
得護身法成就竟

發遣馬頭觀世音歸咒第十四

依前歸命禮拜發遣馬頭觀世音菩薩咒曰

跢姪他一薩囉波囉薩囉二社耶毗社耶三
跋折囉句羅三婆去聲皤四莎跋那五迦車目
都死六莎去聲訶七
其法手把素囉毗布瑟波二合此云栢華呪一遍已
一打像上如是七遍馬頭菩薩即歸去也
畫作像法
取新瓦瓶未曾用者染作青色於其瓶上畫
作馬頭觀世音像其像身高如來一磔手等人一
肘畫作四箇歡喜之面左邊一面畫作黑色
眼睛綠色狗牙上出右邊一面畫作赤色名
喫呪面當中前面作菩薩面極令端正畫作
白色離像頂上懸於空中畫作青面口吐寶
珠其四頭上各戴寶冠其寶冠上皆化佛坐
菩薩左手把於蓮華屈肘向上拳在髆前右
臂垂下五指皆伸施無畏手兩手腕上皆作

寶釧其像項下著寶瓔珞身分莊嚴如餘處
說觀世音身莊嚴之法其像立在寶蓮華上
作此像已豫從白月十日起首食大麥乳糜
後十三日十四日十五日三日三夜斷絕不
食取娑迦比遮香乾陀那句利華呪此二物
一呪一投當前面上至八千遍其面口中放
出光明其光圍繞呪師身已還入像口於其
口中出如意珠即當收取取此珠已即得十
四千歲壽活尋得七寶轉輪聖王命終以後
生安樂國從觀世音足下而生
又有一法當乞食喫喫大麥乳糜誦七萬遍
一萬遍時毗那夜迦即得被縛第二萬遍呪
法成就第三萬遍即得安善那摩那熾囉藥
法成就三日三夜不食作法手把其藥正呪
藥時藥中若現三種相者即知藥成言三相

者謂燰煙餤即得成就安陀囉陀那昇空而去即得成就持呪仙人自在得入阿脩羅宮第四萬遍離地四指而行自在第五萬遍即得隨意昇空而行第六萬遍即得千歲活呪師成就呪仙隨其所作任運皆成一切所呼喚者皆來第七萬遍呪師即得頭髮變作螺髻成就隨其所須應念即至親近承事於觀世音即知三世一切衆生死此生彼即得成就又法若欲打西去聲若若邪切者馬頭像前三日三夜斷食香摩壇上種種香華以淨飲食乳粥果等種種供養擣娑闍囉娑香以白蜜和爲八千丸呪一丸香呪一遍已投火中燒如是一一乃至香盡彼西若衆尋即初見變爲烏頭更經少時轉爲何耶揭唎婆頭呪師哥上向彼衆時一切西若悉皆散滅又法先以大麥與牛喫已取糞中麥洗乾擣煑爲乳糜從白月一日食此乳糜至十三日即斷不食馬頭像前以塗香塗地散種種華燒諸名香種種飲食供養畢已取迦比闍香擣爲細末水和爲丸數滿八千取迦地羅木爲柴然火取一香丸一呪一投於火中燒如是乃至八千丸盡其炭變爲蘇跋那金重百千兩又法若欲喫他呪者取已身中少許血已和白芥子爲八千丸黑月十四日一日不食取佉陀囉木鑪中然火取前白芥子丸一呪一丸投火中燒如是乃至芥子丸盡一切諸呪悉皆喫盡喫者外國語也即同此方破滅語訓他者是外道也

又法但誦呪行於曠野處及諸沙磧所須飲食自然而至又法日月蝕時取淨牛酥一兩新瓦鉢盛即把此鉢仰看日月呪鉢中酥乃

至酥暖或煙火出當爾之時即飲此酥服此
酥已隨欲詣處舉意即至若常誦此呪一切
怖畏得無所畏所有障難悉皆解脱又法若
患路陀瘡（患此瘡者悉皆死也）及諸毒蛇之所齩者（此蛇
人見即死）或患健毗吒雞瘡此等諸瘡呪黃土泥
滿一千遍塗其瘡上即得除差一切怖畏心
念即除而又法若人忽逢一切水難心念即
得不被沉溺如是等法不可廣説隨意即成
若造大曼陀羅者不得行欲

作何耶揭唎婆像法

復次更有畫作像法取淨白褻不得截割請
一畫師最巧能者勿還其價香湯洗浴著新
淨衣與受八戒日日如是於清淨處作一水
壇縱廣四肘（水壇之法如餘部説）呪師護身結界畢已
與彼護身於其壇中燒種種香散種種華供
養已訖於此壇内畫作菩薩其菩薩身長佛
一磔（長短正當次人一肘）總有四面中菩薩面極令端
正作慈悲顏顏色赤白頭髮純青左邊一面
作大瞋怒黑色之面狗牙上出頭髮使豎如
火燄色右邊一面作大笑顏赤白端正似菩
薩面頭髮純青三面頭上各戴天冠及著耳
璫其天冠上有一化佛結跏趺坐中面頂上
作碧馬頭仍令合口菩薩項下著寶瓔珞項
背圓光數重色作左手屈臂手當乳前把紅
蓮華其蓮華與菩薩頭齊正臨左髆其華臺
上作一化佛著緋袈裟結跏趺坐項背有光
右手仰掌五指皆伸臂肘平屈其手掌擎眞
陀摩尼（此云如意珠也）其珠團圓如作白色赤色光
燄圍繞其珠於其右手正當珠下雨種種寶
其左髆上著弊耶（二合）迦囉者摩（二合此云虎皮）如著

祇支當右腋下掩皮結帶更用虎皮縵其胯上以外臂釧天衣裙等皆如餘處畫菩薩法如令菩薩端身正立紅蓮華上空懸寶傘蓋菩薩頭其上空中畫作種種天音樂具兩邊空中須陀會天舞蹈供養畫此像時用香汁畫皮膠不當用

馬頭觀世音菩薩受法壇

若有沙門若婆羅門諸善男子善女人等意欲受持菩薩法者准前應作四肘壇法當覓勝地清淨之所掃灑清淨復以香水牛糞泥地懸於種種雜色旛蓋寶鈴珮鏡并諸金銀種種間錯嚴飾道場其道場中立五色壇縱廣四肘先下白色次黃次赤次青次黑而作四門其壇中心作蓮華座安置馬頭觀世音像正當東門作蓮華座安十一面菩薩正當北門作蓮華座安八臂觀世音其壇南方更無華座作八龍王何等爲八一名難陀龍王二名婆素雞龍王三名德叉迦龍王四名羯固吒龍王五名般摩龍王六名摩訶般摩龍王七名商佉波羅龍王八名鳩利迦龍王此八龍王唯以秫米乳糜供養以外餘者種種飲食供養亦得然四十五燈先喚八箇龍王安置用馬頭菩薩身印來去呪曰

唵(一)闍(去聲)耶毗闍(去聲)耶(二)阿瑟吒(二合)那(去聲)伽囉闍那(三)阿羅闌都(四)莎訶(五)

其壇西門如近南畔安一火鑪以胡麻人稻穀華等酥蜜相和竟誦菩薩心呪呪前和物一遍呪已投火中燒一一如是乃至滿足一千八遍已次請中心馬頭菩薩次請北方八臂觀世音菩薩用菩薩身印法來去呪曰

唵一夜勢夜輸擔二莎訶三
次請東方十一面菩薩用華座印來去安置
座已散種種華燒諸名香沉水薰陸栴檀香
等而供養之其呪師一日不食如不忍飢唯
得食酥香湯洗浴著新淨衣入道場中而作
供養常得觀世音菩薩憶念亦於一切菩薩
法中皆悉有驗若欲論議當作此壇而供養
者皆得勝上不被他難亦能難他若病難差
作此壇已病無不差若被毒藥毒蟲虎等之
所傷者若誦前呪無有不差用蘇木佉子(此云
芸臺)擣以爲末極令微細用酪(作酪殘汁也)汁和如
和麨法用馬頭觀世音心呪呪三七遍與其
病人空腹服之腹内所有一切毒蟲悉皆吐
出亦兼通用軍茶利法結界供養(以下諸菩薩法)
諸大菩薩法會印呪品　當部(印有九呪有十)

大勢至菩薩法身印第一
反叉後二指於掌中竪二中指頭相拄以二
食指於中指背少屈各捻中指頭以二大指
並掩在右中指中節上大指來去
又大勢至菩薩法印呪第二
以二小指抄於二無名指背竪二無名指頭
相拄又竪二中指頭相拄以二食指各抄在
中指背頭相拄以二大指並頭屈入中指下
節邊大指來去呪曰
唵一跋折囉二婆折唎尼三瞿吒瞿致尼四
盤陀盤陀五訶那訶那六馱迦馱迦七鉢遮
鉢遮八嗚餅泮九莎訶十
是法印呪等若有人能受持印呪每月十五
日香湯洗浴著新淨衣作法誦呪者速得阿
毗跋致若更建立道場日日香華供養其福

勝彼

文殊師利菩薩法印呪第三

反鉤二無名指右壓左在於掌中合腕二小指二中指直豎頭相拄二頭指曲各捻中指背上節上頭指來去呪曰

唵一婆雞陀那去聲麽二莎訶三又本無莎訶

此文殊師利印六字呪功能我今欲說若有持此呪欲成就者或食乳或食乳糜或食菜或食果子食乳應食此食日別三時香湯洗浴謂入五更以後爲初時日中以後是第二時黄昏以後至初夜爲第三時於此三時各一度洗浴時別各著一具淨衣是故亦須三具淨衣誦呪令滿六十萬遍此爲最初承事供養文殊師利又若欲受持成就驗者先須畫作文殊師利菩薩之像其畫像法取好白褺勿令有毛髮亦不得割斷纑縷其采色中不得用膠應以香汁和畫其文殊師利之像蓮華座上結跏趺坐其右手畫作說法手左手正當胸上仰著畫其像身作童子形身黄金色白色天衣遮齊以下餘身皆露首戴天冠身佩瓔珞臂印釧等衆事莊嚴其左相畫觀世音像其身白銀色瓔珞天衣莊嚴身分極令華飾蓮華座上結跏趺坐左手執白拂其右相畫普賢菩薩像其身金色瓔珞衣服莊嚴身分極令華飾蓮華座上結跏趺坐右手執白拂正當文殊師利之上於虛空中兩邊各作蘇陀會天手執華鬘在空雲内帷現半身手垂華鬘於其文殊師利像下右邊畫作受持呪者右膝著地手執香鑪其文殊師利等下遍畫作池水其菩薩像兩邊各畫作

山峯形其畫師自從起首欲畫之時日日與受八關齋戒香湯洗浴著新淨衣然後畫作乃至畫了當覓有佛舍利塔處即安文殊師利像在塔西面像面向西若無大塔應以小塔置安文殊師利像後以面向西設種種香華種種飲食及果子等三時供養其道場内然於酥燈作其道場要須預覓寂靜之處呪師唯令一人供給若正在道場誦呪之時所須香華飲食等供彈指而索不得出言布置種種諸供具已取沉水香截長二指一千八段點都嚧瑟迦(二合)油(此云蘇合香是)燒於無煙佉陀羅炭若無以紫檀木替取前沉香點前油中呪一遍已投火中燒如是乃至盡千八段一夜將曉明相出時行者即見文殊師利所有求願皆悉滿足除婬欲事以外所求悉皆不違行者所願又法當於像前取栴檀香截長二指一千八段還依前法呪火中燒晝夜供養是時文殊師利即自現身當爲說法所有身患皆悉除愈得菩薩地而得自在又法當於像前以瞿摩夷塗地散衆名華燒種種香行者於塗地場内一邊坐誦呪滿足一百八遍如是乃至經於一月得大聰明悉能記持一切經論又法日日隨心常誦莫忘定受業報亦令銷滅又法若日別能誦滿一百八遍臨命終時決定得見文殊師利隨心所願皆得受生文殊師利爲欲利益諸衆生故諸功能中略說少分復次是法印呪若有人患惡瘡惡病取龍腦香沉香甘松香多伽羅香苦楝樹皮是五種物總擣爲末以牛膽和而作團已竟然後陰乾欲用之時日中曝乾仍以

淨布覆其藥上勿令見日當以前印印其藥上亦以前呪呪藥滿足一百八遍更作小丸如彈丸大於大盤中盛水和竟用塗瘡上二十一遍塗之即差若腹中有病取濤秔米水和前藥服二十一度其病即差

彌勒菩薩法印呪第四

反叉後二指於掌中以二食指各在中指背令頭著中指甲下以二大指豎捻二中指上節文其二中指相離一寸半許開頭指來去

又彌勒菩薩法身印呪第五

准前釋迦金輪印唯改開二中指頭相去一寸半許頭指來去呪曰

唵一妹夷帝梨二合二妹夷帝梨二合三妹怛囉二合摩那上聲西四妹怛囉二合三皤鞞五妹怛嚕二合娑上聲鞞六莎訶七

是法印呪若有受持諸佛菩薩金剛天等印呪法者日日洗浴入道場中誦呪作印即得一切佛菩薩等皆悉歡喜

地藏菩薩法身印呪第六

仰兩手二頭指二無名指各相鉤右壓左二大指各屈在掌中以二中指各屈握二大指甲上二小指叉各屈在掌中大指來去呪曰

唵一波囉二合末平聲馱你二莎訶三

又地藏菩薩印第七

合兩腕二大指直豎屈二頭指壓二大指頭二中指直豎以二無名指各拯於中指背上二小指開直豎

是法印呪若有人每以白月十四日黑月十四日香湯洗浴立地端身並兩脚已而作此印誦呪護身滅罪療病大好有驗

普賢菩薩法身印呪第八
准前佛品帝殊囉施頂印上唯改開二中指
頭指來去呪曰
唵一跋提囇二合下同二跋提囇三蘇跋提囇四
跋陀囉二合拔智五盋陀囉六毗摩去聲禮七莎
訶八
是法印呪若有人能於白月八日十三日十
五日香湯洗浴獨自房內不聽他入面向東
胡跪當作此印至心誦呪二十一遍發露懺
悔得滅衆罪
若以此呪呪一切藥二十一遍用而服之身
常無病若常誦是呪在在處處一切歡喜
普賢菩薩爲坐禪人刦神鬼魔呪第九
呪曰
那謨囉上聲怛那二合跢囉二合夜耶一那謨阿唎
耶三曼陀跋達囉二合去聲耶二菩提薩埵去聲耶
三摩訶薩埵去聲耶四摩訶迦嚧尼迦去聲耶五
跢姪他六跋提囇七摩訶跋提囇八阿底都你
切跋提禮九鼻上聲伽上聲多囉闍西十摩訶鼻
上聲伽上聲多囉闍西十一莎訶十二
受持法者燒薰陸香沉水香檀香等供養普
賢菩薩於白月一日對佛像前誦一千遍若
欲入定先誦七遍即入定心住亦不驚動
見普賢菩薩呪第十
呪曰
那謨阿唎耶三曼陀跋達囉三合去聲夜一菩提
薩埵去聲耶二摩訶薩埵去聲耶三跢姪他四頞
囉上聲荼徒皆切五羯羅上聲荼六阿羅上聲荼七羯囉
上聲荼八莎訶九
此陀羅尼晝三夜三六時至心誦念不忘悉

皆銷滅五逆重罪又法從白月八日起首潔淨專心誦呪至十五日日日三時誦呪唯宜得食三種白食秔米乳粥餅乳酪等其十五日一日一夜緫不須食日日香湯清淨洗浴著新淨衣在閑靜處而作壇場若十二肘或作九肘縱廣正等唯除酒肉五辛葱蒜自餘種種上妙餅食及果子等備設供養豎旛竿子懸五色旛蓋又以種種時非時華遍散壇中燒沉水香薰陸栴檀香供養呪師面向東坐相續誦呪至夜半時聖者普賢菩薩若來現身爾時即得禪定三昧寂靜山居或得聞持不忘身體輕便亦能速行亦見伏藏所求修道方便疾得開悟

普賢菩薩滅罪呪第十一

呪曰

支波㖃一決定 毗尼波㖃二斷結 烏蘇波㖃三生盡

此呪平旦七遍夜七遍誦此呪去魘魅野道蠱毒能得身心慧三解脫後生不受生死身得法身常身境內外國怨賊一切惡人一切惡鬼神一切盜賊虎狼獅子惡毒蟲惡獸聞此呪聲皆口噤不相惱亂惡夢災殃烏鳴百怪自然銷滅此呪功能說不可盡

虛空藏菩薩法身印呪第十二

仰二手反鉤二無名指二小指各屈掌內二中指相背著豎二頭指仰直舒右壓左二大指舒壓頭指上頭相拄大指來去呪曰

唵一伽上聲伽上同那健闍二婆盧吉帝三莎訶四

是法印呪若有人能常樂誦持此印呪者所須財物悉皆如意若以此印印水呪巳七日

服之除一切病其水入腹喻如醍醐晨朝向暮各服一升至於後日服一升半亦可二升三四五升每飲水訖禮十方虛空佛七拜行道七帀若有人服此呪水滿一百日者悉除身中一切諸病仍即證得阿羅漢道心心常念虛空藏菩薩不得廢忘是呪力故

又虛空藏菩薩呪水呪第十三

呪曰

那謨囉(上聲)怛那(二合)跢囉(二合)夜耶(一)那麼阿迦舍揭婆(去聲)耶(二)菩提薩埵(去聲)耶(三)摩訶薩埵(去聲)耶(四)摩訶迦嚧尼迦(去聲)耶(五)跢姪他(六)毗(去聲)麽黎(七)摩訶毗(上聲)麽黎(八)郁麽黎(九)摩訶郁麽黎(十)休麽黎(十一)摩訶休麽黎(十二)薩婆黎(十三)摩訶薩婆黎(十四)只唎剃(十五)莎訶(十六)

當用此呪呪於淨水四十九遍與病人服若多人患呪一盆水人人各與二升服之或在身中或在身外或在生藏上或在熟藏下頭痛目眩身痛心痛寒熱不調聞是虛空藏菩薩呪水星菩薩呪八萬鬼神不得嬈害其身此大神呪能令病苦悉得除愈爾時觀世音菩薩摩訶薩等於是佛會各出本意而說法印呪品功德大威神力不可思議諸佛讚言善哉善哉汝等能為善護念故設此方便威神自在廣救衆生離諸貪著除其罪障去諸煩惱發大慈悲殷勤教誨感悟發覺我成印可爾時會衆皆悉歡喜作禮而去

佛說陀羅尼集經卷第七

音釋

齧(五結切噬也) 拓(他各切手承也) 姥(莫古切) 昵(乃吉切) 腎(時忍切) 黮(他感切) 蕤(儒追切木名) 磧(七迹切水中有石曰磧)

佛説陀羅尼集經卷第八 金剛部卷上

唐中天竺三藏大德阿地瞿多譯

佛説金剛藏大威神力三昧法印呪品第一

印有五十四 呪有二十二

如是我聞一時佛在毗富羅山與阿僧祇諸大菩薩摩訶薩衆并及無數諸阿羅漢天龍八部前後圍遶俱共會説陀羅尼印秘密法藏爾時會中有一菩薩摩訶薩名金剛藏在大衆中即從座起五體投地頂禮佛足禮佛足已前白佛言世尊我有眷屬十四部衆一一眷屬各有無量徒衆相隨現在會中爲我驅使從昔已來曾持呪法深奥明了嚴秘清淨是故而共賛成我法稱我名爲摩訶跋折囉波尼囉闍以是名故稱爲上首我等亦願樹成助護佛之正法是諸眷屬在我左右行列威侍説諸方便多所利益爲欲降伏一切諸魔惡鬼神故惟願世尊證明我衆聽許我稱眷屬名字方敢稱名爾時世尊告金剛藏善哉善哉汝今愍念諸衆生故稱其名字我亦印可汝今隨意稱其名字時金剛藏蒙佛聽許稱其名曰跋折囉蘇摩訶跋折囉蘇皤二合私地二合迦囉跋折囉蘇婆去聲呼跋折囉迦尼矩嚧馱跋折囉阿窭哩多軍荼利跋折囉烏樞沙摩跋折囉吒訶婆是菩薩等皆居我左跋折囉摩麽雞跋折囉嚧醯多木企平聲跋折囉商迦羅跋折囉鴦俱尸跋折囉母瑟低跋折囉施迦囉跋折囉尼藍婆羅達囉是菩薩等皆居我右是諸會中若天若人及諸魔王并鬼神等聞是我稱金剛名字各各無色皆悉默然心懷恐怖憂愁不快懼有大事恐

失性命時金剛等遥知彼意處在會中而生輕慢鬼神暴亂不遵敬法又恐謗毀墮於三途受諸苦惱而告彼言我有密意具諸法相佛已知之助成印可非是汝等所知境界是故稱云秘密法藏大陀羅尼神呪法印利益無量如佛所證時佛賛言善哉善哉爾時金剛菩薩衆等蒙佛賛成歡喜踊躍頂禮佛足繞佛三帀告彼一切魔鬼等言我等今以法成幸蒙十方一切諸佛同時印可利益一切汝等今者莫驚莫怕莫起惡念在此會中若天若人若有沙門若婆羅門若諸人王若天帝釋并及八部鬼神部衆人非人等若善男子善女人及諸外道仙人衆等悉皆諦聽我今上佛難思議深秘密法藏可貴教法汝等皆當信受共護是經即是同於諸佛大乘妙藏希有之法即是成就陀羅尼印神呪法門如來慈悲設諸方便救護一切衆生之類汝等若有故生違逆而不隨順我正法者破汝等頭而作七分如阿梨樹枝大衆人民聞佛所説應皆歡喜信受奉行

畫金剛藏菩薩像法

一切金剛藏菩薩像通身黄色而以左脚偏加斜垂右脚欲似下座而復起形在於百寶蓮華座上如令斜身面向右視而坐頭戴七寶莊嚴華冠身有重光其像背倚寶繡枕上其像左手屈臂覆左髀上右手屈臂在右膝上以手大指頭指相捻而屈中指及無名指在於掌中小指直竪其像頸下有寶珠瓔珞像兩臂腕各著寶釧以單素白縠絡其髆上兼二色絛附其縠上復以寶絛繫齊腰上其

條當肚結條之上作一黃色圓如錢大以朝霞錦縵其胯上著黃白色華褹之裙其裙青裹脚脛暎露寶條爲帶以繫其腰

像左右廂各有一大侍者菩薩立蓮華上通身黃色以朝霞錦縵於腰胯連覆膝上總同頭戴七寶華冠其左廂侍者菩薩唯以左手屈臂近右乳房把於白拂拂頭正當臨左髆上右手伸臂少曲在髀手指少拳臂腕有釧其右廂侍者菩薩華冠衣服與其左廂菩薩一種唯以左手屈臂近左乳房把跋折囉右手屈臂向上腰間仰手手把白拂散懸其拂拂頭垂下

其像左廂近像髀側有一菩薩通身碧色於其頭上出三股跋折囉形其跋折囉下有緋裓裓其頭上次下復有黃縵纏頭覆齊鬢額唯出面眼其眼睛角如帶少赤似斜看視其像形狀如瞋怒相以兩手臂相交叉著以右壓左附入腋間其脚偏交側坐竪左脚髀其髀間出一赤蛇繳肚及脚髀間出頭向左臂肘看暎像身其像身坐赤蓮華上其像左右廂各有四菩薩上下皆坐而作威儀助金剛藏降伏一切次左上一菩薩通身黃色頭戴華冠耳有白環其像頂後有圓赤光以華白褹絞其右臂向後而出左腋間上絞絡其髆右手屈臂在右髀上以大母指頭指相捻中指無名指屈在掌中小指直竪左手屈臂橫在左脚髀膝間覆手把一物物作緑色其物向上頭少漸尖向下漸麤方而且圓（如唐靴篦）中心一道青色竪頭向其身上著朝霞裙偏加而坐赤蓮華上次下一菩薩通身黃色頭戴

華冠作青圓光其像兩耳各有寶璫赤裹脣白穿在耳中以華白褺袜繳肚上右手屈臂以大母指頭指相捻餘三指散以手覆在右乳房上左手屈臂正當壓在左髀膝間仰承把前菩薩手中所把似靴箆者著朝霞裙偏加而坐青蓮華上次下有二菩薩前後竝坐後一菩薩通身黄色頭有少許作青圓光耳有白環頭戴華鬘其乳房大以華白褺横袜乳上右手屈臂以大母指頭指相捻三指握拳左手屈臂舒展手掌把前菩薩手中所把似靴箆者著華黄褺裙雙膝跪坐赤蓮華上次前一菩薩通身黄色迴面向左狀似共後菩薩語形頭有金線一道絞髻作赤圓光左一耳中穿一寶璫狀如瓦桶赤裹白脣作赤圓光右手屈臂近乳房側屈其中指及無名指在於掌中大指頭指小指散竪仰其手掌左手屈臂以手仰在於左膝上還承把前菩薩手中似靴箆者其箆向身頭傍偏有似作鉤形向外少曲臂腕有釧身著朝霞裙偏加而坐紫蓮華上其像左廂上一菩薩通身黄色其頭髻上以少赤色絞之向後作赤圓光耳有一雙赤色寶物短小如箸插在耳中其物兩頭各有白點以緑色褺絡其髆上著華白褺裙暎出腰間少許朝霞左手屈臂在左膝上仰掌向身以大指食指兩指竪挾一跋折囉仰其手掌右手屈臂舒掌纔近左髀脚脛之間交脚而坐赤蓮華上次下菩薩通身紅色頭戴華冠作青圓光耳有白環形貌肥滿身著閻緑色褺縵胯又從右腋下及髆上有一道閻褺向後而出絞左臂肘間右手屈

臂在右膝上手掌向身以大指頭指挾一隻箭羽向上豎左手屈臂近其肚上手把一塊黄色寶物兩脚相拄躬身而坐赤蓮華上次下有二菩薩前後竝坐後一菩薩通身黄色頭上有金華冠作青圓光耳有白環以華白㲲絡其髆上右手屈臂在右膝上舒掌向外以手把前菩薩手中所把似靴箆者左手屈臂向前豎之屈無名指豎其大指頭指小指其身上著黄華㲲裙胡跪而坐赤蓮華上次前一菩薩通身黄色頭有少許黄菊華冠右一耳中有白寶環迴面向後狀似共後菩薩語形其乳房大以輕白㲲絡其髆上右手屈臂引向外邊把一黄物其所把物狀似斷繩其物兩頭有小菊華相連成絛俱垂向下左手屈臂在於心上手掌向外以大母指頭指相捻中指無名兩指皆屈小指直豎著朝霞裙交脚而坐青蓮華上其像側廂布以緑地像上側廂兩邊畫著須陀會天在青雲間各以華鬘兩手垂把來趣像上而作供養其像兩邊有貝多樹及山形等其像華座下著寶池次右廂著一小童子頭戴華冠通身黄色以雜綵㲲間色縵胯峻跪而坐將以華鬘來助供養

金剛囉闍一切見法印呪第一

仰右手掌以捺左手掌背即以右手指逆叉左小指下以左大指叉右小指上手背相著餘三指皆直伸搏手背呪曰

唵一 跛折囉二 波婆去聲夜三 莎訶四

是法印呪若作金剛法先以此法而作供養一切金剛皆生歡喜

金剛藏大心法印呪第二

反鉤二無名指在掌中右壓左合掌二中指二小指直豎頭相拄小曲開二頭指二大指直豎竝著呪曰

那上聲謨上聲囉上聲怛那二合跢囉二合夜耶一那謨室旃二合荼拔折囉波拏曳二摩訶藥叉斯那波多曳三唵四跋折囉戰荼五薩婆突瑟吒二合安馱迦上聲六訶上聲那馱訶鉢者恩上聲二合七唬嗚鈝八潑潑潑潑九

是法印呪名金剛藏大心法印呪一切皆用若人欲作金剛法者先作此印誦呪護身一切無畏若治一切鬼病時氣牛馬等患疫病之時於城門外作大水壇壇中心著一大水罐受四五升許滿盛淨水以此印呪一百八徧其壇四角安四盤食於壇四邊散種種華其壇左右各安一柱柱上橫延繩子一條於其繩上懸青柳枝於左柱邊布著一座呪師坐上誦呪壇中飲食盡擎棄却將其水罐移著柱下驅患牛馬過於壇中心呪師取其柳枝呪以柳枝取其罐中水次第灑其牛馬身上其病即愈

金剛藏結界法印呪第三

仰兩手以四指相鉤仍以右鉤左即以大指各捻自無名指甲上呪曰

唵一枳唎枳唎二跋折囉藥叉三盤陀盤陀四鈝五莎訶上聲六

是法印呪若作金剛法當作此印呪結界護持然後作法一切無畏若以是呪印或呪灰水白芥子等皆須以印印拄呪之三徧七徧並皆得用若於四方及之上下所有一切諸

惡鬼神悉散出去後作前印更重結界起立正面向東從身左邊以左脚頭在前豎著次以右脚橫搏左跟如丁字形而行右轉每至一會一帀頭時及之門户皆作金剛大瞋形勢怒眼皺齒面作瞋色如是三帀後用軍荼利大身法重結其界是法成就

金剛藏法身法印第四(亦名五股印也)

反鉤二無名指在掌中右壓左合掌以二中指二小指直豎頭相拄二頭指小曲附中指側二大指直豎並著頭指來去(呪用前護身呪)是一法印若有人受持金剛法者日日洒浴著新淨衣而作此印誦前護身呪在於佛前供養一切諸佛菩薩諸佛菩薩常生歡喜感得十方一切金剛常來加護助行者力

金剛藏心法印呪第五

反叉左右頭指已下四指在掌中左大指直伸右大指屈入掌中合腕呪曰

唵(一)跋折囉直迦(二)三摩羊鳩魯(輕呼三)莎訶(四)

是法印呪若欲作一切金剛法者先請金剛安置座竟即作此印誦呪後作金剛法者皆得有驗

金剛藏散華法印呪第六

兩腕側並二大指各捻二小指甲上以二無名指側頭相拄二中指頭指各直向前磔豎而不相近呪曰

唵(一)跋折囉(二)波婆(去聲)夜(三)莎訶

是法印呪若欲供養金剛無香華時當作此印而誦呪者一切金剛皆悉歡喜

金剛藏吉利法印呪第七(亦名須婆印呪此云印王)

反叉後二指於掌中竪二中指頭相拄兩頭指各屈在中指皆離中指一分許不著竝二大指各捻中指中節上頭指來去呪曰

唵(一)蘇雄(去聲二合)婆(上聲)你(二)蘇雄(去聲二合)婆(上聲三)嗚吽吽吽吽(四)潑潑潑潑(五)莎訶

是法印呪若能日日在於佛前及道場所而作此印誦呪之時常得一切金剛歡喜若供養意發遣一切佛菩薩已呪師即以右手大指與無名指捻取少灰呪之七徧用點頂上及左右髆心頸眉間髮際等上名作護身一切無畏一切鬼神不得近人

又以此印治一切鬼病若欲卧時洒手漱口即用此印呪三七徧護身卧者夜卧之處一切不畏若人夜夢共女交通失不淨者取五色線而作呪索一呪一結如是結滿一百八結著新淨衣用前呪索繫其腰上護身誦呪而卧眠者即無此事又用此法而作結界又作此法一切歡喜

金剛藏呪王印呪第八

反叉後二指在掌中竝竪二中指頭相拄小曲二頭指各在二中指背頭當中指第三節背莫著少許竝二大指頭捻中指第二節頭指來去呪曰

唵(一)蘇皤(二合)悉地(二合)迦囉(二)囉(上聲)叉(初沙切三)莎訶(四)

若呪師日日作一切供養法時發遣已竟以右手大指無名指捻灰少少呪七徧已如前點頂左髆右髆心上頸下眉間髮際而護身者一切無畏

金剛藏大身法印呪第九

左右二手總反叉後四指在掌中以二大指屈入掌中露節背二肘向下相拄呪曰

那上聲謨上聲跛折囉西上聲若若冶切下同耶一薩婆帝哩二合盧迦吉阿切奢闍二合若耶二鉢羅涉筏二合唎多奢闍二合若耶三跋折囉迦那迦四目底伽稜輕呼吉利二合多五設唎二合囉去聲耶六摩訶婆羅去聲耶七摩訶毗陀地夜切耶八醫醯醫醯九緊之囉也栖十婆伽婆上聲底十一跋折囉跛尼必唎二合曳十二摩訶跋折囉婆你醯十三阿那去聲夜阿那去聲夜十四伽羅曳囊合冶切畀迭十五羝登太登切揭羅詌十六阿那去聲夜阿那去聲夜十七試揭囕二合下同試揭囕十八曳遲提去聲婆十九那去聲伽二十藥叉二十一乾闥婆二十二阿素囉二十三迦嚕茶二十四緊那上聲囉二合二十五摩睺囉伽二十六囉刹婆二十七毗舍遮二十八鳩槃茶二十九憂摩陀三十阿婆三磨二合囉三十一毗那夜迦三十二布單那三十三夜多囉三合悉鐵二合多三十四夜多囉二合怛那二合怛杜畀三十五阿那去聲夜阿那去聲夜三十六施揭囕施揭囕二合上下皆同三十七俱盧俱盧三十八末盧都盧三十九訖抑二合嘘挐二合訖抑二合嘘挐二合四十摩他摩他四十一鉢他鉢他四十二跋陀跋陀四十三馱重呼摩馱重呼摩四十四富羅富羅四十五娑上聲陀娑上聲陀四十六稜輕呼伽稜同上伽四十七阿比舍阿比舍四十八跋折囉西上聲若尼遮切四十九阿知若二合波夜提五十莎訶五十一

是法印大呪通一切用若有人能日日洒浴入道場內佛菩薩前作印誦呪供養之時是人感得一切諸天及諸魔王及鬼神等若聞是呪一切皆發菩提之心慈悲柔善不生惡念是諸金剛威神力故亦通療治一切鬼病

一切諸佛菩薩等衆皆大歡喜又若病人口中血出若婦人身月水不絶日日數來印秔米呪洒取其汁汁中和蜜與婦人服即得除愈呪之三徧

金剛藏頭法印第十誦前大呪

反鉤二無名指在掌中右壓左合掌以二中指二小指竪頭相拄屈二頭指頭以壓二大指甲是一法印若有人患頭痛者應作此印誦前呪打頭痛即差

金剛藏頂法印第十一誦前大呪

准前頭印上隹改二頭指捻著二中指背上

第三節

是一法印若人欲步遠道行者先私房中作此印已誦前大呪二十一徧即以此印摩自脚底然後行者脚即不痛若騎馬去者亦依前法印摩馬脚然後行者馬脚不痛

又若在道及一切處欲喫食時先以椀中滿盛淨水兼著少食攪水食呪潑與鬼等一切衆生悉令飽滿數數誦呪然後去者一切水陸道路中賊禽獸等難即無所畏

金剛藏口法印第十二誦前大呪

准前頂印上唯改於二虎口中各出二無名指頭二大指竝小屈頭二頭指相離復勿著於大指頭作此印已起以左脚指頭向前右脚指頭向右斜身而立唐云丁字即舉此印當右乳上莫令著乳面左斜開口又大張眼大殺怒形如金剛面

是一法印可用降伏一切天魔及諸外道一切大力鬼神見者皆生忙怕一時散滅亦可療治一切鬼神病者大驗

若十月十三日臘月十五日於淨室中莊嚴道場而作水壇懸諸旛蓋於壇中心著一水罐滿盛淨水中著五穀青栢竹葉塞其罐口以絹片束然後安金剛像結界護身復安火鑪取薰陸香沉水香安悉香三種擣和爲丸丸大如小棗一千八箇至日午時呪師洒浴著新淨衣入於道場結界護身請金剛王安置壇中種種供養於火鑪中畫作華座於華座上請金剛王安置座已取上香丸一丸一呪投火中燒如是燒盡一千八丸金剛像上金剛王現問行者言汝欲何法是時行者即把香鑪隨意答者即得大驗

金剛藏降魔法

金剛藏跋折囉法印呪第十三

先以右手大指捻小指無名指中指等甲上左手亦然相環竪二頭指呪曰

唵一𤙖𤙖二闍三

是法印呪療一切鬼病用之大驗

金剛藏縛法印第十四前誦大呪

准前頂印上唯改二頭指向中指後絞頭相捻著

是一法印若療病時用此印縛一切鬼神誦前大身呪鬼病即差

金剛藏箭法印呪第十五

左右頭指相逆鉤之以中指已下三指握大指爲拳以右腕背壓左腕上其兩頭指頭形如箭栝跪地呪曰

摩婆雞那去聲悉底二合羝跋範布蔭切一跋折囉波去聲尼一阿羅詌三跢姪他四目佂畀呬喜伊切下同尼五都呬尼六跋囉摩去聲唎七富囉末唎

八阿吒九末吒十摩吒尼一十都嚾都嚾二十都
吒都智尼三十莎訶四十
是法印呪若人患一切鬼病作此印已左膝
跪地印當痛處呪師心中作破鬼想與其誦
呪皆悉除差
金剛藏矟法印呪第十六
屈右手無名指小指以大指壓甲上中指頭
指直豎左手亦爾屈右臂手腕覆當胷上橫
著左臂直申向左一如執矟形呪曰
唵一帝哩合二布囉二那舍尼三莎訶四
是法印呪若人患神鬼等病者用結此印即
起以左脚斜立如挺矟形心作破鬼想至心
誦呪鬼病即差
金剛藏刀法印第十七誦前矟呪
准前矟印上唯改左手屈臂向身當胷上橫
著指頭向右肩右手伸臂向上腕向前立地
是一法印若人患鬼神等病當結此印即起
立以右脚斜立似向病兒斫之即差
金剛藏可吒合二傍伽印呪第十八亦名期剋一切鬼印
呪上可字全吒字半音
以左右二手後三指俱把拳以大指壓中指
節上頭指直豎以左手印中立著跋折囉屈
肘覆掌當心上橫著以右手側直豎之當右
肩外起立乃左脚向左曲膝立之右脚直立
迴身面向左呪曰
那上聲謨上聲囉上聲怛那合二跢囉合二夜耶一那謨
同上室旃合二荼跋折囉波拏曳二摩訶藥叉斯
那波跢曳三跢姪他四唵五加吒加吒六摩
吒摩吒七盤闍盤闍八吉唎合二吒吉唎合二吒
九阿比舍阿比舍十者羅者羅一十朱摩去聲耶

朱摩(去聲)耶(十二)朱嚂訖抑(二合)嘘拏(二合十三)莎訶(十四)

是法印呪若人患鬼神病者當作此印以起瞋色當病人前立誦呪者是諸爲病鬼神等類悉皆散走

又呪鉢時取一淨銅椀滿盛淨灰呪三七徧令一小兒淨洒浴已著新淨衣峻坐其上當令兩手牢捺椀脣呪師右手把香鑪燒安悉香呪之彈指如是數數誦呪彈指更加訶之若欲捉賊隨所疑人坐鉢四邊若鉢至身更呪不去當知此人即是賊也如其身無以意標記賊坐之處所呪之鉢隨意住處知即是賊若總不知處隨鉢至處知即是賊

金剛藏眷屬法印呪品第二

金剛摩磨(去聲)雞法印呪第十九(名金剛丹)

以二無名指頭指各右壓左屈在掌中二小指各竝頭竪頭相拄以二大指齊竝竪之勿與頭指相著大指來去呪曰

唵(一)孤蘭怛哩(二)盤陀盤陀(三)莎訶(四)

是法印呪名爲金剛母法若作金剛法乃至欲作軍荼利等金剛法者先請此母安置供養即得一切金剛歡喜行法有驗

摩磨雞法幢印第二十(不見呪)

左右中指以下三指屈在掌中左頭指少曲竪右頭指大曲竪頭離大指二分許竝竪二大指

摩磨雞戟印第二十一

左右頭指中指小指反叉在掌右壓左曲竪二無名指頭相拄二大指向外相叉右壓左合腕

金剛母瑟瓶法印呪第二十二(亦名金剛兒法亦名使者)

印亦名摩帝那法

以兩手相背以右腕壓左腕以頭指中指無名指各壓大指爲拳兩手俱同以二小指逆相拓絞呪曰

那上聲謨上聲囉上聲怛那合二跢囉合二夜耶一那上聲謨上聲室旃合二荼跋折囉波筝曳二摩訶藥叉栖那波跢曳三摩羝跋折唎四跋折唎尼五跋折囉嚟六三摩去聲羅七三摩去聲焰八毗離毗離九支離支離十主嚕主嚕十一加吒加吒十二那上聲謨上聲蘇都合二羝十三摩訶杜地阿目劒迷十四鞠網俱上聲嚧十五訶上聲那訶上聲那十六馱去聲訶馱去聲訶十七般者般者十八跋折囉馱去聲唎十九跋折哩尼二十虎嚕虎嚕二十一悉陀室旃合二荼二十二跋折囉傍去聲尼二十三囉上聲怛若合二波夜提二十四莎訶二十五

是法印呪名爲金剛見法若有人能日日誦是呪滿十萬徧者當於道場作四肘水壇其壇無門於壇中心作一華座安毋瑟羝金剛著五水鑵四角各一中心一鑵其鑵口中皆以栢葉梨枝塞之以生絹三尺束其栢葉惟燒安悉香然十盞燈種種飲食共盛十盤壇西面外如近南邊安著火鑪胡麻稻穀華相和燒之供養請毋瑟羝安置座已呪師手把胡麻等物誦呪一徧一投火中如是數滿一千八徧耶得靈驗一切鬼病亦悉除愈如不差者三日作法第三日夜縛三草炬其草炬中多插松明與作大法種種法盡將其病人至於寬處面向西坐呪師把草以拄取火急急誦呪呪聲莫絕把火右遶病人三帀令病人舉頭看呪師呪師兩手把火面作瞋色至

心誦呪以草火略病人頭上竄過後更續挂火度與呪師呪師把取依前遶竄盡三炬竟其病當時決定即差與作護身若是鬼神病無不差者如不差者即是業報也

金剛商迦羅大心法印呪第二十三（此金剛藏大女法印有十呪有四）

反叉兩手中指以下三指在掌中右壓左竝豎二大指附著右中指上以二頭指雙屈中節頭相去一分許不相到又去二大指亦一分許不相著頭相合腕大指來去呪曰

那（上聲）謨（上聲）囉（上聲）怛那（二合）哆囉（二合）夜耶（一）那（上聲）謨（上聲）室旃（上合）荼跋折囉波拏曳（二）摩訶藥叉（去沙切下同）栖那波哆曳（三）那（上聲）謨跋折囉商迦羅（去聲）耶（四）跋折囉波尼（去聲）寫（五）磨（去聲）怛喇（二合）怛寫那無悉訖唎（二合）埵（六）一曇阿毗舍南（七）跛囉（二合）薄叉咩（長聲八）曳那毗嘞叉（九）阿毗室哩（二合）底（十）跛羅者婆（十一）醯（上聲）哩跋折喇（十二）徙哩跋折喇（十三）阿那（去聲）夜跋折喇（十四）悉怖（一合）吒耶跋折喇那（十五）囉（上聲）叉囉（上聲）叉（十六）麽麽（十七自名）阿謨迦（上聲）寫（十八他名）徙殿（殿慢切下同）覩曼哆囉（二合）跛陀（十九）莎訶（二十）

是法印呪名爲金剛藏大女心法若有人能受持者可於佛前日日燒香供養誦呪滿十萬徧得種種利益亦能除滅一切諸病悉皆有驗

又商迦羅心法呪第二十四（用前印）

呪曰

唵（一）跋折囉（二）跋折唎你（三）婆伽婆（去聲）低（四）跋折囉商迦禮醯（上聲）（五）盤陀盤陀（六）僧伽吒耶（七）跛多囉囉（上聲）帝（八）莎訶（九）

是一法呪若人欲作商迦羅法及療病者日日供養燒安悉香亦著餅果種種盛盤至夜然燈於道場中即作身印應當至心誦此呪滿一百萬徧其法即成後但欲用舉心作印誦呪即來若不遣去終不去雖若欲發遣須誦此呪發遣即知大大有驗

商迦羅小心法印呪第二十五

仰右手四指屈密相著以大指近頭指相附一如盛水不漏呪曰

唵一跛折囉商迦上聲里二訶上聲那上聲訶上聲那上聲三盤陀盤陀四訖抑二合嘘拏二合訖抑二合嘘拏二合五鈝六潑潑七莎訶八

是法印呪若有人卒得鬼病不知好惡痛痒之處以印盛水誦呪七徧已潑打病人面及心上但有痛處皆得除愈其人便得穌息平復如故大大有驗

商迦羅法身印第二十六誦前小心呪

反叉兩手中指無名指小指右壓左在掌中竝竪二大指叉屈二頭指中節頭相拄以壓二大指頭合腕大指來去

是一法印若人欲作商迦羅法先作此印誦前小心呪以印護身然後方作餘法無畏亦得諸驗

商迦羅頭法印第二十七從此以後五印皆誦前大心呪若作壇時即誦後大呪有驗

准前身印上唯改二頭指頭右壓左側著左大指上合腕

是一法印若有人病頭痛者作此法印印其痛處數數呪之後用柳枝打病即差

商迦羅鎖法印第二十八

准前身印上唯改各屈二頭指甲背相著即於二大指背上著之合腕

是一法印若有人被鬼神著者作此法印誦呪鎖著一切鬼神其病即差

商迦羅療病法印第二十九

准前身印上唯改各屈二頭指甲相著又以二大指竝壓於二頭指側上合腕

是一法印若有人患一切鬼病即作此印誦呪療之其病速差

商迦羅縛一切鬼法印第三十

准前身印上唯改申二中指頭相著二大指竝豎二頭指各屈中節頭相拄以壓大指頭上合腕

是一法印若有人患心腹刺痛以此法印至心繫念印其痛處一心誦呪一切鬼神皆死病差

商迦羅大結界法印第三十一

准前身印上唯改開頭指小曲豎之如牛角形是一法印若有作壇供養療病手結是印從壇西門却退而行即以此印抱於左膝一脚遶壇行至一角即旋一帀四角皆然次入壇中心以頭指拄作印印壇中心誦小心呪七徧已後作軍荼利法一切無畏

商迦羅罥索法印第三十二（誦前小心呪）

准前結界印上唯改各屈二頭指其頭各入於大指內根底合腕

金剛商迦羅大呪第三十三

呪曰

那（上聲）謨（上聲）囉（上聲）怛那（二合）跢囉（二合）夜耶（一）那（上聲）謨（上聲）室旃（二合）荼跋折囉波拏曳（二）摩訶藥叉

栖那波跢曳三那上聲謨上聲跋折囉商迦羅去聲
耶四遲潑多跢耶五摩訶婆羅去聲耶六毗陀
地耶切囉闍上聲耶七婆羅涉婆二合哩多八摩訶
迦利曳九賛檀那陀摩迦露摩上聲曳十難地
雞濕婆二合囉十一商俱吒二合羯剌那十二比喍二合
耶曳十三毗陵岐唎致麽十四奴知二合若跢曳十五
提婆十六那去聲伽十七藥叉十八乾闥婆十九阿素囉
二十伽路羅二十一緊那去聲囉二十二摩休囉上聲伽
二十三喍師伽去聲那二十四布自多去聲曳二十五阿
徙毋婆羅二十六跋折囉婆去聲羅首波賖二十七
可吒二合謗伽二十八姪唎二合首羅二十九賖吉羝
二合三十佉頞伽二合波賖三十一波囉二合輸訶上聲悉
多二合曳三十二婆衍那伽去聲曳三十三姪哩一合你
跢囉曳三十四遮咄波多囉去聲一合曳三十五遮咄
鄧瑟吒二合吒吒曳三十六烏嚕陀雞師曳三十七

婆羅涉婆哩二合多三十八你多羅曳三十九尸皤
二合娑那婆私你曳四十迦婆羅訶悉陀去聲二合曳
四十一部多閉唎二合多四十二荼枳尼毗喍二合夜
曳四十三夜摩婆岐你曳四十四伽迦上聲那昨喍
你曳四十五期羅干瑳遲迦去聲曳四十六那去聲囉
嚧遲囉四十七婆娑奴立多上聲四十八伽怛唎二合
曳四十九那去聲囉那去聲唎五十波首摩醯上聲賖五十
一婆娑長聲引悉癡癡阿切二合末侘荼訶切五十二斫迦
唎二合拏五十三迦娑羅訶悉陀去聲二合曳五十四思
蠅二合伽五十五毗耶二合羯囉二合五十六地比迦五十
七摩利謝嚕嚕迦五十八婆休毗比陀五十九羯
唎多六十部多波羅訶悉多二合六十一吒訶娑那
陀去聲曳六十二摩達唎二合伽那六十三布自多去聲
曳六十四那麽悉羝六十五醫去聲醯醫去聲醯六十六
婆伽婆去聲帝六十七跋折囉謗你摩羝那六十八

跋折囉寫那摩羝那六十九跋折囉設你摩羝那七十跋折囉央俱去聲施摩羝那七十一跋折囉謗尼摩羝那七十二跋折囉商迦羅耶毗知耶二合摩羝那七十三跋折囉商迦毗知耶三合囉闍寧羝那七十四登施摩二合羅七十五三摩焰婆伽婆去聲帝七十六薩多陀吉唎擔七十七倍娑量怛他伽上聲多七十八娑彌輩七十九提婆八十那去聲伽八十一藥叉八十二乾闥婆八十三阿素囉八十四伽嚕羅八十五緊那上聲羅八十六摩休囉上聲伽八十七悉馱毗知耶二合陀囉八十八三摩婆曳八十九誓三摩羅醯九十羝那薩羝那九十一羝那三摩曳那上聲醯九十二婆伽婆帝九十三伽羅賒九十四伽羅賒九十五伽羅賒九十六羯吒九十七羯吒九十八羯吒九十九麼吒一百麼吒一麼吒二潑三潑四潑五跋折囉商迦羅耶六莎訶七素跋折囉商迦羅耶八莎訶九迦利曳十莎訶十一摩訶迦利曳十二莎訶十三迦利迦利十四摩訶迦利曳十五莎訶十六摩利曳十七莎訶十八摩訶摩利曳十九莎訶二十摩利摩利二十一摩訶摩利曳二十二莎訶二十三醫去聲醯醫去聲醯二十四婆伽婆去聲帝二十五跋折囉商迦禮二十六施迦嚂二十七伊曇吽二十八羯網俱嚕二十九跋折囉商迦羅三十阿知若若冶切二合波夜底三十一莎訶一百三十二

是大法呪用前五印作法受持即得成辦若諸持戒行者能發慈悲憐愍一切廣爲救護可立道場日日洒浴著新淨衣對佛菩薩前設弘誓願願我救度一切衆生及能拔除自身苦惱啓白已竟燒安悉香及著華水餠果油燈種種供養以至誠心七日七夜誦此大呪及以時時作前五印數數懺悔日滿以後

即記徧數要數滿足十萬徧掐珠爲記徧數滿已然後取日作受法壇供養作法竟於後即得種種有驗

商迦羅受法壇

若人欲得跋折囉商迦羅驗者先日日作種種供養燒安悉香請商迦羅安置座竟當誦心呪滿十萬徧發願救護一切衆生然後豫覓清淨之處置立道場一如上法其法當取臘月十五日香湯洒浴著新淨衣於道場所懸諸旛蓋及供養具華香等物備辦已竟其道場中作四肘壇用白赤黑三色作之壇中心安商迦羅像若無像者作印請喚商迦羅坐蓮華座上安置亦得或於地上畫著亦得東方畫著跋折囉形北方畫著鐵連鎖形南方畫著可吒謗伽印形其印形者畫作人面形其面頭上畫著跋折囉形立著頭上勿作其身形代其身者畫作杖形其杖頭上著彼面形作其杖形如錫杖莖其面頭上畫作頭髮散垂下之右耳畫著金釧形如壇法上火天神面上著金釧似細腰鼓西方安呪師座於其壇上安八盤食種種上味飲食共盛燈十二盞水罐九口其罐各別滿盛淨水用青栢葉梨枝竹葉塞其罐口各以三尺生絹繫枝其壇中心著一水罐四門四角各著一罐壇西門南安一火鑪頗俱(此云穀木)木柴取兩三束胡麻秔米酥蜜相和用前心呪一百八徧亦用此呪呪安悉香一百八徧擬燒供養種種辦已月十五日呪師更以香湯洒浴著新淨衣入道場中作印護身結界已竟燒香發願法事已訖作印誦呪請商迦羅金剛安置

即以種種香華供養作供養竟更請商迦羅坐火鑪中呪師心想於火鑪中有大蓮華商迦羅身坐蓮華上作是相已取前所呪胡麻秔米酥蜜食等於火鑪中然頗俱柴少分取前所和胡麻等物一呪一燒如是燒呪一百八徧又呪安悉香一呪一燒如是燒滿一百八徧後燒酥蜜一呪一燒一百八徧如是香華香水等物種種飲食供養已竟其道場西去壇可有三四步地作一水壇其壇之上著一牀子令受法人坐牀子上即擎水罐灌其頂上令受法人心口發願願我弟子某甲當行商迦羅金剛法救護一切衆生之類願諸金剛皆賜弟子某甲種種信驗發是願已即與護身著新淨衣將入道場三禮佛訖更與護身作印誦呪發遣已竟從此以後種種用之皆得効驗若欲療病猶如猛火燒於乾草若湯沃雪有如是力

呪師若欲治病者於病人邊作二肘水壇呪白芥子散於十方結界壇中心著一盤餠食著一鉢飯一鉢淨水病人於壇西門邊住面向東坐呪師手把白芥子呪三七徧以打病人頭上然後火燒白芥子并呪三七徧已更誦大呪以柳枝打病人者其病即差若一日不差三日作法決定即差（從此以下央俱施法）

金剛央俱施法身印呪第三十四（名金剛藏小女法有七印惟有二呪）

反叉二無名指二小指在於掌中豎二中指頭相拄以二頭指捻在二中指背後當第三節下頭相拄竝二大指各附中指上合腕大指來去呪曰

那（上聲）謨（上聲）囉（上聲）怛那（二合）跢囉（二合）夜耶（一）那（上聲）

謨上聲室旃二合荼跋折囉波拏曳二摩訶藥叉栖那波跢曳三唵四跋折囉央俱施五阿迦上聲荼六毗迦上聲荼七阿迦嚟沙上聲耶八跋折囉央俱施那九莎訶十

是法印呪名爲金剛藏小女法身印呪若人欲作央俱施法事供養者先以此印誦呪護身及結界已又作是印即誦此呪請央俱施坐種種供養即得一切金剛歡喜

央俱施口法印第三十五誦後大呪

以左右小指内雙直豎右無名指捻在左無名及中指背已即向頭指中指岐間入又以左無名指從右中指無名指岐間出之即入食指中指間二中指直豎頭相拄二食指各屈鉤無名指頭竝二大指直豎頭相拄與二小指相離半寸許

是一法印制伏一切鬼神言語妄説諂曲作此印已誦後大呪更不敢語神病即差

央俱施牙法印第三十六亦名急縛鬼印

竝豎二小指頭相著反叉二無名指在於掌中右壓在頭向虎口出竝豎二中指頭相著各捻二頭指在中指背上頭當第三節捻之竝豎二大指合腕

是一法印有人病患所有痛處當作此印誦後大呪以印痛處其病即差

央俱施鉤法印第三十七誦前心呪

屈左小指於掌内以大指壓其甲上直伸中指纔屈頭指附中指側上舉臂當眼耳中間指頭横著向前勿著面

是一法印若有鬼神難調屈伏不受追喚者當立地作印誦前心呪七徧追喚應聲而至

到已任爲別法示語降伏事了然後發遣持法之人必須解此其法印呪於師大要

央俱施索法印第三十八(誦後大呪)

二手掌相背著以二無名指相交伸之如繩二中指亦爾二小指各屈如鉤又各屈二大指更屈二頭指各鉤二大指上狀如鉤形是一法印若有鬼神心生違逆不從佛法者先應用前鉤印喚來來已即當作此印法誦後大呪縛之勘問鬼神皆伏不敢縱暴是法大驗

央俱施口印第三十九(亦名解放印)

以二小指內雙直豎右無名指搽左無名指中指背向頭指中指岐間入左無名指從右中指無名指間出之即入食指中指岐間入二中指直豎頭相拄二食指各屈鉤無名指頭竝二大指直豎頭相拄與小指離半寸許(是印與前不空羂索口印無別)是一法印欲解放其前所縛鬼用前心呪放之

央俱施療病法印大呪第四十(亦名縛鬼印誦後大呪)

准前身印上唯改二頭指各當中指第二節前文著之又各屈二大指頭入掌中合腕是一法印若欲降伏一切鬼神及欲療治一切病者當作此印印其病處誦後大呪七徧即差央俱施大呪呪曰

那(上聲)謨(上聲)囉(上聲)怛那(二合)跢囉(二合)夜耶(一)那謨(同上)室旃(二合)荼跋折囉波拏曳(二)摩訶藥叉栖那波跢曳(三)唵(四)跋折囉央俱施(五)迦比羅雞施(六)跢智跢智(七)遮智遮智(八)麤智毋智你(九)迦盧迦(上聲)知(十)摩盧迦(上聲)知(十一)武知跋折唎(十二)摩訶毗住嚕例(十三)豆鳩豆鳩(十四)素武

素武(十五)素嚕素嚕(十六)娑囉娑囉(十七)毗娑囉毗
娑囉(十八)嗚𤙖嗚𤙖(十九)嗚𤙖嗚𤙖(二十)潑潑潑潑
(二十一)鬱住呼(二合)遲羝(二十二)訶羅訶羅(二十三)憑
(比應切)伽(去聲)例(二十四)遮智毗遮智(二十五)娑婆(去聲)
羅(二十六)毗秋(去聲)例薩婆地婆那(去聲)伽(二十七)波
囉(二合)訶囉(去聲)那(二十八)麽夜三麽地(二十九)㗚地
(二合)陀翼計治(二合下同三十)素狼(去聲)計治(二合三十一)俱
狼(去聲)計治(二合三十二)跛折囉胡泥(上聲三十三)跛折
囉遲唎馱娑(上聲)羅波囉訶囉(上聲)若(若治切三十四)囉
(上聲)怛那(二合)蹘囉(二合)夜地(三十五)羯囉(二合)磨致唎
(二合)悖羝(三十六)跛折囉陀(去聲)囉(三十七)毗濕婆(二合)
娑(上聲)你(三十八)阿跛囉智訶(上聲)蹘(上聲三十九)跛囉
摩囉(二合)陀(去聲)你(四十)跛折囉央俱施(四十一)阿怛
若(二合)波夜底(四十二)莎訶(四十三)
是大法呪異常操烈不可卒誦療病至驗若

有人能受持者必須淨身護持戒行無生染著遠離塵俗及諸穢汚一切雜惡若能如是護持行者當於日日香湯洒浴著新淨衣入道場中燒安悉香及種種物飲食供養結界護身七日七夜誦是呪滿十萬徧已然後更入金剛受法壇竟於後用法療病之當立水壇燒安悉香多少飲食而供養已作印誦呪療病即差若呪師向鬼病人邊正到之時鬼避去者呪師即立地作前央俱施身印喚其鬼神近著治之其病即差

金剛藏隨心法印呪品第三

金剛隨心身法印呪第四十一

豎右手從中指以下三指直豎並相著屈頭指上節附著中指上節又以大指屈壓中指下節文頭指來去呪曰

唵一枳唎枳唎二䟦折囉摩羅去聲耶三雞利繫羅去聲耶四莎訶五

是法印呪若欲作大法請隨心金剛先作此印并誦此呪請坐供養即得一切金剛歡喜後用諸法悉皆有驗

金剛隨心擲鬼法印第四十二

以左手無名指共大指相捻向上擲手即成擲印

金剛隨心輪法印第四十三誦前小心呪

平右手掌向下摩病人頭上即成輪印

金剛隨心矟法印第四十四誦前小心呪

以右手小指直竪餘三指屈向掌以大指壓上

金剛隨心降魔法印第四十五誦前小心呪

以右手壓左手背仍以右大指向左小指下左大指向右小指上背上下相叉

是四法印皆誦前小心呪悉能降伏一切諸魔一切大毒惡鬼神等亦能摧碎百千萬億夜叉羅刹及行病鬼并諸外道勞度叉等皆悉退散若有病者以印作法誦呪印病即當除差

金剛隨心縛鬼法印呪第四十六

以左右手後二指向内相叉右壓左竪二中指頭相拄以二食指捻在中指背頭指捲以二大指附著二中指下節文

呪曰

唵一䟦折囉但地二陀囉尼車夜多三濕閉二合底四呼盧呼盧五曼陀囉二合䟦陀六莎訶七

是法印呪若有病者當用此印誦呪縛鬼已

次更呪白芥子一呪一燒如是燒滿一百八徧一切鬼神皆悉退散更無住者病即除差

金剛隨心大法身印呪第四十七

先以右手把左臂肘後復以左手把右臂肘後巳起立擧印安頭上勿令著頭竝脚齊指端身呪曰

那上聲謨上聲囉上聲怛那二合跢囉二合夜耶一那謨同上室旃二合荼跋折囉波拏曳二摩訶藥叉栖那波跢曳三跢姪他四只跢囉二合五只跢囉二合六迦比囉冰伽去聲囉七忽嚧二合下同跋娑皤嚟拏上聲八忽嚧撲拏阿伽上聲車九莎訶十跢姪他十一娑上聲囉上聲娑囉十二徙唎徙唎十三素嚕素嚕十四訶上聲囉上聲訶囉十五醯唎醯唎十六虎嚕虎嚕十七跛囉上聲跛羅十八比哩比哩十九布嚕布嚕二十麼囉上聲麼囉上聲二十一窨哩窨哩二十二姥嚕姥嚕二十三者囉上聲者囉上聲二十四只哩只哩二十五主嚕主嚕二十六治囉上聲治囉上聲二十七逸哩逸哩二十八愈嚕愈嚕二十九伽囉伽囉三十祇去聲哩祇去聲哩三十一瞿去聲嚕瞿去聲嚕三十二迦上聲囉上聲迦囉上聲三十三枳哩枳哩三十四矩嚕矩嚕三十五跢囉上聲跢囉上聲三十六底哩底哩三十七覩嚕覩嚕三十八羅上聲瞿羅上聲瞿上聲二十九訶上聲那訶上聲那四十馱去聲訶上聲馱去聲訶上聲四十一跛者跛者四十二訖抑二合嚧拏二合訖抑二合嚧拏二合四十三跢麼跢麼四十四瞋馱瞋馱四十五麼他上聲麼他上聲四十六頻馱頻馱四十七制厭二合娑制厭二合婆四十八槃闍槃闍四十九槃馱槃馱五十麼唎馱麼唎馱五十一跛羅二合麼唎馱跛囉二合麼唎馱五十二嘮馱囉上聲嘮馱囉上聲五十三訶上聲那訶上聲那五十四薩婆比知那上聲二合毗那藥迦鉡二合五十

五婆上聲施迦嚕迷五十六薩婆悉怛哩二合五十七補嚕二合沙上聲五十八跢囉二合迦上聲五十九陀唎迦去聲那䒤二合六十虎嚕虎嚕六十一徙馱室旃二合荼皤闍囉達去聲囉上聲六十二跋闍囉波拏曳六十三囉上聲賢若若冶切波夜底六十四莎訶六十五

是法印大呪能伏一切若天若龍若諸外道若神若鬼若藥叉若羅剎若乾闥婆鳩槃荼等種種雜類爲不善者及與人作病患鬼神爲障難者聞是呪聲皆悉倒地悶絶而死雖有穌者遠走他境不敢侵暴作諸留難一切之法起心作者立皆成辦

誦呪之時必須當作後大身印須與瞋色爲此悉能摧伏一切大有靈驗

若人欲得受持此呪應當詣於舍利塔前以好香華供養金剛日月蝕時當誦此呪乃至日月還放復生方可休息其法即成一切所求疾得稱遂若欲作法燒安悉香種種妙華飲食供養莊嚴壇法如下所說

金剛隨心療一切難伏鬼病大法身印第四十八誦前大呪

先以左右手各屈頭指已下四指作拳入掌中竪二大指已起立舉右手印努向頭上似向下打一切鬼勢以左臂覆正當心上莫令著心又以左脚直努而斜以右脚屈膝迴身向右努之面向左看而怒兩眼

是一法印若作伏除一切天中飛行大魔羅剎鬼神及有上下四方住者作此一法一切皆滅無能成辦作障礙事治病處用作是法時呪聲莫絶仍起瞋色一切有驗

金剛大瞋結界法身印第四十九誦前大呪

先以左右手中指以下三指向外相叉令指博著手背豎二頭指屈二大指努勿著頭指已起立舉印向右髆上而斜努左脚屈右膝纔迴身向右作大瞋面

是大法身印名大瞋法若作壇結界用護其處一切諸鬼神天魔等衆皆悉倒地各當散走而出境外

金剛隨心大大瞋法身印第五十(誦前大呪)

先以左右手從中指以下三指皆向外相叉令指皆著手背又以二頭指向裏相叉右壓左竝二大指各附二頭指上已起立舉印在右髆上斜努左脚屈右脚膝努迴身向右面向左視怒眼

是大法身印悉能摧伏一切惡魔鬼神等難亦用治病若以此法降伏一切鬼神天魔皆自被縛悉請自死身爲微塵是三法印皆共同誦前大呪已通一切用種種法事悉皆有驗

金剛藏密號法印呪第五十一

以右手叉腰四指向前母指向後屈左肘在左髆上已屈中指無名指在掌中　又豎大指頭指小指已側頭向左邊顧眄瞻視已便作一聲狀如彈舌在於頰裏作一聲已即寛步大行右繞壇外誦讚呪文呪曰

室哩(二合)智跋折囉謗尼婆羅(上聲)馱(一)摩訶毗知耶(二合)囉闍(二)波囉(二合)殿(殿爛切)多囉(三)摩訶戰茶毗知耶(二合)囉闍(四)醫(去聲)醯醫(去聲)醯(五)婆伽畔(六)試伽㘓(上聲)(七)

是法印讚呪若作一切壇法之時種種安置已當作此法密號一切金剛其法每須三迴

作聲三度寬步繞壇誦讚感得十方一切金剛一時來到助成其法種種作者皆當有驗

金剛隨心大惡都身印第五十二

右手小指入左手小指無名指岐從後而入右無名指在掌内直出左手中指無名指岐又捉其二大指竝壓中指側

此印降伏八部一切有諸鬼神等都縛八部諸大惡鬼都攝一千六百諸金剛印

都身印第五十三

右手無名指入左手無名指背在中指小指在下列左腕右手頭指相拄左手小指頭右手中指共左手頭指相鉤右手小指共左手頭指相鉤左大指入右小指無名指岐右大指壓左頭指第二節背下

此印總縛一切諸鬼又攝六百諸小印等身印第五十四

右手中指入左手無名指背橫出戾左腕右手頭指拄左手小指右手大指拄左手頭指右手無名指小指向左手掌中及出左大指向外掌出

此印總攝八百小印此印亦用縛一切鬼

又召請隨心印第五十五

以右手掌壓左手背向下相叉左手五指來去

棓印第五十六

反叉二小指在掌中無名頭指相叉右壓左合腕二大指竝壓二頭指上

捉痓印第五十七

右手四指把拳大指壓上左手亦爾右捉矛助左手捉痛處大惡都身印以下六印與大隋大業八年十二月八日三

藏曇摩笈多於洛陽上林苑譯印文與印同也

金剛藏受法壇

若有沙門若婆羅門善男子等專心愛樂我是祕密法藏神呪功德之時可於十月十三日或復臘月十五日清淨之處或於露地或在室中當淨修理其地如上所説佛菩薩法一種無别莊嚴道場懸諸旛蓋種種寶物莊嚴之具具辦種種華香之類於道場中作方四肘五色法壇其壇四角四門各著一口新淨水鑵其壇中心作蓮華座其壇中心亦著一鑵其火鑪邊亦一水鑵其五鑵等各滿盛淨水兼著五穀於其鑵口各以栢葉梨枝塞之仍各生絹三尺繫上迎金剛像安著中心水鑵之後若無畫像作印法請金剛安置亦得無咎次第安置四十九燈五十盤中盛種種食又以薫陸香沉水香安悉香是三種擣共和爲丸大如小棗一千八丸及燒胡麻秔米酥蜜乳酪等物其壇西門南置火鑪其鑪入地作之四面各一肘深一肘其火鑪中畫作蓮華種種辦訖香湯洒浴著新淨衣入道場中作印護身結界畢已作印召請金剛菩薩安置坐竟先作華香法事供養次作諸法印呪供養次燒胡麻秔米酥蜜相和供養一如上法然後取前香丸用大心呪一一各别呪七徧已投火中燒如是燒盡一千八丸當爾之時金剛像上現金剛藏菩薩之身問行者言汝欲何法是時行者即把香鑪隨意報答時金剛王滿其願已忽然不現行者當時即得其驗供養畢已次第取其壇中水鑵出道場外詣水壇上次第灌其受法人頂各灌

頂已著新淨衣引入道場頂禮佛已與作護身一如上法發遣金剛掃除處所殘食散施一切衆生爾時佛告金剛藏等菩薩摩訶薩衆言汝等眷屬今獻諸呪微妙甚深希有祕密法藏得有如是利益之事我亦從昔已來曾學是法皆得成就汝等亦須堅持梵行常無退轉得無生法忍歸佛法僧恒巡六道而作護念勸發菩提莫辭勞憚由是汝等誓願力故我等賛成一切歡喜時諸大衆聞佛印可皆大歡喜作禮而去

佛說陀羅尼集經卷第八

音釋

皤蒲禾切　髀部禮切股也　捻奴協切指捻也　腕烏貫切臂也　褩音牒與氎同　髆伯各切肩髆也　縵謨官切　胯苦瓦切兩股間也　緋袜緋芳微切絳色也袜莫葛切袜額也　繳吉了切纏也　絞絡絞古巧切纏縛也絡歷各切聯絡也　鬘莫班切　璐音路　跢一佐切　唬呼交切　潑普活切與潑同　鑵古玩切鉼屬　跟古痕切足踵也　齩五巧切齧也　磔陟格切張申曰磔　詌古暗切　嚂盧甘切　𧆨呼令切　栝古活切與筈同箭本受弦處　稍所角切矛屬　羝都黎切　咩迷爾切　嘞歷德切　㗚力夷切　佉丘迦切　頞阿葛切　唎音例　掐苦洽切爪掐也　抋音筆刺也　悖蒲没切　囒音闌　疰音注

佛說陀羅尼集經卷第九 金剛部卷中 忘九

唐中天竺三藏大德阿地瞿多譯

金剛阿蜜哩多軍荼利菩薩自在神力呪印品 印有二十二呪有十五十四呪是主一呪是伴

爾時世尊與軍荼利烏樞沙摩等共會宣說是大自在威力陀羅尼法印神呪時三千大千世界六種震動毗那夜迦諸惡鬼神等不信敬者生大驚怕欲走入山不得而去復欲入海亦不能去無處藏避走至佛所頭面著地請佛救護佛言住住汝等莫怕金剛打你頭作七分汝等曾聞摩訶畢伽那王昔在於彼悉遮山中已被金剛打殺摧碎汝憶此不我此金剛有大力故若復有人誦持諸佛般若菩薩金剛天等呪法印等日日供養廣爲懺悔及欲救護一切衆生厄難之時汝等鬼神皆護助力不得惱亂若有人等憶念此呪印等法者汝等好看勿使一切惡鬼神等得便惱亂若復有人誤食酒肉五辛等味錯食不淨鮮血食者汝等亦忍不得惱亂汝等若能不違我語當令汝等得免如是怖畏之難

爾時伽那王白佛言世尊若有人等誦持諸佛般若菩薩金剛天等神呪印壇常能護行諸佛法要廣設供養我等眷屬受佛教勅不令一切惡鬼神等作諸障礙若復有人誦持佛呪及作印法曼荼羅者常能供養十方諸佛般若菩薩金剛天等我等護念若令誦呪人起種種想或令其病或令眼闇或念財色由是想念不令衆生日日入壇而誦佛等陀羅尼呪及作法印設使誦持徒然無驗皆由諸想不能成就若復有人或以燒香散華設

食作諸供具爲欲供養遂被鬼神偷盜將去使誦呪人作法不成如是等事我悉擁護所有惡魔鬼神等輩隨逐人者我悉遮護不令隨逐或復有人誦持我佛正法呪印有時誤犯錯食雜味及其食中有諸不淨葷辛血器臭穢氣者或復設與女人交雜我悉不爲障難所惱皆由我護行法人故爾時金剛藏言若復有人受持諸佛法印呪者恐諸不淨之所染著懼犯前事當勤洗浴時宣禁戒每日平旦誦呪七徧食時亦爾即破一切所有障礙所作之法一切無畏悉皆成辦爾時金剛軍荼利菩薩等於佛會中說此秘密方便法已一切諸佛菩薩摩訶薩等皆悉印可同時賛成我等心願如汝所言汝等皆當信受作禮敬奉修行金剛藏軍荼利菩薩自在神力法印呪品

軍荼利香鑪法印呪第一(用小心呪)

仰左右手掌兩手中指無名指小指直向上竪背各相著二頭指斜直頭相拄二大指舒頰頭指第二節呪曰

唵(一)阿(上聲二)密哩(二合)帝(二)嗚鉡(三)潑(四)

是法印呪若作一切金剛法事先以此印印香鑪已誦小心呪滿三七徧然後燒香一切歡喜

軍荼利香水法印第二(用小心呪)

右手五指相搏並直竪向前以左手向外握右手腕下是一法印若於供養法會壇中以寶盆盛水而著雜華及香末等作此印已印之呪水安置佛前一切歡喜

軍荼利護身法印呪第三(用大心呪)

相叉二小指於掌中以二無名指雙屈入掌中捺於二小指叉上合腕豎二中指頭相拄兩頭指小屈曲當中指背上節後勿著之呪曰

唵一尸盧尸盧二底瑟吒二合底瑟吒二合三盤陀盤陀四訶去聲那訶去聲那五阿上聲寠哩二合帝六烏鉡潑七

誦呪七徧是法印呪若但有人常欲受持金剛法者每日平旦洗手面已即以右手掬於淨水呪七徧竟向東散却三徧潑之後潑已身即入房内作護身法護身法者當燒香已結印不解口誦心呪將印頂戴次印左肩次印右肩次印心前次印頸下次印眉間次印髮際次印頂上次印頂後如是八處各三徧印是名護身法凡人欲作金剛法事先印香鑪燒香已竟手把香鑪啓告十方一切諸佛般若菩薩金剛冥聖諸天業道一如上法啓告已訖即作此法然後行用一切無畏至於作法誦呪無難

軍荼利辟除毗那夜迦法印呪第四

左手大指屈横在掌以左中指及無名指握其大指叉以頭指及小指努屈向外使頭指頭到中指中節側令小指頭到無名指中節側即舒其臂向右轉之誦呪七徧正作法時以右手大指捻小指甲上反叉腰右側三指頭伸向前呪曰

唵一虎鉡二訶上聲那上聲杜那麽他三毗馱崩二合娑上聲夜四烏蹉二合馱去聲耶五嗚吽潑潑六

是法印呪悉能辟除一切藥叉毗那夜迦若佛若般若若菩薩若金剛隨其欲作法會之

所皆須先作此印誦呪一切諸惡悉即散去成辦諸事一無怖畏猶如國王動止儀式先當辟除然後動止是亦如是此印及呪若房內用印向頭上右轉三帀誦呪七徧若作壇時作步臂行繞壇三帀從外行之先起右脚次舉左脚呪三七徧多誦亦好

軍荼利金剛一字降魔王印呪第五

二小指掌中相鉤右壓左二無名指於中指背後相交二中指直竪頭側相拄二頭指鉤二無名指頭二大指捻二中指頭齊以二中指大指頭相拄頂上面作瞋色呪曰

唵一 賭嚧嚧嚧嚧二 吽吽三 潑四

若造一切曼荼羅處先結此印誦呪繞壇行道七帀一切魔王普皆歸伏

軍荼利結地界法印呪第六

先以右中指於左頭指中指岐間向背出頭次以無名指於左小指岐間亦爾左中指內向右頭指中指岐間向內出頭次以左無名指於右小指間亦爾兩小指頭指竪合頭二大指亦合頭頭向下若作法時大指合頭著地翼兩臂肘呪曰

唵一 吉唎吉唎二 跋折囉覆知二合三 盤陀盤陀四 嗚吽五 訶上聲六

是法印呪能除地中徹金剛際一切諸惡鬼神等輩若處法會壇場之所當作此印誦呪七徧以印拄地能令地上及於地下乃至徹金剛際所有一切諸惡鬼等皆悉散去無能作害

軍荼利結四方界法印呪第七

准前地印唯改開二大指相去二寸指頭向

身直豎努指向右轉之呪曰

唵一薩囉薩囉二跋折囉三波囉二合迦去聲囉上聲四嗚吽五潑六

是法印呪能除四方一切惡魔諸鬼神等若處法會壇場之所當作此印誦呪七徧即以此印向於四方隨日右轉所有一切藥叉鬼等皆悉退散

軍荼利結虛空界法印呪第八亦名上方結界

准前地印唯改二大指各附著頭指側上即以此印向於頭上右旋三帀呪曰

唵一毗悉普二合吒囉上聲叉上聲二跋折囉三半闍囉四嗚吽五潑六

是法印呪能除虛空上至有頂一切諸魔惡鬼神等不敢惡念即以此印舉向頭上右旋三帀誦呪七徧天上虛空一切飛行藥叉鬼等皆悉退散若大道場法壇之會皆須如是三徧七徧印呪結護第一先當擇得勝地未立規郭即爲一徧結界辟除第二治地平正堅實香泥塗地且將少分名香好華供養之時又作一徧結界辟除第三豎立拄額規郭懸諸旛蓋鈴珮等已又將少分名香好華而爲供養行道之時又作一徧結界辟除第四布置色粉華座開諸位地又作一徧結界辟除第五將燈入壇安已又作一徧結界辟除第六將於水鑵華香飲食酥蜜胡麻秔米等供所有一切供養之物盡入道場總安置訖亦作一徧結界辟除第七欲請諸佛般若菩薩金剛天等未請以前復作一徧結界辟除結界中間一一皆結大身法印把跋折囉護界降伏大魔衆已次第而作一一身法次以

右手把於香鑪右繞三帀作結護界心標供養一切動止威儀皆須具諸法相於後所爲供養一切諸佛般若一切菩薩一切金剛一切賔聖一切諸天一切業道皆大歡喜然後一一各作本印誦其本呪迎請供養是結界法猶如國主人王動止法用威儀一種無異

軍荼利身法印第九用小心呪

相叉二小指於掌中以二無名指雙屈入掌中捺於二小指叉上合腕竪二中指頭相拄二頭指屈捻中指上節上二大指並頭捻中指中節上頭指來去是一法印若人欲作軍荼利法而爲供養及欲治病皆作此印請喚來去

軍荼利香華供養法印第十用大心呪

以二無名指二小指相交叉右壓左在掌中仍屈向腕即舒中指斜頭相拄以二頭指各捻中指第三節上以二大指各附二食指側合腕是一法印若在在處處道場法壇當作此印將以一華及一丸香而置印中作是印已誦呪供養若無香華直作是印而供養者一切金剛皆悉歡喜

軍荼利飲食供養法印第十一用大心呪

准前香華印唯改二小指二無名指挺在掌中開掌是一法印若於壇上擬獻飲食皆以此印印一一盤一一呪已然後入壇安置供養若無飲食直作此印而爲供養亦得一切金剛歡喜

軍荼利燈法印呪第十二

以右手後二指屈在掌中直竪中指其頭指亦屈向掌中大指屈中節壓頭指上節上大

指頭側捻中指中節上呪曰
唵一毗盧吉伱二莎訶三
是法印呪若於壇中及道場内爲供養者一一燈上皆作此印印之誦呪然後安置
軍荼利頭法印第十三用大心呪
准前身印唯改二頭指平屈中節各捻大指頭使頭相拄大指離中指並竪是一法印若人頭痛作此印已印其痛處呪柳枝打其病即差
軍荼利頂法印第十四用大心呪
准前身印唯改二頭指各搊在中指背指頭相拄中指在内是一法印亦名縛鬼印若作是印隨意欲縛一切鬼神應時被縛鬼病即差若欲解放解其頭指將中指内來已心想放之即解又若有人患頭痛者作此印已印其痛處誦大心呪又呪柳枝打其痛處其痛即差
軍荼利牙法印呪第十五用大心呪呪病亦得
以左手小指搊於無名指根背上次以中指屈從無名後搊壓小指背上仍屈其上節與無名指相側著次以食指屈中節壓著小指甲指頭向掌與無名指相側著次以大指斜捺頭及中二指甲上亦與無名指相側著無名指直竪向上去一切毗那夜迦作此印呪七徧三廻右轉右手把拳打轉拳呪曰
唵一烏吽二訶那杜那三末他毗闍四結舍夜五蹉囉夜六潑七
是法印呪若人卒得心痛鬼疰及中惡者即作此印印其痛處即誦此呪四十九徧其痛即差或誦大心呪四十九徧其痛立愈此法

大驗若治鬼病縛鬼之時病人口中即吐出血治一切病若用牙印數數誦呪向官府所人見歡喜憂事解散

軍荼利跋折囉總印第十六（用大心呪）

以左手大指捻小指甲上餘中頭無名三指皆直竪向上磔散是一法印但爲法會壇場之處所有擬獻香華燈明所有飲食一切供具一一皆以此印印之若有跋折囉用跋折囉一一印之不須此印若無跋折囉方用此印印諸供具一切諸惡鬼神等輩不敢犯觸作此供養金剛歡喜大小心呪皆通用得

若婦人患月水恒出及男女人鼻孔血出者取囉（上聲）娑善那人莧菜根各收二兩秔米泔汁及蜜共和爲丸訖誦前心呪二十一徧分爲小丸大如梧子如法服之其病即差此名阿伽陀藥

更有一方名同取沙糖鬱金華及酥擣和如膏相似若患鼻塞及鼻中臭又不得齅香臭等氣即以前藥灌之即差

若患半日頭痛即以前藥摩之即差

若人患眼即以藥摩眼瞖上下其眼即差

又若有人旦起頭痛日西便好摩之即差餘准可知

若人不能食瘦黃眼黃腹中氣塊大喘息不得咽喉大痛取石塩　阿魏藥　訶棃勒　茴香子　乾薑　蓽茇　胡椒　七味等分各取半兩共擣爲末用沙糖和以爲丸丸如棗大空腹一服服別一丸無所禁忌大肥好顏色豐足氣力皆以牙印印上諸藥呪百八徧然後方服

軍荼利大心呪第十七

呪曰

唵一戶盧戶盧二底瑟吒二合底瑟吒二合三盤陀盤陀四訶上聲那訶那五阿上聲蜜哩二合帝六嗚𤙖七潑八

軍荼利中心法呪第十八

呪曰

唵一杜那杜那二嗚𤙖三嗚𤙖四潑五潑六莎訶七

軍荼利小心法呪第十九

呪曰

唵一阿上聲蜜哩二合帝二嗚𤙖三潑四

是小心呪若人中毒卒死者手捻耳挽口就耳呪二十一徧呪水七徧呪水散面二十一徧與服即穌名甘水閼子被箭諸天用此呪水與其洗瘡即得瘡差亦得解汙洗浴身體入佛堂用皆得佛前誦一千徧通師本有莎訶是三法呪護身作法乃至一切香華果子燈油飲食治病壇中諸供養具及諸法事皆用此呪呪之即得一切成就

軍荼利大護身印第二十用後大呪

起立正面向前以左大指捻小指甲上餘三指直磔豎捺右腋邊臂上次以右手法同左手亦捺左邊臂上然後縮左脚以掌捺右膝上怒眼怒口作大瞋形

是法身印但立壇之處皆作此印鎮於四方及鎮四門作法皆成若欲治病者先於房內作此印法護身而去若病人見生驚動者其病易差若不驚動其病難差若可病還見即差若病人家遣使問師師作此印誦呪卧

時夢中若見佛及菩薩金剛天等其病得差呪師即去若見驢馬等及裸形人如外道等其人即死呪師莫去若見銅椀鐵等物者其病不差呪師莫去

軍荼利大瞋法身印第二十一用後大呪

起立以左脚指向左邪屈膝立之右脚指向前身側立先以右手屈大指在掌以後四指把拳壓在左腋下次以左手亦如右手把拳壓在右腋下頭少向右邊向左亦得眼側看作大瞋形

是法身印若有一切難治之病諸惡神鬼不伏退者當作此印繞病人三帀斜身膝如跪地起大瞋色誦後大呪呪聲莫絕三帀繞作一切皆散病即得差如其不差即非鬼病若其病人不至心者其病不差若作壇處結界時用大有靈驗

軍荼利大降魔法身印第二十二用後大呪

起立乃縮兩膝脚跟相拄以左手虎口反叉腰四指向前母指向後右手把跋折囉豎臂大怒若無跋折囉即握作拳如金剛把杵作大瞋面誦後大呪若豎大指名把斧印是法身印但作壇處及治病所當作此印降伏一切惡魔鬼神隨其所爲金剛法事悉皆成辦

軍荼利三眼大法身印第二十三用後大呪

仰兩手掌後三指相叉右壓左以二頭指邪豎頭正相著各屈大指捻中指側上即反掌掌向外將上以頭指指頭向下齊眉上著起立以右脚正蹋地縮左脚正齊右膝脚掌向下如蹋勢以脚跟拄著膝上即努眼視作大瞋面頭如向前是法身印若作一切壇法之

所結此印已一脚行道繞壇三帀一切無畏
所作皆成若治病處於病人邊作是印已誦
後大呪其病即差一切壇處不解如是一脚
行法一切壇法皆悉不成

軍荼利大法呪第二十四

呪曰

那(上聲)謨(上聲)囉(上聲)怛那(二合)路囉(二合)夜耶(一)那謨
(同上)室旃(二合)荼跋折囉波(輕呼)拏曳(二)摩訶藥叉
栖那波路曳(三)那謨(同上)跋折囉骨(牛音)嚧(二合)馱
(去聲)耶(四)你知夜(二合)鉢羅涉伐(二合)唎多(五)婆(去聲)
羅地富多(六)屋伽囉(二合)鄧瑟都(二合)嚧嚧地(二合)
羯吒(七)皤耶鞞羅皤(去聲)耶(八)阿(上聲)私謨潑(上聲)
羅(九)跋折囉婆(去聲)羅(十)輸婆(去聲)舍訶悉馱(去聲)
(二合)耶(十一)路姪他(十二)唵(十三)戶盧戶盧(十四)阿(上聲)蜜
哩(二合)多軍荼利(十五)佉佉佉佉(皆上聲)(十六)呵那呵
那(十七)訶(上聲)馱訶(上聲)馱(十八)呵醯呵醯(二醯皆上聲)(十九)
底瑟吒(二合)(二十)底瑟吒(二合)(底都亦切下)(二十一)訶那訶那
(二二)馱訶馱訶(二十三)跋者跋者(二十四)訖抑(二合)
嚧拏(二合)(十五)訖抑(二合)嚧拏(二合)(十六)盤陀盤陀
(二十七)揭嘞(二合)闍(二十八)揭嘞(二合)闍(二十九)怛嘞(二合)
闍(三十)怛嘞(二合)闍(三十一)毗悉普(二合)吒(上聲)耶(三十二)
毗悉普(二合)吒(上聲)耶(二十三)婆伽梵(三十四)阿(上聲)蜜
哩(二合)多軍荼利(三十五)慕鬱(二合)檀荼(平聲)耶(三十六)
跋折唎拏(三十七)薩婆覩瑟吒(二合)比怛那(二合)(三十
八)毗那耶伽(去聲)耶(三十九)你波囉(二合)拏(去聲)耶(四十)
摩訶伽那鉢底(四十一)是比彈(去聲)陀羯囉(去聲)耶
(四十二)嗚幷嗚幷(四十三)潑潑潑(四十四)唵(四十五)俱
嚧陀(四十六)迦拏曳(四十七)莎訶(四十八)
是大法呪若有法壇及療一切諸鬼神病皆
須作前四種身印結護界已一切魔鬼悉皆

降伏四散馳走若有人能如法受持誦是呪滿十萬徧者一切皆得隨意成辦治病大驗如前所說四種身印同用是呪作諸法事悉得成辦惟不至心一無所驗

又軍荼利大呪第二十五

呪曰

那(上聲)謨(上聲)囉(上聲)怛那(二合)跢囉(二合)夜耶(一)那謨(同上)室旃(二合)荼跋折囉波拏(二)摩訶藥叉栖那跛跢曳(三)那謨毗摩羅涉伐囉(二合)(四)迦那迦沙怒迦迦那(五)阿蜜哩(二合)多三婆皤(上聲)曳(六)囉(上聲)怛那(二合)迦(去聲)那(七)謨量怒唎婆(去聲)羅(八)毗唎(二合)耶夜跋折囉傍(上聲)你(九)毗唎(二合)耶夜跋折囉傍(上聲)你(十)覩囉訶(十一)毗迦耶提婆(十二)那(上聲)伽(十三)藥叉(十四)囉刹娑(十五)婆(去聲)羅跛底你那(十六)唵(十七)阿(上聲)蜜哩(二合)多軍荼利(十八)却却却却(十九)却那却那(二十)却芀却芀(二十一)底瑟吒(二合)(二十二)底瑟吒(二合)(二十三)拔那拔那(二十四)訶那訶那(二十五)馱訶馱訶(二十六)鉢吒鉢吒(二十七)薩婆比怛那(二合)毗那夜迦那潑(二十八)舍咄嚕(二合)唎陀闍潑(二十九)藥叉嚟陀闍潑(三十)囉刹娑嚟陀闍潑(三十一)摩羅摩羅刹娑嚟陀闍潑(三十二)薩婆羯羅(二合)訶嚟陀闍潑(三十三)薩婆者迦吒迦嚟陀闍潑(三十四)薩婆婆榆沒咄鼻標嚟陀闍潑(三十五)跢姪他(三十六)陀訶陀訶(三十七)鉢吒鉢吒(三十八)阿比奢(三十九)阿比奢(四十)唵唵唵(長聲)(引三同)(四十一)潑潑潑(四十二)跋折囉波你(四十三)囉(上聲)怛若(二合)波夜底(四十四)莎訶(四十五)

是一大呪悉能辟除一切障難若人意欲受持此呪曰自香湯淨洗浴已著新淨衣自護身竟入道場中而作水壇縱廣四肘嚴飾壇

法如餘部説莊嚴已竟即作結界其壇中心安軍荼利金剛之座若有其像將迎安置若無其像標心作印請坐亦得散種種華燒安悉香數數誦呪滿十萬徧以後淨處作五色壇嚴飾如前餘部中説入此壇中散種種華燒種種香種種飲食燈明等供而用供養發願誦呪呪酥蜜等火爐中燒若百八徧若千八徧供養乃至一七二七日數滿已即果所願以後隨心所作皆成治病大驗降伏一切惡魔鬼神惡人非人不能爲害

軍荼利三摩耶結大界法印呪第二十六(亦名一切佛摩訶三昧耶印呪)

以二小指二無名指交叉右壓左挺在掌中直竪二中指斜舒直頭相拄以二頭指各屈捻中指第三節背以二大指各附搏二頭指邊側開掌呪曰

唵(一)商迦(上聲)禮(二)摩訶三昧餤(上聲三)盤陀盤陀(四)莎訶(五)

是法印呪若有建立道場壇所請一切佛般若菩薩金剛天等欲供養者聖衆若到一一各作華座印呪承迎安置本位總竟然後作此法印誦呪以印右轉三徧七徧皆得稱爲靜警是名内外嚴密之法作是法已聖衆皆安坐受供養呪師不解作此法者多有諸惡魔神外鬼毗那夜迦等之所得便即不安隱治病亦爾而作種種供養法事總事已竟又作是印更呪七徧但誦前呪盤陀盤陀次下更加文闍文闍始云莎訶以印右轉轉至三帀誦呪七徧此名解散亦名開鎖若不依是法用之者呪師得殃譬如國王命諸羣臣而

爲譏會遣諸兵將守捉街道門戶牢密無人得入事畢將散亦復如是

軍荼利使者法印呪第二十七

印與般若使者印同大指來去呪曰

唵一呼嚕呼嚕二揭囉闍三揭囉闍四訶那訶那五莎訶

是一法呪若欲使其使者治病即誦此呪若留使者遣看病者亦誦此呪若用軍荼利法持病之時即遣使者看其病人若軍荼利住使者得去若軍荼利去使者即住如是更互皆悉有驗

軍荼利金剛受法壇

若欲受持軍荼利法先畫其像徧身青色兩眼俱赤攬髮成髻其頭髮色黑赤交雜如三昧火燄張眼大怒上齒皆露而齩下脣作大瞋面有二赤蛇兩頭相交垂在胷前頭仰向上其兩蛇尾各穿像耳尾頭垂下至於肩上其二蛇色如黃佽蛇赤黑間錯其像有八臂手右最上手把跋折羅屈臂向上下第二手把長戟拄屈臂向上其戟上下各有三叉皆有鋒刃一頭向上一頭拄地下第三臂壓左第三臂兩臂相交在於胷上左手中把兩箇赤蛇其蛇相交各向像面右手亦把一頭赤蛇兩手各作跋折囉印兩手大指各捻小指甲餘指皆伸即以左手壓右腋前次以右手壓左腋前即是身印下第四臂仰垂向下勿著右胯五指皆伸施無畏手右上手中把金輪形屈臂向上輪有八角轂輞成具下第二手中指以下三指各屈向掌大指捻中指上節側頭指直竪向上伸之屈其臂肘手臂向

左下第四手横覆左髈指頭向右入手腕中皆著金釧以紫色地散華錦天衣絡髆項背令其天衣頭分左右各垂向下將以緑表肉紅裏帶用繫其腰虎皮與錦靴其兩髈其兩脚脛各有赤蛇絞其脚脛其兩蛇色赤黒間錯仍令其像立於七寶雙蓮華上其右脚指還向右邊其左脚指還向左邊其像左邊踝子以下畫一鬼王身似人形軀貌麤大作白象頭屈膝跪坐舉頭向上瞻仰像顔其鬼右手把蘿蔔根屈臂向上左臂平屈展手仰掌把歡喜團其手兩腕皆著金釧其鬼頸下著金瓔珞將以緑帶繫其腰上以朝霞錦靴其兩髈畫此像已覓一淨房佛堂亦得當於其中燒香啓白掘去惡土瓦石糞等更將餘處淨黄土來塡其掘處堅築令平四面正等呪師即以香湯洗浴著新淨衣施主亦然與其建立懺悔罪障受法道場其道場地先以香泥塗之一徧次即結界作法事訖次以佉陀羅木作橛四枚枚別各長横量八指用大心呪呪其橛子一百八徧即於其地四角釘之其四角橛一釘已後永莫拔却呪白芥子亦復如是即於四方及其中央各穿作孔深一磔許埋其芥子後以牛糞香湯和已更塗其地塗一徧已又更結界次立道場隨意闊陿懸諸旛蓋及諸寶物極令嚴淨更作一徧結界法事即以少分華香供養行道已竟發遣金剛既發遣已當道場中以五色作四肘法壇言五色者所謂一白二黄三赤四青五黒欲作壇時更以種種名香和水以大心呪呪其香水一百八徧用塗其地待曝曝乾即用

粉繩而拼其地四方正等作規界已先下白粉次黄後赤次青後黒其壇中心作蓮華座安軍荼利金剛形像東面安置三跋折囉南西北面亦如東面四角各安二跋折囉各相交叉如十字形於西門内南北兩相各別安置二跋折囉其上各安飲食供養其食皆須種種餅果具足十盤四面四盤四角四盤中心一盤外著一盤施與一切諸鬼神等燈五十二盞若不辦者用十六盞中心四角各著一盞外院四角各一盞燈四門兩邊各一盞燈四角各豎一口大刀四門當中各豎一箭中心仰著明鏡一面呪師在於西門面向東坐呪師南邊安一火鑪擬燒酥蜜乳酪胡麻秔米等物其呪師前敷淨布已布上安置種種香華及飲食等總安置竟更結界已呪師誦呪印其香鑪手把香鑪燒香啓白法用如前即作護身辟除結界召請等法一依如前十一面説即把香鑪先當供養阿彌陀佛次當供養東方一切諸佛菩薩金剛天等梵釋四王乃至十方亦復如是總供養已放著香鑪至心三禮次散一切上妙香華次當行道次燒酥蜜飲食等物而爲供養若其日日無有香華飲食等物可供養者即作一切供養之印而供養之其印如前般若部説呪曰

唵一薩婆菩馱阿提瑟耻二合帝二悉頗二合囉
醯上聲迷三伽伽那去聲劍平聲四娑縵馱五莎訶
六

次作般若印當心上著口説三業所犯之罪發露懺悔正坐莫動數數禮佛口讚歎云諸佛智慧大勇精進那羅延力般若波羅蜜多

等功德之行次發願云願弟子等若在人中常聞大乘法及陀羅尼印等法藏不見惡事不聞惡法不遇外道諸惡人等不遭九横若命終時十方淨土隨意往生常見諸佛一切衆生亦復如是發是念已誦大心呪一千八徧及次第作當部法印而爲供養從此已後日日每旦洗手面訖口嚼楊枝揩齒淨已誦小心呪呪手中水滿七徧已向東散之如是三徧然後更呪手中淨水滿七徧已散灑頭上後爲洗浴如其縁事不得洗浴直作灑水法事結淨然後入房作護身竟入道場中如是供養如不能辦日日飲食空用香華作供養印供養亦得要須夜别一時供養懺悔日别三時誦呪乃至滿足一百萬徧數滿足已散去法壇更作泥飾還如初時安置法用一夜供養作法事竟擎取其壇中心水罐出於道場西門之外又更别作一小方壇壇上安置一小牀子令受法人坐牀子上以水灌於受法人頂當灌頂時其受法人心口發願灌頂畢已著衣入於道場之内一一次第作印發遣是故常得軍荼利金剛護念一切行用皆有靈驗

軍荼利金剛救病法壇

若有人著鬼神病者於病人家如法莊嚴道場畢已即著施主上妙衣服與作四肘二色采壇一白二赤壇開四門五方各畫二跋折羅十字交著其壇四角各豎長刀一口四門各豎好箭一隻中心安鏡一面仰著種種飲食共盛十盤四面四盤四角四盤中心一盤壇外一盤施與一切鬼神燈十二盞香水婆

羅一壇外西南别泥一所小圓壇子著一盤食安一盞燈與一切鬼神大壇中心著一水鑵滿盛淨水以青栢葉青竹柳葉以生絹束揷其鑵口限三日内在於壇所誦前大呪以病人差爲限即止惟燒安悉香若不誦呪病人還房若誦呪時還入壇内呪師病人俱斷一切酒肉五辛若其食者作法不成若不如法不淨潔者呪師病人二人倶被毗那夜迦鬼王所打不能辟除不如元來不爲作法一切所有香華香水飲食等物皆呪七徧壇中所用一切物等皆亦如是呪七遍已然後入用若如是者作法即成

軍荼利金剛治病法用大心呪中心呪小心呪大心呪曰

唵一戸盧戸盧二底瑟吒二合底瑟吒二合三盤陀盤陀四訶上聲那訶那五阿蜜哩二合羝六嗚吽七潑八

中心呪曰

唵一杜那杜那二訶上聲那訶那三嗚吽吽四潑五

小心呪曰

唵一阿蜜哩二合羝二嗚吽三潑四

金剛軍荼利在於佛前説此呪時一切鬼神皆悉戰慄地皆震動若人病患吐食不下數數低頭頭旋倒地是伏尸鬼入人身中令人作病以酥和娑羅樹脂香呪七徧已火中燒之熏病人身其病即差若不差者以白芥子呪七徧已繞身七帀乃燒火中如是燒滿二十一徧其病即差作此法者金剛大歡喜

若人患心東西狂走或脱衣坐或亂頭髮或

取塵土以汙其身復欲行房數數喫食皆言不飽或欲相打或欲相殺赴入水火不避直進或向湯水即墮其中如是種種多端狀者決定知是鬼入身中令作此病是時呪師即與其作二肘水壇手執香鑪供養十方一切諸佛燒安悉香及薫陸香二種皆得病人頭上作護身印數數誦呪其病即差一日不差二日即差

若患風熱病數數驚忙或出或入心志不定又復數數視婦女時或好或惡如是病者以娑羅樹香呪燒即差若無此香當取牛黄和白芥子呪燒即差其藥常須隨身帶行天使者鬼所作之病燒前香者即得除差

煙火之鬼若人誦持一切諸佛菩薩金剛天等呪者其鬼常隨伺求人便入人身中作業不成令人不好種種作法不成就者人定以後即用淨酥然一盞燈呪三七徧將此燈盞安置牀底以鉢覆燈用左脚蹋覆燈鉢上誦呪七徧所在治病不畏一切諸鬼神等不能障礙若不作此呪即令呪師心意所作轉變不定

若人患眼淚洟唾俱出眠卧出聲如是病者還作上法其病即差

若病人家遣使請喚呪師來時使到師邊若其面向西南西北此病不差亦不得吉呪師莫去若被貴人喚不得不去者自作護身印至心誦呪二十一徧然後乃去到於彼處即放還來更不留連若下凡人不去最好去而無益即失名聞

若病人家使到師邊若其使者以舉左手數

數摩面呪師莫去若去不吉貴人賤人同如
前法
軍荼利像宜置南方面向北坐呪師對像面
向南坐治病處作二肘水壇其壇中心安一
火鑪呪布瑟波(二合此云華也)迦囉毗囉華二十一
徧投火中燒如是燒滿一百八徧所有病痛
治無不差作此法者一切鬼神總皆被縛不
敢作惡呪水七徧先須徧灑呪師頂上如是
七徧然後乃往向病人所又呪淨水二十一
徧散病人頂一徧即差
若人患眼暗取迦囉毗囉樹脂(此云羊躑躅也)呪三
七徧以塗眼上患眼暗人即得見明也(若采其葉
即脂汁出)又有一法以佉陀囉木作橛四枚各長
八指橛別各呪二十一徧即將此橛釘著病
人所住宅內四角結界若無此木呪白芥子
二十一徧散病人宅四角四面結法如前若
欲治病至病人處燒安悉香呪云 訶訶訶(三
聲)訶已其病即差
若被毒藥入腹中者手執刀子至心呪滿一
百八徧以此刀子遙畫彼人身上即差
若欲遠怨家呪布瑟波(二合)一百八徧依於前
法對於像前一呪一燒其人遠去
又有一法黑月八日近窻門作四肘水壇其
中安像以淨泥作摩奴沙形身長一肘令其
仰卧頭南脚北呪白芥子於火中燒仍打其
形即得隨意遠遠揭車若欲令彼還復舊者
取白芥子共布瑟波呪一百八徧投著梅檀
香水之中如是滿足一百八徧稱前人名口
云急差一徧一稱即得差愈
若求咩古者洗乾薑蓽茇摩唎遮(此云胡椒)總擣

爲末以蜜蠟作摩奴沙形以呪前藥內其腹中火前炙其摩奴沙形口云試迦嚧試迦嚧阿伊舍阿伊舍如是日日三徧作法乃至八日即阿伊舍婦人丈夫一種通用

若知伏藏處以跋折囉日日三時時別誦呪一千八徧即打其上如是作法三日即出若不出者於其打處即有聲出掘之即得不知莫作作即不得徒費功矣若伏藏不出七日作法飲食供給誦呪即出

若欲食時未食以前爲軍荼利出種種食少分出已心中密誦軍荼利心呪七徧其軍荼利常隨呪師所在之處悉皆擁護若能日日作此法者金剛軍荼利心大歡喜常不遠去一切處護治病大驗

若畜生病隨其種類還取其骨呪一徧已投火中燒一日三徧旦暮中時以差爲限

跋折囉吒訶娑身印呪第一（此云大笑金剛）

先以二中指各捻在二無名指背上二無名指頭指拄二小指開頭直竪相去一寸許二大母指壓二無名指第二節側文合腕二頭指屈頭相拄頭指來去呪曰

跢姪他（一）唵（二）跋折囉吒訶娑那（去聲）摩（三）醯哩醯（四）莎訶（五）

護身印第二

准前身印以二小指屈頭相拄印於頂上亦誦身呪（如餘部中護身之法）

結界印第三

先以右手中指無名指頭指反鉤左手無名指中指頭指二大母指各捻二小指甲上亦誦身呪以印印水呪七徧已灑散十方普徧

結之名大結界

辟毗那夜迦印第四

准前結界印上以二小指反相鉤二大毋指移捻二頭指甲上亦用身呪

跋折囉吒訶娑大呪第五

那上聲謨囉上聲怛那二合跢囉二合夜耶一那謨室旃二合荼跋折囉波拏曳二摩訶藥叉西去聲那鉢跢曳三阿鉢囉底訶跢四皤囉跋囉平聲羯麽夜五矩嚕馱囉闍去聲夜六阿他都跋折囉波你寫七跋吒囉吒訶三那去聲麽八嚟陀上聲野絆九摩跋帝釤弭上聲十薩婆羯麽迦上聲嚂輸上聲婆絆二合十一似摩盤誓十二陀囉尼盤誓十三訖哩智智治切迦軀唎馱上聲製平聲陀去聲南上聲十四薩婆伽上聲囉上聲訶跛娑上聲摩囉上聲掣平聲陀去聲南上聲十五下同多荼上聲南薩婆那去聲伽去聲南十六婆上聲皤奴瑳陀上聲南十七毗上聲訖唎誓十八俱囉上聲拏絆十九摩囉上聲拏絆二十嚧沙沙可切拏絆二十一怛囉娑上聲那上聲絆二十二輸沙沙可切拏絆二十三跢姪他二十四闍上聲皤羅闍皤羅二十五摩羅上聲摩羅二十六迦上聲羅上聲迦羅二十七皤羅皤羅二十八盤闍上聲盤闍二十九愈嚕愈嚕三十劒波劒波劒波波夜三十一頻馱頻馱三十二跋折唎拏三十三薩婆跛那伽那絆三十四矩嚧瑳陀上聲那絆三十五迦嚕弭三十六跋折唎拏三十七虎絆虎絆三十七頻吒二合頻吒頻吒三十八怛囉上聲娑怛囉娑三十九怛囉上聲娑上聲夜怛囉婆夜四十薩婆突瑟吒上聲二合四十一鉢囉突瑟吒二合那絆四十二瞋馱瞋馱四十三跋折唎拏上聲四十四唎陀上聲夜絆四十五陀囉夜騫荼四十六騫湛矩嚕四十七虎絆虎絆虎絆四十八頻吒二合頻吒四十九訶那訶那五十薩

婆舍覲嚕拏件五十一唎陀夜件五十二陀羅夜五十三跋折喍拏五十四虎件二合虎件五十五頗吒二合頗吒五十六陀訶陀訶五十七薩婆蒲陀去聲那件五十八末唎摩件二合多荼夜五十九跋折唎拏六十虎件虎件六十一頗吒二合頗吒六十二跋遮跋遮六十三薩婆藥叉囉刹娑那件六十四喍陀上聲夜件六十五闍婆羅去聲夜六十六跛折囉闍婆黎那六十七虎件虎件六十八頗吒頗吒六十九娑上聲末囉娑末囉七十喍陀上聲夜件七十一跋折囉吒訶三那麽七十二迦囉鑠迦囉鑠迦囉鑠七十三揭囉娑揭囉娑七十四末他末他摩他跛夜七十五跋折喍拏七十六薩婆突瑟吒二合只跢七十七薩婆鉢囉地地夜切唎滯去聲迦七十八鉢囉上聲諦諦耶切弭怛囉上聲七十九阿醯跢只跢八十波跛只跢八十一嘮陀囉只跢八十二烏闍訶囉八十三皤羅訶囉八十四毗沙逾伽訶羅八十五阿愈訶囉八十六烏字下訶字皆去聲帝釤末唎摩嬭奴倚切八十七瞋陀弭跋折唎拏八十八試揭嚂八十九喍陀夜件瞋陀弭九十跋折唎拏九十一喍陀夜件謨濫瞋陀弭九十二跋折唎拏九十三薩防伽鉢囉張伽上聲你瞋陀弭九十四跋折唎拏九十五闍皤離紙那九十六雉嚕蹄去聲那瞋陀弭九十七薩婆揭囉上聲訶拏件九十八虎件虎件九十九頗吒頗吒一百者羅者羅一旃荼旃荼二跋折囉馱囉三尼羅尼羅四尼羅皤娑那五苾矩智六矩嚕馱囉上聲闍七娑末囉娑末囉八唎陀去聲夜件九跋折囉吒訶三那去聲麽十薩婆蒲跢十一婆夜件迦嚂十二薩婆囉上聲叉十三摩愈波羅劒十四阿蜜哩跢喍陀去聲夜件十五皤羅皤羅十六者羅者羅十七者矩者矩十八畢荼上聲夜畢荼夜十九占婆去聲

夜占婆夜二十悉曇二合婆去聲夜悉曇婆夜二十一
薩婆揭囉上聲訶拏件二十二跛折唎拏二十三謨
鬱馱二合件二十四多荼夜二十五姹虎姹虎二十六
頗吒頗吒二十七塗摩塗摩二十八闍皤羅闍皤
羅二十九波吒夜波吒夜三十跛折唎拏三十一薩
婆突瑟吒二合那件三十二婆徙彌矩嚕三十三虎
件虎件三十四頗吒頗吒三十五阿是跢跛折囉
夜三十六莎訶三十七阿跋囉提訶上聲跢三十八跋
折囉夜三十九莎訶四十闍皤離跢四十一跋折囉
夜四十二莎訶四十三阿謨伽四十四跋折囉夜四十
五莎訶四十六跋折囉吒訶娑夜四十七莎訶四十
八那上聲謨悉覩二合提四十九莎訶一百五十
此呪法云於舍利塔前種種香華供養畢已
候日月蝕時誦此跋折囉吒訶娑吒乃至日
月還放如故然後方休其法即成一切所求
誦之皆得稱果所願
若人欲作薩婆菩多鞞舍那件作五色壇四
方正等縱廣四肘牛糞塗地潔淨壇已燒安
悉香散種種華供養畢已令一童子坐此壇
前呪此童子疑事即決
若一切惡風及惡雹雨損五穀時執金剛杵
連續誦呪遙擬打之應時即止呪師不得大
瞋心誦令彼惡龍徒衆碎滅
又如法持此呪之時囉闍敬信捨施修福作
此法時取畢鉢羅樹尼俱陀樹優曇鉢羅樹
三種之中隨得一種截長一肘火然此木取
白芥子和於酥中一徧呪已投火中燒如是
乃至三日三夜即得成就威德具足衆人愛
敬而得供養燒此木時作井闌累如是三木
皆有白汁名囉闍苾利叉此云王樹

若欲求財物以酥相和蘇歷那華呪燒即得地中野物其心若至亦見伏藏或夢中見其物所在

若欲調伏一切惡人怨人者取十字道交頭土已和白芥子呪燒經於一日一夜一切怨人悉皆歡喜無不歸伏

又法一切狂病呪黒羊毛令淨童女搓此羊毛以爲呪索呪結索已繫其項上一切狂病應時除愈

又治一切壓蠱野道猫鬼等病以水溲麵作人形已連續誦呪以金剛杖分割其人片片散却燒安悉香一切壓鬼所惱亂事皆悉破壞不能爲害

又得一切蠱毒藥人病欲死者執金剛杖呪水三徧與服即差

又人若患一切惡瘡漏瘡豋豆瘡熱腫癰瘡等取白土畫作曼荼羅連續誦呪分分割破此曼荼羅一切惡瘡悉皆除愈

又一切起尸惡鬼作病燒安悉香呪黒羊毛作索結已繫其項上又呪病人耳孔之時即得解脱若其不差又以瞋心呪金剛杖以杖打地其作病鬼皆來首伏合掌乞命云更莫打今日身心五支碎痛但乞放捨更不敢來

又欲得學一切經論一切技藝日日旦起誦呪一徧繫心不絶其法即成一日誦得五百偈經一切所求但瞋怒誦無不諧允

其金剛杵横九指長若用赤銅若白檀作若棗木心隨一皆得其中紫檀最爲第一跋折囉吒訶娑功能如此所治之病如湯沃雪亦如猛火燒諸乾草

佛説陀羅尼集經卷第九

音釋

賭音諸 泔音甘米汁也 痿於危切病也 喘尺兗切息也 裸郎果切赤體也 轂古祿切輻所湊也 輞文紡切車輞也 輓謨官切覆也 矚去急切欲燥也 拼補耕切以繩直物也 躑躅躑直隻切躅廚玉切 理一兮切 鑠式灼切 搓千多切搓挪也 溲踈有切水調粉麵也 盌烏官切與豌同 瘑古禾切瘡也 理烏計切

佛説陀羅尼集經卷第十 金剛部卷下

唐中天竺三藏大德阿地瞿多譯

金剛烏樞沙摩法印呪品 此云不淨潔金剛印有十七呪有四十二

烏樞沙摩二合護身法印呪第一

兩手掌向身相叉中指及無名指頭搏著掌上小指邪竪頭相拄屈二頭指相鉤右壓左屈二大指捻頭指上節横文呪曰

唵一跋折囉二俱嚕䭾三摩訶娑去聲羅四訶那䭾訶五跛者毗䭾崩二合寫夜六烏樞沙摩二合七俱嚕䭾八嗚鈝潑九

是法印呪若人欲作火頭法事先以此印誦呪七徧護身然行用烏樞沙摩法皆悉有驗用此印呪治一切病誦十萬徧然後行用

烏樞沙摩身印呪第二

以右手無名指小指從左手無名指背後入中指無名指岐間以右大指壓右無名小指甲上握左無名指小指次屈左無名小指復以左大指壓左無名小指甲上作環相鉤各竪兩頭指及中指頭相拄頭指來去呪曰

唵一跛折囉二俱嚕䭾三摩訶婆去聲囉四訶那䭾去聲訶五跛者毗枳囉六毗䭾崩二合寫夜七闍置囉八藍蒲陀囉九烏樞沙摩二合十俱嚕䭾十一嗚鈝潑潑十二莎訶十三

是法印呪若入道場作法之時日日供養皆以此印護身結界已還用此印喚請金剛若欲取驗於清淨處燒安悉香七日七夜誦是呪滿十萬徧已一切皆驗兼用治病亦得効驗治病時節從平旦一上日中一上黃昏一上每日如是三時各誦一千八徧或誦一百

八徧亦得除此三時不得浪誦若誦持時不作徧數惟多彌好别受餘福一百日内更不出道場外宿行婬破戒若破戒行衆神不護不助其力亦無大驗若欲出行大小便時勿著淨衣上厠食時亦爾若大小便及喫食竟必須香湯淨洗浴已還著淨衣入道場中誦持本業若欲對面親見金剛乞願之時每夜作軍荼利歡喜法者必定得見行者當見金剛之時勿生恐懼若心怖畏即令其人失心荒亂所以者何其人若能使得金剛即能制伏一切鬼神是故一切諸鬼神等見其臨欲成就大驗來相恐怖令其退壞當須強心牢固其志勿心動轉求見身法如下所説此呪乃是八部鬼神皆悉集會異口同説不問吉凶黑白二月齋與不齋若淨不淨食與不食先誦是呪滿十萬徧即得法成一切所求皆悉得力又用白汁木柴然火又取此木細枝截爲一千八段長短隨意段别皆共白芥子呪各呪一徧投火中燒如是數滿一千八徧即得貴勝上至天王皆悉歡喜

又法不問淨與不淨若晝若夜但誦呪滿三十萬徧即一切處無有障礙仍用胡麻和酥相攪取其少分呪一徧已投火中燒如 滿足一千八徧其法即成

又法高山頂上更誦是呪滿十萬徧一切去處但作鉥鉥彈指作聲更無惡人而能當頭爲作障惱

又法每日平旦日中黄昏三時各誦一百八徧夜眠卧時諸天愛護一切諸人亦常愛念

又法但是一切鬼神病者以石榴枝呪三七

徧用打病身其病即差

烏樞沙摩結界法印呪第三

准前大護身印惟開二頭指於中指背後離三分許呪曰

那上聲謨上聲室旃二合荼跋折囉波拏曳一摩訶藥叉栭那跛跢曳二跢姪他三唵四薩囉毗薩囉五尼文者醯上聲六那吒那吒七薩哩毗薩哩八伽上聲鞞毗伽上聲鞞九阿去聲車底迦十攝跋二合遷那十一莎訶十二

是法印呪若作法事以此印結四方上下虛空等界呪三七徧若用是法治病誦呪二十一徧彈指亦應二十一徧去病有驗若人夜臥心驚怖者亦如上法呪三七徧二十一徧彈指臥者永無驚怖

烏樞沙摩歡喜法印呪第四

以左手大指屈指頭拄無名指第三節文以四指作拳呪曰

唵一攝跋二合囉二攝跋二合囉三承伽摩夜四承伽摩夜五迦羅迦羅六婆羅婆羅七呵羅呵羅八娑羅娑羅九鉢囉鉢羅十社羅社羅十一末羅末羅十二娑羅娑羅十三莎訶十四

是法印呪若作火頭金剛法用誦呪之時護身結界請喚火頭金剛安置先作此印誦呪即得一切歡喜若有人患惡瘡者以此印摩瘡上誦呪其瘡即差持此印呪一切行處不作留難一切諸人見者歡喜若食毒藥當作此印繞身頭上誦呪即差

烏樞沙摩供養法印呪第五

准前身印唯改以二頭指捻中指甲際上呪曰

唵一跋折囉俱嚕馱二摩訶婆去聲羅三唵四入鞞入鞞五摩訶入鞞六主羅主羅七企羅企羅八娑羅婆羅九訶羅訶羅十馱訶馱訶十一莎訶十二

是法印呪欲作法事請喚火頭金剛安置當作此印請呪供養即得種種利益有驗

烏樞沙摩治鬼病印呪第六一名殺鬼印呪

准前身印唯改以右頭指中指向內指之左頭指中指頭呪曰

唵一跋折囉俱嚕馱二摩訶婆羅三囉上聲怛那二合毗補史多四二合奢唎囉去聲夜五瞋陀瞋陀六嗚鈝潑七莎訶八

是法印呪呪師若欲治病去時先以右手無名指大指捻取淨灰呪七徧已點自頂上眉間喉上左髆右髆及點心下護身而去與治病已然後於彼病人身上依如前法與作護身病鬼不得近病人邊亦不得入其家門戶

烏樞沙摩跋折囉法印呪第七

准前身印唯改二頭指屈各向掌中垂下入頭呪曰

唵一跋折囉俱嚕馱二摩訶婆去聲羅三你羅婆薩那去聲耶四鉢羅涉筏二合哩多五摩鉤吒夜六步筏二合哩多七你多羅去聲夜八底哩補羅耶伽去聲羅九毗馱崩二合娑上聲夜十迦羅去聲夜十一跢波跢波十二鉢羅鉢羅十三涉筏二合囉涉筏二合囉十四烏迦上聲目佉十五普吒普吒十六娑囉娑囉十七毗娑囉毗娑囉十八烏底瑟吒二合烏底瑟吒十九二合婆伽毗二十烏樞沙摩二合俱嚕馱二十一阿謨迦上聲寫稱他名二十二涉筏二合哩拏二十三訖折二合嚧拏二合二十四莎訶二十五

是法印呪若欲除病可作此印印其病上數數誦呪聲聲相續可滿千徧病即止差又呪燒死人灰一百八徧即散於惡比止門底人蹋行之即著熱病若欲放差取黑沙糖呪三七徧抄比止名燒即得差

又法欲入阿修羅宮殿當誦此呪二十萬徧即能得入又法呪牛乳酥火燒并抄病人名燒火中其病即差

又法毒藥人血相和一呪一燒一百八徧一切鬼死又取若楝葉一呪一燒一百八徧一切鬼病皆得除差

烏樞沙摩欁鬼法印呪第八

准前身印唯改屈二頭指中節相向垂頭呪曰

唵一跋折囉俱嚕馱二摩訶婆去聲羅三缽囉摩馱嚕那四摩迦囉目佉五多吒多吒六毗摩毗摩底夜二合七阿伽上聲茶阿伽聲茶訶上聲八羅訶上聲羅九囉羅上聲羅囉上聲羅十多波多波十一多跛夜多跛夜十二莎訶十三

是法印呪若欲治病呪師可作此印誦呪病人宅中呪白芥子二十一徧周帀散之以爲結界然後作水壇壇中心著盛五穀瓮言五穀者一粟二大麥三青稞麥四小豆五稻穀皆擬後用著數盤食十六盞燈次喚病人於壇外坐其壇中心著一火鑪呪師作印把白芥子以遶病人頭上一帀一呪一燒二十一徧後將水椀來著壇上取火燒殘白芥子并灰及與少許飲食相和著水椀中寫於壇上五穀器中即舉此器出外潑與鬼神食竟口云令此人病差訖然後發遣其病即差

烏樞沙摩胷索法印呪第九

准前身印唯改頭指捻在中指後頭相拄呪曰

唵一阿你尼二摩你尼三訖你尼二合嘘拏二合杜範補甘切四莎訶五

是法印呪若欲除病知是鬼神所爲不降伏者可作此法誦呪縛之當即遠送去後與作結界法事所病鬼神更不得入

烏樞沙摩輪法印呪第十

左右頭指無名指向内交叉左右中指竪頭相拄大指小指舒之頭相拄開腕呪曰

唵一跛折囉俱嚕䭾二摩訶娑去聲羅三涉婆上聲二合羝冰揭禮四鉢羅娑囉去聲夜五鉢羅婆囉六莎訶七

是法印呪若人患冷病呪師手把草火火上潑米粉等法用具如軍荼利法又以此火於病人宅四邊繞之數數誦呪爲結界者其病即差

烏樞沙摩大身斧法印呪第十一

起立地屈左膝以左手把右脚大指其肘節即當膝上安置其身端立右手作斧印印中把斧大指當斧柯屈肘印當乳房去乳五寸許若無斧者直作斧印亦得呪曰

唵一跛折囉俱嚕䭾二摩訶娑羅三嚩婆去聲瑜四摩訶鼻嚟耶五娑羅跛羅六迦羅摩七娑上聲羅婆去聲羅八鉢羅娑羅去聲夜九莎訶十

是法印呪若人卒患氣疰鬼疰背氣背髆重等病可作此印誦呪打其所痛之處當時即差

烏樞沙摩稍法印呪第十二

准前身印唯改頭指捻中指上節上呪曰
唵一 跋折囉俱嚕馱二 摩訶婆去聲 羅三 跢姪
他四 醫去聲 醯上聲 醫醯五 迦比囉冰揭囉六 屋
伽囉帝闍上聲七 忘輕聲 娑輸你跢八 部杜那布
嚕槃上聲 多婆九 室囒訖抑二合 嚧拏二合十 薩婆
迦闍十一 阿杜那十二 毗杜那十三 涉筏二合 唎涉筏
二合 唎十四 摩訶涉筏二合 唎十五 阿目劒平聲十六 涉筏
二合 嘌拏十七 訖抑二合 嚧拏二合十八 渴去聲 伽手羅十九
馱奴達囉二十 普吒普吒二十一 普吒夜普吒夜
二十二 阿謨迦上聲 寫稱他其甲二十三 薩婆奢唎囒二十
四 阿杜那二十五 毗杜那二十六 薩婆馱去聲 敦二十
七 涉筏二合 囉去聲 夜二十八 孤婆夜二十九 莎訶三十
是法印呪若欲除病病人邊作四肘水壇壇
中心著一盤飲食東南北方各一盤食呪師
坐西方呪師左邊令病人坐呪師前復安火

鑪燒白芥子一呪一燒一百八徧其病即差
若一日不差二日作法決定得差如其不差
知非鬼病宜白日作勿夜作法
烏樞沙摩像一軀南邊安置火鑪取白芥子
及赤色華并自身血少分交和欲令舍覩嚕
熱病困者以前件藥一呪一燒一百八徧舍
覩嚕印困若欲令差取沙糖和水及與白華
一呪一燒一百八徧稱其那去聲 摩徧徧皆稱
差者即差以後毒心自然消滅
烏樞沙摩頭法印呪第十三
准前身印唯改右頭指捻中指上節上左手
頭指開向中指前曲之呪曰
唵一 安那棃二 俱那棃三 訖哩二合 瑟拏二合 冰
揭棃四 蘇薄雞五 訖嚧二合 多婆薩泥六 莎訶
七

是法印呪悉能療治一切鬼病大大速驗
烏樞沙摩頂法印呪第十四
准前頭印唯改左食指壓中指外第二節文
呪曰
那上聲謨伽莫都一跋折囉俱嚕駄寫二唵三
騫伽唎雞四徒摩施谿五莎訶六
烏樞沙摩口法印第十五
准前身印唯改左頭指向左中指後少曲右頭指向右中指前少曲之呪用前供養呪是法印呪若婦人產腹中兒死不得出者手掬取水水和少許阿魏藥誦前供養呪一百八徧與其令服死兒即出
烏樞沙摩跋折囉母瑟知法印呪第十六
左手大指捻無名指下節以餘四指握作拳
呪曰
唵一跋折囉俱嚕駄二摩訶婆去聲羅三婆嚧婆嚧四離四離五娑摩娑摩六鉢羅婆訶訶七上聲莎訶八唵九地力十嗚鉡潑十一
是法印呪若作此印誦呪即得一切歡喜無所障礙
烏樞沙摩解穢法印呪第十七
以二小指相鉤掌中二無名中指食指直豎相搏二大母指安在掌中二小指上合腕呪曰
修利摩利一摩摩利摩利二修修利三莎訶四
是法印呪印中著水呪七徧已洗面然後誦持諸餘呪法行呪法人若見死尸婦人產處六畜產生血光流處見如是等種種穢時即作此印誦解穢呪即得清淨所行呪法悉有

効驗若不爾者令人失驗反被殃害面上生瘡解穢神呪必不得忘行者每日以香熏身於道場東壁張金剛像敷金剛淨座坐用吉祥草如無此草白茅代之呪師身著赤衣用赤坐具然後坐於菖蒲席上又取黃蔓菁子及白芥子呪七徧已散著四方一切惡鬼天魔之神不得嬈亂呪師向金剛前以兩手散赤色紫色二種色華

散華呪第十八

呪曰

唵　蘇雞羅去聲夜二莎訶三

更有一本呪曰

唵烏鈝一涉筏二合囉去聲邪二莎訶三

烏樞沙摩大呪第十九

呪曰

那上聲謨上聲囉上聲怛那二合跢囉二合夜耶　那謨同上室旃二合荼跛折囉波拏曳二摩訶藥叉栖那鉢跢曳三那謨跛折囉嚕陀寫四阿鉢囉二合底訶上聲多五奢珊那上聲寫六摩訶嚧山那上聲寫七跛折囉檀曇八鉢囉二合博叉上聲彌九阿底俱嚕嚂去聲十鉢囉二合摩馱路男上聲十一冰伽嚂十二迦毘嚂具嚂十三摩囉上聲南上聲十四多囉薩南上聲十五多他醫迦遮囉上聲底十六藥俱嚕馱十七僧伽囉上聲迷十八多羅迦昧曳十九曳那俱嚕遰那二十檀荼那陀那上聲婆二十一毗武企吉哩多二十二多麼劍二十三鉢囉二合薄叉上聲彌二十四阿底唎三合必曇二十五嚕地囉迷陀去聲榆二十六旦荼旦荼二十七摩訶旦荼二十八跛折囉旦荼二十九摩訶婆去聲羅訶那上聲彌三十薩婆舍觀嚕二合尼三十一奈奢奈奢三十二那舍夜那舍夜

（三十三）戶盧戶盧（三十四）遇盧遇盧（三十五）訖抑（二合）嘘拏（二合三十六）檀荼檀值拏（三十七）槃者槃者（三十八）摩他摩他（三十九）跋折囉檀值那（四十）摩囉（上聲）夜摩囉夜（四十一）餤摩檀值那（四十二）阿那（上聲）夜阿那（上聲）夜（四十三）迦羅波施那（四十四）阿那（上聲）夜阿那（上聲）夜（四十五）婆嚕那波施那（四十六）多荼夜多荼夜（四十七）藥叉檀值那（四十八）部菩烏樞沙摩（二合）俱嚕馱（四十九）阿跛唎彌多婆（去聲）羅（五十）波羅羯摩榆補陀羅（二合五十一）摩怒都毗治（二合）闍皤（五十二）者吒者吒（五十二）鉢吒鉢吒（五十四）摩吒摩吒（五十五）波夜摩奴（五十六）頻馱頻馱（五十七）毗頻馱毗頻馱（五十八）跋折唎拏（五十九）多荼（上聲）夜多荼（上聲）夜（六十）藥叉檀值那（六十一）訶（上聲）那訶（上聲）那（六十二）婆那婆那（六十三）毗沙拏（六十四）阿底毗沙拏（六十五）呵陀呵陀（六十六）跋折囉都嚕摩（六十七）跋折囉那（上聲）迦（六十八）跋折囉計奢（六十九）跋折囉目佉（七十）訶（上聲）娑訶（上聲）娑（七十一）跛夜麽奴（七十二）文遮吒吒訶（七十三）僧毗吉唎路目呵（七十四）摩娑彌陀摩闍（七十五）戶盧地必唎耶（七十六）醫醯（上聲）阿目劍咩（七十七）摩訶鉢施你鞞陀（七十八）那彌多婆娑（七十九）跋折囉值那（八十）嗚鉡潑（八十一）摩訶婆（去聲）羅（八十二）訶（上聲）那訶（上聲）那（八十三）鉢遮鉢遮（八十四）摩他摩他（八十五）毗馱（二合）崩寫夜（八十六）那舍夜那舍夜（八十七）摩囉（上聲）夜摩囉（上聲）夜（八十八）多囉（二合）珊那（去聲）夜（八十九）嗚鉡潑（九十）摩囉（上聲）那（去聲）夜（九十一）嗚鉡潑（九十二）你略耶（二合）嚧山那（去聲）夜（九十三）嗚鉡潑（九十四）阿時夜（二合）耶（九十五）嗚鉡潑（九十六）俱嚕囉跋折囉跛尼（九十七）阿（上聲）若波夜智（九十八）莎訶（九十九）

是一法呪名烏樞沙摩金剛大法神呪若人

能誦滿十萬徧日日相續燒安悉香請金剛坐供養畢已數數誦呪并用諸印一切所作種種法事無不成辨皆得効驗

畫烏樞沙摩像法呪第二十

令處女子織作白㲲若織作絹等先呪牛尿一百八徧呪曰

唵(一)跋折囉地力(二)嗚鈝潑(三)莎訶(四)

呪牛尿已用洗㲲等黑月八日九日若十四日淨好泥地而作一壇取一佛像以香水洗安置壇中供養種種香華飲食然八盞燈喚一畫師最能畫者隨其所索多少即與不得還價日日與其受八戒齋香湯洗浴著新淨衣與其博士作護身印然後畫作火頭金剛其像身長可佛一肘二尺三寸半除其光座更作高大亦彌精好和彩色用薰陸香汁不用皮膠取一水罐著壇中心日日當設一七人齋若不辦者一人亦得其像色青而有四臂右手向髆把跋折囉左手向肩而把赤索其索盤屈狀似盤蛇右手舒下仰大指搏頭指直下舒其餘三指繞屈向上左手屈臂向上手把數珠用中指頭而掐其珠面貌端正極令姝妙畫二龍王絡左髆上其二龍頭相鉤仰視在於胷前尾在背上俱純赤色又四龍王並作青色各絞一臂又二龍王亦皆青色各絞脚脛其像頭上一白龍王絞盤髻頭其像腰下虎皮褌胯頭髮火焰悉皆使竪非但頭上項背亦有火焰之光其頭光上左右各畫一蓮華座左蓮華上作阿閦佛像(一本云釋迦佛)結跏趺坐左手仰掌橫在臍下右手仰掌在右膝上指頭總垂右蓮華上作阿彌陀佛

像結跏趺坐手作阿彌陀輪印謂左手仰掌大指無名指兩頭相拄食中小三指皆舒展之右手同前作但以此手覆左手上二手大指無名指甲齊之相拄其佛像上畫作諸天散華之像其上作雲如電光色其金剛像底畫作海水中有蓮華於其華上立金剛著海中畫作八阿脩羅王左邊四箇右邊四箇其八王形皆作低頭禮拜之形其金剛底右邊復畫呪師形像手執香鑪胡跪供養作此像已呪師日日燒安悉香供養金剛發露懺悔於水壇中先誦呪滿十萬徧已所願皆隨若意欲入阿脩羅宮殿中者即誦呪滿二十萬徧即能得入以後即作色壇供養

烏樞沙摩金剛供養壇結四方界法呪第二十一

結四方界呪呪曰

唵一跋折囉俱嚕馱二摩訶婆去聲羅三阿杜羅地鉢底四底瑟吒二合五莎訶六

當以此呪呪三七徧周帀四方而作結界

火結界呪第二十二

呪曰

唵一跋折囉俱嚕馱二摩訶婆去聲羅三跋折囉二合盎矩羅四跋折羅佬佬五跋折囉鉢羅訶上聲嘯那六跋折唎那七地沙毗地沙八底瑟吒二合九阿羯嚂二合摩十莎訶十一

是一法呪取一炬火呪三七徧周帀結界及用護身治一切病大有靈驗

呪水和粉泥呪第二十三

呪曰

唵一跋折囉二跋折唎尼三跋折囉輸達你

尼四跋折囉輸達你雞五莎訶六
是一法呪以水和粉及作香泥呪三七徧然
後塗地作四肘壇種種色粉皆得通用
呪水呪第二十四
呪曰
唵一跋折囉達囉去聲夜二莎訶三
是一法呪用呪淨水一切處用
滅除罪呪第二十五
呪曰
唵一室唎合二夜耶二室唎合二阿囉上聲夜三摩
訶婆畀怛囉合二夜四莎訶五
是一法呪作壇斷食一日及二三日誦此呪
者滅一切罪諸佛菩薩金剛天等皆大歡喜
呪索呪第二十六
呪曰
唵一涉筏合二囉夜二莎訶三
是一法呪呪索散華
呪跋折囉呪第二十七
呪曰
唵一喍醯虛棄切跢曳二鶻嚕醯平聲多濕婆合二
夜三嗚鈝潑四
是一法呪呪跋折囉一百八徧釘壇中心
火結界呪第二十八
呪曰
唵一地毗頻徒二薩毗提娑三薩婆羯囉四
悉鉢合二婆吒室者合二曳五莎訶六
是一法呪作壇之時呪於炬火三七徧巳繞
壇四面周帀結界
大結界呪第二十九
呪曰

唵一鉢囉娑囉二阿羯那曳三莎訶四

是一法呪作壇之處用結大界欲作壇者先覓閑靜清淨之處好堂室內作四肘壇六肘之內掘去種種骨木瓦石然後將其別淨土來築令堅實極使平正於其地上作四肘壇拼粉繩法如上佛頂等部中說欲受法者香湯洗浴著新淨衣上方下方及與四方懸諸旛蓋鈴帶寶華珮鏡等物皆如餘部法中所說莊嚴下方用五色粉所用釆粉一一皆呪一百八徧然後方用一切壇法用粉皆然若不呪粉作法不成五色粉者一白色秔米粉是二黃色若鬱金末若黃土末三赤色若朱沙末赤土末等四青色若青黛末乾藍靛等五黑色若用墨末若炭末等其粉皆和沉香末用

呪白粉呪第三十

呪曰

唵一阿揭那去聲曳二濕閉合二馱去聲夜莎訶三

呪赤粉呪第三十一

呪曰

唵一阿揭那去聲曳二阿羅上聲馱夜三莎訶四

呪黃粉呪第三十二

呪曰

唵一阿揭那去聲曳二畢馱去聲夜三莎訶四

呪青粉呪第三十三

呪曰

唵一阿揭那去聲曳二可唎馱去聲曳三莎訶四

呪黑粉呪第三十四

呪曰

唵一阿揭那去聲曳二居唎合二瑟那去聲二合夜三

莎訶四

是五法呪若欲作壇把跋折羅各印其粉各誦本呪一百八徧如是呪竟依法安置作四肘壇先以白粉布爲界道壇開四門其壇中心蓮華座安置烏樞沙摩像東門更作一蓮華座安跋折囉施可囉南門亦作一蓮華座安彌嚕室幓伽北門復作一蓮華座安漢陀釋吉智西門安置跋折囉杜地其西門外安呪師坐東北角安提頭賴吒天王東南角安毗盧茶迦西南角安毗嚧博叉西北角安鞞沙門天王此四天王亦通供養皆與一切佛菩薩等作法時用燈十六盞百味飲食作十盤燒安悉香種種供養壇西門外近西南角可八指地作一火鑪擬燒酥蜜胡麻香等其日呪師可誦大呪一千八徧若作此法者感得火頭金剛歡喜作一切法皆得大驗又請金剛火鑪中坐燒於酥蜜胡麻稻華呪一百八徧火頭弟子各誦其呪一百八徧四天王呪各誦七徧

烏樞沙摩喚使者法印呪第三十五

二大母指各壓小指甲上二頭指無名指並直竪二中指頭相拄合腕大指來去呪曰

伊利彌一伊利彌二利彌利彌利三莎訶四

是法印呪若欲行印治病之處於病人邊先須燒香作是印呪喚於一切鬼神安置然後行印誦呪療病皆有大驗

烏樞沙摩呪水洗面呪第三十六

呪曰

那上聲謨上聲跋折囉俱嚕馱夜一唵二遮智能尼三莎訶四

是一法呪呪水七徧以用洗面一切歡喜

烏樞沙摩止啼呪第三十七

呪曰

那(上聲)謨(上聲)摩跢唎(二合)伽那(上聲)寫一跋折囉俱嚕駄夜二跢姪他三朱嚕提四朱嚕提五朱主嚕提六莎訶七

是一法呪於素帛上抄是呪文呪索中心繫是呪文還以此呪一呪一結一百八結小兒女子夜啼哭時以繫頸下不畏一切諸鬼神等不復更啼兒得長命

烏樞沙摩調突瑟吒呪第三十八

呪曰

那謨(上聲)(二皆)婆伽婆都一跋折囉俱嚕駄夜二跢姪他三豎(上聲)醯豎(上聲)醯四摩訶婆羅五阿目劍六涉筏(二合)唎拏七訖抑(二合)嘘拏(二合)八戶嚧戶嚧九咄吒咄吒十莎訶十一

是一法呪欲調突瑟吒取黑羊毛而作呪索以紫檀木削作橛子長橫八指取前呪索纏穀樹上呪橛及索一百八徧釘其樹上即著鉢囉(梵言也)若欲令愈拔去其橛呪於牛乳一百八徧內其孔中即得還復

烏樞沙摩崒都(二合)提呪第三十九

呪曰

唵一跋折囉俱嚕駄夜二迦(上聲)子野三(二合)毗迦(上聲)子野四阿謨迦(上聲)寫五俱嚕曇六悉馱(二合)婆夜弭七莎訶八

是一法呪若前人瞋數數誦之前人歡喜

烏樞沙摩調伏呪第四十

呪曰

唵一跋折囉俱嚕駄夜二古畢毗古嚧木谿

三莎訶四

是一法呪呪坏瓦盆一百八徧蓋惡比丘追央久利此四字梵言也即不能出追央久利若欲出者去盆即出

烏樞沙摩那瑜伽呪第四十一

呪曰

唵一跋折囉俱嚕馱夜二烏古離三彌古離四支刹離五誓蜜離六阿姥俱七阿謨迦寫八提畢瑟都二合九婆平上聲婆上聲都十毗叱叱平聲瑟都二合十一莎訶十二

是一法呪呪稻穀糠一百八徧近於南壁安金剛像像面向北呪師面向南坐像前即作一小水壇壇中著一火鑪呪前稻糠一呪一燒一百八徧抄彼那摩梵音作是法巳兩人比智梵音欲相好者取薰陸香和白色華呪燒火中即得瑜伽

烏樞沙摩目佉槃陀那呪第四十二

呪曰

唵一娑訶上聲那二娑訶上聲那半那三迦郎輕呼古哩二合多四設唎囉去聲夜五莎訶六

是一法呪呪灰若土二十一徧望惡比丘目佉薩之即得目佉槃陀那若欲令好呪水二十一徧望目佉潑即得平復

烏樞沙摩呪法功能

若有苾芻優婆塞等意欲受持烏樞沙摩金剛呪者當作水壇每日平旦以諸香華發心供養十方諸佛般若菩薩金剛天等心口發願然後一坐誦呪即滿八百徧日中黃昏中夜各八百徧准前供養誦呪之時皆不得共旁人戲笑交頭亂語呪師面作極大瞋顏初

受此法必須堅固若能誦呪滿十萬徧心心繼念不斷絶者更莫餘緣一切所爲無不成辦其供養香純燒安悉香用赤色華紫華亦得掐赤數珠瑠璃珠亦得中用復著赤衣坐菖蒲薦席下敷氈安置訖已呪水七七徧潑散四方上下結界後呪白芥子七七徧已徧散四方上下結界次請金剛及眷屬等安置座已取一火鑪西門外南呪師前者取稻穀華和好牛酥於火鑪中然穀木柴以柳枝策呪一徧已火中燒之滿八千徧爾時呪神下來現形或夢中見其呪神形正見神時呪師莫怖身毛不動安然定想隨心任意種種發願得此驗已可詣高峻四絶山頂更作場壇如法供養誦呪滿足十萬徧竟高聲大叫諸仙人門阿脩羅門皆悉自開又取蔓菁子半升取自身血和蔓菁子一捻一呪火中燒之滿八千徧竟阿脩羅女及仙人女等出迎行者入内供養常與甘露飲其行者齒髮皮膚並自脱去更得新生其人身形如似金色持呪人得一千年活力如金剛一千年後命終即生忉利天上自身即爲忉利天王又一法者日月蝕日作一水壇縱廣四肘牛糞塗地燒安悉香散雜色華將金剛像當中央著又取好酥赤銅器盛著於像前呪師面向東坐對像誦呪至日月滿依舊即休然後自取其酥服之得大聰明所爲諸事皆獲大驗

火頭金剛降魔器仗法當用淨好熟鑌鐵作金剛杵杵長一尺其杵兩頭作六楞峯縱廣二寸細腰四楞狀如金剛力士把杵作輪法者轂輞具足狀如車輪輪闊一尺縱廣皆然

中隔六楞峯亦六峯外十二楞峯亦十二周帀有刃次作斧法者兩頭有刃身六寸柯長二尺作刀一口又須作矟一張長四尺許木身鐵峯其所用鐵皆須預呪一百八徧護淨結界作器仗訖各呪其物一百八徧各呪已竟當於受法壇中著之日夜依前徧數誦呪要候器仗見大神通威力爲限若器仗上現於熱相手不可近者當知此法已成就竟其誦呪人得千歲活若煙出者其誦呪人得萬歲活若火燄出者其誦呪人飛上天上若作此法必須就詣閑靜之所及之山間高峯頂頭若小小求於淨室內作法亦得若欲求仙及取大驗必入山間高頂之上作之定得最勝大驗

又有一法呪水白芥子等散於十方結界以後一切惡魔惡鬼神輩不得嬈亂誦呪之人諸法之中皆不許染唯烏樞沙摩金剛法通若染若淨無所禁制若人能去諸貪雜染其法更好所有功能不可具論

烏樞沙摩金剛法印呪品

大青面金剛呪法

大呪第一

呪曰

那上聲謨囉上聲哆那合二跋囉合二夜耶一那上聲謨室戰合二荼跋折囉波拏曳二那謨尼藍婆羅跋折囉婆拏三摩訶藥叉西那鉢多曳四多姪他五兢伽尼提婆嚧俱北姝六勅特俱致那七聿多室多婆訶八婆多羅九阿耨巨攘帝十毗吉帶十一鄧瑟吒合十二囉二十迦囉囉嚧杯十三應伽囉施毗室奢十四娑那去聲伽羅去聲耶十五

瞿囉那去聲伽耶十六婆素谿毗鋪瑟多二合迦囉那去聲伽耶十七吉瑟多二合曳也儒十八毗嬔多耶十九睡唎多婆承二十巨摩懼吒二十一僧俱質多啅震引聲二十二何囉囉吒吒吒吒曳二十三特設那娑帶入聲二十四特阿特嚧瑟吒二合囉二十五吉利丹多入聲盧波耶二十六毗殊什婆去聲耶二十七牟呼陀囉耶二十八那若迦薄又那耶二十九帝里二合嚧迦耶二合三十婆蠅迦囉去聲耶三十一娑婆二合那去聲迦耶三十二蜜都去聲迦囉去聲耶三十三乙孕殑伽尼三十四提婆嚧俱北姝三十五鼻地婆伽鼻地三十六薄瑟多佛地三十七阿婆多耶操去聲彌三十八多姪他三十九虎餅虎餅虎餅潑潑潑四十那伽毗陀囉那耶潑四十一那俱烏瑳陀那耶潑四十二尼藍婆薩囉那耶潑四十三胡嚧摩訶尼那耶潑四十四宮槃荼烏瑳陀那耶潑四十五伐唎二合多毗舍遮那舍那耶潑四十六藥叉毗舍遮那舍那耶潑四十七虎餅虎餅虎餅潑潑潑四十八阿鉢唎底訶多婆羅四十九帝哩二合嚧迦五十婆蠅迦囉五十一室氈二合荼跛折囉波拏曳五十二囉質攘波耶底五十三莎訶五十四

受持此呪於三七日齋戒潔淨香湯洗浴著新淨衣淨持一室以淨牛糞取得蒸之除去臭氣又更蒸已和黃土泥用摩作壇其壇縱廣一丈二寸或作丈六幡蓋依圖作五色座又依圖法以五色粉布壇地上作此壇已壇西南坐面向東北至心誦呪日別六時時各一百二十徧誦滿二七日遶壇行道誦呪限滿徧數足已然後療病萬不失一誦至千徧霖雨過多止雷風雨刻時即定誦至千徧於大刀上鮮血流出呪刀千徧以刀指雲雲中

血下呪樹千徧樹有華果若於山野孤行之時若爲山精老魅虎豹師子熊象如是等獸所惱亂者皆誦此呪以手指之悉皆降伏不敢爲害若誦此呪至二百徧療病之時病無輕重應聲即愈若復有人正發熱時爲其誦呪至一百徧即得止熱若人患眼中有白暈漫誦呪百徧即得除愈若患猫鬼蠱道病者誦呪千徧猫鬼即現一切人見若鬼魅病誦呪欲至六百徧亦現魅身令人總見若患時氣天行病者以桃杖打之其病即差若被厭蠱爲其誦呪至二百徧即得除愈若患骨蒸伏連傳尸鬼氣病者誦呪千徧其病即愈又若婦人月水不通誦呪欲至六七百徧其病即愈還得宣通若帶下病依前法呪其病即愈若患風狂癲癎等病呪至千徧其病即愈若患神病或慈或瞋或歌喜笑或唱呌喚亦依前呪其病即愈若徧身浮腫土氣等腫亦依前法呪即除愈若患一切大腫持腫呪酥摩腫其腫即愈若夫妻相憎猶如水火呪五色縷一呪一結成一七結繫臂肘後諸親皆喜若有縣官口舌諍訟呪五色縷一呪一結成一七結亦依前法即得解脱若惡人惱亂亦依前法即自調伏此但略説未盡功能唯須好心直行之人乃可相與除此以外勿妄傳之若唯須握固與人誦呪定得成驗一誦直至三七徧時即須震聲無問多少即得成驗凡欲療病先誦五方藥叉名字并諸眷屬令其入室所療病家必不得食酒肉五辛若其食者大損病人請神之時方别各喚不出口陰唱急來一七聲呼其神即來若遣神去

時口中陰唱那羅乾二七聲唱勿大聲唱護
身之
藥叉心呪第二
呪曰
婆帝吒一摩訶摩訶嚕二烏呼烏呼二羅阿
盡吒帝四莎訶五
於病人家初欲療病誦呪先須謹請五方藥
叉先請東方爲首謹請東方青帝藥叉身長
三丈二尺口吐青氣并諸眷屬入此室内壇
内家宫家内餘者准此當於此壇東北角立
藥叉身形
藥叉立身印呪第三
以右脚直左脚蹋著地相離一肘許以左手
三指直豎以大指捻小指甲上叉腰四指向
前以右手五指拓面上是面作瞋色結界繞
壇右轉一度一呪即説呪曰
唵一帝婆藥叉二槃陀槃陀三訶訶訶訶訶
四莎訶五
喚羅剎身印第四
二手合掌二小指相鉤二大指並相著合腕
頭指來去
藥叉鉤印第五
准前身印以右手頭指在中指第三節上名
藥叉鉤結此當心上右轉行道一切藥叉并
諸眷屬悉皆歡喜恒爲守護事於呪師
藥叉火輪印第六
左中指拄右頭指右中指拄左頭指二無名
指屈於掌中二節相背二大指二小指並直
豎頭相拄誦大心呪
藥叉身印第七

三藥叉療一切鬼病當依身印其身印與君荼利立身印同二大指屈於掌中二無名指壓二大指甲上頭指中指小指並直豎頭相拄翼二肘去乳房五寸誦大身呪

藥叉追天鬼印第八

與摩訶摩瑜嚟此云孔雀王也集天衆印同自八指反相叉在掌中二大指亦屈頭入於掌唯右手中指直豎來去誦孔雀王大身呪

降伏魔印第九

准前唯改二中指直豎頭相拄安印項上翼二臂亦是摩瑜嚟降伏魔印誦大身呪火輪印左中指拄右頭指頭右中指拄左頭指頭二無名指屈於掌中二節相背二大指二小指並直豎頭相拄誦大心呪

歡喜呪第十

呪曰

那上摩謨枳唎一俱摩唎二休溜叉溜三莎訶四

若官府瞋及有餘人瞋怒之處急把右手中自爲棓呪七徧者即大歡喜瞋心消滅大有驗

弓印第十一

右大指壓左大指右頭指中指屈當左大指上左頭指中指直豎向上二無名二小指並屈在掌中

箭印第十二

其箭印二大指直豎左頭指屈當左大指上右頭指向上少屈右中指屈與左頭指頭相近左手中指下三指右手無名指及小指並屈在掌中

大竪印第十三
二大指直竪二中指直上頭相拄二頭指少
曲頭當中指上節側傍二無名指二小指並
叉頭出在外
刀印第十四
二大指直竪右頭指曲離右大指半寸許左
頭指向上少曲二手中指下三指並屈在掌
中
縛大力鬼印第十五
二大指直竪左頭指屈頭在左大指根內右
頭指少曲二手中指下二指總屈在掌中
食印第十六
二大指屈頭向下二頭指直竪二中指亦竪
少曲二無名二小指並屈在掌中
牙印第十七
二大指向上直竪二中指直竪左頭指竪少
曲右頭指屈當右大指上二中指直竪頭相
去半寸許二無名指及二小指並屈在掌中
欲得驗者先須作壇其壇縱廣一丈九尺其
壇外院唯開東門北面南西三面無門去其
外院一肘半許更作一重而開四門中央更
作一小方壇不須開門其中作一大蓮華座
其壇兩重並以五色粉莊嚴階道外院安箭
面別十隻一一箭上並各隨方以色線纏刀
十八口內院不須更別安箭刀三十口竪壇
四方外院內食二十二盤四面各安新淨水
鑵鑵中各揷雜樹枝等皆并葉用其中院內
四向各安二盤飲食并一水器其方座前安
一盤食著一水器香鑪六具呪師在西方立
手執香鑪先當至心奉請五方五帝藥叉各

領八萬四千眷屬入此壇内使我呪句如意得成一日三時夜復三時一一時中各誦前呪二十一徧如是七日作法即成欲知成者刀動水動即知成驗誦呪之人得此相者自此以後所作皆成若欲療治鬼神病者誦呪不過三五徧時其病即差遣縛即縛遣放即放隨心所作皆得成就

畫五藥叉像法

一身四手左邊上手把三股叉下手把棒右邊上手掌拓一輪下手把羂索其身青色而大張口狗牙上出眼赤如血而有三眼頂戴髑髏頭髮聳竪如火焰色項纏大蛇兩髆各有倒垂一龍龍頭相向其像腰纏二大赤蛇兩脚腕上亦纏大赤蛇兩髆各倒垂一龍龍頭相向腰纏大赤蛇所把棒上亦纏大蛇虎皮縵胯髑髏瓔珞像兩脚下各安一鬼其像左右兩邊各當作一青衣童子髮髻兩角手執香鑪其像右邊作二藥叉一赤一黄執刀執索其像左邊作二藥叉一白一黑執矟執叉形狀並皆甚可怖畏手足並作藥叉手足其爪長利畫作像已日月蝕時急作一壇隨力多少辦食果子供養誦呪乃至日月平復即休受法不食五辛酒肉若其食者無有神驗神性急惡恐損害人宜須慎之欲誦呪時安像壇中從西南著手執香鑪人門上立至心奉請一切諸佛諸大菩薩一切賢聖天龍八部諸天童子大力藥叉願以大悲天眼天耳及他心智悉皆證知弟子今日誦五藥叉大威神呪使得成就無有障礙作此語已發大聲誦呪一七徧即當閉目存思作想此呪

音聲徧至十方無邊法界一切金剛藥叉等前以爲召信專想作念五方藥叉及諸眷屬皆作來意然後安坐更當誦呪滿三七徧若能誦至七七徧者最爲第一若呪神來時呪師自身坐不安穩身毛皆竪復欲傾倒繞身四畔欲似有人忽來相逼若有如是相者即知呪神將及諸眷屬一切皆來呪師須作一金剛杵長二尺許以右手把杵殺打地上連續誦呪左手叉腰如此呪者其呪神不過三徧五徧即來若無大要不宜急喚若不要急輙而急呪恐畏神瞋必有損傷若有怨家數相惱亂當立一壇壇上作彼舍覩嚧身以燒死人炭灰作之即教誦呪以杵打之如是不過三七徧下彼舍覩嚧即自毋陀以外一切諸病患等任意皆得不勞繁録作杵法者合金銀銅三物共和鑄作其杵杵有八楞形如金剛力士把杵杵長尺二若無如上三種物者當取東引桃根作之

呪曰

唵一筏折囉俱嚧陀二摩訶婆羅三你羅婆娑那耶四鉢羅耳縛哩多五摩拘吒引夜六耳縛哩多七你多羅夜八底哩補羅耶伽羅九費陀梵娑夜十迦羅夜十一路波路波十二波羅波羅十三耳縛羅耳縛羅十四烏迦目佉十五普吒普吒十六娑囉娑囉十七費娑羅費娑羅十八烏底瑟吒烏底瑟吒十九婆伽婆二十烏蒭澁摩俱嚧陀二十一阿謨迦寫稱他名二十二耳縛哩多二十三吃哩阿拏二十四莎縛訶二十五

解穢呪曰

蘇利摩利摩摩利摩利蘇蘇利莎訶

佛說陀羅尼集經卷第十

音釋

遰音第 瓫蒲奔切與盆同 稞苦禾切青稞麥名 掬居六切兩手捧也 蔓菁蔓姑官切菁子盈切蔓菁菜名 佬音遼 鶻户骨切 掘其月切穿也 靛堂練切黑色也 唛音陵 盋壯末切與鉢同 鑌音賓鑌鐵出罽賓國 殑其陵切 儒人朱切與儒同 媲匹詣切 啅音卓 憕陟孟切開張畫繒也 蠱公土切惑也 瘥楚懈切病除也 癲癇癲多年切癇何艱切癲癇狂病也 棓步項切與棒同 滲所禁切

佛說陀羅尼集經卷第十一 諸天部卷上

唐中天竺三藏大德阿地瞿多譯

佛說摩利支天經一卷

如是我聞一時佛在舍衛國祇樹給孤獨園與大阿羅漢千二百五十人俱復有無量大菩薩衆彌勒菩薩曼殊室利菩薩觀世音菩薩而爲上首及摩利支等諸天龍八部前後圍繞爾時舍利弗即從座起偏袒右肩右膝著地合掌向佛而白佛言世尊於未來世末世衆生作何等法得脫諸難佛告舍利弗諦聽諦聽我今爲汝說於此事爾時會衆歡喜踊躍重勸請佛

爾時世尊告諸比丘日前有天名摩利支有大神通自在之法常行日前日不見彼彼能見日無人能見無人能知無人能捉無人能害無人能欺誑無人能縛無人能責其財物無人能罰不畏怨家能得其便佛告諸比丘若有人知彼摩利支天名者彼人亦不可見亦不可知亦不可捉亦不可害亦不爲人欺誑亦不爲人縛亦不爲人責其財物亦不爲人責罰亦不爲怨家能得其便佛告諸比丘若善男子善女人知彼摩利支天名者應作是言我弟子某甲知彼摩利支天名故無人能見我無人能知我無人能捉我無人能害我無人能欺誑我無人能縛我無人能責我財物無人能責罰我亦不爲怨家能得我便此呪有大神力所作成就破一切惡若用結界百由旬內一切諸惡無敢入者爾時世尊即說呪曰

南無佛陀耶一　南無達摩耶二　南無僧伽耶

三怛姪他四遏囉迦末斯五摩囉迦末斯六
蘇途末斯七支鉢囉末斯八摩訶支鉢囉末
斯九摩唎支夜末斯十安怛陀那夜末斯十一
那謨粹都底十二莎訶十三

又別本云

那謨佛陀耶一娜謨達摩耶二那謨僧伽耶
三哆姪他四遏囉迦摩斯五末迦摩斯六阿
豆摩斯七至婆囉摩斯八安檀馱那夜摩斯
九摩唎支婆囉摩斯十娜謨率都羝十一莎訶
十二

注云梵本多同前本西國諸德誦前者多古今受持相傳得驗前後兩呪無不有効然則文句周悉前本周帀決定是非非凡境界用前用後任自所便以下佛言

王難中護我賊難中護我行路中護我失於
道路曠野中護我晝日護我夜中護我水難
中護我火難中護我羅刹難中護我荼枳你
鬼難中護我毒藥難中護我佛實語護我法
實語護我僧實語護我天實語護我仙人實
語護我

怛姪他一阿囉拘綠二阿囉拘綠三雞栗底丁以切四薩婆迦囉醯蔽蔽亞切下同五薩蒲跛突瑟齹二合蔽六薩婆伊都波達囉鞞蔽七囉上聲叉囉又自稱名字八莎訶九

又別本云

哆姪他一阿囉軀唎二阿囉軀唎三吉唎的知約切四落叉落叉五我薩婆婆油六鉢陀上聲囉菩婆伽夜栖斯亞切稗七莎呵八

注云梵本多同前本論驗相傳兩本無殊其中委悉准前可知

奉請摩利支天呪一名摩利支天身呪呪曰

娜謨囉跢那二合跢囉二合夜耶一摩唎支唎馱去聲耶二摩婆上聲帝移沙上聲彌三跢姪他四婆

（上聲）囉（去聲）棃（五）娑馱棃（六）娑囉呵目溪（七）薩婆（上聲）徒瑟旹（去聲二合八）槃（上聲）馱槃（上聲）馱（九）娑婆訶（十）

佛告諸比丘若有人識彼摩利支天菩薩者除一切障難王難賊難猛獸毒蟲之難水火等難若人欲行此法者一切法中此法最勝持此呪者面向百踰闍那一切鬼神惡人無能得其便者若於難中行時晨起誦前身呪呪一掬水四方散灑及灑自身若衣襟若衣袂若袈裟角一呪一結總作三結即往難中行連續誦呪（前二大呪）而行所有一切事難軍防主者悉皆迷醉都無覺知之者若人欲得供養摩利支天者應用金若銀若赤銅若白檀若赤檀等隨力所辦作摩利支天像其作像法似天女形其像左手屈臂向上手腕當左乳前作拳拳中把天扇扇如維摩詰前天女把扇於扇當中作西國卍字字如佛胷上卍字字四曲内各作四箇日形一一著之其天扇上作燄光形右手伸臂并伸五指指頭垂下身長大小一寸二寸乃至一肘其中最好者一二寸好其作像人遣最好手博士受八戒齋日日洗浴著白淨衣作之其價直者隨博士語不得還價其像左右各作一侍者其侍者亦作天女形種種嚴飾作此像巳若比丘欲行遠道於袈裟中裹著彼像若受優婆塞頭髻中藏著於像大小行時離身放著不得共身上屏大小行

次說印及壇法

身印第一

反叉二小指二無名指在掌中右壓左二頭

指直竪頭相拄以二中指各捻在二頭指背上頭相拄二大指並竪各搏頭指側大指來去

頭印第二

准前身印各屈二中指上節頭向大指垂甲相背即是頭印

頂印第三

准前身印唯改二大指屈上節頭入掌中即是頂印若比丘欲行遠道於袈裟中裹像若俗人頭髻中著像即作此頭頂印以安像頭上二十一徧誦呪行道所至之處無有怖畏

護身印第四

准前身印唯改開二頭指二分許即是護身印用之護身

歡喜印第五

左手大指頭壓無名指第一節文又以餘四指把拳即是歡喜印

若作此印誦呪向囉闍及阤屈邊者即前人歡喜

摩奴印第六

左手屈臂掌向於胷前以頭指已下四指把拳以大指壓頭指甲上少開掌中作孔以右手伸掌從左手節上向手掌摩之到於孔上即以右手覆蓋孔上心想念之左手掌是摩利支心右手掌是摩利支身於左手掌心中我身藏隱在摩利支天心内斯文藏我身著摩利支在我頂上護我身此是好知印

使者印第七

以左手四指屈以大指捻二中指頭使作孔以右手指於右臂腋下不覆手五指並展誦

呪七徧即以此手合左孔上呪曰

那謨摩唎支曳一 薩婆薩埵二 阿唖唎沙哩三 莎訶四

佛語諸持呪行者若欲專求是摩利支天法覓諸利益現神驗者依前誦呪滿徧數已臘月十五日作受法壇若欲作壇預於其月十一日旦覓知好處修理其地除去惡物一如上法堅築平正即作護身結界法事若作護身預起是月從十一日日別一徧誦呪三徧依前印法以護自身三徧結界其結界法還用以前護身印法作印誦呪至五徧竟以印右轉即成結界至十四日晨朝更作一大結界呪灰七徧遺於四方爲結内界又作泥團數滿十枚一一各呪一七徧已擲著八方及上下方是名大結界如此結界護已即取香水和土作泥徧塗壇地立道場已懸諸旛蓋種種寶物以五色線繞壇四面已次將少分香華入道場中燒香作印喚摩利支天供養行道然後發遣至十五日晨朝更取淨牛糞和香水泥泥道場地更結界已又用種種名香和水兼少淨土更塗壇地一徧待乾取五色粉徧布壇地極令莊嚴作四肘壇其壇中心作蓮華座於其座上即安摩利支天之像東面安置使者之座名婆多羅室唎夜南面安置使者之座名摩利你北面復安使者座處名計室你西門安置呪師坐處至夜然燈二十五盞將五水罐中心一罐四角各一安置罐竟種種香華餅果飲食而爲供養莊嚴水罐如餘部說安置種種諸供具竟呪師坐青草上然後作印喚摩利支天等以作其印

種種供養及出壇外將諸飲食散施一切諸鬼神等散施竟已呪師手把青草誦呪以草從頭向脚摩之一百八徧作護身印於其印中又把青草向頂上著遣一弟子將壇中心水鑵灌受法人頭頂印上與灌頂竟著新淨衣將入道場與作護身一心念佛禮拜摩利支天之像作是法壇呪師自身受法弟子唯食稉米乳粥爲食事訖發遣於後掃除壇處泥塗搦擂總竟獻殘飲食呪師自身受法弟子皆不得食作是法已然後行用一切大驗初欲受法證効驗者必須作壇及其手印若不如是徒喪其功且作水壇淨治一室牛糞塗地方圓一肘或二肘或四肘中心安摩利支像行者日日洗浴若不洗浴者應當洗手漱口入道場呪師在此壇西坐正面向東喚摩利支安置壇中燒安悉香及諸好香種種供養日日誦呪一坐一百八徧或一千八徧若一萬八千徧呪師以手撮取胡麻稉米相和於壇前著火鑪中燒一撮一呪燒如是滿一百八徧一千八徧心心相續勿緣餘事從月一日至十五日隨力供養飲食酥蜜乳酪果華香燈明唯除酒肉五辛欲滿十萬徧倍加供養如是乃至足十萬徧竟然後於好處所料理於地拔却惡物瓦礫骨毛等已堅築於地使平坦之作此壇日者臘月十五日爲勝又法庚子日正月一日餘月取建日爲始以五色作壇壇之中心著摩利支座上遺五色粉而作華座并形或印東面著使者名婆多羅室利夜北面著使者名計室你南面著使者名摩利你然後呪師從摩利支至摩利

伱次第喚之各隨本座而安置之安置旣竟當以香華飲食八盤十六盞燈倍勝於前種種供養已呪師在西門外面向東坐誦呪一千八徧種種供養如是滿七日然後發遣之更有別法日月蝕日作此壇法者得大驗上來已說作壇供養受持法竟

又更有法如其作壇之日及於餘時旦起洗手面訖誦除障難呪呪水散灑四方上下及自身上至誦呪處以此一呪呪牛糞塗壇所獻飲食及燈火華香呪師浴水護淨之衣用此佛伽那鉢帝一呪呪上諸物呪曰

那謨粹都底一羯吒羯吒二末吒末吒三訖抑二合嚧拏二合四訖抑二合嚧拏二合五畔闍畔闍六南無粹覩底七鶻嚧陀羅八婆遮尼曳九莎訶十阿步多毗頭十一乞叉摩質多十二曷囉縛娑摩伽拏都十三訶訶邪十四摩訶訶悉都十五達廁曩十六波羅拘波邪寐十七句嚧句嚧十八主嚧主嚧十九慕嚧慕嚧二十納慕那摩二十一莎訶二十二

誦此呪者一切呪驗悉皆速成一切善事如意所營一切願事皆得如意如其作上諸事不遂心者呪者即知定有障難即於白月若黑月或八日或十五日牛糞塗地設飲食華果燒安悉香取白線呪之一徧一結如是作四十九結繫之左臂所有障難鬼神盡皆被縛更不得作障難以下本法

若人欲行東西遠行在路者先作水壇喚摩利支天安置取稻穀華和酥蜜火燒一千八徧并誦呪隨欲趣處去者大吉得大靈驗

又更有法七日之中日日作水壇喚摩利支

天安置復著火鑪然穀木火於其火中燒秔米胡麻一百八徧并誦呪日日三時時別一百八徧乃至七日作此法竟向囉闍及官邊者前人喜歡

更有法若欲論義依前法火燒梨枝一百八段段別一尺并呪如是七日作此法者得大聰明論師

又法欲往山中依前法火燒酥一百八徧并呪者一切禽獸毒蟲不得侵害

又法若人欲得見摩利支者依前法以穀木柴然火取天木香二十一段以蜜酪塗之火燒并呪二十一徧日日唯喫秔米飯乳酪三種不得食餘物七日之中日日倍勝種種供養如是七日作此法時於第七日摩利支身現入道場問行者言某甲汝今欲求何願是時行者隨意答之時摩利支聽許與願歸去者即知得驗諸天歡喜

又法七日之中日日三時火燒槐香草白菖蒲白芥子三種并呪已向羅闍邊去前人歡喜

又法欲向官人邊去者依前法火燒白芥子日日三時時別一百八徧并呪七日唯食秔米乳酪三種不得食餘物如是七日訖向官人邊者前人歡喜

又法依前法火燒梨葉日日三時時別一百八徧并呪如是滿七日者治一切鬼病時大得驗

又法依前取大麥好去皮擣細篩爲末以蜜和作團大如李子一百八箇七日之中行者初日全不喫食其餘六日任意食之日日火

燒所搏大麥并呪一百八徧作上歡喜印如是盡燒一百八團訖以水滅火於其烟上熏兩手掌誦呪二十一徧願云使我之手作一切法成種種得驗者一切得驗前人歡喜

又法依前燒阿末羅葉一百八徧并誦呪者療一切鬼病呪即得差

又法若人熱病取好青草擬口誦呪二十一徧以摩病者五十四徧并呪者即差

又法日日三時誦呪一徧二徧作大護身三徧作大結界五徧誦呪者所愛摩奴沙任意即得六徧誦呪護身結界夜入塚墓一切不畏

又法若欲遠行先於私房七徧火燒熏陸香并呪者著道之時數數誦呪行者路中若逢賊難鬼難等皆不得近悉自離人

又法依前白月八日於淨室中取好香華與秔米飯少少火燒誦呪一千八徧行者一日不食著淨潔衣作此法去者前人尊重恭敬供養一切鬼神亦皆敬畏

又法取牛糞未落地時以器承取來莫令着地即用和水而作水壇其壇中心著佛像或佛舍利𤛓取毋犢并黄牛乳作酥盛金盞中以右手無名指攪之於酥并呪其酥之上火若出者即應自知得大聰明一日誦千偈若火不出唯烟與煖者小小聰明若不得烟煖者自身伏地擬口於酥器邊以右手無名指爲箸喫酥即得少少聰明

又法於城東外好料理地作四肘壇取塼坏五箇中心著一四面各一又以四水罐盛水以柳枝塞口於四面塼上著之入取紫檀磨

研水中即以其水灑於壇上復以赤華供養於壇復以胡烟脂四枚各著四水罐邊復以五色線繞壇四面壇四面外以種種香華飲食祭潑與諸鬼於壇西門敷青草座呪師著好淨衣結跏趺坐於青草上喚摩利支及諸使者安置種種供養呪師手把青草誦呪以草從自頂向脚摩之一百八徧呪師手作摩利支身印印中把青草向自頂著遣一弟子將壇上以四水罐一一灌於呪師頂上竟然後呪師著好淨衣作護身印念佛禮佛禮摩利支訖取散華與龍腦香及蘇合香三種七日之中呪師唯食秔米牛乳粥不得喫餘物日日呪於上三種藥一百八徧乃至第七日將彼藥按自頂上右肩左肩心上咽上額上者得驗此語不開

又法依前若人患痔病取黑線作呪索令其病者頭東脚西卧於牀上以上呪索繫病者腰又以别呪索繫其牀脚并呪如是作此法并呪二十一徧者痔病即差

又法若人患頸治法如上唯改前繫腰索繫其頸上爲異

又法人家鬼神暴亂疫病死亡不息又求上善事不獲所願者取江水兩邊泥土以作一百鬼形像其中鬼王名毗那夜迦此鬼王頭者作白象頭形其餘諸鬼頭各别作諸禽獸形其身手脚總作人形大小可長四指或八指許作之取紫檀木於水研之用以其水和泥塗於地作壇以五色土於壇之上作鬼坐處中心一座北面二座南面二座東面二座西面二座於中心座上著於鬼王像其餘六

座總分著九十九鬼像以諸香華及燈七盞酥燈諸飲食等種種供養并取安悉香和酥火燒用以供養呪師坐於西門面向東誦摩利支呪七徧以五種色線呪二十一徧然後取壇中三面諸鬼像聚於中心鬼王邊一處著之以其五色線總縛著彼百鬼像訖取犢子糞一百八摶一一火燒并呪燒一一摶時一誦呪莎訶於先唱云縛一切鬼然後云莎訶如是人人盡一百八摶竟然後别掘地深至人腰作孔將彼所縛諸鬼像并壇飲食著於孔中以諸香華種種飲食供養彼鬼然後以土塞於孔上平地後永不出若呪師業病臨死之時心中作放彼鬼得脫若作此法即得摩利支來速疾大驗

復次於前水壇誦呪了不共人語即入房内卧或於夜中得異境界勿向人說唯師弟子二人平論善惡滿十萬徧後若無境界取稻穀華和胡麻燒如前法亦無境界更不須飲食唯散華誦呪每至八日十五日二十三日隨呪師所食奉上連續誦呪自責懺悔必得如願從初三七日後一七日一度試呪力方知漸進

又法一生之中日日唯食秔米乳粥數數誦呪得大聰明四姓之中婆羅門大愛念若火燒酥酪乳者刹利愛念若火燒大麥酪乳者毗舍愛念若火燒胡麻滓者首陁愛念

又法若人鬼病口合不語者呪水二十一徧七徧潑入之即語

又法鬼病口合不語者以袈裟角誦呪二十一徧打之即語

又法右手以大指無名指捻灰呪之七徧四方散之即成結界
又法以泥作丸丸爲十箇各擲十方作大結界隨擲遠近即成界量
又法若婦人難産呪胡麻油七徧以摩齋上即得生兒
又法若共他論義得勝時被他相瞋一倏相言又共他鬪諍被他相言枷鎖官邊問罪是非時取白菖蒲呪二十一徧右臂繫之以左手作歡喜印并呪去之者即得大勝之理若數數誦呪種種得驗
又法若人被毒蟲螫者呪師取五色線作呪索二十一結并呪以繫自右臂上訖向被螫人邊去取柳枝呪之數數以手摩彼人即差
又法若人被惡毒蛇所螫臨欲死時呪師以自手掬取水擬口七徧誦呪以其水潑於病者二十一徧并呪即差
又法若火燒酥一百八徧并呪一切禽獸毒蟲不得侵害
又法若人身生惡瘡者黄土和泥於瘡上二十一徧并呪即差
又法若畜生遇時氣病者於城村坊正中央然穀木柴火以牛乳火燒并呪即差夜作此法其明日午時還然穀木柴火取白芥子油與白芥子相和火燒一千八徧并呪者即大差
又法取具嚧陀木一千八段此木似菩提樹一一各呪已呪一徧火中燒盡一切鳩盤荼藥叉等鬼神皆悉歡喜
又法若火燒冬瓜少少一千八徧并呪者一切魍魎皆悉歡喜

又法若取塚墓之樹木一千八段與胡麻相和火燒一千八徧并呪者一切大惡鬼神歡喜

又法若取菩提樹枝一千八段一一塗酥火燒一千八徧并呪者四大天王歡喜愛念

又法若癲病者呪師取一切五穀相和以手掬取呪之火燒如是一千八徧者鬼神歡喜即得治病

又法若取安悉香擣之爲丸塗酥火燒一千八徧并呪者摩醯首羅及傍邊天一切歡喜

若依前法作水壇種種供養壇中心著佛像或佛舍利取羅迦沙彌陀木（此是菩提樹之別名）三千八段與酪酥蜜中塗之一一火燒各一段一呪如是盡三千八段作此法者滅除行者五逆四重罪而得清淨亦得呪驗

又法若行者依前法作水壇等從白月八日至十五日日日取紫檀木一千八段一一塗酥并呪火燒者摩利支天即來入道場遂其所願行者眼見摩利支身得大靈驗若其不來要心懺悔渴仰於摩利支天一日不食作種種供養者必來現身得摩利支種種大驗

又法若欲得錢財者黒月十四日至十五日兩日之中日別三時取胡麻秔米稻穀華三種火燒并呪一百八徧者即得錢財稱心如意

又法若欲得縛魔者七日之中日日取苦楝樹枝一本云菩提樹枝一千八段一一塗於白芥子油呪一徧火中燒者即得縛魔

又法若呪師或俗人行此呪法時被比止搦將去枷鎖縛時數數誦此呪者縛永不得

又法若欲得闍囉迦者七日之中日日三時取名香擣之爲丸一千八箇一一塗酥并呪燒去者即得如意

又法若人相瞋取胡麻油滓和粳米糠火燒一千八徧并呪者前人歡喜

又法若取胡麻火燒一千八徧并呪者前人愛念歡喜

又法若欲得錢財者七日之中日日取古溜草一本云固漏草莖長六指一千八段一一火燒并呪者即得錢財

又法若欲向他索所愛物者取白菖蒲呪之一千八徧繫自臂上去從乞之無所不得

又法三七二十一日日日三時取安悉香擣之爲丸一千八箇用塗酪酥蜜中一一火燒并呪者向囉闍及官人邊去之前人歡喜愛念

又法若欲得作立羅奴斯者梵音此云綱維七日之中日日三時取衆名香擣之爲丸一千八箇一一塗酥火燒并呪者即得如願

又法若行者洗浴入道場作水壇等種種供養喚摩利支天安置日日誦呪如是滿十萬徧一七日中無有斷絶作此法訖然後口云結界一聲即成莫作手印及呪灰等隨行者願皆得成就一切難事不近其身能破他人作法之事他人惡人外道等也由是天呪神力自在致令如是

爾時摩利支天白佛言世尊我有別法今欲説之用紫檀木廣三指長三寸其木一面刻作摩利支像似天女形其像左右各刻作摩利支侍者亦似天女形復以別紫檀木作盖

蓋之於像作此像已欲行遠道將於此像不離自身隱藏著之莫令人知數數誦呪若有所願即作水壇壇中心安像喚摩利支安置以種種供養復取蓮華一百八箇以供養之其供養法手取一一蓮華一一呪之用以供養復以胡麻秔米火燒一千八徧并呪訖把像行時種種得驗

注云上件諸法皆作水壇等種種供養如得驗也上來所言并呪者隨其物數一一呪燒名并呪也

時摩利支説此法竟世尊印可善哉善哉汝今所説我亦隨喜以能利益諸衆生故佛説是經已告諸比丘比丘尼優婆塞優婆夷國王大臣及諸人民等聞佛説是摩利支天陀羅尼一心受持之者是人不爲一切諸惡所害諸比丘若有人能書寫讀誦受持之者若著髻中若著衣中隨身而行一切諸惡悉皆退散無敢當者是諸四衆天龍八部禮佛而退歡喜奉行

摩利支天經一卷

功德天法一卷

中天竺國菩提寺僧阿難律木叉師迦葉師等共瞿多法師於經行寺翻

爾時功德天女白佛言世尊學此法者我當隨其所須之物衣服飲食卧具醫藥及餘資産供給是人無所乏少繫念心住晝夜歡喜正念思惟是呪章句發菩提心若衆生於百千佛所種諸善根是説呪者爲是等故於閻浮提廣宣流布是妙經典令不斷絶是諸衆生聽是呪已於未來世無量百千那由他劫常在天上人中受樂值遇是諸佛速成阿耨

多羅三藐三菩提三惡道苦悉畢無餘世尊我已於過去寶華功德海瑠璃金山照明如來應正徧知明行足善逝世間解無上士調御丈夫天人師佛世尊所種諸善根是故我今隨所念方隨所視方隨所至方悉令無量百千衆生受諸快樂若衣服飲食資生之具金銀七寶真珠瑠璃珊瑚琥珀璧玉珂貝悉無所乏若有人能稱金光明微妙神呪爲我供養諸佛世尊三稱我名燒香供養供養佛已別以華香種種美味供施於我灑散諸方當知是人即能集聚資財寶物以是因緣增長地味能令諸天悉得歡喜所種穀米芽莖枝葉果實滋茂樹神歡喜出生無量種種諸物我時慈念諸衆生故多與資生所須之物世尊於此北方毗沙門王有城名曰阿尼曼陀其城有園名功德華光是園中有最勝園名曰金幢七寶極妙此即是我常止住處若有欲得財寶增長是人當於自所住處應淨掃灑洗浴其身著鮮白衣妙香塗身爲我至心三稱彼佛寶華瑠璃世尊名號禮拜供養燒香散華亦當三稱金光明經至誠發願別以香華種種美味供施於我散灑諸方爾時當說如是章句作功德天身印誦大身呪二無名指左右相鉤於掌中二小指直豎頭相離一寸二中指直豎頭相拄二頭指於二中指背上第三節二大指並直豎頭指來去呪曰

波利富樓那一遮利三曼陀二達舍尼三摩訶毗訶羅伽帝四三曼陀五毗陀尼那伽帝六摩訶迦棃波帝七波婆禰薩婆哆㖃八三

曼陀九 修鉢棃富綠十 阿夜那達摩帝十一 摩
訶毗鼓畢帝十二 摩訶彌勒皺僧祇帝十三 醯帝
徙十四 三博祇俙帝十五 三曼陀阿陀十六 阿蒐婆
羅尼十七 婆婆訶者云散去此呪求財物故無婆婆訶爲是不著莎訶句也
是名第一根本印呪
功德天華身印第二
准前唯改二頭指直豎相離三寸許二中指
相叉入掌右壓左頭少屈二小指頭相拄二
大指頭相拄開腕相離四寸拄呪曰
波置呼盧多一 不棃帝那呼嚧多二 烏吒句
呼盧多三 那無呼盧多四 不棃啼那呼盧多
五 嗚奢副呼盧多六 莎訶七
功德天結界印第三
左右小指相叉入掌二頭指向外相叉右壓
左二中指直豎頭相拄二無名指各捻二中
指背上節二大頭向身相拄開腕三寸許闕呪
功德天施珍寶印第四
左右中指無名指相叉入掌二小指向外相
叉右壓左右頭指曲豎左頭指直豎二大指
屈入掌中合腕用誦大呪
功德天施一切鬼神種種飲食印第五
左右中指二無名指相叉入掌二小指向外
相叉右壓左二頭指直豎向上相離二寸二
大指屈入掌中合腕用大呪
功德天華座印第六
右手頭指以下三指向上豎似屈不屈右小
指向上直豎頭離無名指一寸半許右大指
屈在掌上以左手把右手五指左大指壓右
大指上合腕掌無呪
功德天下食印第七

右中指以下三指仰竪向上以右大指捻頭指上節側左中指以下三指把拳左頭指少曲向上以左大指捻中指中節側二手各仰磔開合腕（用大呪）

功德天令療病家鬧印第八

右手大指屈在掌上頭指以下四指把拳拳頭向上以左手握右手腕上大指案在腕背之上若人每日以結此印散華供養珍寶自至

功德天心印第九

左右無名指小指反叉在掌竪二中指頭相拄以二食指頭各捻中指上節背並竪二大指

功德天供養印第十

左右小指相叉掌中右壓左屈二無名指握二小指指頭向身竪二中指少曲頭離一分二頭指亦竪指頭離四寸並竪二大指各捻二無名中節背

功德天歡喜印第十一

准前華身印唯改二頭指於二中指背後壓甲上少許當胷前呪曰

支不帝棃那一阿支不帝棃那二彌者帝棃那三烏蘇帝棃那四若副多帝棃那五斯蘇帝棃那六莎訶七（若有官事當結此印）

功德天令呪師家人鬧印每日結此印散華供養珍寶自至

又功德天心印第十二

准前歡喜印二頭指於二大指甲上二中指竪直少屈頭相拄呪曰

那者富嚧盧一憂多羅富盧二龍若呼娑富

樓三憂稗叉富盧四阿羅者富盧五毗梨帝那富盧六殊知富盧七莎訶八

是灌頂章句必定吉祥真實不虚等行衆生及中善根應當受持讀誦通利七日七夜受持八戒朝暮淨心香華供養十方諸佛當爲己身及諸衆生迴向具足阿耨多羅三藐三菩提作是誓願令我所求皆得吉祥自於所居房舍屋宅淨潔掃除若自住處若阿蘭若處以香泥塗地燒微妙香敷淨好座以種種華香布散其地以待於我我於爾時如一念頃入其室宅即坐其座從此日夜令此居家若村邑若僧房若露處無所乏少若錢若金若珍寶若牛羊若穀米一切所須即得具足悉受快樂若能以己所作善根最勝之分迴與我者我當終身不遠其人於所住處至心護念隨心所求令得成就並當至心禮如是等諸佛世尊其名曰寶勝如來無垢熾寶光明王相如來金燄光明如來金百光明照藏如來金山寶蓋如來金華燄光相如來大炬如來寶相如來亦應敬禮信相菩薩金光明菩薩金藏菩薩常悲菩薩法上菩薩亦應禮敬東方阿閦如來南方寶相如來西方無量壽佛北方微妙聲佛

功德天像法

取未嫁女年十五者織絹一丈四尺用功德天大身呪呪黄牛尿一千八徧以尿灑其絹面上從月八日至十四日淨好泥地作四肘水壇取釋迦像一軀安置壇中供養種種香華飲食然燈五盞喚一畫師上好手者日日與受八戒齋清淨洗浴亦與畫師作護身印

先共畫師斷其功力隨所須者呪師不得還價其像身長一肘一尺三寸五分除其光座更須高大亦彌精好用薰陸香沉水香白檀香乳汁和彩色不得用諸皮膠以功德天華身呪呪其彩色取五罐水著壇中心及四角於壇門前作三七人齋若無者七人及至三人亦得其功德天像身端正赤白色二臂畫作種種瓔珞環釧耳璫天衣寶冠天女左手當持如意珠右手施呪無畏當臺上坐左邊畫梵摩天手執寶鏡右邊畫帝釋天如散華供養天女背後各畫一七寶山於天像上作五色雲雲上安六牙白象象鼻絞馬腦瓶瓶中傾出種種寶物灌於功德天頂上天神背後畫百寶華林頭上畫作千葉寶蓋蓋上作諸天妓樂散華供養其像底下右邊復畫上作呪師形著鮮白衣手把香鑪胡跪供養於白素紬上坐以上功德天像法竟

又一像法劫賓木作一天女形身長一寸呪師從正月一日洗浴當於像前設種種供養日日更加上好供具如是至十五日滿足所欲求者皆得稱意欲散壇時於壇中心燒阿波末利伽草(此云牛膝草是)若欲作法時正月三月七月當以此月入壇天女歡喜餘月並不得若欲伏大力鬼時先燒阿唎瑟迦(二合)柴(此云木患子是)

又法呪君杜嚕香(薰陸香是)尼俱陀樹葉種種香華又以黃牛酥然燈每恒如是取前件華果誦呪一百八徧一徧一度擲著火中一日三度十五日滿足出道場訖一切財寶種種衣裳五穀豐盈無所乏少

又法所有病人身上一切痛處皆以烏羊毛繩結作二十一結繫安痛處即得除愈

又法向病人牀底每夜燒摩那屎囉(此云雄黃)并白芥子鹽等鬼聞藥氣而身劈裂退散馳走

又法取瞿嚧者那(此云牛黃)須曼華(此云相思是)擣爲末呪之一百八徧塗著額上前一切障難自然散滅

又法取丁香葉龍腦擣爲末呪之一千八徧用塗心上又取一分以緋袋盛之安頂上一切衆生見者愛敬念

若欲令怨家病時當於功德天像前立一肘水壇壇門邊燒却陀囉木(此云紫檀木是)又取市死人臂骨野芥子訶梨勒燒作灰乳汁和畫作彼怨人形像呪師誦呪以右手把刀左手執持作瞋心誦呪一百八徧又以左脚蹋畫人心上二十一徧呪時加鈝泮

又法呪師若欲得一切衆生自來供養者當於功德天像前立二肘水壇當壇西門穿一肘火坑呪師於壇門南坐右手把方鹽一百八顆一顆呪一徧擲火鑪中如是十五日一日三時一時一千八徧并燒酥蜜白膠沉水蘇合香等百味飲食自來供養呪師無所乏少

又法若欲得見功德天者當詣一大蓮華池所以左手執香鑪入蓮華池於其池中摘取一華呪之一徧還擲著水中如是滿一萬徧訖爾持功德天當於七寶座以自相好水中出現爾時行者以銀盃滿中盛龍腦香水於其出處以水潑之於是功德天而作是言子欲令我作何等物爾時行者即答功德天神

減少分施我作是語已功德天即自還去於後行者去處皆值財寶求者稱意種種隨心終不乏少

又法取貫彌木（此云枸杞是也）寸截一百八段呪一徧擲著火中每日三時一時一百八徧如是滿足一百八日於是行者即得自悟三通智

又法或在寺中若在房中有舍利處莊嚴道場以功德天像面向西著寸截紫檀木任婆木皮（此云苦楝）是二種物悉以酪酥蜜塗塗一段木呪之一徧擲著火中如是滿一百八段乃止一日三時如是二十一日行者日得銀錢五百文

又法取優鉢羅華若無此華取初出青蓮華舍利波尼輙沙多波尼摩陀那香摩盧伽香摩那叱囉以上六種等分擣作末以雪水和作丸丸如小棗大於金銀合子重盛藥丸依如前法日夜誦呪不息乃至藥自然動動即以藥擲著口中行者含訖一切見者皆大歡喜日行三千里可無所畏

又法欲得功德天每恒歡喜者取那伽枳薩（此云龍華出崑崙山）須尉多摩伽羅尼三種等分擣爲末以雪水和藥爲丸丸如小棗大以金合子盛藥每日於功德天像前燒一丸一切障難自然散滅

又法以舍離沙（此云合歡）樹一肘麤如指大以娑羅樹汁塗合歡枝上呪師手執杖於天像前數數誦呪滿一百八日天女歡喜所有患處以此呪杖拄之即愈

又法須取穀麥小豆呪之一徧擲著火中令滿一千八徧一日三時如是滿足四十五日

一切家中穀麥豆自然色別皆來聚集
又法欲除家内一切灾禍取伽羅樹枝若無
此木取石榴枝寸截塗酥酪蜜呪之一徧著
火中燒滿一千八徧一切灾禍自然除滅
又法爲除家内一切灾障每月八日十五日
炭灰二物和酥呪之一百八徧散宅四方當
宅中立誦呪一千八徧一切惡鬼不敢前進
呪師欲得天女歡喜者於像前作四肘水壇
壇中心穿一肘火坑深七寸畫作十二葉蓮
華形於中燒紫檀木桑木柴長一肘各一束
如是每日三度於像前燒之種種供養并燒
酥酪秔米華蕎麥華誦大身呪至十萬徧依
如此法天女歡喜恒具大驗誦此呪不得行
欲誦此呪者得無所畏若阿須輪鬼神龍神
無能害者說呪巳阿難及諸比丘皆前爲佛
作禮而退此功德天女法竟

佛說陀羅尼集經卷第十一

音釋

齭在詣切　卍音萬　摒擋摒必郢切擋丁浪切　礫郎狄切小石也　穀居候切取牛乳也　螫施隻切行毒也　搦尼格切捉也　滓壯七切澱也　哆陟加切　呫音吼　馸許刃切　稗旁卦切　貰始制切　橿居良切紫橿木名　蕎渠驕切麥也

佛說陀羅尼集經卷第十二

唐中天竺三藏大德阿地瞿多譯

諸天等獻佛助成三昧法印呪品

一時佛在毗富羅山大衆會中說諸金剛陀羅尼印秘密法藏神呪壇法於是會中有梵天王及天帝釋摩醯首羅日天月天星天地天四天大王火天等俱是諸天王各有無量諸眷屬俱共會說法又有無量天龍八部諸大鬼神藥叉羅剎諸眷屬等聞是金剛神通自在法呪功能各大驚怕莫知走處佛語止止汝等莫怕此金剛法藏大有利益汝等諦聽我爲汝等說諸利益方便之事爾時天龍八部衆等聞佛說已心生歡喜各各慚愧悔諸罪過從座而起五體投地頭面禮敬前白佛言世尊我等眷屬各有一百一十二大將一一大將各領四萬藥叉眷屬一一藥叉各領四百萬億鬼神相共遊行娑婆世界滿諸國土常伺人便貪食血肉爲諸橫難縱暴天下破壞正法欺誑三寶恒作不善我等愚癡不知諸佛慈悲憐愍一切衆生多諸利益我等眷屬各各不覺心口失念發大誓願歸佛法僧同諸天等獻是神呪助護三寶不敢違教從佛印可對佛菩薩金剛等前結諸要誓我等徒衆所領眷屬在在處處如有寺舍道場講說大乘法論及有誦持陀羅尼藏神呪印者所住之處若有惱亂反加殘害不相擁護我等眷屬即同欺犯負於三寶我等皆當未來之世誓願不得成佛道果願佛證明印可法呪我等亦當同諸佛等利益一切

大梵摩天法印呪第一

仰右手掌直伸小指頭指屈無名指中指中節頭並向上豎之大指附於頭指側上大指來去呪曰

唵(一)輸嚕(二合)致(二)悉彌哩(三合)致(三)陀囉(上聲)尼(四)嗚鈝訶(上聲五)

是法印呪若有人等受持此法修習是呪供養梵天欲得驗者日日洗手面訖先胡跪地於左腋中以挾澡鑵鑵口向前即以右手作此印寫澡鑵水盛印掌中口近其掌呪水三徧自飲水訖又更印中盛水以拭自口誦呪三徧又印中盛水呪之三徧即用水潑自右脚上次潑左脚上復以右手大指無名指捻自兩眼兩鼻口中右耳左耳竟向自頭上過手放之若是好事以頭指入中指頭大指兩指之間即以頭指向外放之出聲彈指若是惡事即以大指中指相捻出聲彈指作此法者種種得驗作法即成論義得勝若作都大道場之時亦作印呪喚梵天入助護供養如能日日誦呪供養一切佛等一切有驗

帝釋天法印呪第二

先仰兩手即以二無名指相鉤其二中指及二小指各向掌屈之二頭指各斜豎頭相拄以二大指亦斜豎附搏頭指側大指來去呪曰

唵(一)佉皤弭唎(二合)佉(二)佉皤伽弭唎(二合)佉(三)那羅阿姥腎穰(二合四)阿姥皤訶(五)阿佉殊姥佉(六)娑伽提(七)時那筏囉(二合)[口息](八)莎(去聲)訶(九)

是法印呪若有人等受持是呪印等供養帝釋天者種種有驗若在佛前每日作意常供養者是人恒得諸天衛護一切歡喜

摩醯首羅天法印呪第三

合掌以二大指二頭指二小指皆相著豎卽以右手中指叉在左手中指無名指歧出又以無名指復叉在左無名小指歧出以左手無名指叉在右手無名指中指歧出入以中指叉在右手頭指中指歧出二手指相叉以向外各搏著手背節間大指來去呪曰

唵一毗跢囉二合薩尼二波囉二合末平聲陀去聲尼三瞋陀尼四頻陀去聲尼五莎去聲訶六

是法印呪若有人等日日受持此印誦呪供養摩醯首羅天者種種得驗每作是印誦呪供養諸佛之時一切佛等亦生歡喜兼療一切諸病有驗

摩醯首羅天求馬古印呪第四

右手屈中指最下節向掌内其餘二節直伸又以無名指秘在中指背根又屈小指頭向掌中又屈頭指以中節文壓無名指甲又屈大指以大指文壓頭指甲以其大指頭復壓小指甲呪曰

唵一潛倍謀戲二莎去聲訶

若人欲得求馬古者七日之中全不喫食日日作此印印中中指上以酥蜜塗之數數誦呪口云所求馬古名字急急來者至第七日卽來打門夜時作法莫聽人知若晝日作牢閉門著莫聽人知

又法以泥作四箇像形如天像長三四指何等爲四一名闍夜二名毗闍夜三名阿自多四名阿婆囉自多又以泥作摩醯首羅天像中央安摩醯首囉右邊安闍夜及毗闍夜左邊安阿自多及阿婆囉自多前著火鑪取猫

見糞(此是西國鬼食餅名)及人爪甲與人頭髮三種相和燒供養之數數作印并誦呪已口云所求馬古名字急急來看如是七日日日作法至第七日即來打門從心所願此法喫食亦無所苦於夜作法莫令人知若其晝日欲作法者牢閉門著莫令人見若事了竟收取其像藏著還用

東方提頭賴吒天王法印呪第五

側左手掌中指已下三指把拳又屈頭指中節頭亦小曲又以大指直斜伸頭勿捻著頭指上右手亦同唯舉腕下著於左手臂上大指來去呪曰

唵(一)地嚓致囉(上聲)瑟吒(二)(二合)囉囉囉(三)波囉(二合)末(平聲)陀(去聲)那(四)莎(去聲)訶(五)

南方毗嚕陀迦天王法印呪第六

側左手腕以右腕側著左腕根上二掌相背以二中指相鉤伸之如索以二小指二頭指二大指各曲之頭指來去呪曰

唵(一)毗嚕陀迦(二)藥叉地波路曳(三)莎(去聲)訶(四)

西方毗嚕博叉天王法印呪第七

右手側腕以右手腕著於左手腕根上二手中指已下三指各屈在掌作拳屈二大指以二大指頭各壓中指甲上以二頭指相交如索申之大指來去呪曰

唵(一)毗嚕博叉那(去聲)伽(二)地波路曳(三)莎(去聲)訶(四)

北方毗沙門天王法印呪第八

左手側腕屈頭指已下四指在掌中作拳又屈大指壓頭指上右手腕亦側之作拳如左

手法唯以大指直伸向上於左手拳上累著大指來去呪曰

唵(一)跛賖囉(二合)麽那(二)檀那(上聲)胝(平聲)阤羅(三)莎(去聲)訶(四)

是四天王法印呪等若諸人輩受持諸佛般若菩薩金剛天等法呪之時因有供養都會道場法壇之所并作此印誦呪喚天安置供養即得一切人等歡喜是天王等過去亦曾供養十方一切諸佛及諸菩薩并金剛等其呪印法皆同諸佛之所印可并顯像法具諸相貌咸侍佛所利益一切

又四天王通心印呪第九

二手頭中小三指反叉合掌二無名指豎頭相拄屈初節上二大指還向內拳中大指來去作是像已於道場北面向南邊作行安置竟呪師南坐面向北方即手作前法印各別作印各誦其呪一一喚之安置坐已燒安悉香種種供養次作通心印誦通心呪呪曰(呪同)

(最後)

又四天王通心印呪第十

右手大指中指小指皆豎向上屈頭指無名指拳著掌上手掌向前屈肘向上(不見別來去法)

呪曰

那(上聲)謨毗(上聲)嚕荼(上聲)迦(上聲)夜(一)那麽毗(上聲)嚕跛叉夜(二)那麽跛(輕呼)賖囉皤拏曳(三)那麽提唎(一合)底囉(長聲)瑟吒(二合)囉夜(四)跢姪他(五)壇荼(徒皆切)陀壇荼(六)壇吒(上聲)薺壇吒薺(七)跢摩唎(八)莎訶(九)

若能清淨如法受持是法印呪四大天王將二十八部善神來詣道場助護行者治一切

病七日呪之悉皆除差

四天王像法

提頭賴吒天王像法

其像身長量一肘作身著種種天衣嚴飾極令精妙與身相稱左手伸臂垂下把刀右手屈臂向前仰手掌中著寶寶上出光

毗嚕陀迦天王像法

其像大小衣服准前左手亦同前天王法伸臂把刀右手執矟矟根著地

毗嚕博叉天王像法

其像大小衣服准前左手同前唯執矟異其右手中而把赤索

毗沙門天王像法

其像大小衣服准前左手同前執矟拄地右手屈肘擎於佛塔

作是像已於道場北面向南邊作行安置竟呪師南坐面向北方即手作前法印誦呪一一喚之安置坐已燒安息香種種供養及誦心呪呪曰

唵一 漸婆羅二 謝葦陀羅夜三 莎去聲訶四

是法印呪名四天王通心印呪若作像身於道場中日日作印對於像前誦上呪等及誦心呪得四天王歡喜垂恩若能誦呪滿十萬徧療病大驗多得錢財

日天法印呪第十一

先背兩手中指無名指小指等背豎使齊以二頭指斜直頭相拄以二大指側屈捻頭指側本節文大指來去呪曰

唵一 娑訶薩囉二 囉上聲濕迷二合三 莎去聲訶四

是法印呪若有受持此印誦呪日日供養日

天子者一切無病若在佛前爲供養者諸佛歡喜

日天子供養印第十二不見別呪

右手無名指小指屈在掌中以大指捺無名指小指上節中指直竪少屈頭指指頭側著中指上節即以左手四指把腕大指把著右手腕背小指斜伸屈右臂肘直向上竪

月天法印呪第十三

反叉二小指無名指在掌中右壓左直竪二中指頭相著以二頭指各壓中指第三節上以二大指各捻掌中無名指兩頭大指來去

呪曰

唵一住住鉢底二莎去聲訶三

是法印呪若作大道場都壇之時當作此印誦呪供養一切歡喜

星宿天法印呪第十四

先仰左手右手逆覆左手相叉以右手無名指頭累壓左手中指内根節以右中指壓左無名指内根節復以左無名指逆累壓右中指内根節以左中指頭捻右無名指内根節總綟正如索以二小指直竪頭相拄以二頭指斜直頭相拄以二大指向身頭相拄開大指來去呪曰

唵一那刹路囉二提婆路曳三莎去聲訶四

是法印呪若有呪師日日相續對於佛前每作此印誦呪供養者身常無病作都壇時亦通入數請喚供養一切歡喜

地天法印呪第十五

合腕以二頭指及二小指反叉在掌中右壓左以二中指及二無名指直竪頭相拄以二

大指並竪壓二頭指側大指來去呪曰

唵一婆孫陀哩二陀那陀若三鉢囉二合婆上聲囉怛二合上聲你四莎去聲訶五

是法印呪若有人等日日相續受持此印至心誦呪供養地天得一切珍寶若作都壇時亦通入位喚而供養一切歡喜

火天法印呪第十六

直竪右手後三指頭指少曲以大指屈在掌中頭指來去呪曰

唵阿者那去聲曳二訶弊毗治切下同歌弊三婆訶那去聲夜四地弊地弊五地跛夜六莎去聲訶七

是法印呪呪師若作一切壇法供養之時先喚火天坐於火鑪華座中已燒酥蜜等種種供養竟即移火天於火鑪邊安置坐之然後以次請一切佛及請般若一一菩薩一一金剛并諸天等安置火鑪華座中已燒酥蜜等及以五穀種種華香并諸餅果香水等物而爲供養竟一一次第還作本印誦其本呪而送本位供養徧已作發遣印而令散之

火天子助呪師天驗印第十七不見別呪

右臂屈肘向上直竪頭指中指及無名指屈頭向掌頭匆著掌直竪大指捻頭指側

閻羅王法身印呪第十八

屈左手三指仍稍出頭指三分許以大指搏附著頭指下節文頭指來去呪曰

唵一閻摩囉闍二烏揭囉去聲毗嚟二合耶三阿揭車四莎去聲訶五

是法印呪若作大壇供養一切諸佛等時即作此印誦呪七徧其閻羅王即來受供心大

歡喜

一切龍王法身印呪第十九（亦名優婆難陀龍王印）

以右肘頭在左肘內復以右手後四指少曲以大指摶頭指少曲之左手反曲向右手上右手亦如是兩手相向狀如蛇口以二手四指開合來去（呪用後呪）

又有龍王法身印第二十

左右臂腕准前不改但以左右小指無名指反叉掌中右壓左二中指直豎頭相拄以二食指拄中指背上節以二大指少曲各拄二食指內中節頭指來去（同誦後呪）呪曰

唵（一）蒱祇蒱祇（二）蒱雞蒱伽跋底（三）嗚鉡訶（四）

是法印呪若作大會供養壇時即作此印誦呪喚入都壇會中同供養者即得一切皆悉歡喜若欲祈雨當具作壇供養作法所祈即得降雨便足

五方龍王華座印第二十一（不見別呪）

二手八指似曲不曲皆向上豎二小指頭相離二分二無名指及二中指頭各相離可二寸許二頭指頭相去四寸並豎大指二指相著

五方龍王牙印第二十二（不見別呪）

屈右臂肘直向上豎屈無名指小指在掌中指直豎又屈頭指指頭側著中指中節以大指捻頭指頭側

祈雨法壇

若欲乞雨可就國中四望勝地及好池泉有龍之處近其池側修理平淨方面各取正五十步著淨衣服置立道場竟當中心作十二肘壇八肘亦得其壇四方皆將皂布幕圍繞

之上方亦覆於其幕内多懸皂旛又以五色粉繞四畔其壇界畔唯作一重而開四門壇之東門將以泥作一龍王身身長三肘一身三首其龍立地龍身一肘在於壇内二肘在外次於南門又以泥作一龍王身身長五肘一身五首其龍立地龍身一肘在於壇内四肘在外次於西門又以泥作一龍王身身長七肘一身七首龍身立地龍身一肘在於壇内六肘在外次於北門又以泥作一龍王身身長九肘一身九首龍身立地一肘在内八肘在外次壇中心又以泥作一龍王身身長八肘一身一首龍頭向東五龍王前龍别各安二大瓦瓶瓶上各以白粉塗之其瓶身上以真牛黄各畫四箇須菩提像結跏趺坐一一瓶口滿著雜華若無生華以綵華充其瓶項上華鬘交絡其壇四角各别安一赤銅水鑵其鑵各受可一斗者滿盛淨水不須畫飾其口挿柳栢枝竹枝亦得中用各并葉取又各以生五色綵帛繫其枝上共成一束其綵色别各長五尺其壇内外多以泥作小龍子形以爲眷屬五龍王前各以種種果餅飲食一大牙盤盛而供養其食日别換新好者作是壇法乞雨之時每日以煑五穀一石散施地上鬼神等食作法時共八弟子伴悉曾經入都道場者令入驅使以外餘人不得輒入其作法人等唯合得食乾粇米飯粇米乳粥餅果子等不得喫菜香湯洗浴著新淨衣入壇作法一上厠時一度洗浴著新淨衣方入壇上遣一呪師坐於壇内多燒雜香至心誦呪直護身作莫作結界如是八人更互入壇

誦呪不得令其壇內空虛日夜誦呪呪聲莫絶每至夜然一百二十盞燈若欲出入來去之時皆從西門出入來去其餘三門不得輙入幃幕以外四面各別而開一門門別各懸雜綵色旛門別張幕多敷氈褥供給香油飲食臥具又請有德有行精進衆僧各自清齋香湯洗浴著新淨衣入幃之內轉大雲經孔雀王經大雲輪經六時繞壇行道禮拜助祈雨人若能如是作法乞雨三日得雨若不得者一七日內必得大雨

那囉延天身印呪第二十三亦名呼名印上下例然也

以兩手四指反相叉仰掌向上指頭向上直竪二大母指各附二食指側大母指來去呪曰

跢姪他一唵二那囉延提婆那三訖抑合二嘘拏合二訖抑合二嘘拏二合四莎訶五

那囉延天無邊力印第二十四

准前印上迴掌向身合腕以左手大母指屈入右手大母指岐間以右手大母指壓左手大母指誦前呪作此印呪能移山覆海不得與人結怨必爲報讎損於前人慎之慎之

乾闥婆身印呪第二十五

以二小指左右相叉以二無名指鉤取二小指在掌中二中指直竪頭相拄二頭指附二中指側少屈二大母指並散竪大母指來去呪曰

唵一薩婆乾闥婆那二迦嚕荼耶三畔陀畔陀四莎訶五

緊那羅身印呪第二十六

以左右二中指無名小指合掌相叉右壓左

二頭指竪頭相拄開掌一寸許二大母指散竪來去呪曰

唵一跋折囉二緊那囉伽去聲耶三畔陀畔陀四莎訶五

摩呼囉伽身印呪第二十七

以兩手把拳仰掌側相著先竪二頭指又以二大母指各捻二中指側文上頭指來去呪曰

唵一薩婆摩呼囉伽二伽囉吒耶三莎訶四

摩訶摩喻唎印身呪第二十八唐云孔雀王印用此結界縛魔

先以右手中指又入左手中指背左手頭指無名小指並把右手中指背又以右手頭指無名小指把左手大母指左手大母指在右手大母指岐間出頭與左手中指相捻右手大母指壓右手頭指中指甲上左手頭指直竪來去呪曰

跢姪他一唵二摩訶摩喻唎三薩婆伽那鉢地四畔陀畔陀五嗚鉾頞吒六二合莎訶七

摩訶摩喻唎集天衆印第二十九與遮文荼追天鬼印同也

師子王呼召印呪法第三十

起立先以左手頭指屈第二節又以左手大母指壓頭指上又以中指壓大母指甲上無名小指直竪舉手與左髆齊又以右手大母指屈入掌中三指把拳又與右髆齊迴手掌向髆頭指直竪來去呪曰

跢姪他一唵二吼吼吼吼三呼呼呼呼四訶訶訶訶五莎訶六作此印時一切鬼神一呼立至

師子王護界印呪第三十一

與前軍荼利金剛一字降魔王印同唯改二
中指頭拄眉間呪曰
唵鈝一豆留豆留二鈝鈝鈝鈝三
繞壇三帀發大聲吼誦此呪已所有一切毗
那夜迦聞此呪音皆悉散滅
伽嚕荼呼召印呪第三十二
仰二手掌右壓左以右手大母指鉤取左手
大母指左手亦如之左手中指無名小指屈
在右手掌中以右手中指無名指小指壓右
手三指甲上頭指直竪來去呪曰
唵一跛折囉伽嚕拏二瞋陀瞋陀三摩他摩
他四鈝抳五莎訶六
大辯天神王呼召印呪第三十三
先以右手大母指屈入掌中中指無名小指
把拳又以左手向前把右手腕右手頭指來
去呪曰
跢姪他一唵二摩訶提婆布怛囉三却吒二合
旁伽四賀悉跢二合曳五莎訶六
餤摩檀陀呼召印呪法第三十四
以兩手中指無名小指正相叉二頭指竪頭
相拄二大母指各附二頭指側開掌如掬水
法大母指來去呪曰
跢姪他一唵二餤摩檀馱那三尸朋迦唎尼
四跛折唎杜堤五理醯理醯六莎訶七
水天呼召印第三十五
以兩手小指頭側相搏二無名指在小指後
指心相捻二中指亦然二頭指挾捺二中指
背第一節上仰掌狀如掬水法以二大母指
各附食指側大母指來去呪曰
跢姪他一烏馱韃去迦提婆那二理醯理醯三

莎訶四

若欲作此水天印呪法者當作縱廣四肘水壇壇開四門其壇北面安水天座安十六盤飲食供養燒熏陸香呪師洗浴著新淨衣面向北坐誦呪滿足一千八徧祈雨先得若入水中作此印法履水如地

造水天像法

以白檀木刻作其像身高五寸似天女形面有三眼頭著天冠身著天衣瓔珞莊嚴以兩手捧如意寶珠身高二寸半作亦得造此像已安木函內以錦囊盛繫於左臂諸願悉隨

次作身印

水天身印第三十六

起立並脚合掌當眉間屈二頭指壓二大指頭作此印者水天身現

風天法印呪第三十七

起立地兩脚相離二尺許脚指並齊左右中指屈中節在掌中次以並二大指各壓中指側上鉤左右頭指無名指小指頭皆相著三指側皆開合腕以一大指下節當額上著指頭向上呪曰

唵一婆遮鞞二阿揭車三莎去聲訶四(印無來去法印出十一面呪是當部)

阿脩羅王法印呪第三十八

以左手中指等屈指頭離掌三分許其頭指曲以大指亦稍曲與頭指相應大指來去呪曰

唵一毗摩質多囉二阿蘇囉三地波多曳四莎去聲訶五

是法印呪若作大都法壇之時作此印呪喚

入供養一切歡喜
遮文茶法印呪第三十九
以左右中指無名指倒捩相絞以二小指相
叉以二大指向上相叉其二頭指亦相叉大
指來去呪曰
唵一胡嚧胡嚧二遮文地(徒皆切三)莎(去聲)訶四
是法印呪若作大都法壇之時作此印呪喚
入供養一切歡喜
遮文茶大三博叉護身印第四十
二大指屈於掌中二無名指壓二大指甲上
二頭指中指小指並直豎頭相拄翼二肘印
去乳房五寸誦大身呪
遮文茶天火輪印第四十一
左中指拄右頭指頭右中指拄左頭指頭二
無名指屈於掌中二無名指中節相背二大
指二小指並直豎頭相拄誦心呪
遮文茶天伏魔鬼印第四十二
左右八指總反叉於掌中唯二中指直豎頭
相拄合腕安頂上翼二肘誦心呪
遮文茶天追諸天印呪第四十三
左右九指總反叉在掌中唯右手中指直豎
來去二大指亦屈頭於掌中誦大身呪(此呪亦名
摩登伽呪)呪曰
那(上聲)謨悉陀(去聲)喃(上聲)一　那(上聲)謨摩登伽(去聲)喃
二　那(上聲)謨悉陀(去聲)耶三　遮文茶耶四　頻路
囉(二合)迦羅波泥五　什婆娑那(去聲)耶六　提婆陀
(去聲)那婆不嗜陀(去聲)曳七　阿彌迦槃羅毗利耶
八　鉢羅迦羅摩曳九　藥叉囉刹娑婆不嗜陀
(去聲)耶十　拔囉不摩婆羅臘陀(去聲)曳十一　嗦師伽
那十二　伽臓鞞闍伽拏十三　瞢伽羅鉢瑟吒曳十四

濕摩捨那十五 婆那婆悉泥曳十六 啞醯平聲曳醯
上聲婆伽婆帝十七 遮文遲十八 薩婆阿遏他一合 悉
啼十九 訶羅訶羅二十 頡利頡利二十一 戶盧戶盧
二十二 遮囉遮囉二十三 只唎只唎二十四 主嚧主
嚧二十五 啞醯平聲曳醯上聲婆伽婆帝二十六 遮文
荼二十七 闍婆羅闍婆羅二十八 陀婆陀婆二十九
涅唎吒涅唎吒三十 彌利彌利三十一 訶訶三十二
醯醯三十三 呼呼三十四 勃馱勃馱三十五 陀囉陀
囉三十六 提唎提唎三十七 途嚧途嚧三十八 伽吒
伽吒三十九 伽知伽知四十 瞿都瞿都四十一 訶囉
訶囉四十二 醯唎醯唎四十三 呼嚧呼嚧四十四 阿
嚧訶阿嚧訶四十五 暴嚕訶暴嚕訶四十六 啞醯
曳醯上聲婆伽婆帝四十七 遮文荼四十八 安跢囉
迦羅波薩那囊四十九 勃蘇摸投休二合遲當儀
五十 伽羅伽羅五十一 岐利岐利五十二 瞿盧瞿盧
五十三 啞醯曳醯上聲婆伽婆帝五十四 必帝唎婆
嘍那嘍悉泥囊五十五 阿勘跋蘇五十六 謨途致
當嗜五十七 唵五十八 遮羅遮羅五十九 婆羅婆羅
六十 鉢囉鉢囉六十一 淼羅淼羅六十二 阿鼻賒阿
鼻賒六十三 阿婆阿婆六十四 鉢羅謨吒耶六十五
婆伽婆帝六十六 遮文荼六十七 薩囉薩囉六十八
跋羅跋羅六十九 阿突那阿突那七十 勃馱勃馱
七十一 俱嚧俱嚧七十二 訶羅訶羅七十三 伽羅伽
羅七十四 岐利岐利七十五 瞿盧瞿盧七十六 啞醯
平聲曳醯上聲婆伽婆帝七十七 遮文荼七十八 薩皤
遏貪七十九 摩淼娑達耶八十 阿遮囉寫八十一 望
不折耶八十二 莎訶八十三

又遮文荼呪第四十四

呪曰

那謨悉陀那一 摩登伽那二 那謨悉陀夷三

遮文荼夷四阿多羅迦羅波二合五婆娑那夷
六提婆陀那婆不嗜多夷七阿尼訶多皤囉
毗嚟夷八波羅迦囉摩夷九藥叉囉刹娑不
嗜多夷十跋囉上聲摩十一跋羅臘陀夷十二嚟師
伽那十三毗闍伽羅十四瞢伽羅樹師吒二合夷十五
奢摩奢那皤悉泥十六啞醯曳醯上聲婆伽婆帝
十七遮文遲十八薩婆遏他悉第十九訶羅訶羅二十
奚利奚利二十一戶盧戶盧二十二遮羅遮羅二十
三至利至利二十四注留注留二十五啞醯平聲曳
醯上聲婆伽皤帝二十六遮文遲二十七闍婆羅闍
婆羅二十八馱婆馱婆二十九多利吒多利吒三十
四利四利三十一訶醯呼訶醯呼三十二佛提佛
提三十三馱囉馱囉三十四地唎地唎三十五度嚧
度嚧三十六伽吒伽吒三十七祇致祇致三十八巨
誅巨誅三十九訶囉訶囉四十奚唎奚唎四十一戶

嚧戶嚧四十二阿魯訶阿魯訶四十三波烏魯訶
波烏魯訶四十四啞醯平聲曳醯上聲婆伽皤帝四十
五遮文遲四十六阿多囉劫婆羅四十七皤娑那
夷四十八勃蘇摸投休遲當儀四十九伽羅伽羅
五十祇利祇利五十一求晝求晝五十二啞醯曳醯
上聲婆伽皤帝五十三畢帝唎伽拏五十四皤悉泥
五十五唵五十六遮羅遮羅五十七婆羅婆羅五十八
摩羅摩羅五十九波羅波羅六十阿鼻賖阿鼻賖
六十一阿暮吒曳六十二波羅暮吒曳六十三啞醯
曳醯上聲婆伽皤帝六十四遮文遲六十五波羅波
羅六十六阿度那阿度那六十七毗遮那毗遮那
六十八屈晝屈晝六十九阿羅阿羅七十唏利唏利
七十一休晝休晝七十二伽訶羅伽訶羅七十三祇
唏利祇唏利七十四求休晝求休晝七十五啞醯
曳醯上聲婆伽皤帝七十六遮文遲七十七薩皤遏

他摩摩其甲七十八娑陀夷七十九莎訶八十

又遮文荼呪第四十五

呪曰

那上聲謨婆伽婆姤　嚧達囉耶二　那謨悉陀南三　那上聲謨婆伽婆帝四　遮文荼囊五　阿鉢囉帝賀多六　婆羅毗唎耶七　鉢羅羯磨囊八　摩訶囉刹賜囊九　鉢羅什婆履復多捺耶那去聲囊十　阿帶囉上聲迦羅婆二合皤薩那囊十一　摩奴沙摩乞此婆叉泥囊十二　捺羅毋制十三　摩婆薩那囊十四　底唎迦跛羅十五　摩羅佉吒十六　婆伽害羅昵囊十七　鬱駄二合雞舍十八　鼻唎俱上聲知目佉囊十九　摩醯濕婆二合囉婆羅臘陀囊二十　阿蘇囉那舍泥囊二十一　藥叉囉刹二十二　此鉢利鼻唎多去聲囊二十三　唵二十四　遮文荼囊二十五　駄囉駄囉二十六　努盧奴努盧奴二十七　揭哩二合闍揭哩闍此云雷震二十八　筏羅筏羅二十九　帶波帶波三十　什婆羅什婆羅二十一　吉利吉利三十二　姤盧姤盧三十三　牟盧牟盧三十四　摩訶摩盧三十五　阿毗舍三十六　泥毗舍三十七　薩婆遏貪上聲二合三十八　淼淼大野三十九　婆伽婆帝四十　遮文荼四十一　度盧度盧四十二　陀去聲婆陀婆此云急走四十三　佉佉佉駄佉駄四十四　制吒制吒四十五　拔波拔波四十六　吉唎吉利四十七　折波折波四十八　婆伽婆帝四十九　遮文荼五十　薩婆提羅上聲醯五十一　驃謨制耶五十二　莎訶五十三　囉上聲叉囉叉五十四　淼淼阿闍履囊五十五　寫薩婆鼻駄去聲那五十六　鼻那耶泥雞轉五十七　莎訶五十八

又遮文荼呪第四十六

呪曰

唵一　遮文荼二　必帝唎婆尼迦三　罽波羅訶

悉帝四荼岐尼羅迷五破破敷沙必唎耶六
阿鉢囉提訶多七縛陀鉢吒八帝唎二合輸上聲
利迦那迦九跋折囉十浮瑟泥二合十一阿羯吒
十二毗羯吒十三鉢都吒魚切羯吒十四勀羅鄧瑟智
二合泥十五茞斯婆羅摩耶十六輸藍鉢囉十七毗舍
摩奴沙去聲十八佉伽訶薩帝十九唵二十跋羅莆瑟
泥二十一遮羅遮羅二十二罽波罽波二十三醯醯
二十四脯羅脯羅二十五阿鼻舍阿鼻舍二十六婆
伽婆帝二十七那上聲悉都二合提二十八莎訶二十九
胡嚧都吒魚切牟羯多三十莎訶三十一

又遮文荼呪第四十七

呪曰

那上聲謨悉陀喃一那謨摩登伽喃二那謨悉
陀夷三那謨遮文荼夷四阿鉢囉底訶多五
摩羅彌棃鉢羅伽羅摩夷六那謨婆伽婆帝
七遮文遲八摩訶囉刹西九鉢羅闍婆利路
十那夷那上聲延安多囉尼却波羅十一提婆薩
那夷十二摩怒沙恾娑抜刹那夷十三唵十四陀囉
陀囉十五室利室利奴十六伽闍婆伽闍婆十七伽
多婆伽多婆十八吉利吉唎十九都盧都盧二十暮
盧暮盧二十一摩訶暮盧二十二阿毗賒阿毗賒
二十三薩婆遏他二合麼麼其甲二十四娑陀夷二十五
哩醯曳醯上聲婆伽婆帝二十六遮文遲二十七吐
吐二十八他婆他婆二十九可陀可陀三十婆吒婆
吒三十一抜波抜波三十二吉唎吉唎三十三折波
折波三十四哩醯曳醯上聲婆伽婆帝三十五遮文
遲三十六薩婆伽羅夷驃三十七暮者也三十八莎
訶三十九前第二呪與此呪受持法用并及功能如下所說

若欲受持摩登伽呪法先作一壇縱廣七尺
用牛糞塗地方七尺七寸當取一杖隨杖長

短量取七尺亦得取柳枝長六尺及竹口含淨水半喫餘者咽去初含水叩齒七徧然後喫半殘半咽之即呪呪鉢亦然若呪病人時取灰無灰取土及水隨得呪之訖用灰水塗病人身然後呪燒白膠香地上畫一鬼形呪師手提石榴枝或用柳枝即呪此枝打病人時若鬼著者即問姓名行病所由若不語者誦呪一徧以水灑之即便自語若以芥子代水亦得結界之法水及芥子或呪三徧或呪七徧以散四方心中作念齊若于步當擁護我

凡呪童男女令遣看吉凶者清淨洗浴燒安息香手提石榴杖呪杖打地若打四廂地及打身上即神著也

若一日瘧二日三日四日及七日者當呪白線一呪一結結三七結繫頭即差

若人欲斷魘魅鬼者捉鑌鐵刀大小隨意搗病人頭上即便得差

若人欲得錢財寶貨穀帛資生者取七種穀用紫檀木累作井欄以火然紫檀呪七種穀一呪一燒紫檀火中如是乃至一百八徧即如心願

若人欲得婦女自在者取胡麻呪燒之

若人欲得驅遣一切惡鬼神者可呪生肉燒於火上

若人欲除熱病之時燒青木香誦呪即差

若人欲除蛇毒之時燒皮誦呪

若人欲得錢財衣物者燒蘇曼那華誦呪即得

若人欲作那(上聲)伽阿練那法取烟脂好墨胡

麻油和研塗童子手指甲之上向日呪之即見種種善惡境界

若有人忽得天魔羅雞室陀鬼病其狀如風顛或似狂人或哭或笑此是病狀經四十九日不瘵其人必死呪師於城門外寂靜之處東流水邊作四肘水壇種種供養喚病人近壇門邊結火輪印誦前心呪以右手把白芥子散患人面上鬼得芥子其身碎裂狀如火燒左手執柳枝打病人數數作此法及燒酥酪胡麻如是三日呪神歡喜

又法所有病處以酥油摩病人體上又呪泥塗心下即得除愈

又法欲得大驗時於遮文茶像前以種種香華然燈供養穿一火坑方圓一肘坑中畫作蓮華形燒桑木柴一百八段誦呪一徧一擲投著火中又燒酥酪秔米石蜜蕎麥華芥子安息香等如是一千八徧能令呪師得大珍寶若能日日作此法天神歡喜恒具大驗不爲鬼神之所惱亂所有行人誦遮文茶呪不得食胡芥胡椒胡薑胡豆胡荽以上五種皆不得食若人食者令人失驗

又遮文茶印呪移腫法第四十八

以左右二手中指以下三指各屈成拳二頭指頭相拄二大指各捻中指側成拳三指各背相著呪曰

唵一遮文茶二伊利彌利三莎訶四

受此法印預前七日持齋戒已當大齋日對佛像前燒沉水香供養已竟隂誦此呪二十一徧次當叩齒二十一下後陰唱殺受持以後任意用之男左女右若禁男時用左頭指

捻腫上訖即取一骨書此骨頭著地面上作
腫移字即誦前呪二十一徧次當叩齒二十
一徧口陰唱殺即將患人近樹邊立以左頭
指畫於樹上應時即移著於樹上有大神驗
遮文荼呪功能略竟

一切毗那夜迦法印呪第四十九

以二小指二無名指相鉤向内即以二中指
竪相叉又以二頭指各竪附中指以二大指
亦竪附近頭指側大指來去呪曰

唵一薄迦囉准去聲荼二阿地波多曳三莎去聲
訶四

是法印呪若作大都法壇之時作此印呪喚
入供養一切歡喜

又毗那夜迦呪法第五十

呪曰

那上聲謨毗那夜迦上聲寫一訶悉知二合目佉上聲
寫一跢姪他三阿知耶二合四那知耶二合五殊
播帝耶六烏悉曇去聲二合畢耶二合七悉婆二合巴
鉢耶八跛途薩耶九娑唎跛遲十莎訶十一
欲作此法先須造像或用白鑞及銅木等若
灌若刻作其形像夫婦二身令相抱立各長
五寸七寸亦得二身並作象頭人身其造像
直不得還價造其像已白月一日於淨室内
用淨牛糞摩作圓壇隨意大小當取一升清
胡麻油用上呪文呪其淨油一百八徧即暵
其油以淨銅器盛著暵油然後將像放著油
中安置壇内用淨銅匙若銅杓等𦨷油灌其
二像身頂一百八徧以後日日更呪舊油一
百八徧一日之中七徧灌之平旦四徧日中
三徧共成七徧如是作法乃至七日隨心所

願即得稱意正灌油時數數發願復用酥蜜和麨作團及蘆菔根并一盞酒如是日別新新供養一切善事隨意成就一切灾禍悉皆消滅其所獻食必須自食始得氣力

調和毗那夜迦法印呪第五十一

作帝殊羅施印以二小指無名指相叉於掌內竪二中指頭相捻以二頭指各加中指背第一節下半分許即是與一切天大指來去

呪曰

唵一鑠覩嚕二波囉摩駄你曳三莎訶四

調毗那夜迦法但是誦呪人夢中驚怖見諸畜生惡境界等當知是毗那夜迦鬼王瞋夢中覺已即慚愧乞莫瞋明日自有飲食勞謝謝法以水摩地作二肘水壇圓如盤大亦得取蒸餅五顆蘆菔根三顆火燒熟有華著華并燒白膠熏陸香等女於壇中呪師壇西面向東坐誦大自在天呪一百八徧已口云慚愧好去如是語已壇中雜物盤盛出門向西棄却西北亦得口云

薩婆藥叉囉闍 阿譪捨訶娑鉢闍伽車

作是語已棄却即歸

大自在天呪曰

唵一毗路囉薩尼二波囉末唎達尼三瞋達尼四頻達尼五莎訶六

誦一百八徧即心歡喜非但夢中但覺有魔事即作前法定好

一切藥叉法印呪第五十二

以右手四指向下鉤左手四指其二大指直努二大指來去呪曰

唵一俱毗囉二莎去聲訶三

是法印呪若作大都法壇之時作此印呪喚
入供養一切歡喜
一切羅剎法印呪第五十三
以右手大指捻小指無名指甲上餘三指皆
竪大指來去呪曰
唵一渴伽二合阿地波多曳二莎訶三
是法印呪若作大都法壇之時作此印呪喚
入供養一切歡喜
爾時諸佛見是天龍八部諸鬼神王藥叉羅
剎乾闥婆阿素洛等各獻神呪多諸利益成
就希有大功德已而告衆言我皆印可不違
本願任爲方便護持正法不得輕慢我等正
教憐愍一切衆生之類爾時諸天王等蒙佛
印可皆大歡喜一時作禮心無退轉成就第
一最勝功德

佛說陀羅尼集經卷第十二

音釋

姥莫補切　⿰口息音息　綟練結郎計二切　⿰扌巿普末切　捩練結切紾也
瞢母亘切　⿰口垔於堅切　頡胡結切　褻以制切　淼弭沼切　摸末各切　眤尼質切　驃毗召切　罽居例切　噀蘇困切水噴也
撝呼韋切振也　荽音雖胡荽香菜名　㬉奴管切與暖同　⿱䜌廾居顯切抒滿也　麨齒沼切乾糧也

佛說陀羅尼集經卷第十三

唐中天竺三藏大德阿地瞿多譯

佛說諸佛大陀羅尼都會道場印呪品

如是我聞一時佛在舍衛國祇樹給孤獨園與大阿羅漢衆及諸菩薩摩訶薩并諸金剛及諸眷屬天龍八部六師外道人非人等共會演說諸陀羅尼三昧神呪法印壇等秘密法藏利益一切爾時會中有一菩薩名十一面觀世音菩薩并諸眷屬從座而起偏袒右肩右膝著地合掌恭敬五體投地頂禮佛足禮佛足已却坐一面而白佛言世尊諸佛慈悲善爲方便對諸聖衆說是總持三昧神呪法印壇等秘密法藏從昔過去及現住世十方一切恒沙佛等皆因此法得成聖果是諸徒衆深心樂著得未曾有便於會中各說法呪而助護念我等聞是心生歡喜又有都會道場法壇功德成就度脫一切諸衆生等速得成佛若有沙門若婆羅門若優婆塞優婆夷諸善男子善女人等雖心愛樂欲學受持一切諸佛及菩薩等說陀羅尼神呪法印皆未曾入我都會壇亦未能了秘密決法顯之名字而得證成恐有輙作法印等者懼諸煩惱侵嬈身心如是人等不會我意輕而妄作致使衆魔動念散亂呪力無効是故我今欲護沙門及婆羅門并天人等欲令洞達一切諸佛說圓具法無罣礙故大衆聞已實稱非妄佛言善哉善哉速爲我說而說偈言

一一諸佛土　心多樂著法　廣引秘密藏
善說巧方便　勸導諸衆生　慈悲自護念
聞是陀羅尼　一切皆歸伏　或有都法壇

共會一切意　從佛法印可　證成斷疑惑

爾時一切諸佛并諸菩薩摩訶薩金剛眷屬天龍八部藥叉鬼等聞佛說此微妙偈已皆大歡喜心無疑惑決定成信

爾時觀世音菩薩承佛威神告大衆言若有沙門若婆羅門若善男子善女人等欲請秘密法藏要決意欲成就及諸國王心生決定欲求懺悔滅一切罪願樂見聞都人道場壇法事者皆須預近春時三月秋時三月冬時三月是上月也就中起春三月一日若秋九月月生一日冬十二月月生一日如是最好第一上日皆取上句爲始乃至七日七夜法事總了若欲作意成辦法事先須預訪一清淨所寬大院宇及有精麗大舍之處乃至寺舍佛堂之所乃於露地作之亦得定知處已至其白月一日平旦阿闍梨與諸弟子香湯洗浴著新淨衣將諸香華至其處所阿闍梨把跋折羅應當問彼諸弟子言汝等必能決定受我諸佛等說秘密法藏不生疑惑不徒衆答言我等於佛法中決定誠信不生疑惑（如是重重三問三答）徒衆答已然後阿闍梨手把香鑪及淨水等用馬頭印印其淨水呪三七徧手把香鑪胡跪燒香仰啓一切諸佛般若菩薩金剛天等及與一切賔聖業道今此地者是我之地我今欲立七日七夜都大道場法壇之會供養一切十方世界恒沙佛等一切般若波羅蜜多一切大地諸菩薩衆金剛天等仰請諸佛領諸徒衆決定一切秘密法藏不可思議大法門故取諸證成我今欲作護身結界供養法事在此院內東西南北四維上

下所有一切惡神鬼等皆出去我結界之所七里之外若善神鬼我佛法中有利益者隨意而住作此語已次用前水右繞徧灑道場之地次即作前軍荼利法一度結界其結界印呪如軍荼利部中所說更無別法當結界時任阿闍梨心標遠近寬窄爲界其法壇量若爲帝王一百二十肘若受法壇方十六肘十二肘等若懺悔壇及治病壇皆作水壇四肘以下一肘以上悉得通用其肘長短隨其呪師臂肘長短以爲量數其地皆須方面齊等若作水壇亦不須擇日月時節其地隨得淨處即作平正地面即須香泥塗其地上即成壇法仍須四角豎標爲記若作大壇如前結界四角豎標標記已竟喚人掘地出其惡土若得上地掘去一磔若得次地掘出一肘若得下地掘出三肘悉除其中骨髮炭灰尾礫礓石樹根草木糠等惡物盡諸惡物到好實地然後將好土來發底一度以香水潑一度著土即用杵築築令平滿必須堅鞕若得基高最爲第一

次第二日於晨朝時阿闍梨及諸弟子香湯洗浴著新淨衣四五弟子隨阿闍梨入道場中用力驅使莊嚴道場其外威儀四門四角皆須威嚴門別各著一雙神王又左右相懸神王旛門門四口懸雜綵旛三十六口門別如是其旛新好長八尺者四角各懸一神王旛懸雜綵旛門別四口（其旛竿亦准此）若在舍中唯闕前後二門前門兩邊著神王像一雙相對後門兩邊亦著神王一雙相對（皆新好者）其道場門左右兩相各豎四橛繩子圍繞繩圍之内

以香泥塗爲護淨界其中擬著一切供具次阿闍梨更作一度軍茶利法結界畢已即作種種香泥一瓮用柳枝攪以誦般若大心呪呪曰

跢姪他一揭去聲下同帝揭帝二波囉揭帝三波羅僧揭帝四菩提五莎訶六

其呪徧數若爲國王誦之滿足一百八徧若爲三品以上誦之五十六徧若爲四品五品誦七七徧若爲六品七品誦五七徧若爲八品下及百姓誦三七徧一切壇法皆如是呪呪泥既竟用泥塗地塗地之法隨日摩之塗地已竟更作一度軍茶利法結界如前

次第三日晨朝洗浴以淨牛糞取其牛糞莫令著地將淨器承取以香湯和呪如前已徧地塗之次將一繩子量取肘數長短若干臨時看院寬窄爲度數結記定於道場處四方挽之下以白粉點之爲記阿闍梨先從東北角至西南角挽繩定之離柱四指下點爲記次從東南角至西北角挽繩定之離柱四指下點爲記正當中央繩相交處又下點竟各當點處穿一小孔深一磔許其中擬埋七寶五穀其七寶者一金二銀三眞珠四珊瑚五琥珀六水精七瑠璃是名七寶其五穀一者大麥二小麥三稻穀四小豆五胡麻是名五穀其寶等碎五穀相和以絹片裹用五色線繫頭將埋五孔之中而於地外出其線頭長五指許此寶物等一下以後永不得出從此而起金繩界地七寶合成諸佛居上演說大乘轉法輪處即以此地將作佛堂最爲第一凡人居上一無利益

次更結界其結界法把跋折囉此云金剛杵也依軍荼利法用結界三迴右行於其壇外更作辟除毗那夜迦印法誦呪如是次第四方上下總結界竟到夜著燈

次第四日晨朝結界亦如上說即以牛糞香湯和泥同前呪已遣弟子等用手摩地從東北角起首向右逐日摩地莫逆左摩如是次第轉摩徧地至東北角於道場中弟子行動一物以上布置法用皆隨逐日向右行之不得逆日向左而行其道場地縱廣正等而開四門四角竪椽其椽深埋四椽上頭四面各別橫著一椽其椽悉須麤大一類四面精細修削令方竪者剸上頭橫者鑿孔各相串穿四方端直長短臨時看其道場闊狹大小不可預定且約略准以麤竹替椽等亦得於其木上總纏綵帛雜色間錯次取大旛於上縱橫八道蓋之東西南北四維相交是名上方莊嚴之法其大旛上東懸一雙碧色旛子南懸一雙緋色旛子西懸一雙白色旛子北懸一雙深青旛子中懸四口黃色旛子皆各綴著大旛上懸為知五方所主之氣次於四面各著大旛而作欄額次於額上四面皆著金銅泡華及金銀器寶鏡等物隔隔皆然并飾四柱亦復如是次第莊嚴次延繩子四面圍遶繫著柱上而其繩上懸雜綵旛衆寶鈴帶及諸寶珮間錯莊嚴次於四面盤遶真珠次著寶網種種嚴飾嚴飾已竟次於道場西門如南相去一尺許地穿作方坑四面正等各長二尺深亦二尺其坑當中留一土心其土心上以香湯和淨牛糞泥作蓮華座必須加意精細料理

又以紫絲而作一蓋亦用緋絲而作一蓋其二蓋骨屈竹而作各長九尺竿擬執將行從覆阿闍棃入壇弟子來去出入作威儀用於其道場次東北地去二三尺更作四肘白水壇位

次道場外向西南地中庭亦得又更別立四肘白壇其壇四角豎四旛竿竿上懸旛填築竿孔清淨掃拭更作一徧大結界法辟靜道場然燈燭燒種種香

次第五日阿闍棃將二弟子晨朝洗浴著新淨衣令一弟子捉一銀鉢盛香水泥令一弟子捉一金鉢盛香粉水及把一條小細繩子隨阿闍棃從入道場到道場所阿闍棃行道一徧讚嘆作禮遣捉香泥弟子入壇從東北角以手摩地如前摩法如待泥處曝曝然乾

次阿闍棃與捉粉水香水弟子俱入道場取繩量肘知其長短從壇東北角向東南角急挽定已各點爲記次移向西南亦點爲記次移西北亦點爲記以繩染粉遣一弟子把繩子頭跪坐於壇東北角地以繩子頭著壇正角先點之處著地急挽阿闍棃把繩一頭向東南角著壇正角先點之處二人一時共相急挽遣一弟子捻繩中央拼著地上次東北角弟子起向西南角坐准前拼之次東南角阿闍棃起向西北角坐准前拼之次西南角弟子起向東北角坐准前拼之

次於拼繩內離一肘地更依前點如是四角皆點記已即於粉巾染繩拼之法用如前

次取八肘繩子中屈當壇外方先下點處又屈一肘繩子正中更以二肘繩從壇一方中

央點量中點左右更點兩處次其一方門壁去壇強五指許次更屈門壁向左右邊五指許作次其壇門左右兩畔寬五指作次其門外邊端直拼著一方既爾三方亦然

次作中院外繩四肘其外院內與其中院外繩兩間開一肘道

其中院門者四方壁與向左右邊總作三指闊其門外邊繩子直拼法如前說其中院內四方各離外院內繩各一肘地更拼粉繩其壇中心作二肘院莫作門成

次第六日阿闍梨以五色線隨其受法人數多少爲結呪索用馬頭觀世音菩薩大心呪呪之即說呪曰

唵一 阿彌哩二合 都知二合 皤去聲 婆二 鉡泮三

當用此呪一呪一結如是結滿五十四結作呪索已

次將絹片七寶五穀一處共裹以五色線牢繫其頭亦准人數其日西時阿闍梨與諸應入壇弟子等總洗浴竟著新淨衣令弟子等作行列坐於道場外如近西邊

次阿闍梨與諸弟子作大結界護身法事至日沒後阿闍梨入道場中請佛般若菩薩金剛及諸天等入壇安置佛座中心觀世音等於北方坐金剛藏等於南方坐而以種種上妙香華五盤飲食然十六燈而作供養法事已竟

次阿闍梨出道場迎引弟子等至於道場近西門首行列而立少分行香供養禮拜作法事已

次阿闍梨一一更與作護身印誦呪印於一

一弟子身上如前然後遣就席上跪坐各面向東阿闍棃把白芥子呪打一一弟子頭面心等三徧然後用馬頭觀世音菩薩印呪更作護身法事如前
次阿闍棃胡跪具問最長弟子汝等欲得受此法不其弟子等答云欲得如是等法具問答已
次阿闍棃把香水器潑於一一弟子頭上復以右手按於一一弟子胷上口誦馬頭觀世音菩薩心呪與護持訖
次以呪索繫於一一弟子左臂
次阿闍棃引諸弟子退位而下自東階而於西階下跪地而坐
次阿闍棃即以娑羅樹汁香水次第與灑一一弟子前右繞三帀次用炬火右繞三帀亦如前法次與柳枝次與雜華皆准前法右繞授與諸弟子等其弟子等受柳枝已却縮跪坐嚼楊枝頭然後向前投其柳枝阿闍棃一一看其柳枝墮處若其柳枝嚼頭向身即爲大吉若向南者即爲不吉若其嚼頭向餘方者即知平平如是次第試驗徧已然後次第香水灌掌及與飲之人各三呷一一弟子灌掌徧音
次阿闍棃以跋折囉印水自飲作法事已引諸弟子昇於道場從西階上於道場側行列而坐與作一徧行香法事訖
次阿闍棃語諸弟子汝等卧去若有夢相明朝向我各具説之各各用心不得造次向他漏泄作是語已次阿闍棃引弟子等從東階下各散歸房

次阿闍棃入道場内啓佛菩薩金剛等云是諸弟子欲入壇來各各取證我弟子某甲與作法用總徧問竟諸弟子等明日欲來入壇供養願佛般若菩薩金剛及諸天等今夜大悲境界徒衆弟子某甲明日普請一切三寶及諸眷屬廣爲供養願大慈悲明日皆赴受諸供養證明法事如是三說然後發遣壇内諸佛菩薩金剛隨緣且散

次阿闍棃向壇北邊著火鑪已誦馬頭觀世音大心呪呪白芥子一呪一燒於火鑪中一百八徧令諸弟子滅罪除障

次阿闍棃與曾入壇弟子二三人等於一夜中以五色粉敷置壇内莊嚴其地其法用者先從内布以白色粉次黄色粉次赤色粉次青色粉次黑色粉四面布訖即至外院從東北角右迴作之布五色粉亦如前法四面布訖以帝殊羅施爲之座主當中心敷大蓮華座座主即是釋迦如來頂上化佛號佛頂佛如其不以佛頂爲主隨意所念諸佛菩薩替位亦得除其座主以外諸佛及菩薩等皆在本位而受供養自非諸佛般若及十一面等菩薩相替餘皆不得而作都會法壇之主

餘有療病諸水壇等及經一宿懺悔壇者隨其所應以當部中佛菩薩等而爲座主

作供養者種種皆好中心安置座主位已

次於内院東面當中安般若波羅蜜多華座一次右邊安釋迦牟尼佛座二次左邊安一切佛心佛座三次於北面正當門中安大勢至菩薩座四次右邊安觀世音母座五次左邊安觀世音菩薩座六次於南面正當門中

安金剛囉闍座七次右邊安摩麽雞座是名金剛
母八次左邊安摩帝那座名金剛使者九次於西面院
門南安普賢菩薩座十次院門北安彌勒菩
薩座十一次院東北角安阿舍尼座十二次東南
角安跛折囉蘇皤二合悉地二合迦囉座十三西南
角安跛折囉健茶西北角安火神至次外院
東面北頭第一先安曼殊室利菩薩座十四以
次南安十方一切佛座十五次安栴檀德佛座
十六次安阿閦佛座十七當院門中安阿彌陀佛
座十八次安相德佛十九次安虛空藏菩薩座二十
次安烏瑟尼沙座二十一次安十方一切佛頂
座二十二當院北面從東向西第一先安陀羅
尼藏座二十三次安地藏菩薩座二十四次安馬
頭觀世音座二十五次安不空羂索座二十六次
安一瑳三跛底伽座二十七當院門中安隨心

觀世音座二十八次安摩訶室唎耶座二十九次
安六臂觀世音座三十次安毗俱知觀世音菩
薩座三十一當院南面從東第一安烏樞沙摩
座此云不淨金剛三十二次安跛折囉吒訶娑座三十三
次安跛折囉母知座名金剛兒三十四次安跛折
囉央俱施座名為金剛小女三十五次當院門安蘇摩
訶座三十六次安跛折囉商迦羅座名為金剛大女三十
七次安迦你俱嚧陀座三十八次安隨心金剛
座三十九次安跛折囉阿蜜哩多軍荼利座四十
當院西面門南安烏摩地毗座四十一次安尼
藍跛羅座四十二次安一切天座四十三次其門
北安摩醯首囉座四十四次安母鬱二合陀吒佉
座此是正位四十五次安毗槃覷唎知座四十六當院
東北角安婆揄毗伽座四十七東南角安母二合
鬱陀吒迦座此是攝位四十八西南角安迦尼俱嚧

陀此是攝位四十九西北角安跋折囉室哩二合尼座五十至次外院東面北頭第一安毗那夜迦座五十一次安毗陀耶二合陀囉座五十二次安首陀會天座五十三次安提頭賴吒座五十四剎院門北安帝釋弟子座五十五剎院門南安帝釋天座五十六次南安月天座五十七次安跋摩天座五十八次安星天座五十九次安佛使者座六十當院北面東頭第一安伊沙那鬼王座六十一次安婆羅醯鬼座六十二次安遮文荼座六十三次安藍毗迦座六十四剎院門東安跋折囉健荼座六十五剎院門西安毗沙門王座六十六次西安俱毗囉藥叉座六十七次安旃達波羅婆娑菩薩座六十八次安摩尼呪陀座六十九次安斯馱遏他座七十當院南面東頭第一安火天座七十一次安毗藍婆呪馱座七十二次安那羅延座七十三次安彌嚧尸佉囉座七十四剎院門東安毗樓荼迦座七十五剎院門西安琰摩檀荼座七十六次西安琰摩弟子座七十七次安緊那羅王座七十八次安毗舍遮王座七十九次安囉剎娑王座八十當院西面門南第一安難陀龍王座八十一次安日天座八十二次安摩唎支座八十三次安阿素囉王座八十四次安闍羅王座八十五剎院門北安憂婆難陀龍王座八十六次安地天座八十七次安毗樓博叉座八十八次安乾闥婆座八十九次安風天座九十當院東北角安枳唎枳唎俱嚧陀座九十一東南角安跋折囉栖那座九十二西南角安婆褕鞞伽座九十三西北角安跋折囉尸佉囉座九十四

如前所說三重院中各除四角攝立以外次第各別作蓮華座略說十二肘壇法竟

其十六肘如圖中説座數多少位隔寬窄隨其施主供具多少加減而作是名下方莊嚴之法次於火鑪中以赤白粉塗飾蓮華次於壇東北可四尺地作四肘壇壇上純用赤白二色分爲界道并作蓮華座次於中庭灌頂壇上唯以白粉一色界道作蓮華座種種安置諸位地竟阿闍棃起立西門前看於壇内諸坐分位何者是好何者不好何者周帀何不周帀子細檢校不周帀處更報修理更作一徧大結界法把跋折羅種種結護略供養竟留曽入壇弟子守護莫令餘人輙入道場

説第六日莊嚴法竟

次第七日朝阿闍棃香湯洗浴著新淨衣以三尺黄裹自頭頂然後以四尺緋繞額繫頭名爲頭戴天冠之法

次以前結五色呪索繫自右臂手腕下已即作馬頭護身呪印印自身上入於道場

次把跋折囉即作金剛軍荼利等大身印呪三迴右轉於壇外邊種種作法

次更作馬頭觀世音印并誦馬頭觀世音呪結十方界

次取金銀瓶罐一一各滿盛淨水已一一罐中著少五穀并龍腦香及前絹裹七寶物竟即以柳枝竹枝梨枝栢枝各并葉塞諸罐瓶口仍露七寶裹線頭出擬罐頂時一一弟子承著此寶於其一一水罐塞中各著一顆好石榴已一一水罐塞上各以生絹三尺繫其枝葉次取四寶盤二金盤中盛滿香水二銀盤中盛滿雜華次以種種寶華果樹一一插趺豎安壇上

次取十條五色寶燭安銅檠上行列堂門繩圍之内次具食盤於銅盤上一一盤中各具盛著種種果食上妙果子石蜜蒲萄沙糖酥蜜乳粥等味次具燈盞一一著油各各然燈次具金銀疊合娑羅及銅盔等盛以酥蜜香油雜華并其呪索白芥子胡麻仁稻穀華八功德水隨其所應皆悉嚴備兼銅香鑪并寶子具中央四門各安一具

次具六食盤薄餅餌餉餘頭等餅種種具備各二十枚總細切碎以和乳粥雜果子等總相和盛於一盤中擬燒供養次以酥蜜乳酪清油各盛器中次具蜜漿一升於銅盔中兼著銀杓次具熟五穀小豆青稞大麥穀大豆等筐器中盛并著一杓著於堂前次添二銅澡鑵一擬淨用一擬汙用次具構柴松明炭等所有擬入道場用者皆悉嚴整置當門外兩栰繩内

次阿闍棃一一細看周帀已不皆以手度入於繩内水灌華香八功德水列在門西蠟燭食盤燈柴炭等列在門東

次清樂兩部長笛簫笙觱篥琵琶擊竹箜篌方響箏葉銅鈸等各具兩事當道場門東西兩邊相對列坐

又遣二弟子入道場内近西壁下而敷氈褥如是辦竟

次阿闍棃於門東西更作法事護持令定莫令一人輙在其處撩亂位坐

次阿闍棃遣諸徒衆香湯洗浴著新淨衣各向道場中庭列坐至日西時阿闍棃發從堂外手把香鑪入道場中右繞一帀行道已竟

三禮然後放香鑪著出自手取一金水罐至壇西門胡跪至心誦觀世音十一面菩薩呪一百八徧
若請諸佛爲座主者隨其當部各誦本呪一百八徧入壇放著座主位上續後弟子擧一罐與阿闍梨
次於内院四角東面中心各著一罐又於外院四角各著一罐又更外院東南北門各著一罐其壇西門左右兩邊各著一罐其西門罐於雜枝上盤五色線㪷酌圍繞道場一帀以度量巳即引其線繞於道場圍之一帀次將寶樹入於内院座主位上當於四角各著一樹四門當中各著一樹次著雜綵華果樹等座別一樹
次將五色寶燭當於内院座主位前著二寶燭當於外院四面正中尊者位上各著一燭外院四角各著一燭次著燈火先於内院四角夾座主位安四盞燈餘座各別著四盞燈
次著種種香華盤等次著食盤先於内院座主位前著四盤食其餘座前各著一盤次著䞋施其諸佛位及般若位皆各著金及上錦綺羅等之物諸菩薩前皆各著銀及雜綾綵上色物等諸金剛前各著銅錢縵綵帛等諸天等前皆各著錢一色之物（其寶物等任施主意施之多少）
散道場日其佛前物充作佛用般若前物寫般若經及諸經等諸菩薩物作菩薩用其金剛物及天等物入阿闍梨仍如法用其頭冠絹及二傘蓋幷繫水罐絹亦入阿闍梨用
次嚴大香鑪先於内院座主位前著一香鑪以次外院當四門處著一香鑪更於外院當

四門處各一香鑪次於西門近水罐邊著大香鑪擬阿闍棃把拏來去作法事用鑪別各燒種種妙香皆令發煙次於火鑪邊著一水罐亦著食盤及燈各一

次阿闍棃轉於四門立更子細看必使周帀好檢校已阿闍棃手把香鑪從壇外邊右繞一帀行道已竟即放香鑪於本處著

次取西門外水罐之上五色線頭挻一頭已引之右轉繞壇外邊道場竿上還到西門一帀繫之

次一弟子壇西門外爲阿闍棃敷於氈褥其座去壇門三尺許前擬行列一切供具香華等物

次阿闍棃把香鑪拏作梵讚唄出迎香華供養之具有四弟子輿供養具香水等器從阿闍棃其阿闍棃手執香鑪引入道場右繞一帀壇西門外放著座前次第行列一一香華盤疊供具酥蜜乳酪并胡麻仁及諸餘食柴炭松明如是等物近火鑪側皆敷置竟

又以二蓋倚道場側紫蓋在北緋蓋在南又於道場東北外側白壇之上著二盤食并五盞燈種種安竟

次阿闍棃出道場外門左右相二神王前各著香鑪燈及食盤各著一事

次下堂階到於中庭白壇之上著燈四盞飲食四盤次著宣臺牀子各一是則衆人灌頂壇位

次以音樂次第行列道場門外兩相而坐

次阿闍棃更作一徧檢校周帀既檢校竟即入道場於壇西門胡跪而坐手把香鑪又更

啓白供養讚嘆一徧聲絕門外諸樂 時動
作散華佛曲曲終即止
次阿闍梨取盤内華著香水中令少津液即
以此華安自掌中作請佛印先請内院中心
座主誦呪七徧去來之法如前所說請來即
作華座之印誦呪七徧亦如前說安置座已
即放其手掌中之華次於内院東行一一次
第作印奉請各誦本呪七徧去來及座之法
具如上說華座之法
次請北行准上之法 次請南行亦准上法
次請西行亦准上法
次至中外院先從東行一一作印各誦本呪
七徧來去具如本法作華座印亦如上法
次請北行亦准上法 次請南行亦准上法
次請西行亦准上法

次至大外院先從東行一一作印各誦本呪
七徧來去皆作華座安置如前
次請北行亦准上法 次請南行亦准上法
次請西行亦准上法皆作華座安置如前如
其當部無印呪者若請諸佛即用一切諸佛
印法若請諸菩薩通用一切菩薩印法若請
金剛亦用一切金剛印法若請諸天亦用一
切諸天印法若請一切諸鬼神等亦用一切
諸鬼神法一一次第總奉請竟
次作三摩耶大結界法印法如是
以左右無名指小指相叉在掌中豎以二中
指斜申頭相拄以二頭指屈捻中指上節背
以二大指附捻頭指根本文呪曰
唵一跋折囉二合二商迦禮三三摩羅四三摩
焰五盤陀盤陀六莎訶七

作此法印誦呪七徧以印右轉乃至三帀名大結界安慰坐定次取末香散於壇內諸佛菩薩金剛等上

次作散華法事一徧

次禮三拜行道三帀以次令動門外諸樂（作阿彌陀佛曲曲終即止）

次阿闍棃把香鑪出領六弟子一一弟子各執一事一人執華水二人共輿煑熟五穀一人擎食盤一人擎蜜水盞一人把炬火隨阿闍棃從後行之普皆施與一切陪從并及守護諸鬼神等乃至周徧施與一切餓鬼之類悉令滿足四方上下總散施已次阿闍棃洗手漱口入道場中三禮拜已更作讚唄作法事竟門外動樂（作觀世音曲曲終止）次阿闍棃把跋折囉喚十弟子至堂前立一人擎蠟燭一人捉香鑪一人擎華盤一人擎香盤一人執巾是五人等引阿闍棃在前而行其阿闍棃在後而出隨五人後又令五人一人把澡鑵一人擎三衣一人擎白芥子盤一人擎末香盤一人擎安息香盤次後音樂各皆前後次第作行從阿闍棃阿闍棃執跋折囉仍數輪轉跋折囉行作梵讚唄往迎受法諸徒衆等彼徒衆等見阿闍棃來起立作行阿闍棃到已香鑪迴引於前立住燭及香華音樂皆各在於彼門兩相行立

次阿闍棃進到門側其把澡鑵及白芥子擎三衣人如是三人逐阿闍棃莫令相離

次阿闍棃口傳佛教宣示徒衆而告衆言汝等皆願見學如是秘密法不（徒衆答言願樂見學）

次阿闍棃取澡鑵水右手中著誦軍荼利心

呪呪其水已一一潑打徒衆頭頂
次用白芥子呪打徒衆亦如上法如是一一
次第打已
次阿闍棃還作梵讚引諸徒衆令其徒衆音
樂後行遺其音樂動聲不絕其徒衆等各各
心口思惟善事向道場處近堂階下西南角
立定心跪坐令動音樂（曲終即止）
次阿闍棃把白芥子誦馬頭菩薩呪呪七徧
已三迴打於一一頭上次作護身印印於一
一弟子身上爲作護身印身之法如軍荼利
法中所說次以澡鑵水與其一一弟子洗手
淨漱口已道場階上正當門處預敷氈席准
擬欲令音樂者坐次阿闍棃引徒衆等昇西
階上行立席上即作三禮皆與懺悔過現未
來三業之罪乃至絲毫不得覆藏悉須發露
令諸音樂在階下行（曲終即止）
次阿闍棃入於道場令其弟子取淨氈席敷
於堂内放著香華蠟燭等器其澡鑵等且不
須放隨後聲行供養作禮仰啓讚嘆諸佛萬
行功德法事而讚頌曰

南無佛智慧精進　那羅延力骨鎖身
此般若波羅蜜多　八萬四千法門藏
萬行功德之根本　大慈悲父常普爲
一切六道衆生類

作讚行道繞一帀已三禮却縮出道場門門
外音樂一時俱動（曲終即止）次阿闍棃更與徒衆
大護身法以白芥子各打一徧又作身印降
伏心魔
次以澡鑵水一一呪打諸弟子心人各一徧
次作手印一一印之次以香水一一灑身次

以香鑪熏令護淨次用跋折囉一一印頂次
更與香水洗手漱口竟止樂
次阿闍棃喚其徒衆從年長者一一令就門
邊席上禮拜跪坐
次阿闍棃將用黃綃以次與輓大弟子眼取
弟子手與作觀世音菩薩三昧印印中著華
已阿闍棃牽弟子頭入於道場壇西門前面
向壇立阿闍棃在門北立弟子在門南立
次阿闍棃誦觀世音三昧呪呪曰
唵一般毋波婆去聲夜二莎訶三
誦之七徧教令弟子散手中華住向壇內華
著佛等蓮華座已放眼去綃令見位地禮三
拜已阿闍棃語汝散華著某佛般若某菩薩
某金剛某天等位隨其所著好記莫忘散華
竟者在道場內門南跪坐待後弟子到來即
令却行而出坐於西邊諸餘弟子一一准此
總盡周徧
次阿闍棃亦准此法自散華已次喚樂人上
階向壇橫列而坐作樂數曲
次阿闍棃嚴正威儀領諸弟子作禮啓已一
時行道繞壇三帀依位而坐
次阿闍棃自取壇中座主位上水鑵却出到
於壇西門外遣一弟子手把緋蓋逐闍棃後
右繞道場出至中庭灌頂壇上從西門入到
牀子邊正身而立
阿闍棃作灌頂法印左脚丁立仍去右脚三
寸許右脚直立右手下垂而伸小指少曲頭
指屈其中指及無名指狀如鉤形大指亦少
曲去中頭指可二分許左手亦爾次把水鑵
舉兩手擎鑵自頂上口誦心呪七徧灌之直

向下注當灌頂時心口發願云云竟著淨衣入道場内道場門側有一弟子把紫蓋覆阿闍棃頭至壇西門右繞道場行道一帀

次阿闍棃更依次喚一一弟子入於壇中爲取水罐准前却出至灌頂壇從西門入其執緋蓋者逐阿闍棃法從後行覆於弟子至外壇所

次阿闍棃與作法印捉擎水罐阿闍棃問汝前散華著何佛位般若菩薩金剛諸天及神鬼等隨其所報與作本印頂戴印已印頭向上掌中著華以印承水與誦本呪灌之頂上弟子心口發願如前云云乃收罐中寶物之裹以此寶物繫前呪索求不離身擬壽終時須將此寶爲信驗故與灌頂竟即著淨衣入於道場加以紫蓋迎禮法事一准闍棃威儀進止至壇西門教令三禮依本位坐

次阿闍棃更入壇中爲取水罐一一准上次第迎送灌頂法事一無別異總周帀已次阿闍棃禮拜供養領諸徒衆行道三帀還坐本處

次阿闍棃於壇西門近火鑪西端身而坐其火鑪中然構柴已次先應當作火天印誦本呪喚坐火鑪中與燒香華酥蜜飲食胡麻仁等各七徧誦本呪燒已阿闍棃心裏記云火天且出鑪外邊坐令欲供養佛及般若諸菩薩等

次作馬頭觀世音印誦本呪請作蓮華印坐火鑪中

次阿闍棃把跋折囉次第喚諸入壇弟子一一來就於阿闍棃右邊作禮跪坐合掌令其

手捧跋折囉頭阿闍梨以右手在弟子手上握跋折囉當用左手把胡麻仁誦本心呪七徧燒之

次取酥呪三七徧燒如是燒竟令其弟子作禮而退依本位坐自餘弟子一一法事如前無異總周徧已還作本印誦心呪送馬頭菩薩本坐處已次請座主作其本印誦本心呪作蓮華印坐火鑪中誦其本呪燒諸香華并胡麻仁酥蜜乳酪飲食雜果及油等物供養已竟還作本印誦其本呪送至本位

次從内院一一次第請一一佛般若菩薩金剛天等各作本印誦其本呪作蓮華印坐火鑪中誦其本呪一百八徧或七七徧皆通得用燒諸香華并胡麻仁酥蜜乳酪飲食雜果及油等物供養已竟還作本印送至本位如是諸位各各迎請供養送法如前無異凡奉請送皆先從東面北頭第一乃至南頭第一座位畢東面竟次從北面東頭第一乃至西頭第一座位畢北面竟次從南面東頭第一乃至西頭第一座位畢南面竟次從西面南頭第一乃至北頭第一座位一院既爾餘院亦然如是次第總周徧竟

次爲國主皇帝皇后燒香華等諸物供養爲誦呪滿四十九徧

次爲太子諸王妃主如是供養亦誦呪滿四十九徧

次爲大臣文武百官如是供養亦誦呪滿四十九徧

次爲歷劫過現諸師一切父母供養誦呪四十九徧

次爲一切業道諸官供養誦呪四十九徧
次爲十方一切施主供養誦呪四十九徧
次爲十方盡空法界六道四生八難八苦一切衆生供養誦呪四十九徧
次爲阿闍棃自身供養誦呪滿足二十一徧
次爲道場處主人合家供養誦呪徧數同前自從國主乃至主人總皆通誦觀世音十一面菩薩大心呪悉通一切供養法用
次阿闍棃作一切佛般若菩薩金剛天等當部法印不須誦呪一一次第顯示徒衆而爲供養種種法事總周帀已
次作般若滅罪印當心上著口說過現三業之罪一一具陳至心懺悔求斷相續坐莫動搖諸弟子等數數禮佛
次阿闍棃作金剛藏軍荼利讃歎道場成就滿願印誦其神呪呪曰

唵(一)薩婆菩馱阿提瑟恥(心二合)帝(二)悉頗(二合)囉醯(上聲)迷(三)伽伽那(去聲)劒(四)婆(平聲)縵馱(五)莎訶(六)

如是誦滿七七徧已口出讚聲而說頌曰

那謨佛智慧精進　那羅延力骨鎖身
此是般若波羅蜜　八萬四千法門藏
萬行功德之根本　及陀羅尼普門藏

說是頌已各發願云願弟子等一會徒衆一切蠢動衆生之類及諸業道從今已去若在人間常聞大乘甚深經法陀羅尼藏十方諸佛大悲名號不見惡事不聞惡法不遇外道不遭九橫八難八苦若命終時十方淨土隨意往生常見一切諸佛一切衆生亦復如是時徒衆等齊稱善哉
次阿闍棃喚諸弟子一一次第與作護身作

護身竟欲至明時次阿闍棃手把香鑪引諸徒衆行道三帀作禮而退次阿闍棃仰啓謝云種種香華飲食供養多不如法甚大慚愧願諸聖衆以大慈悲布施歡喜然後手作解印以印左轉呪七徧已後座主以下一一各別作發遣印及誦本呪各各發遣與請無異以印左轉而散去之名爲去法發遣盡竟次遣一弟子收䞋施錢綾絹等物依前處分法用遣一弟子收壇内食次阿闍棃分作三分一分送與寺内供養大衆一分施與貧窮乞兒一分布施水陸虛空諸衆生等諸入壇弟子及阿闍棃并主人等皆不合食如其食者法皆無驗既處分竟次阿闍棃把於松明領諸弟子等一一次第巡行入壇示徒衆云此是某佛所坐之處此是般若此是某菩薩此是某金剛此是某天此是某神此是某鬼此是某龍如是一一次第具悉示令記念後以淨泥悉掃除却壇上色座莫到日出所有餘法皆亦如是自外一切於後散除

爾時佛告諸菩薩摩訶薩及諸金剛阿羅漢等諸大衆言我今此會説諸微妙甚深秘密陀羅尼印法藏之時乃有無量一切天人并八部衆諸大鬼神及諸外道眷屬等俱若苾芻若婆羅門優婆塞迦諸善男子人非人等聞我説是法印神呪希有之事莫不歡喜爾時十方無量無數恒河沙等諸佛如來并諸菩薩摩訶薩金剛密跡大阿羅漢聲聞衆俱及諸天龍八部神等各將香華飲食衣服種種妓樂而散供養同時讚歎徧滿虛空聞

佛說已皆大歡喜各出本意而說呪法同諸利益時會後有無量諸天獻諸呪法稱有神力護佛法藏威嚴一切我亦印可是故同入我密藏中廣設道場具都壇法列諸名字威臨法位若有人得遇聞是法即能滅除一切衆罪何況更見廣開法門陀羅尼藏是名成就第一希有是陀羅尼祕密法藏實誠微細亦難得見亦難得聞亦難書寫亦難得讀亦難受持難解義趣方便之理若有苾芻若婆羅門優婆塞迦善男子等愛樂是經常修習誦作諸法印廣設道場日日香華酥燈不絕而爲供養十方諸佛威儀無缺恒爲苦行誦經念佛普爲法界一切衆生懺悔過現三業之罪勤修是等功德法門身心無倦晝夜精進常修梵行慈悲護念憐愍一切諸衆生等能除行者塵沙等刧障難之罪於一念中皆悉滅除

設復有人發菩提心救諸疾病深勸汝等亦須方便慈愛一切苦惱衆生當知如是發心之人現身常得種種果報我與一切諸菩薩等衛護行者日夜憶念不相捨離無有横惡侵嬈其身若命終後十方淨土隨意往生常見諸佛若行此法心生不善於其衆生恒爲欺負妄說諂曲貪求名利於諸神鬼横作瞋訶承大威風常行惡事如是等輩被諸神鬼常伺覓便多遭横禍種種苦惱逼切其身若命終時更相刑害當墮地獄無有出期汝等衆生皆須諦聽信受我語決定無疑爾時世尊說此語已現座會中一切大衆聞佛教誨一時稱善作禮而退

佛說莊嚴道場及供養具支料度法以下麤字皆是
經本細字人意金銅鈴帶四十八道各長七尺大珮二十八道各長
六尺小珮二十八道各長四尺大鏡二十八面各闊一尺
小鏡四十面 瑠璃泡華四百枚各方圓一尺者綵
色大旛一百尺者二十四口四十九尺亦得新好者雜
綵旛二百二十口長一丈新好者真珠二百條各長五尺
朱網濶四尺長一丈八扇金銀瓶四十六枚受一
升者大銅疊四百枚一尺九寸一面者小銅疊二百枚各七
寸者銀盤四面各二尺五寸者雜金銀器八十枚 金
盤四面闊二尺五寸者金銀砂羅四十八枚闊一尺以上者
金杓一枚 銀杓一枚 銅香鑪寶子六具
金香鑪寶子一具 金銀娑羅二枚受一升者
一金一銀七寶金銀蓮華五樹各高四尺新好嚴飾雜綵假
華樹一百各新好者銅燭檠十二枚 金銀盞函

卮等四十八枚 五色蠟燭十二鋌 銅澡
鑵二十六枚各受五升已上淨布手巾二 澡豆一
升 皂莢四十枚 炭灰一升 楊枝一束
若以如是種種寶具嚴飾道場令其施主得
於種種無量福德
好長椽一十六根別徑頭三寸各長二丈五小斫削鑿孔如法相串
小竹竿六十枚各長二丈麤三指許畫金剛旛十八口
畫神王旛二十四口 畫四天王旛四口
雜綵旛一百口各長一丈新好色者繩八十尺者十
二條 筆各麤如管大五色線二十兩五色者紫青緋白黃各須等分
色別絡之於一雙上絡之各令色刂等別作不得和雜取長四百尺爲一段殘者五十尺
爲一段又須四段許足用之五色小旛子并身共脚總長三尺闊五寸色
別各二枚深青二淺青二緋⺀白二黃二口甲冑金剛八軀各高五尺
莊嚴新好色者甲冑神王八軀各高五尺莊嚴新好色者生綃六
十段九尺爲之淨白布二丈 白練一丈 緋綾

一丈　紫綾一丈　黃綾三尺　青綾四尺
淨線鞋兩量一量擬淨用一量擬污用襪兩量一量擬淨用一量擬
污用襪帶准此自從線鞋乃至襪帶人人各具
如是種種綵物之具嚴飾道場施主親獲無
量無邊種種福德滿足第一以上是經
淨牛糞五升不食糟豆牘子糞以淨器承取名之爲淨龍腦香
十五兩　蘇合香十五兩　鬱金香十五兩
上好和香一斤　沉水香二斤　熏陸香
二斤　安息香二斤　白膠香一斤　檀香
末二斤　檀札二斤　雜草香五斤　雜草
華五斤　雜樹華五升若無剪綵帛充皆令新好稻穀華
三升　蕎麥華三升
如是種種華香供養施主當獲三業清淨身
常香潔一切見者皆生歡喜生生處處身常
端正得大名聞

清樂音聲兩部其樂人等令香湯浴著新淨衣勿食葷雜金二兩
銀二兩　珊瑚二兩　水精二兩　琥珀
二兩　眞珠二兩　波斯瑠璃二兩量入法人多少
稻穀　小豆　小麥　大麥　青稞是五
買用令足稻穀穀者於市乞取一升不合買擬共七寶和於綃片裹用
將諸衣服及以七寶五穀音樂施用供養悉
除施主三業宿殃常得安樂以上是經
上好赤土細末一石　土黃細末一石　乾
藍澱末一石　細炭末一石　秔米粉一石
蘺羅胡麻仁一升　白蜜一升濾去惡物好牛酥七
斤濾去惡物清胡麻油一斗五升擬燒供養白芥子一
斗五升量七日用充足松明二十斤　構木柴五束
濕者乾之炭一百五十斤　燈五百盞　油五斗
然燈處用作果食五百盤種種色目皆須備具上好果子
石榴三百顆　大栗五百顆　大乾棗五百

顆乾柹五百顆　梨五百顆　胡桃仁五百顆　沙糖二十五兩　乾蒲萄一斤半（已上果子不得蟲惡破損皆須上好者取）　薄餅餎餉餡頭各五百枚　錫糖團五百顆

以外諸餅隨其國內人所尚者除不淨食以外皆用隨時果子悉須具著

乾秔米飯三升　秔米乳粥二升（以上赤土等五種色末准百二十肘料若十六肘次下諸壇以次准料）

以前食等令作食人香湯洗浴齋戒潔淨勿令輙甞及棄損之

青稞　小豆　粟　大麥　大豆

如是五種各熟二升共盛淨筐并著小杓蜜水二升盛銀盋中并著銀杓共熟穀筐相近著之擬欲散施供養護界諸善神等（已上是經）

如此供具嚴淨廣辦建立道場復以種種衣服莊嚴施設供養能除施主四重五逆及阿闡提百億恒沙劫中所有一切惡罪一念之中悉皆消滅莫能成辦惡業果報其施主者現世具獲六波羅蜜三業清淨生生之處具足神通身相端嚴隨意自在所願皆果常得三寶護念施主行住坐卧一切時處身心安隱功德力故獲斯大報

普集會壇下方莊嚴十六肘圖

中央一院縱廣二肘此院正中作蓮華座座上作輪轂輻輞形皆悉具足是道場主所坐之位隨其施主所樂佛等爲道場主乃至般若及菩薩等隨意安之

其次外院縱廣四肘一十二位於其四角各作地印跋折囉形形如金剛力士把杵兩杵相叉（狀如十字）頭枕四角皆青黑色

東北角印名蘇摩訶東南角印名蘇皤(二合)悉地(二合)伽囉西南角印名跋折囉健茶西北角印名曰火神

是等名爲金剛地印

東面北頭第一華座名爲佛母般若之位蓮華座上作如方印兩雙線道交徹印角其印一印一角拄華座上光焰圍繞第二華座是佛心位蓮華座上作佛頭面光焰圍繞

南面東頭第一華座是金剛母摩麼雞位蓮華座上安跋折囉光焰圍繞第二即是金剛王位蓮華座上作跋折囉光焰圍繞

西面南頭第一座主名首陀會天蓮華座上作火焰光第二座主名跋囉摩天蓮華座上作火焰光

北面西頭第一座主名觀世音王蓮華座上作含蓮華光焰圍繞第二座主名觀世音母蓮華座上作含蓮華光焰圍繞其跋折囉皆作金色諸光焰形皆黄赤色以下皆然第一院竟(凡四角印名爲攝位華座上者名爲正位以下例然)

次第二院縱廣八肘二十六位四角地印形狀布置如前所説

東北角印名婆榆毗伽東南角印名阿耆尼俱嚧陀西南角印名佉力伽陀施羅西北角印名波陀尼差曳婆

東面北頭第一座主名微妙聲佛頂蓮華座上安置盔形光焰圍繞第二座主名阿彌陀佛頂蓮華座上作佛頭頂光焰圍繞第三座主名一切佛頂蓮華座上作佛頂形光焰圍繞第四座主名釋迦文佛蓮華座上作佛頂形光焰圍繞第五座主名阿閦佛頂蓮華座

上作佛頂形光焰圍繞第六座主名南方寶相佛頂蓮華座作長方寶盖東西陿南北長作光焰圍繞

南面東頭第一座主名烏樞沙摩(二合)蓮華座上作跋折囉其跋折囉細腰三楞上下三股峯刃尖利色如前說光焰圍繞第二座主名跋折囉尸佉囉蓮華座上作跋折囉光焰圍繞第三座主名阿蜜哩多軍荼利蓮華座上作跋折囉光焰圍繞第四座主名迦尼俱嚧陀蓮華座上作跋折囉光焰圍繞第五座主名波多囉跋折囉蓮華座上作跋折囉光焰圍繞第六座主名跋折囉央俱施蓮華座上作跋折囉光焰圍繞

西面南頭第一座主名商迦羅蓮華座上作跋折囉光焰圍繞第二座主名烏摩提毗蓮華座上作跋折囉光焰圍繞

次二肘地爲道場門

次其門北第一座主名摩醯首囉天蓮華座上作跋折囉光焰圍繞第二座主名波履跢婆(二合)天蓮華座上作跋折囉光焰圍繞

北面西頭第一座主名六臂觀世音蓮華座上作含蓮華光焰圍繞第二座主名盤陀囉婆毋蓮華座上作君遅瓶(君遅傍開孔者)光焰圍繞第三座主名九臂觀世音蓮華座上作寶華莖莖有五節節節有芽狀似藕梢卧著座上頭枕於西光焰圍繞第四座主名馬頭觀世音蓮華座上作含蓮華光焰圍繞第五座主名摩訶稅多觀世音(此云大白觀世音也)蓮華座上作含蓮華光焰圍繞第六座主名十一面觀世音蓮華座上作寶瓶形光焰圍繞第二院竟

次第三院縱廣正等一十二肘四十二位四角地印形狀布置亦如上說

東北角印名跋折囉蘇蚪(二合)婆東南角印名母鬱陀(二合)吒迦(此是攝位)西南角印名迦尼俱嚕尼西北角印名跋折囉室哩(二合)尼(此是攝位)

東面北頭第一座主名相德佛蓮華座上作佛形像光焰圍繞第二座主名阿彌陀佛蓮華座上作佛形像光焰圍繞第三座主名釋迦金輪佛頂第四座主名釋迦轉法輪佛第五座主名栴檀德佛第六座主名白光明佛頂第七座主名無憂德佛第八座主名十方一切佛第九座主名毗婆尸佛第十座主名放光佛頂如是等座皆作蓮華蓮華座上作佛形像光焰圍繞

南面東頭第一座主名跋折囉吒訶娑蓮華座上作跋折囉其色純黃光焰圍繞第二座主名阿舍尼蓮華座上作跋折囉色狀如前光焰圍繞(以下諸跋折囉色同)第三座主名尼藍跋羅陀囉(此云青金剛也)蓮華座上作跋折囉光焰圍繞第四座主名母鬱陀(二合)吒伽(此是正位)蓮華座上作跋折囉光焰圍繞第五座主名蘇婆伕蓮華座上作跋折囉光焰圍繞第六座主名蘇跋折囉室哩尼(此是正位)蓮華座上作跋折囉光焰圍繞第七座主名金剛印王蓮華座上作跋折囉光焰圍繞第八座主名懼嘻耶金剛蓮華座上作跋折囉光焰圍繞第九座主名跋折囉母瑟致(二合)蓮華座上作跋折囉傍作拳形光焰圍繞第十座主名謨娑(上聲)羅蓮華座上作細腰杵狀如金剛力士把杵光焰圍繞

西面南頭第一座主名他化自在天王蓮華座上作跋折囉光焰圍繞第二座主名化樂天王蓮華座上作跋折囉光焰圍繞第三座主名兜率天王蓮華座上作跋折囉光焰圍繞第四座主名夜摩天王蓮華座上作跋折囉光焰圍繞

次二肘地爲道場門

次其門北第一座主名乾闥婆蓮華座上作細腰鼓光焰圍繞第二座主名孔雀王蓮華座上作光焰形第三座主名伽嚕荼作蓮華座形第四座主名那羅延天蓮華座上作金輪形光焰圍繞

北面西頭第一座主名毗俱致蓮華座上作光焰形第二座主名阿嚛多(去聲)嚛(此云隨心)蓮華座上作數珠形光焰圍繞第三座主名馬頭心蓮華座上作含蓮華光焰圍繞第四座主名一瑳三跋提迦羅蓮華座上作光焰形第五座主名阿牟伽皤賒蓮華座上作盤羂索光焰圍繞第六座主名四臂觀世音蓮華座上作白蓮華光焰圍繞第七座主名十一面觀世音小心蓮華座上作含蓮華光焰圍繞第八座主名十一面觀世音大心蓮華座上作含蓮華光焰圍繞第九座主名一切觀世音心蓮華座上作含蓮華光焰圍繞第十座主名摩訶室唎曳蓮華座上作含蓮華其華紅色光焰圍繞第三院竟

次第四院縱廣正等一十六肘五十八位四角地印形狀布置亦如上説

東北角印名枳唎枳唎俱嚕陀東南角印名跋折囉西(去聲)那西南角印名婆揄檀荼西北

角印名跋折囉尸佉囉

東面北頭第一座主名毗那夜迦蓮華座上作似椎棓椎頭向上豎華座上椎頭八瓣柄隨長短從頭向下可有數寸作偃月刃刃根著幹刃身起楞椎頭刃間作兩三節如刀子口光焰圍繞第二座主名毗陀耶(二合)陀囉蓮華座上作啞唎(二合)首羅頭光焰圍繞第三座主名首檀汚路菩薩蓮座座上作金剛臺金剛臺上作敷蓮華其葉二分一分下垂一分向上其華葉上作光焰形第四座主名彌勒菩薩蓮華座上作似矟鋒鋒刃稍濶細項腹大純黃金色正中起楞光焰圍繞第五座主名文殊師利菩薩蓮華座上作光焰形第六座主名虛空藏菩薩蓮華座上作滅罪印光焰圍繞第七座主名提頭賴吒蓮華座上作金剛杵光焰圍繞第八座主名因陀囉誓多(此云帝釋侍者)蓮華座上作啞嘌首羅頭其色純黃光焰圍繞第九座主名因陀囉(帝釋異名)蓮華座上作跋折囉光焰圍繞第十座主名爲月天蓮華座上作月輪形其色純白第十一座主名普賢菩薩蓮華座上作光焰形第十二座主名一切星宿天蓮華座上作似寶瓶腹大項麤連珠繞腹其瓨口上作青空色如傘蓋形其中滿點衆多白點光焰圍繞第十三座主名勃陀誓多作佛塔形并基四重光焰圍繞第十四座主名陀羅尼藏蓮華座上作寶藏形光焰圍繞

南面東頭第一座主名曰火天蓮華座上作寶瓶形其瓨口上出於火焰第二座主名摩伽囉脫闍菩薩蓮華座上作光焰形第三座

主名地藏菩薩蓮華座上作似寶瓶而無瓶底其瓶口頭如二偃月相拄仰卧其瓶青色偃月純白光焰圍繞第四座主名毗嘍吒(上聲)迦蓮華座上作啞嚛首羅頭(此云三叉戟頭)光焰圍繞第五座主名閻摩囉闍蓮華座上作啞嚛首羅頭光焰圍繞第六座主名閻摩旦荼蓮華座上作於人形頭面似佛而眼稍大著魚鱗甲半身而出光焰圍繞第七座主名隨心金剛蓮華座上作跋折囉光焰圍繞第八座主名婆揄毗伽(此是正位)蓮華座上作金剛杵光焰圍繞第九座主名毗藍婆呪馱蓮華座上作啞嚛首羅頭光焰圍繞第十座主名功德天蓮華座上作如意珠光焰圍繞第十一座主名大辯天神蓮華座上作光焰形第十二座主名彌嚧尸佉囉蓮華座上作啞嚛首羅頭光焰圍繞第十三座主名一切鬼蓮華座上作伏突刀光焰圍繞第十四座主名一切羅刹蓮華座上作豎劒形光焰圍繞

西面南頭第一座主名阿素囉王蓮華座上作豎角弓光焰圍繞第二座主名摩唎支天蓮華座上作天扇形其扇中作西國卍字光焰圍繞第三座主名日天子蓮華座上作日輪形純黃赤色光焰圍繞第四座主名散脂大將軍蓮華座上作豎劒形光焰圍繞第五座主名一切天蓮華座上作光焰形第六座主名難陀那(去聲)伽囉闍形如蟒蛇舉頭而視

次二肘地爲道場門

次其門北第一座主名優婆難陀那(去聲)伽囉闍身相如前難陀形狀亦舉頭視第二座主名曰地天蓮華座上作寶甖形滿盛七寶光

焰圍繞第三座主名毗嚓覞唎知蓮華座上
作光焰形第四座主名緊那(上聲)囉作蓮華座
第五座主名摩睺羅伽作蓮華座第六座主
名毗嚧跋叉蓮華座上作盤罥索光焰圍繞
北面西頭第一座主名曰風天蓮華上作豎
旛竿竿上懸旛光焰圍繞第二座主名皤嚧
那提婆(此云水天)蓮華座上作光焰形蓮華座下
有水波文第三座主名斯馱遏(去聲)他蓮華座
上作光焰形第四座主名摩尼呪陀蓮華座
上作光焰形第五座主名旃陀波羅婆娑菩
薩蓮華座上作青蓮華含而未敷光焰圍繞
第六座主名俱毗囉藥叉蓮華座上作啞嚟
首羅頭純青鐵色光焰圍繞第七座主名毗
沙門王當門安置蓮華座上作五節椎八楞
成就狀如寶柱純黃金色光焰圍繞第八座
主名跋折囉健荼(正位此是)蓮華座上作跋折囉
光焰圍繞第九座主名商枳你蓮華座上作
似瓶形而腹小瘦中有豎楞楞屮口上口如
鐸口其色純青光焰圍繞第十座主名藍毗
迦作蓮華座第十一座主名遮文荼蓮華座
上作似銀鉢圓寶承底其鉢腹左邊偏開一
眼如神王目光焰圍繞第十二座主名婆羅
醯鬼蓮華座上作豎劔形第十三座主名伊
濕伐(二合)羅蓮華座上作啞嚟首羅頭第十四
座主名伊沙那鬼王蓮華座上作啞嚟首羅
頭作純黃色

此十六肘普集會壇有廣有略所言廣者十
六肘內作二百九蓮華座位所言略者十六
肘內百三十九蓮華座位如前所說

若為國王大臣長者具有種種上妙供具七

寶器等阿闍梨有衆多聰明快利弟子應作廣壇若其施主乏少種種上妙供具七寶器等阿闍梨無衆多聰明快利弟子應作略壇

說十六肘壇法竟

普集會壇

佛說陀羅尼集經卷第十三

音釋

窄側格切狹也 礓居良切石名 挽武遠切引也 𠛗疋迷切削也 串摳絹切貫也 綴株衛聯也 嚼疾雀切咀嚼也 䶵五奚切 劑在詣切分劑也 餑奴每切 鍮天口切踰鍮也 飪音稔熟食也 觱篥觱甲吉切篥力質切觱篥胡笳管也 䞋初覲切 唄薄邁切梵音也 卮章移

切飲器 鋌待鼎切 筴古協切 籰王縛切絡絲具 襪勿發切與韈同 澱堂練切 濾良據切濾去滓也 餳徐盈切飴餳 輻方六切輪轑也 陜胡夾切隘也 嘻許之切 瓨户江切長頸罌也 卍音萬 罌於耕切甕也 屮丑列切

佛說持句神呪經 亦云陀羅尼句經

佛說陀鄰尼鉢經

東方最勝燈王如來助護持世間神呪經

如來方便善巧呪經

吳 月支優婆塞支謙

東晉西域沙門竺曇無蘭 譯

隋 三藏法師闍那崛多

北天竺三藏法師闍那崛多

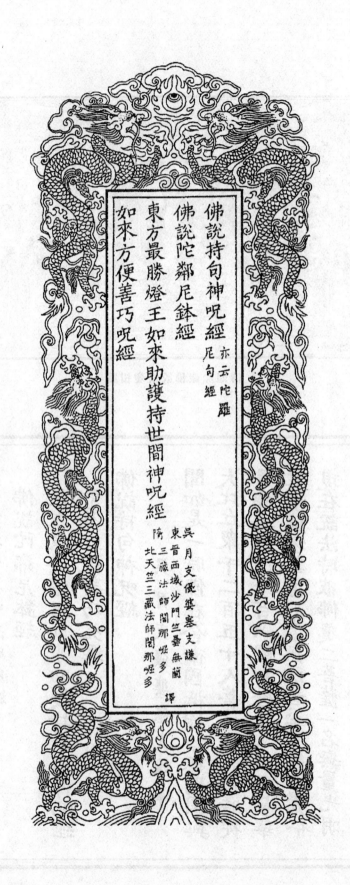

清刻龍藏佛說法變相圖

四經合卷（並是前潸漬部枝派經）

佛說持句神呪經（亦云陀羅尼句經）

佛說陀鄰尼鉢經

東方最勝燈王如來助護持世間神呪經

如來方便善巧呪經

佛說持句神呪經

吳月支優婆塞支謙譯

聞如是一時佛在舍衛國祇樹給孤獨園與大比丘衆千二百五十人菩薩萬人爾時從是佛土過億千百佛國有世界名曰無量華其佛號燈尊王如來無所著至眞等正覺今現在說法時彼佛遣二菩薩一名無量光明二名大光明時二菩薩來至釋迦文佛所稽首佛足却住一面前白佛言唯然世尊從此佛土過億千百佛國有世界名曰無量華其

佛號燈尊王如來遣我等來世尊如平常不
其衆安隱無他耶天龍鬼神餓鬼鳩洹鬼若
人非人虎狼毒獸得無嬈亂人民用是故彼
佛遣是持句呪來哀念衆生令安吉善名聞
威神得力如是
闍梨　摩訶闍梨　羅尼　優佉目佉　沙
波提　摩訶沙波提
佛告阿難受是持句呪執持誦説佛世難值
持句呪亦爲難遇佛語阿難若善男子善女
人受持是句呪諷誦讀識七世宿命受持者
一切浮陀鬼神若人非人不得嬈近毒蛇不
能螫毒藥自然除刀亦不能傷王亦不能害
梵亦不能瞋之是受持句呪七十七億佛所
説犯是呪者當獲重罪復有菩薩彌勒等八
十人告賢者阿難我亦當説持句呪哀念衆
生令安吉善名聞威神得力如是
阿知　和知　吒佉羅　羅里彌　喜利
彌利　提盧　留彌勒
佛告阿難受是持句呪執持誦説佛世難值
持句呪諷誦讀識十四世宿命受持者一切
浮陀鬼神若人非人不得嬈近毒蛇不敢螫
毒藥自然除刀亦不能傷王亦不敢害梵亦
不瞋之是持句呪八十四億佛所説謗是呪
者當獲重罪佛告阿難我亦當説持句呪哀
念衆生令安吉善名聞威神得力如是
阿知　和知　那知　鳩那知　提梨　沙
羅波提　阿那波提　波那提波那　迦和
尼　摩訶迦和尼
佛告阿難受是持句呪執持誦説佛世難值
持句呪亦爲難遇善男子善女人受是持句

呪諷誦讀識無數世宿命受持者一切浮陀
鬼神若人非人不敢嬈近毒蛇不敢螫毒藥
自然除刀亦不敢傷王亦不敢害梵亦不瞋
之是持句呪無數億佛所說犯是呪者當獲
重罪佛告阿難是持句呪行道中當念之若
至縣官若行賊中若蠱道若毒若刀刃中若
人非人中當念之是持句呪於枯樹令生葉
華實何況爲人結縷也當使吉善百病消除
自然安隱辟除凶害南無佛令呪所得從願
佛說經已皆大歡喜

佛說持句神呪經

佛說陀鄰尼鉢經

東晉西域沙門竺曇無蘭譯

聞如是一時佛在舍衛國祇樹給孤獨園與大比丘衆千二百五十人菩薩萬人俱爾時去是佛刹百千億拘利佛刹過爾所佛土其刹世界名阿難陀拘蠶（此言華積）彼佛號伊迦波提羅耶（此言最上天王）如來至眞等正覺今現在遣二菩薩一名阿彌陀法（此言無量光明）二名摩訶法（此言大光明）爾時二菩薩來到佛所前以頭面禮佛足長跪叉手白佛言世尊從是間過百千億拘利佛刹世界名曰華積彼佛號最上天王如來至眞等正覺今現在遣我來問訊世尊說法安隱受者增進皆無他不得不爲天龍夜叉鬼神若薜荔若鳩洹鬼神若羅刹鬼神若虎若狼若人非人所嬈害彼世如來至眞等正覺今遣我持陀鄰尼鉢來今爲一切故欲令安隱得名聲遠聞色貌端正有氣力有筋力强如是

闍離　摩訶闍離　闍蘭尼　郁倚目佉

三波提　摩訶三波提

是時佛告阿難陀言汝受是陀鄰尼鉢持諷讀誦有佛世尊甚難得值陀鄰尼鉢亦難得聞若善男子善女人受持誦讀識七世生宿命若善男子善女人受持諷誦讀一切鬼神人非人蛇蚖蝮蠍皆不能害毒不能中蠱道爲不行不爲刀兵所傷害帝王不能得其便梵不恚之如是阿難陀是陀鄰尼鉢七十七億諸佛所說若有中害者是諸佛語爲無有異阿逸多菩薩字彌勒語賢者阿難陀言我亦當復說陀鄰尼鉢所以者何亦欲令一切

安隱有名聲德遠聞色貌端正饒氣力其筋力强如是

頞軝　拔軝　滅支叉離　勒支　羅嵐彌　漏嵐彌　醯離　彌離　提離

爾時佛告阿難陀言汝受是陀鄰尼鉢持諷誦讀有佛世尊甚難得值是陀鄰尼鉢亦難得聞若善男子善女人受是陀鄰尼鉢奉持諷誦讀識十四生宿命若善男子善女人奉持陀鄰尼鉢諷誦讀説終不爲一切鬼神人非人所觸嬈蛇蚖蝮蠍諸含毒之蟲所不能害毒不能中蠱道爲不行刀兵不能傷帝王不能得其便梵釋四天王所共擁護阿難陀是陀鄰尼鉢八萬四千億佛所説佛告阿難陀言我亦復欲説陀鄰尼鉢欲令一切安隱有名聲德遠聞色貌端正饒氣力其筋力强如是

頞軝　拔軝　涅軝　鳩涅軝　鐵離　抄羅波提　案那波提　般那波提　迦前尼　摩訶迦前尼

是時佛告賢者阿難陀言受是陀鄰尼鉢持諷誦讀爲一切廣説若善男子善女人受是陀鄰尼鉢持諷誦讀識無央數生宿命是陀鄰尼鉢阿難陀不可稱計億佛所説如是阿難陀是陀鄰尼鉢若行道若爲賊若爲虎狼若水中若犯帝王縣官事當念是陀鄰尼鉢諷誦讀持是陀鄰尼鉢阿難陀繫著枯樹即便生葉華實何況爲人説病不愈當爲一切病人呪佛説經已賢者阿難陀及諸會者皆歡喜受行

佛説陀鄰尼鉢經

東方最勝燈王如來助護持世間神呪經

隋三藏法師闍那崛多譯

如是我聞一時佛在舍衛國祇樹給孤獨園與大比丘衆千二百五十人俱復有無量百千菩薩衆復有無量天人衆等所謂大梵天王帝釋天王四大天王所謂提頭賴吒天王毗婁勒叉天王毗婁博叉天王毗沙門天王功德大天爲首等有八萬四千諸天衆那祁耶大將爲首八部鬼神大將復有五百鬼子母及諸眷屬如是等無量天人世衆左右圍繞爾時去此佛刹百千億佛刹過已東方有一佛刹名無邊華世界彼世界中有一佛名最勝燈王如來多陀阿伽度阿羅訶三藐三佛陀現在逍遥說法彼如來於彼世界遣二菩薩來此娑婆世界一名大光菩薩二名甘露光菩薩言汝等二菩薩往向娑婆世界彼有一佛名釋迦牟尼多陀阿伽度阿羅呵三藐三佛陀爲彼釋迦牟尼多陀阿伽度阿羅呵三藐三佛陀將此陀羅尼章句說爲諸衆生故安樂故功德故增益故名聞故生力故隨所意行故受安樂故不擾亂故不殺衆生故擁護故而說呪曰

多(上聲)絰(他也切)他　優波慛泥　覩慛泥　羅叉嵬瞿波多(上聲)嵬波囉闍婆隸闍(上聲)婆(上聲)隸
闍婆隸　摩(上聲)訶闍婆隸　闍婆楞伽帝
闍婆隸　闍婆梨尼　摩訶闍婆梨尼　闍婆囉木企　娑利　摩娑利　阿迦(上聲)隸
摩迦(上聲)隸阿(上聲)企(音溪)摩(上聲)企那(上聲)企娑(上聲)婆隸　摩訶娑婆隸　三婆離　郁句　目句
三摩帝　摩訶三摩帝　帝三摩帝　摩訶

三摩帝　摩訶闍婆隸　娑曳　娑羅彌
目句奢彌　摩訶奢彌　三摩第　摩訶三
摩第　三目避　毗目避　阿羅細　摩訶
阿羅細　摩那上聲細　摩那細　摩那細
啼卑底　莎婆呵

爾時彼二菩薩受持此陀羅尼已譬如壯士屈伸臂頃如是菩薩没身從彼無邊華世界至舍衛城祇樹給孤獨園中現時菩薩至釋迦牟尼多陀阿伽度阿羅呵三藐三佛陀邊到已頂禮佛足圍繞三帀即住一面住已彼菩薩白佛言世尊去此佛刹過八千億佛刹東方有一世界名無邊華彼世界中有一佛名最勝燈王多陀阿伽度阿羅呵三藐三佛陀現在逍遥爲他說法彼娑伽婆最勝燈王如來多陀阿伽度阿羅訶三藐三佛陀遣我等至此娑婆世界彼最勝燈王佛問訊世尊少病少惱起居輕利氣力安不復作是言世尊無有擾亂徒衆或比丘衆比丘尼衆優婆塞衆優婆夷衆或有人或非人或天或龍或夜叉羅剎或大鬼將或鳩槃茶或鳩槃神將或富單那或毗舍闍或餓鬼或虚妄鬼或蜈蚣或毒蛇或蝮蠍或雜毒蟲等或阿脩羅羅睺羅伽或娑乾陀鬼或消渴鬼或悶絶鬼或病鬼或蠱道或死尸或一日熱病二日三日四日熱病或自餘種種所擾亂鬼病不爲擾亂也而最勝燈王如來遣我等將此陀羅尼呪來爲諸衆生利益故爲養育衆生故爲增長功德故增長威德故增色故出名聞故增力故隨意所受樂故隨所受安樂故不擾亂故爲擁護故而說前呪爾時世尊告長老阿

難言阿難汝受持此陀羅尼章句受已為他解說宣通流布阿難佛出世難聞難值此陀羅尼章句復甚難聞若有善男子善女人能受持此陀羅尼者或讀或誦或為他說顯揚彼人火不能燒刀仗不能傷諸毒不能害縣官不能殺梵天不恚彼人七世恒知宿命阿難此陀羅尼章句過去七十七億諸佛所說若有人毀謗此呪者即是毀謗彼等諸佛若有鬼神不敬重此呪者或與我奪其甲威力者或已呪奪不還者彼鬼神頭破作七分爾時阿逸多菩薩從座而起整衣服偏袒右肩右膝著地而白佛言世尊我亦說陀羅尼章句為衆生受利故得增益故增功德故增威力增色增名聞故增力故隨行受樂故隨所行受助樂故不擾亂故不殺害故擁護故而說呪曰

多(上聲)經他　頞帝　跋帝　那帝　俱(上聲)那(上聲)帝阿迦跋帝　波囉毗跋帝　兜婁迷傒留留迷　安那迦細波(上聲)那(上聲)迦細迦細摩訶迦細　阿毙多波(上聲)囉細毗　佉祇摩訶佉祇　斯荼比　多荼比　奚離　弭離(上聲)底離　尸離(上聲)覆施　摩訶覆施　覆覆施　覆奢跋帝　莎婆呵

爾時佛告長老阿難言汝受此陀羅尼章句恒常受持讀誦為他解說宣通流布阿難佛出於世難可值遇聞此陀羅尼亦復甚難若有善男子善女人亦能受持此陀羅尼受已能持讀誦能為他人宣通解說彼人能知未來十四世事阿難此陀羅尼章句過去八萬四千億諸佛所說若有人毀謗此陀羅尼不

信行者彼人則爲毀謗過去諸佛是人則爲背捨諸佛若有衆類奪我某甲精氣或奪已不還是人亦得如是罪過爾時文殊師利童子即從座起整衣服偏袒右肩右膝著地而白佛言世尊我亦説陀羅尼章句爲衆生利益故安樂故增長功德故增長威德故增長色故增長名聞故增長力故隨意受樂故隨行受安樂故不擾亂故不殺害故守護故而説呪曰

多(上聲)經他阿(上聲)嗘摩(上聲)嗘那佉囉細那祁尼那伽薩隸　婆囉尼隸　遮嗘隸　遮嗘羅吠帝　旃荼隸　旃荼　囉吠帝闍(上聲)嗘隸闍嗘羅吠帝　禪地隸禪地囉吠帝莎婆呵

爾時佛告長老阿難汝受此陀羅尼恒常受持讀誦爲他解説宣通流布阿難佛出世難聞此陀羅尼復倍甚難若有人能受持此陀羅尼復倍爲難阿難若有善男子善女人能受此陀羅尼受已能持讀誦能爲他人宣通解説彼人能知未來七世之事阿難此陀羅尼章句過去九十億諸佛所説若有人毀謗此陀羅尼不信行者彼人則爲毀謗彼過去諸佛是人則爲捨彼諸佛若有衆類奪我某甲精氣奪已不還是人亦得如是罪過爾時釋迦牟尼多陀阿伽度阿羅訶三藐三佛陀告諸比丘言諸比丘我今亦説陀羅尼章句爲利益衆生故安樂故增長功德故增長威德故增長色故增長名聞故增長力故隨意受樂故隨行受安樂故不擾亂故不殺害故守護故而説呪曰

多(上聲)經他　阿知(上聲)跋知(上聲)那(上聲)知(上聲)俱(上聲)

那(上聲)知(上聲)迦(上聲)那(上聲)知(上聲)吒羅跋泥恀羅跋泥覩多羅(上聲)曳阿羅(上聲)婆枳吒(上聲)枳吒(上聲)荼枳羅婁迷呼盧迷娑(上聲)隸摩訶娑隸差迷摩訶差迷梨隸婁梨隸嗘隸脂隸嗘(虛爾切)隸寐隸伊(上聲)隸尸隸尸隸尸尸利尸羅跋知(上聲)阿(上聲)滯婆(上聲)滯那(上聲)滯俱(上聲)那滯頞那(上聲)跋帝波(上聲)那(上聲)跋帝阿迦細摩迦細迦細迦娑(上聲)迦細頗細頗娑(上聲)頗細摩訶頗娑(上聲)頗細伊(上聲)泥寐泥多恀多恀波多恀多婆多恀莎婆訶

爾時佛告長老阿難阿難汝受此陀羅尼恒常受持讀誦爲他解説宣通流布阿難佛出世難聞此陀羅尼復倍甚難若有人能受持此陀羅尼復倍爲難阿難若有善男子善女人能受此陀羅尼受已能持讀誦能爲他人宣通解説彼人能知未來二十一世之事阿難此陀羅尼章句過去九十九億諸佛所説若有人毀謗此陀羅尼不信行者彼人則爲毀謗彼過去諸佛是人則爲捨彼諸佛若有衆類奪我某甲精氣奪已不還是人亦得如是罪過阿難若有善男子善女人受持此陀羅尼章句假使取乾枯樹結界守護作法誦呪尚能令彼枯樹生枝柯華葉果何況有識衆生受持此呪而不差者無是處耶歸命一切諸佛願我成就此呪莎婆訶

爾時世尊復告諸比丘言諸比丘我今更説陀羅尼章句爲利益安樂增長功德威勢色力名聞隨意安樂不生惱害常守護故而説呪曰

多上聲經他　阿嘖悼階切　婆嘖　吒稽　吒囉
稽　吒嚧末底　覩嚧末底　兜隷覩羅兜
隷　婆隷　娑上聲隷　覩隷　庋隷　庋庋
隷　蘇上聲隷　婆哂呬　婆哂利　嵠利
畢利　底利　莎婆訶

爾時世尊告阿難言阿難汝受持此陀羅尼章句持已讀誦爲他解說宣通流布阿難佛出世難聞此陀羅尼復倍爲難若有誦此陀羅尼及以受持復倍爲難阿難若有善男子善女人受持此陀羅尼章句受持已讀誦爲他解說宣通彼人得知二十八世之事阿難此陀羅尼章句過去恒河沙諸佛所說若有人毀謗此呪則是毀謗彼等諸佛是人則爲捨彼諸佛若有衆類奪我某甲精氣奪已不還是人亦得如是罪過若有呪師呪他人者彼人所有呪詛言說皆不能傷害將此呪欲守護他彼人一切諸天不能傷害一切諸龍不能傷害一切夜叉乾闥婆阿脩羅迦樓羅緊那羅摩睺羅伽不能傷害一切羅刹不能害一切縣官不能爲害一切劫賊不能爲害一切人一切非人不能爲害一切毒蛇毒蟲不能爲害一切蝮蠍不能爲害一切丁瘡一切冷熱瘧等亦不能害一日二日三日四日一切諸瘧不能爲害若風作瘧陰所作瘧黃所作瘧亦不能害若有上官逼切來者或以枷鎖禁繫逼切或有疥病或癬病者或有惡瘡出身或有反華瘡或有濕癘或有舊痢更發或有赤頭瘡不能爲害一切蠱道呪詛言說不能爲害一切起死屍不能爲害或諸天作者或諸龍作者或夜叉作者或羅刹作者

或渴病羊病作者或羊癲作者或宿作諸病
不能爲害若患眼若患耳若患口脣牙齒舌
阿難我今略說一切所有苦逼者唯除宿殃
耳所造業受報爾時世尊復告諸比丘言我
今復說陀羅尼章句
那(上聲)嘖(上聲)俱(上聲)那(上聲)嘖那(上聲)咩(音彌)波(上聲)囉(上聲)
那(上聲)哆伽(上聲)細(平聲)波囉(上聲)伽(上聲)細　莎婆呵
過去諸佛阿羅呵三藐三佛陀已說此陀羅
尼章句阿難若有人受持此陀羅尼讀誦爲
他解說宣通不忘彼人刀仗不傷蠱毒一切
諸病不能傷彼不患頭病一切人非人不作
惡若噉毒藥變成美食復次世尊說陀羅尼
曰
多(上聲)經他吒(上聲)枳　嚈吒枳　賀嚧嚧　暮
(上聲)嚧(上聲)嚧(上聲)祁(上聲)唎寐　底囉寐　莎婆訶

阿難若有人讀誦此章句受持爲他解說彼
人刀仗不能傷害一切厄難中不縛不沒此
呪呪結線帶行一切寒熱病不能傷一切毒
藥呪即得差復次阿難我更說陀羅尼章句
爲諸衆生利益故安樂故增長功德故增長
威德故增長色故增長名聞故增長力故隨
意受樂故隨行受安樂故不擾亂故不殺害
故守護故而說呪曰
多(上聲)經他阿(上聲)婆(上聲)昜婆(上聲)邪毗　伽帝
婆邪波利輸陀禰　阿婆邪陀駄禰(音你)尼妻
波迦囉迷　阿那鳩隸　阿俱羅毗輸陀(上聲)
禰阿(上聲)那　毗隸　阿毗羅毗輸禰　阿那
俱隸　阿毗伽囉嘆(音醯)阿毗婆第　阿俱臂
阿朱帝　輸婆帝提　帝闍婆(上聲)帝　摩訶
帝誓　優波奢彌　媒多羅婆(上聲)帝　度沙

奢摩上聲你 頞羅他 陀梨施 薩帝邪陀
梨施 阿毗盧第 僧祇多羅剃 阿羅他
僧祇帝 阿彌多婆羅薛婆上聲隷 娑羅婆
上聲帝 悉第 輸第 輸薛烏婆婆婆上聲帝
婆娑婆囉薛 娑摩波囉輸祇 娑摩質帝
阿奴避隷 佛馱地師致帝 尸羅毗叔第
質多毗叔第 阿薛第 婆闍羅那地 惡
迦叉地 阿闍祇波上聲囉薛 闍祇毗首陀
曳 阿那滯迦摩尼曳 阿僧 阿梨曳
以破一切衆魔力降一切諸外道然法炬攝
受一切行施莎婆呵
阿難此呪名清淨除一切障礙陀羅尼章句
之處三世諸佛所說顯示諸法文句若能誦
此章句者即得除滅一切魔章句我某甲以
此章句守護某甲結戒某甲擁護某甲護持
某甲養育某甲用作禳灾除一切病破一切
毒除去風病若有齊下病若有心痛若有腹
病若有背痛若下部痛若腰痛若有諸節痛
若脛膝髖髀一切諸痛或復上分頭痛眼耳
等痛齒舌脣口咽喉頸項兩脇髆二手一切
支節呪皆止定一切寒熱病或一日兩日三
四日所作者風病黃病痰癊病等分病我今
皆悉除滅平復如本願永斷絶願散滅無餘
消滅盡若有餘者皆得散盡若未熟者即令
熟散差若腫欲發願即消散而說偈言

一切諸佛力 一切羅漢力 諸法威神力
我呪護病者 令其夜半吉 令其晝日吉
一切時皆吉 合家眷屬吉 四方四天王
護持世間者 毗沙提頭賴 毗婁及博叉
及其眷屬等 最勝威神力 此處作吉祥

守護於病人　毗婆尸佛神　尸棄佛神力
憐愍一切衆　彼神守護汝　毗舍浮護神
拘婁孫馱神　憐愍一切衆　彼神守護汝
迦那迦護神　迦葉佛護神　憐愍一切衆
彼神守護汝　釋迦牟尼尊　所有諸神護
憐愍一切衆　彼神守護汝　一生補菩薩
所有諸神者　憐愍一切衆　彼神守護汝
阿閦佛護神　及毗盧遮那　憐愍一切衆
彼神守護汝　頭沙波婆佛　無量壽佛神
彼等護汝命　願汝壽百秋

爾時彼二菩薩從東方最勝燈王佛使者白釋迦牟尼佛言世尊我等今者亦欲說陀羅尼呪

多(上聲)經他　優避　盧婁避　嗘離(上聲)寐離(上聲)首離(上聲)那梨牟嗘富　莎婆訶

此呪功能如上所說

佛告阿難此陀羅尼章句若在劫賊之難應當心念若在怨讎之內應當心念在大火中應當心念若在河海大水難等中應當心念若在縣官內應當心念一切鬬諍言訟之難應當心念彼人如是等諸厄難中至心念者即得度此一切諸難如是等諸難不能爲害若得他毒藥至其身中即變成食不能爲害若有人日初出時誦念此陀羅尼章句至日中時誦念此陀羅尼章句至日沒時誦念此陀羅尼章句一切時能誦念此陀羅尼章句彼人一切厄難即得解脫阿難我爲汝要言若有人誦此陀羅尼章句受持讀誦爲他解說彼人若有處恐怖者無是處也或在縣官或在劫賊內或被火燒或水漂沒溺諸龍夜

叉羅刹有大鬼將鳩槃茶富單那毗舍遮餓鬼阿脩羅迦樓羅乾闥婆緊陀羅燋渴之病迷悶病羊癲蠱道起死尸鬼寒熱之病或一日作者二日三日四日作者月天所作日天所作星宿所作師子虎狼豺羆豹等毒蠱惡狗蟒蛇蝮蛇蚰蜒蠍等所有諸毒蠱人非人等不能爲恐怖此陀羅尼章句若人受持一切鬼神一切夜叉一切羅刹一切鬼將諸鳩槃茶一切餓鬼不能爲害人非人等一切恐怖不能壓伏阿難有人誦此陀羅尼章句者能令死者鞭杖得脫應合鞭杖輸少財物應合輸財毀辱得脫應合罵辱訶責得脫應合呵責令即得脫阿難若有人讀誦此陀羅尼章句受持爲他解說或心隨喜或晝夜分別念之彼人火不能燒刀仗不能傷水不能溺毒藥不能殺蠱道不能害阿難我爲汝略說天人世間内我不見或梵天世或沙門婆羅門等世或魔脩羅等世以此陀羅尼章句作守護者若作結界若作禳灾心成擾亂或有恐怖無有是處所以者何諸佛受持此陀羅尼故即得過一切厄難阿難若有人誦此陀羅尼有樹欲乾枯爲呪彼樹或爲結界爾時彼樹還生枝柯葉華果等平復如本況復人之有識而不差者無是處耶唯除宿殃受業果報爾時四天王末後而復從座而起整理衣服偏袒右肩右膝著地合掌向佛而白佛言世尊我今亦說陀羅尼章句世尊若有人受持憶念爲他解說宣揚顯現我等爲彼人守護持故憐愍慈念爲彼法師說陀羅尼章句亦爲此法本護持故願此法本久住於世

降伏一切諸魔閉塞一切外道彼等法師欲令長壽色力辯等無畏增長世尊若許我等當說爾時世尊默然而許天王見佛默然心内許可即說陀羅尼章句

多(上聲)絰他多(上聲)多(上聲)滯陀(上聲)滯陀避陀滯斫枳　裴陀滯　裴檀池　摩訶檀池　檀荼　澗婆泥吒知(上聲)吒吒泥　摩訶吒吒泥俱吒泥　俱吒泥　摩訶俱吒泥　瞻(時占切)摩隷　幭摩隷　摩慥隷　莎婆呵

世尊我等此陀羅尼爲護持此本心内辯說世尊若有人受持此陀羅尼誦已復誦或爲解說者悉無恐怖無處加害一切衆類隨從彼人不能爲障礙攝護諸法故爾時世尊歎四天王言汝等仁輩善哉善哉能爲多人作大利益能爲多人作於安樂能爲多人守護天人世内汝等護持正法亦爲彼等諸法師輩大作利益擁護安樂增長正念增長智慧增長辯才汝等發心爾時世尊說此偈言

於此陀羅尼　往昔諸佛說　我今現亦說
利益諸衆生　若有正信者　受持此章句
二十八世中　常得知宿命　若有正信者
聞此陀羅尼　在在處處中　得脱一切怖
有人非人等　夜叉鳩槃茶　富單那鬼等
不能爲障礙　若誦此呪者　刀仗不能害
惡毒不能殺　大火不能燒　一切蠱道等
水淵不能溺　若誦此章句　惡魔若魔鬼
欲界天神等　不能爲障礙　誦此陀羅尼
父母及兄弟　一切眷屬等　不見遠離別
讀誦此章句　一切事吉祥　百千億劫中
若造惡罪者　七日誦此呪　悉能消滅除

百千億劫中　諸菩薩造福　於七日内中
等分無有異　四大天王者　從四方來此
毗沙提頭賴　毗婁及博叉　并諸眷屬等
妙色大威德　以此呪威力　守護彼法師

爾時世尊告長老阿難言阿難汝受持此陀羅尼法本章句阿難此法本當作大利益大有功能大有威力阿難白佛言世尊我已受持章句永不忘失佛說此陀羅尼章句時長老阿難及彼一千二百五十比丘衆及彼他方來二菩薩帝釋天王大梵天王四天大王并及大衆天人阿脩羅乾闥婆摩睺羅伽等聞佛所說歡喜奉行

東方最勝燈王如來助護持世間神呪經

如來方便善巧呪經

隋北天竺三藏法師闍那崛多譯

如是我聞一時婆伽婆在雞羅娑山頂諸天所居仙人住處與大比丘衆五百人俱復有五百諸大菩薩摩訶薩衆俱其名曰彌勒菩薩虛空藏菩薩普賢菩薩無邊華菩薩普華菩薩等此諸菩薩皆悉住於一生補處紹尊位者爾時世尊於彼林中與諸大衆前後圍繞時一比丘爲鬼所持形體裸露不自覺知舉手叫喚言語麤獷更一比丘著邪背佛在虛空中嗚呼出聲不得自在時虛空藏菩薩見聞是已即從座起偏袒右肩右膝著地合掌向佛白言世尊是虛空中作是聲者誰之所爲復何因緣此一比丘形體裸露舉手唱叫爾時世尊告虛空藏菩薩摩訶薩言善男子是一比丘惡鬼所捉復一比丘著於邪魅時虛空藏菩薩白佛言世尊如來今日憐愍一切諸衆生故除滅一切諸病苦故應說神呪爾時世尊以神通力令虛空中有六如來忽然而現各各說呪一名毗婆尸佛二名尸棄佛三名毗舍浮佛四名拘婁孫佛五名拘那含牟尼佛六名迦葉佛

時毗婆尸佛住在虛空爲護一切諸衆生故除滅一切惡邪鬼故而說呪曰

南無佛陀耶一南無達摩耶二南無僧伽耶三唵四呵羅呵羅五醯隸醯隸醯羅耶六南莫結隸結羅耶七闍健模柘那耶八南無那摩九蘇婆訶十

爾時毗婆尸佛說是呪已告虛空藏菩薩言善男子若清信士及清信女有能受持讀誦

於是陀羅尼者一切刀杖不能加損一切水火所不能害非人惡鬼不能侵惱終不横死若中毒藥變成美食易消無病若欲食時先取一匙七遍呪之然後乃食能除一切呪詛厭魅一切諸病皆得除愈壽命延長耳所聞事憶持不忘於睡眠中夢見諸佛若復有人被厭魅者於其耳邊誦呪七遍是人聞已即便除愈若復有人著於癲病及白癩者應以蘇摩那華熏胡麻爲油取青木香青蓮華茴香草麥門冬皆悉等分令使作末和油煎之呪一百八遍塗其身上即便除愈一切諸病皆能破之

爾時尸棄佛住在虛空爲護一切衆生除一切病斷一切鬼邪故說是神呪

南無佛陀耶一南無達摩耶二南無僧伽耶三南無尸棄泥多他伽多耶四唵五盇柘盇柘六波柘耶七薩婆薩多男八闍大邏耶九盇囉毗甜十蘇婆訶十一

爾時尸棄如來說是呪已告虛空藏菩薩言善男子是陀羅尼無量百千億那由他諸佛所說我今亦說爲欲憐愍一切衆生除一切病却一切鬼及諸惡夢枉横死等虛空藏若善男子及善女人有能晝夜憶念誦持是神呪者終不爲於惡病所惱及諸惡人之所厭魅於睡眠中夢見諸佛若捨身時得值彼佛於其佛所剋獲道證虛空藏是陀羅尼威力無量我今爲汝更略說之若有善男子善女人欲斷一切病當取五色縷結其呪索若有疫病取蘇摩那華油呪一百八遍塗其身上即得除愈若護自身令安隱者呪水一百八

遍散於四方結其界場取五色縷結呪索帶行小兒著邪者取青色縷結爲呪索若值惡邪之所嬈亂悶無省者於其耳邊誦是陀羅尼乃至七遍即得除愈如是等一切事中隨意所用

爾時毗舍浮佛住在虛空爲護一切除諸衆生一切病苦斷一切惡鬼故說是陀羅尼

南無佛陀耶一南無達摩耶二南無僧伽耶三南無毗舍浮誓多他伽多耶四唵五迦羅迦羅迦羅六居路居路七居盧蹉大男八居嚧薩婆伽囉呵拏九蘇婆呵十

爾時毗舍浮佛說是呪已告虛空藏菩薩言善男子是陀羅尼賢劫之中所有諸佛及三世諸佛皆悉說之我今亦說虛空藏汝應護持若有善男子善女人受持讀誦是陀羅尼一切刀杖所不能害一切惡毒亦不能傷諸瘧熱病皆得遠離水不能漂火不能燒終不橫死一切惡病亦不能侵惟除宿業定報若有比丘比丘尼優婆塞優婆夷於晨朝時應淨澡浴著淨潔衣在佛像前燒好妙香誦持是呪足一百八遍一切厭魅呪詛等事悉不能害一切病苦皆能遠離捨除諸障壽命延長所有錢財什物隨心所樂莫不稱遂若有惡人惡賊縣官帝主先意慰喻一切衆生無不同意若有恐怖鬪諍縣官所對者取白色縷誦呪一百八遍結呪索帶行者於諸事中皆悉得勝若欲長壽者取酪蜜稻穀華和之以匙抄呪一遍擲火中乃至一千八遍即便如意若欲除自他諸障念一切錢財珍寶等離一切惡成就一切工巧受持一切呪降諸

怨敵者取槐香草香米尸利沙華多伽羅香石上華恭居摩香香附子帝釋手草香樹枝出白汁者取等分作末和之呪一千八遍塗身上即得如意若欲見縣官大臣等取樹枝出白汁者然火呪胡麻一撮呪一遍擲著火中燒之乃至一千八遍即得如意若欲治毒藥者於佛像前用泥塗地取紫剛木枝長二寸截一百八枚內蘗蜜中一一稱彼人名字擲著火中呪之即得如意若欲除一切惡鬼者取燒死屍殘火頭一百八枝各呪一遍擲火中燒之即便除愈如是等一切處中用悉皆得唯除損害衆生身命

爾時拘婁孫佛住在虛空爲護一切衆生除一切病斷一切惡及鬼魅故說是呪曰

南無佛陀耶一南無達摩耶二南無僧伽耶三那莫迦囉脚村大耶四多他伽多耶五阿囉漢坻六三藐迦三佛陀那七唵八迦吒迦吒迦吒迦吒九翅致翅致翅致迦吒耶十那莫薩婆多他伽坻藪十一阿囉呵大地耶十二三藐三佛陀婆耶十三蘇婆呵十四

爾時拘婁孫佛說是呪已告虛空藏菩薩言善男子是陀羅尼乃至恒河沙等同名拘婁孫佛并及三世諸佛所說讚歎隨喜若人受持是神呪者於未來世末劫之中建立三寶能生正信若比丘比丘尼優婆塞優婆夷於晨朝時淨潔洗浴著新淨衣辦具種種妙好香華供養於佛誦念是呪一百八遍彼人則能知於七世宿命之事若生天上爲天中尊若在人間得作人主若能如法盡命受持捨壽之時生安樂國若能如是常誦持者於現

身中離於一切種種病苦得陀羅尼聞持不忘若欲飲食未入口時先呪七遍然後食之如是則離一切毒病若欲爲他除灾患者呪於淨水一千八遍用澡浴身然後行之若呪惡瘡用赤銅刀子如是等諸事誦呪七遍即便如意若能常誦持者錢財自然破一切毒一切障礙惡鬼魔邪皆悉遠離若欲得見於佛身者至清淨處若在道場或在塔前牛糞泥地燒沉水香誦於此呪一千八遍頭東向卧夢見諸佛隨心所願無不稱遂彼佛如來即便開示是汝命長是汝命短或有缺少知是等事悉皆示現

爾時拘那含牟尼佛住在虛空爲護一切衆生迷荒除一切病斷一切惡諸鬼魅故而說是呪

南無佛陀耶一南無達摩耶二南無僧伽耶三那莫迦那迦謨那順四多他伽多耶五阿囉漢坻六三藐迦三佛陀耶七唵八薩囉薩囉薩囉薩囉九賜囉波耶十達摩達摩達摩達摩十一度無度無度摩耶十二那莫迦那無那順十三多他伽多耶十四阿囉漢坻十五三藐迦三佛陀耶十六悉淀姤漫多囉盎大十七蘇婆呵十八

爾時拘那含牟尼佛說是呪已告虛空藏菩薩言善男子是陀羅尼若有善男子善女人常能讀誦受持之者是人永得離於怖畏及諸怨敵水不能漂火不能燒一切毒藥若惧食者變成甘美資身益壽無有橫病橫死等難壽命延長增加官位常爲一切諸佛護念若有先業諸障起時日三誦之悉得除愈若欲治他疾病苦者隨所有力辦於飲食及雜

香華若沉水香若薰陸香作淨好湯呪千八遍洗浴於身爾乃行呪是諸病苦及惡邪鬼所附著者皆得除愈若治癩病身體腫癖風冷病等取菖蒲末以白蜜和佛前誦呪一千八遍空腹服之即便除愈若有四日三日二日一日諸瘧病者亦於佛前用牛糞泥塗道場地取蘇摩那華以用作鬘著於頭上即便遠離若被厭魅乃至悶絶不覺知者於其耳邊爲誦此呪一百八遍即便除愈若有羊癲及諸狂病或爲迦吒富單那毗舍遮鬼等之所著者於佛像前以牛糞泥塗地如上燒好妙香取所供養佛前萎華呪千八遍火中燒之熏其鼻孔即得除愈如是等一切病中隨其事用

爾時迦葉佛住在虚空爲護一切無量衆生除一切病斷一切惡諸邪魅故説是神呪

南無佛陀耶一南無達摩耶二南無僧伽耶三南無迦葉波多伽多那四唵五呵囉呵囉呵囉呵囉六呵呵呵七南無迦葉波耶八阿囉漢坻九三藐三佛陀耶十悉著呵姤十一摩多囉盔陀十二蘇婆呵十三

爾時迦葉佛説是呪已告虚空藏菩薩言善男子是陀羅尼三十三恒河沙等諸佛所説汝當受持讀誦修行虚空藏若有善男子善女人晝夜三時誦是呪者即得現前夢見諸佛離諸業障唯除宿世決定報耳於一切事隨意所欲若有癲病及白癩等於佛像前牛糞泥地燒好妙香取供養佛所有萎華呪千八遍擣末水和佛前服之即得除愈若有長病及諸疫疾治法亦然若病頭痛亦用華末

塗其額上女人難産用此華末和油煎之塗其女根有如是等隨其事用無不蒙益若疥瘰瘡亦用萎華細末酥和火上煎之呪千八遍塗上即愈若欲止雨亦取萎華呪千八遍露地燒之令其作煙即時便晴若大風起雷電震雹亦得除止若著瘧病一日二日乃至四日亦取萎華呪千八遍細擣作末酒和服之即時除愈著羊癲者呪華如前若燒若服皆得除愈若被厭魅或毗舍遮諸鬼神等之所捉持或風冷病月食病等和水服之諸如是等一切疾病悉於佛前牛糞泥地呪於萎華一千八遍或燒或服皆悉除愈各受安樂勿生疑惑應決定信隨心用之

爾時釋迦如來亦在虛空爲護一切無量衆生除一切病斷一切惡諸邪鬼故說是神呪

南無佛陀耶一 南無達摩耶二 南無僧伽耶三 南無貰迦牟尼夷四 多他伽多耶五 阿囉漢坻六 三藐三佛陀耶七 多地他懼迷懼迷八 摩呵懼迷九 多犁多犁十 摩呵多犁十一 柘犁柘犁十二 摩呵柘犁十三 大唎大唎十四 摩呵大唎十五 帝唎帝唎十六 摩呵帝唎十七 呵呵翅隷翅隷十八 摩呵翅隷十九 諸嚧諸嚧二十 摩呵諸嚧二十一 覓隷覓隷二十二 摩呵覓隷二十三 帝隷帝隷二十四 摩呵帝隷二十五 度迷度迷二十六 摩呵度迷二十七 柘犁柘犁二十八 摩呵柘犁二十九 詰唎詰唎三十 摩呵詰唎三十一 折隷折隷三十二 摩呵折隷三十三 蘇婆呵三十四

爾時釋迦如來說是呪已告虛空藏菩薩言虛空藏若善男子善女人受持讀誦是陀羅尼者一切刀杖所不能加一切水火亦不能

害一切惡病所不能惱終不横死如前六佛所説神呪等無有異

爾時虚空藏菩薩摩訶薩白佛言世尊如上諸佛所説神呪我當護持我今亦説護持一切無量衆生除一切障斷一切業滅一切罪消一切殃去一切鬼刦一切邪愈一切病以如是故説此神呪

阿他佉羅唎一　迦伽囉二　菩提薩埵三　摩訶薩埵四　婆伽婆槃多五　迷多大符柘多六　阿呵摩鉀七　婆伽婆八　喻婆煩塞九　薩鞞衫盔唎波皺十　遲耶南十一　尼婆囉膩十二　薩婆浮休多十三　尼婆囉膩十四　薩婆嚧伽十五　尼婆囉膩十六　哆地夜他十七　至詈至詈十八　摩訶至詈十九　姤漏姤漏二十　摩訶姤漏二十一　夕和隷夕和隷二十二　摩訶夕和隷二十三　唏馨翅切　詈唏詈二十四　摩訶唏詈二十五　蘇婆呵二十六

爾時虚空藏菩薩摩訶薩説是呪已白佛言世尊如是神呪無量神力不可思議若有善男子善女人惡鬼所持以諸縷線作於呪索呪一百八遍帶行坐者是諸惡鬼即便捨離復更取蘇摩那華好淨牛酥白芥子等和置一處誦呪一遍一擲火中如是乃至一百八遍一百八擲即得除愈若有惡人欲來害已取鑌鐵刀子呪一百八遍斫破惡人所行道徑便不能害或復呪水散於四方結四方界止住其中一切諸惡則不能加欲護自身令無損者以五色縷捺作於繩呪百八遍坐起帶行若欲除毒手把藥草以呪呪之若爲除病應當呪油一百八遍塗之即愈若患耳者取青木香細擣作末油内煎之著於耳中若

患腹者呪於薑水一百八遍服之即愈若患牙齒蟲風齲者取蘇摩那木枝呪一百八遍以口嚼之并揩牙齒即便除愈小兒患者當結白縷以爲呪索令其帶行若患頭者或用刀子或用於手呪百八遍即得除愈若被厭魅當呪刀子以用解之若斷雷雹呪石榴枝以用擬之斷惡毒藥呪水用之諸如是等一切事中隨意所用於一切處在佛像前泥地散華燒香如法受持如是諸佛所說此呪經已虛空藏菩薩并及一切諸大菩薩阿羅漢等聞佛所說歡喜奉行

如來方便善巧呪經

音釋

䩚 都計切 髆 補各切肩髆也 貰 舒制切 齲 去雨切齒腐也

虛空藏菩薩問七佛陀羅尼呪經

失譯人名今附梁錄

清刻龍藏佛說法變相圖

虛空藏菩薩問七佛陀羅尼呪經

失譯人名今附梁錄

如是我聞一時佛住雞羅莎山在山頂上諸天住處去諸賢聖不遠與大衆俱前後圍繞大比丘足滿五百又有五百諸大菩薩俱其名曰彌勒菩薩虛空藏菩薩普賢菩薩無盡華菩薩文殊師利菩薩與五百菩薩摩訶薩等皆一生補處爾時世尊觀於四方去其住處不遠觀見林中有一比丘爲惡鬼所持口出種種惡言其林中又有一比丘露其身形而擧兩手口出種種異音或復呼天乍復喚地爾時虛空藏菩薩摩訶薩聞其聲已承佛神力整理衣服右膝著地合掌向佛白佛言世尊此二比丘何意唱如是聲或擧於兩手復出惡音於是世尊告虛空藏菩薩摩訶薩

言此一比丘爲惡病所持出是音聲又一比丘爲惡鬼所持露形而走爾時虛空藏菩薩摩訶薩白佛言世尊爲治衆生一切病故爲除一切惡鬼障難不起故唯願世尊爲一切衆生説陀羅尼呪爾時世尊現威神力於虛空中即現六佛時釋迦牟尼佛即騰虛空依次而坐是時大衆悉皆覩見七佛世尊

爾時毗婆尸佛爲一切衆生故爲除一切惡鬼障難故説大威德陀羅尼呪而説呪曰

南無佛陀耶　南無達摩耶　南無僧伽耶　南無毗婆尸　多他伽多耶　阿羅呵提三藐三佛陀耶　多經他　菴呵羅呵羅醯利醯羅耶　南無難利吉羅耶　闍伽無遮那耶　南無南摩婆波呵

爾時毗婆尸佛告虛空藏菩薩摩訶薩言若有善男子善女人受持此呪者若讀若誦若復有人推覓此呪者若樂聽聞者是人不爲一切刀仗所害不爲一切水溺不爲一切苦患所持不受一切横死若復有人與持此呪人毒藥者其藥變成美食不著於人若復有人若飲若食先呪作七遍然後而食食已是諸蠱道惡口衆邪皆悉自滅不能爲害若受持是呪者令人壽命延長所有習誦一聞領悟終不忘失晝夜恒見佛像若復有人爲惡鬼所打不得差者而於此人耳邊呪之七遍即時除愈若有人患團風白癬及以癩病取蘇曼青木香蓮華槐香細辛各以等分取胡麻油煎之摩其患處即得除愈一切所有病者用此呪呪之無不獲差

爾時尸棄佛在於空中欲爲一切衆生除一

切病故欲除一切惡鬼障難故而說呪曰
南無佛陀耶　南無達摩耶　南無僧伽耶
南無尸棄彌　多陀伽多耶　阿羅訶三
藐三佛陀　菴波遮波遮　波遮波耶　薩
婆浮多南　嗔陀　吉羅耶　波邏毗陀南
娑波呵
爾時尸棄佛告虛空藏菩薩摩訶薩言我此
神呪百千那由他無數億諸佛所說我今說
之爲一切衆生故除一切病故除一切諸惡
鬼障難故除一切惡夢故除一切横病死故
又告虛空藏菩薩摩訶薩言若有善男子善
女人若晝誦此呪三徧夜誦三徧或復心念
一切蠱毒厭禱呪詛惡口赤舌衆邪魍魎皆
不得近昏夜警中恒見諸佛所有食噉之物
即自銷化而充氣力其人若命終已昏夜所
見佛者皆來迎其精神恒相隨逐若復有人
依此呪法作功能者於一切病須結呪索若
有人困病時取蘇曼華取油煎之摩其身體
皆得除愈若有衆生晝夜恐怖取淨水呪之
灑著四方作呪索繫身上一切魍魎不得其
便若有小兒被惡鬼所打用碧線作呪索繫
著頸下即得除愈若復有人被惡鬼所打於
耳邊呪作七遍亦得除愈隨心所欲造者無
不得成
爾時毗舍浮佛在虛空中欲爲一切衆生除
一切病故除一切諸惡鬼故障難不起故而
說呪曰
南無佛陀耶　南無達摩耶　南無僧伽耶
南無毗舍浮毗　多他竭多耶　阿羅訶
三藐三佛陀耶　菴　伽邏伽邏伽邏伽邏

拘樓拘樓　拘樓拘樓　拘盧蹉陀喃
拘樓薩婆伽呵喃　娑波呵
爾時毗舍浮佛說此呪已告虛空藏菩薩摩訶薩言如此神呪賢劫千佛中過去佛已說此呪現在佛今說未來佛當說又告虛空藏菩薩言汝當受持此呪若未來世復有衆生受持呪者若讀若誦若復有人推覓此呪不爲刀仗怖畏一切蠱毒一切熱病一切水溺不受横死不被惡病如是等事悉得除却唯宿殃不除耳若有比丘比丘尼優婆塞優婆夷晨起澡浴并洗頭面在於佛前誦此呪一百八遍一切諸惡不加其身一切疾病自然除愈壽命延長一切財寶自然富足一切身中障難不善之事皆各銷除一切怨家自然和解一切厭禱皆不著身澡浴誦呪因緣得如此福若有人於嶮難怖畏之處能憶念此呪皆得離於恐怖若復有人鬪諍爲縣官口舌以白綖結呪索呪之一百八遍繫其右臂上若有人眼痛者以桔皮結呪索繫其耳上若他方有賊欲來侵境者用酥酪蜜胡麻等分和之在佛像前用銅匙攣一匙呪之一遍擲著火中至一千八遍是諸怨賊無問遠近自然退散若復有人欲求長命者當用酪蜜炒粳米爲華三種等分和之在於佛前以銅匙攣之一匙呪之一遍擲著火中至一千八遍然後乃止又復有人欲爲自身及爲他人一切怖畏一切諸罪欲得除滅者欲求一切富貴財寶者欲除身中障難令得清淨者若復有人欲誦持此呪一切怖畏障難悉自除滅所作成就又復依一切呪法者亦得成就

若有一切怨家不得其便若有人欲作法當須合藥塗身須槐香須稻米須那羅陀尸利沙須沉水香尸利耶鬱金香須香附子須因陀婆路須菩提樹木如是等藥等分和之晨朝起淨洗浴以藥塗身若復有人欲見國王大臣須在於像前然枯木爲火用五指撮胡麻呪之一遍擲著火中如此一千八遍乃止若有善男子善女人欲得一切怨家自然和解當淨洗浴著淨衣中夜時在於佛前以香華供養當用粳米炒以爲華取枯木然爲火以三指撮取米華呪之一遍擲著火中如此一千八遍然後乃止若有善男子善女人夜見惡夢怨家伺求其便一切所作不得諧偶者於十四日朝全不得食至於日暮以香湯洗浴其身著新淨衣在於佛前誦呪隨其力分不限多少唯盡力至之乃止不得出其道場仍於像前眠睡到十五日晨朝即起淨洗釜著滿中淨水作湯其湯中須取有名草木種種隨分著於湯中漉其草出然後著丁香紫檀白檀磨作末隨分投著湯中須銅盆受五斗者二口取香水滿盆盛之著於像前呪之一千八遍竟即用此湯洗浴其身然後乃食若復有人被毒藥者須紫檀木寸截之如著大作一千八段以牛糞塗之在於像前然火取木一段呪之一遍擲著火中一千八遍然後乃止稱病人名我爲彼人除其藥毒即得除愈此呪功能說不可盡若心中所欲作事者依此呪法無不成就

爾時拘樓孫佛在於空中爲一切衆生除一切病故除一切惡鬼障難故而說呪曰

南無佛陀耶　南無達摩耶　南無僧伽耶
南無拘樓孫多哋伽多耶　阿羅呵　三
藐三佛陀耶　菴　伽吒　伽吒　伽吒
伽吒　吉帝　吉帝　吉帝　吉帝耶　南
無薩婆多哋伽帝毗逾　阿羅呵　三藐三
佛陀　毗耶　娑波呵

爾時拘樓孫佛說此呪已告虛空藏菩薩摩訶薩言此呪是恒河沙同名拘樓孫佛已說我今說之我亦讚歎此呪不可思議無量功德汝今至心受持若未來世有人受持此呪者於三寶中至心敬信者香湯洗浴著新淨衣以香華供養佛像在於像前胡跪合掌誦呪一百八遍於七百身中自知宿命若欲生天中諸天之王若生人中則爲轉輪聖王若能日日受持其人命終則往生無量壽國不生人中若人晝夜讀誦此呪者所有一切橫病不著其身若欲食時先當呪之七遍然後乃食身中一切疾病自然除愈若有人被一切惡鬼所打或爲惡鬼所著者作好香湯以二呪呪之一千八遍然後用此湯與病人洗浴仍以此呪呪此病人一千八遍其病即得除愈若復有人身生惡瘡者以鑌鐵刀呪此病人又取銅鍼呪之然後鍼此瘡上即得除愈若復有人被一切牢獄繫縛用此呪呪其手七遍以自摩面一切官事自然解脫若人恒受持此呪者一切財物自然充足無所乏少一切障難即得消滅若人欲求見佛者淨持房舍香泥塗地安置佛像懸繒旛蓋香華供養香湯浴身著淨衣服燒沉水香在於像前胡跪面正向東其像面向西誦呪一千八

遍誦訖即於像前頭向東眠於其夢中即得
見佛心裏所有憶念爾時即見或念其命長
短爾時即得自知或念其身有病無病爾時
亦見或有怨家鬪諍勝負皆知如是等所心
念者爾時皆知感是夢已身中一切障難病
疾悉自銷除無復遺餘
爾時拘那舍牟尼佛在於空中欲爲一切衆
生除諸病故除一切惡鬼障難故而說呪曰
南無佛陀耶　南無達摩耶　南無僧伽耶
南無伽那伽牟尼易　多哋伽多耶　阿
羅呵　三藐三佛陀耶　菴　莎羅　莎羅
莎羅　莎羅　私利　私利　私利　私
利　私羅波耶　陀摩　陀摩　陀摩　陀
摩　頭牟　頭牟　頭牟　頭牟　頭摩波
夜那摩　南無伽那伽牟尼易　多哋伽多
易　阿羅呵　三藐三佛陀耶　私田鬪曼
多羅波羅　娑波呵
爾時拘那舍牟尼佛告虛空藏菩薩摩訶薩
言若善男子善女人受持此呪抄寫流通者
則遠一切怨家不得其便火不能燒水不能
溺不爲雷電霹靂所近若有人以毒藥與持
是呪人是人食之如飡美饍自然銷化無諸
毒氣不爲一切橫死等畏一切所食入腹自
然銷化得色得力壽命延長恒常富貴財寶
自然一切諸佛憶念擁護若人過去有三障
重業能日誦此呪三遍即得除滅若復有人
自病他病若欲治者淨持房舍香泥塗地懸
繒旛蓋安置高座施設佛像其人香湯浴身
燒沉水薰陸等香種種素食持以獻佛隨力
取辦病人在於像前稱病人名而呪之即得

除愈一切鬼神魍魎著人以此呪呪香水浴身即自銷除若復有人身生團風白癬及以癩病取菖蒲根擣以爲末一升以白蜜和之在於像前呪之一千八遍晨朝未食日取方寸匕服之即得除愈及除一切宿癖亦得除差若有人患寒熱病者或四日一發或三日一發或二日一發一日一發取雜華爲冠在於像前呪一千八遍冠病人頭上即得除愈若復有人爲惡鬼所打口噤不言在於病人耳邊小聲呪之一百八遍即得除愈若復有人爲顛鬼所打或富單那鬼毗舍闍鬼鳩槃茶鬼一切諸惡鬼等取獻佛身上華呪之一千八遍燒之熏於病人鼻其烟入鼻即得除愈若心中所念者悉得成就此呪如是功能說不可盡

爾時迦葉佛在虚空中欲爲衆生除一切惡病故除一切惡鬼障難故而說呪曰

南無佛陀耶　南無達摩耶　南無僧伽耶　唵　呵邏呵邏呵邏呵邏呵呵呵　南無迦葉波耶　多吔伽多　阿羅呵　三藐三佛陀　私甜姤　蔓多羅波陀　娑波呵

爾時迦葉佛告虚空藏菩薩摩訶薩言我此呪是恒河沙諸佛所說我今已說汝今受持讀誦晝夜憶念勿令忘失未來世中若有善男子善女人受持此呪者一日中三時誦之隨力多少其人昏夜警中得見諸佛若得此警一切重罪自然銷滅若有作五逆罪不信大乘者如是重罪不可救拔所有事業誦此呪已悉得成就一切團風白癬癩病等取佛上華在於像前呪之一千八遍擣以爲末冷

水和之塗其疬處即得除愈及和冷水飲之亦良若復有人得頭痛病者取佛上華在於像前呪之一千八遍擣以爲末和冷水分爲三分塗於頭上乾竟更著如是三遍即得除愈若婦人生產難者取佛上華擣爲末和牛酥煎之煎竟置於像前呪之一千八遍塗其產門兒即易生身即平復若天多雨不晴取佛上華在於佛前呪之一千八遍出於空地燒之即得止斷若復有人爲惡鬼所打口噤不言或爲毗舍闍鬼所打或有癖病或患濕病取佛上華擣爲末和酒若蒲萄酒及以米酒銀椀盛之在於像前呪之一千八遍與病人服之即得除差一切所有事業皆在於像前呪之一千八遍悉得成就若欲爲一切事讀誦此呪莫生疑心

爾時釋迦牟尼佛在虛空中欲爲衆生除一切病故除一切惡鬼障難故而說呪曰

南無佛陀耶　南無達摩耶　南無僧伽耶　南無釋迦牟尼耶　多他伽多耶　阿羅呵　三藐三佛陀耶　怛姪他　求弭　求弭　摩訶求弭　多麗　多麗　摩訶多麗　遮麗　遮麗　摩訶遮麗　達麗　達麗　摩訶達麗　帝利　帝利　摩訶帝利　呵呵　吉利　吉利　摩訶吉利　周漏　周漏　摩訶周漏　彌利　彌利　摩訶彌利　帝利　帝利　摩訶帝利　頭弭　頭弭　摩訶頭弭　遮麗　遮麗　摩訶遮麗　棄利　棄利　摩訶棄利　支利　支利　摩訶支利　娑波呵

爾時釋迦牟尼佛告虛空藏菩薩摩訶薩言

若有善男子善女人受持讀誦晝夜憶念此呪者其人不爲一切刀仗等畏不爲一切惡病所著不受一切横死如前六佛所説功能我此呪者亦復如是無有異也爾時虚空藏菩薩摩訶薩白佛言世尊我今欲説呪者防護七佛所説神呪故是以復更説之此呪能破一切罪障而説呪曰

南無佛陀耶　南無達摩耶　南無僧伽耶　南無虚空藏菩薩摩訶薩　多經虵　支利　支利　摩訶支利　兜漏　兜漏　摩訶兜漏　闍婆利　闍婆利　摩訶闍婆利　醯利　醯利　摩訶醯利　娑波呵

其呪所有功能者我今説之若人爲惡鬼所打須結呪索呪之一千八遍用蘇曼華牛酥芥子三種等分和之在病人前用三指撮取呪之一遍擲著火中如此一千八遍乃止其病即得除愈若復有人恐怖欲結界者當取刀呪之一千八遍當戶安之若人在空中結界有諸惡鬼求便者當取水呪之七遍用灑四方若自身中有恐怖者結呪索用自防身若有人被毒藥者取吉縷草用呪病人即得除愈若有風病者呪香油一千八遍塗其所病即得除愈若有人患耳痛者取青木香用油煎之持灌其耳即得除差若人患腹痛者取烏鹽呪之一百八遍與病人服之即得除愈若有人患齒痛者取蘇曼木呪一百八遍打碎用持剔齒即得除痛若有小兒晝夜驚啼怖畏者取白綖用結呪索呪之一百八遍繫小兒項下即得除愈若有人頭痛者取鑌刀或用手呪之一百八遍摩於頭上即得除

差若有人被他人厭禱呪詛者取鑌刀七日七夜用呪病人即得除愈若有雷電霹靂起時用手折取石榴枝不得除刺葉手捉向於鳴處呪之一百八遍即得除却一切所欲造於事業者讀誦此呪悉用香華先供養然後誦呪無不成就說是經已虛空藏菩薩摩訶薩天龍八部一時歡喜讚歎一心奉行

虛空藏菩薩問七佛陀羅尼呪經

音釋

𢍰居願切拤滿也 桔居屑切 橲居良切 噤巨禁切閉也

善法方便陀羅尼呪經

金剛祕密善門陀羅尼經

失譯人名附東晉錄

護命法門神呪經

唐天竺三藏法師菩提流志譯

清刻龍藏佛說法變相圖

三經同卷

善法方便陀羅尼呪經

金剛祕密善門陀羅尼經

護命法門神呪經

善法方便陀羅尼呪經

失譯人名附東晉錄

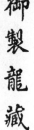

如是我聞一時佛住摩竭提界寂滅道場菩提樹下與比丘僧大衆俱集其名曰大智舍利弗長老目揵連長老阿難大聲聞等及諸菩薩摩訶薩衆金剛幢菩薩金剛藏菩薩彌勒菩薩如是賢劫諸大菩薩摩訶薩衆時執金剛神白佛言世尊如來應供正徧知者如實知見是善方便陀羅尼呪光明威力勢能摧滅一切諸惡無覆護者能作覆護若遇一

切惡緣知識毒龍諸鬼夜叉羅刹及多那若鳩槃茶人非人等怖畏刀仗怨家横害邪魅猒禱不能娆亂至四威儀行住坐卧不捨衆生如我今者侍衞如來未曾暫離是陀羅尼於一切時覆護衆生利益衆生初不放捨亦復如是是故我今勸請如來説此陀羅尼此陀羅尼即是菩薩即是大乘何以故若善男子善女人無覆護者能爲覆護悉滅一切鬬訟繫縛諸枉横故是時佛告執金剛神善哉善哉執金剛神如汝所説乃能如是爲衆生故勸請如來汝今諦聽當爲汝説善法方便陀羅尼呪爾時世尊即説呪曰

優鳩一茂鳩二摩毗呢奴利切三摩陀呢四婆羅遮隷五那休休梨越多莎呵六

是時如來應正徧知説是莊嚴大頂勝王陀羅尼已告執金剛汝當如是憶念受持如來今當更爲汝説即説呪曰

跋逝唻一跋逝唻二跋逝唻陀利三跋逝唻婆帝四跋逝唻陛帝五跋逝唻達提六灼迦囉跋逝唻七灼迦囉陀唎八陀唎九陀唎十婆唎十一茂唎十二遮唎十三休休唎十四朋伽十五毗毗利十六唎唎尸十七唎尸利十八嘍嘍旨十九遮隷二十周唎二十一茂利二十二曼荼唎二十三薩波波毗那賒堄二十四鵄鵄堄比唎二十五摩唻二十六呵多尼二十七婆唻二十八婆唻二十九婆地三十跋提三十一毗題三十二毗唻三十三嘍娑唻三十四含囉鞞三十五囉婆泥三十六囉婆那唻曳三十七梵父藍切摩遮唎那三十八因陀跋帝三十九提提囉耶四十那謨摩醯首囉耶尼四十一利師梵父藍切跋尼四十二波波瞻婆尼四十三柯羅婆提四十四

浮多婆提四十五 薩諺猪邪切 柯梯四十六 蘇摩婆提四十七 蘇摩[口+鉢][口+巤][口+譬]莎呵四十八

佛告執金剛復當爲汝更說神呪能令行者現得長壽即說呪曰

呵囉一 呵囉二 嘻囉三

時執金剛即白佛言唯然世尊我當受持

迦致多一 波致多二 阿夷那三 呵唎瞻婆尼四 柯葛旦尼五 頞哆轉舌音 陀呵尼六 末伽毗嚧呵尼七 休娑婆帝八 復娑婆帝九 嘻喜梨切利十 嘻利十一 耶他啫十二 耶他忌尼十三 耶他波欄遮十四 耶他婆擔十五 耶他嘻陀擔十六

說是呪已告執金剛如是善法陀羅尼呪如來所說爲利一切諸衆生故大慈悲故我今當更爲汝說之如昔如來應正徧知如是妙說去來今佛之所印可誠實不虛爾時世尊即放大人眉間相光徧照一切諸佛刹土是光所照普能利益無量衆生彼方諸佛見是光已各從座起咸共尋光來至忍土至此土已同聲讚言善哉釋迦牟尼世尊善能付囑利益安樂一切衆生善哉善哉釋迦如來應正徧知爲利一切諸衆生故爲覆護故爲照明故爲令衆生得歡喜故說是善法陀羅尼呪我等諸佛所說章句亦皆如是善哉釋迦能廣施者若善男子及善女人聞是善法陀羅尼呪欲得利益應於晨朝受持讀誦即爲我等諸佛所護若有誦持此呪之處則爲吉祥我等諸佛皆在中故若諸衆生先來所造極重惡業皆滅無餘能令此諸善男子等具足獲得二十善利一者現得長壽二者舍宅安隱三者名譽遠聞四者現得尊貴五者多

宜財寶六者威貌殊勝七者勇悍無畏八者無諸疾病九者安隱快樂十者進行無倦十一諸佛護念十二諸天守護十三人所愛敬十四現見諸佛十五善友所護十六毒害不加十七惡鬼降伏十八怨敵自消十九眷屬成就二十善願從心如是執金剛是陀羅尼即是諸佛微密藏處一切諸佛之所護念眞實不虛微妙善說時執金剛神白佛言世尊我於如來所說神呪亦當隨喜信樂演說所以者何是陀羅尼神呪勢力無覆護者能爲覆護多利益故爲如是等諸善男子善女人故我今當更演說善法陀羅尼呪欲得安樂及求度者是諸行人應於晨朝受持讀誦則得神呪擁護之力必當永離一切苦惱即說呪曰

尸棄一尸棄二支至三支至四婆婆五婆婆六嚧嘍七嚧嘍八時嗜九時嗜十咖囉十一咖囉十二黟嘻十三黟嘻十四頗破十五頗破十六磨系十七磨系十八呵那十九呵那二十呵那二十一呵那二十二馱呵二十三馱呵二十四波遮二十五波遮二十六莎呵二十七

是時世尊告執金剛善哉善哉執金剛神是陀羅尼最神最驗爲諸衆生是故說之此陀羅尼神呪威力悉能障蔽一一毛孔令諸龍鬼一切疾疫衆邪毒氣不能得入亦能爲作解脫因緣爾時三千大千界主大梵天王即從座起爲佛作禮合掌向佛而白佛言善哉世尊我今亦樂讚揚隨喜利益成就諸善男子行此呪者應於晨朝受持讀誦是陀羅尼如今世尊爲欲利安擁護如是諸衆生故說

此善法陀羅尼呪時大梵王即說呪曰
㲹利一彌利二旨利莎呵三咣摩富唎莎呵
四咣摩嚐莎呵五波劫嚐六弗巴僧怛唎莎
呵七
說是呪已即白佛言大德勝尊如是所說陀羅尼呪能悉擁護是善男子及善女人亦能令得增益壽命是故行者應當晨朝如法讀誦修行受持爾時釋提桓因復白佛言世尊我今亦欲利益擁護如是善男子故說是陀羅尼者諸佛世尊之所護念是故行者若欲得是陀羅尼呪功德利者應於晨朝讀誦受持是時帝釋即說呪曰
毗尼婆羅泥一婆陀磨嚾帝二致致致三懼
陀利乹陀唎四摩羅摩羅婆五呵那末彈陀
羅尼六陀羅摩利尼七斫迦婆呮八扇跋利
九扇婆唎莎呵十
爾時復有四大天王毗沙門天王提頭賴吒天王毗樓勒叉天王毗樓博叉天王合掌恭敬而白佛言我等四王亦當爲護是善男子善女人等樂欲修行是善方便陀羅尼者彼諸衆生亦應晨朝受持讀誦爾時四王即說呪曰
弗巴一修弗巴二頭摩波唎呵來三阿唎波
羅世帝四扇帝五涅目帝六帽伽隷七兆帝
八兆帝莎呵九
爾時釋迦牟尼如來即舉右手告天帝釋大梵天王及四護世善哉善哉大德諸天乃能於是善法方便陀羅尼王隨喜演說如此善法陀羅尼者皆是諸佛之所護念汝等應當常善受持爾時世尊又復重告執金剛神善

哉善哉執金剛神是善方便及得長壽陀羅尼呪此二呪者皆是十方諸佛如來之所護念稱讃印可諸天天王大力鬼神之所守護若善男子善女人等欲修行者應當自淨身口意已於晨朝時以殷重心如法受持淨心讀誦能如是者不見天龍諸惡人鬼有能加害得其便者爾時菩薩聲聞大衆執金剛神及諸天王一切鬼神龍王夜叉人非人等咸共恭敬皆大歡喜受持奉行

善法方便陀羅尼呪經

金剛秘密善門陀羅尼經

失譯人名附東晉録

如是我聞一時世尊安住菩提樹下與大弟子舍利弗目揵連等而爲上首復有無量諸大菩薩摩訶薩其名曰金剛幢菩薩金剛藏菩薩彌勒菩薩賢劫大士亦爲上首爾時金剛密迹菩薩承佛威神發如是言惟願世尊分別演說善門陀羅尼當爲世間作大照明除滅怨害惡友毒心若天龍夜叉羅刹鳩槃荼人及非人諸大鬼神噉人精氣左道蠱毒怨家詐諂伺人短者如是無有救護之處如來大慈當爲除滅怖畏等事安止衆生於清淨地行住坐卧乃至夢中常當守護不令憂惱有是利故我今勸請大悲調御當爲說之亦當救護大乘人心令其堅固功德智慧不退之行悉除怨害命不中夭爾時金剛密迹菩薩勸請佛已瞻仰尊顔心有顧念爾時世尊大悲導師發大雷音聲徧世界讚歎密迹菩薩善哉善哉善男子汝今眞是菩薩之人能爲衆生得安樂故發如是問我今亦爲一切衆生當說此善門陀羅尼爾時密迹喜未曾有惟願矜愍善分別之於時世尊告大士言諦聽諦聽善思念之吾當爲汝演暢其義密迹言唯然受教即說呪曰

多經他　漚究牟究　摩比尼　摩陀尼

槃羅遮　吟那休　休休利　跋多　莎訶

爾時世尊說此灌頂陀羅尼已復更宣說陀羅尼句

多經他　跋闍　跋闍　跋闍達梨　跋闍

波泜　跋闍毗泜　跋闍大地　遮迦羅跋

時　遮迦羅達梨　達梨　達梨　跋梨
牟梨　遮隷　休休利　波伽　頻毗梨
梨梨尼　留留志　遮梨　周梨　牟梨
曼荼梨
此持名善能除滅一切過惡亦除一切四百
諸疾復能令人命不中夭
多經他　摩荼尼　伽伽羅尼　牟荼尼
僧波羅牟荼尼　那奢尼　那奢尼　那奢
尼　婆陀尼　嵬眞兠　嵬眞兠　毗梨
摩梨呵多尼　跋梨婆梨　婆地毗　地毗
梨　留娑梨　奢羅寧羅和寧　羅和那荼
蛇　跋羅摩遮梨那　伊陀羅婆泜　地地
羅蛇尼　那無摩　醯奢婆羅　梨師婆摩
呼尼　波波闍摩呼尼　迦羅婆地　呼施
婆地　蘇摩婆泜　蘇摩婆羅鞞莎呵　多

經他呵羅呵羅　希羅伊大摩婆遮婆伽婆
莎呵　迦經多阿毙那　阿梨闍婆尼　迦
伽大尼　阿多荼呵尼　末伽毗　盧呵尼
休娑婆泜　呼娑婆泜　希利希利蛇他時
蛇他祁尼　蛇他波蘭遮　蛇他婆餤　蛇
他婆嵐　蛇他希利虓　莎訶
爾時世尊說此金剛秘密善門陀羅尼欲令
人天獲大饒益永離苦難常處安樂如是持
者過去諸佛已說教化未來今佛亦共宣說
佛告金剛密迹菩薩善男子大悲愍念一切
衆生故我今說之爾時世尊說此持時於其
肉髻無見頂上出大人相光照明赫奕徧照
十方無量世界時諸佛土亦復自然涌出光
明艶色希有殄滅一切所有幽冥時十方人
天異類咸覩是相生希有心皆作此念有何

因縁而現是相光徧世界爾時諸佛告衆會曰善男子諦聽有佛世界名曰娑婆佛號釋迦牟尼如來大悲憐愍一切衆生令安樂故說是善門陀羅尼是時衆會聞其佛說釋迦威德力皆同發聲讚歎釋迦希有善哉能於娑婆生大悲心爲安天人故說是持此持希有乃是無相眞實智慧之所宣說我等願樂勤修行之得是持已亦當如是出生大悲教化衆生諸佛讚言善哉善哉善男子欲行此善門陀羅尼者常於晨朝嚙木澡漱燒香散華攝心讀誦不令馳騁於諸境界所以者何此持乃是三世諸佛持說教化汝等應當憶念如說修行五辛酒肉所不經口梵行居心除捨縁務於寂靜處然後讀誦能令行者得大功德無邊智慧欲行善門陀羅尼者當發誓願乃至成佛莫令廢忘恒於晨朝讀之一徧若求現願七日七夜勤而行之無不果遂惟除過去有重罪者於今少時不能令盡其餘諸業無不除滅修一切諸善乃至涅槃悉皆能得具足二十功德之利何等二十所謂長命盡壽名稱資生色力無病勇猛精進諸佛護念其心調柔諸天護助願行善行思甚深義精勤不怠光顔怡悅相好具足辯才無畏增滿善根是故世尊說此金剛秘密深奥善門陀羅尼汝應憶念至誠修行所以者何如此持者於諸持中最爲吉祥爾時金剛密迹菩薩白佛言世尊我今愍念擁護一切衆生令得安樂除諸衰惱不令諸惡得其便也

多經他　尼企尼企　志志志志　婆婆婆婆　留留留留　時時時時　迦羅　迦羅

迦羅　迦羅　希利　希利　希利　希
利　破破破破　摩摩摩摩　呵那　呵那
呵那　呵那　大呵　大呵　大呵　大
呵　婆毤　阿伽耶　希帝利　莎呵
爾時世尊讚金剛密迹言善哉善哉大士乃
能說此大威神呪擁護一切皆得安隱莶其
精氣不令諸惡人非人奪其精氣者得其便
爾時大梵天王及諸眷屬即從座起偏袒右
肩合掌白佛言世尊我今亦欲隨喜佐助受
持讀誦善門陀羅尼者增長衆生壽命色力
除其衰患使無伺求得其便者惟願世尊加
哀護助得如所願
多經他　希利　彌利　泯利　莎呵　跋
嵐　阿摩　富梨　莎呵　跋嵐　摩甲
婆羅　羯埤　弗波僧多梨　莎呵

若有善男子善女人欲行此持者常於晨朝
清淨澡漱已至心讀誦爾時釋提桓因即從
座起偏袒合掌白佛言世尊我今亦欲擁護
一切衆生不令諸惡人非人奪精氣得其便
也即說陀羅尼句
多經他　毗尼婆羅尼　婆大羅摩陵持
挃致置　瞿梨乾陀梨　婆羅摩羅泯　呵
那摩躭多羅尼　大羅摩利尼　遮迦羅婆
翅　睒婆梨　睒婆梨　莎呵
行此呪法常於晨朝清淨已至心讀誦
爾時四天王即從座起偏袒右肩合掌向佛
而作是言我等亦欲擁護一切衆生不令諸
惡人非人伺其惡者得其便也
多經他　弗羆修弗羆　頭摩波梨呵離
阿利夜波羅泯　羶泯涅目泯　末伽梨多

𠰷泜𠰷 莎诃

此呪常於晨朝清淨已至心讀誦爾時釋迦牟尼佛即舉右手讚歎梵釋四天王言善哉善哉汝等善能宣說諸佛所持陀羅尼句爾時世尊告金剛密迹菩薩善男子若有得聞善門陀羅尼心無疑惑能於晨朝清淨三業已至心讀誦所得功德不可稱計

金剛秘密善門陀羅尼經

護命法門神呪經

唐天竺三藏法師菩提流志譯

如是我聞一時薄伽梵在菩提樹下成正覺處大制多中與大苾芻衆千二百五十人俱其名曰具壽舍利子具壽大目揵連具壽阿難陀如是大聲聞等而爲上首及與諸大菩薩衆俱其名曰金剛幢菩薩金剛藏菩薩金剛手菩薩慈氏菩薩如是等於賢劫中一切菩薩摩訶薩衆而爲上首爾時金剛手菩薩摩訶薩白佛言世尊惟願如來應正等覺爲諸有情說擁護壽命微妙法門由此法門與一切有情作大光明作大覆護令彼有情得無所畏一切怨讎諸惡知識若天若龍若藥叉若羅刹若部多鬼及鳩畔茶人非人等彼終不能起於惡心而爲嬈亂奪其精氣若遇刀劒飲食毒藥厭禱諸患不能爲害若有衆生行住坐卧睡眠惛醉及以醒覺於一切處我能守護惟願世尊利益一切諸有情故演說如是種種神呪如我常時於如來所親近承事恒不捨離我今守護一切有情亦復如是於一切時爲義利故爲安樂故爲饒益故是故我今勸請如來擁護一切諸善男子善女人住菩薩乘者勿令鬭諍罵辱毀呰心懷怨結及諸病苦非時夭横金剛手菩薩摩訶薩如是請已時薄伽梵告金剛手菩薩言善哉善哉善男子汝爲利益諸有情故勸請如來汝今諦聽善思念之我今爲汝演說護命法門名爲善門

怛姪(徒也切下皆同)他鄔俱(一)莽(莫補切下皆同)俱(二)鄔俱摩比(甲吉切)尼(三)畔柁你(平聲呼下皆同自此已下字注平上去入)

(者皆依平上去入聲呼之)四 婆(上聲)羅者麼你(平聲)五 婆(平聲)虎
梨婆(上聲)虎梨 六 攘(乃可切)虎 七 虎虎梨 八 跋須
(丁可切)耶(藥何切下皆同)九 莎(去聲呼之下皆同)訶 十
爾時如來說此灌頂陀羅尼呪已於是世尊
復說諸佛之所護念陀羅尼呪長壽法門
怛姪他 跋折(常逸切下皆同)唎(自此已下口邊作字者皆轉舌呼之)
跋折唎跋折唎 一 跋折囉柁㗚 二 跋折囉婆
(二聲)底(丁履切下皆同)三 跋折囉薜底 四 跋折囉柁啼
(田脂切下皆同)五 斫訖囉跋折唎 六 斫訖囉柁唎 七
麽唎 八 柁唎柁唎 九 鼻唎鼻唎 十 萪唎質唎
十一 虎虎唎 十二 朋(去聲)伽鼻鼻唎 十三 始唎 十四 唎唎
尸 十五 主主唎 十六 嚕嚕旨 十七 婆(上聲)唎者(之可切下皆同)
犁 七 主唎萪唎者唎 十九 曼荼(上聲下皆同)唎 二十 曼
荼你 二十一 薩婆播跋鼻那捨(尸可切下皆同)你 二十二
薩婆嚕伽鉢囉奢末你 二十三 阿迦羅蜜哩柱

(丁庾切下皆同)鉢囉底鐵柁你 二十四 夜(藥箇切下皆同)婆杜
娑(思訖切下皆同)婆(上聲)奔(入聲)那奔(入聲)囉底鐵柁你 二十
五 怛姪他 曼荼你 一 伽伽囉尼 二 謨荼你
三 三鉢囉謨荼你 四 那捨(尸可切下皆同)你 五 三鉢
羅那捨你 六 薩婆毗(蒲也切)啼鉢囉捨末你 七
夜(藥可切)婆杜娑(思訖切)婆(上聲)奔(入聲)那阿迦羅蜜
哩柱鉢囉底鐵柁你 八
怛姪他 那捨你 一 那捨你 二 畔柁你畔柁
你 三 瞋(去聲呼下同)陀瞋陀 四 鼻梨弭唎 五 娑(上聲)
唎 六 訶怛泥 七 跋唎 八 婆(上聲呼下皆同)㗚婆㗚 九
毗(上聲)啼 十 毗(上聲)㗚毗(上聲)㗚毗(上聲)㗚 十一 烏沙(師可
切)㗚 十二 奢囉泥 十三 婆(上聲)囉婆嚕泥 十四 婆囉迦
荼曳 十五 婆囉歇(訶訖切)摩遮哩尼 十六 因達羅婆
(上聲)底 十七 地地囉野尼 十八 納慕莫醯濕筏囉囉
曳你 十九 紇唎師婆杜你 二十 播跛闍(時何切)歌(呼可

切你（二十一）迦（去聲）羅婆地你（二十二）部多婆地你（二十三）薩多（十耶切）羯梯（二十四）素摩跋低（二十五）素摩奔（入聲）囉鞞（二十六）莎訶（二十七）

但姪他嚉（如字下皆同）囉嚉囉一呬（虛利切下皆同）犁二莎訶三

怛姪他揭雉多一鉢雉多二阿曳那二阿喋蟾跋泥四翳迦羯柁泥五補多（多訖切）囉荼嚉你六末伽（長聲呼）毗盧嚉你七虎婆跋底八虎婆跋底九補婆跋底十補婆跋底十一呬梨呬梨十二也他（長聲下同）闍（時箇切）耶十三也他阿者（者逸切）你十四也他鉢嚂者十五也他跋監十六也他跋折嚂十七也他訶（訶訖切）哩柁監十八

佛告金剛手菩薩摩訶薩此護命善門陀羅尼神呪過去如來應正等覺先所演說先已守護發大誓願眞實建立我今亦爲利益悲愍一切有情發大誓願眞實建立是故說此陀羅尼呪爾時薄伽梵於大人相眉間光明其光普曜諸佛剎土由佛神變諸剎土中一切如來見此光明各從自土俱時發趣索訶世界到釋迦牟尼佛所讚言善哉善哉釋迦牟尼佛乃能利益擁護一切諸有情故說此法門陀羅尼呪能作光明令得歡喜令得正念是故我今稱揚讚歎若有善男子善女人於晨朝時受持讀誦此陀羅尼神呪句義當獲二十種功德一者當得諸佛之所攝受二者常爲諸佛之所憶念三者當得永離受惡趣業四者當得長壽富貴五者當得名稱遠聞六者當得勇猛威力七者恒常無病復能精進八者常爲諸佛之所覆護九者復爲諸天之所憶念十者勤修善行十一者當得光

明歡喜正念十二者當得諸相具足十三者得無所畏十四者當得具足尸羅十五者當得成就一切善根十六者當得諸天守護十七者當得諸龍守護十八者當得藥叉守護十九者當得一切世間之所敬愛二十者速疾得阿耨多羅三藐三菩提佛告金剛手我今說此陀羅尼呪即是諸佛如來應正等覺秘密之處一切諸佛之所守護爾時金剛手菩薩摩訶薩白佛言世尊我今亦爲擁護利益諸善男子善女人故說陀羅尼若復有人能受持此護命法門陀羅尼呪於晨朝時當起讀誦世尊我常守護如是等人令無惱害

怛姪他 尸弃平聲呼之下同 尸弃尸弃尸弃一 旨旨旨旨二 婆婆婆婆三 鶻嚕嚕嚕嚕四 恃恃恃恃五 趌其乞切 囉趌囉趌囉趌囉六 欱許吉切 喫欱喫欱喫欱喫七 歌呼可切 歌歌歌八 麽麽麽麽九 末那末那十 歌那歌那迷十一 薩婆鉢喇多丁也切 喋體他旨切 迦十二 柁訶柁訶謎十三 薩婆設怛喇婆十四 鉢遮鉢遮謎十五 薩婆阿呬帶史拏十六 莎訶十七

爾時薄伽梵讚金剛手菩薩摩訶薩言善哉善哉善男子汝今說此陀羅尼神呪成就最勝有大義利我爲覆護諸有情故於彼一切毛孔之中施其威光令得安樂爾時索訶世界主梵天王即從座起向佛合掌恭敬而白佛言世尊我今亦爲利益守護諸善男子及善女人說陀羅尼神呪

怛姪他 呬喫一 弭梨二 旨梨三 莎訶四 勃囉黑訶訖切下同 摩補喫五 莎訶六 勃囉黑摩娑忍訖切 嚩㘑七 莎訶八 勃囉黑摩薜九 蘇揭薜

十補澀波僧娑(思訖切)須嚟十一莎訶十二
世尊此神咒句欲為擁護利益諸善男子及
善女人於晨朝時當起讀誦爾時天帝釋白
佛言世尊我今亦為擁護利益諸善男子及
善女人惟願如來垂哀護念當說陀羅尼若
復有人能受持此護命善門於晨朝時憶念
讀誦
怛姪他 毗你(平聲)婆孋尼 憚荼摩嚩荼(徙皆切)二
旨胝胝你(平聲)三 具唎乾陀唎四 薩孋麼訶
你(平聲)跛折嚂五 多嚕尼六 駐(吒故切)羅摩履你(平聲)七
研訖囉婆(上聲)雞(吉曳切)八 捨婆(上聲)嚟九 捨麼
嚟十 鉢囉摩攞低十一 歌那麼甜(陀鹽切) 多孋尼十二
苫跛嚟十三 莎訶十四
爾時多聞天王持國天王增長天王醜目天
王合掌恭敬白佛言世尊我等亦為擁護利
益諸善男子及善女人說陀羅尼神咒若復
有人能受持此護命法門於晨朝時當起讀
誦
怛姪他 補澀篦(比奚切)一 蘇補澀篦二 杜摩跛
嚟訶嚟三 阿嘌耶鉢孋捨悉低四 扇低五 你
嘌目訖低六 瞢伽(上聲)例(平聲)七 呬囉尼(尼也切)揭
鞞八 窣堵低九 娑(思訖切)多鼻低十 莎訶十一
爾時鬼子母訶履底(丁履切)白佛言世尊我今
亦為擁護利益諸善男子善女人故說陀羅
尼若復有人能受持此護命神咒善門陀羅
尼於晨朝時當起讀誦
怛姪他 悉梨一 斯悉梨二 悉梨三 斯悉梨
四 必梨五 摩訶畢必梨六 悉弭履斯七 堀嚕
泥(尼皆切下同)八 堀嚕泥九 堀嚕泥十 摩訶堀嚕泥
普十一 莎訶十二

爾時五大山藥叉軍將合掌恭敬白佛言世尊我今亦爲擁護利益諸善男子善女人故說陀羅尼神呪若復有人能受持此護命神呪法門陀羅尼於晨朝時當起讀誦

怛姪他　遏蘇(卓皆切)普(一)跋蘇普(二)褱蘇普(三)矩褱蘇普(四)摩褱蘇普(五)曷囉門(上聲)荼吹低普(六)室㗚普(七)朋(去聲)祁(祁奚切)普(八)麼者犁普(九)莎訶(十)

爾時金剛手菩薩摩訶薩白佛言世尊我今亦爲擁護利益諸善男子善女人故悲愍攝受皆令安隱致諸吉祥我當結界令離刀仗銷諸惡毒若復有人能受持此護命法門於晨朝時當起讀誦

怛姪他　歇(訶訖切下同)履跋折嚟(一)歇履跋折嚟(二)呬呬呬呬(三)鼻私(四)鼻私(五)麼訶鼻私普(六)莎訶(七)

爾時大自在天子合掌恭敬白佛言世尊我今亦爲擁護利益諸善男子善女人故說陀羅尼神呪若復有人能受持此護命善門於晨朝時當起讀誦

怛姪他　虎盧　虎盧　虎盧　虎盧(一)魯魯魯魯魯魯(二)薩婆部多奔(入聲)囉底(丁履切)鑠柁南迦路弭(三)莎訶(四)

爾時童子軍將向佛合掌恭敬而立白佛言世尊我今亦爲擁護利益諸善男子善女人故說陀羅尼若復有人能受持此護命神呪陀羅尼法門於晨朝時清潔其身當起讀誦

怛姪他　呬梨　呬梨(二)呬梨(三)梨(四)梨(五)梨(六)梨(七)梨(八)梨(九)薩婆部多奔(入聲)囉底鑠柁南迦路弭(十)莎訶(十)

爾時月光天子合掌恭敬白佛言世尊我今
亦爲擁護利益諸善男子善女人故說陀羅
尼若復有人能受持此護命法門陀羅尼神
呪於晨朝時當起讀誦
怛姪他　應烏蹬切者者西切下同一朋去聲者二障者
三咽你平聲四地地五地地六旨旨普七莎訶
八
爾時聖觀自在菩薩摩訶薩白佛言世尊我
今亦爲擁護利益諸善男子善女人故說陀
羅尼若復有人能受持此護命法門於晨朝
時當起讀誦
怛姪他　歌低一毗歌低二你平聲歌低三蘇
歌低四薩婆奔入聲囉多丁耶切嘌體他旨切鷄五
奔入聲囉多丁耶切弭怛梨六輸上聲提七目訖低
八毗麽梨九涅乃逸切麽犁十奔入聲囉婆娑思訖
切囀犁十一奔入聲攞婆娑思訖切迦上聲喋十二奔入聲
囉婆迦上聲㗚普十三莎訶十四
爾時慈氏菩薩白佛言世尊我今亦爲擁護
利益諸善男子善女人故說陀羅尼若復有
人能受持此護命法門於晨朝時當起讀誦
怛姪他　十筏犁一十筏犁二摩訶十筏犁
三十筏犁四十筏履你平聲五鄔訖低六目訖
低七閃謎八奔入音囉閃謎九摩訶閃謎十閃
弭十一三摩提十二摩訶三摩提十三三摩鉢低十四
摩訶三摩鉢低十五十筏犁十六摩訶十筏犁十七
十筏嚂婆謎普十八莎訶十九
爾時雪山大藥叉軍將合掌恭敬而白佛言
世尊我今亦爲擁護利益諸善男子善女人
故說陀羅尼神呪若復有人能受持此護命
法門於晨朝時當起讀誦

怛姪他　鄔禪婆(上聲)喋(一)禪婆(上聲)喋(一)奔(入聲)
囉禪婆喋(三)毗(毗耶切)跋低(四)莽(莫古切)摝曳(五)
三摩提(六)摩訶三摩提(七)三摩鉢低(八)摩訶
三摩鉢低(九)你(平聲)犁(十)你(平聲)犁(十)你(平聲)羅計
世(十二)計始你(平聲)(十三)矩隷(十四)矩隷(十五)摩訶矩隷
(十六)你(平聲)羅矩隷(十七)悉提(十八)悉陀摩怒囉梯(十九)
遏躃(二十)跋躃(二十一)摝躃(二十二)拘摝躃(二十三)
漫低(二十四)婆羅矩制(二十五)憚低(二十六)你(平聲)羅
計世(二十七)矩隷(二十八)摩訶矩隷(二十九)尼羅建
低(三十)常具梨(三十一)虎世(三十二)牟虎世(三十三)婆
羅常具梨(三十四)叵羅矩制(三十五)叵羅悶制普
(三十六)莎訶(三十七)
爾時七山大藥叉軍將合掌恭敬白佛言世
尊我今亦爲擁護利益諸善男子善女人故
說陀羅尼若復有人能受持此護命法門陀
羅尼呪於晨朝時當起讀誦
怛姪他　阿麼犁(一)毗麼犁(二)你(你逸切)麼犁
(三)曹伽(上聲)例(去聲)(四)呬囉若(尼也切)揭鞞(五)薩婆
阿喇他娑柁你(平聲)(六)麼迦室者(之可切)你(平聲)(七)
庾訖低(八)毗囉逝(九)羯躃(十)計株(吒拘切)鈅(平聲)
婆(上聲)犁(十一)勃囉嗷(訶訖切)迷(十二)勃囉嗷(訶訖切)摩
娑(娑訖切)嚩唎(十三)勃囉嗷(訶訖切)摩悉提(十四)悉陀
麼怒囉替普(十五)莎訶(十六)
爾時金剛商羯羅大天女合掌恭敬白佛言
世尊我今亦爲擁護利益哀愍攝受諸善男
子及善女人說陀羅尼句皆令安隱致諸吉
祥若復有人能受持此法門護命神呪於晨
朝時當起讀誦
怛姪他　跋折隸(一)跋折囉(二)跋折隸(三)摩
訶跋折隸(四)跋折囉麼底(五)勃陀跋折隸(六)

勃陀阿地瑟恥多跋折𠻳七烏勃提八你勃提九三勃提十婆虎勃提十一毗始瑟吒勃提十二勃提十三勃提十四勃提十五勃提十六勃提十七勝伽弭你平聲十八蟾伽上聲迷十九阿囉迷二十底囉迷二十一底犁二十二底犁二十三底犁二十四末耆祁西切二十五麼健多伽弭泥普二十六莎訶二十七

爾時金剛軍菩薩摩訶薩合掌恭敬白佛言世尊我今亦爲擁護利益諸善男子及善女人說陀羅尼句若復有人能受持此護命神呪法門陀羅尼於晨朝時當起讀誦

怛姪他　呬呬跋折囉一呬呬跋折囉二醯醯跋折囉三也婆枳利枳利跋折囉四莎訶五

怛姪他　安荼嚟一般比寒切下同荼嚟二失吠低三般荼囉婆私你平聲四緊㩖𠻳五迦囉荼荼皆切六鷄庚𠻳七伊上聲歌勃提八怛多囉勃提九部誓十部贍伽上聲迷十一部贍伽上聲迷十二部贍伽伽跋底十三婆上聲曳十四婆上聲曳十五婆上聲樣耆祁西切十六婆上聲也趌囉跋低十七鼻你平聲十八鼻你平聲十九始嚟二十跛梯二十一尸摩跛梯二十二阿地多丁耶切跛梯二十三諦誓二十四諦誓跛梯二十五阿迦賒尸何切跛梯普二十六莎訶二十七

爾時金剛使者合掌恭敬白佛言世尊我今亦爲擁護利益諸善男子及善女人所有諸障皆令消滅若復有人能受持此護命法門陀羅尼神呪於晨朝時當起讀誦

怛姪他　矩𪘂一矩𪘂二矩徵張履切你三矩吒矩吒𠻳四莎訶五你犁六你犁七你羅計世八莎訶九臂低十臂多十一臂多計世十二莎訶十三盧呬低十四盧呬低十五盧呬多計世十六莎

訶十七阿婆枿低十八阿婆枿低十九阿婆枿多計
世二十莎訶二十一漫恃瑟穌二十二漫恃瑟穌二十
三漫恃瑟吒計世二十四莎訶二十五斫訖隸二十
六斫訖隸二十七斫訖囉二十八斫訖隸二十九跋
折囉斫訖隸三十莎訶三十一
爾時薄伽梵釋迦牟尼佛即伸右手眞金色
臂讚釋梵四天王等言善哉善哉汝等諸天
哀愍守護一切有情我以威神擁護於汝說
此陀羅尼呪爾時薄伽梵復告金剛手菩薩
摩訶薩言若有善男子善女人能受持此護
命法門陀羅尼神呪於晨朝時受持讀誦是
人當爲一切諸佛及諸菩薩乃至一切天龍
藥叉阿素洛揭路荼緊捺洛莫呼落伽之所
擁護時薄伽梵說此經已金剛手菩薩摩訶
薩及釋梵護世天人阿素洛健闥縛等一切
衆會聞佛所說歡喜奉行

護命法門神呪經

音釋

鵄赤脂切　[illegible]烏兮切去爲二切　蚩尺之切　睒失冉切　[illegible]所綰切

禫徒感切　[illegible]奴可切　[illegible]都皆切

金剛場陀羅尼經

隋北天竺三藏法師闍那崛多譯

清刻龍藏佛說法變相圖

金剛場陀羅尼經

隋北天竺三藏法師闍那崛多譯

如是我聞一時婆伽婆住在雪山妙色聚落金莊嚴窟與摩訶比丘僧其數滿足一千人俱爾時世尊著衣持鉢入妙色聚落普徧乞食還至本處飯食訖結跏趺坐正念不動爾時世尊入名一切法平等相三昧入三昧已諸比丘等頂禮佛足忽然不見如來所在各自相問今婆伽婆修伽陀何處去耶爾時首陀會及三十三天子承佛神力來至佛所時釋天王及梵天王作如是念婆伽婆今在何處修伽陀今在何處作是念已觀見佛身住在金窟入於三昧時諸釋天來至佛所默然而坐及首陀會諸天衆等亦默然坐爾時世尊於三昧中現諸神通佛神通力故所有

三千大千世界學菩薩乘者初發菩提心者或復久發菩提心者或阿毗跋致者或一生補處者以得如來神通教故來至妙色聚落到於佛所佛神力故去地一仞跏趺而住爾時文殊師利童子入一切衆生歡喜三昧入三昧已令諸大衆得心歡喜得心悦樂得心安隱得心希有爾時彌勒菩薩摩訶薩入一切法寂定三昧入三昧已令諸大衆諸根寂定爾時體相菩薩摩訶薩共六萬二千菩薩向妙色聚落金莊嚴窟到於佛所即見自身及諸菩薩住在虛空於虛空中結跏趺坐時觀世音菩薩共九萬二千菩薩從虛空中向妙色聚落金莊嚴窟來到佛所不能下地共諸菩薩於虛空中跏趺而住即入破散一切衆生煩惱三昧入三昧已彼諸大衆即滅貪欲癡等一切煩惱爾時實相菩薩摩訶薩即入大莊嚴三昧入三昧已即於虛空普雨優鉢羅華波頭摩華俱物陀華分陀利華映蔽日光

爾時世尊正坐三昧飛騰虛空欣然微笑乃至放於青黄赤白金色玻瓈等光明亦復如是爾時文殊師利童子住在虛空合掌長跪整衣服而白佛言世尊以何因緣欣然微笑佛告文殊師利我念往昔此虛空中十千諸佛同於此處爲諸菩薩説金剛場陀羅尼法門文殊師利復白佛言世尊唯願如來爲諸菩薩重分别説金剛場陀羅尼法爾時佛止文殊師利言不須復説此金剛場陀羅尼中無有煩惱亦無涅槃彼等欲入涅槃金剛場陀羅尼中無菩薩法及諸佛法彼等欲得成

佛金剛場陀羅尼中無有善法及不善法彼等欲捨不善法金剛場陀羅尼中無彼岸此岸彼等欲達彼岸金剛場陀羅尼中無有成就諸佛刹者彼等欲成就諸佛刹金剛場陀羅尼中無有魔及魔名字彼等欲降衆魔金剛場陀羅尼中無有聲聞及聲聞名字彼等欲超過聲聞法金剛場陀羅尼中無辟支佛及辟支佛法彼等欲超過辟支佛位金剛場陀羅尼中無衆生及衆生名字彼等欲化諸衆生金剛場陀羅尼中無有利無非利彼等欲求利金剛場陀羅尼中無有欲及欲名字彼等欲離欲金剛場陀羅尼中無惱及惱名字彼等欲離惱金剛場陀羅尼中無有癡及癡名字彼等欲捨癡金剛場陀羅尼中無有智及無智彼等欲證智金剛場陀羅尼中無有煩惱及無煩惱無有淨及不淨亦無有教及無教無慈無悲無喜無捨無施無慳無戒無犯無諍無忍無進無怠無禪定無亂心無智無無智無墮無聲聞無辟支佛無諸佛無如來無法無非法無深無淺無識無非識無名字無證處無煩惱無涅槃無諸力無菩提分無諸根無正念處無正定處無四如意足文殊師利金剛場陀羅尼若修得者不捨凡夫法不取不執亦不遠離亦不建立不須超過不證不捨不思惟捨不勝不出無有懈怠不憚不護不悔不觸凡夫法中不起煩惱所有布施亦不作相不作與相亦不捨離諸佛法亦不觸凡夫法諸佛法不離凡夫法凡夫法不離諸佛法亦不建立聲聞辟支佛法亦不在諸佛法不捨凡夫法不得護諸凡夫法

不得無動住諸佛刹不得捨諸大願文殊師利此金剛場陀羅尼中無有分别所以者何欲瞋癡法一切平等男女相同故天龍夜叉乾闥婆阿脩羅迦樓羅緊那羅一切法平等差别相同故佛法僧聲聞辟支佛一切法平等同故地獄餓鬼畜生平等同故水大風大火大地大虛空大一切法平等同故眼耳鼻舌身意乃至一切法平等同故文殊師利金剛場陀羅尼譬如東方所有虛空南西北方所有虛空及上下方所有虛空皆悉平等同故所謂虛空一體平等如是文殊是金剛場陀羅尼法一切衆生平等同故作是語已文殊師利復白佛言世尊云何欲是陀羅尼句佛告文殊師利欲者非從東方來惱諸衆生亦不從南西北方四維上下來惱諸衆生亦非內出亦非外來惱諸衆生文殊師利欲若內起惱衆生者衆生永無有淨亦不得證諸法實相文殊師利所有諸法不去不來非內非外無有住處是故欲名陀羅尼句文殊師利惱是陀羅尼句文殊師利白佛言世尊云何惱是陀羅尼句佛告文殊惱者從諍競起彼諍競者非過去非未來非現在文殊師利過去諸法若生不可壞者應是常法文殊師利未來諸緣無惱可生現有諸緣無所住故滅壞故文殊師利所有諸法本來不生亦無未來及現在生是三世淨陀羅尼句文殊師利癡是陀羅尼句文殊師利白佛言世尊云何癡是陀羅尼句佛告文殊癡者從無明起不依地界不依水界不依火界不依風界及虛空界乃至識界諸法無所依著不可得惱

不可得淨何以故無著體不得惱亦不得淨若無著體諸法得惱得淨者虛空亦應得惱得淨所以者何虛空不為諸法所依文殊師利所有無明無著處無移處無壞處無現處無礙不可見無縛無解無邊無自性故如是虛空可得說言彼惱彼淨耶文殊師利言不也世尊佛告文殊師利無明者如來所說本來無有故名無明此無明句前際不可得後際不可得現在際亦不可得文殊師利所有諸法無有有者不可得者不可見者無有知者彼等頗得能解能縛不亦能作障不文殊師利言不也婆伽婆不也修伽陀若如是義云何世尊無明見生惱耶佛言文殊師利譬如二木及人功等相指火得出生彼火熱焰不從二木生亦非人功生而能得生如是如是文殊師利無正定故而生欲惱瞋惱癡惱彼諸惱等不在內不在外不在兩中間如是文殊師利所言惱者云何得生云何名癡諸法本來解脫以能生惱故名為癡諸法本來解脫無有縛處是故名癡是陀羅尼法門爾時文殊師利白佛言世尊頗有一法菩薩行已能入一切陀羅尼諸法門不佛告文殊師利有一字法明門菩薩得已能說千萬字法門而此一字法門亦不可盡在在處處說諸法相無有邊際得此諸法明時自然得無障礙辯說一切法不可窮盡說諸法已還復攝入一字法門得無礙辯故轉能多說一句法門增益增益說已還復攝入一法門中文殊白佛言世尊何者一字法門佛告文殊師利無有一切諸法是名一字陀羅尼法門文

殊師利白佛言世尊云何名爲陀羅尼句法門佛言文殊師利一切諸法住調伏地是故名爲入調伏陀羅尼法門文殊師利天法門一切諸法名陀羅尼法門文殊師利白佛言世尊何故名天是陀羅尼法門佛言文殊師利一切諸法住修行地故名天相入陀羅尼法門文殊師利龍法門一切諸法是陀羅尼法門文殊師利言世尊何故名龍是陀羅尼法門佛告文殊師利言無有名字一切諸法斷名字道無字假說字故名龍入陀羅尼字法門文殊師利夜叉法門一切諸法是陀羅尼法門何故名夜叉是陀羅尼法門佛告文殊師利言盡相故一切諸法本來不生故名夜叉是陀羅尼法門文殊師利乾闥婆法門一切諸法是陀羅尼法門何故名乾闥婆是陀羅尼法門以數過故一切諸法無有邊際但取虛空邊故名乾闥婆相是入陀羅尼法門文殊師利阿脩羅法門一切諸法是陀羅尼法門何故名阿脩羅是陀羅尼法門佛言文殊師利無定住一切諸法不可以名字說非色不異色相可行非聲不異聲相可行非香不異香相可行非味不異味相可行非觸不異觸相可行非意不異意相可行非佛不異佛相可行非法不異法相可行非僧不異僧相可行非聲聞不異聲聞相可行非辟支佛不異辟支佛相可行非凡夫不異凡夫相可行文殊師利一切諸法無行相無可行相可行無起發故是名阿脩羅入陀羅尼法門文殊師利迦樓羅法門一切諸法是陀羅尼法門文殊師利白佛言世尊云何迦樓羅是

陀羅尼法門佛告文殊師利一切諸法無來無去故無來非不來無去非不去不生不滅不漏不著不縛不解不染不妄無染著處住無建立本來無建立故文殊師利一切諸法如虛空無有依故名迦樓羅入陀羅尼法門文殊師利緊那羅一切諸法是陀羅尼法門文殊師利白佛言世尊何故名緊那羅是陀羅尼法門佛言離作道故文殊師利不可作作者無所有故是名緊那羅相是入陀羅尼法門文殊師利摩睺羅伽法門一切諸法是陀羅尼法門文殊師利言世尊云何陀羅尼法門佛告文殊師利一切諸法離垢本來明淨一切衆生所不能濁亦不能淨此清淨陀羅尼法門所以者何文殊師利一切諸法本來寂滅故本來不生故文殊師利是名入摩睺羅伽陀羅尼法門文殊師利婦女法門一切諸法是陀羅尼法門文殊師利言云何是陀羅尼法門佛言虛妄故文殊師利一切諸法女根男根無定故所謂非實物故名婦女相入陀羅尼法門文殊師利男兒法門一切諸法是陀羅尼法門文殊師利言云何是陀羅尼法門佛言文殊師利一切處相無有故本際已來不可得乃至後際亦不可得現在亦不可得文殊師利三際處無得故是處無男無女唯假名說所言名者寬廣得名彼色者四大合成此諸法無有生處故本來寂滅故文殊師利一切諸法是名男相入陀羅尼法門文殊師利地獄法門一切諸法是陀羅尼法門文殊師利言世尊何故地獄名陀羅尼法門佛告文殊師利地獄入何相文殊師

利言世尊地獄者入虚空相佛言文殊師利
於汝意云何地獄者爲從自分别生爲自然
生文殊師利言世尊是凡夫等起分别故見
有地獄畜生餓鬼無眞實事而諸凡夫受於
苦惱世尊如我所見無地獄見無有苦見世
尊如人眠睡夢墮地獄而見自身在大沸鑊
及無量人受諸苦痛熱惱逼身生大恐怖即
大驚喚忽自唱言大苦大苦悲哭失聲彼人
父母及諸眷屬問言汝有何苦彼人答言我
墮地獄令我痛苦云何方問汝有何苦時彼
父母及諸眷屬語彼人言汝莫怖畏汝於睡
眠見此事耳汝向睡眠不出家外何故忽言
受地獄苦彼人即還得醒寤心我所見事乃
是夢耳我自内心作如是見悉皆非實還得
歡喜世尊如彼夢人無有實事見墮地獄如
是如是世尊一切凡夫本無有欲生女想分
别共相娛樂自生樂著彼即念言我是男也
彼是女也已生欲心即求五欲爲五欲故共
相鬪諍結諸怨讎散失財物更相殺害以起
顛倒生怨憎想死入地獄經多千劫世尊如
彼人夢所有父母及諸眷屬語彼人言汝向
睡眠本未曾出云何而見受地獄苦如是如
是世尊諸佛如來爲四顛倒諸衆生等説於
正法是處無男無女亦無衆生無有受者無
養育者及無富伽羅亦無我是諸法皆顛倒
本無有故生是諸法和合故生是諸法分别
故生是諸法是諸法無有生處是諸法無有
物是諸法不相著是諸法如夢是諸法如幻
是諸法如水中月是諸法無有著處是諸法
無有染者無惱者無忘失者汝等莫妄分别

是諸衆生聞如來法已即厭於欲見諸法性遠離諸煩惱遠離諸癡見一切諸法本來解脱見一切諸法無有障礙見一切諸法寂滅世尊彼諸人等已得虚空想定捨身已後於無餘涅槃中而般涅槃世尊我見地獄苦想如是爾時世尊讚文殊師利言善哉善哉文殊師利如汝所見地獄應如是見亦應如是分別如汝所説知見如是地獄已得無生法忍如文殊師利所得説此語已一萬二千菩薩得無生法忍同聲唱言希有諸佛行處所謂於地獄法中得顯諸佛法

時文殊師利白佛言世尊願爲我説入無二法門得入無二法門已令諸菩薩摩訶薩於一切煩惱中説一切諸佛法亦不作二相念復得無礙辯説一切無二相法世尊云何是入無二法門佛言文殊師利汝諦聽諦受善思念之吾爲汝説是平等名字無二法門得法門已諸菩薩於一切煩惱中一切諸佛法中能作平等復是一切煩惱分別名陀羅尼法門我今説之文殊師利言善哉世尊願爲我説今我樂聞文殊師利無明是菩提是陀羅尼法門文殊師利言世尊云何無明是陀羅尼法門佛告文殊師利以無有明故名爲無明以無明故是故不生以無生故無煩惱文殊師利無煩惱者是名菩提本性清淨無有著處無有生處以是義故文殊當知如來常於處處經中廣説無明菩提無二法門文殊師利我昔已來不得無明以是義故我説無明文殊師利是名無明陀羅尼法門菩薩得是智法門已得捷疾辯得利辯得無邊辯

得不住辯文殊師利諸行是菩提是陀羅尼法門文殊師利言世尊云何諸行是菩提佛告文殊師利言諸行者過於數算數不可得是故思惟不善處無有邊際是故得有生亦非此處去亦非他邊來無來無去故是故文殊師利是名菩提入名行相陀羅尼法門文殊師利識是菩提是陀羅尼法門文殊師利言世尊云何識是菩提佛言文殊師利如來常說識如幻化顛倒故生文殊師利言幻化者從分別起從和合起依無實分別故起是諸凡夫幻化相菩提從分別生從和合生顯示諸佛法執著諸法相我等未來世當作佛我等當教化諸衆生我等當得世間最勝而菩提相猶如虛空生分別已毀呰於他文殊師利我初不曾菩提樹坐已所得法或名佛或名辟支佛或名聲聞或名凡夫文殊師利是故名識是陀羅尼法門文殊師利名色是菩提是陀羅尼法門文殊師利言世尊云何名色是菩提佛言文殊師利名者但假聲言無有眞實文殊師利色者無有作者無造者是中不可說言有我無有我所即是菩提文殊師利是名色相入陀羅尼法門文殊師利六入是菩提是陀羅尼法門文殊師利言世尊云何六入是菩提佛告文殊師利如是等一切諸入各各行中求不可得眼不作是念我見色耳不念我聞聲鼻不念我齅香舌不作念我嘗味身不作念我覺觸意不作念我知法眼不知色行色不知眼行耳不知聲行聲不知耳行鼻不知香行香不知鼻行舌不知味行味不知舌行身不知觸行觸不知身

行意不知法行法不知意行文殊師利六入各各相違背一切諸入無有識各各無覺各各自體空文殊師利真法相者實空文殊師利是名六入相是陀羅尼法門文殊師利觸是菩提是陀羅尼法門文殊師利言世尊云何觸是菩提佛告文殊師利所言觸者是色觸聲觸香觸味觸觸觸法觸文殊師利所有色觸彼則有縁若有縁分別故生攀縁故住文殊師利言攀縁者猶如幻化彼即顛倒若顛倒即無有若無有即不生若不生即無滅無滅無生故即是菩提文殊師利是名觸入陀羅尼法門文殊師利受是菩提是陀羅尼法門文殊師利言世尊云何受是菩提佛告文殊師利受者有三種樂受苦受不苦不樂受文殊師利言受者非内非外亦非中間文殊師利所有樂非内非外非中間者即是無有文殊師利云何知諸衆生而得受樂文殊師利言世尊想顛倒故諸凡夫妄取諸縁若樂若苦識分別知非樂非苦亦如是世尊我見諸受性如幻化本來不生佛告文殊師利以是義故知受相者入陀羅尼法門文殊師利愛是菩提是陀羅尼法門文殊師利言世尊愛者非是一切煩惱根耶佛言於汝意云何如人未有子時愛子之心爲在内爲在外爲在他方文殊師利言世尊彼人尚未有子云何得有愛子心耶佛言文殊師利是人後時若因婦女和合生子然後彼人生愛子心於汝意云何如是愛子之心爲從東方來南西北方四維上下來爲在内爲在外文殊師利言世尊彼愛子心不從十方及内外來佛

言文殊如是愛者誰之所作造者是誰文殊師利言世尊如是愛者無有人作亦無造者但諸凡夫顛倒因緣强生分别故有是愛佛言文殊若無實者可名有耶文殊師利言不也世尊佛言文殊若法無有可得説言有垢有淨耶文殊師利言不也世尊佛言文殊師利若法不從十方内外來者是法非垢非淨文殊師利是名愛相入陀羅尼法門文殊師利取是菩提是陀羅尼法門文殊師利言世尊云何取是菩提如來經中未曾説言取是菩提佛言文殊諸凡夫有取不文殊師利言世尊有取取色取聲取香取味取觸取法如是取諸五欲佛言於汝意云何可得色取聲不聲取色不文殊師利言不也世尊佛言文殊頗有一法入諸法不文殊師利言不也世

尊佛言文殊一切法不生故無障礙故彼諸法各各不能取彼諸法各各不能染亦不能説示諸法本來鈍故文殊師利以是義故汝應當知取是菩提文殊師利是名取相入陀羅尼法門文殊師利有是菩提是陀羅尼法門文殊師利言世尊如來爲諸聲聞説法除滅諸有如來云何今説有是菩提佛言文殊師利有有者然我曾説遠離諸有故名有也文殊師利若復有人見諸法無有不見生滅彼見諸有體如虚空如是見者不攀緣諸佛法亦不捨凡夫法文殊師利以是義故汝應當知有是菩提文殊師利是名有相入陀羅尼法門文殊師利生是菩提是陀羅尼法門文殊師利言世尊如來經中爲諸衆生説遠離生法云何而言生是菩提佛言文殊師利

菩薩欲求生處須觀無生無滅處不見生滅等相以是義故文殊師利汝應當知生是菩提若能入此相者得捷疾辯利辯深辯無等辯無等等辯無住辯無礙辯

時文殊師利白佛言世尊何地菩薩能行如是甚深等法佛言文殊師利若菩薩不住菩提不發菩提心不攀緣諸佛法不成就諸佛刹不遠離貪欲瞋恚愚癡不超越煩惱不教化衆生亦於諸法不作二相文殊師利是諸菩薩住如是地文殊師利言世尊若人能受持是金剛場陀羅尼讀誦解說是人現在得幾種功德佛告文殊師利若有人能受持是金剛場陀羅尼讀誦解說心常思惟不令忘失彼人生生世世於正法中心無誹謗得無所畏於現世中諸天龍夜叉乾闥婆等常來守護是人常於一切諸佛法中無有疑心一切諸法中得分别智文殊師利略說是陀羅尼無量無邊功德我欲廣說於千萬劫說不可盡說是陀羅尼法本時一萬菩薩得是金剛場陀羅尼復有初發心菩薩三萬人得順諸法忍佛說是陀羅尼法時文殊師利童子及諸大菩薩衆及諸聲聞衆天龍夜叉乾闥婆阿脩羅迦樓羅緊那羅摩睺羅伽人非人等聞佛所說頂禮佛足歡喜奉行

金剛場陀羅尼經

金剛上味陀羅尼經

元魏北天竺三藏法師佛陀扇多譯

清刻龍藏佛說法變相圖

金剛上味陀羅尼經

元魏北天竺三藏法師佛陀扇多譯

如是我聞一時婆伽婆依小雪山左莊嚴聚落金窟中住與大比丘衆萬二千人俱爾時婆伽婆乞食食已於金窟中結跏趺坐入一切法現起三昧入三昧已諸比丘衆不見世尊遞相謂言今者世尊爲何所在今者善逝爲何所在爾時如來以威神力令四十二淨居天來至佛所爾時釋提桓因三十三天大梵天王承佛神力下閻浮提至世尊所時淨居天釋提桓因三十三天大梵天王不見世尊皆作是念今者世尊爲何所在作是念已即見世尊在金窟中入寂滅定時淨居天釋提桓因三十三天梵天王等在如來前默然而住爾時世尊從三昧起現神通力令此三

千大千世界所有一切諸菩薩等乃至最初始發心者不退轉者乃至得受一生記者皆悉來向莊嚴聚落集金窟中至如來所以佛神力住虛空中去地一多羅樹爾時文殊師利童子知諸衆生各心念已即時入悅一切衆生諸心三昧於是文殊師利童子入三昧時彼諸衆生得未曾希有快樂之心爾時彌勒菩薩入一切法寂滅三昧入三昧已彼諸大衆諸根寂靜爾時寶光菩薩六十二億菩薩圍繞向莊嚴聚落至金窟中既到彼已自見其身在虛空中爾時觀世自在菩薩九萬二千菩薩圍繞向莊嚴聚落至金窟中既到彼已不能下地唯在虛空并諸菩薩坐蓮華中坐蓮華已得滅一切諸煩惱障清淨一切衆生三昧即時能滅一切衆生貪瞋癡等爾時寶箧菩薩入大莊嚴三昧入三昧已於虛空中即有優鉢羅華鉢頭摩華拘物頭華分陀利華蓋自然蓋之不藉日月自有光明爾時世尊於是向上在虛空中自然而住正念不動爾時文殊師利童子在虛空中整服右肩合掌向佛白言世尊何因何緣而今世尊在虛空中正念不動

爾時世尊告文殊師利童子言文殊師利我欲於此虛空界中爲諸菩薩說金剛上味陀羅尼法門文殊師利白佛言世尊唯願世尊爲諸菩薩說金剛上味陀羅尼法門佛言文殊師利金剛上味陀羅尼中無菩提無諸佛法此諸菩薩欲成正覺而金剛上味陀羅尼中無菩提無菩提覺者分別此諸菩薩怖畏世間欲入涅槃而金剛上味陀羅尼中無世

間涅槃分別此諸菩薩求覓善法而金剛上味陀羅尼中無善不善分別此諸菩薩欲度彼岸而金剛上味陀羅尼中無此岸彼岸及到彼岸者分別此諸菩薩欲淨世界而金剛上味陀羅尼中無淨世界分別此諸菩薩欲降伏魔怨而金剛上味陀羅尼中無魔無魔怨能障分別此諸菩薩欲滅陰魔煩惱魔死魔而金剛上味陀羅尼中無陰界入名字分別此諸菩薩欲過聲聞緣覺境界而金剛上味陀羅尼中無聲聞緣覺分別此諸菩薩欲度一切衆生而金剛上味陀羅尼中無衆生無衆生分別此諸菩薩欲除貪瞋癡等煩惱而金剛上味陀羅尼中無貪瞋癡等煩惱分別此諸菩薩欲滅除闇而金剛上味陀羅尼中無明無闇分別此諸菩薩欲學上上智而金剛上味陀羅尼中無上不上智分別此諸菩薩欲除煩惱而金剛上味陀羅尼中無煩惱垢亦無有淨無調不調無此無彼無慈無悲無喜無捨無施無慳亦無持戒亦無破戒無忍無瞋無進無怠無定無亂無慧無癡無犯不犯亦無聲聞亦無緣覺亦無如來無法非法若深若淺無智非智種種差別乃至亦無證智差別亦無世間亦無涅槃乃至亦無菩提分法無諸根力無四念處無四正勤無四如意足文殊師利菩薩若欲學此金剛上味陀羅尼者彼菩薩不應捨凡夫法不應證不應捨不應過不令起不修不捨不求樂而住無護不應於凡夫法生於染相不起施相能離佛法更無有見諸凡夫法文殊師利金剛上味陀羅尼中於凡夫法而有佛法及證

佛法而金剛上味陀羅尼中無證不證此金剛上味陀羅尼復不在佛法中此金剛上味陀羅尼不捨凡夫不護凡夫法不動諸佛世界不起諸願復不捨諸願何以故文殊師利此金剛上味陀羅尼法門順向貪欲瞋恚愚癡順向諸女順諸丈夫順向諸天順向諸龍順諸夜叉羅刹順諸乾闥婆順諸阿脩羅順諸迦樓羅順諸緊那羅順諸摩睺羅伽順向諸佛順向諸法順向諸僧順諸聲聞緣覺順諸地獄餓鬼畜生順水順風順火順地順眼順耳順鼻順舌順身順意文殊師利此金剛上味陀羅尼中順一切諸法文殊師利所有東方虛空界分南西北方上下所有虛空界分彼悉隨順入虛空界文殊師利此金剛上味陀羅尼句順一切法

爾時文殊師利童子白佛言世尊云何貪是陀羅尼句佛言文殊師利言貪欲者彼貪不從東方而來而染衆生非南西北上下方來而染衆生不從內生而染衆生不從外來而染衆生文殊師利貪欲瞋癡皆是內心分別故生而見有染淨若有除染淨者則無有彼證不證法文殊師利若法不去從本以來不在內外以是義故我言貪是陀羅尼句文殊師利瞋是內心忿怒而生而彼忿瞋非是過去現在未來文殊師利若過去法而可生者不能令淨陀羅尼句文殊師利癡心亦非陀羅尼句文殊師利白佛言世尊何者陀羅尼何者陀羅尼句佛言文殊師利癡是無明從無明生一切諸法不從地界不著地界不著水界不著火界不著風界不著空界不著識

界而非不著然此諸法無染無淨文殊師利若法有染著虛空亦應有染何以故以虛空界亦無諸法而與作障文殊師利所謂無明雜諸法者復令過者彼無滅相以空與作無障礙故復不可見不可捉持以非色故不可覩見無縛無解無染無著以得無量諸神通故空無所有無一切物文殊師利在於世間而行世間諸煩惱事文殊師利白佛言世尊無明無滅無不滅耶佛言文殊師利無明是明而佛如來說爲無明於本際中無有無明以是故言無明句也於中際中亦無無明於後際中亦無無明文殊師利若諸法中無無明者云何言見不著不染亦復不忘然一切法而有淨染復作障相文殊師利白佛言無有如是世尊無有如是善逝世尊云何彼中無明而說令染佛言文殊師利譬如鑽火有燧有草人手功力衆緣具故先有煙出然後火生而火不在燧中鑽中非草手中衆緣和合而生於火文殊師利無彼愚癡而諸衆生生於我想貪瞋癡火然貪等火亦不在內亦不在外不在中間然文殊師利所說癡者以何義故名之爲癡一切諸法畢竟解脫故說爲癡文殊師利若一切法畢竟解脫是則名爲金剛上味陀羅尼句

爾時文殊師利童子白佛言世尊頗有法門而此法門成就菩薩令得一切順向三昧佛言文殊師利有一法門菩薩成就彼法門故則能通達一切諸事喻如一字詮百千字而於彼字不可盡也隨彼法門而說諸法如是如是現諸法門雖現如是無量法門而不能

盡無礙辯才以得無盡樂說辯才是故能現無盡辯才於一法門句中令入一切諸法門句一切法門句中令入一法門句文殊師利白佛言世尊此法何色佛言文殊師利一切法是天門此是陀羅尼句文殊師利言世尊云何此陀羅尼句是天門佛言文殊師利一切法住寂滅定此是菩薩入天相法門陀羅尼句文殊師利一切法是龍門此是陀羅尼句文殊師利言世尊云何此陀羅尼句是龍門佛言文殊師利一切法以一字門故從字所聞故無字而說於字此是菩薩入龍相法門陀羅尼句文殊師利一切法是夜叉門此是陀羅尼句文殊師利言世尊云何此陀羅尼句是夜叉門佛言文殊師利一切法入夜叉相畢竟不生故此是菩薩入夜叉相法門陀羅尼句文殊師利一切法是乾闥婆門此是陀羅尼句文殊師利言世尊云何此陀羅尼句是乾闥婆門佛言文殊師利一切法過諸筭數以無量無邊過於虛空此是菩薩入乾闥婆相法門陀羅尼句文殊師利一切法是阿脩羅門此是陀羅尼句文殊師利言世尊云何此陀羅尼句是阿脩羅門佛言文殊師利一切法順徧一切門不以名可到非色可到非聲可到非香可到非味可到非觸可到非法可到非佛可到非法可到非僧可到非聲聞可到非緣覺可到非凡夫可到文殊師利一切法過諸到不到以不起故此是菩薩入阿脩羅相法門陀羅尼句文殊師利一切法是迦樓羅門此是陀羅尼句文殊師利言世尊云何此陀羅尼句是迦樓羅門佛言

文殊師利一切法畢竟不行亦非不行不去不來不生不滅不住不著無縛無解無住不住文殊師利一切法不住住虛空界平等故此是菩薩入迦樓羅相法門陀羅尼句文殊師利一切法是緊那羅門此是陀羅尼句文殊師利言世尊云何此陀羅尼句是緊那羅門佛言文殊師利一切法離作者故無作者無求者無求而見者此是菩薩入緊那羅相法門陀羅尼句文殊師利一切法是摩睺羅伽門此是陀羅尼句文殊師利言世尊云何此陀羅尼句是摩睺羅伽門佛言文殊師利一切法離一切法垢永得光明一切衆生不能染不能淨以淨陀羅尼門故何以故文殊師利一切法畢竟寂滅性不生故此是菩薩入摩睺羅伽相法門陀羅尼句文殊師利一切法是婦女門此是陀羅尼句文殊師利言世尊云何此陀羅尼句是婦女門佛言文殊師利一切法皆虛妄是男門是女門以離女門故謂非事故此是菩薩入婦女相法門陀羅尼句文殊師利一切法是丈夫門此是陀羅尼句文殊師利言世尊云何此陀羅尼句是丈夫門佛言文殊師利一切法若於前際中際後際不見丈夫文殊師利離於三界不著三界然於彼處無女無男假立彼名字然彼假名彼處寂靜而彼説染然彼色依四大依四大故不見生滅一切諸法畢竟永滅此是菩薩入丈夫相法門陀羅尼句文殊師利一切法是地獄門此是陀羅尼句文殊師利言世尊云何此陀羅尼句是地獄門佛言文殊師利地獄以何順相文殊師利言世尊一

切法虚空等相佛言文殊師利於意云何彼地獄從何所起文殊師利言世尊一切法是自念起相自妄念故一切凡夫而自繫縛以繫縛故則是地獄雖非是有而令受者受彼苦故文殊師利言世尊譬如有人於睡夢中而見自身隨於地獄墮地獄已而見百千萬火所燒見捉其身擲鑊湯中彼人見身大受苦惱見有大火之所燒逼而生怖怕而口出言極苦極苦彼人諸親來問其言汝何所痛彼人答言我受地獄極大苦惱大火燒我復擲我身著鑊湯中彼如是語瞋諸親言我受地獄極大苦惱云何諸人而問我言有何苦耶諸親語言汝今勿怖汝以睡眠汝今實不從此至彼亦不從彼而至於此彼人聞已方自生念我是睡夢此是虚妄非是眞實虚假

如幻如是知見身心得安世尊如彼非有而說言有而自說言我墮地獄世尊如是一切諸凡夫人顛倒虚妄實不繫縛而生女想生女想已見身共行作如是言我是丈夫彼是婦女彼是我婦我是彼夫彼人以起貪瞋癡等諸煩惱故自心生於有所作想以此因故有鬬諍等諸非法事彼人如是起鬬諍已生大嫌恨彼以如是顛倒想故命終之後墮地獄中於無量劫受諸苦惱世尊又如彼人諸親來言汝是睡眠不去不來世尊一切凡夫亦復如是有四顛倒妄見而說而實於中無有丈夫亦無女人無有衆生及無命等一切諸法皆是不實虚妄想故見一切法空本性不生而不可見不可分別亦不可著一切諸法如夢如幻如水中月世尊一切法中無有

可染無不可染世尊一切諸法皆是虛妄虛妄生故是故如來說一切法離我我所遠離一切地獄門故

爾時世尊讚文殊師利童子言善哉善哉文殊師利一切地獄應如是見如汝所見如是分別文殊師利若如是見無有地獄無地獄門彼人即得無生法忍說此地獄法門之時九萬二千諸菩薩等一切皆得無生法忍得是忍已一時同聲作如是言善哉善哉此是諸佛如來境界而於一切無我法中忽然而得一切佛法

爾時文殊師利童子白佛言世尊惟願世尊說諸菩薩入不二法門菩薩得入不二法門故則得一切諸法不二而不執著

爾時佛告文殊師利童子言文殊師利是入一切諸法平等隨順法門菩薩得此正法門已而於一切諸煩惱中見諸佛法及得辯才善能說法文殊師利白佛言世尊彼法門以何爲相佛言文殊師利善思念之我爲汝說是法門名離一切煩惱故我說此陀羅尼門文殊師利言善哉世尊願爲我說我頂戴受佛言文殊師利無明是菩提此是陀羅尼句門文殊師利言世尊云何無明是菩提佛言文殊師利以無無明故說無無明若無無明則亦無生若無生者彼則無染文殊師利菩提無染以性清淨體鮮潔故文殊師利我見此事故說無明是以不二說故文殊師利我不得無明是故我說無明文殊師利此是菩薩入無明相法門陀羅尼句文殊師利行是菩提此是陀羅尼門何以故文殊師利以一

法離一切筭數相無量無邊不見邊際順善不善令入地獄餓鬼畜生而不從此而至於彼亦不從彼而至於此而生彼此文殊師利一切法不過不來無所至無所到文殊師利此是菩薩入行相法門陀羅尼句文殊師利識是菩提此是陀羅尼門何以故文殊師利如來說識而是虛妄虛妄所作虛妄現故文殊師利如是一切虛妄法中若求諸法說言我證佛法得成正覺度諸衆生我於世間最上勝者彼人乃於虛妄法中妄念菩提而起慢心欺凌於他文殊師利我坐道場時無有法可證此是聲聞法此是緣覺法此是凡夫法文殊師利此是菩薩入識相法門陀羅尼句文殊師利名色是菩提此是陀羅尼門何以故文殊師利名色非事故而以聲說而無所說色無作者故若無作者是即無前無中無後文殊師利如來說我是菩提而彼於十方不可見故文殊師利此是菩薩入名色相法門陀羅尼句文殊師利六入是菩提此是陀羅尼門何以故文殊師利此諸入等皆是入相皆是空相是寂靜相非諸衆生眼見色已而言我見如是耳鼻舌身意等亦復如是不作是念我能分別一切諸法非以眼識知耳境界非以耳識知眼境界如是意知諸法境界一切諸法非意境界遞相違故文殊師利一切法無覺離諸心相遞互相故一切法空若一切法畢竟空者是菩提相文殊師利此是菩薩入六入相法門陀羅尼句文殊師利觸是菩提此是陀羅尼門何以故文殊師利所言觸者是色聲香味觸法相文殊師利

若法有觸彼緣故生若以緣故生者彼名緣成若以緣成者彼是虛妄若虛妄者彼畢竟無若畢竟無彼則不生滅文殊師利一切法無生滅相是菩提文殊師利此是菩薩入觸相法門陀羅尼句文殊師利受是菩提此是陀羅尼門何以故文殊師利受者是三受謂苦受樂受不苦不樂受文殊師利受不在內亦不在外不在中閒文殊師利彼受若不在內若不在外不在中閒者彼中有衆生生苦受樂受相不文殊師利言世尊一切凡夫顛倒繫縛而於不實法中生樂受苦受世尊一切法如幻一切受性不生不滅佛言文殊師利是故我說受是菩提文殊師利此是菩薩入受相法門陀羅尼句文殊師利愛是菩提此是陀羅尼門何以故文殊師利愛是能生煩惱因故文殊師利於意云何譬如有人實未得子作生子想然彼人子爲內生耶爲外生耶彼人有不文殊師利言世尊彼人本無子云何起子想佛言文殊師利於後彼人成大丈夫而和合故方生於子文殊師利愛從何生爲從前際中際後際爲內生耶爲外生耶和合生耶文殊師利言世尊愛不在內亦不在外乃至無有諸方差別佛言文殊師利此法誰說爲方所覺文殊師利又復是愛誰造誰作文殊師利言世尊愛離所作而無作者文殊師利言世尊以四顛倒繫縛一切凡夫衆生即起虛妄佛言文殊師利於意云何若法有者爲有爲無文殊師利言世尊若是諸法畢竟無者彼法云何有染有淨文殊師利言不也世尊佛言文殊師利諸法若有諸

方性相而不可見亦不從內亦不從外不染不淨文殊師利此是菩提文殊師利此是菩薩入愛相法門陀羅尼句文殊師利取是菩提此是陀羅尼門文殊師利言世尊常說一切諸法無縛無解是諸凡夫何所取耶佛言文殊師利一切衆生繫著色聲香味觸等及取五欲文殊師利於汝意云何色能生聲不文殊師利言不也世尊佛言文殊師利於意云何頗有一法能令與法能令法住能作障耶文殊師利言不也世尊佛言文殊師利一切諸法畢竟不生無有障礙彼法不作遮互相生遮互相資而無有業而有彼說以彼諸法畢竟癡故文殊師利以是義故我說此取是菩提相陀羅尼門文殊師利此是菩薩入取相法門陀羅尼句文殊師利有是菩提此是陀羅尼門文殊師利言世尊如來本爲滅諸有故說聲聞法佛言文殊師利有是有法我所說者是力士相是故我說是有法門文殊師利若見一切諸法非事如虛空相則不復念一切佛法文殊師利是故我說有是菩提陀羅尼句文殊師利此是菩薩入有相法門陀羅尼句文殊師利生是菩提此是陀羅尼門文殊師利言世尊如來本以爲過生故而說諸法佛言文殊師利所言生者菩薩摩訶薩求此生法而不可得以其不生亦不轉故文殊師利是故我說生是菩提陀羅尼句文殊師利此是菩薩入生相法門陀羅尼句說菩提故令諸菩薩速得辯才利疾辯才無障辯才

爾時文殊師利童子白佛言世尊世尊爲住

何地菩薩而說此法佛言文殊師利若諸菩薩不求菩提不喜菩提不發菩提心不證佛法不清淨佛世界不動貪瞋癡若心不欲過於世間亦不起心度諸衆生不降伏魔不欲說法而於彼法不作二相者文殊師利我今唯爲住如是地諸菩薩等說此法門文殊師利白佛言世尊若有菩薩能受持此金剛上味陀羅尼法門若讀若誦廣爲他說如是之人得幾許福佛言文殊師利若諸菩薩於此金剛上味陀羅尼法門若受若持若讀若誦爲他說者如是之人如一切佛以一切佛常以捨故一切天龍夜叉乾闥婆等常以供養而供養之文殊師利此金剛上味陀羅尼法門具足成就無量功德文殊師利此金剛上味陀羅尼法門不可窮盡說此法門時十千菩薩得此金剛上味陀羅尼法門三萬二千初發心菩薩得無生法忍文殊師利童子及彼菩薩天龍夜叉乾闥婆人非人等聞佛所說皆大歡喜作禮而去

金剛上味陀羅尼經

音釋

遞（大計切更迭也）篋（詰叶切）鑽燧（鑽祖官切燧徐醉切鑽燧穿木取火也）

佛說無崖際總持法門經

乞伏秦沙門釋聖堅譯

清刻龍藏佛說法變相圖

佛說無崖際總持法門經

乞伏秦沙門釋聖堅譯

如是我聞一時佛在舍衛國祇樹給孤獨園與大比丘衆千二百五十人俱菩薩萬二千盡一生補處應尊位者皆從十方世界來會悉得總持辯才無礙執意堅固所言眞諦珍貴恭順不放逸法慙愧慈忍以爲上服諸佛妙法通達無礙能爲衆生而作朋友哀愍一切方便誘化能使衆生親近敬愛遍遊十方諸佛世界神足無礙能了一切衆生之根消伏諸欲壞裂魔網已度魔界捨諸欲習悉能總攝一切法性敬奉諸佛如應行法其所思念盡諸禪定坐起行住不失威儀其名曰無終鼓菩薩無終幢菩薩無終稱菩薩無終號菩薩樹王菩薩知一切音聲菩薩名稱幢菩

薩一切普幢菩薩從無終幢菩薩普意菩薩一切普名稱菩薩普光菩薩普號菩薩普幢菩薩一切普至菩薩普德幢自在王菩薩唱名稱菩薩集名稱菩薩集勝菩薩普眼菩薩普德菩薩見無鈌失菩薩離鈌失菩薩已離鈌失菩薩具一切衆生願菩薩不捨一切衆生菩薩常憂稱菩薩成就最上菩薩一切德名稱菩薩其萬二千菩薩皆如是上首者也

爾時炎天王與六十億諸炎天子來共會坐兜術天王與八十億諸天來共會坐化樂天王與九十二那術百千諸天來共會坐他化自在天王與五萬五千那術諸天來共會坐色界無數諸天來共會坐爾時東方去此忍界度九十二諸佛刹土塵數世界有國名大力其國有佛號集大力如來至眞等正覺有尊菩薩名曰勝怨與無央數億百千菩薩於彼佛刹忽然不現來詣忍界在於三千大千界上虛空中立與瑠璃雲普覆世界雨閻浮檀金色之華遍忍世界一一菩薩復雨七寶衆妙瓔珞如一佛刹微塵之數一一菩薩復雨天文陀羅華如一佛刹微塵之數一一菩薩復雨若干天香如一佛刹微塵之數一一菩薩復雨天沉水香如一佛刹微塵之數一一菩薩復雨七寶拂飾如一佛刹微塵之數一一菩薩復雨天栴檀香如一佛刹微塵之數一一菩薩復雨若干色衣如一佛刹微塵之數一一菩薩復雨衆妙寶盖如一佛刹微塵之數一一菩薩復雨妙綵寶盖如一佛刹微塵之數一一菩薩復雨碼碯寶盖如一佛刹微塵之數一一菩薩復雨赤眞珠盖如一

佛刹微塵之數一一菩薩復雨紺瑠璃盖如一佛刹微塵之數一一菩薩復雨珊瑚寶盖如一佛刹微塵之數一一菩薩復雨雜色衆寶之旛如一佛刹微塵之數一一菩薩復以微妙未曾有偈如一佛刹微塵之數稱揚讃歎能仁世尊爾時三千大千世界諸地獄苦痛皆悉休息畜生慈心不相食噉餓鬼安隱無飢渴想一切人民貪瞋癡患皆悉休息亦無飢渴寒熱之苦亦無晝夜風塵之患其心寂然無迷亂想亦無色聲香味細滑心意煩惱欲界諸天迷惑亂意悉皆休息爾時勝怨菩薩立住阿迦膩吒天上遥供養能仁如來以若干衆妙雜華敷飾擣香擇香雜色妙衣諸蓋幢旛衆寶瓔珞遍雨三千大千世界復雨諸天龍神夜叉乾闥婆阿脩羅迦樓羅緊那羅摩睺羅伽諸餘大龍及四天下普至三千大千世界珍琦妙寶皆悉周遍爾時勝怨菩薩從上來下前詣佛所稽首佛足繞百千帀以摩尼珠金剛妙寶雜廁之衣貢上佛已於一面坐勝怨菩薩於一一法議普觀三世一切諸佛所入法處諸佛法中取一切之辯所謂無斷之辯合偶之辯辯達之辯無礙之辯極近之辯無窮之辯易解之辯具足之辯一切法性自然巧説言辭之辯空無相願分別演説泥洹之辯諸思所量一切解脱分別一切諸禪之辯分別意旨議説之辯於勤精進速捨言説之辯成就神通坐起行步之辯於一切表識上中下可説辯才乃莫能伏言説辯才於七覺分及八尊道求解辯才演説禪智不高下之辯善能分別法律之辯如是

誠諦實語之辯如幻如化如熱時焰如水中月如呼聲響如鏡中像演説一切法性皆悉如是不生不起不滅之辯極精微之辯極深妙之辯雜種之辯極遠之辯諸欲之辯分別一切衆生心意欲起最上之辯愍衆生之輪如雷雨充滿之辯爾時勝怨菩薩解諸佛世尊所説辯力即從座起更整衣服右膝著地長跪叉手而白佛言唯然世尊欲有所問如來若聽乃敢問之世尊告曰恣汝所問吾當爲汝具分別説勝怨菩薩蒙佛聽許歡喜踊躍而白佛言云何世尊一切諸法豈有終始根源名字相貌可得而言説不於諸菩薩諸禪定法在所入處言辭自在所問能答有所准望辭無謬誤不見准望亦化衆生得如是法一切辯才無不成就得總持者所謂得無崖際因斯總持得無崖際微妙之辯普持一切諸佛所説得無崖際總持之門普持法界悉知入處究竟了達微妙法性明解諸入明入五道明於四諦明入緣起諸法明解衆生所習明解無明諸法明入無性明解見有我想明解入無我想明解入空性明解入不空性明解入於表識明解入無表識明入於願明入於無願明於吾我明於無吾我明於所依仰明於無所依仰明於有所起明於無所起在在處處一切言辭

爾時世尊讃勝怨菩薩言善哉善哉勝怨菩薩乃能慈哀一切衆生而問如來至眞等正覺如斯之義諦聽諦聽善思念之吾當爲汝具分別説勝怨菩薩與諸大衆一心靜意受教而聽佛告勝怨何謂是名入無崖際總持

諸法者因其總持得無極名稱以無極名稱爲翼從無極德法門以無極德爲翼從無垢法門以無垢爲翼從寂滅法門以寂滅爲翼從快從法門以快從爲翼從快稱法門以快稱爲翼從快哀法門以快哀爲翼從善像法門以善像爲翼從無動法門以無動爲翼從成就法門以成就爲翼從審諦自成法門以審諦自成爲翼從無品法門以無品爲翼從喻華法門以喻華爲翼從善從法門以善從爲翼從無所遊法門以無所遊爲翼從無隱法門以無隱爲翼從入隱法門以入隱爲翼從知足法門以知足爲翼從善步法門以善步爲翼從捨離法門以捨離爲翼從無惡法門以無惡爲翼從普明法門以普明爲翼從遊無崖際法門以遊無崖際爲翼從生氣法門以生氣爲翼從遊無垢法門以遊無垢爲翼從堅固法門以堅固爲翼從無諂法門以無諂爲翼從珍重法門以珍重爲翼從遊極長法門以遊極長爲翼從意足法門以意足爲翼從離生法門以離生爲翼從輕舉法門以輕舉爲翼從無疑法門以無疑爲翼從除無崖際苦法門以除無崖際苦爲翼從絶巢窟法門以絶巢窟爲翼從離極巢窟法門以離極巢窟爲翼從快美法門以快美爲翼從輭性樂法門以輭性樂爲翼從無顛倒法門以無顛倒爲翼從無驚愓法門以無驚愓爲翼從功巧過上法門以功巧過上爲翼從不忘驚法門以不忘驚爲翼從無根法門以無根爲翼從善勝法門以善勝爲翼從無所捫摸法門以無所捫摸爲翼從一事法門以一

事爲翼從好聚法門以好聚爲翼從目削法門以目削爲翼從無作法門以無作爲翼從止無念法門以止無念爲翼從無所將至法門以無所將至爲翼從無所來法門以無所來爲翼從無面法門以無面爲翼從威神法門以威神爲翼從所持法門以所持爲翼從淨意法門以淨意爲翼從善來法門以善來爲翼從無意步法門以無意步爲翼從法意法門以法意爲翼從無所耘鋤法門以無所耘鋤爲翼從無恐畏法門以無恐畏爲翼從法性意法門以法性意爲翼從如來意法門以如來意爲翼從唱令意法門以唱令意爲翼從無睡眠法門以無睡眠爲翼從天意法門以天意爲翼從龍意法門以龍意爲翼從夜叉意法門以夜叉意爲翼從乾闥婆意法門以乾闥婆意爲翼從阿脩羅意法門以阿脩羅意爲翼從迦樓羅法門以迦樓羅爲翼從緊那羅法門以緊那羅爲翼從摩睺羅伽法門以摩睺羅伽爲翼從大龍意法門以大龍意爲翼從人意法門以人意爲翼從非人意法門以非人意爲翼從月意法門以月意爲翼從日意法門以日意爲翼從星意法門以星意爲翼從虛空意法門以虛空意爲翼從意無礙法門以意無礙爲翼從離疑法門以離疑爲翼從疑隨法門以疑隨爲翼從將意法門以將意爲翼從善稱法門以善稱爲翼從寶意法門以寶意爲翼從離憂法門以離憂爲翼從長益法門以長益爲翼從離愛法門以離愛爲翼從離壞羅網法門以離壞羅網爲翼從快來法門以快來爲翼從審諦

偶法門以審諦偶爲翼從離樂巢窟法門以離樂巢窟爲翼從無却法門以無却爲翼從離美法門以離美爲翼從好名德法門以好名德爲翼從法自善法門以法自善爲翼從輕馳法門以輕馳爲翼從無虛僞法門以無虛僞爲翼從離惡道法門以離惡道爲翼從大威法門以大威爲翼從離願法門以離願爲翼從如蓮華無汙法門以如蓮華無汙爲翼從無意樂法門以無意樂爲翼從調伏意法門以調伏意爲翼從大雄相法門以大雄相爲翼從離數法門以離數爲翼從離耘鋤法門以離耘鋤爲翼從輭想法門以輭想爲翼從自然合偶法門以自然合偶爲翼從金行法門以金行爲翼從衆寶法門以衆寶爲翼從離害法門以離害爲翼從廣無崖際法門以廣無崖際爲翼從威神稱法門以威神稱爲翼從廣意法門以廣意爲翼從寛廣法門以寛廣爲翼從大音法門以大音爲翼從離大界塵法門以離大界塵爲翼從知時宜法門以知時宜爲翼從離時法門以離時爲翼從如劒法門以如劒爲翼從遊趣知足法門以遊趣知足爲翼從香熏遊法門以香熏遊爲翼從知數法門以知數爲翼從入無鈌減法門以入無鈌減爲翼從都遊法門以都遊爲翼從無煩惱法門以無煩惱爲翼從遊自調法門以遊自調爲翼從行及離後法門以行及離後爲翼從遊藏隱法門以遊藏隱爲翼從遊影法門以遊影爲翼從已度法門以已度爲翼從入離垢法門以入離垢爲翼從淨行法門以淨行爲翼從哀步法門以哀

步爲翼從離濁法門以離濁爲翼從捨疑法
門以捨疑爲翼從喜像法門以喜像爲翼從
好像法門以好像爲翼從伏步法門以伏步
爲翼從多樓泥竭啍法門以多樓泥竭啍爲
翼從遊空淨法門以遊空淨爲翼從入步最
勝法門以入步最勝爲翼從高遊法門以高
遊爲翼從趣朋友法門以趣朋友爲翼從王
步法門以王步爲翼從境界法門以境界爲
翼從如步法門以如步爲翼從捨求法門以
捨求爲翼從如是捨離衆疑見法門以如是
捨離衆疑見爲翼從等趣法門以等趣爲翼
從不藏偎法門以不藏偎爲翼從無諷讒言
辭法門以無諷讒言辭爲翼從不以言辭相
伏法門不以言辭相伏爲翼從無求望法門
以無求望爲翼從無親愛法門以無親愛爲

翼從不輕舉法門以不輕舉爲翼從無眴法
門以無眴爲翼從離憂法門以離憂爲翼從
離合聚親友法門以離合聚親友爲翼從意
無變法門以意無變爲翼從意無斷絶法門
以意無斷絶爲翼從處閑靜法門以處閑靜
爲翼從初始喚法門以初始喚爲翼從趣數
法門以趣數爲翼從遊無數法門以遊無數
爲翼從報恩法門以報恩爲翼從捨疑法門
以捨疑爲翼從離衆恐法門以離衆恐爲翼
從散疑法門以散疑爲翼從離重擔法門以
離重擔爲翼從面趣出家法門以面趣出家
爲翼從離度法門以離度爲翼從定意具足
法門以定意具足爲翼從入明法門以入明
爲翼從破散睡眠法門以破散睡眠爲翼從
無所著法門以無所著爲翼從入寶光法門

以入寶光爲翼從離言性法門以離言性爲翼從弘廣法門以弘廣爲翼從將趣最法門以將趣最爲翼從入堅固法門以入堅固爲翼從如是勝怨若菩薩得總持之門最解正隱而於正隱如是隱無隱離隱牢固極牢固趣上意名稱意功德意所將意極高意言語意解散意規行意無知意極堅意堅慧意無散意如性意不二意堅執意龍步意無呵意妙善步極遠步無欲意步動揺步無足步無意步捨擔步安詳步無怨步無患步泥洹步如如步不倒步知行步善將步離濁穢離迷惑離憍慢離言辭離憂想離強伏弱離鈌失離非時離不堅固如法步堅固步心竟步執意步佛覺步如是無能壞步法性極微無能壞步成就入堅固無能破壞堅如金剛深入

諸三昧門悉入諸佛法門如覺三世等解諸佛極微妙德如是勝怨當知諸法廣大無有崖際若菩薩已得此陀隣尼門悉能總持一切諸佛之法能以神足飛到十方一切世界供養無量諸佛世尊亦能總持聲聞緣覺所説之法亦能總持道俗經典俗智道智諸禪智樂一切悉知慧了三世而無罣礙悉能總持一切言辭悉能了知一切衆生心之所念能入一切無量深法極精微義無所不達知一切法諸所歸趣將接成就皆使應法持心攝念所言誠諦不失威儀皆悉能得一切菩薩方便之力能以足指振動十方諸佛世界其中衆生無能覺知而生恐怖一念之頃能知三世一切諸法無所罣礙皆悉平等無不通達其人終無餘行亦無異意終不跪拜於

餘天神極深微意所思不謬能得無數億千諸三昧門所生之處常識宿命常得化生不由胞胎生諸佛刹蓮華之中永離三塗八難之處若有諷誦此總持者世世生處天人所敬稟受身體終無諸蟲在所生處常見諸佛終不生於無佛世界其人兩手如摩尼珠常出七寶而無窮盡能淨佛國成就衆生如應化度悉得其志隨意入化各得其所亦能降伏外道異學裸形尼揵悉使入正答難言辭工巧無比所説無窮辯才無礙一語能報萬億之音其義不謬得無極才智慧之寶名稱普至周聞十方無量世界一切諸佛所説之法悉持不忘得陀隣尼皆悉遠得無所恐畏解了通達一切法性猶如虚空而於無量諸佛世界一切微塵盡知其數悉持不忘得總持門通達法性猶如虚空而於一切諸佛世界諸大海水以一毛端欲滴知其數爲得幾滴盡知其數悉持不忘得總持門通達法性猶如虚空而於無量諸佛世界草木叢林須彌大地盡燒爲灰欲知灰塵之數悉知其數憶持不忘得總持門解達法性猶如虚空而於諸佛一切世界以足一指普令振動無不傾摇能使還住不忘所持得總持門解深法性猶如虚空而於諸佛一切世界能以一手悉遍覆之亦以一毛之端周遍普覆不捨所持遠得如是無量無邊一切諸佛悉在目前總念憶持悉無所忘得總持門如是勝怨其持是陀隣尼者得百千諸總持門無數百千諸三昧門當知勝怨其有諷誦此總持門常令通利執攬在心而不忘者衆鬼魍魎夜叉

等輩無能恐怖得其便者一切諸魅及曠野鬼師子虎狼食噉人獸諸惡蟲等亦復不能恐怖其人其人若行遠涉長塗經由嶮路設遇賊難衣毛不竪無恐怖想如是勝慦其有諷誦是總持者於一切恐怖悉得解脫若人爲諸鬼魅所病夜叉羅刹一切惡鬼之所執持者悉得解脫此總持門若在家中若在空閑處悉於其中而作大護外道蠱鬼若起死人鬼若塚間鬼若空閑鬼其持此總持者一切惡鬼無能得便如是勝慦此總持名所至到處若在郡縣村落國邑塔寺房舍之中若經行處所至之處皆於其中而作大護不爲國王大臣君主所見恐怖及餘軍馬一切恐怖水火之中悉得解脫持是總持者若比丘比丘尼優婆塞優婆夷若餘俗人常當淨潔身體香汁澡洗著淨衣服著淨衣服已用好香華供養十方一切諸佛及諸菩薩常當至心憶念一切諸佛世尊及諸菩薩若有重病之人當行此呪用呪病人若人頭痛若壯熱若風若冷若熱如此三病合爲一病若一日熱若二日若三日若四日若復常熱若得眼痛若牙齒痛若腹內痛若背脊痛若復黒癰一切惡瘡若彼癡癲若從日月星宿隨所得病用此總持呪之無不得愈當知勝慦若有得聞是總持經一百九十二遍者此諸人等重病恐怖無不除愈所以者何過去諸佛皆用是呪擁護一切衆生當來諸佛亦用是呪擁護一切衆生今現在諸佛亦用是呪擁護一切衆生當知勝慦此尊總持威神功德所感如是多所利益無量衆生如是勝慦其有

諷誦此總持經執持不忘者八十億夜叉衆皆當擁護誦總持人一切伺求不得其便爾時奢臘夜叉王與六萬夜叉衆俱來詣佛所長跪叉手而白佛言世尊我當將諸眷屬往詣彼所擁護讀誦此總持者時奢臘夜叉王重白佛言世尊有大藥樹王名曰威神德今在雪山中以其藥王恩力所致故普使閻浮提一切藥草樹木竹蘆叢林諸樹華果皆蒙其恩而得增長無不成就我當往雪山中取藥王之精日日持來密著誦總持人身中令誦持總持者永無衆病令其歡樂無復憂惱終不值遇諸惡之難佛復告勝怨四王天上諸天子求佛道者將諸眷屬往到彼所守護宿衛持總持者忉利諸天求佛道者炎天兜術天化樂天他化自在天求佛道者往到彼所悉共守護持總持者其人當入五陰種總持門五陰種者是名無所成就於斯色陰無所愛樂地種名爲地水種名爲水火種名爲火風種名爲風所以者何無成就故地名之中求其性字都不可得以無性故無所成就如是水火風種亦復如是無所成就過去色亦不自説我是過去色當來色現在色亦復如是能不自説當來色現在色所以者何性名等一無念知故歸一空故若其無性則無所成就如是地性水火風性其性無所言説過去色無所言説如過去色無所言説當來色亦無所言説現在色亦無所言説所以者何其性自然不可得故從何所起從無所起無所起者則無所滅已無所滅則無言教如所言曰過去當來今現在其色陰聚求其本

性都不可得云何當有過去當來現在色也是故色陰痛想行識陰但有名字耳亦無堅固如是入五陰種亦入於總持若入於總持則入於五陰觀五陰種性空則得陀隣尼所名陀隣尼求亦不可得是故但假名字耳數但字耳謂言但字耳所言但字耳五陰亦字耳亦不入色種亦不入陀隣尼亦不能得陀隣尼性何以故此事亦無有作者但字爲色耳亦無能作四大之性故不能得其集無所集故名曰五陰譬若勝怨若干衆事集會乃至成起宮殿城郭樓櫓埤堄欄楯窻牖前後圍繞是名爲城此等諸事一一分散皆悉令盡求索其城都不可得如是勝怨若干衆事而共集會名曰色種求其本性亦不可得所以然者本性極微故不可得何以故眼性眼中求之不可得何以故由本無性故諸法本無性故不可得若無所得則無所成就已無所成就則無所起亦無所滅已無所起則無有滅已無起滅則無過去當來今現在之言說已無言說但假號耳數但字耳如是字中求字不可得數中求數不可得言中求言不可得三世中求三世亦不可得謂言讛語中求謂言讛語都不可得一切諸法若無本性則無所有若無所有則無所成就若無所成就亦無雙起亦無雙滅無起無滅故則於三世無所言說無過去當來現在之言說若無三世言說則無有名字亦無無相亦無無願亦無無數言教亦無謂言亦無衆事亦無無所從來亦無無所至亦無無所自稱亦不往來得道亦不於聲聞中住亦不於緣覺中住

亦不於菩薩中住亦不於佛中住亦不在住中非不在住中法性如是非不如是法性寂滅而無其相亦不瑞應是故名字但假號耳何以故亦無有法名曰最如如是無有眼性亦無色性亦無眼色意入十八種性亦如是當作如是解何以故但假號名字耳如是勝怨譬若地種在所異類方國人民辭章名字各異不同雖名字殊異不離本性如是勝怨用何言辭始説法名用何言辭入後法性如是勝怨法性極微已解法性則入陀羅尼門設著於眼情名曰入衆苦情若著眼色集故名曰苦集觀其本性苦集不可得若其無性則無所有若無所有則無所成就若無所成就則無起滅已無起滅則無過去當來今現在但有名字耳言數但號字耳諸法如是本性自空本性空者則無有相已無有相則無有願已無有願則無遊步已無遊步則無遊戲亦無戲過亦無調戲若善男子善女人解達諸法如是不久當得總持法門佛説是總持經時此三千大千世界六種震動一切諸天於虛空中作倡妓樂雨衆天華而以供養八萬人民得法眼淨其一千人俱發無上正眞道意九十那術諸天衆悉逮得是總持法門爾時阿難即從座起長跪叉手而白佛言此名何經云何奉持佛告阿難此經名曰一切無崖際諸法總持門當奉持之佛説經已勝怨菩薩及諸異刹菩薩摩訶薩諸來衆會皆大歡喜作禮而去

無崖際總持法門經

音釋

噉徒濫切食也　阿迦膩吒梵語也此云質礙究竟膩女利切吒陟駕切　輭乳兖切柔也　惕他歷切懼也　捫謨奔切　哼音亭　偎烏回切倚　讇讛讇丑淼切讛魚祭切　眴許閏切目動也　癰於容切腫也　埤堄埤匹詣切堄研計切埤堄城上垣也

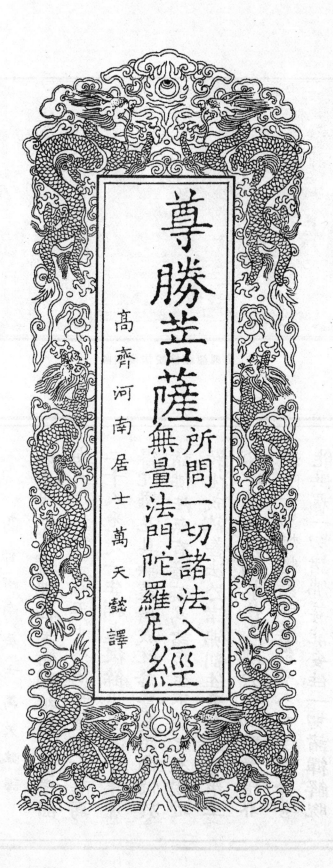

尊勝菩薩所問一切諸法入無量法門陀羅尼經

高齊河南居士萬天懿譯

清刻龍藏佛說法變相圖

尊勝菩薩所問一切諸法入無量法門陀羅尼經

高齊河南居士萬天懿譯

如是我聞一時佛在舍衛國祇樹給孤獨園與大比丘千二百五十人俱菩薩摩訶薩萬二千人悉是一生補處從餘世界而來集會得陀羅尼具無盡辯成就念慧具足慚愧於諸佛法無有障礙爲諸衆生不請之友親近教化成就善法於諸佛刹往來無礙隨衆生心以衆善法而教化之離於一切魔業境界滅除一切煩惱怨賊善能普入一切法界善能供養一切諸佛善能安住一切諸禪解脱三昧又能隨意自在入出其名曰甘露鼓菩薩摩訶薩甘露稱菩薩摩訶薩甘露光菩薩摩訶薩甘露名菩薩摩訶薩甘露響菩薩摩

訶薩娑羅樹王菩薩摩訶薩一切智音菩薩摩訶薩一切智相菩薩摩訶薩稱相菩薩摩訶薩甘露入菩薩摩訶薩普慧菩薩摩訶薩普增上菩薩摩訶薩普光菩薩摩訶薩普稱菩薩摩訶薩普相菩薩摩訶薩普王菩薩摩訶薩普德相自在王菩薩摩訶薩微妙聲菩薩摩訶薩勝相菩薩摩訶薩無能勝菩薩摩訶薩普眼菩薩摩訶薩普見德菩薩摩訶薩現無過惡菩薩摩訶薩離過菩薩摩訶薩無過惡菩薩摩訶薩一切衆生不請之友菩薩摩訶薩不捨一切衆生菩薩摩訶薩常樂集一切功德菩薩摩訶薩善上乘菩薩摩訶薩第一功德名稱菩薩摩訶薩如是等上首菩薩摩訶薩萬二千人燄摩天子等八萬天子俱兜率陀天子八十億化樂天子九千二百那由他他化自在天子一萬五千那由他從他化自在天乃至色界無量諸天皆來集會

爾時東方過此九十二佛世界微塵數佛刹有世界名曰無勝彼中有佛名曰善勝力如來彼有菩薩摩訶薩名曰尊勝與菩薩大衆前後圍繞於一念頃於彼界沒忽現此娑婆世界住虛空中彼一一菩薩放瑠璃雲徧覆三千大千世界而雨閻浮檀金華一一菩薩各雨一佛世界微塵數供具一一菩薩各雨一佛世界微塵數一切水陸所生無量雜華一一菩薩各雨一佛世界微塵數微妙雜香一一菩薩各雨一佛世界微塵數栴檀沉水黑堅沉水雲雨雜香一一菩薩各雨一佛世界微塵數七寶雜鬘一一菩薩各雨一佛世界微塵數栴檀香一一菩薩各雨一佛世界

微塵數種種上妙天人之衣一一菩薩各雨一佛世界微塵數種種莊嚴雜寶幢旛一一菩薩各出一佛世界微塵數偈讚皆未曾有讚歎如來爾時此娑婆世界所有地獄苦惱衆生皆得安樂一切畜生慈心相向一切餓鬼悉皆飽滿一切衆生離貪瞋癡不寒不熱無有想欲不飢不渴時日清和無有塵霧時諸衆生於色聲香味觸無不通意放逸諸天悉得寂靜爾時尊勝菩薩摩訶薩即上至阿迦尼吒天住於空中而雨諸供具供養如來雨一切華鬘雜香塗香抹香衣蓋幢旛種種衆寶妙莊嚴具雨於一切天宮龍宮夜叉乾闥婆阿脩羅迦樓羅緊那羅摩睺羅伽一切宮上及四天王宮乃至三千大千世界悉皆徧滿爾時尊勝菩薩摩訶薩從上來下詣世尊前到已頂禮世尊足繞無量帀以天清淨瑠璃金剛珠網覆如來上坐於一面爾時尊勝見佛世尊入一眞諦法入是法時能入一切三世諸佛所說法門能知諸佛無量相應辯解脫辯無礙辯無著辯無盡辯一切處辯普徧辯一切法如實方便所說辯空無相無願解脫門辯一切諸禪解脫三昧如實方便分別念處明了說辯正勤起滅說辯神足往來說辯根力智辯力無勝辯菩提覺如實辯分別法界辯見如實辯幻化泡燄水中月呼聲響一切法如實辯無生無滅如實辯微細辯種種辯美妙辯知衆生心善不善如實辯一切衆中以一音辯一切法辯爾時尊勝見如是事即從座起整衣服右膝著地合掌向佛白佛言世尊願賜少空閑聽我問於如來

正覺爾時世尊告尊勝菩薩我常於衆生施於空閑恣汝所問如來正覺當斷汝疑悅可汝意爾時尊勝菩薩白佛言世尊有陀羅尼名一切法無量如實所説法門若有菩薩得是陀羅尼相應法門者彼菩薩能得無斷辯無愚辯一切法作無作辯知陀羅尼無礙辯微細辯能持一切諸佛所説能知無量所説復能入陀羅尼聚智能入界智根智入真諦智入一切衆生智入非衆生智入有智入非有智入著智入無著智入空智入非空智入有相智入無相智入有願智入無願智入有依智入無依智入有爲智入無爲智入於一處得無礙辯智唯願世尊憐愍一切説此陀羅尼門爾時世尊讃尊勝言善哉善哉尊勝汝能以此事問如來正覺尊勝汝今諦聽善思念之當爲汝説爾時尊勝受教諦聽佛告尊勝何者一切諸法入無量門陀羅尼經爾時世尊即便説之

寫狄泜曇　阿難多耶施　阿難多耶舍
目呿波利皺梨　阿難多仇拏　阿難多仇
拏拏目呿波利皺梨　阿摩吟　阿摩羅
目呿波利皺梨　商帝　商多　目呿波利
皺梨　修那移　修那耶　目呿波利皺梨
修耶施　修耶舍　目呿波利皺梨　唏
泜師那移　唏泜沙那陀　目呿波利簸梨
修目跧　修目呿　目呿波利皺梨　闍
吟　闍囉　目呿波利皺梨　商泜　商泜
目呿波利皺梨　毗那移　毗那蛇　目
呿波利皺梨　修檀帝　修檀多　目呿波
利皺梨　喻尼施　喻多耆　目呿波利皺

梨 迦摩吟 迦摩囉 目呿波利皺梨
修那移 修那蛇 目呿波利皺梨 阿竭
泜 阿竭多 目呿波利皺梨 阿囊羅移
阿囊羅蛇 目呿波利皺梨 尼羅蛇肥
竭泜 尼羅蛇肥竭多 目呿波利皺梨
僧都沙竭泜 僧都沙竭多 目呿波利皺
梨 僧竭泜 修竭多 目呿波利皺梨
阿摩吟 阿摩囉 目呿波利皺梨 肥竭
泜 肥竭多 目呿波利皺梨 阿能伽濘
阿能伽囊 目呿波利皺梨 肥濕波脾
肥濕波脾 目呿波利皺梨 阿難多竭
泜 阿難多竭多 目呿波利皺梨 阿摩
婆闍那肥竭泜 阿摩婆闍那肥竭多 目
呿波利皺梨 阿摩羅伽帝 阿摩羅伽多
目呿波利皺梨 兮彌吟 兮彌吟 目呿

波利皺梨 迦久泜 迦久泜 目呿波利
皺梨 阿舍癡三鉢濘 阿舍癡三鉢囊
目呿波利皺梨 仇留摩移 仇留摩蛇
目呿波利皺梨 阿肥羅肥竭泜 阿肥羅
肥竭多 目呿波利皺梨 阿奢蛇三鉢濘
阿奢蛇三鉢那 目呿波利皺梨 阿摩
羅肥竭泜 阿摩羅肥竭多 目呿波利皺
梨 羅仇尼仇泜 羅仇尼仇多 目呿波
利皺梨 阿難多蛇施 阿難多蛇奢 目
呿波利皺梨 阿難多豆佉肥竭泜 阿難
多豆呿肥竭多 目呿波利皺梨 阿摩羅
娑質陀伽泜 阿摩羅娑質陀伽多 目呿
波利皺梨 修羅斯 修羅娑 目呿波利
皺梨 阿難多蛇施 阿難多蛇奢 目呿
波利皺梨 修摩坻羅多濘 修摩坻羅多

囊　目呿波利簸梨　阿娑呿梨泜　阿娑呿利多　目呿波利簸梨　阿擔摩毗泜　阿擔摩毗多　目呿波利簸梨　阿迦羅摩拏究舍利　阿迦羅摩拏究舍羅　目呿波利簸梨　阿三婆羅泜　阿三婆羅多　目呿波利簸梨　阿質吟　阿質羅　目呿波利簸梨　修闍移　修闍蛇　目呿波利簸梨　阿波羅彌律知　阿波羅彌律知　目呿波利簸梨　阿浮斯　阿浮娑　目呿波利簸梨　修肥質泜　修肥質多　目呿波利簸梨　莎目跧　莎目呿　目呿波利簸梨　阿吃呿律泜　阿吃呿律多　目呿波利簸梨　阿娑彌律坻　阿娑彌律多　目呿波利簸梨　阿囊移　阿囊蛇　目呿波利簸梨　阿伽摩坻鞆　阿伽摩坻鞆　目

呿波利簸梨　阿目跧　阿目呿　目呿波利簸梨　祇闍和坻　祇闍和多　目呿波利簸梨　那蛇咊坻　那蛇和多　目呿波利簸梨　阿摩羅唎坻　阿摩羅唎多　目呿波利簸梨　莎婆竭多摩坻　莎婆竭多摩多　目呿波利簸梨　阿伽摩多末坻　阿伽摩多末多　目呿波利簸梨　曇摩末坻　曇摩末多　目呿波利簸梨　阿企吟　阿嵦羅　目呿波利簸梨　阿婆蛇摩坻　阿婆蛇摩多　目呿波利簸梨　曇摩陀兜摩坻　曇摩他兜末多　目呿波利簸梨　多哋伽多摩坻　多哋伽多摩多　目呿波利簸梨　肥仇吒摩坻　肥仇吒摩多　目呿波利簸梨　阿娑婆阿莎婆摩坻　阿娑婆阿莎婆摩多　目呿波利簸梨　提婆

摩坻　提婆摩多　目呿波利皺梨　那伽
末坻　那伽末多　目呿波利皺梨　夜叉
末坻　夜叉末多　目呿波利皺梨　乾闥
婆末坻　乾闥婆末多　目呿波利皺梨
阿脩羅末坻　阿脩羅末多　目呿波利皺
梨　伽留荼末坻　伽留荼末多　目呿波
利皺梨　緊那羅末坻　緊那羅末多　目
呿波利皺梨　摩睺羅伽末坻　摩睺羅伽
末多　目呿波利皺梨　摩㝹沙末坻　摩
㝹沙末多　目呿波利皺梨　阿摩㝹沙末
坻　阿摩㝹沙末多　目呿波利皺梨　旃
陀羅末坻　旃陀羅末多　目呿波利皺梨
修利蛇末坻　修利蛇末多　目呿波利
皺梨　殊帝律沙末坻　殊帝律沙末多
目呿波利皺梨　伽伽那囊末坻　伽伽那
囊末多　目呿波利皺梨　阿僧伽末坻
阿僧伽末多　目呿波利皺梨　羅仇摩末
坻　羅仇摩末多　目呿波利皺梨　僧舍
蛇末坻　僧舍蛇末多　目呿波利皺梨
那蛇囊末坻　那蛇囊末多　目呿波利皺
梨　修蛇奢末坻　修蛇奢末多　目呿波
利皺梨　羅多囊伐坻　羅多囊伐多　目
呿波利皺梨　輸伽毗伽彌　輸伽毗伽摩
目呿波利皺梨　薩埵三摩移　薩埵三
摩蛇　目呿波利皺梨　阿波竭多呵濘
阿波竭多呵濘　目呿波利皺梨　闍梨尼
毗竭泜　闍利尼毗竭多　目呿波利皺梨
莎婆竭泜　莎婆竭多　目呿波利皺梨
修育泜　修育多　目呿波利皺梨　阿
羅蛇邏摩毗竭泜　阿羅蛇邏摩毗竭多

目呿波利皺梨　阿僧仇支泜　阿僧仇支
多　目呿波利皺梨　阿囊莎泜　阿囊莎
多　目呿波利皺梨　修仇濘　修仇拏
目呿波利皺梨　莎呿多曇咩　莎呿多曇
摩　目呿波利皺梨　羅仇夜施　羅仇夜
奢　目呿波利皺梨　阿舍吒摩移　阿舍
吒摩夜　目呿波利皺梨　豆伽坻毗伽咩
豆伽多毗伽摩　目呿波利皺梨　泜闍
伐泜　泜闍伐多　目呿波利皺梨　尼多
夜施　尼多夜奢　目呿波利皺梨　迦摩
羅末坻　迦摩羅末多　目呿波利皺梨
阿禪多宿跧　阿禪多宿呿　目呿波利皺
梨　蛇他婆摩坻　蛇他婆摩多　目呿波
利皺梨　咺伽囊摩坻　恒伽囊摩多　目
呿波利皺梨　伽拏囊毗伽泜　伽拏囊毗

伽多　目呿波利皺梨　阿波竭多企呤
阿波竭多嘊羅　目呿波利皺梨　彌豆因
利提蛇　彌豆因利提蛇　目呿波利皺梨
僧育迦泜　僧育迦多　目呿波利皺梨
迦那迦摩移　迦那迦摩蛇　目呿波利
皺梨　乙勒那摩移　乙勒那摩蛇　目呿
波利皺梨　阿波伽多肥吁欣斯　阿波伽
多肥吁欣娑　目呿波利皺梨　阿難多肥
福羅伏提　阿難多肥福羅伏提　目呿波
利皺梨　修目企　修目呿　目呿波利皺
梨　泜闍夜施　泜闍夜奢　目呿波利皺
梨　捨利摩坻　捨利摩多　目呿波利皺
梨　具沙唎坻　具沙唎多　目呿波利皺
梨　富留沙邏闍斯肥伽摩拏　富留沙邏
闍娑肥伽摩拏　目呿波利皺梨　迦羅竭

泜　迦羅竭多　目呿波利皺梨　迦羅博
伽泜　迦羅博伽多　目呿波利皺梨　呿
陀伽目企　呿陀伽目呿　目呿波利皺梨
僧兜吒伽泜　僧兜吒伽多　目呿波利
皺梨　乾陀竭泜　乾陀竭多　目呿波利
皺梨　僧鞝多竭泜　僧鞝多竭多　目呿
波利皺梨　阿囊嘔叉拏竭泜　阿囊嘔叉
拏竭多　目呿波利皺梨　肥濕波斯竭泜
肥濕波沙竭多　目呿波利皺梨　阿囊
摩蛇竭泜　阿囊摩蛇竭多　目呿波利皺
梨　舍塹竭泜　舍塹竭多　目呿波利皺
梨　娑毙遮梨　娑毙遮羅　目呿波利皺
梨　羅蛇囊竭泜　羅蛇囊竭多　目呿波
利皺梨　奢羅拏竭泜　奢羅拏竭多　目
呿波利皺梨　波羅蛇拏竭泜　波羅蛇拏
竭多　目呿波利皺梨　阿摩羅竭泜　阿
摩羅竭多　目呿波利皺梨　首脂竭泜
首脂竭多　目呿波利皺梨　素覓竭泜
素覓竭多　目呿波利皺梨　迦留沙波竭
泜　迦留沙波竭多　目呿波利皺梨　僧
奢蛇波竭泜　僧奢蛇波竭多　目呿波利
皺梨　羅婆拏目企　羅婆拏目呿　目呿
波利皺梨　多波囊目企　多波囊目呿
目呿波利皺梨　肥闍蛇竭泜　肥闍蛇竭
多　目呿波利皺梨　多留尼竭泜　多留
拏竭多　目呿波利皺梨　羅拏竭泜　羅
拏竭多　目呿波利皺梨　肥質多竭泜
肥質多竭多　目呿波利皺梨　多羅竭泜
多羅竭多　目呿波利皺梨　咩囉毙竭
泜　咩囉毙竭多　目呿波利皺梨　羅闍

尼竭泜　羅闍尼竭多　目呿波利皺梨
羅吒竭泜　羅吒竭多　目呿波利皺梨
多吔竭泜　多吔竭多　目呿波利皺梨
羅婆肥竭泜　羅婆肥竭多　目呿波利皺
梨　蛇吔婆阿肥波利多僧舍蛇肥伐者泜
蛇吔婆阿肥波利多僧舍蛇肥伐者多
目呿波利皺梨　三摩蛇竭濘　三摩蛇竭
囊　目呿波利皺梨　阿仇呵濘　阿仇阿
囊　目呿波利皺梨　阿羅婆禰　阿羅婆
拏　目呿波利皺梨　阿尼比沙鞞　阿尼
比沙迦　目呿波利皺梨　阿羅婆迦咩
阿羅婆迦摩　目呿波利皺梨　難提目企
難提目呿　目呿波利皺梨　阿路羅迦
咩　阿路羅迦摩　目呿波利皺梨　阿尼
彌蓰　阿尼彌沙　目呿波利皺梨　輸迦

肥竭泜　輸迦肥竭多　目呿波利皺梨
比梨蛇僧舍蛇肥竭泜　比梨蛇僧舍蛇肥
竭多　目呿波利皺梨　阿難囊摩禰　阿
難囊摩那　目呿波利皺梨　阿囊婆竭泜
阿囊婆竭多　目呿波利皺梨　肥肥伽
竭泜　肥肥伽竭多　目呿波利皺梨　婆
吔摩毗羅沙濘　婆吔摩毗羅沙拏　目呿
波利皺梨　毗荼竭泜　毗荼竭多　目呿
波利皺梨　阿兜利移竭泜　阿兜利移竭
多　目呿波利皺梨　吃多若竭泜　吃多
若竭多　目呿波利皺梨　僧奢蛇三牟陀
伽多竭泜　僧奢蛇三牟陀伽多竭多　目
呿波利皺梨　阿婆蛇竭泜　阿婆蛇竭多
目呿波利皺梨　肥摩坻肥仇拏竭泜
肥摩坻肥仇拏竭多　目呿波利皺梨　婆

羅肥竭泜　婆羅肥竭多　目呿波利皺梨
波婆闍肥目企　波婆闍肥目呿
波利皺梨　多留肥竭泜　多留肥竭多
目呿波利皺梨　阿奢蛇竭泜三波那　阿
奢蛇竭多三波那　目呿波利皺梨　提婆
僧迦摩拏　提婆僧迦摩拏　目呿波利皺
梨　吔那彌陀肥竭泜　吔那彌陀肥竭多
目呿波利皺梨　阿囊嵐脾　阿囊嵐婆
目呿波利皺梨　羅多那遏旨竭泜　羅
多那遏旨竭多　目呿波利皺梨　瞿梨迦
陀兜肥迦咩　瞿利迦陀兜肥迦摩　目呿
波利皺梨　肥不羅竭泜　肥不羅竭多
目呿舍多波利皺梨　那蛇那蒙坻竭泜
那蛇那蒙坻竭多　目呿舍多波利皺梨
娑羅咊羅伽泜　娑羅咊羅伽多　目呿舍

多波利皺梨　目呿博伽泜　薩智薩多
尼羅移浮泜　浮多尼羅移　蛇吔脾蛇吔
咊　尼羅移阿尼羅移　尼羅蛇波竭泜
娑攤娑羅咊坻　因偷末坻　耶奢末坻
仇拏末坻　那蛇末坻　多羅末坻　伽坻
末坻　迦呿末坻　伽摩囊末坻　阿那摩
蛇摩帝　阿那車陀末坻　娑羅末坻　持
囉荼末坻　阿脾波路波末坻　蛇吔娑末
坻　那蛇那末坻　阿斤遮那末坻　癡羅
末坻　那伽末坻　竭坻修竭坻　阿波竭
坻　阿留拏竭坻　遮羅竭坻　阿遮羅竭
坻　阿躓多竭坻　婆羅肥伽　摩那竭坻
差芒竭坻　阿婆蛇竭坻　尼婆竭坻
涅槃拏竭坻　蛇吔咊竭坻　阿肥波梨多
伽坻竭坻　阿波伽多竭坻　修那蛇竭

坻　阿肥羅肥伐者泜　摩陀肥伐者泜
滿那肥伐者泜　阿多肥伐者泜　阿那移
肥伐者泜　伽那肥伐者泜　迦娑羅肥伐
者泜　阿娑羅肥伐者泜　摩坻竭坻　那
蛇竭泜　姪坻竭泜　摩坻竭坻　滅坻竭
泜　多吔伽多竭泜　多吔婆阿那　脾陀
兗竭泜　但摩陀坻　阿那脾陀兗竭泜竭
坻　脾那蛇竭泜　娑羅脾狄　咊者羅摩
蛇　三摩提目呿竭泜　薩婆多吔竭多
目呿那耶　蛇吔婆兗　菩陀帝嗜　三曼
多仇那兗　扇婆多吔竭多　浮彌阿兗
菩陀兗竭泜

如是尊勝此是一切諸法入無量門陀羅尼若得此陀羅尼菩薩能持一切諸佛所說能遊一切諸佛世界能持一切聲聞緣覺所說一切世間經書醫方呪術圍陀經典悉能持之一切衆生言語能出能入能知一切衆生之心善知一切語言辭音如其言音能即至如是一切道中能知實不實法得念堅固一切菩薩所應供養能以一指動一切諸佛世界能使彼衆生無驚畏想能以一念知於三世能斷一切衆生疑悔能使衆生修決定行更無疑滯常得善念終不依事諸天能於無量諸三昧門得宿命智常得化生不受胎生常坐蓮華終不生於惡趣受身若受身處身中無諸蟲户於一切生處常得是陀羅尼永不生於無佛國土常得無盡寶手得莊嚴佛國得如實方便教化衆生能知衆生一切所行能知衆生善不善心能知一切外道所修行法得樂說方便得無盡藏陀羅尼得善喜

陀羅尼得彼修容陀羅尼得無得種陀羅尼得一切聞持陀羅尼得無畏陀羅尼復次尊勝舉要言之是人能得一切佛刹虚空法界微塵數不忘陀羅尼得法界虚空界一切世界水界滴數得如是等不忘陀羅尼得法界虚空界盡未來際一切佛刹滿中大火一切火燄生滅等數得如是等不忘陀羅尼復次得如是法界虚空界盡未來際一切佛刹及大地草木碎爲微塵得如是數不忘陀羅尼復次得法界虚空界盡未來際一切佛刹以恒沙數及微塵等不忘陀羅尼得諸佛現在心念陀羅尼如是等尊勝得如是陀羅尼菩薩能得如是等不可思議百千陀羅尼乃至不可思議無量百千三昧門尊勝若有人善誦在心是人無非人畏羅刹畏比舍遮畏若在阿練若處無畢利多畏及師子虎狼惡獸毒蟲賊盜惡人及毛豎等畏若誦此陀羅尼者若爲一切諸惡鬼神所捉疾得解脱若誦此陀羅尼者一切惡毒若身内若身外不能爲患若有誦此陀羅尼處若村落城邑若衆中若僧房若經行處終無一切方道起屍等鬼又無王難盜賊水火刀毒惡鬼人非人等毒龍等畏復次尊勝若有比丘比丘尼優婆塞優婆夷若在家若出家修行淨行著淨衣服以好香華供養諸佛菩薩心念諸佛菩薩誦此陀羅尼若有病人若頭痛若瘧病若風病若熱病若冷病若衆苦痛若一日若二日若三日若四日若常病若眼痛若齒牙痛若腹痛若背痛若惡風若失念若鬼所著如是等病是人爲誦此陀羅尼手摩拭之尊勝若

誦此陀羅尼一百九十八徧若諸病諸怖畏不除滅者無有是處何以故過去諸佛以此陀羅尼擁護衆生未來諸佛亦以此陀羅尼擁護衆生現在諸佛亦以此陀羅尼擁護衆生尊勝此陀羅尼有大功德有大勢力多爲衆生作大利益若有衆生善誦此陀羅尼持在心者有八十億夜叉擁護是人爾時會中有夜叉王名耆朧婆有千眷屬白佛言世尊我等并眷屬常當擁護誦此陀羅尼人世尊大雪山中有好藥草名益精氣此藥德力能令一切閻浮提内所有藥草增其勢力世尊我當以此妙藥灑散此人益其氣力使誦此陀羅尼人永不病苦身意安隱無有痛處卧無惡寱爾時世尊復告尊勝彼四天大王未成佛頃常當擁護誦此陀羅尼者終不放捨

乃至三十三天燄摩兜率化樂他化自在諸天子等乃至未成佛頃常當擁護是人尊勝持此陀羅尼者不得陰界諸入若不得陰界諸入則不得一切諸法若不得一切諸法是人即疾成就此陀羅尼復次尊勝諸法實不可得但以言語法故名爲陰界諸入陰界諸入故名爲聚集一切諸法實無聚集何以故色性不可得故如地地自性成就水水自性成就火火自性成就風風自性成就如是諸大自性成就無增無減無有聚合實不可得無有處所云何名色如色地水火風亦復如是過去無作者未來無作者現在無作者何以故一切諸法無形無色無生無滅法若不生則無有滅若無生滅則無作爲復次言有色故則有過去未來現在是色實不可得若

色實不可得當知則無過去未來現在是故此色痛想行識亦復如是是故能入者即入是陀羅尼入此陀羅尼者即名入此陰若不見陰即名得陀羅尼此陀羅尼者名之爲持此持何所持持無所得名之爲持所言得者以言語法故有名字音聲假合實無所得假名作爲實無陰無入實無法可持何以故此無作法假名爲色此無作法云何聚集若可聚集假名爲陰若不聚集云何名陰復次尊勝猶多集諸法名之爲舍名之爲城如因有地牆壁梁柱椽梠門扃戸牖名之爲舍因集多舍巷陌樓閣埤堄却敵園林池壍名之爲城若離此衆物城不可得如是如是尊勝爲假合衆緣名爲色陰求此實相實不可得若不可得何有聚集若無聚集何處有色如色痛想行識亦復如是復次尊勝若入此陰即名入此陀羅尼門尊勝此陀羅尼亦不可得何以故如眼眼不可得界界不可得耳鼻舌身意亦復如是所以者何此中實不可得若實不可得是名無物若無有物則無成就若無成就則無有生若無有生則無有滅若無生滅則無過去未來現在但爲世法有名字言語此名字言語實無所有衆生者亦無有言世法者亦無有著無著者即是無所有言此諸法實不可得實無有物若實無物亦無成就若無成就亦無有生若無有生則無有滅若無生滅則無三世若無三世則無名字則無相貌若無相貌則無言說無有聚集無有染著無去無來無證無得非凡夫地非聲聞地非緣覺地非菩薩地亦非佛地亦非地

開元録云高齊之代有居士萬天懿本姓拓(音托)跋氏北岱雲中人也魏分十姓因爲萬(音木)俟(音其)氏世居洛陽故復爲河南人(題云天竺者非)後單稱萬氏焉懿少曾出家師婆羅門而聰慧有志力善梵書梵語兼工呪術由是應召得預翻傳之數以武成帝湛河清年中於鄴都自譯尊勝菩薩所問經一部廣行於世矣(與無崖際持經同本)

音釋

粖(音末)泜(直里切)呤(力丁切)呿(丘迦切)跧(去智切)濘(乃定切)䩭(居宜切)咊(音和)嵦(户來切)咺(其凝切)[口兮](烏禮切)[口絚](古恒切)吔(音他)蓰(斯氏切)[足亶](他典切)犾(語斤切)㝱(莫鳳切與夢同)梠(音呂楯端木也)塹(七豔切遶城水也)

非非地若非地非非地名之爲如亦非如非非如寂滅無相又假言語法故名爲如來何以故以第一義故此第一義是無所有實不可得此不可得者名爲如來復次尊勝如眼界色界眼識界乃至十八界爲言語法故爲之作名如地界爲衆生言語法故爲作種種名如是如是尊勝此言語法名爲法界若入此法界者名入此陀羅尼彼中言入何者名入所言入者入無所入何以故一切諸法實無有物若實無物則無成就若無成就則是無生若無有生則是無滅若無生滅則無三世但爲諸法假立名字然此諸法及言說名字實空無相法若無相即是無願若是無願即無去來動轉戲論善男子一切諸法實性如是無有欺誑尊勝於後世中若有善男子善女人若有書寫讀誦若爲人演說此陀羅尼者是人所得功德除佛世尊無有能說此人功德者爾時世尊說此經已三千大千世界六種震動一切諸天作天妓樂雨諸天華八萬四千人得法眼淨有一千人發無上道心九千三百諸天同發菩提心爾時尊勝及一切他方來會菩薩摩訶薩及閻婆遮夜叉王并一切大衆諸天世人及乾闥婆阿脩羅等聞佛所說歡喜奉行

尊勝菩薩所問一切諸法入無量法門陀羅尼經